KB011422

시뮬레이티드

Simulated
Text copyright © 2021, Nova McBee
All rights reserved.

First published in English by Wise Wolf Books, February 2021
Korean translation copyright © 2024, SAYUWAGONGGAM
Published by arrangement with Nova McBee, through A+B Works, LLC

이 책의 한국어판 저작권은 A+B Works, LLC와의 독점 계약으로 사유와공감이 소유합니다.
저작권법에 의하여 한국 내에서 보호받는 저작물이므로 무단전재와 무단복제를 금합니다.

SIMULATED

"Even in chaos, there is calculation"

노바 맥비 지음 **공민희** 옮김

사유와공감

나와 극동 지역까지 함께 여행한 올리비아에게 바칩니다.

또한

제멋대로고 서툴고 내면이 혼란스러운 이들에게,

여러분 안에 숫자라는 아름다움이 있다는 사실을 잊지 마세요.

프랙털 수학

명사

자연, 역동적인, 체계, 혼란, 비정형적이고 무작위 속에서 발견되는 무한한 패턴 혹은 디자인

전체 중 부서진, 깨져서 조각난 부분

"프랙털은 무한대를 보는 또 다른 방식일 뿐이다."

- 브누아 망델브로

"별의 엄지손가락 지문, 나무의 패턴, 파도의 규칙성.
혼란 속에는 늘 길이 있어…. 그냥 들여다보기만 하면 돼."

- 노블 J. 애덤스

프롤로그

오늘 나의 목표: 익사하지 않기.

그렇게 이루기 힘든 목표는 아닐 테지. 이제 곧 산호초가 넘실거리는 그레이트 배리어 리프에서 스쿠버다이빙할 건데… 일단 땅 위고… 옷도 다 입은 채 시애틀 프로디지 스텔스 설루션(PSS) 본사의 물기 하나 없는 어두컴컴한 실험실에서 그렇게 할 거니까.

PSS 대표인 테일러가 내 재능을 되찾을 방법을 찾았다고 알려줬을 때, 그 핵심이 가상 시뮬레이션 속에서 '죽지 않고 살아 있기'일 줄은 짐작조차 못 했다. 그런데 막상 해보니 머릿속에 깊숙이 파묻혀 있던 숫자들이 조금씩 반응했다. 어쩌면 내 잠재의식 속 어딘가에서 은밀히 죽음을 동경했다거나, 아니면 그저 살고자 하는 본능이 불러낸 효과인지도 모른다. 어찌 됐든 나는 내 숫자를 되찾기 위해서라면 이곳에서 뭐든 할 각오가 돼 있었다.

"마음을 편하게 가져요, 조세핀."

그녀 특유의 강단 있고 침착한 목소리로 테일러 대표가 말했다.

"이제 곧 신경 시뮬레이터에 연결될 거예요. 이번 테스트 속 모든 상황은 실제처럼 느껴질 거고요."

난 실험실 한가운데 덩그러니 놓인 의자에 앉았다. 매끈한 커버가 덮인 이 특별한 의자에는 소프트 겔이 들어 있다. 앉은 내 몸의 굴곡에 맞게 겔이 형태를 잡았다. 똑같은 소재의 안전벨트가 가슴과 허리를 감아 내가 움직이지 않도록 부드럽게 지지해 주었다. 거의 느끼지 못할 정도다. 이미 깃털처럼 가벼워진 기분이다.

실험을 도와주는 직원이 손가락과 관자놀이에 작은 센서를 붙이는 동안 난 테일러 대표가 알려주는 주의 사항에 귀를 기울였다.

"시뮬레이션할 때 늘 그랬듯, 공간 자체는 시나리오에 따라 바뀌게 될 거예요. 지난번 비행기에서 뛰어내릴 때는 바람이 세게 불었죠. 오늘은 물속에서 수압을 느끼게 될 겁니다. 해변에서 1.6킬로미터 떨어진 지점에서 약 30미터 아래로 잠길 거예요. 극복해야 할 어려움도 있고 스스로 결정도 내리게 될 거예요. 시스템이 어떻게 돌아가는지는 기억하죠?"

"네, 기억해요."

실험실 안을 뒤덮은 커다란 스크린들을 흘끗 살피며 내가 대답했다. 스크린에는 날 위해 만든 프로그램들과 내 기억까지 전부 다운로드되어 있다.

"어차피 목표를 이루는 데 필요한 정보와 장비를 30퍼센트만 알려줄 거잖아요."

"맞아요. 침몰선으로 가 객실 안에서 금화를 찾아 수면 위로 올라와야 해요. 그 과정에서 휴면기에 들어간 뇌 일부가 깨어날 거예요. 이론상으론 그래요. 뇌가 모든 퍼즐 조각을 조합한 다음 다시 가동할 테니까. 이건 생존을 전제로 만들어진 시뮬레이션이에요. 사적인 실험이지만 그 결과를 기록한다는 데 본인이 동의한 거 맞죠?"

대표는 매번 이렇게 묻는다. 그녀의 말투에는 사람의 마음을 편안하게 해 주는 뭔가가 있다.

난 고개를 끄덕였다.

"우리가 당신을 위해 만든 시뮬레이션 3단계 중 이 단계가 가장 약하지만 그래도 트라우마를 자극하는 데에는 문제없을 거예요."

테일러는 이렇게 말하면서 자기 눈을 쳐다보라고 했다.

흔들림 없는 검은 눈동자는 강인하고 열정으로 가득 차 있었다. 이 사람이 PSS 권력의 핵심이다. 그녀는 이곳에서 일하는 수많은 천재가 재능을 갈고닦아 세상에서 가장 힘든 문제를 해결할 수 있도록 돕고 있고 그녀가 손대는 분야는 점차 넓어지고 있었다. 테일러의 눈빛 한 방이면 킹은 곧바로 쭈글 모드가 될 거라고 장담한다. 그런 그녀의 강인한 모습 이면에는 엄마처럼 따뜻한 심성이 자리 잡고 있다. 적어도 내게는 그랬다.

"자, 이대로 진행을 원하면 '동의합니다'라고 말로 서명해 주세요."

"동의합니다."

이렇게 음성으로 동의서에 서명하니 심장이 조금 빨리 뛰기 시작했다. 내가 무엇에 동의했는지 사실 전혀 모르는 탓이다.

지난달에는 에베레스트에 있는 베이스캠프로 돌아오는 길을 찾다가 혹한에 얼어 죽을 뻔했다. 또 다른 때는 아부다비에서 스카이다이빙하면서 바닥에 닿기 거의 몇 초 전 아슬아슬하게 살았다. 낙하산을 못 펴는 바람에 엄청 고생했다. 가장 최근에는 페루 산비탈 절벽에서 고 마력 오토바이를 타고 내려왔다. 죽을 뻔했던 상황을 몇 개만 말해도 이 정도다. 그렇게 위험한 고비가 찾아오면 내 재능이 '완전히 깨어난' 건 아니어도 꿈틀거리긴 했다. 한 번에 몇 초도 채 되지 않지만, 계속 도전하고 싶은 내 절박한 허기를 채우기에는 그 정도도 충분했다.

고장 나 버린 내 인생을 고치려고 나는 매주 PSS가 설계한 일련의 복잡한 새로운 도전 과제로 이루어진 시뮬레이션 속에 날 던진다.

시뮬레이션은 총 3단계까지다. 1단계는 '트라우마 이전' 단계로 지칭한다. 엄마가 죽기 전, 내 삶이 단순했던 시절이 재현된다. 2단계는 '트라우마와 맞서기'로 재능을 잃어버리게 만든 중국에서의 상황을 다룬다. 3단계는 '모험'인데 내 재능을 끌어낼 새로운 도전 과제들로 이루어져 있다. 모든 시뮬레이션은 중국에서의 경험 이후 가동이 멈춰버린 내 두뇌의 신경 통로와 연결되어 있다. 또한 인생의 해당 시기의 기억과 시각을 되살리도록 설계되었다. 자기 인생을 4D로 다시 경험하는 건 참 낯설고 이상한 느낌이다.

그렇다고 재능이 돌아올 때까지 마냥 기다릴 수만은 없었다. 숫자가 눈앞에 보이지 않으니 꼭 자동차를 몰고 싶어 안달 난 꼬마가 된 기분이었다. 닿지도 않는 페달을 밟으려고 안간힘을 쓰고 운전석 너머도 제대로 보지 못하는 주제에. 반면 과거의 내 인생은 아우토반에서 페라리를 몰았던 것처럼 쭉쭉 잘 나갔다.

"이번 테스트는 30분짜리에요. 당신의 신경 활동을 모니터링 할 거지만 시뮬레이션 속 경험은 오로지 당신만 알 수 있어요. 그만하고 싶으면 이 빨간 버튼을 눌러요."

그녀가 의자 가장자리에 달린 버튼을 가볍게 두드렸다.

"알겠습니다."

"그럼 시작하죠." 그녀가 내 머리에 가벼운 헬멧을 씌우고 손에 장갑을 끼워주었다.

"물속에서 재미있게 놀아요. 마음이 이끄는 대로 하고요. 좀 있다가 회의실에서 봐요."

그렇게 난 투명한 푸른 바닷속으로 가라앉았다.

∞

바다는 따뜻했다. 왠지 모르게 그런 느낌과 내음이 풍겼다.

초록빛이 감도는 반투명한 파란색 바닷물. 행복한 기분부터 들었다. 두려워할 건 아무것도 없으니까… 아직은. 난 수면 가까이 있었다. 아빠 집에서 벗어났다고 생각하니 전율이 흘렀다. 우리가 시애틀로 돌아온 뒤로 아빠는 날 무지 감싸고돌아서 지금, 이 순간은… 자유였다. 동시에 마음 한쪽에서는 중국에 있는 동안 겪었던 물에 대한 안 좋은 기억이 끊임없이 떠올랐다. 수영장에서 레브가 날 덮쳤고, 셀리아는 날 익사시키라고 지시했다. 킹은 간간이 죽지 않을 만큼만 날 물속에 처박았다. 이젠

다 지난 일이라고 내 자신에게 말했다.

귀가 수압에 어느 정도 적응되자, 더 깊이 들어갔다. 난 몸에 딱 붙는 검은색 잠수복 차림이었다. 관자놀이와 이마를 누르는 얼굴과 입에 쓴 마스크가 산소통과 견고하게 연결되어 있었다. 귓가에 내 숨소리가 울렸다. 지금까지 한 시뮬레이션 중에서 최고로 실감 났다. 어느 정도였냐면 물에 뜬 내 머리카락의 무게도 전혀 느껴지지 않았다. 그 사실에 잠시 감탄했다. 현실이 아닌데도 매분, 내 두뇌는 현실이라고 외쳐댔다.

항상 시뮬레이션에는 지도가 제공되지 않았으나 난파선은 쉽게 눈에 띄었다. 더 깊이 내려가기만 하면 됐다. 9미터쯤? 아니면 15미터 더 아래로? 그걸 모르는 것도 싫지만 정확히 계산할 수 없는 내 처지가 더더욱 싫었다.

위를 쳐다보니 수면까진 몇 킬로미터를 올라가야 할 것 같아 잠수복 안에 있는 몸이 마구 떨렸다.

그때 두뇌의 신경 통로가 다시 살아났다. 시뮬레이션은 내가 해안에서 멀리 떨어진 진짜 바다 아래서 산소통에 의지해 숨 쉬고 있다고 믿게 했다. 장비 사용법을 미리 알려주지 않는 관계로 내가 알아서 해야 했다. 나를 강하게 옥죄이는 수압이 온몸으로 느껴졌다. 다시 난 스스로에게 이건 현실이 아니라고 말하고, 말하고, 또 말했다. 하지만 머리는 차츰 가상 현실을 고스란히 받아들였다.

쭉 펼쳐진 드넓은 바다를 향해 헤엄쳤다. 다른 잠수부들은 보이지 않았다. 나와 이 넓은 바다뿐이었다. 아, 물고기도 있다. 빨강, 노랑, 코발트블루 등 화려한 색감을 뽐내며 내 곁을 지나쳐 갔다. 난 수중 세계의 아름다움에 홀딱 반했다. 시뮬레이션이고 뭐고 다 잊어버리고 이 돌 산호초 군락을 따라 더 멀리 헤엄치며 놀고 싶었다. 그렇지만 결국 무언가 잘못될 거라는 걸 안다. 그래야 내 재능이 반짝하고 빛을 내니까. 재능이 꼭 필요한 순간에야 말이다.

이제 난파선은 발차기를 해서 헤엄치면 닿을 정도로 가까워졌다. 그쪽을 향해 오리발로 방향을 잡았고 쉽게 객실을 찾았다. 배 안이 어두워서 헤드램프를 켰다. 기분 나쁜 먼지와 해조류 입자들이 둥둥 떠 있었다. 좁은 입구로 몸을 욱여넣어 객실로 들어갔다. 쏜살같이 들어왔다 나가는 물고기들을 보니 나도 얼른 나가고 싶어졌다. 문드러진 테이블 위로 금화 하나가 놓여 있었다. 지침대로 그걸 집어 들고 방향을 틀었다. 그런데 객실 문 앞에서 헤드램프가 꺼졌다. 이제 사방이 회색이었다. 주위를 분간할 정도의 약한 빛은 있지만 해가 지고 있었다.

갑자기 숫자가 번뜩하고 나타났다. 불과 몇 초였지만 내 머릿속에서 수중 지도가 펼쳐졌다. 지금 내가 정확히 어디에 있는지 알았다. 우리가 마담을 체포한 곳에서 그리 멀지 않은 호주 퀸즐랜드 해안가 근처 바닷속이다. 난 물가에서 얼마나 떨어져 있는지 계산했다. 그러다 깨달았다. 나는 여기 혼자라는 걸.

내 재능이 훅 사라져 버렸다.

마담 생각을 하고 싶지 않은데 머릿속이 그쪽으로 흘러갔다.

그녀가 교도소에서 나왔다면? 내가 근처에 있다는 걸 알면 어쩌지?

얼른 그 생각을 떨쳐 버렸다. 금화가 내 손안에 있다. 완전히 깜깜해지기 전에 얼른 물가로 돌아가야 한다. 배에서 거의 다 빠져나왔는데 장비가 산호초 하나에 걸렸다. 내 오리발도 끼였다. 빠져나갈 수가 없다. 난 이상한 자세로 옴짝달싹 못 하게 됐다. 주변 물고기의 그림자가 초 단위로 커졌고 잿빛 물 너머 어디쯤에서 상어들이 원을 그리기 시작했다. 물고기 떼가 마스크 주변으로 빙빙 돌아 시야를 막았다. 발을 볼 수가 없다. 팔을 휘저으며 쫓아내려 했지만 겁에 질린 내 심정을 반영하듯 고기들은 사방에서 파닥거리며 계속 시야를 가렸다.

조, 생각해야 해.

어떻게 할지 생각하는데 산소가 거의 바닥났다는 경고음이 귓가에 울렸다. 예비 산소통으로 갈아 끼우고 수면으로 올라가야 하지만 그렇게 하는 방법에 관한 정보가 전혀 없다. 팔에 있는 눈금도 난 읽을 줄 몰랐다. 버튼과 다이얼을 이것저것 만져봤지만 아무것도 작동하지 않았다. 발은 여전히 끼어 있었고 호흡이 차츰 가빠왔다.

마음 저편에서 무언가가 내게 괜찮다고 말했다. 하지만 지금 들리는 건 경고음뿐이다. 심장이 미친 듯이 쿵쾅댔다. 곧바로 킹이 생각났다. 그는 날 물속에 집어넣었다. 얼굴 모세혈관이 다 터질 때까지. 후두에 손상을 입어 며칠을 고생했는지 모른다. 숨을 쉴 수 없어서 익사 직전까지 갔었다.

이제 난 가쁜 숨을 헐떡거리는 지경에 이르렀다. 완전 겁에 질렸다. 되는 게 아무것도 없잖아! 여기 있고 싶지 않다. 난 바닷속에 갇혀 이대로 죽게 생겼다. 또다시. 안 좋은 카드 패가 또 나오다니. 내 운은 나쁘기만 하다.

테일러 대표가 듣길 바라며 난 마스크 속에서 고래고래 소리쳤다. 하지만 아무 대답이 없다. 그녀가 내게 뭐라고 했더라? 어떤 버튼을 누르라고 했었지? 기억이 안 난다. 여긴 너무 어둡다. 햇살과 수 킬로미터 떨어진 깊은 바닷속이다. 산소가 거의 다 떨어졌다.

내 재능은 나타날 기미가 없다. 안 나온다고! 아무 일도 일어나지 않잖아!

"꺼내줘요!" 정신을 잃어가는 와중에 내가 소리쳤다. 어째서 내가 하는 모든 행동이 스스로를 사지로 내모는 걸까?

몇 초면 폐로 쉬는 숨이 바닥날 거다. 다시 한번 난 죽음과 마주했고 지금 날 도와줄 사람은 아무도 없다. 물이 들어오도록 하려고 마스크를 벗으려고 했다.

바로 그때, 어떤 목소리가 날 막았다.

"조, 진정해." 변조한 기계음이었지만 똑똑히 들렸다.

"진정 못 해! 수면 위로 올라갈 수가 없어. 물고기도 셀 수 없고. 거리를 계산할 수가 없다고. 이 망할 장비도 만질 줄 모르고. 날 꺼내 줘!"

"조, 네 재능이 돌아오도록 내가 도울 수 있어. 숨을 쉬어."

목소리는 침착하고 자신감이 넘쳤다. 컴퓨터에 프로그램된 로봇 같은 남성의 목소리였다. 다행이다. PSS가 날 여기서 죽게 내버려두지 않겠지. 시키는 대로 숨을 쉬니 놀랍게도 호흡이 괜찮아졌다.

"산호를 쳐다봐." 목소리가 부드럽게 알려주었다.

"아니. 그냥 여기서 나가고 싶어."

“산호를 쳐다봐야 해. 뭐가 보이지?” 목소리는 단호했고 너무 확신에 차 있어서 난 마지막 남은 힘을 쥐어짜 시키는 대로 했다.

잿빛 물속에서 산호 쪽으로 몸을 구부리니 삐죽삐죽한 물가 위아래로 산호의 분홍 가지들이 쭉 뻗은 게 보였다.

“아무것도 안 보여. 그냥 불룩한 곳, 꺼진 곳, 구멍들뿐이야. 그 안으로 물고기가 들락거리고.”

“더 가까이 가 봐. 천천히 산호 가장자리를 따라서. 장갑을 벗고 산호를 만져 봐.”

난 더 다가간 후에 장갑을 벗었다. 산호가 둥둥 떠다녔다. 손가락으로 점자 같은 산호의 곡선과 울룩불룩하고 거친 가장자리를 만져봤다. 그리고 다시 쳐다봤다. 현미경으로 눈송이를 살피는 것처럼 가장자리가 선명하게 시야에 들어왔다. 실눈을 뜨니 이제 보였다. 산호는 독특한 각도, 반복, 패턴이 있다. 모든 가장자리가 산호를 더 분명하고 아름답게 만들어 주었다.

갑자기 숫자가 쏟아져 나왔다. 곧바로 난 끝도 없는 산호의 수, 모든 단면의 형태를 파악했다. 숫자가 해안선까지 도달했다. 사방에서 치수와 예측이 전해졌다.

이제 숨을 쉴 수 있었다.

내가 갇힌 이유가 분명해졌다. 오리발이 걸린 틈에서 다리 각도를 틀자 곧바로 나올 수 있었다. 장비를 고치는 일 역시 쉬웠다. 다이얼을 한번 돌리니 호흡이 안정적으로 가라앉았다. 수면까지 올라가는 데 정확히 얼마나 걸리는지 이제는 알 수 있다.

내 안과 주변으로 펼쳐진 숫자를 보니, 꼭 죽은 애인이 살아

돌아온 것처럼 감격적이었다. 물속에서도 울 수 있었다면 그렇게 했을 것이다.

5초 안에 난 수면에 도달했다. 해변까지의 거리가 18.9미터니까 열세 번 헤엄치면 갈 수 있었다. 다시 예전의 나로 돌아왔다. 승리감에 취했는지 심박이 480회로 치솟았다.

파도를 가르며 앞으로 나갔고 마침내 두 발로 서서 오리발을 벗었다. 맨발에 닿는 수백만 개의 모래 입자가 이토록 부드럽게 느껴진 적은 처음이다. 그리고 역대급으로 천천히 숫자들이 사라졌다. 실망감이 들려다가 중국에서 재능을 잃어버린 뒤로 가장 오랜 시간 동안 숫자가 돌아왔었다는 점을 깨달았다.

드디어, 비약적인 발전이 이루어진 것이다.

내 재능이 이처럼 달콤하게 느껴진 적은 처음이다. 여전히 내 안에 있다는 건 틀림없는 사실이다. 어딘가에 갇혀 있지만 이제 그걸 자유롭게 해 줄 일만 남았다는 희망이 생겼다.

헬멧이 해제되면서 실험실 조명이 켜졌다.

난 시뮬레이션실에서 뛰쳐나와 기뻐서 소리쳤다.

"효과가 있었어요. 정말로요. 여러분 모두 천재예요!" 난 환하게 웃었다. 모두가 미소를 지으며 손뼉 쳤다.

"그 목소리, 컴퓨터 프로그램이 산호초에서 날 도와줬어요. 내 재능이 돌아오게 해 줬다고요. 시뮬레이션 안에서 도움을 받을 수 있다는 말은 안 했잖아요. 꼼짝없이 다시 혼자가 되는 줄 알았다고요."

내 말에 그들의 얼굴에서 웃음이 사라졌다.

테일러 대표의 안색이 창백해졌다.

"목소리라뇨?"

"시뮬레이션 안의 목소리요." 난 그들의 멍한 표정을 보고 놀랐다.

"제가 겁에 질렸을 때 목소리가 산호초를 보라고 알려줬어요. 그리고 재능이 5분 10초간 돌아왔고요. 최장 기록이에요."

그들이 서로를 쳐다보는 모습에 난 가슴이 철렁 내려앉았다.

"프로그램은 잠겨 있어요. 누군가 시뮬레이션으로 들어간다는 건 불가능해요. 우리는 외부에서만 당신의 두뇌 활동을 모니터하고요."

테일러가 자기 팀을 흘끔 쳐다보며 말했다. 그들은 고개를 저었고 뭐라고 속삭이더니 각자 앞에 놓인 컴퓨터 화면을 서둘러 살폈다.

"그게 무슨 소리예요?" 온몸으로 한기를 느끼며 내가 물었다.

"조, 당신한테 말을 건 사람이 누구든 그건 PSS 직원이 아니에요." 테일러가 알려주었다.

CHAPTER 1

∞

워싱턴 주 웨스트 시애틀, 리버스 가족의 집

4주 뒤….

더 이상 난 중국에 있지 않아.

아침에 일어날 때 머릿속에 제일 먼저 떠오르는 생각이다. 시애틀로 돌아온 뒤로 하루를 시작할 때마다 가장 먼저 하는 생각이었다. 처음에는 그 사실에 안심이 되었다. 위험한 범죄자들과 무너져 가는 경제와 내 세상을 뒤집어 놓은 지하 감옥에서 멀리 떨어져 있으니. 그렇지만 지금은 같은 생각이 가슴속에서 납처럼 무겁게 자리하고 있다.

오른쪽 귀에 찬 호신용 귀걸이의 알람이 윙윙거리며 아침 7시 정각이라고 알려주었다. 우리 엄마 목소리와 비슷하게 프로그램한 다정한 음성이 '일어나, 월요일이야'라고 부드럽게 노래 불렀다.

월요일이라는 말에 미소가 절로 났다. 난 눈을 비비고 침대에서 나왔다. 스마트 워치인 K2에 지시하니 침실 아래 주방에서 에스프레소 머신이 켜지면서 원두를 갈고 커피를 추출하고 거품 우유를 만들기 시작했다. 트리플 샷 카푸치노가 준비되기 전에 샤워까지 마치려면 딱 4분 남았다. 월요일은 시간을 허투루 낭비할 수 없는 날이라 타이머를 3분으로 설정했다.

매주 월요일은 내 재능이 돌아오는 날이다. 월요일마다 난 자유다.

시애틀로 돌아온 이후 새로운 인생은 늘 끔찍하다고 여겼던 '지루한 일상'으로 재빨리 형태를 잡아 버렸다. 차츰 불안감이 밀려왔다. 아빠한테 6개월간 쉬면서 중국에서 겪은 일에서부터 몸을 추스르겠다고 약속했다. 약속한 6개월이 절반도 지나지 않았는데 내 안의 피닉스는 날개가 잘린 새처럼 벌써 갑갑함을 느끼고 있었다. 겉으로 보기에 모든 게 괜찮은 것 같았지만 속에서는 도망치고 탈출하려 했다. 갈 곳이 아무 데도 없다는 게 문제지만.

난 계속 같은 질문을 반복하게 되었다. 범죄 왕국을 소탕하고 세계 경제를 구한 수학 천재가 해변에서 산책하고 일주일에 한 번 고등학생들에게 수학이나 가르치면 어떻게 될까? 내가 내린 유일한 대답은 하나다. '그래선 안 된다.'

재능이 다시 돌아올 때마다 내 마음속에서 폭풍우가 생겨나 소용돌이를 일으키며 바다를 뒤집어 놓는 느낌이 드는 것도 지금 생활을 못 견디게 만드는 데 한몫했다.

샤워를 마치고 커피를 홀짝이며, 난 젖은 머리를 위에서부터 아무렇게나 한 줄로 땋은 다음 빨간 비니를 썼다. 그리고 아래층으로 내려와 나무 벤치에 놓인 자동차 열쇠를 집었다. 현관문을 여니 퓨젓사운드에서 불어오는 진하고 짭조름한 바다 냄새가 감각을 깨워 주었다.

"아빠, 저 지금 나가요."

난 위층을 향해 소리쳤고 아빠가 다른 아빠들처럼 이렇게 대꾸해 주길 조용히 바랐다. *그래, 잘 다녀오렴, 나중에 보자.* 하지만 난 그리 운이 좋지 못했다.

"잠깐만, 조!" 당황한 기색이 역력한 목소리로 아빠가 침실에서 소리쳤다.

난 가방을 내려놓고 손목시계를 보며 발을 까딱거렸다. 여기로 내려오는 데 얼마나 걸릴까? 아빠는 예전처럼 빨리 움직이질 못하는데.

거의 석 달이 흘렀건만 아빠는 아직도 완전 경계 태세로 날 살피는 중이다. 물론 아빠를 탓하진 않는다. 아빠의 딸은 2년 동안 죽은 사람이었으니까. 아빠한테 난 다신 잃고 싶지 않은 살아있는 두 번째 기회와도 같을 테지.

월요일마다 PSS로 가서 긴 시뮬레이션에 참여했다. 남자 친구 카이를 제외하고 날 제정신으로 있게 해 주는 건 이 시뮬레이션뿐이었다. 그러나 지난 4주간 내 재능은 여기 힐끔, 저기 힐끔 나타난 게 다였다. 산호초에서 해커가 시뮬레이션에 개입했던 지난달처럼 길게 발현되는 일이 없었다.

PSS 팀이 그렇게 걱정하는 모습은 처음 보았다. 그들의 철통 보안 시스템을 뚫고 들어온 이는 아무도 없었다. 테일러 대표는 이 정도 수준의 해커라면 PSS, 시뮬레이션, 나뿐만 아니라 전 세계에도 위협이 될 거라고 분명하게 말했다. 불순한 의도를 가진 이들이 PSS의 기술에 마수를 뻗는다면 누구도 안전할 수 없었다.

우리가 '산호초 해커'라고 부르게 된 그 사람은 내게 세 번 접촉해 왔다. 시뮬레이션 해킹 이후 난 시애틀에 돌아온 직후에 받았던 수상한 전화 속 남성의 로봇 목소리가 그와 똑같다는 걸 깨달았다. 그 사람은 나와 내 재능에 대해 전부 알고 있었다. 그는 날 더블 에잇이라고 불렀고 자기도 나와 같은 재능을 가지고 있다고 주장했다. 그는 이렇게 말했었다.

"재능이 그립죠? 숫자가 세상을 아름답고 흥미로운 길로 분류하는 방식 말이에요."

그리고는 카이에 대해 경고하더니 다시 연락하겠다고 했다. 그 전화 이후 PSS는 보안을 최대로 강화한 새로운 휴대전화를 내게 주었다. 이 휴대전화는 스위스에서 개통한 걸로 되어 있고 악명 높은 앨커트래즈 감옥만큼 감시가 삼엄했다.

그랬더니 내가 헤엄치던 바다로 찾아온 것이었다.

세 번째 연락은 한두 주 전쯤 다른 시뮬레이션을 할 때였다. 난 데날리산에서 3단계를 진행 중이었다. 로봇 목소리가 들리길래 그와 이야기하고 싶었지만, 시뮬레이션에 다시 해커가 침입했을 때 테일러 대표가 하라고 알려 준 지침대로 빨간 정지 버튼을 눌렀다. 그 이후로 PSS는 방화벽 작업을 다시 했고 그는 그걸 뚫고 들어오지 못했지만, 여전히 누구도 그를 추적할 순 없었다.

난 해커는 위험하고 제일 질 나쁜 부류의 천재라고 스스로에게 되뇌었다. 그럼에도 산호가 내 재능을 깨울 걸 어떻게 알았는지 그에게 묻고 싶다는 생각은 사그라지지 않았다.

아빠는 해커에 대해 아무것도 모른다. 테일러 대표가 매주 월요일을 시뮬레이션하는 날로 고른 건 그날에 PSS가 전 세계에서 들어온 의뢰 건을 검토하고 비약적으로 발전한 기술과 일급 기밀 정보를 공유하는 회의를 하기 때문이라는 점 역시 아빠는 알지 못한다. 지금 당장 PSS 일을 할 수 없지만 테일러 대표는 내가 회의에 참석하는 게 도움이 될 거로 생각했다.

주름진 헨리 셔츠에 청바지 차림을 한 아빠가 드디어 현관에 모습을 드러냈다.

“아빠가 거기까지 태워줄게. 수업이 끝날 때까지 기다려 줄 수도 있어. 그리고 같이 저녁을 먹으면 되겠다. 어떠니?”

딸을 지켜주려는 열망이 가득 담긴 아빠의 회색빛 푸른 눈동자가 내려다볼 때면 내 심장이 산산이 부서져 내리는 것 같았다.

“아빠.” 난 부드러운 목소리로 대꾸했다.

“이미 끝낸 이야기잖아요. 제가 직접 운전해서 가야 해요. 전 다른 십 대들보다 2년이나 뒤처졌다고요. 혼자 가게 해 주세요.” 난 아빠를 확신시키려고 팔을 꽉 잡았다.

내가 마라 언니와 릴리와의 관계를 다시 정립하려고 꾸준히 애쓰는 동안 아빠는 딸들에 대한 과잉보호 규칙을 세우느라 바빴다. 후추 스프레이, 호신술 강좌, 보안 시스템까지. 테일러 대표가 내 재능이 돌아오기만 하면 내가 실제로도 훨씬 안전해진다고 아빠를 설득해 줘서 얼마나 다행인지. 그녀는 또한 내가 PSS의 '특전'을 활용할 수 있게 하겠다고 아빠에게 약속했다.

아빠가 안절부절못하더니 모자를 벗었다.

"미안하구나." 아빠가 겸연쩍게 목을 긁었다.

"휴대전화는 챙겼지? 전기 충격기가 달린 시계는? 위치추적 귀걸이는?"

"다 챙겼어요." 난 손목을 들어 보이고 고개를 좌우로 돌리며 양쪽 귀걸이를 보여줬다.

'특전'이란 PSS의 친구들이 고안한 각종 장치를 말했다. K2는 홀로그램 기능이 있는 군용 컴퓨터가 탑재된 스마트 워치다. 여기에 목소리로 작동하는 세 가지 전기 충격기라는 근사한 기능이 추가돼 있는데 아직 써볼 기회가 없었다. K2는 우리 집 안의 모든 가전 장치와 연동할 수 있었고 혹시라도 내가 다시 물속에 들어가는 일이 생길 때를 대비해 작은 카트리지 안에 88초 동안 버틸 정도의 산소를 넣어두었다. 또한 내가 아닌 다른 사람이 워치를 사용하려 하면 등록해 둔 비상 연락망으로 메시지가 전송된다. 귀걸이는 빼지 않는 이상 일반적인 위치추적 장치로 기능한다. 말하자면 추적 가능한 스마트 더스트로 최소 48시간 동안 내 위치를 알린다. 귀걸이는 블루투스를 쓰는 모든 기기를 해킹할 수 있었고, 혹시 무기가 필요할 때는 마취 침으로도 쓸 수 있었다.

"가방은?" 아빠가 바닥에 내려둔 내 가방을 쳐다보며 말했다.

내가 고개를 끄덕였다.

"비상용 스낵, 옷, 여분의 휴대전화기, 금속 팔찌도 챙겼어요. 위급 시에 어떻게 해야 하는지 잘 알아요."

아빠가 내 몸에 생체칩을 달아 실시간으로 내가 어디 있는지 감시하지 않는 게 놀라울 정도였다.

"그래 알았다." 아빠가 한숨을 쉬었다.

"저녁 식사 시간에 맞춰 올 거지?"

"훈련이 좀 길어질 수도 있어요. 오늘 세 가지 시뮬레이션을 다 하거든요."

팀 회의에 대해서는 말하지 않았다.

"늦어도 7시 전까진 올게요." 난 아랫입술을 깨물며 아빠가 더 캐묻지 않길 바랐다.

아빠가 힘없이 고개를 끄덕였다.

"그래, 널 믿으마."

아빠가 가진 믿음의 범위가 넓어진 게 분명했다. 난 고마워서 아빠를 안아줬다. 아빠도 내 등을 꽉 껴안았다.

"저녁 7시야. 기다리고 있을게."

당연히 그럴 걸 알고 있다. 1분이라도 늦었다간 휴대전화에 불이 날 테니. 2년 전 내가 실종됐을 때처럼 아빠의 건강이 다시 나빠지는 걸 바라지 않아서 난 꼬박꼬박 전화를 받았다.

"좋아요, 아빠. 저녁에 봐요."

문 앞에서 지켜보는 아빠를 놔두고 난 얼른 상쾌한 바다 내음을 들이켜며, 드디어 운전법을 배운 전기 자동차로 향했다. 처음엔 붙잡힌 인질로 살았고 그다음엔 지하철이 잘 돼 있는 도시에 살았더니 다른 십 대들처럼 운전을 배울 기회나 필요가 없었다. 하지만 이내 미국에서 자유를 원하면 운전할 줄 알아야 한다는 점을 몸소 체득했다.

시동을 걸 때면 내 안에서 강렬한 흥분이 함께 타올랐다. 난 도로로 나와 대학가로 향했다.

"K2, 지도를 보여 줘." 홀로그램 화면이 내 주위로 거리, 속도계, GPS, 타이머를 보여줬다.

"K2, 행인, 경찰, CCTV가 없는 경로를 골라 줘." 그 말을 할 때 속에서 살짝 죄책감이 들었다.

PSS의 기술을 이런 식으로 써선 안 됐다. 누가 알았다간 당장 내 면허를 정지시킬 것이다.

"경로를 탐색 중입니다."

K2가 PSS 본사로 가는 경로를 3D 지도로 보여줬고 난 자유롭게 운전했다.

모든 측정치가 내 머리와 싱크로를 맞췄다. 운전하면서 모든 요인을 계산하려고 노력했다. 앞으로 회전할 곳, 다른 차량, 거리 등을 K2가 실시간으로 내 귀에 알려주었다. 난 경로를 따르며 모든 선을 그리고 싶었다. 잠재의식 어딘가에서 내가 본능적으로 느끼는 속도와 속도계의 속도를 일치시킬 수 있다는 걸 알았다.

여태까지 시뮬레이션이 증명한 것이 있다면 그건 3단계, 즉 내가 위험에 직면했을 때만 재능이 날 살려두고 싶다는 듯 파르르 불꽃을 피운다는 것이다.

텅 빈 도로가 나오니 K2가 알려 주었다.

"1.6킬로미터 앞에 행인이 없는 길이 나옵니다."

난 가속 페달을 밟았다. 그냥 맛만 보려고. 재능의 불꽃이 다시 튀어 오르길 바라서. K2는 그저 컴퓨터 프로그램에 지나지 않았다. 자동화된 도우미일 뿐이다. 그러니 전부 계산할 수 없었지만 내 숫자는 깨어나기만 한다면 그럴 수 있었다. 마침내 숫자들이 하나둘씩 나타나기 시작했다. 스릴이 만족감을 타고 온몸으로 퍼졌다. 바람 속 불씨처럼 더 빨리 달리자 숫자들이 사방에서 튀어나왔다. 난 너무 몰두하느라 다이얼을 보는 것도 잊어버리고 점점 더 속도를 냈다. 계산이 마구 쏟아지는데 K2에서 로봇 목소리가 말했다.

"속도를 늦추세요."

난 그 말을 듣지 않았다. 대신 가속 페달을 바닥에 닿을 정도로 꽉 밟았다.

그런데 갑자기 시야에 전혀 없던 모퉁이가 나타났다. 반응하기도 전에 시동이 꺼졌다. 내 기계들이 먹통이 됐다. 화면도 사라졌다.

차를 옆으로 세우려고 냅다 브레이크를 밟았다. 방금 무슨 일이 벌어진 거지? K2가 이런 식으로 자동차 시스템을 통째로 제어한 적은 한 번도 없는데. 그러다 앞을 봤다. 한 무리의 아이들이 서로를 쫓으며 길을 건너고 있었다. 너무 놀라 숨이 턱 막히고 심장이 바닥으로 쿵 하고 떨어졌다.

아이들을 미처 보지 못했다. K2가 막지 않았더라면…. 온몸에 소름이 돋았다. 난 손바닥으로 대시보드를 내리쳤다. 대체 무슨 생각이었던 거야?

갑자기 전부 재부팅이 됐다. 엔진이 다시 깨어났다.

난 눈을 질끈 감았다.

"고마워, K2."

"K2가 재부팅을 시작합니다. 수상한 활동이 감지됐습니다. 기술을 제어할 수 없습니다. 미확인 사용자입니다." 내 눈앞에서 시스템이 경고등을 깜박였다.

거의 아무 소리도 들리지 않는 자동차에 앉은 내 심장이 방망이질 쳤다. 시동을 끈 건 K2가 아니었다.

갑자기 다리에서 진동이 울렸다. 난 화들짝 놀라 운전석 등받이에 부딪혔다.

"주소록에 없는 번호로부터 들어온 메시지. 출처를 알 수 없음."

입을 굳게 다물고서 난 주머니에서 진동하는 휴대전화를 끄집어냈다. 우리 가족들, PSS, 카이 말곤 누구도 이 번호를 모른다. 아빠는 아니다. 방금 아빠한테 인사하고 나왔으니까. 카이일 리가 없다. 그 애는 지금 프라이빗 글로벌 포스(PGF)에 있고 근무 중에는 연락 금지였다. 게다가 난 지금 PSS로 가는 길이다. 그쪽에서 내게 전화할 이유가 없다. 분명 산호초 해커다.

휴대전화 화면을 들여다보는데, 전화번호가 뉴질랜드 국가번호에서 인도로, 다시 그리스로 바뀌는 걸 보니 소름이 돋았다. 문자 메시지가 나타났다.

튀니지를 고르고 네 멍청한 남친한테 물러서지 않으면 큰일 날 거라고 전해. 기한은 닷새야.

5초도 채 되지 않아서 메시지는 사라졌다. 내 휴대전화에는 전화나 문자가 들어온 흔적조차 남지 않았다.

튀니지에 뭐가 있는데?

그에게서 온 메시지라는 데 한 치의 의심도 없었다. 산호초 해커는 언제나처럼 수수께끼 같은 말만을 남겼다.

곧장 어깨 너머로 길거리를 살폈다. 싸움에 대한 열망으로 몸이 근질거렸다.

그가 항상 날 찾아낸다는 점에서 참을 수 없이 화가 났다. 내가 알아들을 거라 확신하는 듯 아리송한 메시지를 보내는 것도 짜증 난다. 그러나 무엇보다 열받는 건 자신도 나와 같은 재능을 가졌다고 주장하면서 날 조롱거리로 삼은 점이다.

바이 요원에게 연락하려는데 다시 벨이 울렸다. 문자와 마찬가지로 해외 번호다. 잘됐다. 이제 전화까지 하신다고? 대체 자기가 뭐라고 생각하는 거야? 분노가 치밀어 올랐다. PSS 측은 내가 전화를 받길 원하지 않을 것이다. 하지만 이 일을 철저히 파헤치고 싶다는 미칠 듯한 욕망 탓에 두려움 따윈 사라졌다.

"전화 받아!" 난 시스템에 소리쳤다.

이 나쁜 해커 녀석에게 한바탕 퍼붓고 내 재능을 찾는 법을 말하라고 다그칠 준비가 되었다.

CHAPTER 2

∞

로봇 음성이 또다시 모호한 경고를 날리고 전화를 끊기 전에 내가 먼저 소리쳤다.

"너 누구야? 원하는 게 뭐야? 나한테 왜 전화했어?"

귀에 익은, 허스키한 웃음소리가 들렸다.

"내가 좀 구식일지도 모르지만, 골칫덩어리, 난 남친이 여친한테 전화할 수 있다고 생각해. 특히 며칠 동안 통화를 못 한 상태였다면 말이지."

카이의 목소리였다. 게다가 엄청나게 재미있어하는.

난 놀라기도 했지만 일단 안도감에 한숨을 쉬었다.

"아이고, 미안. 엉뚱한 남자한테 말했네."

난 곧바로 진정됐다. 카이의 새 일이 꼭 안전하다고는 할 수 없었으나 그의 목소리는 여전히 날 진정시키는 효과가 있었다.

"엉뚱한 남자라니? 무슨 일이야? 누가 널 협박해?" 그가 진지하게 물었다.

대답하려다가 불현듯 기억났다.

"잠시만, 왜 전화했어? PGF에선 현장에 있을 때 나한테 연락 못 하게 하잖아. 안전하지 않다고."

저 멀리 오토바이 엔진 소리와 경적이 들렸다.

"설마 오토바이를 몰면서 나랑 통화하는 거 아니겠지. 제정신이야, 카이?"

"너만큼은 아니야, 골칫덩어리." 엔진 회전속도가 올라가는 소리가 들렸다.

"말했잖아. 이제 날 골칫덩어리라고 부르지 말라니까. 지금은 아주 평범하고 지루한 삶을 살고 있다고."

내 시뮬레이션 성과와 몸의 근질근질함이 최고조에 달했다는 것만 빼면.

카이가 웃었다.

"시도는 좋았어. 그럴 수 없다는 걸 우리 둘 다 알잖아. 넌 나한테는 늘 골칫덩어리일 거야. 내가 절대로 해결하고 싶지 않은 골칫덩어리지. 그래서 지금 5분간 통화하려고 위험을 무릅쓴 거고. 바이 요원이 알면 날 죽이려 들 거야."

"나 때문에 회사에서 잘리면 곤란해."

"절대 모를걸. 네가 보고 싶어서 5분 통화용으로 휴대전화를 새로 샀거든. 추적당할 만한 건 전부 제거했고 전화를 끊으면 곧장 통화한 휴대전화도 부술 거니까. 자, 이제 내 여자 친구랑 이야기 좀 해도 될까?"

그의 자신만만한 미소가 눈앞에 아른거렸다. 너무 보고 싶은 생각에 마음이 저렸다. 난 그가 새로 하는 일의 위험성에 대해서 아주 잘 안다. 중국에서 마담의 사건을 해결할 때 도움을 준 뒤로 카이는 그토록 동경하던 PGF에 입사 제안을 받아 새로운 현장 팀 일원으로 연수 중이었다. 나에게 해커가 그에 대해 경고하는 연락을 했던 건 그의 첫 현장 실습이 끝난 직후였다.

난 다시 PSS로 출발하며 물었다.

"네가 있는 곳은 어때?"

우리가 얼굴을 못 본 지 몇 주가 지났다. 솔직히 이렇게 떨어져 지내려니 죽을 맛이다. 난 이미 사랑하는 사람들과 엄청나게 오래 떨어져 지내본 사람이었다. 남친이 나와 같은 나라에 살지 않는다는 사실이 정말로 신경 쓰였다. 카이와 나는 긴장감과 코드명, 비밀 조직 없이 연인이 되는 법을 익히는 중이었다. 그는 지금 일 때문에 한 번에 몇 주씩 어디로 가야 하는 상황이었고 난 여기 틀어박혀 해변에서 자갈이나 차며 자갈이 날아간 거리와 그 속도를 가늠하거나 그가 언제쯤 비행기를 타고 날 보러 올까를 생각했다. 이번 임무가 끝나면 우리는 앞으로 어떻게 할 것인지 이야기해 보기로 했다.

"지루해. 내가 해 줄 수 있는 말은 그게 전부야." 그러자 카이가 길게 한숨을 쉬었다.

"너한테 그게 있었다면…." 카이가 재빨리 말을 멈추고 정정했다.

"네가 여기 있었다면 지금쯤 우린 이 사건을 해결하고도 남았을 텐데."

그가 '네 재능'이라고 말하려던 걸 간과할 수 없지만 그렇다고 비난하고 싶진 않았다. 나도 같은 생각이니까. 숫자가 아직 존재하고 그저 내 안에 묻혀 있을 뿐이라는 걸 안 이상, 지금 가장 시급한 문제는 내 재능을 되돌리는 일이었다.

"일이 잘 안 풀리나 봐?"

그가 씩씩댔다.

"내 생각에 우린 엉뚱한 걸 쫓고 있는 것 같아. 근데 내가 단서를 잡았어. 지금 확인하러 가는 길이야."

그의 목소리에는 분명한 장난기가 묻어났고 그 점이 그를 팀의 훌륭한 일원으로 만들어 주었다. 그는 틀에 박힌 생각을 하지 않았고 아무것도 두려워하지 않았다. 날 따라 마담의 수중으로, 골든 앨리의 구덩이와 킹의 지하 왕국까지 쳐들어온 남자다. 그러나 현재로선 그 점이 전혀 위안이 되지 않는다. 잠시나마 아빠가 왜 그렇게 내 걱정을 하는지 이해가 갔다.

"카이, 부탁인데 몸조심해."

"나에 대한 자신감이 그렇게 빨리 없어진 거야?" 그가 웃으면서 물었다.

"절대 그런 거 아니야. 그냥 네가 무사했으면 좋겠어서 그래."

처음 현장에 나갔다 돌아온 날, 그는 나의 비디오 챗을 거부했다. 알고 보니 코와 갈비뼈가 부러진 데다 어깨도 빠졌고 몸에는 멍과 꿰맨 자국이 새로 잔뜩 생겨서였다. 마침내 내가 그 얼굴을 봤을 때, 그의 상태는 엉망진창이었다. 눈두덩에는 피멍이 든 채 붕대를 사방으로 칭칭 감고 있었다.

내가 안달하자 그가 웃었다.

"사흘 전의 날 못 본 게 참 다행이라는 생각이 들어. 걱정하지 마, 골칫덩어리. 나는 내 일의 매 순간을 사랑하니까."

역시 나의 카이다. 두려움을 모르는 남자.

"날 믿어." 그가 말하며 오토바이 시동을 껐다.

"난 늘 안전해." 그의 목소리가 진지하게 바뀌었다.

"나도 전할 말이 있어. PGF에서 내가 그토록 바라던 자리를 제안했어. 잘난 척하는 건 아닌데, 이쪽 분야에서는 역대 최연소 정식 요원 자리라더라."

"전혀 놀랍지 않아. 무슨 업무인데?"

그가 헛기침을 했다.

"그게 그러니까… 정말 받아들이기 힘든 조건이 좀 있긴 해."

"이를테면?" 내가 물었다.

카이가 길게 숨을 들이마셨다.

"돌아가는 대로 다시 이야기하자." 그의 목소리 속 떨림에 난 당황했다.

"우선은 널 화나게 만든 사람에 대해 설명해 봐. 누가 너 괴롭혀?"

"아, 맞다." 까맣게 잊고 있었다는 데 놀라며 내가 대답했다.

"음, 확실해. 산호초 해커야. 널 조심하라고 알려 준 사람 말이야. 그가 또 메시지를 보냈어. 튀니지 어쩌고 하면서."

카이는 대꾸가 없었다. 잠시 뒤 그가 헛기침했다.

"그 자식이 네게 연락하도록 둬선 안 돼, 조. 우리 통화가 끝나면 바이 요원한테 전화해서 방금 나에게 한 말을 그대로 알려 줘."

숨이 턱 막혔다. 튀니지가 카이한테 어떤 의미가 있는 것이다.

목소리에서 알 수 있었다. 그 이상한 인간이 카이가 어디 있는지 알고 있다.

그렇지만 어떤 연관성이 있는 거지? 그는 어째서 카이와 내가 하는 일에 신경을 쓰는 걸까?

"조? 내 말 듣고 있어?"

"그래. 그렇게 할게."

카이가 옳았다. 해커의 손에 놀아나선 안 된다. 솔직히 말하자면 이미 그렇게 됐지만. 산호초가 있는 바다, 그가 내 이름을 부르던 방식, 내 재능이 돌아올 수 있도록 돕겠다는 약속…. 몇 주간 난 거기에 홀렸었다.

그리고 지금 그는 카이가 '물러서길' 원한다. 그래, 맞다. 그 점이 걸렸다. 하지만 아무도 이 일에 관심이 없는 듯했다.

수화기 건너편에서 엄청난 굉음이 울려 난 몸이 굳었다. 유리가 부서지는 듯한 소리가 났다.

"조?" 카이의 목소리가 전파 방해를 받았다.

"조, 이만 끊어야겠어…."

"카이? 무슨 일이야?" 전화기 속 굉음이 더욱 커졌다. 난 목이 타들어 갔다.

"아무 일도 없어. 더 스트리트에서 만나."

그렇게 전화가 끊겼다. 내 심장도 함께 내려앉았다.

난 곧장 바이 요원에게 연락했지만, 그는 받지 않았다. 그래서 확인하는 즉시 연락 달라는 메시지를 남겼다.

이후 몇 분 동안 천천히 PSS로 차를 몰며 전화 수신 상태가 안 좋은 건 늘 있는 일이라고 스스로를 달랬다. 카이는 전에도 위험에 처했었지만 살아남았다. 해커의 메시지는 카이와는 아무 상관도 없다.

그렇다고 확실히 장담할 수 있는 건 숫자가 나타나서 내게 틀렸다고 말하지 않았기 때문이다.

CHAPTER 3

∞

워싱턴주 시애틀, 워싱턴 대학교, 프로디지 스텔스 설루션 본사

엄지손가락을 지문 인식기에 올리니 PSS의 본사 정문이 활짝 열렸다. 안내데스크 직원이 반겨주었고 난 다시 지문 인식을 거치는 문을 지나쳐 내가 사랑하는 따분한 괴짜들이 활발히 머리를 굴리고 있는 곳으로 들어갔다. 카이와 나눈 대화의 긴장감이 아직 어깨에 좀 남은 상태였고, 머릿속에서 해커의 메시지가 반복되고 있었지만 PSS의 모든 것이 신선한 자극이 되어 주었다.

가상 시뮬레이션을 보여주는 커다란 모니터들이 벽을 가득 채웠다. 내가 아는 제일 똑똑한 애들이 모니터 앞에 헤드폰을 끼고 앉아 세계에서 가장 심각한 문제를 해결할 엄청난 발견을 위해 몰두하는 중이었다. 다른 연구도 활발히 진행 중이었는데, 이를 위한 자동화 공정도 상당히 잘 되어 있었다. 복잡한 공식으로 빼곡한 화이트보드 앞에 모인 천재들이 보였다. 다양한 전문가 집단에서 나온, 여러 새로운 자료들의 데이터를 비교하는 이들도 있었다. 날마다 수학 문제와 전 세계적인 문제에 대한 해결책과 새로운 발명이 이곳에서 논의되고 태어났다. 이 모든 활동이 내게 목표를 심어주었다. 나에게 더는 내 재능이 없어도 PSS는 '한번 천재는 영원한 천재'라고 믿어주었다. 그들이 옳다고 내가 직접 증명하고 싶었다.

문을 닫는 소리에 한두 개의 시선이 고개를 들었다. 좋은 친구가 된 천재 몇몇이 손을 흔들었다.

"안녕, 폭탄 같은 조. 커피가 신선해."

담황색 머리에 회색 후드를 입은 열일곱 소년이 날 쳐다봤다. 얼굴에 난 주근깨가 우울해 보이는 인상을 좀 가려 주었다.

"안녕, 해리슨." 나도 인사했다.

"몇 잔째야?"

그가 터무니없이 복잡한 방정식을 읊어대며 3잔째라고 알렸다.

"놀랍네."

난 씩 웃었다. 해리슨은 컴퓨터 천재일 뿐 아니라 우리의 수석 애널리스트이자 뉴스 공급책이기도 했다. 그는 PSS가 흥미를 느낄 법한 사건들을 실시간으로 확인한다.

"이번 주 세계의 이슈는 뭐야?"

"아, 별건 없어. 이란의 전반적인 안보 문제, 미얀마의 위기관리 건. 스페인이 세계 경제 거버넌스에 도움을 청했어. 내가 볼 땐 인도 대사인 프라사드가 우리 쪽에 자국의 새로운 에너지 정책과 관련해 곧 도움을 요청할 거라고 확신해. MIT의 셀처와 리 교수가 공식적으로 양자 현실 이론을 부정하고 나섰고. G7은 캠프 데이비드에서 새로운 에너지 정책을 토론하는 자리에 우리가 참석해 주길 바라."

"어이쿠, 좀 가벼운 뉴스는 없어?"

"NASA가 또 다른 익명 후원자의 도움을 받아 드디어 수명이 길고 범위가 넓은 위성을 가동할 수 있게 됐어. 얼마 안 가서 우린 외계인을 만날지도 몰라."

해리슨이 윙크했다. 그는 항공 우주 기술과 외계 관련 분야에 굉장히 집착한다.

"51구역 근처에 왜 PSS 전초기지를 세우지 않는지 모르겠다니까. 우리 쪽이 와이파이며 태양광 쪽에서 월등한 데다 외계인도…."

난 웃으며 고개를 돌려서 초소형 헤드폰을 벗고 있는 빨강 머리를 쳐다봤다.

"안녕, 조조."

"안녕, 펜즈." 나도 인사했다.

"이번 주에 사이버 공격은 얼마나 있었어?"

그녀의 이름은 페니인데 모두가 펜즈라고 부르는 건 그 애가 양손으로 각기 다른 보고서를 동시에 쓸 수 있기 때문이다. 그 애의 두뇌는 말 그대로 두 부분으로 나뉘어 동시에 두 가지 일을 할 수 있었다. 이런 건 나도 처음 봤다. 펜즈는 PSS의 주요 해커 3인 중 한 명이자 뛰어난 암호학자이기도 했다.

"수백 건이야. 이번 주는 정말 심각했어. 그렇지만 걱정하지

마. 내가 다 해결했거든. 누구도 우리의 방어벽을 뚫지 못했고 한 무리의 해커를 차단했어. 미국 정부는 나중에 나한테 고마워할 거야. 너희 아버지는 어떠셔, 크게 달라진 점 있어?"

그녀가 긴 빨강 머리를 둘둘 말아 올림머리로 만들며 물었다.

난 괴로워서 신음했다.

"쭉 이런 식이면 나는 평생 워싱턴주에 살면서 대학에서 풀타임으로 강의하고 아빠한테서 반경 1.6킬로미터 이상 떨어지는 건 꿈도 못 꿀 거야."

한숨이 절로 나왔다. 난 점점 지쳐가고 있었다. 이렇게 조용한 인생은 나한테 맞지 않는다. 앞으로도 그럴 거고. 며칠 전에는 너무 지루한 나머지 중국어 사전을 읽었다. 재미 삼아.

"걱정하지 마, 너의 조건부 6개월이 지나면 PSS 일을 다시 할 수 있을 테니까. 어쩌면 해외로 갈 수도 있고. 말 나온 김에… 카이는 잘 있어?"

펜즈가 기대감에 눈썹을 들썩이며 물었다.

그 소리에 해리슨이 얼른 고개를 들었다.

"그래, 내 최애인 네 남친은 언제 온대?" 해리슨이 허공으로 주먹질을 해 보였다.

"이 몸이 쿵후를 쭉 연습하고 있단 말이야. 지난번에 카이가 이번에 들르면 지금 수련 중인 '데스 킥'을 나한테 가르쳐준다고 했거든."

그의 말에 카이와의 통화가 급히 되살아났다. 친구들한테 말할까, 생각하다가 그러지 않기로 했다. 엄밀히 말해서 난 그와 연락하면 안 됐다. 이 애들은 카이가 무슨 일을 하는지도 몰랐다.

난 해리슨에게 고개를 저으며 말했다.

"그건 데스 킥이 아니야. 그리고 내 남친은 잘 있는 것 같아. 지금 여행 중이거든. 미국에는 언제 올지 모르겠어."

난 가방을 내리고, 키보드 앞에 몸을 웅크리고 있는 아시아계 남자애 쪽을 보았다.

난 그 애의 어깨를 찌르며 미소를 지었다.

"안녕, 에디. 이번 주에 발명한 기술은 우리 쪽에 문제를 일으킬 걱정은 없는 거지?"

에디는 마술사다. 5개 국어를 하며 발명가이자, 전기 엔지니어고 음악 전문가다. 일부 천재들은 에디가 평범한 사람보다 두 배 빨리 정보를 이해한다고 믿어서 그 애를 속도를 뜻하는 스피드와 에디를 합쳐 '스페디'라고 불렀다.

"하나도 재미없거든." 그가 뾰로통해져서 연구실을 나갔다.

"쟤 왜 저래?" 내가 물었다.

"정부 기관에서 에디가 발명한 것 때문에 연락이 왔어. 기각됐대. 분명한 건 우리가 그것 때문에 근신 처분을 받은 거나 다름없다는 거야. 이번 의뢰 논의가 끝나는 대로 이 일을 두고 회의해야 해."

펜즈가 어깨를 으쓱였다.

아, 안 돼. 가여운 에디. 그는 새로 들어온 팀원이었다. 순수한 천재지만 아이디어 승인 스코어는 0:4다. 고국에서 그의 재능이 너무 오랫동안 테러리스트 집단에 이용당한 관계로 사물을 보는 그 애의 관점은 살짝 틀어져 버렸다. 그러다 테일러 대표가 그를 찾아 자유의 몸으로 만들었고 그 애의 천재성을 좋은 일에 쓸 기회를 주었다. 선한 의도에서 시작한 그의 발명은 늘 PSS 블랙리스트에 오르는 일로 마무리됐다. 블랙리스트는 세상에 절대 드러나선 안 되는 위험한 발명품 수백 개가 들어 있는 가상 파일이었다. 그러나 PSS에서는 위험한 아이디어라고 해서 부끄러워할 필요가 없었다. 한계가 없어 아이들과 그들의 아이디어가 자랄 수 있으니까.

이것이 PSS가 엄청나게 성공할 수 있는 이유였다. 이곳에 있는 모두가 틀 밖에서 생각한다. 다른 사람들이 불가능하다고 믿는 걸 곧이곧대로 받아들이지 않도록 훈련받았다. 다들 불가능과 가능성이라는 경계를 뛰어넘어 생각한다. 각자의 천재적인 두뇌 속에서 모든 걸 실험했고 다른 이의 아이디어에 성공할 리가 없다고 악담을 퍼붓는 사람도 없었다. 그런 관계로 PSS의 천재들은 간혹 의도치 않게 나쁜 아이디어를 내기도 한다. 우리는 "이런 발명은 어떨까?"라는 질문이 위험할 수도 있다는 점을 PSS에 있으면서 몸소 배웠다.

AI 컴퓨터 프로그램이 한 나라의 역사 서술을 담당하면 어떨까? 손끝에 감지 불가능한 폭탄을 장착할 수 있다면? 드론이 날씨를 조작할 수 있다면? 정부가 선택한 시스템에 무제한으로 권한을 주는 소프트웨어 프로그램이 있다면? 키스하면 활성화되는, 진실을 말하게끔 하는 세럼을 만든다면? 뭐 그런 것들. 예로 든 건 일부지만 이 아이디어들은 모두 정부에서 기각당해 블랙리스트에 올랐다. 주로 안전한 대응책이 완전히 개발되지 않았다는 이유에서였다. 가령 손가락 폭탄인 핑거팁스는 사용하지 않으면 해체할 방법이 없었다.

혹시 바이 요원에게서 연락이 왔을까 봐 휴대전화를 확인해 봤다. 아무것도 없다. 난 그에게 다시 '긴급'이라고 보낸 뒤 해리슨 앞에 휴대전화를 툭 내려놓았다.

"또 해킹됐어."

해리슨이 눈을 가린 금발 머리를 뒤로 넘겼다.

"산호초 해커야? 진짜로? 이번에는 어떻게 들어왔지? 그의 악성소프트웨어를 전체 시스템에서 24시간 일주일 내내 밀어내 버리고 있는데!" 해리슨이 공중을 향해 주먹을 쥐어 보였다.

난 고개를 저었다.

"나도 진짜 그게 알고 싶어."

해리슨이 도킹을 통해 내 휴대전화를 자기 컴퓨터와 연동했다.

"다시 분석해 볼게. 꼭 그를 찾아 우리 시스템에서 영원히 추방해 정의를 구현할 거야. 근데 젠장, 그가 우리 존재를 위협하지만 않는다면 난 그 사람한테 존중을 표하고 싶어. 아예 같이 일하자고 할지도 몰라. 능력이 대단하잖아."

모두가 한숨을 쉬었다.

"해리슨. 작작 좀 해."

"알았다고. 그는 공공의 적 1순위지. 어떻게 들어왔다 나갔는지 알아볼게."

"고마워."

난 살짝 갈등을 느끼며 대답했다. 옳은 일이지만 내가 바라는 건 아니었다. 테일러 대표는 산호초 해커가 우리의 기밀 사항도 열어 봤을 거라 여겼고, 여길 들어올 수 있었다면 다른 어디로도 들어갈 수 있는 사람이라고 확신했다.

사실 해리슨에게 전화기를 넘기지 말까도 생각해 봤다. 앞으로 한두 주는 확실히 해커가 나타나지 않을 테니까. 그 말은 내 재능이 나타나지 않은 채로 몇 주를 보내야 한다는 뜻이기도 했다. 난 이 해커를 두려워해야 했다. 그런데 이상하게 두렵지 않았다. 그가 날 도우려는 건지, 날 가지고 노는 건지 판단이 서지 않았다.

우선은 내가 월요일을 사랑하는 이유에 집중하기로 했다. 오늘은 시뮬레이션을 통해 또다시 도약할 수 있는 날이었다.

"알았어, 모두. 시뮬레이션 끝나고 회의 때 만나."

펜즈가 문까지 날 따라왔다.

"조조, 널 다치게 할 정도로 몰아붙이진 마. 요즘 너무 심하게 시뮬레이션만 해 왔잖아. 한 번에 몇 시간씩 하도록 설계한 게 아니야. 게다가 네 심박수를 확인해 봤어. 3단계에 있는 동안 네 심박은 미친 듯 치솟는다고."

난 얼굴을 찡그렸다. 사실이었다. 내가 좀 과하긴 했지만, 어차피 재네는 이해 못 할 것이다. 처음 숫자가 모조리 사라졌을 때, 난 그걸 평화롭게 받아들였다. 이제 새로운 인생을 시작하는 거라고 여겼으니까. 그러다가 숫자들이 다시 나타나면서부터 나는 재능을 가졌던 내 모습이 어땠는지 기억났다. 그래서 더 간절히 바라게 됐다.

"펜즈, 재능을 잃은 게 너였더라면 너도 나처럼 했을 거야. 그리고 진짜 괜찮아. 매번 시뮬레이션에 들어갈 때마다 내 재능이 더 강해지는 걸. 내 재능은 돌아오고 싶어 해. 느낄 수 있어. 그러니 더 열심히 하는 수밖에."

그때 테일러 대표가 들어왔다.

"펜즈의 말이 맞아요."

그녀는 검은 곱슬머리를 포니테일로 묶었고 그 탓인지는 몰라도 왜인지 처음 만났을 때보다 젊어 보였다.

"시뮬레이션에 너무 집착하지 않았으면 해요. 난 당신뿐 아니라 당신 아버지와도 약속했으니까요. 번아웃이나 정신 이상을 겪는 건 그 약속에 없었다는 걸 알아두세요. 자, 로그인하고 시뮬레이션 부스로 들어가요."

"바로 갈게요, 대표님." 난 대답하고 로그인하려고 컴퓨터를 켰다.

해리슨이 내 책상을 톡톡 쳤다.

"있잖아. 그 녀석은 대단해. 로그도 깨끗하고 히스토리도 없어. 그래도 넌 괜찮을 거야. 내가 모든 걸 더블 체크했거든. 오늘은 네 전화기나 시뮬레이션에서 이상한 로봇 목소리가 나타나지 않을 거야."

해리슨은 내게 엄지를 세워 보였고 난 밀려드는 실망감을 애써 눌렀다.

산호초 해커는 법을 위반했을뿐더러 PSS로 들어오기 위해 상상 이상으로 복잡한 전자 장벽을 뚫었다. 그것 말고 우리가 아는 건 아무것도 없었다. 그는 위험한 데다 잠재적으로 위협적이며 아마도 악의를 가진 사람일 것이다. 그가 내 시뮬레이션에 들어오면 안 된다는 걸 논리적으로는 잘 안다…. 단지 누구도 날 도와줄 수 없을 때 나를 도와준 게 그 로봇 목소리였다는 게 마음에 걸린다.

난 해리슨에게 "고마워"라고 미소를 지으려고 했지만, 머릿속에서 한 가지 생각이 빙빙 돌며 날 놓아주지 않았다. PSS는 그를 잡으려고 하지만 난 그가 누구고, 뭘 알고, 왜 이러는지 궁금해 미칠 지경이었다. 내 안의 피닉스는 가만히 앉아서 기다리지 않을 것이다. 그녀는 이런 상황에서 어떻게 해야 하는지 정확히 아는 사람이었다. 그러자 좋은 생각이 떠올랐다. PSS와 나는 그를 찾겠다는 공통된 목표가 있다. 양쪽 다 원하는 걸 얻을 수 있다면?

"저기, 해리슨." 그가 가기 전에 내가 나지막이 말했다.

"왜?" 해리슨이 몸을 가까이 댔다.

"우리가 이 녀석을 잡으면 어떨까?" 난 최대한 목소리를 깔았다.

"무슨 말이야?"

"그를 차단하지 말고 미끼를 던지자는 거지. 그의 약점을 알아내는 거야. 그런 다음 모습을 드러내게 하는 거지. 오늘도 그는 나한테 연락했어. 혹시 지금도 날 감시하고 있다면?"

난 어깨너머로 슬쩍 사무실을 살폈다. 펜즈 말고 누구도 우리에게 관심을 두지 않았다.

"테일러 대표님이 알면 우릴 죽이려 들 텐데. PSS에 언제라도 구멍이 생기면 우리 정보가 도난당할 수 있다고."

"우리가 먼저 잡으면 되잖아."

펜즈가 살금살금 다가와 속삭였다.

"네 말은 알겠어. 있잖아, 완전 바보 같은 계획이야."

난 입술을 깨물었다.

"알았어."

"그래도 난 찬성이야. 나도 이 해커를 잡고 싶거든. 내 코드를 깨고 도망친 사람은 아무도 없었단 말이야."

그녀가 복수심에 불타올랐다. 펜즈는 다섯 살 때부터 코드를 썼다고 늘 자랑했다.

"게다가 대표님이 누군가를 꺾고 싶어 한 적은 산호초 해커가 처음이잖아."

펠리시아가 엉덩이부터 들이밀고 들어왔다.

"무슨 꿍꿍이야? 제3차 세계 대전이 벌어지는 중이라면 나도 멈추는 방법을 알고 싶어."

두꺼운 안경을 낀 예쁜 갈색 곱슬머리 소녀가 완벽한 흰 치열을 보이며 우릴 향해 웃었다. 그녀는 컴퓨터 전문가로 해킹 능력이 너무 뛰어난 나머지 미국 정부가 그녀의 능력을 제약한다는 동의서에 서명해야 했다.

펠리시아가 오자 해리슨이 우물쭈물했다. 그 애한테 완전 반한 상태였다. 그녀는 그의 모든 이론을 반박하고 모든 알고리즘을 엉망으로 만들었지만, 그녀 역시 그를 좋아하는 게 분명했다.

"산호초 해커 얘기야." 내가 말해 줬다.

"우리는 내 시뮬레이션에 그를 잡을 함정을 설치하려고 해."

"진짜로? 그는 범죄자잖아." 그녀가 날 똑바로 바라보며 말했다.

"오늘 회의도 있는데 그건 좋은 생각이 아닌 것 같아. 그가 우리 시스템에 침투하면 어떡해?" 이성적인 그녀의 목소리에 해리슨이 고개를 끄덕였다.

"못 들어올 거야." 펜즈가 말했다.

"해리슨과 내가 고질라처럼 방화벽을 지킬 거니까. 우리는 그에게 딱 한 시간만 들어올 길을 찾도록 허락할 거야. 그가 진짜로 들어오면 DNS의 원래 위치를 추적해서 IP 주소를 딸 거고. 그런 다음 그의 정체를 알아내서 만방에 알리는 거지."

"무슨 일을 하는 건지는 알고 해야 할 거야." 펠리시아가 속삭였다.

"우리 비공식 서버를 써. 내가 말해 준 거 아니다." 그녀가 윙크를 던지고 스르륵 자리를 빠져나갔다.

우리는 아래에 바위가 도사리고 있을지도 모르는데도 절벽 다이빙을 하려는 이들처럼 서로를 빤히 쳐다봤다. 그리고 모두가 조용히 고개를 끄덕이고 각자의 자리로 돌아가선 방금 이곳 규칙을 위반하는 매복 계획을 세우지 않은 척했다. 내 피가 마침내 다시 흐르기 시작한 것 같은 기분이었다.

난 책상 앞에 앉아 로그인했다. 해리슨은 미리 숨은 것처럼 후드를 뒤집어쓰고 내게 해골과 엄지를 세운 이모티콘을 보냈다. 펜즈는 10분 전이라는 카운트다운을 보내줬다. 버튼 한두 개를 마지막으로 누르기까지, 시간은 고통스러울 정도로 더디게 흘렀다. 친구들이 문을 열고 사이버 트랩을 설치했으니 이제 일분일초도 낭비할 수 없었다.

시뮬레이션실로 걸어가는데 심장이 미친 듯이 요동쳤다. 내 재능이 깜박거리며 산호초 해커가 미끼를 물 확률을 계산했다. 한 시간뿐이라고 해도 그는 이쪽 분야에 빠삭했고, 난 그 시간 동안 그가 뭘 원하는지 알아내야 했다.

문 앞에서 테일러 대표가 날 맞아주었다.

"준비됐어요?" 그녀가 물었다.

"네. 오늘은 느낌이 좋아요." 그녀가 내 속을 꿰뚫어 볼까 봐 고개를 숙였다.

"으음." 테일러 대표가 미덥지 않다는 듯 반응했다. 그리고 문 쪽으로 가다가 몸을 돌렸다.

"무모한 행동은 하지 말아요, 알았죠?"

"그럼요." 대답은 그렇게 했지만 이미 엎질러진 물이라는 걸 난 잘 알았다.

CHAPTER 4

∞

시뮬레이션 부스의 벽은 모니터들, 작은 스피커, 열감지기로 뒤덮여 있었다. 언제나 그랬듯 난 인체 곡선에 맞게 좌르르 감기는 겔 의자에 앉았다.

"오늘 기분은 어때요, 리버스 양?"

수석 분석가인 베리어스 씨가 내 몸에 신경 연결 장치를 붙여주며 물었다.

"좋아요. 3단계부터 시작할 수 있을까요?" 내가 물었다.

재능이 쏟아져나오는 걸 느끼고 싶어 미칠 지경이었다. 내가 누구인지 기억해야 한다. 재능은 내 안에 있고 다시 나오고 싶어 한다. 그런데 베리어스 씨가 인상을 쓰며 말했다.

"안 돼요, 조. 테일러 대표님께서 조가 3단계를 너무 많이 한 데 비해 1~2단계를 너무 많이 빼먹었다고 하셨어요. 우리 측 계산에 따르면 당신 재능이 돌아오려면 세 가지 단계를 모두 거쳐야 하거든요. 다음 주 동안 세 단계 전부 하라고 지시하셨어요. 집에서도요."

난 한숨을 쉬었다. 일부러 그런 건 아니었다. 그냥 엄마가 돌아가시기 전인 1단계가 힘들었다. 그 시절을 경험하는 건 나쁘지 않았고 엄마를 다시 만날 수 있는 것도 좋았다. 다만 1단계 시뮬레이션은 현실만큼의 자극도 없었고 전개도 느린 데다가 재능의 불꽃이 피어오를 그 어떤 조짐도 없었다.

반면에, 중국에 있던 시절인 2단계는 내 머리를 때리는 감정적인 레프트 훅 같았다. 시뮬레이션이 보여 주는 건 지금 내 모습이 되게 해 준 곳이었다. 카이와 레드와 만난 곳. 불과 순금과 힘이 있는 장소. 또한 피닉스와 함께 내 가장 큰 두려움을 끌어내는 단계이기도 했다.

마담이 그 속에 있을 때면 너무 진짜 같아서 피부에 소름이 돋았다. 그렇지만 난 본격적으로 덤벼들고 모든 걸 받아들였다. 그런 두려움은 늘 극복할 수 있다는 걸 되새길 필요가 있었으니까.

하지만 2단계에서도 마찬가지로 재능은 돌아올 기미가 없었다.

테일러 대표는 두려움을 겪는 그 순간에 내가 눈치채지 못하는 걸 내 잠재의식이 알아볼 거라고 주장했다. 두려움 속 내 관점이 바뀌는 한순간, 그 순간에 내 재능이 점화될 수 있도록. 혹은 새로운 방식으로 다시 나타날 수도 있다고 그녀가 말했다. 물론 전부 가설이지만.

3단계는 새로운 환경이 나오는 유일한 시뮬레이션이었다. 여전히 왜 항상 죽기 직전까지 가는 경험을 해야 하는지는 몰랐지만, 인생을 시작하게 만든 뭔가가 있다면 끝내게 하는 뭔가도 있겠지 싶었다.

베리어스 씨가 헛기침했다.

"알겠습니다." 내가 대답했다. 어쨌거나 이건 그들이 설계한 시뮬레이션이다.

"절 1단계로 보내주세요. 대신 이번에는 자동으로 넘어가는 방식으로 하면 안 될까요? 단계 사이에 공백이 생기는 게 싫어서요."

게다가 내겐 시간이 없다. 우리한테는 한 시간밖에 없었다.

"단계 사이에 휴식이 하나도 없으면 뇌에 불필요한 불안이 생길 수도 있다는 걸 알잖아요." 그가 말했다.

"불안이 당신 신경 패턴을 방해해 시뮬레이션을 복잡하게 만들지도 몰라요. 단 1~2분이라도 휴식을 하는 게 좋을 것 같은데."

"괜찮을 거예요. 그냥 오늘은 막 덤비고 싶어서 그래요." 내가 말했다.

"혹시 알아요, 그러다 제 재능이 튀어나올지."

"알았어요."

베리어스 씨가 대답하고는 잠시 입술을 내민 채 생각에 잠겼다.

"그렇게 해봐요. 첫 라운드는 각 단계를 20분으로 설정할게요. 자동으로 넘어갈 겁니다."

좋았어. 딱 한 시간이다. 난 한 시간 내내 여기 있을 수 있다.

해커가 정말 보고 있다면 그는 날 찾아와야만 했다.

"지침은 알죠." 그가 실험실을 나서기 전에 음성 확인서를 요구했다.

난 고개를 끄덕이며 눈을 감았다.

"동의합니다."

그렇게 불이 꺼졌다.

∞

조명이 천천히 어둠을 걷어내며 밝아질 때 익숙한 라벤더 향이 감각을 파고들었다. 맨발이 부드럽고 보송보송한 카펫에 닿았다. "음." 난 콧노래를 흥얼거렸다. 어릴 적 내 방이었다. 눈이 서서히 적응했다. 자리에서 일어나 책이 가득 꽂힌 책장을 쳐다봤다. 낡은 침대 위로 엄마가 만든 퀼트 패치워크 이불이 덮여 있다. 책상에는 수학책, 논문, 트로피가 가득 들어찼다. 엄마가 세상을 뜨기 전과 완전 똑같은 모습이었다.

열세 살의 내 기억과 연결된 시뮬레이션 속으로 난 더 깊숙이 가라앉았다. 행복하고 만족감을 느꼈다. 잘못된 것은 하나도 없다. 모든 게 밝고 창창하다. 내 마음 일부는 이것이 사실이 아니란 걸 알았지만 난 잠시 이 순간을 즐겼다.

누가 집에 있는지 보고 싶은 마음이 커서 침실 문으로 다가갔다. 엄마랑 점심을 먹게 될까? 저녁 식사를 마치고 가족들과 게임을 할까? 예전 수학 선생님들의 코를 납작하게 만들어 볼까? 벽난로 앞에서 고양이 테일스를 열심히 쓰다듬어 볼까?

"엄마?" 난 크게 부른 뒤 귀를 기울였다. 대답이 없다.

"아빠? 마라 언니? 릴리?"

아래층에서 아무 소리도 들리지 않았다. 야옹 하는 울음조차도.

그러자 미소는 사라지고 편안함과 상실감 사이로 아픔이 밀려들었다. 열세 살인 나는 지금 떨고 있다. 집에 혼자 남겨진 적이 거의 없었다. 그때 깨달았다. 여태까지 1단계에서 혼자였던 적은 한 번도 없었다. 그래서 다시 방으로 들어갔다. 내가 여기 있는 이유를 이 방 안에서 분명 찾게 될 것이다.

수집품들을 살피며 방을 돌아다녔다. 한 책장에는 코드와 방정식이 적힌 작은 포스트잇이 잔뜩 붙어 있었다. 다른 상징들로 이루어진 벽 달력에는 날짜 칸마다 X 표시를 해뒀다. 평소처럼 공책과 날짜를 살폈지만, 특별히 눈에 들어오거나 재능을 유발할 만한 건 없었다. 산호초 해커의 징조도 전혀 보이지 않았다.

천천히 열세 살 자아로 돌아가면서 책상 앞 회전의자에 앉았다. 매일 몇 시간씩, 이 책상 앞에서 시간을 보냈다. 예전 노트북 창이 열린 채 파란색으로 반짝였다. 가까이 가서 살펴봤다. 학교 과제, 수학 포럼, 독서 토론 채팅방, 예전에 운영하던 블로그인 www.you-get-my-digits.com도 보였다. 난 큰소리로 웃었다. 어떻게 저 블로그를 잊었지?

컴퓨터 응용 프로그램으로 만든 내 웹사이트는 열세 살 인생의 하이라이트와도 같았는데. 엄마가 나처럼 숫자에 재능이 있는 아이들이 모일 수 있는 사이버 포럼을 만들어 보는 게 어떻겠냐고 제안했던 일이 계기가 되었다. 거기서 만난 그 친구들이 날 제정신으로 살게 해 주었다. 나에게 다른 누구도 없을 때 곁에 있어 준 건 그들이었다. 젊음의 활발한 에너지가 다시 요동쳤다.

채팅방을 클릭하면서 옛 수학 친구들과 만날 기분에 들떴는데 그러다 깨달았다. 내가 한 짓이 있었으니 친구들은 이제 나랑 대화하는 걸 좋아하지 않을지도 몰랐다.

채팅방 메시지 보드가 열렸다. 읽지 않은 메시지와 대답하지 않은 채팅 수백 개가 날 노려봤다. 가슴이 쿵 하고 내려앉았다. 걱정하는 친구들, 깨진 약속, 내게 고민을 털어놓고 날 필요로 했던 친구들. 난 그들을 실망하게 했다. 스크롤을 내리는데 가슴이 조여왔다.

–〈읽고. 쓰는. 수학〉 샐 님의 메시지: 조, 어디야? 넌 이큐에이트(EQUATE)에 안 왔어. 네가 주요 연사였잖아….

읽지 않은 메시지 10개.

가슴속 돌이 무겁게 가라앉았다. 샐과 나는 가까운 사이였다. 이큐에이트는 그녀의 첫 번째 십 대 콘퍼런스였다. 그 애의 가장 중요한 순간에 내가 떠나버린 것이었다.

–〈수학. 마법사. 소녀〉 아카야 님의 메시지: 조, 넌 모두에게 답을 하지 않았어. 네가 괜찮은지 알아보려고 네 컴퓨터를 해킹 중이야….

읽지 않은 메시지 5개.

난 고개를 저으며 더 빨리 읽었다.

–〈수학 괴짜〉 다네시 님의 메시지: 조 로그인 좀 해. 안 그러

면 네 수학 숙제를 더 이상 안 도와줄 거야, ㅋㅋ….

읽지 않은 메시지 3개.

그는 내게 도전 정신과 명석함을 유지할 수 있게 해 줬다.

로그아웃한 날이 기억난다. 그리고 다신 들어가지 않았다. 그들 모두를 존재하지 않는 사람처럼 팽개쳤다. 이유조차 설명하지 않았다. 난 정말 끔찍한 친구였다.

슬픔과 후회가 급격히 밀려왔다. 지금 당장 답장을 해 주고 싶다. 모두에게. 그들을 그렇게 버린 날 용서해달라고 빌고 싶다. 이유를 설명해 주고 싶다. 엄마가 세상을 떠난 뒤 난 사람들과 어울릴 감정적인 에너지가 전혀 없었고, 처음 수학 포럼을 하게 해 준 엄마 없이 운영하는 것은 무의미하다고 생각했다. 제대로 생각할 겨를이 없었다고 말하고 싶다. 잠들 때까지 울기만 했다고. 마라 언니가 내게 화가 났다고. 학교생활에 집중했다고. 아빠 회사에서 일했다고. 그때는 내 암흑기였고… 그러다 마담이 찾아왔다…. 아니, 그 부분은 애들에게 이야기하지 않을 것이다.

난 수백 개의 메시지를 빠르게 넘기며 한 사람의 이름을 찾았다. 그 이름을 봤을 때, 그만 모든 용기를 잃어버렸다.

– 망델브로의 아들로부터 읽지 않은 메시지 25개.

얼굴로 열이 올라왔고 위장이 백 개의 매듭으로 꼬이듯 뒤틀렸다. 열세 살 소녀인 나는 화면을 보며 손가락을 부들부들 떨었다. 내게 정당한 설명을 들어야 마땅했던 한 사람이 나에게서 아무 애기도 듣지 못했다. 저 25개의 메시지 속에는 무슨 말이 들어 있을까? 내가 알고 싶긴 할까? 난 눈을 꼭 감고 숨을 골랐다.

이건 시뮬레이션이야. 그 생각이 날카롭고 빠르게 스며들었다. *이제 다 지난 일이라고.* 그의 메시지를 열지 않고 컴퓨터를 덮어버렸다. 내가 얼마나 큰 상처를 주었는지 말하는 메시지를 보지 않은 채로 그를 기억하는 편이 나을 테니까.

난 의자를 뒤로 밀고 서랍을 열어 낡은 일기장을 찾았다. 종이 몇 장과 자질구레한 물건을 들추니 일기장이 보였다. 일기 한가운데 엽서가 끼워져 있었는데 유명한 수학 현상으로 그의 닉네임 출처인 망델브로 집합 프랙털이 적혀 있었다. 그가 나에게 보내준, 유일한 실제의 물건이었다. 그의 진짜 이름이 뒷면에 적혀 있을 거라고 기대했던 게 기억났다. 하지만 그러지 않아서 실망했었지.

손가락으로 매끈한 엽서를 만졌다. 뒤집어서 적혀 있는 메시지를 다시 읽으려는데 숫자들이 깜박이면서 망델브로의 복잡한 선 주변으로 움직이기 시작했다.

이 순간을 잃고 싶지 않아 가만히 있었다. 1단계에서 이런 일은 처음이었다.

내 눈이 한쪽으로 쏠렸고 두드러진 형태가 나타났다. 더 자세히 들여다보며 눈동자로 그 상징적인 선들을 살폈다. 천천히 재능의 불씨가 타올랐고 재능 한 방울이 내게 떨어지며 그 맛을 보여줬다. 눈을 깜박이자 예전 방에 불이 켜지듯 청사진이 쫙 펼쳐졌다. 숫자들이 너무 익숙해 눈물이 날 뻔했다. 방정식은 침대부터 책상, 어린 시절의 기억까지 모조리 연결했다. 웃음이 터져 나왔는데 그러다 불이 갑자기 꺼지고 머리가 빙빙 돌기 시작했다.

∞

내 등이 벽돌 건물에 닿았다. 매서운 바람에 날린 머리카락이 사정없이 얼굴을 때렸다. 어지러움을 느끼며 여기가 어딘지 살폈다. 베리어스 씨가 말한 것처럼 휴식 시간이 없어서 그런가 보다. 이번에는 단계 변화가 크다.

눈앞에 보이는 것에 집중했다. 상하이 스카이라인이다. 시내다. 와이탄의 산책로. 난 챈의 예전 사무실 근처에 있다. 더 이상 열세 살 여자애가 아닌 열일곱 살이었다. 내 자아를 망가뜨리고 다시 세웠던 도시에 와 있다. 난 강하고 용감하고 매섭다.

이 자리에 적응하느라 숨을 참고 있었다. 과제를 수행하려면 이곳에 쭉 머물러야 한다. 해리슨과 펜즈를 위해 산호초 해커를 기다리는데도 지난 시뮬레이션만큼 불안하지 않았다.

내 재능이 내 손아귀에 거의 다 들어왔다.

머리가 윙윙 울렸다. 일단 그 부분에 대해서는 더 생각할 수 없다. 시간이 없으니.

밤이고, 난 광장에 나와 있다. 주변으로 수천 명의 사람이 보였다. 여러 가지 냄새가 공기를 가득 채웠다. 튀김 기름 냄새, 자동차의 매연, 먼지. 고향에 온 느낌이지만 그리 오래가지 않을 걸 안다. 주머니를 확인해 봤다. 2단계에서 늘 그랬던 것처럼 메모가 들어 있었다.

당신이 해야 할 일: 공장으로 가세요. 20분 남았습니다.

간단했다. 길 건너편에 버스 정류장이 있었다. 3미터 앞에서 길을 건너는데 갑자기 내 등이 다시 벽돌 벽에 부딪혔다. 난 고개를 저었다. 이상하다. 이유는 모르겠지만 난 버스를 놓쳤다.

내 앞에 여러 개의 새로운 선택지가 있었다. 지하철역까진 수백 미터를 가야 한다. 그러나 난 지금 바쁘다. 택시를 타면 너무 오래 걸릴 테고. 그래서 뛰기로 했다.

발이 앞장섰고 머리는 재빨리 좌우를 살폈다. 밤공기를 마시며 나와 있으니 신이 나서 행인들을 피해 요리조리 길을 찾아 나갔다. 카이와 내가 자주 가던 낡은 단골 식당을 지나쳤다. 사람들이 둥근 테이블에 모여 앉아 웃으며 식사했다. 난 그들의 수를 세어 보려고 했다.

점점 더 달리니 자동차, 오토바이, 아는 얼굴들이 장애물로 변했다.

밤이라 문을 닫은 부티크 상점을 지나쳤다. 내게 물건을 팔려는 다른 상점 주인들을 피했고, 뭘 물어보려고 하는, 건물 정문에 선 가드들도 피했다.

마침내 대낮처럼 환한 시내에서 벗어나 공장이 있는 어두운 거리로 들어섰다. 어둡지만 길을 아니 상관없다. 난 정해진 시간 내에 도착할 걸 확신하며 더 빨리 달렸다. 거의 다 왔는데 밝은 플래시 불빛에 눈이 가렸고 다시 처음 시작했던 벽돌 벽으로 넘어졌다. 마찬가지로 손에 흐물거리는 메모지가 쥐어져 있었다. 메모를 들여다봤다.

당신이 해야 할 일: PSS로 가세요. 20분 남았습니다.

난 몸을 똑바로 세웠다. *PSS라니? 무슨 일이지?*

난 혼란스러워 주위를 둘러봤다. 아직 상하이에 있었다. 프로그램이 오작동한 걸까? 그러다 베리어스 씨가 했던 말이 생각났다. 중간 휴식 시간이 없으면 시뮬레이션이나 내 신경 패턴에 방해가 되어 복잡한 상황이 발생할 수도 있다고. 분명 그의 말이 맞았다. 의자에 달린 빨간 버튼을 누르고 싶은 마음이 생겼다. 그냥 누르고 끝내면 쉬웠다. 시스템을 다시 시작하면 되니까. 하지만 그럴 수 없다. 해리슨과 펜즈가 한 시간 동안 날 방어해 주기로 했으니까.

첫 번째 과제부터 완수할 것이다. 그러니 공장으로 가야 한다.

그래서 달렸고 이번에는 소란스러운 남자애들과 시끄러운 손수레들을 피했다. 빨간 불에 멈추지 않으려고 모퉁이를 가로질렀다. 공장에 거의 도착해 정문에 손을 대려는데, 번쩍!

또다시 벽돌 담에 등이 닿았다. 여전히 손안에 든 메모를 눈앞으로 들어보았다.

당신이 해야 할 일: 카이에게 가세요. 5일 남았습니다.

온몸이 부들부들 떨렸다. 달리기의 여운이 남아 헐떡이는 중이었다. 난 고개를 들어 위험한 요인이 있는지 찾았다. 산호초 해커가 있는지도. 그런데 상하이는 침착했다. 두려워할 만한 건 아무것도 느껴지지 않았다. 정신적인 혼란이 틀림없다. 전화 통화를 한 뒤 나는 줄곧 카이를 생각했다.

공장으로 가려고 마음먹었는데 저 앞에서 테일러 대표처럼 보이는 여성이 눈길을 끌었다. 그녀는 광장에서 소리치고 있는 사람들 무리를 향해 빠르게 움직였다.

테일러 대표가 시뮬레이션에 등장한 건 처음이다. 그녀일 리가 없는데 어쨌든 난 그 여성을 뒤쫓았다.

"테일러 대표님!"

그녀를 따라가는데 자전거를 탄 중국인 꼬마가 갑자기 내 쪽으로 달려왔다. 피했지만 잠시 멈춰야 했다. 내 눈이 날 속이는 게 분명했다. 그 증거로 소년의 얼굴이 자꾸 바뀌었다. 디지털 프로그램이 다른 프로그램으로 변형되는 것처럼. 그는 더 이상 중국인이 아니었고 피부색이 검게 변했다. 그러면서 새롭게 두드러진 얼굴 특징을 보아하니 더는 아시아인이 아니었다. 광장 역시 변하고 있었다. 내가 지금 어디 있는지 알 수가 없다. 이건 해커의 짓일까? 아니면 정신적인 혼란일까? 만일 해커라면 그가 어디에 있는지 알아내야 했다.

난 고개를 저었다.

집중해. 끝까지 가 보는 거야, 조.

목소리들이 고함을 치며 오른편에서 내 시선을 끌었다. 다들 빙 둘러서서 무언가를 보고 있었다. 싸움이 났다. 군중 속에서 테일러 대표를 닮은 사람이 있는지 살폈다. 그녀를 발견하곤 놀라 숨이 턱 막혔다. 마담이 그녀 옆에 있었다. 그것도 너무 가까이. 한시라도 빨리 대표에게 알려야 한다.

내 재능이 부싯돌처럼 반짝하고 피어올랐다. 마담이 옆에 서 있던 짧은 치마를 입은 X 소녀와 이야기를 나누고 있다. *아, 안 돼.* 저 애한테도 알려줘야 한다. 그들에게 다가가려고 더 빨리 뛰었지만 싸움이 심해지면서 구경꾼 무리도 더 멀리 움직였다. 테일러 대표처럼 보이는 여성은 사람들 무리 속으로 휩쓸렸다. 마담이 걸음을 옮겼고 완벽한 싱크로율을 자랑하는 X 소녀도 같이 걸었다. 본능이 날 주도하려 해서 마음을 단단히 먹었다. 그녀를 향해 뛰어가는데 싸우던 남자 한 명이 피를 흘리며 튀어

나와 마담과 소녀를 따라갔다. 난 놀라 입이 턱 벌어졌다. 어디서든 그의 걸음걸이와 몸매를 알아볼 수 있었다.

"카이?"

그가 돌아보기 전에 검은 벽이 날 완전히 에워쌌다.

∞

위에서 큰 소리가 났다. 놀라서 눈을 뜨니 파랗고 하얀 연무가 보였다. 하늘, 날갯짓.

붐. 붐. 붐. 붐. 난 손에 장갑을 꼈다. 비행기를 모는 중인데 작동법을 다 알진 못한다. 창공에 높이 떠 있다. 워싱턴주의 서부 해안이 발아래로 펼쳐졌다. 헬리콥터 안이었다. 이번에는 빨리 적응했다. 헬리콥터 시뮬레이션은 여러 번 해 봤다.

눈을 감고 얼굴로 거센 바람이 느껴질 때까지 기다렸다. 잠시 난, 좀 전에 끝낸 2단계도, 시스템 안에 있을지도 모르는 천재 해커도 잊은 채 호흡에만 집중했다. 어릴 때부터 쭉 한 가지만 갈망해 왔다. 비치 하우스 위를 날아다니는 새들처럼 구름 위로 높이 솟아올랐다가 곤두박질치는 불가능한 일을. 그 모든 시간을 보낸 뒤 드디어 소원을 이루었다. 어느 정도는.

난 엄청 행복하다. 여름이고 아름다운 해안선 위를 날고 있다. 수많은 게이지 중 하나를 보니 1,524미터 상공이었다.

30퍼센트의 정보만 가지고도 헬리콥터를 여러 차례 몰았지만, 아직도 조작법을 제대로 알지 못했다. 그래도 배울 마음은 여전했다.

목표에 가까워질 때쯤 문제가 생겼다. 날개 펌프 소리가 유독 크게 들렸고 경고등이 미친 듯이 깜박였다. 다이얼 40개, 버튼 200개, 스위치 30개, 게이지가 몇 개나 되는지는 확실치 않다.

헬리콥터 시뮬레이션이 내 머리를 재부팅 해야 하는데 오히려 어지럽게 만들고 말았다.

이제 매운 연기 냄새가 풍겼다. 아래에 불이 난 걸까? 엔진에 불이 붙었을까? 헬리콥터가 고장 났다. 빨리 착륙해야 한다.

내 재능이 깜박이며 살아났다. 내겐 50대 50의 기회가 있다. 찰나의 순간에 가능성, 선택 사항, 루트가 마음의 눈앞에 펼쳐졌다. 그런데 안전한지 확인하기도 전에 사라져 버렸다. 그래도 한 가지는 분명하다. 내가 고도를 너무 낮췄다. 너무 낮게 비행하고 있으니 고도를 높여야 한다.

산맥, 삐죽삐죽한 절벽, 물이 보였다. 지난번에는 사막이었다. 정글에서 비행했던 때도 있다. 모든 경로를 다 익혔지만, 여전히 왜 여기 와 있는지 파악하지 못했다. 충돌해 봐야 한다면? 내 마음이 날 살리고 싶어 할 테니 두뇌로 미친 듯이 아드레날린을 분출하겠지. 난 모든 경고 신호를 무시하고 급하강했다.

재능이 곧바로 되살아났다. 오늘 그 맛을 제대로 즐길 것이다. 날개가 잘려 나가고 바람이 세차게 얼굴을 때렸다. 난 날고 있다. 추락하는 중이다. 주변부로 붉은 경고등이 깜박였다. 난 무시하고 더 빨리, 더 낮게 날았다. 거의 바닥에 부딪힐 때가 되었는데 오늘 아침 차 안에서처럼 로봇 목소리가 헬리콥터 날갯소리를 뚫고 나타났다.

"속도를 늦춰."

난 놀라 숨을 참았다. 산호초 해커다. 그가 들어왔다. 그가 다시 입을 열자 온몸으로 냉기가 흘렀다.

"이 문을 열 필요는 없어. 후회하게 될 거야."

그가 이런 말을 할 거라고 예상치 못했다. 이건 협박이었다. 그와 상관없이 혼란스러운 희망도 내 옆에서 같이 피어올랐다. 그와 이야기를 나눌 절호의 기회를 포기하지 않을 거다.

"내 재능을 되살리는 방법을 말해."

대답이 없다.

헬리콥터는 여전히 대기 중에서 안정적으로 비행하려고 씨름했다. 그의 입을 열 방법을 안다. 난 조종대에서 손을 놓았다. 헬리콥터가 내 통제에서 벗어나 빙글빙글 돌았다. 나선으로 하강했다, 나처럼. 나도 점점 어지러웠다. 속이 메스껍다. 머릿속 숫자들이 하나의 큰 덩어리로 엉겨 붙었다.

낮은 로봇 목소리가 스피커를 타고 흘렀다.

"그들을 돕는 데 알아야 할 걸 이미 말해 줬잖아. 자, 속도를 늦춰…."

뭐라고? 누굴 돕는다는 거지?

"네가 누군지 말해 주면 속도를 늦출게."

난 겁에 질렸다. 고도를 잃고 있었다. 내 재능이 끼어들어야 했다. 그러기 위해서 충돌해야 한대도 상관없었다.

침묵이 흘렀다. 대답이 없다.

미친 듯이 화가 치밀었다.

헬리콥터가 곤두박질쳤다. 의도적으로 그렇게 하는 중이다. 내 재능이 반응하고 숫자들이 나무 한두 그루가 아닌 숲처럼 나타났다. 지금 와서 포기하고 싶지 않다.

해커가 누구든 그는 내게 말해 주지 않을 것이다. 그래도 상관없다. 재능의 불꽃을 따라갈 것이다. 재능이 내 목숨을 구해 줄 것이다.

난 추락하고 곤두박질쳤다. 바람에 숨이 막혔다.

"해안선에 집중해."

단호한 그 말에 내 눈이 사방을 살피다가 땅 위의 작은 부분을 찾았다. 흔들렸지만 난 그 해안선에 시선을 고정했고 그러자 놀라운 일이 벌어졌다. 해안선을 따라 숫자들이 쭉 늘어섰고, 패턴이 나타났다. 모든 것이 분명하게 눈에 들어왔다. 반짝하고 없어지거나 흐트러지는 불규칙한 숫자가 아니다. 내 재능이 완전히 켜졌다. 그런데 너무 늦었다. 헬리콥터는 통제 불능 상태가 되었다. 지면까지 너무 가깝다. 경고음이 마구 울렸지만, 너무 많아서 셀 수 없었다.

모니터가 검게 변했다.

커다란 두 손이 내 어깨를 잡았다. 난 밀쳐냈다.

"싫어요! 아직 아니에요!"

흰 불빛에 눈앞이 보이지 않았다. 실험실 조명이 켜지면서 난 눈을 꼭 감았다.

해리슨이 날 잡아끌었다.

"이 정도면 충분해."

"거의 다 됐어. 내 재능이 거기 있었다고! 해커도 들어왔고."

해리슨은 내 말에 반응하지 않고 시뮬레이션을 껐다. 벨트가 딸깍하고 열렸다.

난 숨을 내쉬면서 이마를 짚었다. 땀범벅이다. 아드레날린으로 온몸이 들썩였다. 한 시뮬레이션에서 다른 시뮬레이션으로 곧장 넘어간 탓이다. 망델브로 탓이기도 했다. 2단계 시뮬레이션에서 카이와 PSS가 등장했다. 내가 충돌할 때 재능이 켜졌다. 그리고 여전히 여기 있었다. 그걸 아는 까닭은 지금 심박수를 계산하고 있어서다. 1초 만에 분당 194초라고 파악했다. 그리고 마치 해가 지고 어둠이 찾아드는 것처럼 숫자들이 희미해졌다.

해리슨이 고개를 저었다.

"짐을 챙겨 공용 회의실로 가. 비상 상황이야."

해커의 목소리가 귓가를 울렸다.

이 문을 열 필요는 없어. 후회하게 될 거야.

그의 말이 맞았다. 내가 무슨 짓을 한 거지. 뭐가 잘못되었든 난 그 잘못을 더 끔찍하게 만들고 말았다.

CHAPTER 5

∞

창문이 없고 보완 시설이 완비된 공용 회의실에는 긴 타원형 테이블이 한가운데 놓여 있다. 열 명의 천재가 초소형 헤드폰을 끼고 손목에 스마트 기기를 차고서 태블릿 앞으로 몸을 구부리고 있다. 모두가 불안한 얼굴로 서로를 흘끔거렸다. 난 그들과 시선을 마주하지 않았다. 의뢰 건으로 매주 월요일 테일러 대표가 소집하는 회의 말고 이런 긴급 상황은 처음이었다. 게다가 내가 가장 기본적인 규칙 중 하나를 어기고 위험한 해커를 시스템 안으로 들이는 바보 같은 짓을 했으니 당연히 평범한 월요일이 아닌 것도 확실했다.

내가 무슨 짓을 저지른 걸까?

난 입이 바짝 마른 채 자리에 앉았다. 너무 작아서 알아차리지 못하는 PSS의 초소형 기기들에 둘러싸여 있으니 아주 쉽게 뭐든 추적할 수 있다는 점이 새삼스럽게 와닿았다. 예를 들어,

누군가의 피부에 난 점은 사실 소형 카메라나 생체감지기일 수도 있었다. 난 한숨을 쉬었다.

테일러 대표가 아직 회의실에 오지 않은 관계로 잠시 시뮬레이션에서 있었던 일에 대해 생각해 보았다.

해리슨과 펜즈가 서둘러 들어와 슬그머니 내 옆에 앉았다. 그들의 표정을 보니 차라리 헬리콥터에서 추락했으면 더 나았을 거라는 생각이 들었다.

"얼마나 안 좋은 상황인 거야?" 마음을 단단히 먹고 내가 물었다.

"그게, 네가 말한 것처럼 산호초 해커가 들어왔어." 해리슨이 속삭였다.

난 고개를 끄덕이며 어느 정도까지 이야기해야 할지 고민했다.

"그래서?"

"그는 우리가 생각한 것보다 더 교활했어. 조력자가 있더라고. 네 시뮬레이션에 산호초 해커가 들어가 있는 동안 그의 공범이 슬쩍 와서 우리의 보안 데이터베이스를 뚫고 파일 하나를 가져갔어."

난 끔찍한 두려움에 눈을 꼭 감았다.

"어떤 파일인데?"

"우리도 아직 몰라. 가상 홀로그래픽 파일이야. 그 정도로 대단한 녀석이었어." 해리슨이 한숨을 쉬며 눈살을 찌푸렸다.

"아니면 그 정도로 나쁜 놈이거나."

펜즈가 덧붙였다. 그리고 몸을 숙이며 말했다.

"파일이 뭐든 테일러 대표님이나 베리도스 씨보다 우리가 먼저 알아내야 해."

우린 단호한 표정으로 서로를 쳐다봤다.

난 소매를 걷어붙이고 테이블을 두드리기 시작했다.

멍청이. 그가 위험한 인물이라고 애들이 말했잖아.

난 그 경고를 듣지 않았다. 재능이 없으니 정말 나쁜 결정만 계속 내리고 있었다.

"우리가 되찾을 거야." 내가 말했다.

"내가 되찾을 거야. 시간이 얼마나 걸리든. 의뢰 건 회의가 끝난 뒤에 시작하자. 근데 테일러 대표는 어디 있어?"

펜즈는 모르겠다는 듯 어깨를 으쓱이곤 해리슨과 서로 쳐다봤다.

"펠리시아한테 먼저 시작하라고 말했다는데. 이런 일은 처음이잖아."

내 몸이 굳어 갔다. 늦는 건 그녀답지 않았다. 정말 너무나도 다른 월요일이다. 머리가 아팠다.

"커피를 마셔야겠어."

카운터로 가니 레저라고 불리는, 음성으로 작동하는 에스프레소 기기가 내 목소리 파장을 알아듣고 반겨주었다.

"안녕하세요, 조." 커피머신이 말했다.

"오늘은 뭐로 드릴까요?"

"안녕, 레저. 트리플 샷 마키아토, 제일 진하게 부탁해."

레저가 커피를 만들면서 내가 가르쳐 준 중국 민요를 흥얼거렸다. 다른 때 같았으면 좋아했겠지만, 지금은 그리 기쁘지 않았다.

펠리시아가 클립보드를 들고 회의실로 들어와 테이블 중앙에 앉았다.

"자, 천재 여러분. 테일러 대표님은 곧 오실 거야. 이번 주에 우리한테 아주 근사하고 새로운 기회가 몇 개 찾아왔는데…."

그녀의 목소리는 밝았으나 표정은 정반대인 어색한 미소였다.

"펠리시아, 솔직히 말해 줘." 에디가 한숨을 쉬었다.

"이번 주 PSS 업무는 완전히 지루했잖아."

당연히 에디라면 그렇게 말할 수 있었다.

"지루한 일도 여전히 중요하거든." 펠리시아가 쏘아붙였다.

"지루하다는 건 내가 아빠한테 해줘야 할 말이야." 난 펜즈에게 속삭였다.

아무것도 안 하고 쉰다고 숫자들이 돌아올 것 같진 않았다. 난 아드레날린이 엄청나게 치솟으며 재능이 다시 나타났던 헬리콥터 시뮬레이션을 떠올렸다. 그리고 고개를 저었다.

우리가 뭘 후회하게 된다는 거지? 그는 무슨 말을 하려던 걸까? 카이와 PSS가 내 재능과 무슨 상관이 있지? 그는 뭘 가져갔을까?

펠리시아가 잔인할 정도로 천천히 의뢰 건들을 하나씩 읽었다. 전 세계에서 일이 들어왔다. 서울, 아부다비, 런던. 모두 경제, 농업 혹은 기술 문제와 관련이 있고 다들 수많은 보고서와 회계일이 연루돼 있었다. 보고서를 실제로 좋아하는 일부 열성분자들의 '좋았어'라는 환호성을 제외하면 신음과 탄식이 회의실을 채웠다. 발명하고, 새 제품을 실험하거나 무언가를 해킹하는 것 같은 재미는 확실히 없었다.

펠리시아가 계속 제안서를 읽는 동안 팀원들은 싱크탱크 앱에 접속해 해결 방안을 메모했다. 그렇지만 난 집중할 수 없었다. 보통 때라면 PSS에 들어온 의뢰로 신이 났겠지만 오늘은 아니었다. 없어진 파일에 관한 생각을 멈출 수가 없다. 그리고 바이 요원이나 한센 경감과 카이 일로 통화해야 하고 산호초 해커에 대해서도 알려주어야 한다. 게다가 PSS는 이런 일에 날 필요로 하지 않았다. 팀의 모두가 이런 문제를 해결하는 능력이 나보다 훌륭하니까.

업무 의뢰서 목록을 다 읽기도 전에 테일러 대표가 회의실 안으로 들어왔다. 키가 작아도 당당한 존재감이 여전히 시선을 사로잡았다. 곧게 세운 등과 냉철한 얼굴이 꼭 전투에서 돌아온 군 지도자를 연상시켰다. 타일 위로 내딛는 걸음이 꼭 우리에게 벌을 내리는 카운트다운 같았다. 무슨 살인 증거라도 잡은 듯 소중하게 쥐고 있는 파일을 보고 우린 모두 침묵했다.

"팀 여러분, 잠시 주목해 주겠어요? 안 좋은 소식이 있어요."

CHAPTER 6

회의실 조명이 꺼지고 번뜩이는 빨간불이 켜졌다. 머리 위 버저가 울리니 테이블이 흔들리고 모든 전자 기기, 태블릿과 스마트워치가 꺼졌다.

다크-아이.

말로만 듣던 프로토콜이었다. 이제 PSS는 고도의 보안과 방음 체계로 바뀌어 완전히 폐쇄되었다.

"여러분, 걱정 마세요. 곧 정상화할 거니까요. 여러분의 정보 어떤 것도 손실되지 않을 겁니다."

테일러 대표가 설명했다.

내가 모르는 다른 다섯 명의 PSS 인간 계산기들도 마찬가지로 긴장한 채 자기들 자리에서 놀라고 있었다. 그들은 현장에는 나가지 않고 내부에서 팀을 돕는 일을 한다. 지금 그들은 물 밖으로 나온 생선과 같았다. 현장 팀이 미동도 없이 굳어 있는 건 두려워서가 아니라 상황을 잘 알기 때문이다. 내게는 이 긴장감 도는 분위기가 중국으로 돌아온 것처럼 평범하게 느껴졌다.

"오늘 일찍부터 우리는 정부 기관으로부터 경고를 받았습니다. 이번 주까지 블랙리스트를 봉쇄하지 않으면 PSS를 폐쇄할 수밖에 없다고 하더군요. 그 말은 해리슨, 사이버 아일랜드에 있는 가상 파일을 잠금 처리해야 한다는 겁니다."

내가 손을 들었다.

"사이버 뭐라고요?"

테일러 대표가 내 쪽을 슬쩍 쳐다봤다.

"PSS에서 만든 모든 프로그램은 백 퍼센트 암호화해요. 프로그램을 운영할 때마다 사이버 아일랜드의 명령 서버가 공개 키와 개인 키를 주죠. 민감한 사안이 들어 있는 파일의 경우 우리가 사이버 아일랜드에 잠금 처리해 둬요. 불법 변경이 발생하면 명령 서버가 해독용 키를 내주지 않고 파일과 관련된 모든 걸 삭제하라는 명령을 내립니다. 그렇게 해서 공격하는 쪽에서 프로그램을 백업하더라도 암호화된 키가 없으니 판독할 수 없는 글자만 남아요. 기본적으로 이건 우리 블랙리스트를 죽이는 스위치인 겁니다."

"그래야 세상이 더 안전해지니까." 에디가 고개를 저으며 말했다.

블랙리스트를 포함해 PSS의 모든 발명에는 최첨단 기술이나 과학적 진보와 같이 특정 정보 전문가만 열람할 수 있는 내용도 포함된다. 이런 기술 일부는 안정성과 개인정보 보호법에 따라 공공재용으로 허가가 난 반면 다른 것들은 오로지 정부와 과학적 용도로만 쓸 수 있었다. PSS의 모든 비약적인 발명품들은 상당히 민감한 사안이므로 블랙리스트에 포함된 기술이 잘못된 손아귀로 들어가면 전적으로 위험했다.

테일러 대표가 화난 사람처럼 한 일자로 입을 다물었다.

"그 블랙리스트에 관해 안 좋은 소식이 있답니다. 우리가 해킹당했어요. 해커가 우리 시스템으로 들어왔고 그는 자신이 원하는 게 뭔지 정확하게 알고 있었죠. 블랙리스트 기술이 포함된 가상 홀로그래픽 파일을 가져간 겁니다."

회의장이 술렁였다. 누구도 PSS가 개발한 휴대용 홀로그래픽 썸 드라이브인 홀로썸을 사용하지 않고는 가상 홀로그래픽 파일을 가져갈 수 없었다. 이건 PSS의 신기술이니만큼 큰일이었다. 도둑이 가져간 것이 무엇이든 이제 그는 자기 엄지손가락 지문으로 그걸 암호화해 버릴 테니까.

"맞아요." 테일러가 말을 이었다.

"조사 과정에서 흔적을 찾았어요. 해커가 이 안전한 데이터베이스에 들어왔던 전력이 있더군요."

그녀가 모두를 쳐다봤고 눈동자는 폭풍우가 오고 있는 것처럼 어두워졌다.

"제가 하려는 말은 우리 블랙리스트 전체가 위험하다는 겁니다."

죄책감이 무겁게 짓눌렀다.

난 의자에서 떨어질 뻔했다. *멍청이*. 어쩌다 이런 일이 벌어지게 만든 거야?

난 머리카락을 귀 뒤로 넘기고 손가락으로 관자놀이를 눌렀다. 정신이 나갔던 걸까? 뉴턴의 제3의 법칙이 머릿속에서 펼쳐지며 날 향해 손가락질했다.

모든 행동에는 그와 동일한 반작용이 일어난다.

머릿속이 얼른 시뮬레이션 속 내 과제를 떠올렸다. 카이, PSS, 테일러 대표까지. 내가 거기 빠져있느라 해커가 블랙리스트 파일을 가져갈 수 있었다. 지금 재능을 되찾겠다는 내 바람이 세상을 엄청나게 위험한 곳으로 만들고 말았다. 내가 한 또 다른 행동이 더 심각한 결과를 초래할지도 모르고.

테일러 대표가 테이블 왼쪽으로 종이 한 장을 돌렸다.

"에디, 정부에 알려지기 전에 이 일에 얼른 착수해요. 해리슨, 당신이 사이버 아일랜드 프로그램을 만들었으니 계속 작업하도록 해요. 우린 블랙리스트가 스쳐 간 모든 서버에서 그 흔적을 지워야 합니다."

"네, 대표님." 해리슨이 땀으로 번쩍이는 이마를 비볐다.

이건 내 잘못이다. 카이가 하지 말란 걸 고스란히 했다. 해커가 날 쥐락펴락하도록. 테일러 대표는 내게 그가 위협요인이라고 말했다. 그는 날 도우려던 것이 아니었다. 날 이용해 블랙리스트를 챙겼다. 그 말은 그는 내가 믿는 것보다 더 위험한 사람이라는 뜻이었다.

빨간 불빛 아래서 불길한 기운을 느끼며 펜즈와 에디는 불안한 표정으로 의자에서 꼼지락거렸다. 해리슨과 펠리시아는 추적하는 방법을 논의하느라 벌써 바빴다. 내 안에서 이글거리는 불길이 너무 뜨거워 당장 뭐라도 하지 않으면 온몸이 타 없어질 것만 같았다. 난 재능을 되찾을 것이다. 블랙리스트도 찾을 것이다. 산호초 해커를 추적해서 그를 멈추고 세상 밖으로 완전히 끄집어내서 법의 심판을 받게 할 것이다.

테일러 대표가 방 안의 분위기를 느꼈다. 그녀가 잠시 주목하라고 손뼉을 쳤다.

"PSS의 첫 번째 규칙. 우리는 절대로 겁에 질리거나 패배감에 굴복하지 않습니다. 우리는 열심히 혁신적인 방식으로 일해 왔어요. 뭐든 할 수 있다는 믿음으로 여기까지 왔습니다. 우리가 그동안 이루어 낸 과거의 해결책들에 대해 굳이 언급하지 않아도 되겠죠."

그녀가 길게 숨을 내쉬었고 다시 조명이 돌아왔다.

"우리는 블랙리스트와 해커를 찾을 겁니다. 그 말은 우리가 해야 하는 다른 업무와 우릴 필요로 하는 사람들 역시 잊어서는 안 된다는 거겠죠."

그녀가 펠리시아에게 몸을 돌렸다.

"새로 들어온 의뢰 건은 어떻게 되었나요? 어떤 일을 하기로 했죠?"

펠리시아가 목록을 들었다.

"아직 결정하지 못했습니다." 그녀는 정신이 딴 데 팔린 채 대답했다.

"아직 고려할 제안서 하나를 말하지 않았어요. 위기관리 분야로 명시되어 있으나 세부 사항을 보니 인터넷 보안 재부팅 건 같아요. 노트에는 시스템이 무너지기 직전이라고 적혀 있습니다. 소프트웨어가 충돌을 일으키고 해커들에게 취약할 수밖에 없는 부분이 많아요."

그녀가 제안서를 읽는 동안 다들 탄식했다. 지루한 일이다.

"이런 일은 누구나 할 수 있을 것 같아." 펜즈가 내게 속삭였다.

"그런데 왜 우리 쪽으로 연락했을까?"

펠리시아가 헛기침했다. 분명 아무도 관심이 없었다.

"알았어. 그럼, 에디와 해리슨은 나미비아의 석유 시추용 새 다이아몬드 드릴 기술 건에 확실히 더 흥미가 있는 거네. 펜즈는 지구상에 아직 건드리지 않은 물고기 인구에 관한 심해 어업 관련 기술을 선택했고, 튀니지의 의뢰는 딱히 관심을 보이지 않으니 이 중에서 투표하면 될 것 같아."

그 소리에 놀라 재빨리 고개를 들다 목에 담이 들 뻔했다.

"잠깐만." 내가 소리쳤다.

"방금 튀니지라고 했어?"

펠리시아가 고개를 끄덕였다.

서둘러 일어나는 바람에 의자가 뒤로 밀리며 벽에 부딪혔다. 내 입에서 나도 모르게 말이 튀어나왔다.

"그 의뢰를 받아야 해."

CHAPTER 7

의뢰 업무에 관해 내가 목소리를 높인 적은 없었기에 회의실은 조용해졌고 모든 시선이 내게로 쏠렸다. 내 머릿속에 무슨 생각이 들었는지 저들이 알면 날 이해해 줄 텐데.

튀니지를 골라. 기한은 닷새야….

난 셔츠를 똑바로 펴고 땀에 젖은 손바닥을 바지에 문질렀다. 귀신이라도 본 사람 같은 표정일 게 분명하다. 어느 정도는 진짜였다. 이건 우연일 리가 없으니까. 해리슨과 펜즈가 의구심 어린 눈으로 날 쳐다보면서 내 입에서 무슨 말이 나올지 궁금해했다.

"흥미롭군요." 테일러 대표가 팔짱을 꼈다.

"우리가 왜 일을 해야 하는지 이유를 설명해 볼래요?"

두 달 동안 난 뒤쪽 구석에 박혀 조용히 들으며 메모하고 내 재능이 완전히 되살아나 전 세계의 모든 문제를 해결할 수 있는 멋진 답변을 내놓는 사람이 되기만을 꿈꿨다. 그런데 현실은 방정식이나 수학적 관점 그 이상을 제안할 능력이 되지 않았다.

난 어색하게 웃으며 어깨를 으쓱였다. 산호초 해커가 우리에게 튀니지로 가라고 했다는 말을 팀에게 솔직히 털어놓는 쪽이 현명한 판단인지 확신이 없었다. 그러면 팀원들 혹은 그를 겁먹게 만들 수도 있었다.

난 천천히 자리에 앉았다.

"전 이 일에 대해 펠리시아의 의견에 동의합니다. 지루한 일도 마찬가지로 중요하니까요."

그리고 주변을 둘러보았다. 펠리시아는 정신 나간 사람을 보듯 날 쳐다봤다.

테일러 대표가 날 향해 눈썹을 들썩였다. 전혀 설득력이 없었다.

"그리고 우리 팀에 새로 들어온 해리슨." 난 재빨리 머리를 굴렸다.

"전에 네가 튀니지에 대해 말하지 않았어?"

해리슨은 멍한 표정으로 날 쳐다봤고 확실히 자기 이름을 거론한 게 기분이 좋지 않은 눈치였다. 하지만 그는 내 의도를 금방 알아차렸다.

"어, 그랬지." 그가 고개를 끄덕였다.

"사실 오늘 아침에 기사를 읽었어요. 튀니지 역사상 두 번째로 큰 선거가 이번 주에 열리는데 급진주의자들의 움직임으로 인해 수도가 긴장에 휩싸였다고 해요."

앗. 난 몸서리를 쳤고 손이 차가워졌다. 이건 안 좋은 소식이었다.

"음. 이 건에 대한 더 자세한 정보가 있나요?" 테일러 대표가 흥미를 잃은 채 펠리시아에게 물었다.

다행히 펠리시아가 잘 받아줬다.

"네. 우선 이 일은 직접 그곳으로 가야 합니다. 가장 큰 문제는 교육부의 정보 침해에 있어요."

펜즈가 내게 곁눈질했다. 그 애는 입을 쭉 내밀고 눈썹을 한데 붙이며 인상을 썼다. 화가 났지만, 자기한테 말하지 않은 부분에 대해서 궁금해하는 얼굴이었다.

난 고개를 살짝 기울이고 입 모양으로, "블랙리스트"라고 말했다. 하지만 펜즈는 알아듣지 못했다. 그래서 그냥 고개를 저었다.

머릿속에서는 불꽃이 튀고 위장이 요동쳤다. 산호초 해커의 메시지, 내 시뮬레이션에 등장한 테일러 대표, 도난당한 블랙리스트. 튀니지의 업무 의뢰가 이 일과 관련이 있었다.

그리고 카이도 마찬가진데…. 그 말을 저들에게 할 순 없었다.

산호초 해커는 *그들을 돕는 데 알아야 할 걸 이미 말해 줬다*고 했다. 혼란스럽다. 해커가 우릴 돕고 있는 걸까? 아니면 날 튀니지로 가게 하려고 지금 미끼를 던지는 걸까? 그가 위험한 인물이라면 왜 우리를 쓰러뜨리지 않을까? 이미 블랙리스트를 손에 넣었는데 어째서 다른 데도 아닌 PSS가 필요한 거지?

눈앞으로 숫자들이 왔다 갔다 했다. 정전기처럼 절반 정도 일어났다가 아래로 가라앉았다. 조각조각 깨진 거울을 들여다보는 듯한 느낌이다. 그렇다고 해도 난 카이와 블랙리스트가 거기 있다고 확신했다.

해리슨이 내게 시선을 고정한 채 턱을 비볐다.

"대표님, 저희는 이런 일을 잘해 왔습니다. 원조가 필요한 국가들에는 그 과도기가 중요하다는 걸 알만큼요."

해리슨은 자신이 어째서 날 돕는지 이유는 모르지만, 블랙리스트와 관련이 있다고 파악한 듯했다.

테일러 대표가 끼어들었다.

"지금 중요한 건 블랙리스트를 추적하는 거예요. PSS에게 인터넷 보안 관련 업무는 너무 쉽죠. 이 건은 넘어가고 나미비아의 의뢰를 받아들이는 게 어떨까요."

내 본능 깊숙한 곳에서 그녀가 지금 실수하고 있다는 외침이 강하게 올라왔다. 이 일은 블랙리스트와 관련 있고 PSS는 그걸 알 권리가 있다.

난 펜즈와 펠리시아를 쳐다보며 고개를 저으며 '안 돼'라고 알렸다. 펠리시아가 '대체 무슨 일이야?' 하는 표정으로 날 쳐다보더니 팀원들에게 말했다.

"좋아요, 그럼 투표에 부쳐요. 나미비아를 할까요, 아니면 튀니지를?"

"천재 여러분!"

해리슨이 손가락으로 딱딱거리는 소리를 내자 나를 제외한 모두가 결정을 내리기 위해 그룹으로 모였다. 전에는 내가 현장 업무를 나갈 수 없으니 이런 광경이 전혀 거슬리지 않았는데 오늘은 심하게 동요되었다. 그들이 잠시, 대략 7~8분 정도 이야기를 나누었고 다시 각자의 자리로 돌아갔다.

팀이 내게 몸을 돌렸다. 다들 얼굴에 이상한 표정이 짙게 드리웠다. 아마도 해커를 잡으려는 멍청한 계획 때문에 날 믿지 못하겠다고 결심한 것 같다. 그래, 그들의 결정이 맞을 것이다.

펠리시아가 헛기침하더니 결과를 발표하려고 자리에서 일어났다.

"우린 튀니지 건을 하기로 했습니다. 다만 한 가지 조건이 있어요."

"조건이라니?"

신발 안에서 발가락이 차가워지는 기분을 느끼며 내가 물었다.

펜즈가 씩 웃었고, 그녀의 눈동자에 장난기와 결단이 뒤섞였다.

"너도 우리랑 같이 가야 해."

CHAPTER 8

기한은 닷새야.

내 재능이 날카롭게 딸꾹질하며 시동을 걸었다. 숫자들이 아드레날린처럼 마구 쏟아져나와 시속 160킬로미터의 롤러코스터를 타듯 요동쳤지만 여기서 내리고 싶지 않다. 이 영광스러운 순간에 공항을 나서는 내 모습을 떠올려 봤다. 아빠의 지지와 완전히 돌아온 내 재능과 함께.

5초 안에 그래프 세 개와 내가 저장해 뒀는지도 몰랐던 튀니지의 지도 아홉 개가 눈앞에 펼쳐졌고 난 머릿속으로 고속도로를 타고 그 지역 전체를 누볐다. 그런 다음 방정식들이 산호와 해안가를 따라 펼쳐지면서 대칭이 맞지 않는 카이의 얼굴을 만들었다. 그리고 마침내 모든 것이 하나로 모였다. 해커의 로봇 목소리.

튀니지로 간다면 난 그를 찾을 것이다. 그가 내 재능이 돌아올 수 있게 도와줄 거고. 그걸 어떻게 아는지 모르겠지만 아무튼 그렇다.

테일러 대표가 찬찬히 날 살피고 있었다. 내 재능이 작동하는지 궁금해하는 얼굴이었다. 난 입이 귀에 걸리도록 씩 웃어 보였다. 훅 하는 채찍질 한 번에 숫자가 사라지면서 즐거움은 막을 내렸다. 나는 다시 재능에 올라타고 싶었지만, 문은 닫혀 버렸다.

급하게 혈당이 오른 뒤 찾아오는 두통처럼 현실이 무겁게 날 짓눌렀다.

튀니지는 등식에서 벗어나 있다. 오늘 난 충분히 손해를 입었다. 아빠가 절대로 허락하지 않을 것이다. 알지도 못하는 미치광이를 믿는 실수를 두 번이나 해선 안 된다. 카이 걱정이 엄청나게 되긴 하지만 그는 자기 몸을 지킬 수 있는 남자였다.

"미안하지만 난 못 가. 알다시피 재능 없이는 내가 그리 유용하지 않고 아빠도 허락하지 않으실 거야."

나약한 배신자처럼 변명이 흘러나왔다. 그들도 내 속마음이 말과는 정반대라는 걸 잘 알았다. 특히 이 제안을 받아들이라고 촉구한 쪽은 나니까 말이다.

PSS는 이미 심각한 문제를 안고 있었다. 블랙리스트가 사라졌다. 내가 그들을 더 큰 위험으로 이끈다면? 이 모든 일이 산호초 해커가 우리를 꿰어내려고 쓴 속임수일 수도 있다. 그리고 이 건은 대체 카이랑 무슨 연관이 있을까?

침착하게 호흡해.

난 긍정적으로 생각하려고 애썼다. 카이는 자신이 뭘 하는지 잘 안다. 그는 일주일 안에 상하이로 돌아올 것이다. 제대로 일을 끝내고서. 머릿속의 근본 없는 생각 때문에 사달을 벌이는 걸 거부하기로 했다.

"조, 넌 우리 중 그 누구보다 틀에서 벗어나서 생각하잖아…." 펠리시아가 말했다.

"너희 아버지를 설득할 방법을 찾을 수 없을까?"

내 본능이 펠리시아의 의견에 격하게 동의한다고 고함을 질렀고 난 그 느낌을 무시하지 않는 법을 배웠지만, 다시 아빠를 트라우마에 빠지게 할 순 없었다.

"치열한 선거가 열리는 국가로 여행을 간다고 하면 아빠가 놀라 뒤집어질 거야. 이제 겨우 건강을 회복하기 시작했는데."

"지난 몇 달간 우리가 해 왔던 일 중 가장 짧은 업무인 데다 공식적인 일이잖아." 펜즈가 거들었다.

"중국 사건 이후로 우리의 프로토콜이 몽땅 바뀌었어. 지금은 사설 보디가드에게 전적으로 보호받으며 일한다니까."

해리슨, 에디, 펜즈, 펠리시아의 얼굴을 보니 도통 포기할 것 같지 않았다. 무엇보다 그들의 재능이 내게 확신을 주는 방법을 두드러지게 보여 줄 것이다. 그들은 내 시뮬레이션 기록을 봐 왔다. 시뮬레이션 도중 내 피가 솟구칠 때면, 내가 스스로 위험에 뛰어든다는 사실을 안다. 시뮬레이션은 그래도 괜찮지만, 현실은 또 다른 문제였다.

"미안해. 재능이 돌아오면 생각해 보겠는데 지금은…."

테일러 대표가 자리에서 일어났다.

"조, 둘만 이야기할 수 있을까요?"

그녀의 눈빛을 보니 순순히 따를 수밖에 없었다.

∞

공용 회의장 밖으로 걸어 나간 여성은 실수나 실패를 두려워하지 않는 사람이었다. 마찬가지로 진실도 그녀를 두려워하게 할 수 없었다. 날 찾아냈을 때, 그녀는 나에게 내가 누구인지 잃지 않게 해 줄 거라고 약속했다. 아무도 나서지 않는 상황에서도 그녀만은 날 지지해 줄 거라고 맹세했다. 난 그녀를 믿었다. 그러니 사실대로 털어놓지 않을 이유가 없다. 다만 그게 쉽다는 의미는 아니었다.

우리 뒤로 문이 닫히자마자 테일러 대표가 고개를 옆으로 기울였다.

"조세핀, 나한테 말하지 않은 게 뭐죠?"

난 청바지 주머니에 손을 찔러 넣고 입술을 깨물었다. 그녀는 나보다 키가 작지만 미국 대통령처럼 위풍당당하게 서 있다. 그러나 더 중요한 건, 그녀는 내가 존경하는 여성으로서 이 자리에 있다는 점이다. 실제로 날 믿어주는, 안심할 수 있고 배려심 많은 여성으로 말이다.

지난 몇 달간 그녀는 내게 아낌없는 신뢰와 지원을 쏟아부었다. 엄마가 돌아가신 뒤로 그런 애정은 받아본 적이 없었다. 그래서 놓치고 싶지 않았다.

난 고개를 저었다. PSS가 날 위해 해 준 걸 생각하면 지금 이런 궁지에 처한 건 나 때문이라고 말해야 한다.

"알고 보니 이 일이 전혀 지루하지 않을지도 몰라서요." 재킷에 달린 줄의 해진 끄트머리를 잡아당기며 말했다.

"블랙리스트를 훔쳐 간 누군가가 거기 있다고 믿는 이유가 있어요."

테일러 대표의 얼굴이 굳어졌다.

"음. 다른 건?"

"그리고 산호초 해커가…." 난 말을 멈추고 숨을 들이마셨다.

"오늘 제게 튀니지에 관해 문자를 보냈어요. 제가 시뮬레이션을 할 때 우리가 그를 가둘 수 있다고 생각했어요…. 그리고 그가 나타났고요. 지금 블랙리스트가 사라진 건 제 탓이에요."

그녀가 헛기침했다.

"게다가 그는 우리가 생각한 것보다 더 교묘했죠."

"어째서요?"

"그는 스틸-나이트라는 프로그램을 썼어요. 우리가 4년 전에 블랙리스트에 올렸던 프로그램이죠."

그 말을 들으니 얼굴에서 핏기가 사라지는 게 느껴졌다. 심장이 요동쳤다.

"그렇다는 건…."

"우리가 생각한 것보다 훨씬 오래전부터 우리의 보안을 뚫었고 따라서 처음 예상보다도 더 위험한 인물일 겁니다. 그가 당신에게 튀니지를 언급했다면 함정이라고 볼 수도 있겠군요."

논리적이다. 나도 그렇게 생각하고 싶지만 뭔가 딱 떨어지지 않았다. 테일러 대표는 그가 수년간 도둑질을 해 왔다고 여기지만 산호초 해커가 처음 내게 연락한 건 6주 전이었다. 그가 내 예전 이름들을 모조리 알고 있는 건 사실이어도 시뮬레이션 안에서 날 도와준 방식을 보면 나쁜 사람 같진 않았다. 오늘 아침에 내 손가락이 K2를 눌렀을 때, 난 가슴에서 날카로운 통증을 느꼈다. 산호초 해커가 내 차를 멈춰 준 덕분에 아이들을 치지 않을 수 있었다. 그런 사람이 악당일까?

"산호초 해커가 블랙리스트를 훔친 장본인이 아니라면요?" 내가 물었다.

"그가 도우려는 거라면요?"

"우리한테서 더 많은 걸 훔쳐 가려고 그러는 거면 어쩌려고요, 조? 그는 벌써 몇 차례나 우리를 이겼어요. 그리고 솔직하게 말하기로 하죠. 그의 목표는 당신이에요. 그가 접촉한 유일한 사람도 당신이고요."

그녀가 진지한 목소리로 말했다.

"그러니까 전 갈 수 없어요. 아빠가 허락한다고 해도요." 내가 말했다.

"저도 돕고 싶지만, 재능이 없이는 전 짐만 될 게 확실해요. 팀에 거길 가자고 제안하지 말았어야 했어요. 어리석고 위험하고…."

난 헬리콥터와 로봇 목소리를 떠올리며 힘들게 침을 삼켰다.

네 재능이 돌아올 수 있도록 도와줄게… 그런 식이 아니야… 그들을 돕기 위해 네게 필요한 건 다 줬어.

내가 지나온 전적만 봐도 해커가 약속을 잘 지키리라고 믿는 건 가당치도 않았다.

"포기하자고 말하는 게 아니에요." 테일러 대표가 말했다.

"난 우리 천재들을 믿어요. 이 해커가 얼마나 똑똑할지는 몰라도 우리인 더 똑똑하죠. 그가 우리를 앞선 건 지금 상황이 유일해요. 당신이 시뮬레이션에 덫을 설치했던 것처럼, 우리도 그렇게 할 수 있을 거예요. 난 그렇게 믿어요. 우리는 두려움에 굴복하지 않으니까요. 우리 스스로를 포함한 다른 누구에게도."

그녀의 눈동자가 날 응시했다. 그녀가 날이 선 내 목소리를 가라앉게 하거나 눈빛에 들어간 힘을 풀게 하는 건 이번이 처음이 아니었다. 난 입술을 깨물었다.

"그러니까 우리한테 화난 게 아니라는 거죠…?"

"아, 당연히 화났죠. 난 지금 몹시 화가 났어요. 당신은 규칙을 어겼고 그건 정말 어리석은 짓이었으니까. 하지만 난 내가 선택한 천재들을 믿어요. 리스크가 없는 업무는 한 번도 없었어요. 우리는 블랙리스트 기술 파일을 되찾아야 하고요. 그리고 이번이야말로 당신이 팀에 저지른 실수를 만회할 기회예요."

그녀는 조금도 움찔하지 않았다.

테일러 대표가 내게 말해 준 것보다 더 많은 일을 겪었던 건 아닐지, 난 예전부터 쭉 그녀의 과거에 관심이 있었다. 과거에 그녀가 카드에 적힌 숫자도 제대로 볼 줄 모르는 까막눈이었을지언정 그녀는 어떻게든 내 상황을 이해하고도 남았을 것이다.

"아빠가 허락하지 않을 걸 알잖아요." 난 다른 문제를 끄집어냈다.

"당신 아버진 날마다 위험 가득한 결정을 내리던 자신감 넘치는 CEO였어요."

그녀가 말하고는 입을 굳게 다물었다. 그리고 갑자기 내게 미소를 짓고 기발한 눈길로 쳐다봤다.

"게다가 이번 일이 지루하다는 데 모두가 의견을 모았잖아요? 어쩌면 당신 아버지가 예외로 쳐줄지도 몰라요."

그녀가 길고 가는 손가락으로 코의 옆부분을 두드렸다.

"당신만 같이 가고 싶다면 아버지를 설득할 방법을 내가 하나 알고 있을 것도 같은데."

"전 모르겠어요."

"생각해 봐요. 가서 팀과 상의해요. 난 연락할 데가 있어서."

"알겠습니다, 대표님."

난 테일러 대표의 사무실을 나와 공용 회의실로 향했다. 회의실 안으로 들어가자 모두의 시선이 내게 쏠렸다. 그들은 사회적인 눈치도 빨라서 내가 어떤 갈등을 겪고 있는지 곧장 알아차렸다. 중국에 있었던 나였으면 지금처럼 머뭇거리지 않을 텐데.

펜즈가 양손으로 메모하는 모습이 눈에 들어왔다. 여기 있는 모두가 나만 빼고 다들 자기 재능을 활용하는 중이었다.

레드가 내게 본능을 따르고 재능을 믿으라고 가르쳐 주었다. 내 본능은 그들과 함께 튀니지로 가야 한다고 말하지만, 숫자가 없는 난 잘못된 판단을 내릴 가능성이 컸다. 자동차와 헬리콥터에서처럼, 산호초 해커와 있을 때처럼. 중국에서의 난 범법자처럼 움직였지만 PSS는 존경받는 업체다. 오늘 이후로 더 이상 일을 망쳐서는 안 된다.

펜즈와 해리슨이 대답을 갈구하는 표정으로 날 쳐다봤다.

"미안해, 애들아." 내가 말했다.

그들이 반발하려는데 휴대전화가 울렸다. 슬쩍 이름을 확인했다. 드디어 바이 요원에게 연락이 왔다.

"미안, 잠시만."

난 재빨리 회의장을 나와 응답 버튼을 눌렀다.

"바이 요원이세요?"

"조, 니 자이 PSS 마(ni zai PSS ma 你在PSS嗎 지금 PSS에 있어요)?" 그가 중국어로 물었다.

"당연히 지금 PSS죠. 월요일이잖아요. 드릴 말씀이 있어요."

"콰이 이 디앤(Kuai yi dian 快一点 서둘러요), 당신 사무실로 들어가요."

날 선 목소리로 그가 말했다.

난 재빨리 방음이 되는 시뮬레이션실로 들어갔다.

"들어왔어요." 내가 말했다.

"카이한테 연락이 왔어요?"

"그것 때문에 전화한 거예요." 그의 목소리는 평소보다 심각했다.

"카이가 안 보여요."

"오프라인이라는 뜻인가요?" 난 희망을 품고 물었다.

"아니." 그가 목청을 가다듬었다.

"그의 바이오 태그가 잡히지 않아요."

목구멍이 조여왔다.

"그게 무슨 말이에요?"

"우리 쪽에선…." 그가 아주 차가운 목소리로 말했다.

"그가 독자적으로 행동하는 거거나… 아니면 죽었다는 말입니다."

CHAPTER 9

네 남자 친구한테 물러서라고 전해.

산호초 해커가 내게 경고했다. 그런데 난 아무 행동도 하지 않았다. 카이한테 입도 뻥긋 안 했다.

"아닐 거예요."

작은 실험실을 빠르게 걸으며 말해서 마치 실내가 빙글빙글 도는 것 같다.

"카이는 살아있어요."

"그가 체크인을 안 한 지 벌써 사흘째예요."

바이 요원은 사실만을 말하는 것처럼 감정을 배제했다. 그는 상남자라 속이 상해도 최악의 경우를 대비하고 있다는 걸 느낄 수 있었다.

"오늘 바이오 태그가 꺼졌어요. 두 시간 전에."

바이 요원은 내가 카이와 통화한 걸 모른다. 그가 연락해 와서 자기 방식대로 할 거라고 말했다.

“저기.” 내가 입을 열었다.

“카이는 세 시간 전에 살아있었어요.”

“그걸 어떻게 알아요?” 바이 요원이 휴대전화에 대고 소리쳤다.

후회로 얼굴이 일그러졌고 속은 이미 죄책감으로 뜨끔했다. 카이의 상사에게 솔직하게 말하면 안 됐지만 절박한 순간에 온 연락은 절박한 자백을 부르는 법이다.

“화내지 마세요. 아까 낮에 카이가 전화했었어요.”

“그 녀석이…!” 바이 요원이 뒤에서 욕하는 소리가 들렸다.

“우리 프로토콜을 알면서도 그랬다는 거죠. 우리가 오프라인을 유지하는 덴 이유가 있어요. 그 전화가 그를 죽게 한 이유가 될 수도 있다고요!”

난 이를 꽉 깨물었다.

“아뇨, 그는 무사할 거예요. 죽지도 않았을 거고요.”

숫자가 머릿속에서 뒤엉켜서 난 그것들을 치워버리고 집중하려고 눈을 질끈 감았다.

“어떤 문제가 있다는 건 인정하지만 그가 죽었다면 제가 알았을 거예요. 느낄 수 있으니까요.”

이상한 생각이지만 그가 죽었다면 해커가 내게 말해 줬을 거라는 생각이 들었다. 또 내 재능도 알아차렸으리라고 생각한다.

“바이오 태그가 작동하지 않는다고 해서 무조건 그가 죽은 건 아니에요. 그걸 쓸 수 없게 됐을 수도 있잖아요. 사고가 났을 수도 있고 작동에 오류가 생겼을 수도 있고. 아니면….”

"바이오 태그는 부수기 상당히 힘들 뿐 아니라 초주검 상태까지 두들겨 맞지 않는 한 기능 이상을 일으킬 수가 없어요." 그의 목소리가 갈라졌다.

"조, 그 애는 내 사촌이에요. 나도 이게 사실이길 바라지 않아요. 그렇지만 그럴 가능성에 대해서도 준비해 둬야 해요. 그가 독자적인 행동에 들어간 것보다 그게 더 나으니까."

난 눈을 감고 카이의 얼굴을 그려보았다.

"그는 절대 독자적으로 움직이지 않아요."

"안 그럴 거로 생각해요? 그 애는 자기 일을 잘해요, 조. 내가 본 누구보다도 뛰어나죠. 하지만 지취(jiche 机車 젠장), 그 애는 거만해요. 이번 일은 카이의 소관이 아닌데도 그 녀석은 물러날 때를 몰라요."

네 남자 친구한테 물러서라고 전해.

또다시 목이 조여오는 것 같았다. 해커 역시 내가 그들을 도울 수 있다고 말했다.

"저한테 알려 줄 다른 정보는 없나요? 어쩌면 PSS가 도울 수 있을지 몰라요. 우린 모든 기술에 다 접속할 수 있다는 거 알잖아요."

대답이 없다. 난 바이 요원이 상관인 케인에게 들볶이면서 우리한테서 정보를 얻은 점과 내게 내부 일을 발설한 것 중 어느 쪽을 말해야 덜 질책받을지 머리를 굴릴 모습이 눈에 훤했다.

"조, 규정 잘 알잖아요. 과거 우리의 파트너십은 다른 경우였어요. 당신도 지금과 달랐고요."

난 그에게 소리를 지르며 경제가 무너지는 걸 구해 준 사람이 누군지 다시금 알려주고 싶었다. 프랫에서 살고 숨 쉬며 킹과 마담을 무너뜨릴 계획을 세운 그때 그 인물과 동일인이라고. 하지만 그의 말이 맞았다. 내겐 더 이상 수학적 장점이 없다. 그러나 난 그에겐 없는 한 가지를 가졌다. 카이와의 연락. 그가 내게 전화했다.

"여전히 전 도울 수 있어요. 알려 줄 수 있는 범위 안에서 뭐든 말해 주세요."

다시 침묵이 흘렀고 그러다 바이 요원이 길게 한숨을 쉬었다.

"카이는 꽤 평범한 접선을 감시하러 홀로 떠났어요. 그래서 중동 어딘가에서 중요한 사람과 만나게 되었죠."

어딘가라.

"카이가 어디 있는지 당신은 모르나요?"

바이 요원이 툴툴거렸다.

"그건 기밀 사항이라."

그들은 그가 어디 있는지 몰랐다. 어떤 기기를 이용했든 지금 부서졌거나 더 끔찍한 경우 그에게 안 좋은 쪽으로 이용되고 있다.

"그를 되찾기 위해 어떻게 할 생각이세요?"

난 벽에 걸린 모니터들을 응시하며 내 재능이 다시 나타나길 기다렸다.

"뭐든 다 할 겁니다. 저기, 카이가 살아있다면 이런 상황에서 어떻게 해야 하는지 우리도 알고 있어요. 카이가 있는 곳에도 우리 쪽 요원들이 있고요." 그가 한숨을 쉬었다.

"카이는 타고났어요. 훈련도 잘 받았고. 내가 수년 동안 가르친 요원들 중 가장 뛰어나죠. 그 애는 제대로 움직일 겁니다."

그게 내가 가장 걱정하는 부분이었다. 카이는 자기가 아니라 모두에게 최선인 결과를 도출할 것이기 때문에.

"이 꽤 평범한 접선에 대해서 해 줄 말은 없나요?"

"카이는 몬테고라는 비리가 많은 교수의 뒤를 쫓는 중이었어요. 그게 내가 아는 전부입니다."

바이 요원이 중국어로 욕을 했다.

"이건 말해 주면 안 되는 건데."

"별로 큰 도움은 안 되겠지만 저도 할 수 있는 모든 걸 할게요." 내가 대답했다.

"이건 당신이 낄 싸움이 아니에요, 조. 그냥 지켜봐요. 눈과 귀를 열고 있다가 뭔가를 듣게 되면 바로 알려줘요. 그렇지만 물러나 있어요. 개입해선 안 돼요."

바이 요원이 거친 목소리로 경고 가득한 말을 했다. 그는 바짝 날이 서 있다. 그 역시 뭐든 잘못되는 걸 원하지 않았다.

"카이는 당신한테 전화하면 안 됐어요. 이번에는 이 일을 케인에게 보고하지 않을 건데, 그건 카이와 당신의 특별한 관계 때문이라는 걸 알아둬요. 그렇지만 조, 정말 도움이 되고 싶다면 안전하게 있으면서 우리가 알아서 하게 놔둬요."

"카이는 제게 남자 친구 그 이상이에요, 다거(Da-ge 大哥 큰오빠). 그는 제 목숨을 구했어요. 제가 자유가 된 유일한 이유는 그의 가족 덕분이고요. 전 도울 수 있어요. 그럴 자격이 있다고요."

"안전하지 않다니까요. 이미 너무 많은 걸 당신한테 알려준 것 같군요."

바이 요원이 우리 대화는 여기까지라는 목소리로 말했다.

"새로운 소식이 있으면 연락할게요."

안전하지 않다.

내 피부 속 아드레날린이 진동하면서 손가락이 움직이기 시작했다. 이건 재능이 발동할 때 나오는 오랜 버릇이었다. 밖에 뭐가 있는지는 몰라도 무언가가 내 이름을 부르고 있었다. 해커는 누구에게든 연락할 수 있었는데도 내게 연락했다.

난 웃음을 터트리며 씁쓸한 한마디를 날렸다.

"당신은 카이가 어디 있는지도 모르잖아요."

바이 요원은 아무 말이 없었다. 난 그가 오히려 당당해하며 인상 쓰는 모습을 상상할 수 있었다.

"그런 당신은 알고?" 그가 코웃음을 쳤다.

내 재능의 불씨가 타올라 경도와 위도를 구성하며 머릿속에서 지도를 그리고 아드레날린을 잔뜩 분비하기 시작했다. 지도는 2초 뒤에 사라졌지만, 감정은 남았다.

"꼭 그렇지는 않죠." 내가 말했다.

"하지만 금방 찾을 거예요."

CHAPTER 10

∞

난 서둘러 공용 회의실 문을 활짝 밀치고 들어가 팀원들이 앉아 있는 테이블에 두 손을 내려놓았다.

"튀니지에 대한 생각을 바꿨어. 나도 갈게."

"좋았어." 펜즈가 말했다. 그녀는 날카로운 눈빛으로 나를 쳐다봤다.

"특별한 이유라도 있어?"

네 명 모두 이상한 표정으로 날 바라보며 내가 어딘가 수상쩍게 군다는 걸 눈치챘다. 지난 한두 달 동안 이 천재들은 내게 단순한 동료가 아니라 친구가 되어 주었다. 심지어 지금도 그들은 모든 사실을 알지 못한 상태에서 기꺼이 나와 같이 튀니지로 가려 한다. 펜즈에게 대답하려는데 K2가 아빠한테서 메시지가 왔다고 알렸다.

벌써 성화인 건가?

한숨이 절로 나왔다. 오늘 하루가 유난히 길게 느껴졌다. 마치 소방 훈련을 계속하는 것처럼.

"좀 일찍 집에 들어가야 할 것 같아." 난 이렇게 말하고 짐을 챙겼다.

"테일러 대표님께 우리 아빠한테 마술이 잘 통하길 빈다고 전해 줘. 나도 같이 가도록 최선을 다할 거지만 내가 어떻게 돼도 너희는 꼭 튀니지를 선택해야 해. 날 믿고 그렇게 해 줘."

그 말과 함께 난 뒤도 돌아보지 않고 곧장 문으로 향했다. 사라진 재능 덕분에 테이블에 발이 걸렸다. 넘어지기 직전, 해리슨이 내 재킷을 잡아줬다. 펜즈와 에디도 다가왔다.

"진짜 뭐 때문에 마음을 바꾼 거야?" 그가 물었다.

"누구 전화였어? 안 좋은 소식이 더 있는 것 같던데."

"미안해."

PSS에서는 전적으로 비밀이 없어야 한다는 행동 규칙이 있기에 잠자코 있으려니 기분이 너무 안 좋았다. 하지만 엄밀히 말해서 난 시뮬레이션에 참여하고 팀의 임시 구성원으로 참여한다는 데만 동의했다. 게다가 내게는 카이에 대해 말하지 않을 자유가 있다. 난 매무새를 가다듬었다.

"네가 말 안 해 주면 그 전화, 내가 해킹해 버릴 수 있는 거 알지." 펠리시아가 슬쩍 대화에 끼어들었다.

난 눈썹을 찡그리며 그녀를 쏘아봤다.

"알았어, 해킹하지 않을게. PSS는 절대로 우리 재능을 우리의 팀원에게 사용하지 않으니까." 그녀가 어깨를 으쓱였다.

"개인 정보 보호법이랑 다른 것들은 다 말할 필요도 없겠지,

펠리시아." 해리슨이 덧붙이며 그녀를 툭 쳤다.

"그러니까 이 애 말은 우리가 네 편이라는 뜻이야. 우린 돕고 싶어." 펜즈와 에디가 해리슨 옆에서 고개를 끄덕였다.

"나도 마찬가지야." 펠리시아가 입을 꾹 다물었다.

"너희가 사이버 트랩을 설치할 때 내가 도왔어야 했는데. 그랬다면 우리한테 이런 큰일이 일어나지 않았을지도 몰라…."

"지금 와서 뭐라 할 순 없는데… 네 말이 맞는 것 같아. 우리 생각보다 상황이 더 나쁠지도 몰라. 하지만 중요한 건 튀니지야."

펠리시아가 잠시 날 가만히 쳐다보았고 그 눈길은 마치 어릴 때 마라 언니가 날 보던 것 같은, 그런 느낌이었다.

"이게 함정이 아니란 걸 확신해?"

난 고개를 저었다.

"아무것도 확신할 수 없어. 그렇지만 블랙리스트를 잃어버린 건 내 잘못이야." 내가 말했다.

난 팀이 리스트를 되찾도록 내버려둘 수도 있다. 하지만 카이를 그냥 그렇게 놔둘 순 없다. 그에게 어떤 일도 벌어지게 두지 않을 것이다.

"블랙리스트를 되찾으려면 내 재능이 필요하고 그 두 개를 다 얻으려면, 유일한 방법은 바로 산호초 해커를 찾는 거야."

"그래서 어쩌려는 건데?" 펜즈가 물었다.

난 고개를 저은 뒤 억지로 어색한 미소를 지었다.

"괴짜들이 하는 방식대로 그를 채팅에 초대하는 거지. 천재들의 스타일로 말이야."

CHAPTER 11

워싱턴 주 웨스트 시애틀, 리버스 가족의 집

쥐 죽은 듯 조용한 밤에 한 남자가 자기 방에서 흐느끼며 기도하는 소리를 들은 딸의 심정보다 더 끔찍한 건 없을 거다.

하나님, 어째서 제가 아니라 저 아이에게 그런 일을 당하게 하셨나요?

내 제안에 대해 생각하는 아빠를 지켜보면서 머릿속에 그 기억이 떠올랐다.

납치를 당하기 전에는 어떤 사건의 피해자가 사랑하는 이에게 자신이 겪은 일에 대해 털어놓지 않으려는 게 도통 이해가 가지 않았다. 그런데 지금 내가 그렇게 하고 있었다. 가족들을 악몽과 죄책감에서 구해 주려고. 시애틀로 돌아온 뒤 나는 아빠한테 내가 겪은 일의 일부만 말했다. 그런데 그러지 말 걸 그랬다. 최근에서야 아빠의 힘든 밤이 겨우 잦아들었는데.

그러나 아빠는 아직도 어린 딸이 마치 어제 돌아온 것처럼 여기고 있었다. 내가 불에 단련된 피닉스가 되었다는 걸 아빠는 몰랐고 솔직히 그런 나, 진짜 내 모습을 볼 준비가 됐는지도 아직은 확실하지 않았다.

킹이나 마담을 떠올리게 하는 일들은 그냥 머릿속에만 담아두고 말하지 않았는데, 대부분은 저녁 식사 자리에서 꺼내기에 적절치 못한 내용이기 때문이었다. 프랫에서 재미있다고 느꼈던 부분이 여기서도 그럴 것 같진 않았다. 그리고 우리 가족은 중국어를 할 줄 모른다. 그러니 밥 먹을 때 잠자코 있는 경우가 많았다. 내가 조용히 있는 걸 가족들은 회복해야 할 정신적인 상처 때문이라고 받아들였다. 그래서 지금 튀니지에 가게 해 달라고 부탁하는 일은 마치 아빠한테 날 더블 에잇의 독방에 다시 넣어달라고 말하는 것과 같다고나 할까.

난 매시드포테이토를 한 움큼 떠서 입에 집어넣은 뒤 튀니지 업무 건에 대해 침착하게 대답했다.

"겨우 일주일인걸요." 내가 설명에 들어갔다.

"우린 정부가 보호하는 안전한 건물에 머물 거고… 외출 시에는 특수 경호팀이 우리를 보호하게 되어 있어요…."

아빠가 미동도 하지 않고 눈을 감아서 난 말끝을 흐렸다.

저녁 식사 자리는 묘지처럼 적막했다. 마라 언니, 릴리 그리고 나까지 전부 아빠만 쳐다봤다. 아빠는 식사를 하지 않았다. 눈을 감은 채 눈썹 중앙으로 내려온 주름을 마사지하면서 이야기를 들었고 규칙적으로 숨을 쉬었다.

마라 언니가 포크로 조용히 브로콜리를 자기 접시 한쪽으로 밀었다. 릴리는 천천히 살코기를 자르며 아빠의 눈치를 봤다. 난 침을 삼키고 말을 이었다.

"세상에서 제일 따분한 일이에요. 새로운 보안 소프트웨어를 설치하고 성능을 확인하고 기초적인 보안 작업을 하는…."

"하지만 장소가 튀니지잖니." 아빠가 내게 상기시켜 주었다.

"너무 멀어. 다른 대륙이라고."

"항상 튀니지에 가보고 싶었단 말이에요." 혹시라도 도움이 될까 봐 그 말을 덧붙였다.

마라 언니가 날 쏘아봤다. 곧바로 말한 걸 후회했다. 언니가 옳았다. 내가 오버한 거다.

아빠는 매시드포테이토에서 눈길을 거두며 날 똑바로 바라봤다.

"넌 시칠리아, 몰디브, 칠레에 가고 싶다고 했어. 북아프리카 이야기를 꺼낸 적은 한 번도 없었잖니."

난 어깨를 으쓱이며 웃어넘기려고 했다.

"제 말은 한동안 아시아에서만 지냈더니 어디로든 여행가는 게 재미있어졌다는 뜻이었어요."

"조, 난 네 아빠야." 아빠가 내 눈을 응시했다.

"사실대로 말해 주렴."

난 한숨을 쉬며 아빠의 요구를 생각해 봤다. 아빠도 어느 정도 진실을 알 권리가 있다.

"알았어요. 아직 약속한 6개월이 되지 않았지만 전 초조함을 느끼고 있어요. 밀실 공포증을 앓는 중인 데다 재능이 더 나빠지고 있어요. 사실 PSS에서 시뮬레이션하다가 정말 바보 같은 짓을 저질렀고 엄청 중요한 파일도 잃어버렸어요. 그런데 이런 기회가 생긴 거예요. 전 이게 그들이 제게 투자해 준 시간과 돈을 갚을 좋은 기회라고 생각하게 됐어요. 테일러 대표님은 거짓말을 하지 않아요. 모든 업무에는 어느 정도 위험이 따라요. 문 앞으로 나서는 행동도 마찬가지고요. 이 일도 다를 바 없어요. 하지만 이번에는 아빠가 도와주면 좋겠어요."

날 가만히 쳐다보는 아빠의 입 주변으로 지친 주름이 두드러졌다. 내가 한 말은 모두 사실이라 난 아빠의 눈길을 당당히 받았고 그리 큰 죄책감을 느끼지 않았다. 카이나 해커에 대해서는 말할 수 없었다. 그러면 아빠의 심장이 멎을지도 몰랐다. 게다가 따지고 보면 그건 기밀이라 말하고 싶어도 할 수 없었다.

"테일러 대표님이 새로 만든 여행 프로토콜에 따라 우리에게 사설 경호팀이 붙는다는 건 이미 아시잖아요." 내가 덧붙였다.

"그래, 이미 전화를 받았단다. 골리앗 경호 서비스. 골리앗이라니?" 아빠가 어깨를 으쓱였다.

"그리 안전함이 느껴지지는 않아. 좀 그렇잖아. 그 이야기를 모르는 사람도 없고."

난 멋쩍은 미소를 지었다.

"분명한 건 그들이 북아프리카 최고의 경호 서비스 업체라는 점이죠."

나는 테일러 대표가 아빠에게 또 무슨 말을 했는지 궁금해하며 말했다.

"경호원이 24시간, 일주일 내내 붙어 있을 거예요. 이 집을 나서서 돌아올 때까지요. 전적으로 보호받으면서 아빠가 알기도 전에 돌아와 있을 거예요."

아빠가 테이블 아래서 발을 이리저리 움직였다.

"전에도 그런 소리를 들었지. 그러고는 어떻게 됐더라?" 아빠는 확신하지 못하는 눈치였다.

"아빠가 걱정하는 건 이해가 가요."

내가 차분하게 말했다. 그건 정말이었다. 내 일부는 아빠를 진심으로 편안하게 해 주고 싶어 했지만, 다른 일부는 마구 받아치고 싶어 했다.

당신은 우리 아빠잖아요! 〈포천〉지 선정 500대 기업 경영자였다고요! 강하고 용감하잖아요. 절 찾기 위해 모든 위험을 감수했어요. 그리고 저도 아빠를 똑 닮았다고요. 제가 아끼는 누군가가 위험할지도 모르는데 가만히 앉아 있을 수 없어요!

난 아빠가 깨어나 두려움과 맞서길 바랐다. 내 목에 있는 상처를 보여 주고, 아픔은 사라지지 않지만 이겨낼 수 있다고 말해 주고 싶었다.

하지만 그럴 수 없었다. 아빠의 눈빛은 너무나 연약했다. 그래서 물러났다.

아빠가 스테이크 나이프를 내려놓았다. 누구도 식사를 하지 않았다.

"그곳 수도는 지금 엉망이야." 아빠가 말했다.

"지금 튀니지는 선거철이지. 분위기가 과열됐어. 엄청 좋은 시기라고 할 수는 없잖니."

난 놀라서 눈썹을 들썩였다.

"왜 그러니? 아빠는 뉴스도 안 보는 줄 알아?" 아빠가 어깨를 으쓱이며 반문했다.

"뉴스를 봤다면 튀니지가 민주주의에 자유국가가 된 지 꽤 되었다는 것도 아시겠네요. 게다가 지금이 여행 시즌이기도 하고요."

"음." 아빠가 포크로 감자를 으깼다.

놀랍게도 아빠는 아직 안 된다고 말하지 않았는데도 난 아빠의 주장을 제대로 이겨 먹지 못하고 있었다.

"아빠." 침묵을 깨고 마라 언니가 입을 열었다.

"이런 소리 듣기 싫으시겠지만 모든 걸 다 통제하려는 건 그만두세요. 벌써 몇 달이나 지났어요. 우리 모두 격리당하는 느낌이 들어요. 이건 건강하지 못해요."

아빠가 자세를 똑바로 고치고 후회가 가득 담긴 표정으로 딸들을 쳐다봤다.

"내가 그 정도로 나쁘게 굴었니?"

갑자기 아빠가 이성적인 발언에 귀 기울이기 시작했다…. 그것도 마라 언니의 말에?

"아빠, 왜 그러세요. 우릴 열 살짜리 대하듯 저녁 7시 통금을 주셨잖아요. 우린 모두 위치 추적기가 달린 귀걸이를 차야 하고 아빤 한두 시간마다 전화하죠. 조와 전 어엿한 성인이에요. 릴리도 열여섯이고. 아빠가 남자애들을 전부 차단하는 바람에 남자는 모조리 잠재적인 납치범이라 생각하면서 두려워하며 힘든 학교생활을 하고 있다고요."

릴리가 힘차게 고개를 끄덕였다.

"지난번 컬런이 놀러 왔을 때 아빠가 그 애 지문을 채취했잖아요. 이제 학교의 모두가 우리를 이상한 사람으로 취급해요."

"잘됐구나." 아빠가 웃었다.

"이제 숨길 게 아무것도 없는 애들만 놀러 오겠네."

"아빠." 마라 언니가 심각한 목소리로 말했다.

"우리에게 강해지라고 가르쳐 주셨잖아요. 맞아요, 우린 엄마를 떠나보냈고 한동안 조도 잃었었죠. 하지만 우리가 없을 때 저 애가 이룬 걸 보세요. 조가 어떤 사람이 되었는지 잊으면 안 돼요. 이 애는 세상을 구한 영웅이라고요. 그런 딸을 믿지 못하세요?"

마라 언니가 그런 이야기를 해 주니 누군가가 있는 그대로의 내 모습을 봐준다는 생각에 용기가 차올랐다. 언니는 내가 몇 주간 말하고 싶었지만, 아빠가 무너질까 두려워서 하지 못한 말을 대신 해 주고 있었다. 아빠는 중국에서 내가 어떤 소녀로 자랐는지 알 기회가 전혀 없었다.

피닉스. 나는 불길 속에서 살았지만 불은 날 파괴하지 못했고 오히려 강인하게 만들었다. 처음에 아빠는 날 자랑스러워하고 칭찬해 줬다. 그러다 우리가 미국으로 돌아온 뒤로는 두려움에 사로잡혔다. 난 다시 열네 살로 돌아가야만 했다. 아빠는 자기가 날 보호하지 못했다는 생각에 사로잡혀 다시는 딸을 다치게 두지 않겠다고 다짐한 것이다. 아빠는 애정 어린 보호가 내게 철장이 된다는 걸 알지 못했다.

마라 언니가 아빠의 어깨에 부드럽게 손을 올렸다. 내가 없는 사이에 언니는 엄청난 어른으로 성장했다.

"우리 가족을 다시 세우고 고치는 일은 여전히 필요하죠. 하지만 할 일이 더 있어요. 아빠는 시간이 걸리더라도 아빠의 통제와 두려움이 우릴 건강한 곳으로 이끌지 못한다는 점도 알아야 해요."

나도 아빠의 손 위에 내 손을 올렸다.

"전 단순한 생존자가 아니에요, 싸움꾼이라고요. 둘은 차이가 커요. 제가 어떤 사람이 되었는지 믿어보세요."

아빠는 길게 숨을 들이마시더니 석 달 만에 처음으로 이야기를 제대로 들은 사람처럼 고개를 끄덕였다.

이런 순간에 난 레드와 그의 가르침이 그리웠다. 그라면 아빠에게 뭐라고 할지 궁금하다. 인생이 생각하는 방식대로 되지 않을 때 우린 결국 어둠으로 들어가게 된다. 우리는 거기서 선택해야 한다. 일어나서 계속 갈지, 어둠에 잠겨 버릴지. 하지만 우리가 해야 하는 단 한 가지 선택은 빛을 향해 나가는 것이다. 그런데 그렇게 조언해 줄 레드가 이 세상에 없으니, 아빠는 자신만의 선택을 내려야 했다.

"얘들아." 아빠가 마침내 입을 열었다.

"너희를 이런 식으로 대해서 미안하구나. 난 너희를 믿고 있어. 셋 모두 다."

아빠가 자리에서 일어나 쉬는 방으로 향하는 복도를 따라 걸었다.

"생각할 시간을 좀 주지 않겠니? 잠시 뒤에 나오마."

마라 언니, 릴리, 나는 아빠가 방으로 들어갈 때까지 잠자코 있었다. 방문이 닫히는 소리가 들리자 난 곧장 테이블 위에 손을 올리고 탄식했다.

"솔직히 말해 줘." 내가 입을 열었다.

"내가 이런 말을 하는 게 아빠를 고문하는 걸까?"

릴리가 테이블 위에 놓인 냅킨을 접었다.

"솔직히 난 언니가 더 일찍 말하지 않아서 놀랐어." 릴리의 휴대전화가 울렸다.

"컬런이야. 오늘 밤, 일이 잘 풀리면 그 애도 감시 없이 놀러 올 수 있겠네."

동생은 실례한다며 자리를 떴다. 마라 언니와 나만 식은 감자와 함께 덩그러니 남았다.

난 내키지 않을 때도 밥을 먹는 법을 배웠기에 한입 베어 물었다. 이건 생존 습관이었다. 영화에서 피해자들이 식사를 거부하는 건 나에겐 더 이상 이해가 가지 않는 모습이었다. 프랫에서 나도 그랬는데, 그때 레드가 이런 말을 해 줬다.

진실이 네 행동을 지시하도록 해야지, 감정이 아니라. 한쪽이 주인이고 다른 한쪽은 하인이란다. 그리고 이렇게 덧붙였다. *다시는 음식을 그냥 흘려보내지 않도록 하렴. 나약한 몸뚱이는 아무 쓸모가 없거든.*

게다가 내가 이 가정식에 질리려면 아직 한참 멀었다.

"아빠는 결국 널 보내 줄 거야."

마라 언니가 침묵을 깼다.

"난 네가 없던 지난 2년간 아빠를 쭉 지켜봤어. 자신이 의무처럼 여기는 일을 하는 데 용기가 필요할 뿐이야. 아빠한테는 쉬운 일이 아닐 테지. 그런 면에서는 우리도 그렇고."

언니가 냅킨을 내려놓았다.

"조, 네 눈에서 불타는 열정이 보여. 대학에서 수학을 가르치는 일로 네가 만족할 순 없겠지. 넌 매서우면서도 열정적인 사람이잖니. 엄마처럼. 그래도 나한테 약속해 줘. 무슨 일이 있어도 일주일 안에 돌아올 거라고. 안 그러면 나도 아빠처럼 될지 몰라."

마라 언니가 진지하게 눈썹을 찡그리며 내 눈을 바라보았다.

약속은 그 의도가 얼마나 좋든, 약속하는 사람이 늘 그 약속을 지키도록 할 수는 없다. 난 카이를 떠올렸다. 그는 늘 자신이 괜찮을 거라고 내게 약속했다. PGF에서 시키는 일만 하겠다고 약속했지만 결국 그 말도 못 지켰다. 슬픈 미소가 올라왔다.

"안전하게 집에 돌아올 수 있도록 뭐든 다 할게."

"지금 카이 생각했지? 넌 그 애 이야기를 할 때마다 매번 똑같은 표정을 지어."

마라 언니의 말에 화들짝 놀랐다. 생각보다 언니는 통찰력이 뛰어났다.

"맞아."

언니가 내 팔꿈치를 꽉 잡았다. 항상 날 걱정해 주는 언니를 다시 얻게 되어 기분이 좋다.

"카이가 출장 갈 때마다 네가 얼마나 불안해하는지 우리 모두 알아." 언니가 말했다.

"걔가 보고 싶어?"

난 고개를 끄덕였다.

"많이."

"그 애를 사랑해?" 언니가 물었다.

"난…."

뭐라고 해야 할지 모르겠다. 카이는 중국에서부터 날 사랑한다고 말했다. 그런데 나도 그렇다고 대꾸한 적이 한 번도 없었다. 항상 망설였다. 이유를 모르겠다. 왜 그런지 파악해 보려고 했다. 그는 날 구해 줬고, 날 알고, 날 이해해 주었다. 나 또한 그를 동경하고 존중하고. 그보다 더 나은 사람은 생각도 할 수 없지만 뭔가 입을 막고 있는 것처럼 그 말은 쉽사리 나오지 않았다. 거기다 지금 그에게 무슨 일이 벌어졌는지도 모르는데 그가 내 감정도 모른다고 생각하니 감당이 안 됐다. 마라 언니는 내가 불편해하는 걸 알아차리고 얼른 화제를 돌렸다.

"몰라도 괜찮아." 언니가 미소 지었다.

"네가 튀니지에 간다는 걸 카이는 어떻게 생각할까?"

레드가 있었다면 마라 언니는 자신을 위한 일에 머리가 매우 잘 돌아간다고 하거나 언니가 내 언니인 이유가 있을 거라고 말했을 것이다. 언니는 쭉 날 살피고 있었다. 그러면서 지금 나에게 카이가 필요한데도 그가 한동안 여기 오지 않았다는 걸 알아차린 거다. 난 고개를 돌려 창밖을 바라봤다. 내가 믿는 누군가가 카이에 대해 알아야 한다는 사실을 실감했다.

"언니?" 내가 낮은 목소리로 입을 열었다.

"언니한테 할 말이 있어. 그렇지만 일이 끝나기 전까진 아빠나 릴리한테 말해선 안 돼."

언니가 열정에 가득한 눈빛으로 날 쳐다봤다. 아빠의 눈빛과는 다르다. 자매만이 할 수 있는 방식으로 날 믿는 눈빛이었다.

우리는 먼 길을 왔다. 아빠는 모든 이야기를 감당할 수 없을 게 뻔해서 자세한 걸 말한 적이 한 번도 없었다. 그러나 마라 언니는 달랐다. 언니는 듣고 싶어 했다.

많이는 아니지만 난 학대, 물고문, 챈의 코뼈를 부러뜨린 일에 대해 말했다. 내가 본 싸움, 추위에 떨었던 프랫에서의 밤. 언니는 내 이야기에 힘들어하고 눈물을 흘리면서도 옆에 찰싹 붙어 나를 꽉 안아주었다. 난 그렇게 언니에게 내 일부를 알려줬다. 내 사연이 우리의 관계를 회복하게 해 주었고 언니는 어딘가 달라졌다. 더 용감해졌다. 어려움을 극복하고 일어섰다. 그 이야기들은 언니를 더 강하고 나은 사람이 되고 싶게 만들었다. 내 이야기가 언니를 일으켜 세운 거다.

언니는 이제 내가 무슨 말을 해도 감당할 수 있다는 걸 증명했다. 언니라면 동생이 진짜 하려는 일에 대해 알 자격이 있다. 그리고 진실은 일이 잘못될 경우를 대비해 꼭 알려야 했다.

"밀수꾼과 관련된 게 아니라고 약속한다면 절대 발설하지 않을게."

"카이가 실종됐어. 임무에서 이탈했대. 누구도 그가 어디 있는지, 살아있는지조차 몰라. 그런데 튀니지에 실마리가 있어. PSS가 거기에 가는 건 해커에게 도난당한 파일을 되찾아야 해서야."

내가 고개를 저었다.

"하지만 난 카이를 찾을 거야. 그리고 이 모든 일이 어떤 식으로 관련이 있는지 알아낼 거고."

마라 언니가 놀라서 헉 소리를 냈다.

"그러니까 이 일은 지루한 출장이 아닌 거구나."

"꼭 가야 해." 내가 말했다.

"난 카이가 살아있다고 믿어. 그러니 내가 그를 도울 수 있어."

"조…."

언니는 아빠처럼 단호한 얼굴을 하고 냅킨을 쥔 채 주먹을 꽉 쥐었다.

"알아. 하지만 언니, 카이한테 무슨 일이 생기면 난 아무것도 하지 않은 스스로를 결코 용서하지 못할 것 같아."

마라 언니가 내 손을 꽉 붙들었다.

"이해해. 아빠가 네가 살아있다고 생각하면서 아시아로 이사 가자고 했을 때, 우리는 그럴 가능성이 희박하다고 생각했는데도 묵묵히 따랐어. 그리고 네가 거기 있었지. 처음 챈을 만났을 때 나는 네가 어떻게 그 사람과 직접 만날 수 있었는지 상상조차 못 했어. 네가 아니었다면 세상은 완전히 달라졌을 거야. 진짜로. 그리고 카이에게 네가 필요하다면 넌 꼭 가야 해."

"아빠한테 아무 말도 안 할 거지?" 난 다시 물었다.

"맹세할게." 마라 언니가 날 당겨 품에 안았다.

"이게 바로 너니까. 네 모습에서 도망치지 마."

"고마워." 나도 언니를 안았고 그때 K2가 울렸다. 해리슨이 기다리고 있었다.

"실례할게. 찾아야 할 해커가 있어서."

내가 말했다.

CHAPTER 12

∞

내 방에서 난 책상 앞에 앉아 PSS 귀걸이를 K2에 연결했다. 곧장 해리슨의 목소리가 들렸다.

"나야. 무슨 일인데?"

"인터넷 채팅창이랑 신호 좀 보내 줘." 난 컴퓨터를 켜며 말했다.

"그에게 묻고 싶은 것이 있거든."

"진심이야?" 해리슨이 물었다.

"그가 네 시뮬레이션에 들어가면 추적할 수 없어."

"내 시뮬레이션을 통하지 말고, 공중 회선을 이용해 줘."

"알았어." 해리슨이 말했다.

"한 시간짜리 초대장을 보내 놓을게. 그가 안 들어오면 바로 채널 닫을 거야."

내가 반박하려는데 해리슨이 덧붙였다.

“오늘 그 사람이 우리한테 한 짓을 잊지 마, 조. 해커가 네 신분을 도용할 수 없도록 또 PSS에 남은 중요한 자료를 염탐하지 못하도록 막아야 하거든. 제대로 하려면 내 방식을 따라 줘. 내가 송출하는 모든 신호에 추적기를 달아놓을 거야. 그의 IP 주소나 DNS(Domain Name System)의 작은 흔적이라도 찾고 싶어. 이런 유형의 해커는 꼭 어딘가에 기반을 둔단 말이지. 우리가 알아내야 하는 게 그거야.”

“알았어. 네 식대로 해. 난 다른 걸 좀 확인해 볼게.”

해리슨의 전화를 끊고, 얼른 난 한 달 전 카이와 내가 웹사이트 안, 우리 계정 뒤에 숨겨둔 포털인 더 스트리트 혹은 월 스트리트로 갔다. 기본적으로 다른 사람은 접속할 수 없는 채팅창인데 카이가 업무 중일 때 비밀리에 안전하게 서로 메시지를 주고받기 위한 장소다. 또한 우리는 응급 상황을 알릴 수 있는 암호도 만들었다. 뭔가 잘못되면 우리는 그의 아버지 회사의 특정 주식에 투자한다.

손가락으로 키와 암호를 입력했지만, 계정 어디서도 그 무엇도 찾을 수 없었다. 페이지를 넘기며 숨은 메시지가 있는지 살폈다. 한 가지 이례적인 부분이 눈에 들어왔다. 우리의 일반적인 코드가 아닌 활동이 일어나고 있었다. ‘비상 주식’ 투자를 클릭하니 놀랍게도 이미 오늘만 내가 네 번의 소액 투자를 해 둔 걸로 떴다. 당연히 내가 한 게 아니다.

자연스럽게 난 그들 사이의 연관성을 찾아봤으나 아무것도 발견할 수 없었다. 심지어 내가 요청하지도 않은 주식 보고서들이 메시지 함에 들어 있었다. 누군가 내 계정을 해킹했다. 누구인지는 추측만 할 수 있을 뿐이다.

어쨌든 계속 살펴보다가 우리 포털을 통해 카이에게 안부를 물었다. 그리고 컴퓨터를 한쪽으로 밀어놓고 침대에 누웠다. 이제 이를 너무 바득바득 갈아 닳아 없어지지 않게끔 주의하면서 기다리는 일만 남았다.

머릿속에서 아주 천천히 시뮬레이션 1단계와 그 시절에 쓰던 일기가 떠올랐다. 아빠가 우리 옛집을 팔았지만, 내 소지품은 다 챙겨두었다. 어딘가에 일기장이 있을 것 같은 생각이 들었다. 그래서 장롱을 뒤져보니 '조의 일기장들'이라고 라벨이 붙은 상자가 있었다. 방정식과 후회로 가득 찬 일기로 뒤덮인 공책들 아래서 원하던 걸 찾았다.

열세 살 때 책상에 넣어둔 수다스럽고 희망에 가득 찬 일기장. 유명한 망델브로 프랙털 엽서가 삐져나와 무릎 위로 떨어졌다. 혼돈과 무한대로 이루어진 디자인이 날 노려보았다. 시뮬레이션에서 그랬듯 숫자가 깜박이며 나타나길 기다렸지만, 엽서에서는 아무런 반응이 없었다. 내 재능이 왜 가상 공간에선 이 이미지에 반응했던 건지 궁금했다. 엄지손가락으로 다채로운 색상을 쓸어보니 상자에 넣고 4년간 방치한 것 치고 여전히 새 것 같아서 난 뒷면을 보기로 마음먹었다. 그리고 곧바로 감정에 휩싸였다.

숫자에게.

이건 망델브로 세트인데 하나님의 엄지 지문이라는 별명이 붙어 있어. 이 작은 프랙털이 세상을 바꾼다는 거 너도 알지. 그래

서 혼돈 속에서도 계산이 있다는 걸 우리에게 보여줘. 어쩌다 보니 내게는 닻과 같은 존재가 되었어. 아무리 거칠고, 혼란스럽고, 극도로 미세하거나 사나운 인생이 나타나도 이처럼 단순한 규칙이 날 늘 희망으로 이끌어 주거든.

이 어지러운 세상에서 넌 내 프랙털이야.

그럼, 이만.

맨델(망델브로의 아들)로부터

∞

온몸에 소름이 돋으며 추억이 따뜻한 햇살처럼 펼쳐졌다. 그의 짧은 메모에 마음을 홀라당 빼앗겼다. 우리는 다른 누구도 할 수 없는 방식으로 서로를 이해했다. 그리고 엽서가 온 그 주에 그 애는 내 도움이 필요했다. 원래도 잔인했던 그의 부모가 평소보다 더 가혹하게 굴었다. 내가 스스로 배우도록 놔두는 우리 부모님과는 거리가 먼 그의 부모님은 모든 움직임을 통제하고 절대로 실수를 용납하지 않았다. 그 애한테 너무 많은 요구를 했고 그를 자신들의 지위를 높이는 데만 이용했으며 불편한 상황으로 강제로 내몰았다. 누구도 부담감을 너무 크게 느끼는 그를 이해하지 못했다. 하지만 난 이해했다. 그 애는 순수하고 여렸다. 내가 연락하면 그 애가 한 주간 얼마나 힘들었는지 털어놓던 때가 기억난다.

"미안해." 그 애는 항상 사과했다.

"넌 내가 이야기해도 괜찮다고 믿을 수 있는 유일한 사람이

거든."

"난 늘 널 위해 여기 있을 거야." 난 그렇게 대답했다. 그 말을 지키지 못했다는 사실이 너무 안타깝다.

숫자가 기억하는 그의 모습이 급속도로 되살아나서 난 미소를 지었다.

"난 전공 수업들이 무서워." 내 열세 살 자아가 맨델에게 털어놓았다.

"나보다 나이 많은 학생들 때문에 주눅이 들어."

"말도 안 돼. 사실은 그 반대일 거라고 확신해." 그 애가 날 위로해 주었다.

"4학년 때 기계 공학 전공을 이수했다고 그들한테 말해. 효과가 있을 거야." 그의 말이 날 웃게 했다.

한번은 우리가 재능을 '잃어'버린 것처럼 행동해 자유를 얻자는 계획을 세웠다. 그러면 평범한 사람이 되어 전 세계를 여행할 수 있을 테니까. 그는 모래를, 난 물을 따라가기로 했다. 우리는 옛날 선조들이 그랬던 것처럼 별을 보면서 항해하다 중간에서 만나자고 했다. 에드나나 오웰처럼 괴팍한 옛날 이름으로 새 지도와 책을 쓰자고 했다. 이보다 더 근사한 생각을 누가 할 수 있을까.

맨델을 생각하니 슬퍼졌다. 실제로 재능을 잃어가고 있는 날 보면 그가 어떻게 생각할지 궁금했다. 날 위해 행복해할까? 그러면 난 잔인할 정도로 솔직해져서 이건 우리가 상상한 것과 딴판이고 마치 오른팔이 잘려 나간 기분이라고 말해 줄 것이다.

다행히 지금의 나는 재능 없이도 여전히 나로 있을 수 있다.

그런데 이런 일이 열세 살에 일어났다면 곧장 맨델한테 달려갔을 거다. 난 그를 믿었다. 얼굴도, 진짜 이름조차 모르는데 그에게 반하기까지 했다. 어느 날 밤, 마라 언니가 몰래 들어와 열린 채팅창을 보고 내 짝사랑을 그에게 슬쩍 알려줬다. 난 너무 부끄러워서 몇 주 동안 그와 채팅하지 않았다. 하지만 맨델은 꼬박꼬박 메시지를 보내왔다. 정말이지 그 애는 멍청이였다. 매일 프랙털 이야기만 했다.

책상을 살피다가, 예전 블로그에 들어가 봤다. 살짝 죄책감이 일며 정신이 들었다. 열세 살 짝사랑 상대에게서 온 예전 메시지를 읽는 날 카이는 어떻게 생각할까? 그라면 웃음을 터트릴 거다. 정말 어처구니가 없다. 어쨌든 난 채팅 게시판을 클릭했고 시뮬레이션 때와는 다른 느낌이 들었다. 감정이 고조되어 온몸에 날이 섰다. 플래시백 같은 건 없었다. 그냥 기억과 나와 내 손에 들린 이 바보 같은 엽서뿐이다. 채팅 게시판으로 들어가 스크롤을 내리며 그의 메시지를 찾았다. 이번에는 메시지를 열어볼 용기를 찾았다.

– 망델브로의 아들로부터: 숫자야, 어디야? 며칠째 대답이 없네. 걱정돼. 괜찮아?

– 망델브로의 아들로부터: 숫자야, 너희 어머니 이야기 들었어. 정말 유감이야. 내가 돕고 싶어. 난 여기 있으니 필요할 때 불러. 부탁이니 답장 좀 해 줘….

– 망델브로의 아들로부터: 조, 보고 싶어. 괜찮으면 연락해 줘. 나도 네가 필요해….

∞

가슴이 조여와 더 이상 읽을 수 없었다. 난 그 뒤로 단 한 번도 응답하지 않았다. 작별 인사도 하지 않았다. 괜찮다고 말해 주지도 않았다. 당연히 괜찮지 않았으니까. 엄마가 돌아가신 뒤에도 연락하지 않았다. 마담의 일을 해결한 뒤에도 마찬가지였고. 속에서 죄책감이 일렁였지만 대수롭지 않게 생각했다. 왜 이제 와서 이 일이 신경이 쓰이는 걸까? 이 무게를 감당할 필요가 없는데. 벌써 수년 전 일이다. 지금 그는 당연히 괜찮을 거고 날 기억조차 못할 수도 있다. 열여덟, 열아홉쯤 됐을까? 그때 우린 어렸다.

엄마가 돌아가신 뒤 난 빠르게 철이 들었다. 학교생활에 집중했고 박사 학위에 목표를 두었다. 대학에서 진짜 남자를 봤다. 아바타 뒤에 숨어서 실제로 본 적이 없는 망델브로의 아들은 놔주었다. 난 아름다운 경제 학도인 사무엘 데이비스에게 살짝 빠졌다. 그다음에는 프랫의 이탈리아 범죄자 보스의 아들 라파엘을, 마침내 카이로. 되돌아보니 망델브로의 아들은 애초부터 실재하지 않는 거나 마찬가지였다. 난 그의 이름조차 몰랐으니까.

엽서를 내려놓고 K2를 확인했다. 한 시간이 지났다. 산호초 해커가 해리슨의 암호화 규칙에 걸려들지 않았나 보다. 함정인 걸 알았겠지.

해리슨이 신호를 끄겠다고 알렸고 나도 그렇게 해야 했다. 그런데 난 하지 않았다. 그 당시 블로그 친구들은 옛 사이버 SOS를 통해 해커에게 메시지를 보냈다. 케케묵은 수법이다. 하지만 이 해커가 날 보고 있다면 그는 여기에 반응할 거다. 해리슨의 함정으로 엮을 순 없지만 시도해 볼 가치가 있다.

난 단순히 암호화된 비트를 보냈다.

연락해 줘. 내 휴대전화, 내가 늘 주문하던 레스토랑 홈페이지, 내 대학교 수학과라는 세 지점의 코드 층 아래 이렇게 적었다. 이 사람이 날 감시하고 있으니 그가 어딜 보는지, 뭘 하는지 알아내야 한다.

보내기를 누르는 순간 경고가 떠서 난 화들짝 놀라 의자 뒤편으로 주저앉았다. 역시 빠르다.

옛날 블로그에 채팅창이 나타났다. 이름을 알 수 없는 메신저다. 심장이 곧장 목구멍을 타고 요동쳤고 하고 싶은 말들은 이미 내 속에서 활활 타오르는 중이었다.

그 메시지를 클릭하기 전, 난 낡은 추적 방식을 썼는데도 쿠키를 슬쩍하려는 어린아이처럼 금방 덜미를 잡혔다. 메시지는 스크램블처럼 조각나 있었고 암호화가 너무 많이 진행되어 추적할 수 없었다. 그가 전 세계 연결망을 다 가져다 쓰는 건지 신호는 이리저리 튀었고 심지어 위성을 통과하다가 내가 알아차리기도 전에 사라졌다.

이 사람은 대체 누굴까?

경이로움에 눈이 휘둥그레진 채 난 고개를 절레절레 흔들었다.

지금 내가 상대하는 사람이 누군지 몰랐지만, 때마침 찾은 것 같았다. 손가락이 버튼 위로 움직이며 클릭하려는데 문을 두드리는 소리가 났고, 난 누가 들어오려는지 보려고 몸을 돌렸다.

아빠가 문을 열고 조마조마해하는 날 보았다.

"들어가도 되겠니?"

난 입술을 깨물고 화면을 쳐다봤다. 그리고 조심스럽게 컴퓨터를 덮었다. 왠지 채팅 상대가 기다려 줄 것 같았다.

"물론이죠, 아빠."

CHAPTER 13

∞

아빠는 카디건 매무새를 가다듬고 안으로 들어와 내 침대 위에 자리를 잡았다.

눈과 입 주변의 걱정스러운 주름이 지금은 한결 나아졌다. 거기다 허리를 펴고 턱을 들어 올리니 잠시 예전의 모습으로 돌아간 것처럼 보였다.

아빠가 바닥에 떨어진 엽서를 주워 건네주며 날 쳐다봤다.

"두 번 납치될 확률이 엄청나게 낮다는 걸 아빠도 알아." 아빠가 입을 열었다.

"그래도 튀니스는 여전히 너무 멀고 분쟁이 있는 지역이란다. 그런데 조금 전 테일러 대표와 통화했고 네가 튀니지에서 가장 안전한 정부 건물에 머물 거라는 확답을 받았단다. 호텔도, 대중교통도 전혀 이용하지 않는다고. 테일러 대표와 난 합의를 봤어. 널 쭉 보호할 거라고 그녀가 약속했단다."

아빠가 잠시 말을 멈추고 침을 삼킨 뒤 숨을 쉬었다. 내 귀로 들으면서도 실감이 안 났다. 아빠가 수긍하고 있다니. 하나님, 감사합니다.

아빠는 다시 크게 숨을 들이마셨다.

"너희 팀을 지켜 줄 경호원은 이미 고용했고 종일 너만 전담으로 지켜줄 경호원도 별도로 둘 거라고 하더라. 잠시도 예외는 없다더구나, 조. 그 사람이 밤낮으로 네게 붙어 있을 거야. 네 프라이버시는 화장실에 갈 때뿐이란다."

아빠가 안됐다는 눈길을 슬쩍 보냈다.

난 힘들겠다는 식으로 씩 웃어 보였는데 프랫에서 내게 프라이버시 같은 건 없었다는 사실을 아빠가 모르는 게 다행이란 생각이 들어서였다. 아빠가 생각하는 프라이버시와 나의 개념은 이제 완전히 달랐다. 그러나 난 아빠를 안심시키기 위해 같은 생각인 척했다.

아빠가 말을 이었다.

"난 아침과 저녁에 전화로 네 목소리를 직접 듣고 확인할 거야. 네가 여기에 찬성한다면 가도 좋아."

"아침과 저녁에 전화로 확인한다고요? 아빠, 진심이에요?"

난 혀를 깨물었다. 내가 평범한 십 대가 아니라고 아빠한테 말하고 싶은 순간이 또다시 찾아왔다. 이제껏 겪은 걸 전부 토해내고 싶었지만 아직은 그럴 수 없었다. 아빠가 절대 알아선 안 된다. 그편이 나으니까. 가족을 되찾은 건 내 인생 최고의 선물이었으니까.

"이건 네가 도와줘야 해, 조."

아빠의 표정은 여전히 패를 쥐고 있는 쪽이 자신이라는 양 의기양양했다. 아빠가 그렇게 생각하도록 놔뒀다. 무슨 말을 할지 알았다.

"내가 딸을 한번 잃어버렸던 거 기억하지?" 나도 입 모양으로 똑같이 내뱉었다.

난 길게 한숨을 쉬었다.

"이번 한 번이야, 네가 부상이나 납치 없이 무사히 돌아오는 걸 봐야겠어."

하루 두 번 전화와 24시간, 일주일 내내 따라다니는 경호원. 해커의 꿍꿍이가 무엇인지, 나에게 뭘 원하는지 아직 모르지만 그 모든 게 화장실에서 이루어져야 할 거 같다는 생각이 들었다. 어떻게 카이를 도와야 할까? 그것도 아빠가 모르게.

어쩌면 내가 잘못하는 것일 수도 있다. 우리 아빠가 챈이었다면 난 협상에 최적인 얼굴을 장착하고 합의를 봤을 거다. 난 고개를 들어 아빠를 쳐다봤다. 아빠는 희망과 걱정이 가득 찬 눈길로 날 살폈고, 내 눈에 보이는 건 중국에서 거의 걷지도 못하는 상태로 회사 회의실로 들어왔다가 내게 달려와 사흘간 날 놔주지 않았던 남성이었다. 가슴이 밑바닥까지 가라앉았다.

"아빠." 난 최대한 침착하고 진지하게 말했다.

"전화 연락은 하겠지만 하루 한 번으로 해 주세요. 시차 때문에 힘들어요. 그리고 거기 가서는 일을 해야 하고요. 아빠가 절 도와주셔야 저도 아빠를 도울 수 있어요."

"알았어." 아빠가 의도적으로 조건을 높게 잡은 사람처럼 재빨리 동의해서 난 두 손을 들고 말았다. 아빠가 한때 훌륭한

CEO였다는 걸 까먹었다. 아빠한테 지다니, 아빠가 한 수 위라는 걸 알고 난 속으로 한탄했다.

"이제 어떤 위험한 행동도 하지 않을 거고, 꼭 돌아온다고 약속하렴."

피부 아래로 떨림이 느껴졌다. 난 슬그머니 다가가서 팔로 아빠를 감쌌다.

"무슨 일이든 안전을 우선으로 하겠다고 약속할게요. 지금 저는 아주 안정적인 회사와 일하잖아요. 규칙과 규정이 있는, 아시죠?"

아빠는 날 안아줬고 포옹을 풀고 반쯤 웃으며 숨을 내쉬었다.

"이런 상황을 너희 엄마가 보면 뭐라고 하겠니?" 아빠가 살짝 훌쩍였다.

"네가 없던 시절을 너희 엄마가 겪지 않아서 기뻐. 하지만 동시에 엄마라면 너희가 너무 엄한 규칙을 따르기를 바라지 않을 것 같구나. 엄마는 너희를 믿었단다. 그리고 나도 마음을 열고 너희를 믿도록 할 거야. 사실, 아빠는 네가 얼마나 유능한지 알고 정말로 자랑스럽단다. 네가 무슨 일을 하든 잘할 수 있을 거라고 아빠는 자신해."

"고마워요, 아빠." 난 아빠의 품속에 가만히 머물렀다.

아빠가 늘 쓰던 소나무 향수가 어린 시절의 안정적인 기억과 소속감을 떠올리게 해 줬다. 우리는 잠시 이야기를 나눴고 마침내 아빠가 그만 자러 가겠다고 인사했다.

아빠가 방을 나간 뒤 난 피곤한 눈을 비비며 컴퓨터를 열어 메시지를 클릭했다. 아이슬란드 국가 번호가 찍힌 연락처가 적혀 있었다. 광란의 방정식들이 내 안에서 작은 불꽃놀이를 벌이듯 팡팡 터졌다. 난 개의치 않고 전화기를 들어 번호를 눌렀다.

신호가 다 가기도 전에 연결되었다.

"네가 연락했어?"

산호초 해커의 로봇 목소리는 시뮬레이션 때와 마찬가지로 안정적이고 침착했다. 난 온몸이 부들부들 떨렸다.

"그러니까 날 지켜보고 있던 게 맞았구나." 내가 말했다.

"대체 넌 누구야?"

"그것보다 더 중요하게 논의할 일이 있을 텐데."

"네가 어떻게 블랙리스트를 훔쳤는가 하는 거?"

코웃음이 들렸다.

"그건 내가 아니었어. 이중 해킹이었으니까."

"그 말을 믿을 것 같아?" 난 화가 났고, 답을 원했다.

"블랙리스트는 지금 어디 있어?"

"난 너한테 PSS에 대해 경고했어. 네 바보 같은 남친에 대해서도 똑같이. 그런데 넌 듣지 않았고." 로봇 목소리가 지직거렸다.

그가 카이를 언급하자 가슴이 조여왔다.

"그가 살아있어?"

"지금은. 하지만 상황이 그리 좋아 보이진 않아."

"넌 어떻게 카이에 대해 알아? PSS에 대해 뭘 더 알고 있지?"

피닉스의 터프한 모습이 다시 나타났다. 이젠 내가 벌이는 게임에 숫자들이 돌아왔으면 좋겠다는 바람뿐이었다.

"잘 들어, 조세핀 리버스. 다른 방법이 있었다면 너한테 직접 연락하는 일은 없었을 거야. 불행하게도 넌 지금 없어서는 안 될 존재지. 달갑지 않아도 넌 내 도움이 필요할 거야. 그리고 너희 아버지한테 방금 말은 그렇게 했지만 넌 지금 호랑이 굴로 걸어 들어가는 거야. 정말 그러고 싶어?"

내 재능이 여기저기서 불꽃을 튀기기 시작하자 심장 박동이 빨라졌다. 난 뒤섞인 숫자들의 혼란 속에서 내가 무엇을 놓쳤는지, 심지어는 이 통화 속에서도 놓친 건 없는지, 그가 어떻게 우리 대화를 엿들었는지에 대해 계산하려고 했다. 아빠의 말이 맞았다. 이건 위험한 일이었다.

"카이를 위해서라면, 당연하지."

내가 그에게 으름장을 놓았다. PSS는 말할 것도 없다. 나 때문에 PSS가 이런 곤경에 처했으니까.

"참 고귀한 생각이지만 네 남자 친구에게는 그럴 가치가 없어."

"무슨 말을 하는 거야?"

로봇 목소리가 한 옥타브 내려갔다.

"네 남자 친구가 널 좋아하는 이유를 알기나 해?"

질문이지만 묻는 게 아니었다.

"몇 가지 이유 정도는 생각할 수 있지." 내가 대답했다.

"근데 넌 다른 이유를 가지고 있는 것 같네. 그래서 뭔데?"

"그는 오직 한 가지에만 이끌려."

"뭐래. 카이는 그런 부류의 남자가 아니야. 완전 잘못 짚었어."

"그런 의미가 아니야. 그는 위험에 이끌려. 그리고 넌 위험하지."

난 큰소리로 웃었다.

"난 수학 괴짜에 경제학 박사 학위를 갖고 있어. 중국 일을 말하는 거라면 그건 내 선택이 아니었지. 난 수중에 들어온 패를 썼을 뿐이야."

"아니. 넌 굳이 하지 않아도 될 위험을 감수했어. 달아나는 대신 돌진했지. 그래서 그가 널 좋아하는 거야. 그래서 널 골칫덩어리라고 부르는 거고. 그래서 네가 지루한 수학 괴짜로 변해 시애틀에서 죽치고 있은 지 한 달 만에 널 떠난 거야."

해커의 말이 내 생각과 뒤섞여 엉망이 되었다. 난 줄곧 카이가 떠난 이유를 스스로에게 묻고 있었다. 카이는 날 만난 뒤로 쭉 골칫덩어리라는 애칭으로 불렀다. 그리고 그는 골칫거리를 사랑한다. 하지만 그게 그가 날 좋아하는 이유는 아니다. 난 이 낯선 사람, 이 해커가 날 쥐락펴락하도록 놔두고 있었다. 의도적으로 이러는 거다. 카이와 내 사이를 틀어지게 하려고. 그건 내가 허락할 수 없지.

"넌 나나 카이를 모르고 네가 상관할 바도 아니야. 지금 내가 원하는 건 네가 블랙리스트 파일을 PSS에 돌려놓는 것, 그리고 너에게서 카이를 돕는 방법에 대한 정보를 얻는 거야. 날 돕지 말든지 알아서 해."

그가 헛기침했다.

"좋아. 다시는 네 PSS 친구의 함정을 이용하지 마. 날 네 사이버 SOS나 K2로 찾아. 시뮬레이션 안경도 챙겨 가고. 네가 튀니스에 도착하면 연락할게."

"어째서 널 믿어야 하지?" 내가 물었다.

"믿지 않아도 돼. 하지만 믿어 주기만 하면 네가 여기 있는 동안 네 재능을 되돌리는 걸 도와줄 수 있어."

난 숨이 막혔고 심장이 미칠 듯 쿵쾅거렸다. 그는 전에도 내 재능을 가지고 날 꼬드겼다…. 그게 거부할 수 없는 미끼라는 걸 그는 알고 있었다.

"네가 누군지 말해줘."

"별에 다 쓰여 있잖아, 조."

통화가 끊겼고 난 깨달았다. 그는 내 예전 블로그를 통해 메시지를 보냈다. 내가 신호를 넣지 않은 곳을 통해서.

CHAPTER 14

∞

워싱턴 주 시애틀, 시애틀 터코마 국제공항

거의 밤 열두 시가 되었고, 아직 짐을 다 싸지도 않았는데 테일러 대표가 K2를 통해 메시지를 보냈다. 비행기 예약 시간을 찍은 스크린숏이었는데 새벽 두 시에 개인 공항에서 출발하는 루트였다. K2의 음성 메시지가 이어졌다.

"골리앗 가드 서비스가 집 밖에서 대기하고 있습니다."

난 시계를 통해 집 밖에 있는 차량과 키가 큰 남자가 서 있는 걸 확인했다. 곧바로 메시지에 답했다.

"바로 나갈게요."

집을 떠난다고 생각하니 심장이 빨리 뛰었다. 난 내가 살아있는 이유를 한 번도 잊은 적 없다. 그래서 내가 어디에 있든, 무슨 일을 하든 항상 목표를 가지고 살았다. 하지만 그렇다고 나에게 두려움이 전혀 없다거나 날 괴롭히는 게 없다는 의미는 아니었다. 다행히 레드는 나에게 두려움이라는 거짓말쟁이를 다시 구렁텅이로 보내는 법을 훈련해 주었다. 그는, 승리는 두려움이라는 문지방만 건너면 바로 찾을 수 있다고 말하곤 했다. 그러니 당면한 현실에 집중해야 한다. 다만 튀니지로 가는 이유는 단순히 블랙리스트를 회수하거나 해커를 막는 것 그 이상을 위한 목표에서였다. 카이와 내 재능에 관한 문제였고 이 두 가지는 내가 앞으로 나아가는 데 꼭 필요한 것들이다.

난 긴 바지와 헐렁한 셔츠 위주의 옷 뭉텅이를 가방에 쑤셔 넣었다. 보수적인 국가이니 그쪽 관습에 맞게 입을 필요가 있다. 망델브로 엽서가 침대 옆에 놓여 있었다. 내게 재능이 아직 남아있다는 걸 상기시킬 용도로 엽서도 가방에 넣었다.

집 안이 조용했다. 이미 자매들에게는 작별 인사를 했지만, 아빠한테는 가기 전에 깨우겠다고 약속했다. 그래서 살금살금 걸어가 조심스럽게 아빠의 어깨를 토닥였다.

"아빠, 사람들이 도착했어요."

아빠가 잠이 덜 깬 표정으로 실눈을 떴다.

"내가 같이 나가줄게." 아빠가 잠긴 목소리로 말했다.

아빠는 하품하며 침대에서 일어나 스웨트 셔츠를 걸치고 내 가방을 들고 같이 밖으로 나갔다. 그러자 검은 밴 옆에 신장이 최소 195센티미터는 넘어 보이는 거대한 진갈색 머리의 남자가 서 있었다. 이래서 골리앗 서비스인가 보다.

그가 아빠에게 고개를 까닥였다.

"안녕하세요, 리버스 씨."

아빠와 난 둘 다 멈칫했다. 마담의 보트로 걸어갔던 기억이 예상치 못하게 떠오르면서 속에서 경고음이 울렸다. 하지만 이번에는 밴의 승객 칸에서 테일러 대표가 튀어나왔다. 난 다시 숨을 쉴 수 있었다.

"제이슨." 그녀가 친절하게 아빠와 인사했다.

"조를 제대로 보살필 거라고 약속드렸잖아요."

"고마워요, 마리골드." 아빠는 테일러 대표가 맞는지 확인하려고 악수를 세 번이나 했다.

언제부터 두 사람이 이름을 부르는 사이가 됐을까? 이상하다. 악수를 끝낸 아빠는 내 경호원 쪽으로 몸을 돌렸다. 불안한 미소를 지으며 그의 손을 잡고 세심하게 살폈다.

"자녀가 있나요?"

"아니요. 없습니다."

"음…. 지금 내 딸의 목숨을 당신에게 맡기는 겁니다. 이 일을 잘해 낼 수 있다고 믿어도 될까요?"

"네."

밴에 짐을 싣는 동안 아빠는 불안하게 주먹을 쥐고 숨을 참았다. 그 모습을 보니 마음이 아팠다.

아, 아빠…. 내가 아빠한테 무슨 짓을 하는 거지?

새로운 삶을 시작할 거라고 아빠와 약속했는데.

아빠가 날 꽉 안았다.

"호신용 귀걸이를 절대 빼지 말고." 그리고 아빠가 몸을 구부려 속삭였다.

"전화를 안 받으면 무슨 일이 생긴 걸로 알 거야."

"전화를 못 받는 일은 없을 거예요, 아빠. 모든 일이 잘될 거니까요." 스마트워치를 가리키며 내가 말했다.

"이미 K2에 알림을 설정해 뒀어요. 절 보내 줘서 고마워요. 사랑해요."

아빠는 분명히 떨고 있었지만, 얼굴만큼은 단호했다.

"나도 사랑한다, 조." 아빠가 포옹을 풀었다.

"잘 다녀오렴, 문제 일으키지 말고."

아빠의 어휘 선택에 움찔했지만, 살짝 엄지를 들어 보인 다음 밴에 올랐다.

차가 시동을 걸었고 테일러 대표가 휴대전화로 파일럿에게 우리가 출발했다고 알렸다. 골리앗이 내 쪽으로 몸을 기울이고 말했다.

"내가 널 지키는 한 어떤 위험한 일도 일어나지 않을 거다." 그가 약속했다.

"넌 내 시야에서 벗어날 일이 없을 테니까. 네 목표가 곧 내 목표고 내 목숨도 너한테 달린 거야."

맙소사. 너무 과한데.

"고맙습니다." 내가 대답했다.

"성함이 어떻게 되시죠?"

"골리앗이라고 불러." 그가 엄숙한 표정으로 말했다.

"회사 방침인가요?" 내가 물었다.

"아니면 개인적으로 고른 거예요?"

"미안, 리버스 양. 사적인 질문에는 대답할 수 없어."

"아! 알았어요."

난 새 경호원이 어떤 사람인지 확신이 서지 않은 채 고개를 끄덕였다. 내 숫자가 있었다면 10초 안에 이 사람을 파악했을 텐데. 숫자가 없으니 그는 냉담한 성격으로 친목을 거부하는 사람이라고 판단하고 싶었는데, 그러다 멋쩍은 미소를 지을 수밖에 없었다.

너도 이런 식으로 우습게 굴었잖아, 기억 안 나?

프랫에서 막 나온 피닉스는 챈에게 주먹질했고 얼마 안 돼서 골리앗처럼 비슷하게 대꾸했었다. 내 과거가 되살아나 뒤통수를 물고 늘어졌다.

CHAPTER 15

북아프리카 대서양, 국제 영공

하늘 위 쭉 펼쳐진 라벤더 꽃밭과 드문드문 보이는 분홍색 구름 위로 새벽이 찾아왔다. 근사한 광경이지만 아드레날린이 동났는지 쉴 새 없이 하품만 쏟아졌다. 한두 시간 뒤면 전용기가 튀니스에 착륙한다. 우리 쪽 경호원 세 명, 펜즈와 나를 제외하고 모두 잠들어 있다. 눈 밑 다크서클은 완전 깊게 내려간 탓에 거기다 두꺼운 미적분학책을 넣어도 될 정도였다.

하늘을 가만히 응시하니 카이와 산호초 해커에 관한 생각이 머릿속을 메웠다. 해안가에 집중하려고 했지만 구름이 너무 많았다. 거기다 지난번 심하게 다친 채로 임무를 마친 카이의 얼굴이 자꾸 아른거렸다. 피멍이 든 눈과 멍투성이. 바이오 태그가 꺼진 상황에서 지금은 얼마나 더 끔찍한 꼴이 됐을지 상상이

가지 않는다. 그들이 카이에게 어떻게 했길래 그 지경까지 됐을까? 생각도 하기 싫다. 그가 무사하길 바랄 뿐이었다.

펜즈는 비행하는 동안 잠을 자려고 멀미약을 미리 먹었는데 역효과였나 보다. 지금 몇 시간째 내 귀에다 떠들어대는 중이었다.

튀니지 관광 잡지를 넘기며 펜즈가 흥얼거렸다.

"소름 끼치는 구닥다리 해커를 잡고 나서는 당연한 말이지만, 블랙리스트를 회수한 뒤에 난 북아프리카 거리로 나갈 거야, 조. 다채로운 향신료 냄새를 전부 맡아보고 아랍어 대화도 엿들어 보고 '시장'을 의미하는 수크에 있는 상점에도 가 보고 이것저것 다 먹어봐야지…. 아, 맛있겠다… 쿠스쿠스. 양고기 케밥. 너 치킨 타진 먹어본 적 있어?"

"음, 아니." 난 그 애한테 인상을 썼다.

"펜즈. 우린 할 일이 있잖아. 우린 대부분 안전한 정부 청사 안에서 시간을 보내게 될 거야. 그리고 블랙리스트 파일을 되찾지 못하면 무슨 일이 벌어질지 말 안 해도 알잖아."

말은 그렇게 했어도 솔직히 PSS 현장 업무에 참가해 본 적이 없는 난 확신이 없었다.

"내 말이 틀렸니?"

"조, 우린 늘 맡은 일을 잘 해냈어. 근데 말이야, 우리는 잠입 수사 요원도, 노예도 아니잖아. 고용된 전문가로 조용히 일하는 사람들이지. 해외에 가면 늘 관광할 시간을 남겨 둬. 그 정도로 아무 일도 일어나지 않을 가능성도 있어."

그 애가 고개를 왼쪽으로 기울였다.

내 경호원은 맞은편에 앉아서 지친 기색도 보이지 않았고 펜즈의 말에 조금도 꿈쩍하지 않았다. 그는 비행기를 탄 내내 우리가 한 말을 빠짐없이 들었다. 심지어 내가 비행기 화장실을 이용할 때도 문 앞에 서 있었다. 몇 분 간격으로 그가 슬쩍 날 살피는 행동에 점점 짜증이 나기 시작했다.

그는 앞만 똑바로 응시하고 있지만 귀는 내가 내뱉는 모든 말에 확실히 반응했다. 이제는 내 쪽에서 대놓고 그를 살폈다. 진한 갈색 머리카락과 나이를 먹은 어두운 피부색이 대략 35~40세 정도로 보였다. 눈에 띄지 않는 옷차림을 한 그는 키가 아주 컸으나 우리가 어디로 가든 잘 섞일 수 있을 법했다. 그게 핵심이다. 길거리에서 그를 슬쩍 보는 정도면 아무도 그가 경호원인지 모르겠지. 하지만 자세히 살피면 그는 자신만의 방식으로 모든 걸 계산하고 있었다. 숫자가 없어도 난 그가 언제고 싸울 준비가 된 사람이라는 걸 알 수 있었다. 그래서 더 소름이 돋았다.

난 PSS에서 참여하는 전투는 키보드로만 이루어질 뿐이라는 점을 스스로에게 상기시켰다.

난 그를 향해 몸을 구부렸다. 그의 영역으로 확실히 들어가 진지한 목소리로 속삭였다.

"사람을 죽이는 방법 중 몇 가지나 알고 있어요?"

그가 나에 대해 어느 정도까지 파악할 수 있는지 알고 싶다. 현재로선 아무것도 모르는 게 확실했다.

"그건 기밀이야."

그는 표정 하나 안 바뀌고 말했다.

음….

"문신 있어요?"

몸을 구부리고 그의 팔을 살피며 물었다.

"아니."

"내가 졸기 시작하면 곧바로 내 몸에 추적기를 달 건가요?"

내가 실눈을 뜨고 그를 쳐다봤다.

"아니."

"당신한테 약점은 있어요?" 그의 이두근을 쳐다보며 물었다.

"아니."

"잠을 자기는 해요?"

한쪽 입꼬리를 올리고 눈썹을 찡그리며 내가 물었다.

"네가 깨어 있는 동안은 안 자."

단호한 입매가 꿈쩍도 안 했다. 난 어이가 없어서 눈을 굴렸다.

"재밌네요. 대단도 하셔라. 도착하면 깨워 주세요."

이 거대한 햇살 덩어리를 옆에 두고 뭔 일을 하기란 쉽지 않을 것 같았다.

난 차가운 비행기 창문에 몸을 기대고 잠을 청했다. 구름이 갈라지고 새벽에 뜬 별 한두 개가 반짝였다. 해커의 말이 머릿속에 맴돌았다.

별에 다 쓰여 있잖아, 조.

어쩌면 그건 암호이거나 내가 알 거로 생각하는 방정식일지도 모른다. 내가 이야기를 꺼낸다면 PSS가 알아봐 주겠지.

다른 팀원들을 살폈다. 이제 모두 잠들었다. 심지어 펜즈조차 드디어 졸기 시작했다. 난 배낭을 집어서 망델브로 프랙털 엽서를 다시 꺼내 봤다.

맨델에게 그의 별명에 관해 물어봤던 날이 기억났다.

"어째서 '망델브로의 아들'이야?"

난 그가 영상통화로 전환하길 바라며 물었다.

"우선, 브누아 망델브로는 거칠기 이론과 카오스 이론을 연구했고 그 속에서 순리를 찾아낸 사람이기 때문이야. 당시에는 내 인생에서도 거침과 혼란이 느껴졌거든. 그래서 특히 와닿았나 봐…. 너도 우리 부모님이 어떤지 알잖아…."

그가 숨을 들이마셨다.

"게다가 망델브로는 삼촌한테 교육받았어. 삼촌은 전통 방식의 교육을 싫어해서 그에게 체스와 지도 보는 법을 가르치고 야외에서 사물을 살피며 배우길 바랐지. 그가 천재인 이유가 거기 있다고 난 확신해. 그는 양치류와 로마네스크 브로콜리, 해안선, 은하를 통해 수학을 이해했고, 우리에게 무한대를 보는 또 다른 방법이 바로 프랙털이라고 가르쳐줬어…."

그가 잠시 말을 멈췄다.

"혹시 내가 말이 너무 많니?"

"아니." 난 홀라당 빠져서 대답했다.

"계속해…."

그가 수줍게 웃었다.

"알았어…. 그러니까, 그렇게 그가 망델브로 집합을 발견한 거야. 우리 세상 속 엉망인 사물 안에 숨겨진, 무한대로 복잡한 디자인을. 망델브로는 그걸 쪼개진 조각들인 프랙털이라고 불렀어. 덕분에 내가 비록 부서지긴 했어도 여전히 목표가 있고 전체의 한 부분이라고 느낄 수 있었지. 그의 인생 역작이 내게 가장 큰 영감을 준 거야. 날 계속 살아가게 하는 원동력이고….
그러니까 내 말은, 너를 제외하고….”

비행기가 살짝 난기류에 휩싸이면서 내 기억도 희미해졌다. 그와 내 예전 블로그 친구들은 아주 뛰어나서 모두가 PSS에 들어오고도 남을 법했다. 난 상실감에 한숨을 쉬었다. 내가 납치당하지 않았다고 해도 사람들은 갈 길을 가고 사이도 멀어진다. 평범한 삶 속에서도 그런 일이 일어난다.

난 PSS에서 내 자리를 찾아 기뻤다. 지금 이들은 오로지 직감 때문에 스스로 블랙리스트를 찾는 일이라는 위험 속으로 내던져졌다. 다들 리스트를 되찾을 거라는 자신에 차 있었다. 아무것도, 여기에 딸린 위험이 어느 정도인지조차 모른 채. 하지만 난 안다. 어쨌든 이들을 끌어들인 장본인은 나였다. 그래서 어쩔 건데?

집중해, 조… 산호초에…. 네 재능을 되찾는 걸 내가 도울 수 있어.

그 낮은 로봇 목소리의 속삭임이 지금 내 머릿속에서 충돌하고 있었다. 그의 제안이 연약한 보트를 찾아 헤매는 허기진 바다처럼 날 집어삼키고 있었다. 내 안에는 죽음에 대한 갈망이 숨어 있는 게 분명했다. 왜냐하면 그 모든 경고에도 불구하고 이 해커를 직접 만나고 싶기 때문이다.

CHAPTER 16

∞

튀니지, 튀니스 카르타고 국제공항

우리가 착륙할 때 튀니스는 늦은 아침 햇살로 반짝였다. 한두 시간 눈을 붙인 덕분인지 지금은 정신이 아주 말짱했다.

사설 밴이 앞으로 와 서더니 붉은 모자를 쓴 운전사가 내려 우리를 맞아주었다.

"우리 나라의 아름다운 수도, 튀니스에 오신 걸 환영합니다,"

튀니지 억양이 강한 말투로 그가 인사했다. 짐을 실은 15인승 밴은 곧바로 극심한 정체 속으로 향했다.

운전사가 다양한 관광지를 가리킬 때 다들 눈을 휘둥그렇게 뜨고 창밖을 멍하게 바라봤다.

"저긴 두 개의 뿔이 있는 부코닌 산맥입니다." 그가 남동쪽의 초록색 등성이를 가리키며 말했다.

"저기가 튀니스호수예요. 그리고 저쪽에 있는 건 카르타고로 역사가 아주 오래됐어요. 꼭 가 보세요."

고속도로를 나와 긴 야자수가 일렬로 서 있는 거리로 들어서니 운전기사가 지금 이곳이 튀니지가 식민지로부터 독립할 수 있게 도와준 모로코 술탄의 이름을 딴 무함마드 애비뉴라고 알려 주었다. 그리고 그는 복잡한 시계탑인 '몽젤라'를 가리키며 우리가 신도시에 도착했고, 이 거리는 하비브 부르기바 애비뉴라고 불린다고 설명했다.

대로를 따라 넓은 인도가 있고 끝없이 늘어선 야외 카페는 사람들로 북적였다. 프랑스 양식의 분수대, 조각상, 첨탑이 달린 창문 셔터, 정교하게 장식한 문이 근사한 사진처럼 돋보였다.

난 이 모든 정보를 받아들이려고 이리저리 바쁘게 고개를 돌렸다. 야자수가 서 있는 거리와 재스민 다발, 밝은 색상의 울 러그를 파는 행상들. 바게트를 사 들고 걸어가는, 베일을 쓴 여성들. 벽에 풍성하게 늘어져 있는 자홍색 꽃들.

문, 간판, 옥외 광고판에 프랑스어와 아랍어가 적혀 있다. 아랍어 글씨는 꼭 불 속으로 뛰어드는 나방을 연상시켰다. 읽을 수 없지만 내 머리는 글씨가 음악인 양 흥얼거리기도, 딸꾹거리기도 했다. 숫자가 나타나 모든 걸 정의해 주면 좋으련만. 하지만 그런 일은 없었다.

구시가지에 도착하니, 자갈 바닥으로 된 인도가 눈에 들어오면서 모퉁이마다 무엇이 나올지에 대한 흥미를 고조시켰다. 밴 창문을 여니 갓 구운 빵 냄새와 내가 모르는 향신료 냄새가 다른 바다에서 온 짠 공기와 뒤섞였다. 머릿속은 벌집처럼 왕성하게 활동했다.

예전에 내 재능은 모든 부분을 살피고 세세한 부분을 기록했다. 그러나 지금은 아니다. 재능이 없으니 모든 걸 정리할 시간이 필요하다. 평범한 사람은 어떻게 모든 걸 기억할까? 물론 그 대답을 안다. 레드라면 만 저우(man zou 慢走), 중국어로 '천천히 걸어'라고 하며 인내심을 가지라고 했을 테니까. 그 과정에서 무언가를 놓칠 수도 있겠지만 다음 산책에서 그걸 발견하는 기쁨을 얻을 수 있을 거라고 말이다.

아쉽지만 이번 여정에서는 만 저우를 할 시간이 없다. 우리는 5일 일정으로 이곳에 왔고 관광이 목적이 아니니까.

"지금 우리는 메디나 근처에 있어요." 운전사가 뱁 사둔이라고 불리는 구시가지 정문을 통과하며 말했다.

"이곳이 카즈바예요. 여기서부터는 걸어가야 합니다."

밴이 낡은 흰 빌라 벽에 화려한 부겐빌레아꽃이 피어 있는 좁은 거리 앞에 섰다.

"여러분은 다르 알자이툰에 머물게 됩니다. 올리브 저택이라는 뜻인데 그 너머로 1837년에 지은 프랑스 교회인 생트 크루아가 보입니다. 지금은 튀니스시 청사로 정부 소유랍니다."

종탑이 있는 낡은 건물을 가리키며 그가 말했다.

길에는 오토바이가 쭉 늘어섰고 시멘트 바닥은 갈라졌지만 깨끗했다. 동네는 오래되었지만 잘 관리된 편이었다. 그라피티가 간간이 눈에 띄었다.

차에서 내리자 몇 명이 건물에서 나와 값비싼 기기가 든 가방을 전혀 아무렇지 않게 들고 날랐다.

우리는 전통 아랍 양식 가옥인 다르 아라비로 들어갔다. 둥근 아치 입구에 서니 작은 테이블이 놓인 탁 트인 중앙 안마당이 나왔다. 마당 주변으로 아름다운 패턴을 이루는 타일로 된 방들이 들어서 있었고, 방 안에는 작고 세심한 디자인이 조각된 헤드보드가 인상적인 침대가 있었다. 러그는 저마다 밝은색으로 물고기와 낙타 패턴을 넣어 직조한 것이었다. 몇 주 만에 처음으로 머릿속이 활발하게 움직였다.

테일러 대표가 우리에게 당부했다.

"공식적으로 우리는 학술 교류 일정으로 방문한 학생 신분입니다. 따라서 메디나 구시가지에서 관광객 행세를 할 거예요."

"제일 끔찍한 업무는 아니네요." 해리슨이 에디와 주먹을 맞대며 말했다.

"어디까지나 문제를 해결한 다음이에요." 테일러 대표가 덧붙였다.

지금 그녀는 머리를 완전히 뒤로 넘겨 묶었고, 긴 시간 고전적인 드레스 수트 차림으로 비행했음에도 젊어 보였으며, 오히려 한층 더 그녀답게 느껴졌다.

안마당에서 테일러 대표가 지시를 내렸다.

"모두 한 시간 동안 휴식 시간을 가지세요. 그런 다음 우리는 튀니지 교육부 장관과 공식 회의를 할 겁니다." 그녀가 동정 어린 표정으로 날 쳐다봤다.

"조, 당신 방과 연결된 방에 압델콰다 씨가 묵을 거예요. 밖을 드나들 때는 항상 그의 방을 통하도록 하세요. 당신 방문은 입구부터 완전히 봉쇄해 둘 거니까."

난 그를 올려다봤다.

"그러니까 골리앗에게 다른 이름이 있었군요."

"그냥 콰다라고 불러." 그가 이렇게 말하고 복도 쪽으로 팔을 뻗어 내 방을 가리켰다.

"리버스 양, 가시죠."

난 어처구니가 없어 눈을 굴리며 앞으로 걸었다. 우리는 그의 방으로 들어갔다. 내 방문으로 향하는 벽으로 걸어가는데 그가 앞을 막으며 자신이 먼저 살필 테니 기다리라고 했다. 그가 안전한지 확인한 다음에야 난 방으로 들어갈 수 있었다.

"한 시간 뒤에 나올게요." 그에게 알려주고 난 방문을 닫았다.

엎어지면 코 닿을 거리에 온갖 부류의 남자들이 잠든 지하 터널에서 일 년을 보내지 않았다면 이런 상황이 무척 어색했겠지만 누군가가 근처에서 내 모든 움직임을 살피는 일이 이상하리만치 평범하게 느껴졌다. 나는 귀찮은 장애물을 피하고 따돌리는 계획에 내가 아주 능숙하다는 사실을 다시 스스로에게 일깨워 주었다.

방 안은 넓었다. 커다란 침대에는 푸른 줄무늬가 있는 흰 이불이 놓여 있었다. 그 위로 모든 손님에게 주는 것처럼 보이는 아랍어로 된 작은 책이 있었다. 집어 들어보니 안에 메모가 쓰여 있다.

거꾸로, 세상을 다르게 읽는 법을 배워라.

아랍어는 오른쪽에서 왼쪽으로 읽으니 영리한 환영사인 것 같았다.

방의 다른 부분은 평범했다. 먼 벽 쪽에 있는 문은 개인 욕실이었고 넓은 붙박이 선반 위에는 에스프레소 머신과 초소형 냉장고가 있었다. 커다란 창도 있다. 창문을 열려고 낑낑거리다 신경질을 내며 포기했다. 바위보다 더 단단하다. 절대 열리지 않도록 봉해두었다. 골리앗을 통하지 않고 이 방을 들락거리긴 글렀다.

난 서둘러 샤워하고 커피를 한 잔 마신 다음 짐을 풀었다. K2에 튀니지 지도, 맛집, 상점을 비롯한 정보를 프로그램해 뒀다.

"K2, 이 동네에 대해 알려줘."

그의 나긋한 목소리가 사실을 쭉 나열하기 시작했다.

"메디나는 튀니스의 구시가지로 1979년 유네스코 문화유산으로 지정되었으며 700개의 기념물, 왕궁, 사원, 묘가 있고…."

K2의 말이 멈추는 찰나, 내 재능이 반짝하며 빛났다. K2가 더듬거렸다.

"시스템 중단. 대기 중."

난 얼른 가방을 들고 욕실로 들어가서 문을 닫았다. 재빨리 시뮬레이션 안경을 찾아 꺼내 썼다.

눈 앞에 펼쳐진 스크린 위로 튀니지의 숫자와 좌표가 가득 들어차서 나타났다가 사라지더니 분열하기 시작했고, 그러다 모조리 깜깜해졌다.

산호초 해커다. 그가 침투했다. 내가 여기 있다는 걸 안다고 알리려고.

난 움찔했다. 그의 연락을 받아 걱정스러운 한편 안심이 되기도 했다. 다른 꿍꿍이가 없다면 그는 믿을 만했다.

아니, 난 그 생각을 집어넣었다.

그는 위험해. 너무 많은 걸 알고 있었고 시뮬레이션에 침투하면서 내 재능이 깨어나도록 유도하는 방식을 보면 충분히 경각심을 가져야 마땅했다. 해리슨은 그가 징그러운 노인일 거로 생각하지만 어쩌면 레드 같은 사람일 수도 있었다. 그 정체가 무엇이든 내게 엄청난 영향을 미친다는 점은 확실했다. 다만, 논리적으로 설명할 수 없고 그저 피부로 느껴질 뿐이었다.

좌표가 사라지자 미리 녹음한 로봇 목소리가 흘러나왔다.

"튀니스에 온 걸 환영해. 첫째, 사흘간 교육부를 폐쇄할 것. 둘째, 네 남자 친구를 도와주고 블랙리스트를 찾을 것. 시간이 별로 없으니 오늘 밤 날 만날 계획을 세워. 혼자 와야 해. 위치는 나중에 전송할게."

"셋째, 시뮬레이션을 할 것. PSS가 옳았어. 시뮬레이션은 중요해. 네 무의식이 다른 누구도 알지 못하는 세세한 부분을 꺼내고 있으니. 넌 그게 필요해."

"마지막으로, 거꾸로 할 시간이야. 새로운 방향 하나가 네 두뇌를 근사한 방식으로 변형시켜 줄 거야."

그러니까 글귀가 적힌 노트는 모든 손님용이 아니라는 거다. 그 말인즉, 산호초 해커가 어떤 식으로든 내 방에 들어왔다는 의미다. 교신이 끊어질 때 난 몸을 떨었다. 시뮬레이션 안경을 벗었는데도 머릿속에서는 계속 로봇 목소리가 맴돌았다.

네 남자 친구. 해커의 잘난 척하는 목소리를 난 놓치지 않았다. 그가 카이에게 어떤 반발심을 가진 것이 분명한데 카이를 미끼로 쓸 가능성에 대해선 확실히 알 수가 없었다. 그저 카이를 다치게 하지 않기만을 바랄 뿐이다. 난 카이의 피멍이 든 눈

과 찢어져 봉합한 입술을 떠올리지 않으려고 애썼다.

교육부를 폐쇄할 것. 그는 이유가 있어 우리를 이곳으로 데려왔다. 외국에서 무언가를 폐쇄한다는 건 쉬운 일이 아니다. 그는 자신이 무슨 요구를 하는지 모르거나 너무 잘 아는 것 같았다. 더 심각한 경우는 후자였다. 그러므로 우리는 매번 움직일 때마다 아주 조심스럽게 행동해야 한다.

오늘 밤 만나, 혼자 와야 해. 탄산음료 한 캔을 막 비운 것처럼 속이 거북하고 부글거렸다. 신경과민이다. 혹은 시차증이거나. 아니면 그냥 끔찍한 생각이라서 그런 걸 수도 있다. 하지만 난 이미 이 지점에 와 본 적이 있었다. 앞으로 가는 유일한 길은 위험을 무릅써서 원하는 걸 얻는 선택뿐인 횡단보도. 알지 못하는 사이에 하나의 작은 위험이 다른 위험이 된다. 난 시애틀에 있었는데 불과 25시간도 채 되지 않은 지금 튀니스의 욕실 바닥에 앉아 있었다.

몰래 나가는 일은 쉽지 않을 것이다. 테일러 대표나 골리앗이 근처에 있는 한. 아빠와, 자매들 그리고 스스로에게 날 위험하게 만드는 일은 더는 하지 않겠다고 맹세했다. 그러나 카이와 PSS를 도우려면 이 모든 일을 비롯해 더한 것도 해야 했다.

K2가 깜박이며 경고를 보냈다. 한 번도 써보지 않았던 센서인 리마인더가 작동했다.

"테일러 대표님께서 한 시간 뒤에 회의가 있다고 하셨습니다. 시간이 다 되었습니다. 늦지 마세요. 시간을 지키시기를 바랍니다."

"고마워, K2." 나는 시계를 쳐다보고 말했다.

K2가 멈췄던 부분부터 다시 튀니지에 대해 줄줄 읊기 시작했다. 머릿속에서 아이디어가 차곡차곡 엮였고 나는 문을 나서기 전에 한 가지 계획을 세웠다.

물론 그 계획이 훌륭하다는 뜻은 아니다.

CHAPTER 17

튀니스 카스바, 내부 보안 부처

국가 대변인인 아야디가 상표가 없는 근사한 물병과 펜, 종이가 놓인 원탁에서 우릴 맞이했다.

"튀니지까지 먼 길을 와주신 여러분을 환영합니다. 아시겠지만 이번 주 금요일에 아주 중요한 선거를 앞두고 있습니다. 선거일이 다가오면서 컴퓨터 시스템이 다운되거나 기능장애를 일으키는 일이 종종 생기고 동시에 매체와 온라인 플랫폼을 통해 가짜 정보가 확산하고 있습니다. 저희 쪽에서는 바이러스의 일종이 아닌가 생각합니다. 지난 6주간 다수의 사설 인터넷 보안 업체와 이야기를 나누었지요. 이번 일의 원인 혹은 배후를 밝히려고 모든 노력을 다했으나 결론이 나지 않았습니다. 그래서 여러분에게 연락을 드린 겁니다."

난 팀원들과 같이 앉아 우리를 주시하는 어른들을 살폈다. 경찰청, 정부 보안국, 첨단 기술 분석가와 심지어 의회 대표들도 와 있었다. 그들이 상황을 설명하는 동안 난 주변을 흘끔거렸다. 이곳은 보안등급이 높은 공식 회의실이었으나 첨단 장비로 무장한 PSS 팀과 비교하면 기술적으로 매우 제한적이라 할 수 있다. 나와 팀원들이 가진 귀걸이나 펜, 시계에는 일종의 감지 장치 혹은 추적 시스템이 달려 있어 이 방의 모든 정보를 수집하는 중이었다. 다들 착한 학생처럼 메모하고 웃는 얼굴로 예의 바르게 고개를 끄덕이며 보안 전문가가 아닌 척했다.

그러나 난 팀원들이 어떤 자세로 이 일에 임하고 있는지 알 수 있었다. 펜즈는 한 손으로는 이 방에 모인 사람들의 이름, 그들의 특징과 같이 모든 정보를 기록하고 다른 손으로는 스마트워치에 메모를 작성하는 중이었다. 테일러 대표는 사회적 지능의 대가라고 보면 됐다. 이 회의가 끝날 무렵 그녀는 이곳의 진짜 우두머리가 누군지 파악하고도 남을 테니. PSS의 공식 업무팀의 일하는 모습은 이렇다고 할 수 있다.

보안국 소속으로, 검은 긴 머리에 근사한 드레스 정장을 입은 유세프 부인이 입을 열었다.

"저희 보안 전문가 압델라티프 씨가…." 그녀가 맞은편에 안경을 쓰고 있는 젊은 남성을 가리키며 말했다.

"교육부의 데이터 활용도가 커진 정황을 발견했습니다. 거기에 바이러스가 있다고 생각해 조사했으나 어떤 증거도 찾지 못했습니다."

그들이 보여주는 데이터를 살피며 난 숫자가 나타나길 바랐다. 7초간 숫자들이 나왔다가 흐지부지 사라졌다.

"에디, 펜즈." 내가 작은 목소리로 불렀다.

"그들이 쓸 수 있게 해 둔 컴퓨터로 가서 교육부 웹사이트와 관련된 활동을 살펴봐."

내가 집중하는 걸 보고 테일러 대표가 다가와 속삭였다.

"무슨 일이죠?"

"산호초 해커는 우리가 교육부 메인 서버를 폐쇄해야 문제를 해결할 수 있다고 생각해요."

내 말에 그녀가 손으로 이마를 비볐다.

"부서 전체를 폐쇄하다니. 선거 직전에?" 그녀는 믿을 수 없다는 표정을 지었다.

"저도 조심해야 한다는 데 동의하지만, 그가 뭘 방해하려는 것 같진 않아요." 내가 대꾸했다.

"우리에게 블랙리스트와 선거가 어떤 관련이 있는지 보여 주려는 것 같아요."

그렇지만 카이가 이 일과 무슨 상관이 있다는 걸까? 바이 요원은 교수에게서 정보를 빼낸다고 했는데.

"조, 무작정 이 사람을 믿어선 안 돼요." 그녀가 말했다.

"그는 우리 블랙리스트 기술을 훔쳐 갔어요. 그가 교육부에 대해 무언가를 알고 있다면 그건 분명 정부 메인프레임을 해킹한 결과일 겁니다. 그는 범죄자예요."

이중 해킹이었어.

내 머릿속 의심이 커지고 혼란이 가중됐다. 난 테일러 대표를 믿어야 한다. 산호초 해커는 범죄자고 그를 잡겠다고 맹세하지 않았던가. 다만 그 전에 그는 우리에게 필요한 존재였다. 우리가 자신과 함께 일한다고 그가 믿게 만들어야 한다. 그는 우리에게 필요한 것, 내가 필요한 걸 가지고 있다. 그는 카이와 내 재능을 되찾게 해 줄 핵심 인물이다….

"한번 고려해 주세요." 팔을 타고 전율이 흘렀다.

"리스트를 되찾으려면 평상시 하지 않는 행동을 해야 할지도 몰라요."

우리를 초대한 인물들이 하는 말을 한 손으로 받아 적고 있던 펜즈가 와 보라고 손짓했다.

"제가 뭘 좀 찾았어요."

"벌써?" 아야디가 놀라 반문했다. 그는 자기 직원들을 흘끔 살핀 다음 테일러 대표에게 말했다.

"와, 이 아이들은 정말 빠르군요." 그가 펜즈에게 말해 보라는 듯 고개를 끄덕였다.

"주요 시스템의 변경이 불법적으로 이루어졌습니다. 아주 교묘한 바이러스의 징조가 있고요. 여러분의 시스템을 조종하도록 만든 랜섬웨어가 담긴 고급 프로그램을 썼습니다. AI 로봇들이 암호화한 메시지를 보내 오염시키고 파일을 훔치는 식입니다. 기본적으로 누군가가 교육부의 서버를 정부 인프라를 향한 주요 사이버 공격의 베이스로 쓰고 있습니다. 이를 주동한 인물은 악의를 품었을 게 분명합니다. 정체를 절대로 들키지 않으려고 모든 부분에 베일을 씌우고 있네요."

"어떻게 그런 일이 가능합니까? 무슨 속셈으로 그러는 건가요?" 행정국장인 트라벨시가 물었다.

그러나 펜즈가 베일이라고 말한 순간 팀원들은 창백해졌다. 베일은 PSS의 기술이다. 우리가 생각한 것보다 더 끔찍한 상황일지도 몰랐다.

"그들을 찾을 수 있나요?"

"지금 노력 중입니다."

펜즈는 PSS가 개입되었다는 조짐을 흘리지 않으려고 모니터에서 눈을 떼지 않았다. 블랙리스트 기술이 튀니지에서 사용되었다는 말이 나오면 PSS는 미 정부에 고초를 겪을 테니까.

"그들이 사용하는 프로그램은 상당히 암호화가 많이 되어 있어요. 마치 어둠 속에서 누군가를 찾는 일과도 같습니다. 충분한 시간이 필요합니다. 팀 여러분, 이리 모여주겠어요?"

테일러 대표가 날 향해 고갯짓했다. 산호초 해커가 옳았다. 블랙리스트 기술이 이용당했다. 심장이 마구 요동쳤다. 어쩌면 그를 믿을 수 있을지도 모르겠다. 그가 이 공격 배후에 숨은 인물이 아니라면.

팀원들이 회의실 뒤편 별도의 테이블 주변으로 모였다. 펜즈가 몸을 구부리고 목소리를 낮췄다.

"상황이 나빠. PSS 기술이 사방에 깔렸어. 정부 인프라를 엉망으로 만들고 있다고. 전체 시스템 통제권을 완전히 빼앗으려는 속셈이야. 이 일을 벌인 게 누군진 몰라도 우리가 방해하는 걸 좋아하지 않을 거야."

난 인상을 썼다.

"그래서 그들이 베일을 이용하는 거야?"

베일은 코드를 잡아 혼란스럽게 만들어 안티바이러스 프로그램이 식별하지 못하게 하는 은폐용 소프트웨어였다. 베일은 세 가지 기능을 한다. 몰래 움직이고, 구체적인 목표를 성취하도록 AI 로봇을 보내고, 심지어 헤드라인이 한 개만 있어도 그에 맞춘 가짜 뉴스 기사와 동영상까지 만들 수 있다. 그러니까 내부 데이터 시스템 전체를 바꿀 수 있는 거다.

펠리시아가 더 많은 정보를 끄집어냈다.

"우리가 알고 있는 베일에 대한 정보를 활용해서 내가 AI 로봇 하나를 추적해 봤더니 이번 선거에 출마하는 제3당으로 이어졌어. 그들은 엄청난 급진주의자 집단이야. 당수의 이름은 아미르 벤 슬리먼이고."

펜즈가 크게 씩씩거렸다.

"이런 식으로 선거에서 이기려는 거지."

해리슨이 내게 다른 파일을 건넸다.

"우리가 이들의 공격을 막지 않으면 이 급진당이 우리 기술을 이용해서 선거를 자기들 입맛대로 조작할 거고 이번 주말 안에 정부 기관과 나라를 완전히 장악해 버릴걸."

난 테일러 대표를 쳐다봤다.

"그래서 PSS가 이 일을 해야 했던 거예요. 급진주의자들이 악용하는 다른 기술에 대해선 말할 것도 없어요. 우리 팀이야말로 베일 코드를 추적하고 멈출 수 있는 유일한 사람들이잖아요."

"그렇다면 당장 작업에 들어가 코드를 추적하고 사이버 아일랜드로 보내 가둬야 해요."

테일러 대표가 말했다.

펠리시아가 우리를 쳐다봤다.

"다른 문제가 있어요. 제가 최대한 깊이 추적해 봤거든요. 그런데 훔쳐 간 인물이 홀로썸에 백업을 만들어 뒀어요. 그 말은 우리가 해당 장치와 도둑의 생체 정보를 확보하지 않는 이상 손이 묶긴 거나 마찬가지라는 말이죠."

테일러 대표가 길게 숨을 들이마셨다.

"상황이 심각하군요. 우리 기술이 계속 돌아다니게 둘 순 없어요. 홀로썸을 찾지 못하면 블랙리스트를 추적할 수 없어요. 그때까지 이 공격을 막고 교육부의 베일 버그를 몰아내야 해요. 해리슨, 에디. 뭘 해야 하는지 알죠."

둘은 곧바로 작업에 들어갔다.

테일러 대표와 나만 남았다. 우리는 서로를 쳐다보았다. 아닐 수도 있지만 난 우리가 같은 생각을 하고 있다고 느꼈다. 바로 해커!

"그가 뭘 알고 있는지 털어놓게 할 수 있을 것 같아요." 내가 말했다.

"어쩌면 그는 홀로썸을 찾을 장소를 알지도 몰라요."

테일러 대표가 몸을 구부리고 목소리를 낮췄다.

"그가 두렵나요?"

처음에 난 뭐라고 대답할지 몰랐다. 당연히 그는 날 두렵게 하지만 그녀가 생각하는 그런 식은 아니었다. 증명할 수 없지만, 그가 날 다치게 할 것 같진 않았다. 어떻게 될지 알 수 없지만 어딘가 익숙한 상황이랄까.

"아뇨." 마침내 내 입에서 대답이 나왔다.

테일러 대표가 고개를 끄덕였다.

"좋아요."

그녀가 자리에서 일어나 유세프 부인과 아야디에게 다가갔다.

"저희가 일을 진행하려면 교육부를 사흘간 폐쇄할 필요가 있습니다. 웹사이트, 도메인, 서버 전부를요."

방 안에선 놀라워하는 탄식, 반발하는 소리, 부스럭대며 서류를 넘기는 소리가 뒤섞였다. 보안부서장이 대변인에게 걱정하는 눈빛을 슬쩍 보냈다.

"걱정 마세요." 테일러 대표가 설명했다.

"저희 팀이 교육부 업무에 차질이 생기지 않도록 대안을 알려드릴 겁니다."

그들은 충격을 받고 의심 어린 표정을 지었다. 아랍어로 속삭이는 소리가 회의실 사방에서 들렸다.

"이것 하나는 확실히 하고 넘어가야겠군요." 테일러 대표가 단호한 목소리로 말했다.

"여러분의 나라가 위험에 처해있습니다. 우리가 시스템을 폐쇄하지 않으면 급진주의자들이 원하는 대로 되는 겁니다."

그들은 어쩔 수 없이 동의하면서 각 부처 직원의 업무 배치 전략을 논의했다. 펜즈와 펠리시아가 그들의 질문 몇 개에 대답한 뒤 에디와 해리슨도 참여했다. 팀이 작은 원으로 모였다.

테일러 대표가 내 쪽으로 몸을 구부렸다.

"교육부 외부에서 우리에게 정보를 알려줘요. 방으로 돌아가서 해커와 접촉한 뒤 그가 아는 모든 걸 알아 와요. 어떤 이유에서인지 그는 당신하고만 이야기하고 싶어 하니까. 저 급진주의자들 손에서 우리 블랙리스트 기술을 되찾아 오기 위해서라면, 필요한 모든 걸 해도 좋아요."

난 눈썹을 치켜올렸다. 훗. 오늘 밤 산호초 해커와 만나도 된다는 직접적인 승낙을 방금 받은 것과 마찬가지였다. 괜히 걱정했나 보다. 문을 향해 가면서 머릿속으로 계획을 세우는데 그녀가 날 불렀다.

"한 가지만 기억해요." 그녀가 말했다.

"누구도 이 건물을 벗어나선 안 된다는 거."

CHAPTER 18

∞

해가 지기 시작한 지 한 시간이 지났지만 내 사이버 SOS나 설정 위치에서 돌아오는 해커의 대답은 없었다. 분명 산호초 해커는 나 말고 다른 사람들과는 연락하지 않는다. 골리앗은 옆방에서 언제나처럼 문을 지키고 있었다. 난 더 스트리트에 여섯 번이나 들어가 카이의 메시지가 없는지 확인했지만 아무런 소득도 없었다. 마지막으로 할 수 있는 건 재능이 돌아오게 만드는 일뿐이었다.

산호초 해커는 기본적으로 내게 시뮬레이션을 하라고 했고 그 중요성에 관한 테일러 대표의 입장에도 동의했다. 그는 다른 사람이 아닌 나 스스로 단서를 잡을 거라고 말했다. 지금 나와 나의 팀에게는 그게 필요했다. 하지만 난 망설였다. 지난번 시뮬레이션 때는 내가 탄 헬리콥터가 박살 날 뻔했다. 카이는 광장에서 피투성이가 되었고, 망델브로 집합 엽서가 내가 오랫동안 느껴보지 못했던 방식으로 내 방어 기제를 깨트렸다. 시뮬레이션을 강행하는 건 불길하다는 느낌이 들지만, 재능이 돌아오기만 하면 더 수월하게 카이를 도울 수 있다.

침대 위에 시뮬레이션 안경이 놓여 있다. 실험실 밖에서도 할 수 있도록 세상에서 가장 진보한 스마트 안경에 가상 증강현실을 결합해 PSS가 선보인 것이다. 사용자의 눈과 귀에 착 감기면서 측두엽 신경을 자극해 꿈과 같은 상태로 유도해 경험을 한층 실감 나게 살려 준다. 난 팔을 뻗어 안경을 끼고 침대에 누워 길게 숨을 골랐다.

"K2, 시뮬레이션 1~3단계를 로딩해 줘. 각 과정을 절반으로 줄여주고 단계 이동 간 휴식은 최소한으로."

눈을 감자 화면이 검게 변했다.

∞

이번에 날 반겨주는 건 라벤더 향기가 아니었다. 대신 소나무와 삼나무 향이 나는 초가 창가에서 타고 있었다. 열세 살인 난 베개에 얼굴을 파묻고 있다. 막 잠에서 깼다. 휴대전화가 읽지 않은 메시지가 있다고 알려줬다. 전화기를 집어 들어 날짜를 확인해 봤다. 12월 25일.

침대에 똑바로 앉았다. 창밖으로 옛날 집의 뒷마당이 보였다. 푸른 잔디 위로 서리가 내렸고 하늘은 우중충하다. 몸과 마음이 떨리고 혼란스럽다. 분명 추위와는 거리가 먼 튀니지에 있는 걸 아는데 모든 상황이 너무 현실적이라 그 속으로 빨려들고 있었다. 심지어 맨 팔에 스웨터를 걸치고 싶다는 생각이 들었다. 침대가 따뜻해 난 이불 안으로 들어갔고 그때 휴대전화의 진동이 울렸다. 친구들이 보낸 크리스마스 메시지였다. 내 얼굴은 환하고 아무 걱정도 없다. 아래층에서 팬케이크와 커피 향이 솔솔 올라왔다. 메시지를 확인하고 내려가 가족들을 볼 거다. 선물을 열어볼 생각에 신이 났다.

메시지를 쭉 내려보다 망델브로의 아들에게서 온 메시지를 발견했다. 가슴이 쿵 내려앉았다. 그 시절 나는 항상 그의 메시지부터 먼저 읽었다. 그러나 지금은 현실이 살짝 끼어들어서인지 기분이 이상했다. 카이가 실종된 마당에 시뮬레이션이나 하면서 두 어린애 사이에 오간 옛날 메시지나 읽고 있다니. 물론 시뮬레이션이 재현한 건 먼 과거의 일이었다. 게다가 시뮬레이션은 날 돕기 위해 설계되지 않았나. 그래서 클릭해 봤다.

그의 메시지 안에는 '조에게 주는 선물'이라는 웹사이트의 숨은 페이지로 가는 링크가 있었다. 링크를 클릭하니 엄청 많은 눈송이가 나타났다. 각각 독특하고 아름답고 수학 공식으로 완전히 뒤덮여 있다. 난 머리를 흔들었다. 망델브로의 집합 등식인 fc(z) = z2 + c가 디자인 속에 삽입되어 있다. 계속 지켜보니 각 눈송이의 프랙털이 점차 커지더니 중앙에서 새로운 하나로 재형성되는 전형적인 프랙털 배치가 이루어졌다. 결국 이미지는 눈송이로 뒤덮인 내 사진으로 변했다. 나, 혹은 열세 살 소녀가 환하게 웃고 있다. 근사한 선물이라고 생각한다.

눈송이 아래로 우리가 주고받았던 메시지를 다시 읽으니 따스함이 되살아나는 것 같다.

– 내숫자를이해하지 님으로부터: 메리 크리스마스, 맨델. 거기 있니? 네 선물을 받았어! 리서치 기반으로 네가 직접 이걸 만든 거야? 고마워.

– 망델브로의 아들 님으로부터: 숫자야, 맞아, 그랬지. 그 프로젝트를 기억하다니 놀라운걸. 마음에 들어? 올해 크리스마스에 눈이 왔으면 좋겠다고 한 걸 기억해. 하지만 시애틀에는 2월까지 눈이 안 오잖아. 그래서 수많은 눈송이를 너한테 선물로 주고 싶었는데 아직 내가 날씨까진 통제하지 못해서…. 그래도 걱정하지 마, 지금 열심히 노력 중이니까. 언젠가 넌 하늘에서 떨어지는 프랙털을 먹어볼 수 있게 될 거야! 그때까진 이걸로 만족해 줘.

– 하하. 기대되는걸. 아무튼, 선물 마음에 들어. 너무 예뻐.

– 그렇지? 눈송이는 세상이 줄 수 있는 가장 아름다운 프랙털이야. (물론 은하계는 제외하고.)

– 너와 프랙털이라니, ㅋㅋ. 너와 브누아 망델브로는 항상 너무 심오해. 그 사람은 과몰입하지 않고 무늬를 본 적이 있을까? ㅋㅋㅋ.

– 솔직히 말할게. 없을걸. 금융 세계, 주식 시장. 그는 수많은 패턴을 발견했고 코드를 쪼개서 어떤 일이 일어날지 예측하는 법도 발견했지. 나한테는 의미 없지만. 난 돈에는 관심이 없거든. 그래도 다른 사람들은 돈이라면 환장하잖아.

– 음. 흥미로운데. 한번 찾아봐야겠어. 우리 아빠는 주식 시장을 사랑하거든. 그래서 아빠 회사가 돈을 벌 수 있도록 투자하셨어. 혹시 알아, 내가 새로운 코드를 쪼개서 아빠를 도울 수 있

을지?

– 넌 당연히 잘할 거야. 망델브로가 우리한테 가르쳐준 게 있다면 그건 바로 비밀 메시지는 우리 세상 어디에나 숨어 있고 가까이서 자기들을 볼 사람들에게 발견되기만을 기다린다는 거지.

– 에휴. 그만 가봐야 할 것 같아. 부모님이 아침 먹으라고 부르셔.

– 좋겠다…. 난 부모님을 피하는 중이야….

– 크리스마스인데???

– 크리스마스니까 더 그래. 하지만 내 걱정은 마. 우리 외삼촌이 오신다고 했거든. 삼촌은 좋은 분이셔. 나중에 또 대화할래?

– 그래. 메리 크리스마스, 맨델.

– 메리 크리스마스, 조세핀.

∞

내 머리가 잊어버렸던 기억으로 빙그르르 돌았다. 그때 난 실제로 금융 시장을 쳐다보기 시작했다. 맨델 탓이었던 것 같다. 시뮬레이션 안에서 시간이 끝나기 전에 눈송이 선물을 다시 꺼내 보며 아름다움에 감탄했다. 눈송이가 전부 다른 모양이라는 걸 알지만 그 속에서 한가지 패턴이 나오길 바랐다. 아무 일도 없었다. 하지만 보다 보니 눈을 가지고 놀고 싶다는 강한 욕망이 일어났다. 수년간 눈을 못 봤다. 맨델이 눈을 먹는 건 프랙털을 소비하는 즐거운 방식이라고 주장했고 그 말에 웃었던 기억이 난다. 그리고 천천히 눈송이의 무한 등식이 표준 시간대와 비행기 경로와 생일들로 변했다. 내 시스템이 그래프로 요동쳤고 갑자기 K2가 기능 이상을 일으키며 시뮬레이션이 종료됐다.

그가 나타났다. 로봇 목소리가 내 귀를 채웠다.

“오늘 밤 만날 약속을 아직 정하지 않았잖아.”

“우리가 교육부를 폐쇄했어. 하지만 그전에, 넌 홀로썸에 대해 알고 있었어, 그렇지? 그건 어떻게 하면 찾을 수 있는데?”

내가 단호하게 물었다.

“밤에 만나서 이야기해 줄게. 난 다른 사람은 못 믿어.”

“그래 뭐, 여기 있는 누구도 널 믿지 않는 건 마찬가지거든.”

난 시간을 질질 끄느라 입이 바짝바짝 말랐다. 그를 만나기로 마음먹었지만, 이 해커가 킹이 될 가능성도 있었다. 피부 아래 무리 지어져 있던 숫자들과 방의 치수가 희미하게나마 모습을 드러냈지만 뒤엉킨 덩어리여서 머리가 욱신거렸다. 과거에 숫자는 내가 위험을 예측하도록 도와주었다. 하지만 지금 그들은 쓸모가 없었다. 특히 해커에 대해서는 더욱 그랬다.

낮은 로봇 목소리가 부드러워졌다.

“이해해. 내가 안전한 인물일 확률은 낮아. 나 같아도 못 믿을 것 같아. 그래도 난 약속을 지켰잖아.”

내가 자기 말의 무게를 인식하는 중임을 안다는 듯 그는 한동안 잠자코 있었다.

“오른쪽에 있는 창가로 가.”

그의 말에 난 놀랐다.

“왜 그래야 하는데?” 내가 물었다.

"신뢰를 주고받는다고 생각해. 뭐가 보여?" 목소리가 물었다.

난 머뭇거리며 방에 하나밖에 없는 창문으로 가서 얇은 유리창 너머를 살폈다.

"많은 건물, 갈색 먼지, 시멘트로 된 보도, 사람들, 자동차, 나무 한 그루."

"나무에 집중해. 그 뿌리를 상상한 다음 시선을 몸통으로 올려. 네 머릿속에서 가지들을 전부 손으로 그리고 있다고 상상해 봐. 모든 잎맥, 가장자리까지 이어지는 잎사귀의 각도까지."

그렇게 하는 건 바보 같다고 생각했지만 시키는 대로 한다고 내 쪽에서 잃을 건 없었다.

나무 몸통이 두꺼웠다. 난 껍질을 따라가다 가지 하나를 골랐다. 그 가지가 다른 가지로 이어졌고 그러다가 얇은 잔가지로 넘어가서 잎사귀로 향했다. 다음 가지도 똑같았다. 각 가지는 그 자체로 나무였다. 난 눈을 감고 붓놀림 같은 작은 패턴이 나타난다고 상상해 보았다.

그리고 눈을 떠보니 나무가 숫자로 흘러넘치는 것이 아닌가. 위험을 느끼지 않아도, 고생이 없어도 내 재능이 수도꼭지를 튼 것처럼 콸콸 흘러나왔다. 가지 하나는 숫자로, 다른 가지는 측정치로 등장했다. 나무 주변 먼 거리에서부터 숫자가 쏟아졌다. 풍경과 거리와 나와 나무 사이를 측정하며….

"네 재능이 돌아왔지?"

그의 로봇 음성이 내 환상을 깨부쉈고 숫자가 서서히 사라지면서 경이로움과 상실감만 남았다.

"이런 일이 벌어질 걸 어떻게 알았어?"

"계산한 거야." 로봇 목소리가 부드럽게 말했다.

"항상 디자인이 있잖아. 디자인이 패턴을 만들고 패턴이 등식을 만들지. 네가 튀니스로 오면 네 재능을 되찾도록 돕겠다고 약속했잖아. 그런데 시간이 없어."

"알았어. 어디서 만날까?"

어쩌면 너무 쉽게, 난 동의해 버렸다. 그가 내게 미끼를 던졌다. 그리고 난 덥석 물었고. 그가 한 행동은 어린아이나 다름없는 나에게 사탕을 내민 것과 같았다.

"바르도 국립 박물관."

그가 말하자 K2가 지도를 보여줬다.

"난 박물관 안에 있을 거야."

"넌지 어떻게 알아봐?"

해커를 혼자 만난다는 생각에 심장이 미친 듯이 뛰었다. K2의 초침이 재깍거렸다.

"걱정하지 마. 내가 널 아니까."

CHAPTER 19

∞

테일러 대표가 어리둥절한 표정으로 날 쳐다봤다.

"뭘 하고 싶다고요?"

"바르도 박물관에서 단서를 회수하려고요."

산호초 해커가 거기 있을 거라는 말은 그녀에게 하지 않았다. 그러면 절대로 안 보내줄 테니까.

"해커랑 연락하고 리스트를 찾으라고 하셨잖아요. 그쪽에서 단서를 보냈어요."

난 침착하게 말했다. 산호초 해커를 박물관에서 혼자 만날 계획은 전적으로 테일러 대표가 골리앗이랑만 갈 수 있게 허락하는 일에 달렸다.

"딱 한 시간만 찾아보고 올게요. 골리앗이 저와 계속 같이 있을 거고요."

"그리 좋은 방법처럼 들리지 않는군요. 혹시 그자가 나타나면 어쩔 건가요?"

테일러 대표가 거리를 두고 날 살폈다. 난 그녀의 눈을 똑바로 바라봤다. 그녀의 신뢰를 잃고 싶지 않다. 그녀는 한결같이 내게 잘해 줬다. 내가 가장 원치 않는 일은 팀을 위험에 빠트리는 것이다. 그러기 위해서는 무슨 일이 벌어지는지 우선 알아봐야 했다. 그 말은 그녀의 허락이 있든 없든 가야 한다는 뜻이었다. 그런데 허락이 떨어져도 중요한 문제는 테일러 대표가 아니라 골리앗이었다.

"공공장소에 있는 단서니, 일반 관람 시간 동안 다녀올 수 있을 거예요."

"몇 년 전 거기서 큰 테러 공격이 있었던 거 알아?" 해리슨이 끼어들었다.

펜즈가 팔꿈치로 그를 툭 쳤다.

"아니다, 신경 쓰지 마." 그 애가 아파하며 겨우 대꾸했다.

"해커의 목표는 당신이에요, 조."

테일러 대표는 업무 이야기를 할 때처럼 단호해졌다.

"그가 당신의 시뮬레이션에 침투한 이유가 분명히 있을 거예요."

"전 그 사람이 두렵지 않아요. 그는 우리가 원하는 걸 가지고 있을 뿐이잖아요."

이를 너무 갈았는지 턱이 아팠다.

"그걸 되찾으려고 절 여기로 데려왔던 거 아닌가요?"

"우리의 목표는 블랙리스트와 이 나라, 우리 팀의 안전입니다. 오늘 발견한 것으로 상황이 생각보다 위험하다는 점이 밝혀졌을 텐데요."

펜즈가 손을 들었다.

"그 부분에 이의는 없습니다만, 블랙리스트가 나도는 한 누구도 안전할 수 없어요. 저희는 그걸 추적할 수 있는 유일한 사람들이고요. 굳이 상기 시켜드릴 필요는 없겠지만 그 정보를 파괴하지 못하면 PSS는 문을 닫게 될 거예요."

카이의 얼굴이 떠올라 나를 힘들게 했다. 손이 잠시도 가만히 있지 못했다. 시간이 촉박했다.

그때, 문을 두드리는 소리가 났다.

"들어오세요." 테일러 대표가 한숨을 쉬었다.

골리앗이 안으로 들어왔다.

"테일러 대표님, 지인이 바르도 국립 박물관에서 큐레이터로 일하고 있습니다. 방금 전화를 돌렸는데 그쪽에서 보안을 강화하겠다고 했고 이미 실행에 들어갔습니다. 조가 머무는 시간 동안은 반드시 안전할 겁니다. 절대로 제 눈 밖에서 벗어나지 않도록 하겠습니다."

이상한 고마움이 짙은 의심과 더불어 흘러나왔다. 골리앗은 내게 필요 없는 장애물이었지만 분명 그는 *내 목표가 곧 자신의 목표*라고 말했고 그 말은 진심이었다. 하지만 내 목표가 대체 그에게는 무슨 소용이지?

"우리의 목표는 그를 이기는 거지 그 반대가 아니에요."

테일러 대표가 방 안을 조금 더 서성였고 난 내가 이길 걸 알았다.

"내가 이런 말을 한다니 믿기지 않는군요. 단서가 있고, 그 해커가 거기 없는 게 확실하다면 가도 좋아요. 다만, 대신 한 가지 조건이 있어요."

테일러 대표가 해리슨과 펜즈를 불렀다.

"장비를 세팅해 주세요."

펜즈와 해리슨이 신이 나 손을 비볐다.

∞

10분 뒤, 난 초소형 기기들로 무장했고 정말 말도 안 되는 꼴이었다. 위험이 도사린다는데도 팀은 신났고 그들은 테슬라에서 나온 전기 자동차 이후 내가 가장 근사한 물건인 양 주변으로 분주하게 움직였다.

"우리 괴짜들인 거 알지? 이 장비들을 써볼 기회가 한 번도 없었잖아."

해리슨이 앙큼한 미소를 지었다.

펜즈가 내 턱을 잡았다.

"입 벌려 봐."

그 애가 입에 뭔가를 뿌렸다. 민트와 신맛이 났고 입천장이 끈적했다.

"이게 뭔데?" 그걸 삼키며 내가 물었다.

"가만히 있어." 그녀가 내 입술에 립스틱을 발랐다.

"아, 싫어. 이러기야 정말, 스웨이라니?" 못 믿겠다는 듯 내가 물었다.

"미안하지만 난 정보를 얻으려고 아무에게나 입을 맞출 순 없어."

"특히 상대가 징그러운 늙은이인 데다 얼마나 오랫동안 속옷을 안 갈아입었는지는 하나님만 아시는, 그런 부류라면 말이지." 해리슨이 웩웩거렸다.

"우웩."

"다른 사람이 립스틱 세럼을 섭취할 경우 술에 취한 듯 어지러워지고 모든 걸 실토하게 되지. 자기가 그랬다는 사실은 기억하지 못하고 말이야. 네 입안에 뿌린 건 해독제야. 네가 단서를 확인하러 가는 걸 알고서 우리의 징글징글한 해커가 나타난다면, 넌 우리한테 필요한 모든 걸 그에게서 얻어올 수 있을 거야."

펜즈는 분명 근사하다고 생각하겠지만 나에게는 어떻게 해도 극복할 수 없는 선이라는 게 있었다.

K2가 알람을 울렸다. 시간이 다 됐다.

"넌 준비됐어."

와우. 십 분도 채 되지 않아서 내 몸을 뒤덮은 작은 장비들, 얼굴을 비롯한 음성, 생체지표 인식 스캐너가 해커를 잡을 준비를 단단히 마쳤다.

"있잖아." 펜즈가 걱정스러운 목소리로 속삭였다.

"이번 일은 네가 진짜로 위험해질 수도 있어. 정말로 블랙리스트를 위해 이 일을 할 거야? 내 말은, 산호초 해커를 믿을 수 있다고 확신해? 그가 정말 우리에게 필요한 정보를 가졌다고 생각하는 거야?"

난 나무와 그 디자인을 떠올리며 고개를 끄덕였다.

"그는 내게 필요한 걸 가졌어. 넌 똑똑하잖아. 그러니 항상 생각지 못한 곳에 길이 있다는걸, 너도 나만큼 잘 알겠지."

"쭉 온라인으로 너와 같이 있을게. 위험할 거 같으면 기기를 사용해." 해리슨이 말했다.

문 앞에 서니, 아빠의 목소리가 귓가에 울렸다.

가방은 챙겼어? 스마트워치는? 귀걸이는?

난 마지막으로 확인차 귀걸이를 만져봤다. 이번 일은 내 감이 맞아야 할 텐데.

"곧 대답을 가지고 올게."

나는 윙크하고 나서 문을 나섰다. 혼자 나가는 데엔 거의 성공했다.

이제, 거인을 쓰러뜨리는 일만 남았다.

CHAPTER 20

가끔은 엉망인 계획 말고는 다른 선택지가 없다. 바르도 박물관으로 날 데려가면서 골리앗은 쭉 앞만 쳐다봤다. 산호초 해커는 2톤짜리 벽돌벽 같은 사람이 나와 함께 오는 걸 좋아하지 않을 것이다. 내가 혼자 안으로 들어가는 방법은 두 가지뿐이다. 골리앗이 좀 마음에 든 관계로 우선은 외교술을 써보기로 했다.

"테일러 대표님이 당신에게 내 옆을 떠나지 말라고 한 건 알지만 난 같이 들어가고 싶지 않아요."

난 정중하고 단호하게 말했다.

"난 괜찮을 거예요. 그냥 단서를 찾아서 박물관을 돌 거니까요. 달리 갈 곳이 있는 것도 아니잖아요. 이미 근방에 관해서도 다 알아뒀어요."

난 K2 안에 표시된 지역 지도와 건물 청사진을 그에게 보여주었다.

"입구 하나, 출구 하나뿐이에요. 그리고 박물관 측에서 추가로 보안을 강화했다고 당신이 말했잖아요. 무엇보다 난 각종 장비로 무장했고요."

그는 잠시 아무 말도 하지 않았다.

"있잖아. 나에게 넌 중요해. 난 여기 내 목숨을 걸고 널 지키러 왔어. 날 고용한 사람이 널 아끼기 때문이야."

아빠가 경호 비용을 대려고 상당한 자금을 썼다는 사실이 떠올라 한숨이 절로 나왔다.

"바보 같은 짓은 하지 않을 거예요." 난 입술을 깨물었다.

"제 파일을 본 거 알아요. 거기다 제 과거에 대해 테일러 대표님이 대강 설명해 준 걸로 알고요. 그러니 제가 약해 빠지지만은 않았다는 걸 아실 텐데."

우리는 빨간 불에 멈췄다. 그가 날 쳐다봤다.

"난 약하다고 말한 적 없어. 중요하다고 했지." 그가 한숨을 쉬었다.

"내가 박물관이 안전하다는 걸 알아낸 건 너에게 행운이야. 난 단순히 보안 강화를 요청한 게 아니야. 개인 투어를 예약했어. 관광객도 직원도 없는. 그리고 문 하나를 제외하고 박물관 전체를 폐쇄하도록 준비시켰지. 누구도 들어오거나 나갈 수 없어. 넌 혼자일 거야. 난 당연히 네 옆에 있을 거고."

아, 맙소사. 골리앗은 빈틈이 없었다.

"저기요, 마지막으로 한 번만 더 내가 혼자 들어가도록 허락할 기회를 줄게요."

"미안하구나, 조세핀. 난 네 명령을 듣지 않아."

아, 그러세요. 난 다리를 떨며 다른 방법을 생각했다. 골리앗은 좋아하지 않겠지만 괜찮은 기회를 전부 날려 버린 건 그 자신이다.

우리는 도착해 박물관 근처에 주차했다. 난 그가 주차장에 차를 잘 세우고 시동을 끌 때까지 기다렸다.

그 즉시 내 손목이 그의 방향으로 향했다. 오랫동안 이걸 해 보고 싶었다.

"첫 항해를 위해선 기회를 가리지 않고 붙잡아야 한답니다."

"무슨…?"

그는 말을 다 끝맺지도 못한 채 쓰러졌다. 다윗의 작은 돌멩이를 맞아서가 아니라 괴짜 아이들이 만든 스마트워치 속 테이저건의 가장 낮은 강도의 전기충격 때문이었다.

골리앗이 몸을 흔들고 덜덜 떨었다. 난 그의 머리가 운전대에 부딪히지 않도록 팔로 막았다. 그의 눈이 뒤로 넘어가더니 감겼다. 효과가 있는 것 같았다.

안전벨트를 채우고 얼굴에 모자를 덮어줬다. 누가 보면 그가 자고 있다고 생각할 거다. 이제 움직여야 한다. 한 시간이 지나면 해커가 가버릴 테니.

난 열쇠를 꺼내 차 문을 잠갔다.

"죄송해요." 그렇게 말하고 그를 안에 가뒀다.

"경고했잖아요."

CHAPTER 21

튀니지, 튀니스, 르바르도, 바르도 국립 박물관

바르도의 보안 담당자가 박물관에 아무도 없다고 확인해 주었다.

난 유리문들을 지나쳐 아름다운 아치형 입구로 된 복도로 들어갔다. 박물관의 조용한 주인, 역사가 날 반겼다. 이 박물관에는 헬레니즘, 페니키아, 로마 시대의 모자이크, 유적 및 예술품이 소장되어 있는데 일부는 3,000년도 더 된 역사를 자랑한다. 천천히 박물관 복도를 걷자 돌로 된 바닥 위로 내딛는 내 발소리만 들렸다. 그 분위기가 날 고대의 신비로움으로 이끌었다.

10분 정도 걸어 다녔지만 해커의 조짐은 보이지 않았다.

어떻게 골리앗이 개인 투어를 위해 박물관 전체를 폐장할 수 있었는지 궁금해졌다. 개인적인 호의일 리 없다. 여긴 국립 박물관이고 세상에서 가장 오래된 주요 유물들을 전시한 장소다. 아빠가 내 안전을 위해 뭐든 하라고 추가로 돈을 준 게 틀림없다. 아니면 테일러 대표가? 그녀에겐 그럴 이유가 있으니까. 블랙리스트를 찾지 못하면 PSS의 미래를 장담할 수 없고 튀니지의 안전은 말할 것도 없거니와 카이의 목숨과 내 재능까지도…. 이제 20분이 지났다.

일몰의 마지막 빛이 높은 천장을 통해 들어와 흐릿한 복도를 작은 횃불처럼 밝혀주었다. 잠시 난 해커에 대해 잊어버리고 벽과 바닥에 담긴 고대 이야기의 울림 속에 완전히 빠져들었다.

대리석, 상아, 돌 조각으로 이루어진 모든 모자이크가 오밀조밀 모여서 하나의 큰 크림을 이루었고 게다가… 사방에 반복된 패턴이 있었다. 타일 모자이크 예술 작품과 같은 세공 방식은 수학에서는 테셀레이션으로 널리 알려져 있다. 어째서 산호초 해커가 내가 여기 오길 바랐는지 이제 알 것 같았다. 이곳은 우리 같은 사람들에게는 놀이터나 다름없다. 모자이크는 퍼즐과 방정식이나 마찬가지니까. 머리 뒤편에서 내 재능이 스멀거리며 나와 놀고 싶어 안달했다.

호메로스와 오디세이아, 사냥의 여신 다이애나, 비잔틴 제국의 왕들. 황토색 작은 타일들이 역사와 신화, 승리와 패배의 명장면들을 묘사했다. 난 유적 네 개에 대한 설명을 읽고 바닥에 있는 모자이크 두 개를 더 살폈다. 일부 모자이크에 아는 사람만 해석할 수 있는 비밀 메시지가 숨어 있다는 점을 알게 되어 기뻤다. 예술작품에 코드를 삽입하는 건 정말 천재적인 발상이다. 그것도 아주 정교하게 세공한 작품 속에 말이다. 예술이다.

처음 이런 생각을 해낸 사람도 천재인지 궁금해졌다.

숨은 코드를 찾아 어딘가에 숨어 있는 내 재능을 끄집어내는 일에 집중하고 싶다는 유혹이 밀려들었다. 이 박물관에 있는 모자이크를 모조리 판독하고 타일 하나하나의 수치를 확인하고 그 속에 담긴 비밀을 알고 싶었다. 그러다 헬리콥터 시뮬레이션에서 내가 어떻게 통제 불능이 됐는지 떠올랐다. 산호초 해커와의 약속을 잊지 말아야 한다. 그가 나타나기만 한다면.

K2를 확인해 봤다. 아무것도 없다. 5분 더 기다려 보기로 했다.

박물관 교차 지점에 있는 세라믹 타일로 된 작은 예술품 앞으로 갔다. 사자 무리에 둘러싸인 한 남성의 모습이었다. 작은 빛 조각이 그의 주변 돌을 밝히고 있었다. 이런 상황에서도 남성은 겁을 먹지 않았다.

"다니엘이야."

한 남성의 목소리가 침묵을 깨고 울려 심장까지 파동이 전해졌다. 음성 변조가 없는 소년의 목소리는 낮고 점잖았다. 내 재능이 깨어났다. 숫자들이 눈앞에 나타났지만, 전혀 다른 방식이다. 아무것도 측정할 수 없었고 그저 데시벨과 허공의 주파수인 음파만 느껴졌다. 그의 목소리에서 진동이 울리고 우리 사이의 움직임이 음파로 느껴지는 걸 깨닫고 숨이 턱 막혔다.

대체 이게 뭐지?

"무슨 다니엘?"

내가 작품을 다시 쳐다보며 물었다.

"사자 굴에 들어간 다니엘."

진동이 툭툭 튀고 에너지가 그래프처럼 내 쪽으로 쭉 펼쳐졌다. 내 머리가 헤르츠, 주기, 진동, 파장의 흐름을 계산했다. 산호초 해커다. 그는 내 오른쪽 어둠 속에 있다. 맞는지 확인하려고 굳이 몸을 움직일 필요조차 없었다.

테일러 대표는 내 재능이 새로운 방식으로 돌아올지 모른다고 했었다. 이게 지금 그 일부일까? 전적으로 새로웠다. 예전에 파도를 계산하는 걸 좋아했다는 사실이 기억나 또 한 번 가슴이 들썩였다. 파도는 내 영혼의 음악이었지…. 그런데 목소리는? 숫자가 목소리를 측정하려고 한 적은 한 번도 없었다. 이례적이었다. 이런 일이 가능하리라고 생각해 본 적조차 없으니까.

그의 발소리에 퍼뜩 정신이 들면서 또 다른 경고가 온몸으로 전해졌다. 사자와의 대화.

난 목소리를 향해 돌아보았다. 구석에서 키 큰 사람의 형상이 움직였고, 얼굴은 어둠에 가려 보이지 않았다. 검은 머리카락이 광대까지 내려왔고 어스름한 빛에 입술이 약간 보일 뿐이다.

"다니엘은 착한 사람이었어." 나는 쉬지 않고 말을 이었다.

"하지만 그건 중요하지 않았지. 그는 자신을 죽이려는 사람들의 함정에 여전히 빠져 있으니까. 다만 그들은 다니엘을 죽일 수 없었지. 난 이런 일을 겪어본 적이 있어. 그게 어떤 기분인지 안다고."

산호초 해커는 웃는 것처럼 거친 숨을 내뱉으면서도 진지하게 말했다.

"이 장면에 나오지 않은 부분이 있어. 다니엘의 친구들이 그가 살아있는지 보려고 밤새도록 기다렸다는 거야. 얼마나 길고 힘든 밤이었을까. 난 그 감정을 알아. 겪어본 적 있으니까."

내 심박이 평소보다 두 배로 빨리 뛰었다. 해커는 한 가지를 말하고 있는데 대체 무슨 이야기일까? 그러나 그의 목소리 주파수는 내 목소리와 나란히 움직였다. 우리 사이의 시너지가 날 놔 주지 않았다. 그래서 바닥에 꼼짝하지 않고 서서 허공으로 퍼지는 이 특별한 파장을 몸소 기록하는 중이었다.

어떻게 내가 다른 사람의 목소리 음파를 측정할 수 있는 걸까? 그도 이런 일을 겪고 있을까? 우리가 같은 재능을 가져서 그런 걸까? 내 숫자가 날 보호하고 그가 누군지 알아내는 법을 찾을까? 뭐 어찌 됐든 근사한 일이지만 그렇게 난 또 벼랑 끝에 섰다.

K2의 테이저가 손목에서 가볍게 지직거리길래 내려다봤다. 스마트워치가 뒤죽박죽이었다. 난 여전히 그의 얼굴을 감춘 어둠 속을 뚫어져라 쳐다봤다.

"무슨 짓을 한 거야?"

해커가 목청을 가다듬었다.

"네 기기는 이 건물에 들어온 순간부터 접속 장애가 됐어. 유감이야. 나도 조심해야 했거든. 특히 네가 경호원에게 한 행동을 보고 난 뒤부터. 가여운 사람."

내가 눈살을 찌푸렸다.

"어떻게 한 거야?"

테일러 대표가 이 해커를 잡아낼 수 있는 모든 기기를 장착했는데 아무 쓸모도 없게 생겼다. 적어도 여전히 내 위치는 추적할 수 있겠지. 난 팔을 들어 귀걸이를 만졌다. 다행히 귀걸이 안 스마트 더스트는 작동 중이다. 이건 전적으로 내 체온을 기반으로 하니 난 계속 움직여야 한다.

"연습 삼아서 해 봤어."

난 빛이 있는 쪽으로 한 걸음 나섰다. 이 만남을 시작해야 한다. 박물관은 쥐 죽은 듯 조용하고 사방에는 아무것도 없으며 공기 중에 먼지만 떠다닌다. 내 행동이 좋은 생각이었는지 아닌지 곧 알게 될 것이다.

"이쪽이야." 그의 목소리 주파수가 빨라졌다.

"우리한테 시간이 많지 않아."

그가 몸을 돌렸고 난 그를 따라 텅 빈, 어두컴컴한 복도로 들어섰다.

그를 따라 박물관을 이리저리 지나가는데 그가 한쪽 벽을 가리켰다.

"이 모자이크들은 이야기, 코드, 비밀 메시지로 소통하려고 만든 거야. 당시에는 대부분이 불법이었지. 모의한 일을 끝내고서도 붙잡히지 않는 창의적인 방식이었어. 우리도 이 모자이크와 같아. 위험을 피해 이야기할 수 있는 새로운 방법을 찾으니까."

"비유엔 딱히 관심이 없거든." 내 안에서 피닉스가 다시 등장했다.

"PSS가 블랙리스트를 되찾지 못하면 어떤 위험이 생기는 거지?"

"우리가 여기 있는 이유가 바로 그 리스트 때문이지." 그가 어두운 복도 아래쪽으로 손짓했다.

"옥상으로 가자. 거기가 더 안전해."

그가 날 계단실로 데려갔다. 아직 얼굴을 보지 못했고 그저 뒤통수로 땋아 내린 매끄러운 검은 머리만 보였다. 덩치는 카이와 비슷하다. 엄청 크지도, 작지도 않다. 특별히 근육질은 아니지만 확실히 힘은 세다. 어깨가 벌어졌고 걸음걸이에 자신감이 차 있다. 옷차림은 소박하다. 청바지에 티셔츠, 회색 버튼 업 셔츠. 미국인일까? 아니면 이곳 사람? 한순간 그에게 억양이 느껴지다 다른 순간엔 사라졌다. 그 말은 그가 여러 나라에서 자랐을지도 모른다는 의미였다. 로봇으로 음성을 변조한 건 훨씬 나이가 들어 보이려는 수작이고 실제 목소리는 훨씬 앳되었다. 아마 내 또래인 것 같았다.

작은 문이 있어 안으로 들어가니, 작업자용이 분명한 금속 사다리가 달린 또 다른 계단실이 나왔다. 난 그를 따라 올라갔다.

"고마워." 마지막 계단을 오를 때 그가 말했다.

"뭐가?"

난 물었고 우리의 목소리가 한데 엉키자 내 재능이 매듭 속에서 빙글빙글 돌았다. 이 현상과 그와의 연관성은 뭐지?

"날 믿어줘서." 그 말에 그의 음파 진폭이 치솟았다.

"난 널 믿지 않아. 네가 뭘 얼마나 아는지 모르니까."

백 퍼센트 사실이 아니라 그런지 말하는데 목이 좀 따끔거렸다.

골리앗이 모든 곳을 폐쇄했다고 주장했으나 옥상으로 가는 문이 열려 있었다. 문은 야외로 이어졌다.

"그러면 여긴 왜 온 거야?"

그는 천천히 걸어 나갔다. 여전히 내게 등을 보이고 선 채로.

난 망설였다. 도와주는 사람 없이 야외로 나가는 건 정말 안 좋은 생각일지도 모른다. 이제는 나에게 방정식이 없으니 오래전 카이에게 그랬던 것처럼 난 그의 움직임을 알아차릴 수 없다. 그러다 내가 아이들을 치지 않도록 그가 차를 멈춰 줬던 일이 기억 났다. 산호초를 보게 해 익사하지 않도록 도와준 것도. 그리고 그는 내 재능을 되찾는 일을 돕겠다고 약속했다. 그러나 그를 좇아 옥상까지 따라온 데엔 더 중요한 이유가 있었다.

"카이를 위해서."

내가 대답했다.

긴 침묵이 흘렀다.

"그렇다면 네가 실망하지 않길 바라."

그의 목소리가 불안한 듯 살짝 떨렸다. 처음으로 그가 두른 갑옷이 쨍그랑, 깨지는 소리가 들렸다. 로봇 목소리였지만 그는 늘 차분하고 침착했는데.

마침내 난 밖으로 걸음을 내디뎠다. 구름이 움직이고 분홍빛 일몰이 우리를 물들였다. 이제 우리는 숨김없이 얼굴을 마주 보고 섰다.

내 숫자가 쓰나미처럼 물을 들어 올리고 파도가 무너지는 지점까지 붙잡았다. 숫자는 번개보다 빨리 날 통과하면서 그에 관한 모든 걸 평가했다. 아름답고 감명 깊게 익숙한 방식으로 숫자가 내게 그의 얼굴 이야기를 들려주고 모든 형태, 각도, 곡선, 상처를 보여 주었다. 그의 이목구비는 눈빛만큼 두드러지게 깊었고 숫자들이 그를 더 아름다운 방식으로 물들이면서 난 전율을 느꼈다. 나는 오랫동안 내 재능의 이런 특색을 당연하게 여겼다. 누군가를 다시 이렇게 보게 되니 기분이 좋다…. 그러나 잠시뿐이었다. 숫자들이 휙 사라졌고 난 어떤 방정식도 없이 숨이 가쁜 채로 남았다.

해커는 그렇지 않았다. 그의 숫자는 계속 움직였다. 난 알 수 있다. 그의 눈동자가 내 얼굴 전체를 빠르게 훑으며 계산했다. 내가 잃어버린 아름다운 수학 언어인 공식과 디자인으로 날 평가하는 중이다. 속에서 질투심이 뒤엉켰다. 내겐 아무것도 없고 그저 오감 혹은 육감으로 그를 평가할 수 있을 뿐인데. 비효율적이라는 생각이 든다. 어쨌든 난 자연스럽게 그렇게 했다. 우리는 가만히 서로를 응시했고 긴장이 고조됐다.

그의 턱선은 강인하고 짙으며 올바른 자리에 제대로 곡선이 잡혔다. 풍성한 입술은 살짝 탔다. 눈이 깊고 마호가니 같은 갈색이었다. 갈색 머리카락은 눈동자처럼 짙고 턱의 거뭇거뭇한 그림자와 잘 어울렸다. 한 번도 만난 적이 없는 사람이었다. 그랬다면 이 얼굴을 내가 기억했을 테니까.

그도 내 얼굴을 살폈고, 내가 여태 함께 어울렸던 그 누구보다도 신경 쓰였다. 재능이 날 저버렸다. 그는 과거에 내가 사람들을 보던 방식대로 날 바라봤다. 내가 카이의 모든 불완전함을 보고 숫자가 수많은 숨겨진 것들을 알려주는 방식이다. 난 지금 한 번도 경험해 보지 못한 방식으로 다른 사람에게 노출되고 있었다. 취약하다. 내가 숫자 없이 사람들을 봤을 때 어떤 기분인지 아무도 모른다는 점이 다행이란 생각이 들었다.

"안녕, 조."

그가 침묵을 깨고 말했다.

시선이 마주치자, 우리 사이에서 주파수가 천둥처럼 진동했다. 난 너무 놀라서 발을 서성대다 균형을 잃었다. 그는 내가 넘어지기도 전에 팔을 뻗었다.

그의 손이 내 팔에 닿았다. 그의 눈빛을 통해 넘어질 걸 미리 알았다는 걸 알 수 있었다. 그가 가진 숫자라는 이점이 부러워 난 숨 아래로 으르렁거렸다.

그가 내 팔을 놓았다.

"부탁인데 날 그만 쳐다봐." 내가 말했다.

"넌 날 불안하게 만들고 있어. 네가 뭘 보는지 나도 다 안다고."

"미안해." 그가 물러나며 인상을 썼다.

"널 직접 보니 알 것 같아. 네가… 내 말은, 네가 나와 같은 재능을 가졌다는 걸 안다는 게, 내가 생각했던 거랑 딴판이라는 말이야."

"같은 재능을 가졌었지. 네가 되찾는 걸 도와주지 않는 한 과거형이야."

난 뒷걸음질 치며 날카롭게 받아쳤다.

"사라진 게 아니라 그냥 숨은 거야. 넌 되찾을 거고. 약속할게."

그가 길게 숨을 들이마셨다.

PSS에서 많은 사람이 내게 그렇게 말했지만, 그가 그 말을 하니 무게감이 느껴졌다. 누구도 내 재능을 가지고 있지 않다. 다른 누구도 내 시뮬레이션에서 그처럼 말을 걸지 않았다. 그는 지붕 전체를 따라 이어진 벽을 향해 걸었다. 그리고 콘크리트 위에 팔을 올리고 구시가지를 내려다봤다. 한결 편안하게 해 주려는 듯 나와 몇 미터 떨어져서 섰다.

난 그의 옆으로 걸어가 벽에 기대고 먼지 쌓인 거리를 내려다봤다.

"넌 이미 나에 대해 많이 알고 있어. 네 진짜 이름을 알 수 있을까?" 슬쩍 그를 살피며 물었다.

"우리가 여기 온 건 나 때문이 아니잖아, 안 그래?" 그가 갑자기 변덕스럽게 굴었다.

"난 중요하지 않잖아."

그는 마른 잎사귀를 떨궈 바닥으로 떨어지는 모습을 지켜봤다.

그 말에 내가 속으로 움찔한 건 진실과 거리가 멀기 때문이었다. 그는 위험한 만큼 적어도 내겐 중요한 사람이다. 내 재능과 카이에 대한 열쇠를 쥐고 있으니. 처음 그가 시뮬레이션에서 내게 말을 건 이후 난 줄곧 목소리 뒤에 있는 인물이 궁금했다.

"아니." 내가 말했다.

"넌 내 이름을 알아. 나도 네 이름을 알아야겠어."

그가 내 요구에 대해 생각하는 동안 우리의 눈빛이 팽팽하게 맞섰다. 난 입을 굳게 다물었고 세럼이 아랫입술에서 끈적였다…. 키스라는 터무니없는 생각 탓에 뺨으로 피가 쏠렸다. 절대 그런 일은 없을 거다. 당연히 원하지도 않는다. 나라면 그랬겠지만, 그가 내 생각을 읽지 못하길 바라며 시선을 피했다. 하지만 난 그렇게 운이 좋지 않았다.

그가 눈썹을 들썩였다.

"조금 더 가까이 와야 하지 않아?" 그의 눈길이 내 입술로 향했다.

맙소사. 난 속으로 신음했다. *그가 세럼에 대해 알고 있어*.

"노블(noble 고결하다는 뜻_옮긴이 주)." 그의 커다란 눈동자가 날 빤히 봤다.

"뭐라고?"

난 그가 아직 날 놀리는 줄 알고 물었다.

"그게 내 이름이야." 그가 말했다.

"내 성도 알고 싶어?"

노블. 산호초 해커의 이름이다.

그 아이러니에 웃음이 터지려다가 주파수가 머릿속으로 그래프를 보내고 빛과 떨어지는 눈송이 같은 부드러움이 그의 입술에서 흘러나와 멈췄다. 온몸이 떨렸다. 이름은 아주 쉽게 우리의 관점을 바꿔 버린다. 우리는 이름과 붙어 있고 이름도 우리에게 개인적으로 깊이 관여한다. 땅이 갈라지면서 그 속의 보이지 않던 것들이 드러나듯 이름도 우리에 대해 몰랐던 사실을 알려준다.

그는 이제 시뮬레이션에서 말하던 때보다 더 현실적이었고, 5분 전보다도 더 실감 나게 나에게 와닿았다. 이 모든 게 다 그에게 이름이 있기 때문이었다. 그런데. 노블, 입 밖으로 내긴 너무 사적인 느낌이 드는 그 이름이 내게는 한층 더 큰 의미가 있었다.

그가 가진 숫자들의 침공이 다시 시작됐다. 난 고개를 기울여 그의 시선에서 벗어났다.

"이제 본론으로 들어가 볼까."

CHAPTER 22

일주일 전, 누군가 내게 일몰 시각에 튀니지의 바르도 국립 박물관 옥상에 서서 쿠데타를 막고 카이를 구하기 위해 천재 해커와 만날 것이라고 한다면, 제아무리 방정식이 증명해 주었다고 할지라도 그 말을 한 사람에게 미쳤다고 면박을 줬을 것이다. 그런데 난 단순한 깨달음 그 이상의 깨달음을 얻었다. 한번 배를 타는 것만으로도 인생이 바뀔 수 있고, 굽히는 법을 배우지 않으면 부러질 거라는 진리다.

"시간이 없어." 내가 테일러 대표처럼 말했다.

"넌 설명할 게 많잖아. 카이부터 시작해. 그가…."

목구멍에서 갑자기 큰 덩어리가 올라왔다. 차마 입 밖으로 꺼낼 수가 없다.

"그는 살아있어, 아직은."

그가 말했고 주파수가 다시 치솟았다. 그는 치솟는 주파수에 맞춰 움찔했다.
"다행이야."
난 숨을 내쉬고 꽉 쥔 줄도 몰랐던 주먹을 폈다.
노블이 눈썹을 긁적였다.
"네 남자 친구는 멍청해. 그래도 용감하긴 하지."
난 그의 말에 발끈했다.
"카이는 멍청한 것과는 거리가 멀어. 그리고 맞아, 그는 내가 아는 가장 용감한 사람이야."
해커가 어이없어했다.
"잘 알겠어. 그 부분에 있어 그는 멍청하지 않아. 자기 일을 하는 법을 아니까."
난 그의 목소리에 담긴 짜증을 감지했다.
"사고가 빠르더라. 게다가 거짓말에 아주 능하고. 월요일에 그는 로열리스트라고 불리는 세계 범죄 집단에 성공적으로 침투했어. 놀랍게도 자기 뜻을 고수하면서."
난 입술을 깨물며 내 얼굴에 자부심이 드러나려는 걸 억눌렀다. 그러면서 동시에 가슴에서 두려움이 떠오르지 못하게 했다.
"잠시만, 카이가 그러려고 튀니스에 온 건 아니야."
"그래. 그의 에이전시는 선거를 망치려는 급진주의자들과 관련 있는 교수한테서 정보를 얻어내라고 그를 파견했지. 카이는 교수가 실토하게 했고 그는 로열리스트들에 대한 정보와 금요일에 있을 거래에 대해 발설했어. 몬테고가 그를 보증하겠다고 동의해서 카이가 로열리스트를 찾으려 튀니스로 떠난 거야. 상관의 허락도 받지 않고."

나와 통화할 때, 카이는 그의 팀이 뭔가를 놓치고 있고 자신에게 새로운 단서가 있다고 말했다.

"지금 무슨 말을 하는 거야? 급진주의자들이 중요한 게 아니라는 거야?"

"급진주의자들은 로열리스트에 비하면 어린아이들 장난에 불과해. 관심을 딴 데로 돌리는 수법이야. 로열리스트들이 혼란스러운 선거판을 이용해 그들만의 계획을 실행에 옮길 거야. 그런데 카이는 작동 중인 바이오 태그를 달고서 로열리스트를 찾아갔지. 그 말은 그 멍청이가 이 집단이 얼마나 위험한 사람들인지, 혹은 그가 다뤄야 할 기술의 종류에 대해 모른다는 뜻이야. 네 남자 친구는 아마도 자기 에이전시에서 여전히 자신을 추적하고 있으니 안전하다고 생각할 거야."

노블이 고개를 절레절레 흔들었다.

"그런데 어떻게 그가 무사해?" 내가 물었다.

"다행히 내가 그의 바이오 태그 추적자의 위치를 알아내서 그들이 추적하기 전에 신호를 없애버렸어." 그가 말했다.

"아, 네가 한 거였구나."

"내가 신호를 끄지 않았다면 그는 죽었을 거야."

노블의 목소리는 낮고 읽기 힘들었다.

"그들은 그의 바이오 태그를 몇 초 안에 식별해서 그가 스파이인지 금방 밝혀냈을 거라고."

"그러니까 난 너한테 감사해야 하는 거네?" 내가 말했다.

"됐어."

그는 내가 자기를 믿는다고 생각하는 듯 날 쳐다봤다. 하지만 그는 아직 내게 어떤 증거도 내주지 않았다.

"그렇다면 튀니스에서 PSS의 기술을 쓰는 급진주의자들과 이 일이 어떤 관계가 있는 거야?"

난 조각을 하나로 모으려고 애썼다.

그가 가방을 열고 낡은 학생용 폴더를 꺼냈다. 그리고 바닥에 사진 한 장을 내려놓고 의구심을 담아 눈썹을 들어 올렸다.

"이 얼굴을 보면 알 것 같아? 그가 네 남자 친구의 타깃이야."

사진 속에는 키가 크고 마른, 안경을 쓴, 온순해 보이는 남성이 있었다. 난 고개를 저었다.

"처음 보는 얼굴이야."

"잘됐네." 노블이 자기 얼굴을 두드렸다.

"이 사람은 풀러 몬테고 교수야. PSS의 이중 해킹 배후 인물이지. 그가 홀로썸에 블랙리스트 파일을 가지고 있어. 그는 PSS의 기술을 급진주의자들에게 팔아왔고, 그들이 선거를 엉망으로 만들어 주면 로열리스트들이 그쪽 인물을 권력자의 위치에 앉힐 수 있게 할 속셈이야. 그리고 맞아, 급진주의자들은 쿠데타를 모의 중이고 그걸 막고자 너희 팀이 여기 온 거지. PSS가 통제권을 가지라고 내가 경고했잖아."

그는 내 눈길을 피했지만, 계속 말했다.

"그런데 쿠데타는 우리 걱정거리 중 가장 작은 문제야. 카이가 알게 됐듯이 로열리스트는 최근에 새로운 제국을 선포했고 그 제국은 '후계자'라는 사람이 이끌고 나갈 거야. 충성하는 대가로 후계자가 그들의 전 리더가 가지고 있던 마스터 파일을 제공하게 되어 있어. 그 속에는 전 세계 범죄 네트워크와 구체적인 내용들, 실행에 들어갈 세계적인 계획들에 대한 정보와 연락처가 담겨있지. 또한 거기에 더해 후계자는 수수료로 로열리스트에 첨단 기술을 제공해. 그걸 공급해 주는 게 몬테고야."

그는 이해하느냐는 듯한 표정으로 날 쳐다봤다.

"로열리스트의 거래가 금요일에 성사되면 그들 수중에 마스터 파일과 블랙리스트가 들어가게 돼. 그럼 전 지역이 혼란에 휩싸일 거야. 기술이 유출되면 세계 다른 지역으로 도미노처럼 확산할 거고."

안 돼.

머릿속이 빙글빙글 돌았다. 우리가 생각했던 것보다 더 끔찍한 상황이었다. 하지만 이 모든 말이 거짓일 수도 있다. 애초에 맙소사, 그는 해커잖아! 난 그를 모른다. 날 조종해 자신을 도우려고 하는 것일 수도 있다. 그가 이 로열리스트 그룹을 이끄는 '후계자'일 가능성도 있었다.

"로열리스트가 아직 블랙리스트를 손에 넣지 못했다면 네가 그냥 몬테고를 막으면 되잖아?"

난 그를 살피며 장단을 맞췄다.

"두 가지 이유가 있어. 첫 번째는 몬테고가 블랙리스트를 가지고 와서 보증해 주는 데 카이의 목숨이 달렸다는 점이야. 네가 신경 쓰는 부분이겠지. 둘째, 스틸-나이트와 같은 예전 PSS 기술을 포함한 마스터 파일을 확보하고 후계자를 막는 다른 방법은 없어. 카이가 내부에 있으니 우리가 그를 도와서 블랙리스트와 마스터 파일을 다 가져와야 해. 하지만 우선 카이와 연락부터 해야 하고 그가 정기적으로 들르는 곳은 한 곳뿐이야."

그의 표정이 모든 걸 설명해 주었다.

"내 주식을 마음대로 매수한 사람. 그게 바로 너였구나."

그랬다. 이 해커가 주변에 있는 한 내 인생에 사생활이라고는 없다.

"다른 방법이 있다면 그렇게 했을 거야. 그리고 맞아. 내가 카이에게 연락하지 못한 덕분에 그는 목숨을 부지할 수 있었지. 하지만 천재라고 해도 사랑하는 연인 사이의 코드를 해독할 수는 없어."

노블이 빈정거리며 눈살을 찌푸렸다.

얼굴로 찬물 세례를 받은 것처럼 머리가 아찔했다. 사랑하는 연인. 사랑이라는 주제는 여전히 날 불편하게 한다. 카이는 늘 인내심을 보였다. 하지만 그 말을 하는 건 내 영혼의 일부를 뜯어내서 다시는 붙일 수 없는 그런 느낌이었다. 그래서 그 말을 가볍게 내뱉지 않았고 지금까지도 카이한테 말하지 못했다.

난 노블을 쳐다봤다. 그는 간단하게 말했지만, 앞뒤가 맞지 않는 정보가 있었다.

"저기, 난 무턱대고 널 믿을 순 없어. 네가 카이를 돕고 싶으면 그의 에이전시로 연락해."

"그럴 수 없어. 그 가능성도 계산해 봤는데 소용이 없어. 로열리스트를 멈추고, 블랙리스트를 되찾고, 카이를 살리는 유일한 방정식은 네가 개입하는 것뿐이야."

시선이 마주치자 우리 사이에 주파수가 물로 된 벽처럼, 거울처럼 솟아났다. 그는 내게 자기와 입증하지 못한 그의 계산을 믿으라고 요구한다. 나도 사람들에게 내 숫자를 믿으라고 한 적이 있다. 지금 난 볼 수 없는 무언가에게 신념을 주는 일이 얼마나 힘든지 깨달았다. 챈에게 난 얼마나 얼토당토않았을까.

“알았어. 네가 로열리스트가 범죄자 네트워크라고 말했잖아. 그리고 그들이 권력을 승계할 계획이라고 했지. 그럼 전 리더가 누구야? 우리가 다루어야 하는 마스터 파일이 누구 거냐고?”

내가 물었다.

그의 눈동자에 어두운 그림자가 스쳤다.

“천재들이 만든 블랙리스트 기술을 훔치고 팔 수 있을 만큼 교활한 인물이 또 누가 있겠어?”

그의 표정이 동정심으로 바뀌었다.

난 숨이 막혀 벽에 기대 주저앉았다. 그녀의 차가운 목소리가 머릿속에서 폭풍우처럼 휘몰아쳤다. *난 아주 오랫동안 PSS를 살폈지.*

몇 해 전 그녀가 내게 말했다. 그때 알았어야 했고, 이해했어야 했는데.

해커가 그녀의 이름을 말하지 않을 테니 내가 했다. 몇 달 만에 처음으로 그 말이 입술에서 나 자신, 우리 아빠, 팀에 대한 씁쓸한 배신의 맛을 풍기며 흘러나왔다.

이 시점에서 사자 굴은 완전히 새로운 의미였다.

“마담이구나.”

CHAPTER 23

∞

가슴에서 따뜻함이 뜯겨 나갔다. 그리고 여러 방향에서 숫자의 맹공격이 이어졌다. 옥상의 높이와 해커의 목소리 파동 측정이 뒤섞여 현기증이 날 덮치려고 했다.

난 벽에 기댄 채 미끄러지며 빙빙 도는 머리를 멈추려고 했다.

"그녀가 감옥에서 나왔다고 말하지 마."

그도 자리에 앉았다. 그의 손이 시멘트 바닥 위에 놓인 내 손에서 몇 센티미터 떨어져 있다. 그가 가까이 와서 난 움찔했다.

"아니야." 그가 완강하게 고개를 저었다.

"그녀는 갇혀 있어. 탈옥할 기회가 없어. 그녀가 이 근처에 얼씬이라도 할 것 같았으면 널 여기로 절대 부르지 않았을 거야."

그의 보호성 담긴 목소리 톤은 내 피부를 오싹하게 했다. 어째서 이 소년은 날 이렇게까지 걱정하는 걸까?

"어떻게 이런 일이 있을 수 있어?"

내가 물었지만 무지를 탓할 순 없었다. 마담이 내 시뮬레이션에 있었다. 단서들이 주변에 있었다. 내 잠재의식 속에 갇혀 있는 숫자들은 여전히 연관성을 창출하고 결론을 도출하려고 애썼다. 내 재능 이상으로.

노블이 벽에 등을 기댔다.

“마담은 널 만나기 오래전부터 PSS의 비밀을 수집하고 이용했지. 그 일부가 마스터 파일에 들어 있어. 네가 시뮬레이션하는 동안 내게 PSS로 들어올 수 있게 문을 열어줬지. 그때 그녀의 전 부하였던 몬테고 역시 출입할 수 있었어. 그는 분명 지켜보면서 기회를 노렸을 거야. 난 그를 막으려고 했지만 다른 데 정신이 팔렸고 그러다가 너무 늦어버렸어.”

이건 모두 내 잘못이었다. 내가 슬쩍 살피자, 그는 고개를 돌렸다. 헬리콥터. 그가 시뮬레이션 도중 정신이 팔린 건 내 어리석음 탓이었다. 해리슨과 펜즈에게 PSS의 방화벽을 열어야 한다는 확신을 주었을 때 내가 이 둘을 끌어들인 거나 마찬가지였다.

하지만 그의 눈동자는 날 질책하지 않았다. 진하고 둥글고 솔직하지만, 또 깊어서 파악할 수 없는 눈빛이었다. 모두 그가 파일을 훔쳤다고 생각한다. 또 나를 조사해 본 사람이라면 누구나 마담에 대해 안다. 그가 천재라면 내가 자기를 믿을 수 있도록 비열한 방법을 계산했을 것이다. 그래서 내가 지금 그보다 한 수 앞서려고 여기 와 있는 거다. 물론 그 일이 어딘가 잘못됐다는 기분이 들지만.

“누군가 PSS의 기술을 제어할 수 있다면.” 난 팔을 뻗어 귀걸이를 빼며 말했다.

"그 사람이 가진 힘이 마담보다 더욱 파괴적일 거야."

난 손가락 사이의 스마트 더스트를 조금 비볐다. 딱 필요한 만큼만. 이제 내게 필요한 건 그의 기술을 이용하는 일이었다. 블루투스 나노 기술이 그걸 해킹해 줄 것이다.

"그녀 없이 이 거래가 어떻게 성사될 수 있어?"

"마담이 엑스포에서 널 놔준 건 이미 새로운 후계자를 정해뒀기 때문이야. 마스터 파일이 있으면 후계자는 그녀의 네트워크를 가지고 새로운 제국을 건설할 수 있거든."

"하지만 우리가 마담의 네트워크를 다 공개해 버렸는데." 내가 말했다.

"마담은 그 부분에 있어 상당히 영리했지. 그녀는 관계 당국이 자신의 제국을 무너뜨릴 걸 알았고 그래서 자기 연락처의 4분의 3만 의도적으로 노출했어. 그렇게 하면서 네트워크의 작은 일부가 숨겨진 채 남아 결국 다시 일어설 수 있게 된 거야."

그녀가 선택한 첫 번째 후계자가 나였다는 점에 끔찍한 기분이 들었다. 그녀가 날 '죽였'기 때문에 계획은 실행되지 못했다. 난 움찔했다.

"현재 후계자는 누구야?"

"아무도 몰라. 나도. 로열리스트조차도 모르고 있어." 그가 가죽 사첼 백을 열었다.

"누가 후계자인지에 관한 정보는 오로지 몬테고에게 있어. 그래서 후계자를 쓰러뜨리고, 로열리스트를 막고, 급진주의자들이 튀니스의 선거를 망치는 걸 막을 핵심이 그 사람이라는 거야."

"어째서 몬테고가 핵심이야?"

노블이 내게 작고 검은 홀로그래픽 썸 드라이브인 홀로썸을 건넸다.

"우리가 그의 홀로썸을 이것과 바꿔치기하는 거야. PSS의 블랙리스트가 들어 있는 몬테고의 것과 똑같은 홀로썸인데 이건 내가 스모크라고 부르는 프로그램이 암호화되어 있어 모든 파일을 추적할 수 있다는 점이 달라."

난 놀라 입이 턱 벌어졌다. 노블이 우리 기술을 가지고 있는 부분에 대해 그는 제대로 설명해야 한다.

"내일 몬테고가 블랙리스트에 든 다른 아이템을 급진주의자의 리더인 아미르 벤 슬리먼에게 팔 계획이야. 여기서 30분 떨어진 시디 부 사이드에서. 그런 다음 금요일에 로열리스트와 거래가 있을 사막으로 갈 거야. 우리가 홀로썸을 바꿔치기할 수 있다면 후계자가 마스터 파일과 블랙리스트 파일을 합칠 때 스모크가 양쪽을 감염시킬 거야. 카이는 안전하고 마담의 나머지 네트워크도 드러나겠지."

그가 잠시 말을 멈췄다.

"난 쭉 몬테고를 살폈어. 그는 마담의 명성에 겁먹은 탓에 그녀의 비밀을 몇 달 동안 지켰어. 하지만 몬테고는 욕심이 많아. FBI가 마담을 별도로 감시하는 걸 해킹한 뒤로 그녀가 탈출해서 자신을 좇아오지 못할 거라 확신하고 기존의 블랙리스트 기술, 이를테면 베일 같은 걸 급진주의자 쪽에 팔기 시작했어. 지금 우리에겐 이 일을 막을 완벽한 기회가 생겼지."

"우리라니?" 내가 물었다.

“넌 계속 ‘우리’라고 말하는데 난 아직 아무것도 동의하지 않았어. 넌 내게 카이가 괜찮다는 증거조차 보여 주지 않았잖아. 꼭두각시가 될 생각 따윈 없어.”

그는 계속 어둠 속 벽에 기대어 있었다.

“지난번에 확인했을 때 카이는 괜찮았어. 감히 말하는데, 심지어는 즐기고 있었거든.”

그 말에 내가 눈살을 찌푸렸다. 카이는 늘 생각이 빠르고 발도 빠르다. 자신이 속한 테러 집단에 확신을 주려는 그의 행동이 전혀 놀랍지 않다. 그런데 즐기고 있다고? 그럴 리가. 난 그가 걱정됐다. 그를 마지막으로 봤던 건 이 임무 전이었다.

“그러니까 네가 카이를 살폈다는 거지?”

“응.”

“증명해 봐.”

“장담하는데 넌 보고 싶지 않을 거야.”

노블이 너무 단정 짓기에 난 카이가 무슨 일을 겪은 건지 상상조차 할 수 없었다. 하지만 그가 보여 주게 만들어야 한다. 카이가 보고 싶은 마음이 간절한 건 사실이었고 왠지 모르지만 해커가 그 점을 이해할 걸 알았다. 하지만 그게 유일한 이유는 아니었다.

“아니, 난 보고 싶어.” 말을 강하게 내뱉으니 아드레날린이 치솟았다.

“지금 당장 카이를 보여 줘, 안 그러면 그만 갈 거야.”

내 재능이 플래시 라이트처럼 번쩍거려서 어쩔 수 없이 눈을 감아야 했다.

어째서 숫자들이 사정없이 날뛰는 거지?

"알았어."

그가 한숨을 쉬고 휴대전화를 꺼내 비밀번호를 누른 다음 화면을 띄웠다. 그는 침을 꿀꺽 삼켰다.

"실시간 영상이고 그는 위장 수사 중이야. 네가 싫어할 모습을 보게 될 수도 있어."

"상관없어."

난 손으로 그의 휴대전화를 낚아챘다. 내 귀걸이 안에 든 블루투스 스마트 더스트가 이제 그의 휴대전화에 연결됐다. 그는 이 점을 모르니 우리가 한발 앞선 셈이다.

실시간 스트리밍 중인 카이의 동영상을 보자마자 스마트 더스트에 대한 생각이 사라졌다.

전체 화면으로 그를 보니 심장이 마구 요동쳤다. 그래, 저건 카이가 맞아. 그가 살아있어…. 그리고… 내 머리가 빙빙 돌면서 화면의 인치마다 튕겨 다니며 시나리오의 모든 부분을 받아들였다. 영화에서처럼 그가 눈에 멍이 들고 굶주리고 허약한 상태로 의자 같은데 묶여 있을 거로 생각했는데 그렇지 않았다.

그는 호화로운 저택의 고급 테이블에 앉아 잘 차려입은 사람들과 어울려 식사하며 웃고 있었다. 여자들이 많았다. 카이는 평소처럼 편안하게 행동했다. 그가 진짜로 즐겁게 지내는 것처럼 보여 난 충격을 받았다.

옆에서 노블이 같이 보기 시작하면서 내 얼굴이 하얗게 질렸다. 카이가 위험한 것에 끌린다고 했던 그의 말이 생각났다. 상형제들과 보낸 카이의 시간은 분명 소득이 있었다. 그의 첫 '사건'이던 날 따라온 건 말할 것도 없다. 그렇지만 그가 위장 수사 중이라고 난 스스로에게 상기시켰다. 그는 자기 일에 능숙하다.

난 다시 화면을 살피며 눈에 보이는 부분에 집중하려고 했다. 소란스러운 남성들이 술을 마시고 있고 더 세련된 사업가들은 들리진 않지만 무언가를 논의하는 중이다. 여자애들은 모두 살짝 야하게 차려입고 방 안을 이리저리 돌아다녔다.

움직임으로 봤을 때, 전 X 소녀가 분명한 검은색의 긴 머리 여성이 카이에게 꽤 가까이 붙어 앉아 있다. 엄청난 미인이란 점이 좀 걸렸다. 입술이 움직이는 게 뭔가 재미있는 이야기를 해 주는 것 같았고 그러면서 카이의 팔을 만졌다. 카이는 그녀의 행동을 제지하지 않았다. 속이 쓰렸다. 방정식들이 그녀의 움직임 주변으로 깜박였다. 그녀는 고정한 머리를 빙글빙글 돌려 천천히 앞으로 내리더니 드러난 쇄골을 덮었다. 노블의 말이 맞았다. 지금 보는 이 광경이 마음에 안 든다. 하지만 스마트 더스트가 확실히 연결될 때까지 몇 분이 더 필요하기에 화면에 눈을 딱 붙이고 신경 쓰지 않는 척했다.

"소리는 들을 수 없어?"

그렇게 물을 때 내 목소리에서 질투가 묻어나 짜증이 났다.

그는 '진짜 듣고 싶어?'라고 묻는 것처럼 눈썹을 들어 올렸다. 단호한 내 얼굴을 보고 그가 대답했다.

"거기 눌러."

무음을 해제하니 부드럽고 여성스러운 목소리가 울렸다.

"한 잔 더 가져다줄까요?"

검고 긴 머리의 소녀가 카이에게 물었다. 난 몸을 움츠렸다.

이런 장면을 본 적이 있다. 엘리트 X 소녀들은 기쁨을 주고 매력적으로 보이도록 훈련받는다. 다만, 늘 이면에 숨은 의도가 있고 일반적으로는 마담을 위해 필요한 대답을 얻어내는 용도였다. 그녀가 꼰 다리를 풀었다.

"제가 가져다줄게요. 당신이 근육을 움직일 필요가 없도록."

"고마워요. 그런데 내가 당신에게 가져다줘야 할 것 같은데." 그 말과 함께 카이가 윙크했다.

"당신은 숙녀니까요."

놀랍게도 그가 자리에서 일어나 그녀의 잔을 채웠다. 카이는 늘 신사답게 행동했다. 그는 마담이 소녀들을 매춘부로 만드는 방식을 증오했고 그들이 받은 대우에 치를 떨었다. 그가 이 소녀에게 약간의 존엄성을 심어주려고 하는 건 충격적이지 않았지만, 마음에 들진 않는다. 저 여자애한테 그 정도까지 많은 신경을 쓰지 않아도 될 텐데.

그녀가 눈을 내리깔며 긴 속눈썹으로 카이를 유혹했다.

"숙녀 이야기가 나와서 말인데요. 어디선가 당신을 기다리는 여성이 있나요?"

그녀가 가당치도 않게 섹시한 방식으로 술을 입에 대고 홀짝였고 그 모습을 보니 속이 부글부글 끓었다. 난 손으로 휴대전화를 좀 더 꽉 붙잡고 카이의 대답을 기다렸다. 실제로 노블조차 답변을 들으려고 몸을 앞으로 숙였다.

카이가 고개를 뒤로 젖히며 웃음을 터트렸다. 내가 좋아하는 장난기 어린 미소가 얼굴에 나타났고, 그는 잔을 내려놓았다.

"여자 생각을 할 때면 내 머릿속에는 그저 골칫덩어리밖에 떠오르지 않아요."

내 오른쪽에 있던 노블이 헛기침했고 난 몸이 굳으면서 뺨이 불타올랐다. 저런 모습이 있는 그대로의 카이였다. 그는 잘난 척하지만 항상 제대로 된 대답을 준비해 둔다. 노블의 비난이 여전히 남아있지만 카이는 내 생각을 하고 있었다. 그의 주장이 사실이 아닌 걸 난 안다. 부끄럽지만 카이가 살아있다는 사실이 만족스러워 난 재빨리 휴대전화를 돌려주었다. 그새 확실히 스마트 더스트가 연결되고도 남을 시간이 지났다.

"고마워." 난 안도의 한숨을 내쉬었다.

"좋았어. 계획의 나머지 부분을 말해줘."

CHAPTER 24

그의 계획은 너무 충격적이었다. 여기에 동의한다면 난 멍청이겠지. 아빠는 싫어할 거고 난 영원히 PSS에서 추방당할 것이다. 하지만 제대로 먹힐 거라고는 생각했다.

이제 PSS가 도와줄 방법을 찾기만 하면 된다. 아니면 카이처럼 나도 이 해커와 함께 나쁜 짓을 벌여야 하고.

"왜 이렇게 하는 거야?" 내가 물었다.

그가 고개를 돌렸다.

"나한테도 사정이 있어."

"하나만 말해 줘."

그가 길게 숨을 들이마셨다.

"내가 가장 절박할 때 이 나라, 이곳 사람들이 나를 보살펴 줬어. 그들은 좋은 사람들이야. 열심히 일해서 자신들의 국가를 세웠고 새로운 토대를 정립했지. 저 급진주의자들이 계획한 혼란을 그들이 겪게 둬서는 안 돼. 그리고 후계자가 리스트를 가지고 이 지역 전체를 파괴할 거야. 아마 다른 세계 각지도 마찬가지겠지. 누군가는 그 일을 시작부터 막아야 해."

난 그를 뚫어지게 쳐다보면서 남은 백 가지 질문을 그냥 삼켰다. 우리에게 시간이 없는 관계로 목청만 가다듬고 대꾸했다.

"그건 네 가지 이유네."

그가 씩 웃었다.

"어쩌면 난 생각보다 숫자에 재능이 없을지도 몰라."

그 소리에 난 입술을 오므렸다. 수학 괴짜들은 늘 똑같았다.

"알았어. 나도 동참할게."

노블이 꼼지락거리며 내 얼굴을 피한 채 다른 곳을 살폈다.

"네 재능이라면 이 일을 해낼 수 있을 거야."

내 재능.

"넌 내가 아직 재능을 가진 것처럼 말하는구나. 하지만 내 재능이 다시 살아나게 하는 법을 지금 당장 알려주지 않으면 우리는 일을 시작할 수 없어." 내가 말했다.

"시간이 다 됐어."

그가 이렇게 말하며 내 시계를 가리켰다.

1초 뒤 알람이 울렸다. 젠장. 그의 머릿속 시계는 내 것과 같았다. 안에서 질투가 또다시 치밀어 올랐다. 나도 전에는 그랬다. 더 많은 걸 묻고 싶었지만, 그의 말이 맞았다. 이미 시간을 다 썼다.

"너희 아버지한테 전화해야지."

그는 내 사생활에 대해 아는 게 미안한지 부드러운 눈빛으로 말했다.

"거르지 않는 편이 좋을 거야."

우리가 아래층으로 내려가기 전 그가 지붕에 놓여 있던 낙엽을 주워 손가락으로 잎맥을 만지고 내 손에 건넸다.

한 계단씩 내려가면서 그가 나에 대해 얼마나 많은 걸 알고 있는지에 대해 생각하고 좌절했다. 심지어 아빠한테 전화하는 것까지.

"날 얼마나 오래 감시한 거야?" 우리가 계단 맨 아래에 도착했을 때 내가 물었다.

그가 한숨을 쉬고 반짝이는 머리카락을 손으로 쓸어 넘겼다.

"날 믿어 줘. 네 남자 친구가 PSS와 마담이 관련된 상황에 끼어들지 않았다면 절대로 너한테 연락하지 않았을 거야. 그리고 네 숫자가 돌아오게 돕는 건 내가 할 수 있는 최소한의 일이지."

그는 내게서 떨어져 더 많은 걸 숨기는 듯 어둠 속으로 향했다.

"다음번에는 시뮬레이션을 해킹하지 말고 평범한 사람처럼 전화를 걸어 봐."

난 살짝 비난조로 말했다.

"우리 같은 애들한테 언제부터 평범함이 쉬운 일이었지?"

그가 말할 때마다 목소리의 주파수 때문에 피부 아래가 쿡쿡 쑤셨다. 그가 고개를 돌렸다. 내 주변에 있으면 그도 따끔거리는 듯한 영향을 받는가 보다. 솔직히 나 역시 그랬고 그 이유를 알고 싶었다. 그는 나에 대해 많은 걸 안다는 사실을 부끄러워하는 듯 보였다.

그만 가려고 나서면서 난 몸을 돌려 그의 진갈색 눈동자를 찾았다.

"카이를 도와줘서 고마워."

그가 움찔하더니 뒤로 물러났다.

"천만에, 물론 나중에 네가 고마워할 것 같진 않지만. 난 이미 한번 경고했어. 그는 네가 생각하는 그런 사람이 아니라는 걸."

노블이 재빨리 계단으로 가더니 눈앞에서 사라졌다.

난 문을 열었고 노블이 방금 카이에 대해 한 말 때문에 머릿속이 복잡했다. 이제 완전히 어둠이 깔렸지만, 짠 바다에서 선선한 바람이 불어와 머리를 충분히 식혀 주었다. 그 덕분에 갑자기 나타난 어두운 형상이 눈에 들어왔다. 내가 알아차리기도 전에 커다란 손이 내 팔을 잡았다.

"드디어 찾았어."

한 남성이 으르렁거렸다.

CHAPTER 25

K2에 날 공격한 사람에게 테이저건을 쏘라고 명령하는데, 커다란 손이 날 풀어주곤 크게 소리쳤다.

"나야. 네가 밴에서 친히 테이저를 쏘아줬던 사람."

난 발버둥을 멈췄다.

"어떻게 깨어났어요? 그 전압이면 한 시간 이상 가는 용량인데."

"난 덩치가 큰 남성이야. 다음번에는 더 높은 볼트로 설정해 둬. 아니 다음번엔 그냥 독살해 주면 좋겠어."

그가 잘난 체하며 말하고는 내 팔을 놓았다.

"내 목표가 네 목표라고 했잖아. 난 네 편이라고."

"저 혼자 가야 했어요. 죄송해요."

"아, 지금 내가 화가 난 상대는 네가 아니야. 내 고용주가 이번 일이 힘들 거라고 경고해 줬어. 하지만 난 네가 테이저건을 쓸 거라는 예상은 못 했지. 따끔한 게 마치….”

그가 날 슬쩍 쳐다보더니 혀를 깨물었다.

“아, 됐어. 적어도 네가 죽진 않았으니. 알아보던 건 찾았니?”

골리앗이 물었고 우리가 밴으로 향할 때 그의 커다란 발은 놀랍도록 가볍게 바닥에서 움직였다.

“뭐, 그런 편이에요. 테일러 대표한테 말할 건가요?”

“네가 안 하면 나도 안 해. 십 대 소녀한테 테이저건을 맞았다는 소문이 돌지 않은 채 이번 건을 마무리하고 싶거든.”

스쿠터 한 대가 우리를 지나가도록 기다린 뒤 그는 길 맞은편으로 나를 안내했다.

“알았어요.”

그는 보초병처럼 날 차로 데려갔다. 평소와 같은 곧은 자세는 침착해서 방금 일어난 일은 완전히 어둠 속에 묻혔다. 그래서 잠시 뿌듯함을 느꼈다. 그는 훈련을 잘 받은 경호원이지만 난 피닉스처럼 그를 대했다. 내가 박물관 안에서 위험한 해커를 만났다는 걸 꿈에도 모를 것이다. 음! 정말 중동 최고의 보안 업체답다.

“이제 돌아가죠.”

밴으로 돌아갈 때 난 그가 다른 걸 눈치채진 않았을지 살짝 의심하면서 말했다. 그는 투덜대며 대답하고는 차 문을 열어줬다.

출발한 뒤 휴대전화를 꺼내 보니 전화는 다시 제대로 작동하고 있었다.

“실례 좀 할게요. 아빠한테 전화해야 해서요.”

첫 번째 벨 소리에 아빠가 바로 받았다.

"여보세요, 아빠."

"조." 아빠는 휴대전화만 붙들고 있던 사람 같은 목소리였다.

"제때 전화했구나. 튀니스는 어떠니?"

난 창밖을 보며 바르도 박물관 안에서 번뜩였듯 새로운 풍경이 내 재능의 불씨가 되어 주길 기대했지만 아무 일도 일어나지 않았다.

"좋아요. 막 첫 박물관 투어를 마쳤어요…."

골리앗이 백미러를 통해 날 쳐다보며 눈을 굴렸다. 난 아빠한테 바르도 국립 박물관에 대해 말했고 아빠는 내가 범죄자들이 아닌 3,000년 된 모자이크를 보며 시간을 보냈다는 사실을 알게 되어 기뻐했다. 아빠가 진실을 알면 좋을 텐데.

"일은 어떻니?" 살짝 달라진 목소리로 아빠가 물었다.

"벌써 문제를 찾았어요." 내가 설명했다.

"모든 일이 술술 풀린다면 사흘 안에 마치고 일주일 안에 돌아갈 수 있을 거예요…."

"참 좋은 소식이구나." 아빠가 안도하며 숨을 쉬었다.

지금 팀이 머무는 튀니스와 메디나의 풍경에 관해 이야기를 나누었다. 아빠는 내가 안전하다는 데 만족한 듯했다. 일단 지금 당장은.

전화를 끊은 뒤, 돌아가는 길은 조용하면서도 혼란스러웠다. 난 산호초 해커… 노블…에게서 막 알게 된 정보들과 씨름하며 우리 사이의 강렬한 주파수로 인해 얼얼해진 팔을 손으로 주물렀다.

어떻게, 혹은 어째서 내가 그와 이런 이상한 관계가 있는지 이해가 가지 않았고 내 쪽에서 제어할 수 없다는 부분이 싫었다. 어디서 오는 건지, 뭐가 원인인지 난 모른다. 혼란스럽지만 지금은 깊이 생각할 여력이 없다. 홀로썸을 바꿔치기한 다음 급진주의자들을 멈추고 카이가 로열리스트를 막도록 도와야 한다. 그런 다음, 노블이 나한테 재능을 되찾는 방법을 알려 줄 거고 자신은 영원히 내 인생에서 빠져주겠다고 약속했다.

그가 내게 줬던 낙엽이 아직 손안에 있다. 가장자리가 작은 삼각뿔처럼 뾰족했다. 몇 개인지 세어보려고 했지만, 머릿속이 로열리스트에 관한 생각으로 가득 차서 복잡했다. 마담이 잡힌 이후 바이 요원과 한센 경감은 서서히 전 세계 마담의 조직망을 소탕해 나갔다. 다시 그녀의 거미줄에 걸려들 거라고는 생각하지 못했다. 그렇게 쉽게 끝날 일이 아니었다는 걸 알았어야 했는데. 이번 거래는 이미 시작됐다. 내가 뭘 원하든 노블이 옳았다. 이 계획을 끌어내릴 수 있는, 마담을 제일 잘 아는 사람은 나밖에 없었다.

난 휴대전화를 꺼내 카이가 상 형제들의 다오창(daochang 道場 도장)에서 수련하는 동영상을 넘겨봤다. 화면 위로 그의 얼굴을 쓰다듬었다. 이 정신 나간 남자애가 마피아가 이끄는 로열리스트 집단에 자신도 한패라고 확신시켰다. 그가 얼마나 큰 위험에 처해 있는지 이해하지 못했던 나 자신을 비웃었다. 하지만 카이는 늘 스스로 잘했다. 그에 대한 의구심은 거부하기로 했다. 머릿속에서 건잡을 수 없이 흐르는 생각에 속이 메슥거릴 정도긴 해도. 그는 목숨을 잃을 뻔했다. 분명 노블은 카이를 좋아하지 않지만 내 남자 친구가 살아있는 건 그 해커 덕분이었다.

난 탄식하며 관자놀이를 비볐다. 카이가 새로운 일을 시작하게 된 건 내 잘못이다. 날 만나지 않았다면 그는 안전했을 테고 지금 자기 아버지 회사에서 일하고 있겠지…. 그렇지만 그는 불행했을 거고, 만족하지 못한 채 상실감까지 가졌을 것이다. 그러니 그래, 난 카이가 그렇게 사는 것도 원치 않았다.

그러나 이게 정말 그가 바라는 인생일까? 이 일이 끝나면 카이가 뭘 원하는지 알아볼 필요가 있다. 아니, 더 중요한 건 우리가 뭘 원하냐는 거다.

메디나로 진입하면서 골리앗이 다르 알자이툰 뒤쪽에 차를 세우고 날 경호해 안으로 들어갔다.

팀원들이 쪼르르 몰려와서 안도한 표정을 지었다.

"한 시간이라고 했잖아." 펜즈가 큰소리를 냈다.

"엄청나게 걱정했어. 다행히 콰다 씨가 네가 괜찮다고 우리한테 연락해 주셨어."

곁눈질로 골리앗을 살피니 그의 곧은 얼굴은 아무것도 드러내지 않았다. 내가 테이저를 쏜 뒤에 팀에 연락한 걸까? 내가 안전하다는 건 어떻게 알고? 골리앗이 옥상에서 우리를 봤을까? 내가 산호초 해커와 이야기하는 걸 봤을지도 모르지만, 그는 아무 말도 하지 않았다.

내 재능이 모든 결정에 도움을 주는 건 아니겠지만 골리앗을 더 주시해야 한다는 건 알 수 있었다. 그의 정체가 뭐고, 어떤 동기가 있는지.

"난 괜찮아." 친구들에게 내가 말했다.

"하지만 다른 건 엉망진창이야."

CHAPTER 26

튀니지, 튀니스, 메디나, 다르 알자이툰

내가 PSS의 싱크탱크 회의에 처음 참석할 무렵, 그들에게 해결 못 하는 문제는 없었다. PSS에 있는 동안 내 생각은 하루 종일 프랫에 가 있었고, 킹 밑에서 일했을 때처럼 뜬금없이 해결책이 떠올랐다. 곧바로 난 팀에 해결책을 쏟아내며 잘될 거라고 확신시켰고 다들 눈을 동그랗게 뜬 와중에 해리슨은 웃기 시작했다.

"지금 농담하는 거지, 조? 그러려면 법 열 개는 위반하게 될 텐데."

난 곧장 현실로 돌아왔다.

"당연히 농담이지."

나도 그들과 같이 웃었지만 마음은 배신자처럼 두근거렸

다…. 위험천만한 생각 너머로 숫자들이 희미하게 요동쳤다. 난 더 이상 한 명이 규칙을 정하는 폭력배들로 득실거리는 지하 감옥 속 피닉스가 아니었다. 지금 난 조다. 그렇지만 조로서도 난 어려움을 겪고 있다. 어떻게 사람이 명령을 내리던 쪽에서 따르는 쪽으로 바뀔 수 있지?

내가 노블의 계획을 말하자, 내 방에 모인 전부가 똑같이 두려움에 빠진 표정을 지었다. 이번에는 누구도 웃지 않았다. 그때와 비교해 변한 게 한 가지 있었다. 팀원들은 더 이상 그들에게 익숙한 상식의 범주에 있지 않았다. 나만 빼고.

펜즈가 방을 왔다 갔다 하며 한 손으로는 휴대전화의 메모장에 내용을 기록했고 다른 손으로는 신경질적으로 붉은 머리를 쓸어 넘겼다.

"내가 정리해 볼게. 급진주의자 집단이 우리 블랙리스트에서 빼낸 기술로 튀니지에 쿠데타를 계획하고 있고, 그 블랙리스트의 거래가 내일 다시 이루어진다는 거지. 그뿐만 아니라 우리 블랙리스트가 전에 널 납치해 간 인물이 두목으로 있는 로열리스트 집단에 넘어갈 거라고?"

"대강 그래."

난 어색하게 웃었고 어느 정도까지 말해야 할지를 생각하면서 이를 딱딱거렸다. 아직 카이 얘기는 꺼내지도 못했다. 그래야 할지 확신이 서지 않았다.

펜즈가 말을 이었다.

"넌 그들이 우리 기술을 써서 전 지역에 피해를 줄 거로 생각하는데, 그들을 막을 유일한 방법이 바로 우리가 천벌을 내리려던 범죄자 해커가 세운 계획이라는 거지?"

해리슨은 방 모퉁이에 있는 쿠션이 좋은 의자로 가서 푹 주저앉은 뒤 엄지손톱을 물어뜯었다.

"내 입으로 이런 말을 하긴 싫지만 이건 우리 업무 영역을 좀 벗어난 거 아니야?"

그가 후드를 쓰며 얼굴의 절반을 가렸다.

에디가 탄식하며 팔꿈치를 노트북 위에 올리고 손바닥으로 얼굴을 감쌌다.

"생각했던 것보다 더 끔찍하네."

"우린 이미 PSS가 해산될 위협과 마주하고 있어. 그런데도 우리는 경찰 쪽에 범죄자 집단에 대한 중요한 정보를 공유하지도, 해커와 결탁한 죄로 교도소에 갈지도 모를 가능성에 대해서도 논의하고 있지 않잖아."

펠리시아가 입술을 삐죽 내밀고 내가 이해했을 거라 확신한 눈빛으로 나를 뚫어지게 쳐다봤다.

"시애틀에서 다시 전화가 걸려 왔을 때 휴대전화를 해킹했어야 할 줄 알았어. 그 부분에 대해서 넌 우리한테 설명할 게 많을 걸. 네가 이 여정에 실제로 참여한 이유 같은 거 말이지."

"그럴 거야." 내가 말했다.

"하지만 지금은 시간이 없어. 내일 정보를 판다고 했잖아. 난 PSS가 해체되는 모습을 보고 싶지 않아. 혼자서 시디 부 사이드로 갈 거야. 일이 잘못된다고 해도 PSS는 아무 관련이 없겠지. 그러니까 계획을 들어 볼래, 말래?"

방 안이 웅성거렸고 난 입술을 깨물었다. 시애틀에서도 내 과거에 대해 말하지 않아 다들 분명 속이 상했겠지만, 너무 많은 걸 요구해 이 새 팀을 잃어버리는 위험을 안고 싶지 않았다. 그들은 내가 처음 믿을 수 있다고 느낀 친구들이었다. 그러나 해리슨의 말이 맞았다. 이건 우리 업무 영역을 벗어나는 일이었다. 네 사람이 서로 눈길을 교환했고 난 숨을 참았다.

펜즈는 턱을 두드리고 생각에 빠진 펠리시아를 쳐다봤다. 에디는 해리슨 쪽으로 고개를 기울였고 해리슨은 그의 스마트워치인 K1을 만지작거리더니 우리에게 기다리라는 신호로 손가락을 들어 올려 보였다. 그리고 정리가 끝나자 해리슨이 우리를 향해 고개를 들었다.

"이 방은 안전해. 도청 장치 없어."

펜즈가 책상다리를 하고 바닥에 앉았다.

"좋았어. 우리한테 산호초 해커의 계획을 말해 줘."

방 안에 감시 카메라가 없다고 해도 여전히 옆방에 콰다가 있었기에 속삭임에 가까울 정도로 목소리를 낮췄다.

"사실 꽤 간단해."

난 노블이 박물관에서 준 작은 홀로썸을 들어 보였다. 꼭 내 손가락 위에 세상의 운명이 달린 것 같았다.

"해커가 몬테고의 것과 똑같은 홀로썸을 만들었는데 이 모조품 안에는 스모크라고 부르는 암호화된 바이러스가 들어 있어. 한번 업로드하면 접속한 건 모조리 전자 잔류물을 남기지. 또한 PSS 메타 데이터에 특화된 파일이라면 전부 식별해서 변형할 거야. PSS 파일을 나쁜 놈들이 못 쓰게 만들면서 우리가 추적할 수 있게 해 주지. 산호초 해커는 이걸 나쁜 놈들이 24시간 동안 알아차리지 못하도록 설계했기에 우리한테는 사이버 아일랜드로 파일을 안전하게 옮길 24시간이 생기는 것과도 같아."

"홀로썸을 어떻게 바꿔치기할 거야?"

우선, 난 산호초 해커가 알려준 몬테고 교수, 급진주의자들, 로열리스트에 관해 설명했다.

"몬테고는 내일 시디 부 사이드에서 급진주의자들의 우두머리인 아미르 벤 슬리먼에게 PSS의 기술을 팔기로 돼 있어. 그런데 산호초 해커가 약속에 끼어들어 슬리먼에게 다른 길을 안내할 거야. 그러면 우리가 그의 자리를 차지할 수 있지. 홀로썸을 바꿔치기하는 게 우리가 할 일의 전부야. 그다음에는 몬테고가 가짜를 후계자에게 건네주겠지."

"몬테고를 경찰에 넘기면 안 돼? 그리고 후계자에 관해서 알리면?" 펜즈가 물었다.

"그럴 순 없어. 몬테고는 우리 블랙리스트를 추적하고 로열리스트를 막을 핵심 인물이거든."

난 그가 또한 카이를 살리는 열쇠라는 점은 언급하지 않았다.

"그는 후계자와 접촉할 수 있는 유일한 사람이야. 스모크가 마스터 파일을 감염시키면 PSS의 기술, 후계자, 악당의 전체 네트워크를 일망타진할 수 있어."

"몬테고가 경찰에게 잡히면 우리는 급진파를 멈출 순 있지만, 후계자와의 연결고리를 잃고 말아. 가짜 홀로썸을 후계자에게 전달해서 스모크가 마담의 마스터 파일로 들어가야 로열리스트와 후계자까지 막을 수 있는 거야."

내가 이어서 말했다.

"이렇게 해야 PSS의 기술도 지키고 후계자와 범죄 집단의 계획을 완전히 막을 수 있어."

"몬테고가 지금 가지고 있는 홀로썸을 누가 어떻게 바꿀 건데?" 해리슨이 물었다.

난 곧바로 냉철한 표정을 지었다. 입을 열면 모두의 눈길이 쏠릴 걸 알기에 머뭇거렸다. 중국에서 내가 목격하고 일부 참여한 불법과 폭력 혹은 범죄 행위에 대해 가족들에게 알려주었을 때 봤던, 그 잊을 수 없는 눈빛과 같겠지.

난 침을 삼키고 몸을 똑바로 세웠다.

"그 부분이 중요해. 몬테고는 보통 사람의 말은 듣지 않아." 내가 말했다.

"그가 말하게 할 만큼 권위가 있고, 그가 가장 두려워하는 단 한 사람, 마담과 관련이 된 사람이라는 확신을 주어야 해. 이 역할을 해낼 사람은 지구상에서 단 한 명뿐이야. 마담의 버릇, 말투, 과거, 조직망과 사업에 대해 아는 사람이 누구고 누가 이걸 확실하게 끄집어낼 수 있을까?"

친구들의 눈이 진짜로 튀어나올 것 같았다.

"너라고? 설마 진심은 아니겠지."

해리슨이 날 쳐다보며 말했다.

"조, 저 사람들은 이 세상의 쓰레기야! 뭐가 잘못되지 않고 어떻게 그들 안으로 들어가겠다고 생각할 수 있어? 네가 대체 뭐라고 생각하는 거야?"

슬쩍 에디를 쳐다봤다. 그의 얼굴은 완전히 창백해져 있었다.

"난 너희가 아는 것보다 그들과의 공통점이 많아."

난 무릎 위에 손을 포개고 몇 년간 봐왔던 킹, 알렉시, 회계 조작자들의 얼굴이 떠오르는 걸 막으려고 애썼다.

난 한숨을 쉬었다.

"굳이 재연하지 않아도 다른 이에게 설명할 수 있는 과거가 많아. 그래서 난 말하지 않는 거지만 세상에서 가장 어두운 영혼들을 지켜보고 그들의 모든 동기를 계산해 왔어. 그들이 어떤 식으로 생각하는지 알아. 어떻게 움직이는지, 뭘 원하는지도. 그들이 두려워하는 게 뭔지도 알지."

목구멍에서 묵직한 덩어리가 올라왔다.

"그러나 그보다 조금 더 복잡한 건…."

카이에 대해 말할 수도 있지만 그러면 내가 더한 곤경에 처할 수도 있었다.

펜즈가 자리에서 일어났다.

"네가 말을 이어가기 전에 우리는 바르도 박물관에서 있었던 일을 테일러 대표님께 알려야 해."

"뭘 알린다는 거죠?"

문이 활짝 열리더니, 매끄러운 검은 눈동자가 사방을 살피고 내게로 쏠렸다.

"난 들을 준비가 돼 있어요."

CHAPTER 27

해리슨이 자리에서 일어나 앉아 있던 의자를 테일러 대표에게 내어줬고 그녀는 흔쾌히 받아들였다. 그녀의 흠 잡을 데 없는 자세는 여왕처럼 보이기에 충분했다. 그 모습 어딘가가 챈을 떠올리게 해 줬다. 챈과 대치했을 때처럼 테일러 대표와도 그렇게 타협점을 찾아야 했다. 그러나 엄마와 같은 인자한 그녀의 표정과 자신이 선택한 천재들을 진심으로 보호하는 그녀의 방식이 떠올랐다. 내 안의 강한 긴장감이 스르르 빠져나갔다. 레드나 엄마한테 거짓말을 하고 싶다는 생각보다도 더 많이, 그녀에게 더 이상 거짓말을 하고 싶지 않다는 마음이 들었다.

골리앗이 문 근처에 서서 나와 내 시계를 살폈다. 모두가 내 쪽을 쳐다볼 때 방 안의 온도가 몇도 오른 것 같았다. 땀 한줄기가 등을 타고 흘렀다.

어릴 때, 난 부모님이 얼른 딴 데로 화제를 돌리게끔 하기 위해 내가 저지른 큰일이 대수롭지 않은 듯 행동하는 법을 배웠다. 지금 나는 그 옛날 기술에 의존하면서 이들에게도 그 방법이 먹히길 바라고 있었다.

"우리가 찾던 해답을 제가 가지고 있어요." 내가 테일러 대표에게 말했다.

"그리고 아, 산호초 해커와 직접 만나서 얻어낸 거예요. 덕분에 추가로 기술도 얻었고요."

"접선은 주의해서 해야 해요. 당신은 해커가 박물관에 있다는 걸 알았나 보군요. 나에게는 그 사실을 말하지 않았고요."

테일러 대표는 몰래 나갔다 온 십 대 자녀를 타이르는 부모처럼 침착함을 유지했다. 그녀는 전에도 이런 일을 겪어봤을 게 분명하고 그건 나도 마찬가지였다. 내 안에서 존경심이 솟아났다. 레드와 있을 때 그는 늘 최대한 솔직하기를 강조했다. 나도 그러고 싶었다. 그러나 지금은 리스크가 너무 크다. PSS, 카이, 후계자. 난 우선 필요한 정보만 그녀에게 알리고 나머지는 적당한 때를 봐서 이야기할 생각이었다. 그녀가 내게 얼마나 많은 기회를 줄지는 모르겠지만.

"위험하다고 판단했다면 곧바로 자리를 떴을 거예요." 내가 말했다.

"해커를 만날 가능성은 늘 있었어요. 그가 절 이곳으로 초대했고요."

"초대라뇨?" 테일러 대표가 목청을 가다듬었다.

"단어 선택이 근사하군요."

난 고개를 빳빳이 들었다. 이제 와 물러설 순 없다.

"콰다 씨가 가까이 있었어요. 그러려고 경호원을 고용한 거 아닌가요?"

"음." 테일러 대표가 골리앗을 쳐다봤다.

"전문가적인 소견을 말해 보실래요?"

골리앗의 시선이 내게로 왔고 그가 의도적으로 시계를 만지면서 수상쩍은 표정을 가렸다. 난 조마조마했다.

"바르도 박물관의 모든 부분이 안전해 보였습니다." 마침내 그가 대답했다.

다시 숨을 쉬는데 그가 덧붙였다.

"조세핀이 스스로를 단속하는 행동은 충격적이었어요. 다시는 그녀를 과소평가하지 않을 겁니다." 골리앗이 멋쩍은 표정을 지으며 테일러 대표를 쳐다봤다. 기분이 좋지 않을 텐데 내 편을 들어주다니, 고마웠다.

테일러 대표가 한숨을 쉬었다. 그녀가 날 아직 위험인물로 지칭하지 않은 걸 감사히 여겨야 했다. 하지만 그녀의 태도를 보니 그녀에게 아직 어떤 확신도 없다는 걸 알 수 있었다. 여전히 모든 가능성을 염두에 두고 있다.

"그래서 이제 어쩌자는 건가요?" 그녀가 물었다.

"위험을 좀 감수하면 큰 보상을 얻는 단타 작전 같은 거예요."

난 이렇게 말하며 계획을 설명하고 몬테고의 홀로썸을 바꿔칠 사람이 나인 이유를 밝혔다.

"산호초 해커는 이미 공공장소인 에자흐라 궁전에 약속을 잡아뒀어요. 문화와 역사 유적지인 빛나는 별 궁전 말이에요."

난 K2에 주소를 물었다. 해리슨이 곧장 지도를 다운로드했다.

"바꿔치기만 하면 우리 일은 끝나요. 그렇게 일석삼조를 이룰 수 있어요."

테일러 대표가 다른 천재들을 살피는 동안 난 그녀의 머릿속을 읽을 수 있으면 얼마나 좋을까 생각했다. 팀은 그녀의 지시와 확신을 기다렸으나 그녀는 다른 무언가를 찾았다. 그녀는 존경받는 명성을 가진 뛰어난 리더다. 전 세계에 인맥이 있으며 정부의 신임을 받는다. 심지어 내가 시뮬레이션 할 수 있도록 우리 아빠, 제이슨 리버스를 설득하지 않았나. 그건 진짜로 기적에 가까웠다.

"몬테고는 어떤 인물이죠?"

날카로운 질문이 훅 들어와서 나는 테일러 대표가 아니라 바이 요원과 이야기하는 줄 알았다.

"산호초 해커의 말을 빌자면, 몬테고는 마담한테서 기술을 훔쳤어요. 그렇지만 다른 사람들에게는 그저 돈에 집착하는 전형적인 수준 낮은 범죄자로, 딱히 위험하지 않고 배짱도 없다는 인식이에요."

난 말하며 테일러 대표를 살폈다.

"거래 날짜를 잡을 때 그는 마담 혹은 그녀의 가장 가까운 협력자가 나타날까 봐 계속 뒤를 흘끔거렸어요. 산호초 해커는 제가 몬테고에게 확신만 충분히 준다면, 몬테고가 뭐든 저에게 알려 주리라고 생각해요. 심지어 저를 마담이라고 착각할지도 몰라요. 우리가 마담에 관한 뉴스를 베일로 가리면 그는 믿을 거고요."

"그렇다면 급진파 우두머리인 벤 슬리먼은요? 교육부가 문을 닫은 뒤로 그는 뭔가 잘못됐다고 의심할 테고 몬테고가 나타나지 않으면 거래를 뒤집어 버릴지도 몰라요."

테일러 대표가 물었다.

그녀의 목소리에서 아무것도 알아낼 수 없었다. 한치의 억양도 들어 있지 않았으니까. 마치 시계처럼 안정적이고 정확한 목소리였다.

테일러 대표는 이 일이 어떻게 돌아갈지 너무 잘 알고 있었다. 그녀는 올바른 질문만 했다. 긴장감이 고조됐다. 내 앞에 있는 그녀에게서 일련의 사건과 관련된 숫자의 흐름을 인식할 수 있었다.

"전 그 사람에 대해서는 몰라요."

그러나 그렇게 말하면서도 나는 노블이 마치 새로운 가능성을 계산하듯 찌푸렸던 걸 떠올렸다. 난 자세한 걸 묻지 않았다. 그래서 아는 게 없는 현재가 다행스러웠다.

테일러 대표가 길게 숨을 들이마셨다.

"우리 이름뿐만 아니라 더 많은 정보가 PSS 파일에 삽입돼 있어요."

펜즈가 말을 쏟아냈다.

"우리가 그걸 만든 건 세상을 돕기 위해서잖아요. 근데 그것들이 되려 세상을 파괴하고 있다고요."

그녀는 한 손을 어설프게 흔들고 다른 한 손으로는 자신의 화난 제스처를 표현했다.

"이제 내 기분이 어떤지 알겠지!" 에디가 말하며 의자에 털썩 주저앉았다.

테일러 대표가 자리에서 일어났다. 그녀는 마치 동상처럼 날 등지고 섰다. 그녀가 팀원들에게 지시하기 전 나는 이미 그녀가 무슨 말을 할지 감이 왔다.

"이 일을 승인할 수 없어요. 괜찮다고 생각되는 부분이 하나도 없군요. 우리는 몬테고에 대해서도, 해커나 그 후계자에 대해서도 잘 모릅니다."

"산호초 해커가 아니었더라면 블랙리스트 파일이 이곳 튀니스에 있다는 걸 알아내거나 이 문제를 막을 방법을 알아차리는 데 몇 주는 걸렸을 거예요."

나는 테일러 대표에게 말했다.

"우리가 로열리스트에 관해 알게 될 줄 누가 알았을까요. 지금 움직이지 않으면 너무 늦을 거예요."

"그래도 산호초 해커는 도둑일지 모릅니다. 그가 우리 시스템을 샅샅이 뒤졌다는 걸 제가 보증하니까요."

그녀가 펠리시아에게 손짓하자 그 애가 화들짝 놀랐다.

"이곳 PSS에서 우리의 주요 정보 공급처인 시스템을 해킹한 사람을 무턱대고 믿을 수 없어요."

"맞아요, 그러니까 그가 믿음직스럽지 않다는 말이죠?" 에디가 말했다.

난 계속 침묵했다. 내 본능은 다르게 말하고 있지만, 테일러 대표의 결정을 정정할 만큼 내 위치가 높지 않다. 레드는 내게 틀렸을 때 인정하는 능력이 명예로운 거라고 가르쳤다.

"어디까지나 가능성이긴 해요. 전에 속았던 적도 있고요." 내가 말했다.

"그래도 전 그가 우리의 동맹이라고 믿어요. 그는 우리가 이 일을 할 수 있도록 이끌었고 그 이유는 우리가 우리 기술을 추적할 유일한 사람들임을 알아서예요. 내일 몬테고를 만날 수 있는 단 한 사람이 저인 걸 아는 것처럼요."

난 홀로썸을 꺼내 테일러 대표에게 건넸다.

"테스트해 보세요."

테일러 대표는 사건의 변론을 다 들은 판사처럼 고개를 끄덕였다. 그녀는 재킷의 구김을 펴고 휴대전화를 꺼냈다.

"펠리시아, 당신의 블랙리스트 기술이 지금 필요해요. 해커가 말한 대로 이 '스모크'가 작동하는지 알아보도록 하죠."

"네, 대표님."

펠리시아가 그녀의 손에서 홀로썸을 챙겨 내 방을 나갔다.

"조." 테일러가 내게 말했다.

"한 시간 뒤 내 방에서 보죠."

난 침을 꿀꺽 삼켰다.

"네, 대표팀."

그녀는 서둘러 걸음을 옮겼다.

CHAPTER 28

∞

문이 닫히는 소리가 나자 곧바로 에디가 날 향해 몸을 돌렸다.

"너 혼자 이 사이코 교수를 만나선 안 돼."

혼자라는 말에 숫자들이 폭죽처럼 터지고 그래프가 숫자의 거미줄 위로 피어올랐다. 숫자는 재빨리 사그라들고 말았지만 내 재능에서 나오는 힘이 에너지가 되어 날 가득 채워주었다. 난 책상에 안정적으로 기댔다. 산호초 해커는 시뮬레이션 3단계에서 내가 경험한 아드레날린 폭증이 재능을 되돌리지 못할 거라고 했지만 그 말에 동의할 수 없다. 죽음에 대한 내 갈망은 정말로 이 일을 원하고 있으니까.

"난 혼자가 아니야." 에디에게 말했다.

"골리앗이 같이 가줄 거야. 그는 훈련받은 전문가잖아."

"그는 보호자고 경호원이야. 그리고 우리는 괴짜들이지 비밀 임무를 수행 중인 이중 스파이가 아니라고."

에디가 고개를 저으며 한국말로 뭐라고 중얼댔다.

펜즈는 다시 양손으로 메모하며 고개를 끄덕였다.

"난 스모크가 작동할 거라고 믿어. 그러면 대표님도 이 일을 허락할 거야." 내가 말했다.

"난 모르겠어, 조." 에디가 고개를 저었다.

"나쁜 놈들을 상대하는 건 쉽지 않아."

그가 손에 난 상처를 만지작거리며 고통스러운 표정을 짓는 바람에 더 물을 수가 없었다. 테일러 대표가 에디를 찾았을 때, 그 애는 완전 엉망이어서 그녀가 시간을 들여 고쳐줬다고 했다.

내가 그의 어깨에 손을 올렸다.

"에디, 나도 흉터가 있어."

내가 옷깃을 내려 목에 난 상처를 보여줬다. 그는 경악했고 이내 펜즈와 해리슨도 똑같이 반응했다. 그들은 중국에서의 내 인생에 대해 대략적으로만 알고 있을 뿐이었다. 그러나 난 그들에게 빚을 졌다.

"내가 이런 부류의 인간들과 어울리는 건 이번이 처음이 아니야. 그래서 두렵지 않아."

펜즈의 눈길이 다시 흉터로 향했다가 꼭 비밀을 공유한 자매처럼 내 눈을 들여다봤다. 그녀가 단호한 미소와 함께 고개를 끄덕였다.

"좋았어, 애들아." 그녀가 말했다.

"이건 우리가 늘 하는 일은 아니지만 조의 말이 맞아. 우리 블랙리스트가 세상에 나와 있고 우리만이 되찾을 수 있어. 스모크가 제대로 작동한다면 난 이 일을 해야 한다고 봐."

에디가 새로운 표정으로 자기 스마트워치인 M2를 꺼냈다.

"나도 급진주의자들을 막고 싶어. 그들이 내 예전 보스와 같다면 다른 꿍꿍이가 있을 거야. 내가 그게 뭔지 찾을게."

에디가 컴퓨터에 몰두하기 시작했다.

희망으로 내 가슴이 부풀어 올랐다. 해리슨이 건너와 내 옆 침대에 앉았다.

"해커에게서 뭘 알아냈어, 조?"

그 질문을 듣자마자 몸에 털이 곤두서면서 노블의 눈동자와 우리 사이에 오가던 주파수가 되살아났다. 난 귀걸이를 만졌다. 그들에게 스마트 더스트를 주려고 생각하니 목이 조여왔고 그럴 수 없었다. 그를 팀원들에게 넘길 수 없다. 어째서인지 모르지만, 그의 이름이 이율배반적이라는 소리조차도 입 밖으로 나오지 않았다. 노블에게 진 빚은 아무것도 없는데.

"별로 없어."

난 귀걸이를 놓고 손을 무릎으로 내렸다.

"그러니까 그는 우리가 생각한 골초에, 이가 누런 징그러운 늙은이가 아니란 거지?"

해리슨이 물었다.

"그렇게 징그럽지 않았어."

난 노블의 진한 속눈썹과 코를 덮은 주근깨가 떠올라 웃었다. 아차 싶어서 얼른 창밖으로 고개를 돌렸다. 여자라면 그 애의 얼굴을 보고 반할 수밖에 없을 거라는 말은 마음속에 넣어뒀다.

"그는 젊어." 내가 말했다.

"평균 신장이야. 엄청 경계심이 강하고. 살짝 어색한 면도 있어. 나에 대해 너무 많은 걸 알고 있었어. 물론 어떻게 그렇게 많이 아는지 그 이유는 말하지 않았지만. 그는 내 정보를 안 좋은 쪽으로 쓸 수 있었는데도 오히려 돕고 싶어 했어."

"뭔 문제가 있는 애구나."

해리슨이 혼자 빵 터졌다가 모두가 쳐다보자 얼른 멈췄다.

"미안, 그가 진짜로 나타난 거 하며 널 놀라게 한 것도 그렇잖아."

"맞는 말이야."

솔직히 난 얼마나 미안한지 모르겠다. 재능을 가진 우리가 서로를 살피던 기억, 그의 얼굴에 정확하게 대칭을 이루며 커진 숫자들, 그가 눈을 깜박인 횟수, 그가 입술을 어느 쪽으로 움직일지 고심하는 법 등. 그리고 우리 사이를 흐르는 주파수가 있었다. 물론 살아있는 모든 것에는 주파수, 진동, 음파가 있다. 어쩌면 에디에게 물어봐야 할지도 모르겠다. 이런 쪽으로는 그 애가 빠삭했다. 다른 사람의 데시벨과 음파를 측정할 수 있는 천재에 관한 이야기를 들어봤는지 궁금하다.

한두 번 노블이 내 목소리가 자신을 찌르는 힘을 계산하듯 눈살을 찌푸렸다. 아니면 그에게도 내 진폭이 전해졌을지도 모른다. 그렇지만 난 그 생각을 떨쳐버렸다. 그건 알 수 없는 일이었고 그 때문에 계획을 지체할 필요는 없었다.

"그러니까 그를 만나서 얻은 단서는 없는 거지?" 펠리시아가 물었다.

"다른 구체적인 부분은?"

"뭔 말을 하긴 했어. 그게 무슨 뜻인지 모르겠지만." 내가 말했다.

"'별에 다 쓰여 있잖아'라고 했거든."

해리슨이 하던 걸 멈추고 급 호기심을 보였다.

"별에 쓰여 있다고? 별에 뭔가를 쓴 걸로 내가 아는 다른 유일한 인물은 나사 티퍼(NASA Tipper)뿐이야." 그가 말했다.

"혹시…?"

난 그 생각에 코웃음을 쳤다. 나사에 정보를 제공하는 자, 일명 나사 티퍼는 PSS에서 천재들이 자주 토론하는 미스터리한 인물이다. 그 혹은 그녀가 나사 장비의 기술적 문제를 해결할 수 있는 천재적인 아이디어를 보내주고 그쪽 과학자들이 우주의 밝혀지지 않은 신비에 관한 새로운 통찰력을 얻을 수 있게 돕는다.

"나사 티퍼가 재능을 잃어버린 천재 소녀에게 뭐 때문에 관심을 보이겠어? 거기다 내 시뮬레이션을 해킹하고 튀니지에서 범죄자들과 싸우면서까지? 말이 안 돼."

둘 사이의 연관성을 없애려고 했지만, 난 수학자다. 우리는 모든 가능성을 고려하지 않은 채로 뭐든 그냥 지워버릴 수 없다. 그래도 노블과 나사 티퍼를 연관 짓는 건 무리인 것 같았다.

"그가 아무것도 없이 홀로썸 복제본을 만든 것만 봐도 그렇잖아." 해리슨이 주장했다.

"난 우리가 지금 완전한 천재와 대결하고 있다고 봐. 나사 티퍼도 진짜 천재고."

에디가 노트북에서 고개를 들더니 턱을 비볐다.

"해리슨의 말이 맞아. 나사에 정보를 주는 인물이 스타 코딩이라는 언어를 모조리 만들었어. 실제로 별에 메시지를 쓸 수 있어. 물론 누구도 그걸 읽을 만큼 똑똑하지 못한 게 문제지만."

에디가 말했다.

"아, 그만해."

해리슨은 자신의 우상이 박살 나는 소리를 들은 사람처럼 얼굴이 일그러졌다.

"그 산호초 해커가 나사 티퍼라면 난 자제력을 잃고 말 거야. 모든 게 완전히 달라지겠지. 하루아침에 징그러운 스토커가 내 우상이 되는 거니까. 조, 진짜인지는 네가 알아봐 줘야 해. 만약에 그가 나사 티퍼라면 사인을 받아 줘."

"그가 아니라니까. 그럴 수가 없어. 이 애는…." 난 올바른 단어를 찾느라 버벅거렸다.

"수수께끼야. 그리고 우릴 해킹했잖아! 나사 티퍼가 별에 정보를 기록하다가 짬을 내서 PSS를 해킹한다는 건 말이 안 돼."

"너도 만나면 놀랄 거야. 우상을 만나는 일은 늘 생각한 것과 같지 않을 테니." 해리슨이 히죽거렸다.

"나사 티퍼 아니라니까. 그리고 우린 그의 팬클럽을 결성할 게 아니잖아, 안 그래?"

내가 말하자 다시 방 안의 공기가 후덥지근하게 느껴졌다. 카이 생각을 해야 한다. 노블이 아니라. 홀로썸을 바꿔치기하는 건 내일이면 일어날 일이다.

"자, 이제 집중 좀 해 줄래?"

그때 펠리시아가 벌컥 문을 열고 노블이 내게 준 홀로썸을 들고 헐떡거리며 들어왔다.

“스모크.” 그녀가 거친 숨을 내쉬며 말했다.

“정상으로 작동해. 전부 확인했어.”

난 만족감에 가슴이 부풀어 올랐다. 이제 테일러 대표를 확신시키는 데 그리 오래 걸리지 않을 것이다.

“그럼 난 내일 일을 준비해야겠어.”

“이제야 말이 통하네.” 에디가 두 손을 비볐다.

“어떤 기술 장비가 필요해?”

내가 눈썹을 들썩였다. 다시는 이런 일을 하지 않을 거라고 맹세했는데. 지금 내가 이러고 있다니.

“장비는 나중에.” 내가 말했다.

“우선 다른 게 필요해.”

“뭐 말이야?”

팀원들은 내가 하려는 말에 전혀 감을 잡지 못했다.

“머리를 자르고 염색하는 거. 다른 색 립스틱도 있어야 해.”

CHAPTER 29

튀니스, 메디나, 다르 알자이툰

날 납치한 여자 행세를 하려고 튀니스로 온 게 아닌데 그렇게 됐다.

테일러 대표의 방으로 들어가자 그녀의 날카로운 눈빛이 보였다. 그녀는 한층 더 집중한 모습이었다. 머리부터 발끝까지 살펴보는 그녀의 모습은 내가 모방하려고 하는 사람만큼이나 강렬했다.

난 눈썹 바로 아래까지 내려오도록 곧게 앞머리를 잘랐다. 이곳 사람처럼 진갈색이지만 붉은빛이 돌고 완전히 찰랑거리는 머리로 바꿨다. 이 만남을 제대로 해내려면 이곳에 녹아들어 잘 섞여야 한다. 마담을 위해 일하는 모든 X 소녀가 그녀처럼 움직이고 행동하도록 가르침을 받았다. 그들은 사람의 감정을 자유자재로 주무른다. 마담의 실제 모습을 아는 이는 극소수라서 X 소녀들은 쥐를 갖고 노는 고양이처럼 사람들을 가지고 장난쳤다.

난 구김 없이 빳빳하고 비싼 새 옷을 걸쳤다. 몸에 완벽하게 맞춘 것 같은 흰색 바지 정장에 커다란 선글라스로 얼굴을 가렸다. 마담이랑 똑같은 핏빛 립스틱을 바르고 옷에는 진한 시트러스 향수를 뿌렸다. 이 향이 마담이 피해자를 기절시킬 때 쓰는 미스트 냄새를 감춰준다. 모든 X 소녀에게서는 그녀와 같은 향기가 난다. 몬테고가 마담의 협력자, 특히 X 소녀와 접촉한 적이 있다면 이 향을 알아차릴 것이다. 해리슨이 고맙게도 이걸 만들어줬다. 딱 맞는 향이 나오기까지 한 시간이 걸렸다. 내 코에 잔향이 남을 테니 오늘 밤 좋은 꿈을 꾸긴 글렀다.

"아주 잘해 냈군요. 난 사진만 봤는데 딱 그녀처럼 보여요." 테일러가 내 뒤에 서서 말했다.

"연습했거든요."

거울 앞에서 얼굴을 찡그렸다가 살짝 토기가 쏠려 선글라스를 벗었다.

"해리슨이 마담에 대한 뉴스도 베일했군요. 알겠어요." 그녀가 걷다 말고 길게 숨을 들이마셨다.

"경찰 쪽 스캐너가 당신을 잡지 않길 바라자고요. 이 일을 하기로 확실히 마음을 정했나요?"

"블랙리스트를 되찾기 위해서라면 무슨 일이든 하라고 했잖아요. 전 제가 이 일에 적합하다고 생각해요."

난 그녀와의 눈싸움에서 지지 않았다. 테일러 대표가 원한다면 날 저지할 수 있다는 걸 우리 둘 다 알았다.

"당신은 이쪽 분야의 전문가잖아요. 전 마담에 관해 전문가고요. 우리는 실패할 수가 없어요. 실패한다면 전 세계 마담의 로열리스트들이 불법 기술을 가지고 권력을 독차지하게 되겠죠. 그러면 PSS의 천재들조차 그들을 막을 수 없고요."

그녀가 주먹을 쥐었다.

"이 교수가 폭력적이지 않을 거라고 확신해요?"

난 그녀의 어머니 같은 말투에 마음이 누그러졌다.

"기록상으로는 그래요. 문제가 생기면 골리앗이 개입할 수 있잖아요. 이론적으로 이 미팅은 간단할 거예요."

또다시 시애틀에서 내가 알아봤던 그녀의 눈빛이 돌아왔다. 깊이 이해하고 있다는 눈동자. 그녀가 어떤 경험을 했든 저 눈빛이야말로 그녀가 안전한 곳이 필요한 천재들의 멘토가 되어주는 이유였다. 그녀가 에디와 나를 이해하는 이유이기도 했다. 테일러 대표는 아무나 PSS의 직원으로 선택하지 않는다. 그래서 난 처음부터 그녀를 믿었다.

테일러 대표는 내게 다른 방법이 없다는 걸 안다. 죽을 뻔했던 순간들이 주마등처럼 스쳐 지나갔다. 레드와 마찬가지로 죽음은 더는 해야 할 일을 못 하게 할 정도로 날 겁주지 못한다. 내가 두려운 건 해야 한다는 걸 알면서도 하지 않는 것과 아끼는 사람들을 잃는 일이었다.

카이를 떠올리니, 챈에 대한 드문 기억이 함께 생각났다.

카이가 풀장에서 난초를 손질하는 걸 보는데 챈이 걸어왔다. 잠시 함께 카이를 구경하다가 챈이 날 쳐다보며 말했다.

"카이가 어렸을 때, 저 애는 엄마를 쏙 빼닮아서 시를 쓰고 꽃에 관심을 보였어. 늘 강하고 영리했는데 엄마가 세상을 떠난 뒤로 난 주식 거래를 비롯해 저 애가 싫어하는 모든 걸 가르쳤지. 카이는 아주 오랫동안 내게 화가 났었고, 난 지금까지 저 애 안에서 아이 엄마와 삼촌을 보려 하지 않았어. 네게 고맙구나."

난 입을 꽉 다물었다. 그가 카이에게 내가 골칫덩어리라고 말한 건 맞는 말이다. 그의 아들이 날마다 목숨을 거는 일을 하게 된 건 나 때문이니까. 하지만 이대로 그를 잃지 않을 것이다.

비밀을 굳게 간직한 채, 난 테일러 대표를 쳐다봤다.

"할 수 있어요. 제가 해야만 해요."

그녀는 내 각오를 이해한 듯 몸을 굳혔다.

"조, 내가 PSS에서 일할 인재로 당신을 선택한 건 당신에 대한 믿음이 있어서예요."

그녀의 눈길이 자기 역시 비밀이 있지만, 오늘은 그걸 알려줄 날이 아니라고 말하는 듯했다.

"당신은 강하니까요."

"그리고 시디 부 사이드는요?" 내가 물었다.

테일러가 날 곰곰이 살피더니 한숨을 쉬었다.

"내 말을 오해하지 말아요. 이 계획에서 안전한 건 아무것도 없지만 그래도 우리는 가진 패를 던져봐야겠죠. 지금은 다른 선택지가 없으니까요. 게다가 내가 안 된다고 해도 당신이 갈 것 같은 기분이 드는군요. 그러니 남은 건 우리 기술을 팔려는 나쁜 놈을 찾든지, 우리가 관계 기관에 정보를 건네주는 것밖에 없는데 그들은 추적도 못 하고 범죄자들도 잡지 못하고 PSS가

와해할 위험도 막지 못하겠죠. 이 십자포화 속에서 살아남길 바라보자고요."

그녀가 몸을 구부렸다.

"내 말은, 당신 뒤에 우리가 있으니 걱정하지 말라는 뜻이에요."

내 판단이 옳았다. 테일러 대표도 나만큼이나 제정신이 아니다.

CHAPTER 30

∞

튀니지, 시디 부 사이드, 에자흐라 궁전

시디 부 사이드는 흰 건물과 파란 문과 창문으로 이루어진 모자이크 같았다. 배경의 바다가 다채로운 파란색으로 펼쳐져 신비주의, 현자, 성자가 탄생했다고 하는 이 지중해 도시에 신비로움을 더해 주었다.

순백색 건물들은 매끄럽고 곧은 외관이었지만 그 밖의 것들은 전부 단순하지 않았다. 아치, 기둥, 격자창과 문틀에는 기하학적인 무늬가 새겨져 있다. 도시 전체가 예술 작품과도 같았다. 바르도 박물관에 들어갔을 때처럼 고개를 돌릴 때마다 머릿속에서 즐거움이 넘쳐흘렀다. 노블이 옳았다. 난 여기 올 필요가 있었다.

수크는 물건을 사려고 상점을 들락거리는 사람들로 북적였다. 환전업자가 보이고, 노점에서는 튀긴 도넛을 팔고 관광객들에게 호객행위를 했다. 따뜻한 인도 위에는 고양이들이 드러누워 볕을 쬈다. 카페마다 관광객들이 북새통을 이루고, 불어와 아랍어로 이야기하며 강한 에스프레소 샷이나 잣을 넣은 민트티를 홀짝였다.

저 멀리 보이는 박물관과 전통적인 다르(Dar 가옥)가 내게 이곳이 역사적인 장소임을 알려줬다. 그와 함께 에디가 교육부 안에 있는 지도 속에서 유적지 목록을 발견한 것도 떠올리게 해 줬다. 어쩌면 급진주의자들은 이 장소들을 공격할 계획일지도 모른다고, 그가 말했다. 그러나 우리가 가만히 보고 있지만은 않을 것이다.

공기 중의 먼지가 오렌지 나무를 비롯해 벽과 문 위에 달린 줄기에 핀 재스민꽃의 은은한 향기와 섞였다. 이 향을 맡으니 음침한 교수와의 은밀한 만남 대신 휴가를 보내러 여기 왔더라면 좋았을 거라는 생각이 들었다.

우리는 역사적인 궁정 옆 길거리에 차를 세웠다. 여기 온 이후로 내가 봤던 많은 것들과 정문의 표지가 일치했다.

튀니스, 당신 손끝에서 느낄 수 있는 역사의 도시.

난 얼른 안으로 들어가고 싶었다. 빨리 이 만남을 끝내고 싶었다.

에자흐라 궁전은 근사한 흰색 아치를 비롯해 정교한 스터코 벽에 한층 아름다운 조각이 새겨져 있다. K2가 한 말에 따르면, 이 궁전에는 바다가 내려다보이는 근사한 테라스가 있단다. 쉴 틈 없이 내리쬐는 북아프리카의 햇살을 피하기에 좋은 장소였다. 서늘하고 그늘이 진 데다 벽과 아치형 입구에 마젠타, 라일락, 황금빛 부겐빌레아꽃이 늘어져 있다. 우리는 들어가지 않고 입구에서 조금 아래쪽 거리에 차를 세웠다.

난 이제 골리앗을 쳐다봤다.

"이 일이 어떻게 진행될지 알죠?"

"내 임무는 널 보호하는 거야. 네가 쇼핑몰에서 푸들한테 공격당하든 커피를 마시다 테러리스트를 만나든." 그가 대답했다.

"좋아요."

"덧붙이자면, 궁전은 안전해. 내가 오늘 아침쯤에 연락했어."

그의 과한 도움은 이걸로 두 번째였다. 그가 누구한테 연락했을지 궁금한데? 물어보고 싶었는데 마침 K2가 익명의 인물에게 전화가 왔다고 알려줬다.

"받아."

내가 말하고, 산호초 해커의 주파수를 그대로 받아들였다.

1초간 잡음이 있더니 노블의 로봇 목소리가 들렸다.

"조, 우린 손을 떼야 할 것 같아."

침착한 평소와는 다르게 날카로운 목소리다.

"뭐가 잘못됐어?"

우리 사이에 오가는 주파수가 없어서 살짝 실망한 채 내가 물었다.

"방금 새로운 정보를 입수했어. 몬테고가 뭔가 잘못됐다는 걸 알았어. 어쩌면 교육부를 폐쇄해서인지도 몰라. 이유가 뭐든 그는 내가 계산한 것보다 훨씬 불안정한 인물이야."

"넌 뭘 찾았는데?" 내가 물었다.

그가 길게 숨을 쉬었다.

"증명할 수 없지만 내 모든 숫자가 그가 PSS 기술에 손을 댔다고 알려줬어. 그가 무장해서 올 것 같아."

"뭐로 무장한다는 거야?"

그가 탄식했다.

"핑거팁스."

"뭐라고?"

난 골리앗이 듣지 못하게 휴대전화를 손으로 가리고 속삭였다.

"에디가 특수 부대를 위해 설계한 손가락 폭탄 말이야? 미 해군 특수 부대만 그걸 쓸 수 있어. 이 동네 전체를 날려버릴 거라고. 게다가 해체할 방법도 없고."

"맞아. 그래서 네가 빠져야 한다는 거야. 널 위험하게 할 계획은 없었어."

골리앗은 도로에서 지나가는 이들을 살폈다. 난 눈을 꼭 감고 집중했다.

"네가 보는 걸 말해줘. 계산 말이야. 더 나은 방법이 있어?"

이상하지만 난 그를 믿었다. 아니면 우리 둘이 함께 공유하는 숫자를 믿거나. 그런데 그는 아무 말도 하지 않았다.

"노블?"

"다른 방법을 찾을 수 있을 거야."

그는 메모하거나 단순화할 필요가 없다. 그러니까 다른 방법이 없다는 뜻이었다. 그의 계산이 그랬다. 따라서 우린 이 일을 해야만 했다.

난 카이 생각에 머리가 빙빙 돌았다. 이번이 그를 도와 후계자를 막을 유일한 기회였다. 홀로썸 바꿔치기 작전에서 그냥 빠질 순 없었다.

"아니." 내가 말했다.

"우린 이 일을 해낼 거야. 계획을 세웠으니까. 나 이제 들어갈 거야."

"쿤트 라리프(Kunt'aerif 난 몰랐다고)." 그가 탄식했다.

"네가 그렇게 말할 줄 알았어. 좋아, 하지만 몬테고가 불안해하고 의심하는 중이야. 그와 같이 있을 때는 침착하게 굴어야 해. 모든 게 정상적으로 돌아가고 있다고 확신할 수 있도록. 뭘 하든 그를 겁먹게 해선 안 돼."

난 거칠게 숨을 내쉬었다.

"마담은 협박이 일상인 사람이고 그녀의 협력자들도 마찬가지야. 내가 그럴싸하게 보이려면 무자비하게 굴 수밖에 없어."

그 말을 할 때 골리앗이 날 향해 눈살을 찌푸렸다.

헉.

그는 다시 테이저건 생각을 하고 있다. 난 미안한 미소를 장착하곤 목소리를 낮췄다.

"프랑스어 할 줄 알아?" 노블이 물었다.

"앙 페티 푸(Un petite peu 조금). 마담만큼은 아니야."

재능 덕분에 난 언어를 정말 빨리 습득했다. 하지만 마담과 보낸 시간은 내게 트라우마로 남았다. 레브는 그 시간을 더 끔찍하게 만들었고, 레드를 만나 난 언어를 그대로 흡수할 수 있을 만큼의 집중력이 생겼다. 그러다 뭔가 떠올랐다.

"마담은 누구하고도 한 가지 언어로 말한 적이 없어…." 난 급히 말을 멈췄다.

배경에 발걸음 소리가 들렸다. 노블의 호흡이 가빠졌다.

"지금 뛰고 있어? 어딜 가는 거야?"

"내 호텔로 돌아가." 그가 씩씩거렸다.

"네가 마담의 로열리스트가 아니라는 걸 몬테고가 알아차리면 그는 뒤집어질 거야."

"그러니까 넌 그냥 날 두고 도망가겠다는 거야?"

그렇게 생각하니 섬뜩해졌다.

"아니야." 그는 씩씩거리며 가쁜 숨을 몰아쉬었다.

"만일을 대비해 디졸브를 가지러 가려고."

숨이 턱 막혔다. 혼란스럽다.

"PSS의 디졸브를 말하는 거야?"

디졸브는 핑거팁스를 해체하려고 에디가 디자인한 것이다. 하지만 어느 정도 폭발을 일으키지 않고 작동하는 데는 실패한 물건이었다.

"맞아. 하루 이틀 동안 해결책을 구상해 봤거든."

노블은 더 이상 설명할 시간이 없다는 걸 알았다.

"하루 이틀이라니! 테스트는 해본 거야?"

"화학 혼합물로 만든 폭탄을 손가락에 숨겨서 테스트해 보는 건 확실히 쉽지 않잖아."

그가 헐떡이며 더 빨리 달렸다.

"하지만 내 계산에 따르면 작동할 확률이 85퍼센트야."

잘됐네.

난 입술을 깨물었다. 과거에 내가 했던 말이 다른 사람들에게는 이렇게 들렸겠지. 허무맹랑하고 불안정하게.

슬쩍 골리앗을 살폈다. 그는 근육을 잔뜩 긴장시킨 채 바짝 경계하고 있었다. 하지만 그는 우리가 자살 폭탄 테러리스트와 만난다는 사실을 몰랐다.

"괜찮을 거야. 그거 알아? 디졸브가 필요 없을지도 몰라." 내가 말했다.

"나한텐 날 보호해 주는 거인이 있거든."

노블은 달리기를 멈추지 않았다.

"만남은 짧고 친절하게. 무슨 짓을 하든 테이저건은 쓰지 마."

그의 말이 숨 사이에 간간이 들렸다.

"알았어. 홀로썸을 바꿔치기한 다음 금요일에 그가 후계자에게 넘겨주도록 만들고 난 빠져나올 거야."

골리앗이 내게 고갯짓했다.

"넌 무사할 거야."

내게 말하면서도 그는 눈으로 주변을 살폈다.

콰다의 몸에 한층 더 힘이 들어갔다. 그는 완전히 다른 모드로 들어섰다. 엄청나게 경계하는 상태로 경호하면서 언제고 달려들 준비가 되었다. 그는 나에게 보여 주는 것보다 더 많은 걸 알고 있었다. 내 마음의 절반이 내게 경고하고 있다. *이건 함정일지도 몰라*.

그러나 콰다의 목소리가 나머지 절반을 채웠다. *네 목표가 곧 내 목표야*.

그의 눈빛 속 무언가가 내게 믿음을 심어주었다.

아름다운 건축물을 봤을 때 내 재능이 깜박이며 깨어났다. 하지만 그 속에서 불안함도 같이 자라났다.

"우린 도착했어. 이 일이 잘될 거라고 말해줘."

로봇 목소리가 없어지고 노블의 진짜 목소리가 귀에 울렸다.

"곧 돌아올게. 너한테 무슨 일이 생기게 내버려두지 않을 거야."

그의 목소리에 팔에 닭살이 돋았다. 마치 깨끗한 물로 불을 꺼트리듯 그의 주파수는 내 불안감을 꺼트려 주었다. 이제 내게 필요한 건 차에서 걸어 나올 용기뿐이었다.

콰다가 내 움직임을 알아차렸다.

"괜찮니?"

난 고개를 끄덕였다. 콰다가 차 문을 닫았다. 그가 전부 다 알 필요는 없었다.

이제 K2가 내 호신용 귀걸이를 통해 작은 PSS 스피커로 연결됐다.

"해리슨의 K1이 X 라인을 요청합니다."

"승인해."

내 귀에서 또 다른 잡음이 울렸다.

"조, 테일러 대표님이 만일의 상황이 생기면 길 아래쪽에서 경찰관 세 명과 만날 수 있게 조치해 뒀어. 풀러 몬테고가 길거리에 있고 지금 궁전 테라스에 거의 다 왔어. 우리가 그의 차를 찾아서 도청 장치를 달았어. 에디가 지문이랑 머리카락 샘플을 감식 중이야. 네 쪽에서 새로 알려줄 정보가 있니?"

난 핑거팁스에 대해 말하지 않기로 했다.

"모든 게 순조로워."

"그럼 됐어. 이제 신호를 끊을게. 문제가 생기면 K2의 SOS를 활성화해 줘. 그럼, 우리가 바로 경찰관을 보낼 테니까." 그가 말했다.

"그리고 조? 테일러 대표님이 위험을 무릅쓰지 말라고 전해 달래."

내 재능이 따끔거리면서 나타날 징조를 보였다.

"위험한 과학자와 만나는 건 차치하고서라도, 최근 감옥에서 나온 사이코인 척하면서 역대 최고의 거래를 성사하려는데도? 꿈도 꾸지 마."

해리슨이 날 위해 웃는 척해 줬다.

"넌 그 교수가 위험하지 않다고 했잖아. 네 말이 맞길 바라." 그가 한 템포 건너뛰며 말했다.

"저기 오네. 아니면 목표 대상 시야 확보라고 말해야 할까?"

멍한 눈의 남성이 길을 건너 궁전으로 들어왔다. 그는 과하게 집중한 모습으로 주변을 두리번거렸다. 걸음이 빨랐지만 자신감 넘치는 걸음걸이가 아니라 얼른 끝내고 싶은 쪽이었다. 연신 이마를 비빈 손을 바지에 닦았다. 그는 헐떡였고 불안해했다. 손가락으로 다리를 두드렸다. 난 가슴이 철렁했다. 한 걸음 다가가니 심장이 요동치면서 숫자들이 깜박였다. 이 남자가 우리 팀 근처에도 가지 못하게 해야 했다.

골리앗이 몸을 숙였다.

"조, 이 사람은 내 몸에 있는 모든 경고등을 꺼도 될 정도의 사람 같은데."

"있잖아요." 난 아드레날린이 가슴으로 끓어오르는 걸 느끼며 말했다.

"내가 부탁하기 전엔 끼어들지 말아주세요."

우리는 에자흐라 궁전 뒤쪽에 있는 베란다로 이동했다. 몬테고는 덩굴로 뒤덮인 나무 그늘에 테이블이 놓인 외부로 향하고 있었다.

"돈을 벌 시간이야."

내 입에서 그 말이 흘러나왔다. 골리앗은 영문을 몰라 어리둥절한 표정을 지었다.

"미안해요. 나만 아는 농담이에요. 가요."

그의 커다란 손이 내 등을 감싼 채 날 안으로 데려갔다.

건물로 들어가는데 숫자들이 바다를 향해 그물을 던지듯 나타났다. 34초 동안 난 여러 방의 치수와 테라스까지의 거리를 측정했다. 그리고 옛날 회화와 일러스트와 악기 컬렉션 사이에서 삭막하게 나란히 놓여 있는 현대적인 가전제품을 보았다. 그러자 나타나고 싶어 하는 내 재능이 무언가에 계속 밀려나는 듯 깜박거리기 시작했다. 재능이 나타났다 사라졌다가 하는 통에 정신이 없어졌다. 그 모든 단서를 하나로 조합하기 너무 힘들었다.

골리앗은 모퉁이 테이블에 자리를 잡고 내 지시를 기다렸다. 몬테고는 작은 서류 가방을 가지고 흰 의자에 앉았다. 누가 봐도 그는 싸움꾼 같지 않았다. 키가 크고 흐느적거리고, 팔다리가 길었다. 퀭한 얼굴, 모든 희망을 잃어버린 슬픈 사람과 같은 표정, 쉽게 주도권을 빼앗을 수 있을 사람으로 보였다. 그래서 난 잠시 머뭇거렸다. 아마도 한때 그는 장래가 촉망되는 뛰어난 교수로 세상이 필요로 하는 많은 과학적 진보를 이루었겠지.

그런 사람이 얼마나 절박했기에, 또는 얼마나 삶에 환멸을 느꼈기에 명성을 포기하고 돈과 권력에 영혼을 팔아 마담을 위해, 그리고 지금 로열리스트들을 위해 일하게 됐을까? 난 프랫에서의 삶을 떠올렸고 거짓말이 서서히 삶에 스며들어 자리를 잡는 방식을 생각해 봤다. 누군가 거기서 꺼내 주고 진실을 심어주지 않는 한 괴물은 고스란히 자라게 된다. 레드라면 그랬을 거라는 생각으로, 내 일부는 그 괴물을 묶어버리고 이 남성을 자유롭게 풀어주고 싶다고 생각했다. 그러나 그가 금요일 거래에 나가도록 해야 한다. 아니면 더 큰 괴물들을 풀어놓게 되니까.

내가 마담이라고 그가 철석같이 믿어만 준다면 날 두려워하면서 시키는 건 다 하겠지.

암울했던 당시를 생각만 해도 속이 메스꺼웠지만, 상하이에서 마담과 저녁 식사를 했던 때를 떠올려 보았다. 그녀의 권력, 교활한 말들, 그녀의 위협. 정말 혐오스러웠지만 지금 난 그녀의 인격을 가져야 했다.

검을 휘두르는 쪽은 나야.

난 암컷 사슴처럼 우아하게, 유령처럼 조용히, 키스처럼 치명적으로 걸으면서 몬테고의 테이블로 다가갔다.

"몬테고, 달링." 난 얼음처럼 차가운 목소리로 속삭였다.

"만나서 반가워."

그가 놀라 돌아보며 의자를 뒤로 밀쳤다.

"누, 누구세요?"

그가 놀라 물으며 손이 곧장 다리 위로 떨어졌다. 이마에 맺힌 땀방울이 흘러내렸다. 그는 정말로 불안해하고 있었다.

"모르는 척하는군." 난 극적인 효과를 위해 잠시 말을 멈췄다.

"아, 지금 내가 그녀인지 협조자인지 궁금하겠네. 그건 아무도 몰라. 그녀가 이 방식을 좋아하니까. 하지만 그녀는 당신한테 나타날 거라고 했잖아. 그리고 난 항상 나타나지. 보다시피 당신 구매자는 그러지 못했지만."

난 이 궁전의 주인인 양 그의 테이블에 앉았다.

"불가능해."

그의 가슴이 벌써 들썩거리며 몸을 부르르 떨었다. 속이 메스껍게 느껴지자, 내 재능이 지직거리기 시작했다. 조금만 더 두려움과 협박을 가하면 그를 진정시켜 안심하게 만들 수 있을 것이다. 어쩌면 이 게임에서 벗어나 더 나은 삶을 살라고 설득할 수도 있다. 그러나 난 그러지 않고 노블이 하지 말라던 행동을 했다. 그를 협박한 것이다.

"마담의 자산에 허락 없이 손을 댄 주제에 뭐가 불가능하다는 거지? 쯧쯧쯧. 자기, 거래했잖아. 그것도 큰일 하루 전날."

난 눈을 깜박이지 않고 그를 뚫어지게 응시했다.

"그녀는… 당신은… 교도소에 있잖아요. 심지어 오늘 아침에도 그랬어요. 내가 확인했다고. 그런데 어떻게…?"

그가 주먹을 쥐었다가 펼쳤다.

"뉴스가 짜고 치는 판인 거 아는 사람이 나뿐인가? 그 모든 장비를 내가 다 제공해 줬잖아. FBI의 사설 네트워크를 찾아볼 생각은 안 한 거야?"

해리슨이 오늘 아침 뉴스를 베일했다. AI 로봇이 시내로 나가 마담이 탈출한 가짜 동영상을 만들었다.

난 그녀처럼 의도적으로 다리를 꼬면서 내 부츠로 시선을 끌었다.

"그치들은 이 중대한 탈옥을 공영 뉴스나 FBI 네트워크에 결코 발표할 수 없을 거야. 그 누구도 나처럼 뛰어난 범죄자가 탈옥한 걸 결코 인정하고 싶지 않을 테니까."

난 휴대전화를 그에게 건넸고, 우리 팀이 만든 베일 뉴스가 나타났다.

기사를 읽는 그의 얼굴이 재처럼 창백해졌다. 또렷하게 그를 응시하자, 깜박거리던 내 재능이 내가 원하는 것보다 더 많이 그에 대해 알려주었다. 불안한 에너지가 그에게 충격을 주었다. 두려움이 자리 잡았다. 무시하기 어려웠다. 난 생각을 떨쳐버리고 가혹하고 차갑게 행동했다. 그녀처럼. 그가 내 행동을 믿으니 기분이 좋았다.

"그래서 내가 누군지, 그게 중요해? 난 그녀의 명령을 따라."

거짓말과 혼란 속에서 한 줄기 진실이 표면으로 올라오려고 하자 내 재능이 움찔했다. 갑자기 난 뭔가를 이해하게 됐다. 마담의 재능 역시 반짝였다. 내가 누군지 알기 위해 그녀가 날 쳐다보던 그 순간들. 그건 그녀의 재능이었다. 하지만 그녀의 재능은 결코 완전히 돌아오지 못했다. 난 이를 갈았다. 그런 일이 내게 일어나도록 둘 수 없었다.

그가 고개를 숙인 채 베일 뉴스의 출처에서 헤드라인을 읽었다.

"악명높은 범죄자 맥시마 모로가 어젯밤 고도 보안 감옥에서 탈출했다. 관계 당국은 세 나라의 국경을 폐쇄하고 그녀의 위치를 알아내 검거에 총력을 다하고 있다."

노블이 뛰어가면서 내 귓가에 단호한 목소리로 말했다.

"난 너랑 1킬로미터 거리에 있어. 위협은 안 통해. 파일을 바꿔치기하고 거길 떠나."

난 살짝 미소를 보이며 말했다.

"자, 이제 홀로썸을 건네줘. 당신이 가지고 있다는 건 이미 알고 있어. 지금 당신 건 훼손됐잖아. 금요일을 위해 새 걸 준비했어."

그가 침을 꿀꺽 삼키고 다리 위로 손을 문지를 뿐 움직일 생각을 하지 않았다.

"날 어쩔 작정이지?"

내 재능이 반짝하고 살아났다.

파일에 집중해. 그래야 하는 걸 알지만 마담이라면 그렇게 하지 않았을 것이다. 그녀가 무슨 말을 할지 정확히 아는 나 자신이 두렵다. 그리고 난 그 말을 꺼냈다.

"아무 짓도 하지 않아, 자기." 난 최대한 우쭐대며 말했다.

"우린 할 일이 있잖아. 그리고 아직 당신이 필요해. 우리가 합의한 대로 당신도 날 위해 일할 게 남았고. 이 홀로썸이 후계자의 손에 들어가면 당신의 배신은 그의 문제가 되겠지."

난 작고 검은 홀로썸을 꺼냈다.

"자, 추적 걱정이 없는, 업데이트한 목록이야."

그가 의자에서 꼼지락거렸다. 이제 그는 겁에 질린 표정이 되었다.

노블이 내 귀에 다시 속삭였다.

"조, 숫자는 거짓말하지 않아. 네가 뭐라고 하든 네 정체는 탄로 났어. 경호원을 불러."

"당신은 그녀일 리가 없어." 몬테고가 말했다.

"당신은 당신이 말하는 그 사람이 아니야."

"몬테고. 달링, 바보처럼 굴지 마."

그러나 노블의 말이 맞았다. 난 들켰다. 그가 손을 덜덜 떨며 땀을 흘리고 있다. 내가 프랑스어를 쓰지 않아서일까? 무슨 말이 그를 자극한 걸까? 그게 뭐든 수습해야 한다.

"우리의 마지막 임무를 망치고 싶은 건 아니겠지?"

노블이 내 귀에 말했다.

"그에게 안 통할 거야. 거의 다 왔어. 몸을 피해. 그를 진정시키라고!"

하지만 난 그의 말을 듣지 않았다. 지금 내 숫자들은 종잡을 수 없이 돌고 있었고 이 일을 제대로 끝내고 싶었기 때문이었다. 카이를 위해 더 진행하고 싶었다. 그래서 노블이 하지 말라고 당부했던 한 가지를 해 버렸다.

"자, 얼른 시작해. 당신에 대한 인내심이 점점 바닥나고 있으니까. 이 건물을 에워싸고 있는 부하들을 부르게 만들지 마."

위협이 바로 튀어나왔다. 너무나도 자연스럽게.

그의 발광한 눈빛이 광견병에 걸린 개처럼 내 눈을 뚫어져라 쳐다봤다.

난 워치를 두드려 골리앗을 불러야 했다. 그가 움직이려고 할 때 숫자가 나타나서 난 반응하지 못했다. 1초 뒤에 무슨 일이 벌어질지 알아야 했다. 그런데 너무 늦었다.

그가 이빨을 악문 개처럼 내 팔을 세게 붙잡았다. 아팠지만 완전히 티 내진 않았다.

"네가 누군지 모르지만 지금 당장 네 부하를 철수시켜." 그가 절박한 목소리로 말했다.

"우린 여기서 나갈 거고 넌 날 순순히 풀어줘야 할 거야. 안 그러면 이 건물을 통째로 폭파할 거고 우린 같이 죽는 거지."

그가 남은 팔을 흔들었다. 내 눈에 그의 손가락 끝이 들어왔다.

CHAPTER 31

생각해.

내 재능이 시야에서 빙빙 돌았고 K2가 귀에서 짖어댔지만, 아무것도 명확하지 않았다.

"시스템 중단. D2, M2, K1 모두 시야 확보 실패."

노블이 그들의 비디오를 잘랐다. 그들이 이 광경을 봐선 안 된다는 걸 알았다. 여전히 희망은 남아있다.

콰다가 격분한 황소처럼 내 쪽을 향해 달려들었다.

"그 자리에 멈춰요."

내가 지시했음에도 그 말이 채 끝나기도 전에 이미 그는 물러나 있었다. 나는 내심 그가 복종하지 않길 반쯤 기대했다. 그는 움직이지 않았으나 곧 먹잇감을 덮칠 사자처럼 잔뜩 긴장한 모습이었다.

언제고 터져버릴 수 있는 작은 폭탄이 삽입된 손가락이 내 팔을 누르고 있었고, 난 자리에서 일어나 문 쪽으로 걸었다.

"우리 잠시 걸어보자고."

몬테고의 죽음의 손아귀가 내 팔을 조여 왔다. 너무 꽉 잡은 나머지 그의 손톱이 내 살을 파고들었다. 자국이 남을 테지만 지금 걱정되는 건 폭탄뿐이었다. 또다시 이게 폭발한다면 펜즈는 뭐라고 할까?

난 그의 지시를 따라 문을 향해 걸었다. 행인의 눈에 우리는 오후 시간을 보내러 나서는 연인처럼 보일 것이다.

"조금이라도 허튼짓했다가는." 그가 불안하게 말했다.

"네 팔이 먼저 날아가게 될 거야. 그다음은 머리통이고."

그의 위협이 충격파처럼 날 덮쳤다. 두려움 대신 재능이 깨어나 사방을 미친 듯 살피며 해결책을 찾았다. 재능은 날 실망시키지 않을 것이다. 방정식이 마구 나타났고 몇 초 안에 난 고개를 떨궜다. K2의 테이저건으로 정렬한 방정식들과 핑거팁스의 화학 반응에 대한 방정식이 도출됐다. 곧장 안 좋은 소식이 찾아왔다. 노블이 옳았다. 테이저를 사용할 경우 더 심한 폭발이 일어날 거다.

너무 이를 바득바득 갈아서 턱이 아팠다.

멍청이!

도움을 요청하거나 내 몸에 있던 장비를 쓰면 그가 알아차릴 게 뻔했다. 내 숫자는 그가 망설이지 않고 폭탄을 터트릴 거라고 알려주었다. 그런데 우리는 어디로 가는 거지? 그는 절박했고 생각도 제대로 못 하고 있었다. 그를 따라갈 경우, 내가 살 확률이 높아진다. 하지만 몬테고를 길거리로 내몰아 PSS가 곧 벌어질 일을 목격하도록 만들 순 없었다.

골리앗이 모퉁이에서 집중하며 감시하고 있었다. 난 분명 위험한 상황에 부닥쳤다. 개입하지 말라고 말했지만 어떻게든 그가 끼어들 거라고 예상했다. 그러나 내가 그를 쳐다본 순간 몬테고가 알아차려 그에게 무서운 눈빛을 날렸다.

"한 발짝이라도 움직이면 당신도 같이 죽을 줄 알아." 몬테고가 으르렁거렸다.

골리앗이 고개를 다른 쪽으로 돌리고 내가 명령을 내리기 전에 뒷걸음질 쳤다. 날 위해 총알도 맞겠다더니 이게 무슨 일이지? 폭탄은 차원이 다르니 그럴 수도 있다. 그가 문을 향해 눈을 깜박이더니 고개를 다시 오른쪽으로 돌렸다. 지금 다른 사람의 지시를 받은 걸까? 숫자들이 내게 그가 듣고 있다고 알려주었다. 대체 누구의 말을? 테일러 대표일까, 그렇다면 그녀는 뭐라고 한 걸까?

이제 스물네 걸음째고 내 숫자가 방정식을 내놓았다. 모퉁이를 돌면 노블이 보일 거고, 난 가만히 있기만 하면 된다. 하지만 그가 뭘 할 수 있지? 몬테고가 날 만지는 순간 폭탄이 우릴 산산조각 낼 텐데.

또 다른 파장이 날 덮쳤고 이번에는 더 강했다. 내가 살 확률과 죽지 않을 방법을 계산했다. 우리가 차에 올라 같이 떠나면 어떻게 될까? 숫자가 아드레날린과 함께 폭주하더니 갑자기 없어졌다. 머리가 빙빙 돌았다. 다만 그 와중에도 방정식은 몬테고가 나만큼 겁을 먹었다고 말해 줬다. 100만분의 1 확률로 내게 유리한 뭔가가 있을 것이다. 그를 막아야 한다. 하지만 어떻게?

몬테고가 내 목뒤를 잡았다. 우리는 궁전 출입구에 거의 다 왔다.

"너한테 넘어갈 뻔했지만, 난 마담이 탈옥하지 않았다는 걸 알아. 네 정체가 뭐야!"

내 귓속에서 노블의 말이 질문에 답해 줬다.

"거의 도착했어."

우리는 출구를 나섰고, 콰다는 그렇게 남겨졌다.

몬테고가 건물에서 혼자 나온 나를 길거리 쪽으로 홱 밀쳤다.

"당신 지금 크게 실수하는 거야."

그가 자신의 결정에 의구심을 품길 바라며 난 이를 드러내서 으르렁거렸다.

"마담은 당신 생각보다 훨씬 똑똑해. 난 누구보다 그녀를 잘 알아. 그녀 옆에서 훈련받았거든."

그가 한 걸음 더 내게 다가왔을 때 갑자기 할 말이 생각났다.

"당신 말이 맞아." 내가 씩씩거렸다.

"난 마담이 아니야. 그녀의 후계자라고."

몬테고가 경악하고 겁에 질려 뒷걸음질 쳤다. 그는 내 팔을 놓았다. 바로 그때, 노블이 숨이 턱까지 차오른 상태에 땀범벅으로 그림자처럼 이 장면 속으로 들어와 바늘 같은 걸로 그의 팔을 찔렀다.

몬테고는 과격하게 손을 흔들며 화합물을 섞어 폭탄을 점화하려고 했지만 소용없었다. 골리앗이 잽싸게 문밖으로 날아와 내 옆으로 왔고 몬테고는 바닥으로 쓰러졌다.

노블은 헐떡거리며 벌겋게 달아오른 얼굴로 날 쳐다봤고 그의 눈빛이 숫자와 더 깊은 무언가로 날 평가했다. 그는 경호원을 순간적으로 쳐다보더니 재빨리 고개를 돌렸다.

콰다가 그를 향해 고개를 까닥였다.

몬테고의 눈동자가 뒤로 넘어가더니 그대로 바닥에 나뒹굴었다. 군중 속 여성 한 명이 비명을 지르자 지나가는 이들이 화들짝 놀랐다. 사람들이 우리 쪽을 쳐다봤다.

테일러 대표가 내 귀에 대고 물었다.

"무슨 일이에요? 모든 시야가 차단됐어요."

난 대답하지 않고 재빨리 몸을 숙여 맹렬하게 홀로썸을 찾았다. 경찰이 여기 오기 전에 도망쳐야 한다. 내겐 블랙리스트가 필요하다. 마침내 그의 주머니 안에서 작은 금속 장치가 느껴졌다.

그게 내 손바닥에 들어왔을 때 콰다가 내 팔을 잡았다.

"지금 가야 해, 얼른!"

난 그의 팔을 뿌리쳤다. 이대로 떠날 순 없다. 그의 엄지 지문이 필요하다. 사이렌 소리가 점차 커졌다.

머리를 굴려! 그리고 난 기억 났다. 주머니에 얼른 손을 넣어 립스틱 세럼인 스웨이를 꺼냈다. 그리고 내 손끝에 뿌리고 재빨리 그의 엄지 지문을 꾹 누르며 번지지 않기를 기도했다. 콰다가 날 얼른 일으켜 세워서 밴으로 데려갔다.

몇 초 뒤, 사이렌과 튀니지 경찰이 출동해 아랍어와 프랑스어로 외쳤다.

"물러서세요! 뒤로 물러나세요!"

테일러 대표가 다시 내게 연락했다.

"조, 무슨 일이에요?"

난 숨을 가다듬고 대답했다.

"그가 협조하지 않았어요."

작은 홀로썸이 밴을 탄 내 손안에서 흔들렸다. 우리는 PSS의 블랙리스트를 가져왔다. 급진주의자들을 막을 수 있었다. 하지만 마스터 파일은 여전히 밖에 있고, 후계자도 아직 움직이고 있다. 그리고 카이는 그 어느 때보다 더 위험해졌다.

CHAPTER 32

∞

튀니지, 튀니스, 메디나, 생트 크루아 교회

스모크가 벌써 작동했다.

멀리서 이른 아침의 기도 소리가 울려 퍼지고, 창백한 튀니스에 새벽이 찾아오며 연푸른 하늘이 모습을 드러냈다. 난 생트 크루아 교회 옥상에서 모래 빛 건물들, 뾰족탑, 아랍어로 적힌 커다란 간판을 살피며 모든 걸 받아들이고 글자도 읽어보려고 했지만 계속 카이 생각에서 벗어날 수가 없었다.

아랍어 간판을 보니 어느 날 저녁, 시뮬레이션을 마치고 집에 왔을 때 카이가 내 자매들에게 중국어 서예를 가르쳐주던 모습이 떠올랐다. 그 애는 아주 자연스럽고 우아한 붓놀림으로 중국 시를 썼다. 자매들이 나가고 난 뒤 새삼 난 난초를 가꾸고 서예를 좋아하는 이 쿵후 소년에게 감탄했다.

"넌 정말 레드와 비슷해. 할아버지도 시를 좋아했거든." 내가 말했다.

"나도 너처럼 그분을 만났다면 좋았을 텐데." 그가 내게 앉으라고 손짓했다.

"대신 레드에 대해 아는 모든 걸 말해 줄게." 난 그의 작품을 살폈다.

"몇 년이 걸릴 수도 있겠지만."

"난 아무 데도 안 갈 거야." 그가 몸을 구부려 내 뺨에 입을 맞췄다.

"그리고 시 이야기가 나와서 말인데… 널 생각하며 썼어."

한 획, 한 획이 아름다운 먹물로 그려진 한자를 살피며 난 시를 읽어 보았다.

바다와 하늘이 여행을 가자고 하지만, 당신 목소리가 들려 거절하네.

금은보화가 찬란한 빛으로 유혹하지만, 당신 얼굴이 보여 거절하네.

시간과 불가사의가 비밀을 알려 주겠다고 하지만, 당신 마음이 더 알고 싶어 거절하네.

난 너무 감동해서 할 말을 잃었다. 대신 카이의 목을 감싸고 얼굴을 비비며 체취를 맡았다.

"더 자주 시를 써 봐."

"널 주제로 시를 쓴 건 이번이 처음이 아니야. 보여 주는 게 처음인 거지."

"나머진 언제 보여 줄 건데?"

그의 커다란 검은 눈동자를 들여다보며 내가 물었다.

그러자 카이가 웃었다.

"우리한텐 몇 년이 있다면서?"

∞

어제 벌어진 일 때문에 우리한테 남은 몇 년은 더는 있지 않을 수도 있겠다.

난 옥상의 복잡한 종탑 옆에 몸을 구부리고 앉아 유리 돔 세 곳으로 들어오는 빛을 살폈다. 가여운 콰다가 먼발치 계단실에 앉아 날 지켜보고 있었다. 이른 시간에 깨웠지만, 그는 불평하지 않았다. 오히려 지즈와(zizwa)라는 전통 용기에서 끓인 터키식 아랍 커피인 까흐와 아르비(qahwa arbi)를 만들어 주겠다며 챙겨오기까지 했다. 달콤하고 알갱이가 씹히는데 뻑뻑하고 진해서 한 모금 마실 때마다 움찔했다. 그렇지만 지금 아빠한테서 올 전화를 기다리는 중이라 이런 커피가 필요했다.

1분 뒤 전화가 왔다. 파랗고 하얀 낙원인 시디 부 사이드에서의 즐거운 모험에 대해 간단히 들려주자 아빠는 자신이 예상보다 잘 지내고 있으며 새로운 사업을 구상하기 시작했다는 놀라운 소식을 알려 왔다. 내가 아닌 다른 무언가에 집중하고 있다니, 기뻤다.

난 전화를 끊은 뒤, 떠다니는 물결 구름을 가만히 응시했다.

머릿속으로 몬테고와 나눈 대화를 계속 곱씹어 봤다. 어디서 실수했는지 찾고 또 찾았다.

다친 사람이 없고 훼손된 유적지도 없다지만 내가 계획을 망가뜨렸다는 사실은 변하지 않았다. 몬테고는 붙잡혀서 심문을 앞두고 있다. 금요일에 있을 후계자와의 거래에 그가 참여할 확률은 사실상 제로다. 따라서 그가 카이를 보증해 줄 기회가 사라졌다. 대체 어디서 잘못됐는지 도저히 모르겠다. 무엇이 몬테고의 의심에 불을 지폈을까?

그나마 우리 팀의 업무 절반을 수행할 수 있게 되어 다행이었다. 노블이 준 스모크가 몬테고의 홀로썸에 업로드되어, 팀이 베일처럼 급진파에 팔려 간 PSS의 기존 기술을 추적할 수 있게 되었다. 천재 동료들이 튀니지의 유적지나 정부 청사 네 곳의 공격 계획을 미리 알아냈고, 급진주의자들과 관련 있는 인물 세 명의 이름과 얼굴을 식별했다. 튀니지 정부가 이제 이 건을 인수하여 체포를 시작할 거다. 자신들의 쿠데타가 지연된 관계로 급진주의자들은 화가 난 상태였다. 그래서 그들은 다른 정부 기관 사이트에 베일을 심으려 했다. 그러나 난 후계자와 로열리스트들이 걱정됐다.

에디는 쿠데타 말고도 북아프리카 도시들에서 베일을 감지했다. 다행히 PSS가 스모크를 활용해 이 소프트웨어들을 사이버 아일랜드로 보냈다. 팀에선 이 일을 우리의 승리라고 여겼다. 하지만 난 축하할 수 없었다.

카이와 후계자 문제가 여전히 남아 있었고, 둘은 같은 곳에 있을지도 모른다. 우리가 쿠데타를 방지했을지는 몰라도 스모크가 마담의 마스터 파일에 들어가지 못한다면 후계자의 계획을 막을 수 없다. 특히 누구도 후계자의 정체를 모르는 현 상황에서는. 그동안 마담은 아무한테도 자신의 정체를 들키지 않고 작전을 진행해 왔다. 그녀는 자신이 주최한 모든 회의에서, 누구도 마담이 그 자리에 있는지 없는지 모르는 상태로 만들 수 있었다. 그녀는 유령과도 같았다. 후계자 역시 마담과 비슷하다면 똑같은 방식으로 빠져나갈 것이다. 어쩌면 급진주의자들을 방해해 금요일 만남에 차질을 준 사람이 누군지 알아낼 수도 있겠지.

이제 튀니지의 태양이 강렬한 주황색으로 반짝이며 지평선 위로 올라왔다. 해를 쳐다보니 눈이 부셔 아무것도 보이지 않았다. 그래도 이런 따뜻함이 좋았다.

난 휴대전화를 꺼내 사진첩을 보다가 아빠와 나, 카이가 해변에서 찍은 사진에서 멈췄다. 그날 우리는 청년 한 무리가 산책하던 소녀를 괴롭히는 광경을 봤다. 내가 카이를 쳐다봤더니 그 애는 내 생각이 뭔지 금방 알았다. 그가 고개를 끄덕여 동의하자, 난 서둘러 그들을 향해 걸음을 옮겼다. 카이는 아빠 곁에 남았다. 속에서 약자를 보호하고 싶은 열망이 맹렬하게 타오르는 걸 느끼며 청년 무리에 다가갔다. 내 한마디에 그 애들은 사기가 꺾였고 꼬리를 내린 채 줄행랑쳤다. 난 소녀와 이야기를 나누고 그 애가 안전하게 자기 차에 오르는 모습을 지켜보며 다시 조세핀의 모습으로 돌아왔다.

집으로 돌아오는 길에 아빠가 카이를 쳐다보며 물었다.

"조세핀이 그렇게 행동할 걸 자넨 어떻게 알았나?"

카이가 미소를 지으며 대답했다.

"따님은 제게 누구도 과소평가하지 말라고 알려줬습니다. 특히 자기 자신을요."

카이를 생각하는 지금, 그 애는 어쩜 내 약점까지 잘 알면서도 날 믿고 아빠한테 그렇게 말할 수 있는지 궁금했다. 난 쉽게 곁을 주는 사람이 아니지만 카이는 내 모든 걸 속속들이 안다. 그는 내 안식처다. 힘들었던 기억 때문에 두려움이 몰려오거나 악몽을 꿨을 때면 난 숨기는 데 급급했다. 하지만 카이는 언제나 알아차렸다.

"괜찮아." 그가 날 감싸며 말했다.

"나와 있을 땐 강하지 않아도 돼. 난 네가 누군지 알잖아."

그렇지만 나는 그 정도로 그를 알지 못했다. 그는 모든 면에서 사업가 챈을 닮아 똑똑하고 자부심이 넘치며 또한 레드의 조카이기도 했다. 세상을 구하고 싶어 하는, 난초, 서예를 사랑하는 수리공.

그런 이유에서 지금 카이는 이 나라 어딘가에 있었고 난 그를 찾아야 했다. 새 후계자는 약속을 어긴 사람을 어떤 식으로 고문할까? 안 좋은 쪽으로 생각이 쏠렸다. 그래서 잔을 들어 바닥의 찌꺼기만 빼고 남은 에스프레소를 단숨에 마셨다.

그러고 나서 노블에게 메시지를 보냈다.

– 카이는 괜찮아?

2분이나 지났는데도 답장이 없다.

가방에 들어 있는 시뮬레이션 안경이 꼭 날 비웃는 듯 보였다. 이 상황의 방정식을 풀려면 머릿속 계산기가 필요한데 시뮬레이션은 쉽사리 내 숫자를 꺼내 주지 않았다. 노블의 말이 귓가에 울렸다. *네 잠재의식은 단서를 모으는 중이야.*

그의 말이 옳았다. 도난당한 블랙리스트에 카이와 마담이 관련됐다는 점을 일찍이 알아차렸으니까. 그렇다면 지금 난 뭘 놓치고 있는 거지?

내가 뭘 하는지 콰다가 궁금해하며 지켜보는 가운데 난 스웨트 셔츠를 바닥에 깔고 등을 대고 누워 시뮬레이션 안경을 썼다.

"K2, 월요일에 했던 2단계를 로딩해 줘."

검은 화면이 나타나며 튀니지가 서서히 사라졌다.

∞

달리는 중이었다.

눈을 뜨니 주변에 천 명도 넘는 사람들이 보였다. 내 발은 이미 시멘트 바닥을 열심히 구르고 있었다. 예상대로 밤이고 상하이 시내이긴 하나 원래 있었던 곳이 아닌 다른 지역이다. 등이 땀으로 뒤범벅되었다. 숨이 차서 헐떡일 때마다 폐가 아팠다. 바람이 셔츠 사이로 날카롭게 파고들었다. 하지만 나는 멈추지 않았다.

이번에는 어지럽지 않았고 뭘 찾는지도 알고 있었다. 난 싸움이 벌어지는 광장을 향해 뛰었다.

집중해, 조.

몬테고의 의심을 산 부분이 어딜까?

어서 깨어나. 사소한 부분 하나하나가 중요하단 말이야.

내 재능에 명령했다.

숨이 끊어지기 직전까지 달리다가 사람들이 모여 있는 앞에서 미끄러지듯 멈췄다. 이미 주먹질과 발차기가 시작됐다. 난 실눈을 뜨고 더욱 집중해 내 재능에 깨어나라고 외쳤지만, 아무 일도 일어나지 않았다.

아이들의 놀이처럼 숫자 세기를 해봤다. 그러자 새로운 점들이 눈앞에 나타났다. 싸우는 사람이 아홉 명, 지켜보는 사람도 아홉 명이다.

실제로 싸움 속에는 두 개의 싸움이 진행 중이었다. 이게 무슨 의미지?

얼굴을 가리려고 후드를 뒤집어쓰고 좀 더 가까이 다가갔다. 주먹질이 오가고 침을 뱉고 피가 낭자한 와중 맞춤 정장을 입은 세 사람이 눈에 들어왔다. 카이는 꼭 죽음의 전투를 치르는 사람처럼 보였다. 세계 경제 붕괴 축인 중국에서 내가 의지했던 그의 모습과는 아주 달랐다. 눈에는 피멍이 들었고 입가의 핏자국을 비롯해 미간에는 잔뜩 주름이 잡혔다. 집중해서 그런 표정인 건지… 아니면 증오를 드러낸 것인지 알 수 없었다.

내 숫자가 어지럽게 움직였지만, 정리가 안 되는 꿈을 계산하려니 어느 것 하나 말이 되지 않았다. 카이가 피범벅이라 그럴 수도 있었다. 그가 몸을 돌려 자기보다 몸집이 두 배로 큰 남성과 싸움을 시작했다. 슬슬 걱정되는데 카이가 몸을 웅크리고 킥을 날릴 준비를 했다. 그의 싸우는 모습을 아주 많이 봐왔기 때문에 상대의 무릎이나 사타구니, 아니면 목을 찰 거라고 예상했다. 그런데 카이의 발이 남성의 가슴을 가격했고 상대는 곧바로 나가떨어졌다. 두 번째 싸움에서 카이는 새로운 적수 주변으로 빙빙 돌기 시작했다.

다른 결투가 내 시선을 끌었다. 무기를 쓰며 진흙탕 싸움을 벌이는 이들이 있었고 정장 차림의 남성들은 뒤로 물러나 있었다. 한쪽은 급진파고 다른 쪽은 로열리스트일까?

그러다가 지난 시뮬레이션처럼 싸움이 끝나고 마담이 X 소녀의 팔을 잡아당겼다. 그렇게 소녀는 마담과 완벽한 싱크로율을 자랑하며 뒤따라갔다. 카이도 그들과 함께 떠났다.

난기류를 만난 비행기를 탄 듯 정신이 아찔했고, 어떤 부분이 몬테고를 자극했는지 감이 오지 않았다. 카이와 X 소녀를 따라가려다 카이가 발로 공격했던 남성을 보았다. 그는 여전히 바닥에 누워 미동도 하지 않았다. 숨도 쉬지 않았다.

너무 놀라 가슴이 쿵 내려앉았다. 커피를 많이 마셨을 때처럼 심장이 마구 요동쳤다. 카이는 실제로는 누굴 죽여본 적이 없었다. 아닌가? 그는 그런 사람이 아니다. 레드와 비슷하니까…. 아닌가? 그러나 의구심이 사라지지 않았다. 카이가 진짜 원하는 인생은 이런 걸까? 우리 둘이 함께 바라는 인생이 이런 걸까?

어느새 화면이 검게 변했다. 난 생트 크루아 교회 옥상 유리돔 위에서 눈을 떴다. 이제 햇살이 내 몸을 따뜻하게 데우고 있었다.

사람을 죽이던 카이의 잔상이 짙게 남아서인지 머리 위 아름다운 푸른 하늘이 눈에 들어오지 않았다. 대체 무슨 목적으로 그랬을까? 위장 수사였을까? 그럴 리가 없었다. 싸움 상대가 킹

같은 부류라면 카이는 절대 상대를 죽이지 않았을 것이다. 난 고개를 저으며 장면의 세밀한 부분을 떠올리려고 애썼지만, 후계자를 특정할 만한 중요한 단서는 없었다.

머리를 식혀야 할 필요가 있었다. 한시라도 빨리 내 재능을 깨워야 하니까. 시뮬레이션 3단계로 넘어가 볼까도 생각했으나 금방 마음을 접었다. 과도한 액션 장면을 보는 건 그 정도면 충분했다. 지금은 마음을 다스려야 할 때다. 그러면 남은 건 1단계뿐이다. 거기서는 다른 부분에 몰두할 수 있다. 내가 뭘 찾게 될지 궁금, 아니 무지무지 궁금했다.

"K2, 지난주에 했던 시뮬레이션 1단계를 로딩해 줄래?"

"지금 로딩합니다."

∞

멀리 겨울 햇살이 느껴지면서 1단계가 시작됐다. 서리가 내린 데이지 꽃밭처럼 은은한 노란 빛이 내 방을 채웠다. 난 책상 앞에 앉아 있었다. 침실 창문으로 들어오는 햇살이 침대를 비추며 이곳에 올 때마다 내 세상을 뒤집어 놓는 한 사람 주변을 환하게 밝혔다. 생전의 아름다운 모습으로 엄마가 내 침대에 앉아 있었다.

"안녕, 어린 갈매기."

"엄마!"

시뮬레이션 속이라도 상관없었다. 난 의자에서 곧바로 튀어나가 엄마 품속에 안겨 얼굴을 파묻고 장미 향 같은 체취를 만끽했다. 윤기가 좌르르 흐르는 검은 머리카락, 미소를 지을 때면 꽃잎처럼 펴지는 입술. 엄마가 내 머리를 쓰다듬으면서 삐져나온 옆머리를 귀 뒤로 넘겨주었다. 엄마를 꽉 안고 놓아주고 싶지 않은 마음에 가슴이 아렸다. 눈물이 차올라 눈이 따끔거렸다. 엄마를 볼 때마다 바보처럼 이러지 말자고 다짐했는데도 늘 소용이 없었다. 누군가를 잃어버린 마음속 슬픔은 절대 사라지지 않았다. 그저 형태를 바꿀 뿐. 좀 전까진 괜찮았다가 그런 다음에는 보고 싶은 갈망이 파도처럼 밀려들고 그러다 이제 놔 주고 싶지 않다는 욕망이 쓰나미처럼 커졌다.

시뮬레이션이 끝나면 찾아올 두려움을 말하는 게 아니다. 어떤 상황이 벌어질지는 내가 고를 수 없다. 시뮬레이션은 과거의 기억을 기반으로 당시 내 생각을 재창조했다. 내 시냅스(synapse)와 연결된 덕분이다. 그런데 엄마는 내가 슬퍼하는지 모르는 듯했다. 시뮬레이션이 진행되면서 이 방에 온 이유가 기억났다.

"맨델과 다시 이야기하게 됐니?" 엄마가 물었다.

얼굴이 부끄러움으로 달아올랐다.

"어떻게 알았어요?"

"넌 그 애 이야기를 많이 하잖아. 그런 뒤에는 늘 행복해 보였거든."

"맨델은 다른 애들과는 달리 절 이해해 줘요. 그래서 대화가 끊기지 않아요."

엄마가 웃었다.

"알지. 엄마가 저녁 먹으러 오라고 불렀을 때도 꿈쩍도 안 했잖니. 그 애하고 이야기할 때면 넌 늘 그러거든."

난 몸을 돌렸다.

"아빠나 마라 언니한테는 말하지 않을 거죠? 언니는 놀릴 게 뻔하고 아빠가 아는 건 너무 창피하단 말이에요."

"아빠한테 남자애 이야기로 부끄러워할 것까진 없단다. 아빠가 엄청나게 도움이 되는 조언을 해 줄 거거든. 아, 그렇지만 몇 년 뒤인 게 더 좋겠지?"

엄마가 한숨을 쉬곤 창밖을 쳐다봤다. 늘 느긋한 모습의 엄마가 좋았다. 항상 순간을 충실하게 즐기는.

"네 친구는 어떠니?"

난 엄마를 쳐다봤다. 걱정스러운 표정이 현실처럼 실감 났다. 엄마만 쭉 쳐다보고 밤새 이야기를 나누고 싶었다. 엄마가 시뮬레이션에 등장할 때면 중국에서 있었던 일을 털어놓고 엄마에게 위로받고 싶었지만 아무래도 입이 떨어지지 않았다. 시뮬레이션은 데자뷔처럼 반복해서 같은 꿈을 꾸게 만들고 아주 세세한 기억까지 되살렸다. 그래서 엄마를 사랑하고 그리워한다는 점과 내 입에서 늘 같은 이야기가 나온다는 점만큼은 확실히 알고 있었다.

"엄마, 맨델의 부모님은 그 애를 아주 심하게 다뤄요." 과거를 떠올리니 동정심이 가득 피어올랐다.

"뭔가를 제대로 하지 못하면 그 애는 벌을 받아요. 부모님은 그 애를 트로피처럼 과시하지만 혼자 생각할 시간은 주지 않아요. 가족의 의무라면서요. 운동도 못 하게 해요. 그냥 학교만 갈 수 있어요. 그 애를 위해서라고는 하는데 국가안보국을 위한 문제를 해결할 때까지 방에 가둬두고 내보내 주지 않는대요. 문제를 풀어도 잘했다고 칭찬하지도 않고요."

엄마가 한숨을 쉬고 날 꽉 잡았다.

"정말 안됐구나. 그 애는 어디 사니?"

"몰라요. 시차가 있어요. 아마 런던? 맨델이 그런 부모님과 같이 안 살았으면 좋겠어요."

엄마가 날 안아줬다.

"그 말을 들으니 슬프구나. 아이들은 무엇보다 사랑받고 보호받아야 하는 존재인데. 그래야 배우고 성장할 수 있거든. 그런 성장 환경은 네 재능에 실망했을 때도 도움이 되어 줄 수 있단다."

엄마가 내 등을 토닥였고 난 그 애가 준 엽서를 집어 들었다.

"엄마, 누군가를 사랑하는지는 어떻게 알아요?"

내 얼굴이 홍당무처럼 빨개졌다. 그렇지만 딸이 엄마 말고 대체 누구한테 이런 질문을 할 수 있을까?

"아, 세상에는 사랑의 종류도 많고 방식도 다양하단다, 얘야. 그리고 사랑에 대해 배울 수 있는 시기가 있지. 좀 더 나이를 먹으면 알게 될 거란다. 지금은 좋은 친구가 되어 주렴."

"네, 그럴게요. 그런데 엄마는 누굴 사랑할 때 어떻게 했어요?" 혼란스러운 마음으로 물었다.

"그 애가 괜찮아지면 좋겠는데…."

엄마가 내게 미소 지었다.

"지금 넌 잘하고 있단다. 사랑은 선택에서부터 시작하거든. 사랑에는 인내가 필요하고, 보호해야 하고, 목적도 있단다. 왔다가 떠나기도 하지. 사랑하는 사람끼리도 서로를 위해 희생하기도 한단다." 엄마가 내 등을 둥글게 쓸며 부드럽게 말했다.

"네가 사람들을 걱정하는 방식이 네가 가진 가장 큰 강점이란다. 그 친구에게 뭐라고 말할지는 적당한 시기가 오면 알게 될 거야." 엄마가 자리에서 일어났다.

"자, 그럼 이만 친구에게 인사하고 저녁을 먹으러 내려오렴."

난 고개를 끄덕였다. 저녁 식사 자리에 엄마가 없을 거라는 느낌이 아득하게 밀려왔지만, 너무 현실 같아서 믿고 싶지 않았다.

"고마워요, 엄마. 곧 내려갈게요."

엄마가 방을 나설 때, 내 가슴에 난 구멍이 욱신거렸다.

"엄마?"

"왜 그러니, 어린 갈매기?"

문 앞에서 엄마가 몸을 돌렸다.

"사랑해요."

"엄마도 사랑한단다, 조."

엄마가 미소를 짓고 방을 나섰다.

난 다시 맨델과의 채팅으로 돌아와 우리의 예전 메시지를 살폈다.

– 망델브로의 아들 님으로부터: 청각장애인이었다면 좋았을 걸. 더 이상 못 견디겠어. 고함 지르는 소리, 말다툼… 위협들. 난 턱없이 부족한가 봐. 부모님에게 실망만 안겨주고 있어. 다른 소리를 듣고 싶어….

좀 있다 저녁 자리에 엄마가 없다는 사실만큼이나 맨델의 메시지에 가슴이 미어졌다. 하지만 내 안의 강인한 부분이 나서서 엄마가 했던 말을 기억 해냈다.

– 내숫자를이해하지 님으로부터: 안녕. 나 돌아왔어. 근데 금방 가봐야 해…. 지금 뭐 하고 있어?

– 숨 쉬는 중이야. 그리고 해마의 꼬리를 쳐다보고 있어.

– 뭐가 보이는데?

– 폭풍우 속 바람의 소용돌이, 찻잔 속에서 피어오르는 연기, 바다 조류의 소용돌이, 은하계의 대형….

내 얼굴에 미소가 번졌다.

– 우리 부모님은 보지 않으셔.

– 뭘 보지 않는다는 거야?

– 저 구름은 구가 아니고 산은 원뿔 모양이 아니고 해안은 둥글지 않으며 나무껍질은 매끄럽지 않고 번개가 곧은 선으로 내려치지 않는다는 거….

난 고개를 떨궜다. 그 문구를 잘 안다. 맨델이 자주 하는 말이다. 망델브로의 프랙털 기하학책 첫 장에 나오는 구절이었다. 카오스 이론에서는 지구의 자연 사물은 매끄럽거나 곧은 게 거의 없지만 그 속에 아름다운 규칙이 있다고 했다. 맨델이 무슨 말을 하는지 알 것 같았다. 아무리 노력해도 절대로 부모님이 바라는 완벽한 아들이 될 수 없는 건 그분들이 진정한 그 애의 모습을 보지 못하기 때문이다.

– 잘 들어. 넌 부모님이 말하는 그런 아이가 아니야. 언젠가 때가 되면 너만의 방식으로 엄청난 일을 해낼 거야, 알겠지? 너도 번개와 똑같아. 곧은 선으로 내려치도록 설계되지 않았지. 그 대신 하늘을 가로지르는 아름다운 빛 조각인 프랙털이잖아.

그리고 여전히 땅에 닿을 수도 있어, 맨델.

내 안에서 그 애를 보호하고 싶은 마음이 마구 커졌다.

– 그러니 부모님이 널 괴롭히도록 놔두지 마, 알았지?

– 그럴게, 숫자야. 때가 오면 난 떠날 거야.

– 좋았어. 떠나게 되면 날 찾겠다고 약속해.

– 난 늘 널 찾을 거야.

∞

망델브로의 집합 아바타가 날 쳐다보며 아직 그 말이 유효한지 물었다. 마치 그의 행방을 내가 찾아야 할 필요가 있다고 말하듯, 그 애가 괜찮은지 알아보라는 듯. 그런데 귀에서 잡음이 들리면서 생각이 멈췄고 노블의 로봇 목소리가 흘러나와 정신이 번쩍 들었다.

"내가 방해한 거야?"

시뮬레이션이 내 방을 컴퓨터화된 청사진으로 바꿨다. 뭐지. 난 놀라 주변을 두리번거렸다.

"무슨 짓이야?"

"심각해 보이네. 시뮬레이션은 괴짜들이 데이트하는 공간이 아니잖아." 그가 농담을 던졌다.

"카이한테 전할 말이 있어?"

"지금 내 시뮬레이션에 들어와 있는 거야?" 난 좀 경악하며 물었다.

"뭐 그럴지도? 미안해. 네가 작업 중인지 몰랐어. 난 곧장 헬멧 안으로 들어갈 수 있는지 알고 싶었거든. 짐작하겠지만 우린 할 이야기가 있어. 최대한 빨리."

"평범한 사람처럼 전화하라고 말한 것 같은데?"

난 자리에서 일어서며 종탑에 기댔다.

"평범한 건 내 스타일이 아니라고 말한 것 같은데. 게다가 우린 만나야 해. 급한 일이야."

"여기서 내가 보여?" 난 안경 오디오를 켜둔 상태로 물었다.

"네가 생각하는 방식대론 아니지만 다른 식으로는 맞아. 미안. 가 봐야 할 것 같아. 약속한 대로 너한테 접촉해 보고 싶었어."

"어제 일 말인데…."

난 한쪽 팔을 만졌다.

"알아. 네 방에 가서 이야기할래? 그쪽이 좀 더 안전하거든."

"그래. 5분만 줘."

"6분 30초가 걸릴 거야."

난 황당한 탓에 눈을 굴리고 계단을 향해 걸었다.

CHAPTER 33

∞

계단실로 가는 문 앞에 콰다가 서 있었다. 얼른 그를 지나쳐 노블이 말한 시간보다 일찍 도착하려고 했는데 그가 뭘 물어봤고 또 에디와도 마주쳐 지체되고 말았다. 그렇게 내 방으로 들어와서 시뮬레이션 안경을 썼을 때, 노블이 예상한 시간인 6분 30초가 딱 맞아떨어졌다. 그 애의 코를 납작하게 만들지 못해 탄식했다.

침대에 앉으니 귀에서 지지직거리는 소리가 들렸다.

"안녕."

그 애가 여전히 로봇 음성으로 말했다.

"목소리 변조 좀 그만해 줄래?"

내가 발끈했다.

"주파수 때문인 건 알아…. 왜 그런 건지 나도 모르지만 더 이상 로봇이랑 대화 못 하겠어."

"그것 때문에 전에도 진짜 목소리로 통화하지 않은 거야."

흥. 그러니까 노블은 우리 사이의 주파수에 대해 날 만나기 전부터 알고 있었다는 거다.

두드러진 잡음이 사라지자, 그가 목청을 가다듬었다.

"그래도 조, 네가 원한다면 음성 변조를 하지 않을게."

그의 낮은 목소리에서 흘러나온 에너지 충격파가 내 척추를 타고 울려 진한 커피를 마신 사람처럼 정신이 확 들었다. 어쩌면 내가 잘못 생각했는지도 모르겠다. 다시 로봇 목소리로 바꾸는 쪽이 나을 것 같다.

"팔은 좀 어때?" 그가 물었다.

몬테고가 날 붙잡고 폭탄을 심을 뻔했던 팔을 살펴봤다. 보라색으로 멍이 들기 시작했다.

"욱신거려."

난 고개를 돌렸다. 봐 봤자 뼈아픈 실패만 떠오를 뿐이다. 노블이 없었다면 상황은 더 끔찍했겠지.

"어젠 고마웠어. 디졸브가 제대로 작동한다고 말해도 될 것 같아…."

"디졸브 화학 공식을 나 대신 너희 팀에게 건네줘."

그 말과 함께 K2가 방정식을 보여줬다. 그리고 잠시 침묵이 이어졌다.

"이제 네가 날 믿길 바라."

"저기, 난 네가 생각한 다른 계획이 뭔지 몰랐어. 그런데 밤새워 생각해 보니…."

난 입술을 꽉 깨물었다가 다시 말을 계속했다.

"우린 스모크가 담긴 홀로썸을 카이에게 가져다줄 생각이야. 그러려면 네 도움이 필요해. 넌 그 애가 어디 있는지 아니까 우리가 만날 장소를 정하면…."

"네가? 안 돼. 홀로썸을 네가 가져다줘서는 안 돼. 내가 할 거야. 어제는 상황이 엉망이었어. 넌 목숨을 잃을 뻔했다고. 난 몬테고가 핑거팁스를 손에 장착하고 나타날 확률을 짐작조차 못 했어. 정말 미안해."

그의 목소리가 누그러지면서 주파수도 줄어들었고 따뜻한 기류가 내 팔로 흘렀다. 여전히 혼란을 느끼며 난 팔을 비볐다.

"카이는 어때?"

"마지막으로 봤을 때만 해도 네 남자 친구는 괜찮았어. 하지만 몬테고가 금요일에 나타나지 않으면 상황은 달라지겠지. 48시간이 채 남지 않았어."

"다시 그 애를 보고 싶어."

"그렇다면 우리 만나자." 그가 말했다.

"네가 홀로썸을 나한테 넘겨주면 난 네게 카이를 보여 줄게. 내가 금요일에 그걸 들고 갈게. 정말 네 남친을 돕고 싶다면 이 세 사람 중 누가 후계자인지 알아봐."

화면 위로 경찰 보고서처럼 정보가 담긴 남자들의 사진이 나타났다.

"한참 전에 인터폴에서 챙겨둔 거야. 그쪽에선 이들 중 한 명이 후계자라고 생각하고 있어. 넌 실시간 중계로 벌써 셰이크를 봤잖아. 나머지들은 어때? 마담이 이 사람들의 이름을 말한 적이 있어?"

난 파일을 살폈다. 성공한 스위스 은행가인 앨버트 뮐러, 야망에 불타는 인도네시아 대사 겐지 무알림, 북아프리카에 막대한 대지를 소유한 부동산 재벌 셰이크 이브라힘 빈 아지즈.

난 꼼꼼하게 사진을 들여다봤다. 예전, 수학적인 내 두뇌는 한 번 본 얼굴들을 모조리 저장해 두었다. 이 사람들과 일치하는 이미지는 없었다.

"아니. 정보 때문에 날 튀니스로 부른 거라면 난 완전 쓸모없는 상태야."

"뭐, 그렇게 말할 것까지야. 하지만 카이가 후계자에게 홀로썸을 건네지 않으면 스모크가 마스터 파일로 들어갈 수 없고 로열리스트들은 그가 몬테고의 연락책이라는 점을 믿지 않을 거야. 난 네 시뮬레이션에 후계자에 대한 단서가 있을 거로 생각해. 네가 돕기 위해 할 수 있는 최선은 열심히 시뮬레이션하는 거야."

그가 잠시 숨을 돌렸다.

"그리고 더 스트리트에서 카이랑 어떤 식으로 대화하는지 알고 싶어. 그 애가 유일하게 확인하는 곳이니 거기다 홀로썸을 숨겨둘 장소를 알려주면 될 것 같아."

"있잖아." 내가 입을 열었다.

"네가 자진해서 홀로썸을 가지고 가겠다고 나서줘서 고마워. 그렇지만 그럴 수 없다는 건 너도 나만큼 잘 알잖아."

"무슨 말이야?"

"나도 같이 가야 한다고 벌써 말했잖아." 난 마침내 이 논리를 이해했다.

"네가 계산한 가능성이 몇 개였더라? 모든 해결책 중에서 내가 포함된 선택지가 최선이라고 말하지 않았어? 그러니까 넌 몬테고 건이 잘되지 않을 가능성을 미리 알았던 거야."

그는 대답이 없었다.

내 말이 맞다는 걸 알고 있을 테니까. 난 중국에서 여러 사건에 대한 확률을 계산했었다. 물론 시간은 좀 걸렸지만 챈이 개입하는 쪽이 성공할 확률이 가장 높았다.

"노블, 네 재능이 내 것과 같다면 우린 증거가 없어도 믿을 수 있어. 이상하게 들리겠지만 난 그렇게 생각해. 내가 가야 하는 거 맞지?"

노블이 탄식했다.

"몬테고 건은 성공했어야 했어. 확률이 좋았다고."

멀리서 문 닫히는 소리가 났다. 교통 체증과 경적, 사람들의 부산한 움직임이 들렸다. 그는 밖에서 걷고 있었다. 내가 내 귀걸이를 팀에게 줬더라면 우리가 노블에 대해 뭘 찾을 수 있었을지 궁금해졌다.

"로열리스트 거래는 현재로선 성공 확률이 상당히 떨어져…." 그가 말끝을 흐렸다.

"어쨌든 우리가 가진 기회 중 날 포함한 계획이 성공 가능성이 제일 높다고 네가 예측했잖아. 게다가 카이도 나와 똑같이 했을 거야." 내가 말했다.

"네 남자 친구가 멍청이라는 점은 빼고. 그 애가 내 입장이었더라면 널 순순히 가게 해 줬을까?" 그가 물었다.

카이는 모험가였다. 하지만 날 위험에 노출해야 하는 상황이라면 허락하지 않을 것이다. 그러나 난 그 말을 하지 않았다. 이건 노블이 상관할 바가 아니었다. 또한 앞으로의 사흘이 얼마나 중요한지 말고는 다른 생각이 안 들었다. 느낄 수 있었다. 카이를 돕고 로열리스트들을 막고 후계자를 물리쳐야 한다는 걸. 그리고 노블과 같이 간다면 내 재능을 되돌리는 방법을 이해할 기회가 생길 것 같았다. 지금이 아니면 안 됐다. 이 여행이 끝나면 난 시애틀로 돌아가고 노블과 난 다시는 서로 보지 못하게 될 테니까.

"네가 무슨 말을 해도 내 마음은 변하지 않아." 내가 단호하게 말했다.

"현실적으로 무언가를 하려고 할 때마다 내 재능이 돌아왔어. 어제도 돌아올 뻔했다고. 그러니 날 돕든가, 아니면 나 혼자 가게 내버려둬."

"그런 식으로 해선 네 재능을 되돌리지 못해."

"아, 그러셔?" 내가 물었다.

"어쩜 그렇게 잘 아는데?"

노블은 말이 없었다.

"상식이야, 조. 트라우마, 위험, 스트레스는 마음을 닫게 할 뿐이야. 치유와 평화만이 마음을 다시 열 수 있어. 위험이 네 재능의 불씨를 피울 수 있을지 몰라도 불길로 이어지진 못해. 카이와 PSS를 위하는 네 마음은 알겠지만 네 재능을 되돌리려고 이 일을 하려는 거라면 그만두는 편이 나을 거야."

난 눈을 감았다. 저 애는 꼭 레드처럼 말하고 있다. 이번이 벌써 두 번째다. 다른 방에 있는 천재 친구들을 떠올리니 패배감이 찾아와 난 침대에 깊숙이 몸을 파묻었다.

그는 안타깝다는 듯 한숨을 쉬었다.

"우리의 재능은 강력해. 네가 그걸 잃어버렸다고 질투하는 것도 아니야. 난 널 돕겠다고 약속했고 그렇게 할 거야."

우리 사이의 주파수가 자력처럼 강하게 튀어 마치 방 안에 불이 난 것처럼 뜨겁게 느껴졌다. 우리는 말없이 가만히 있었다. 그는 정확히 몇 초가 흘렀는지 알겠지만 난 팔에 털이 곤두섰고 더웠다가 춥기를 반복해 당황스럽다는 것 말고는 몰랐다. 그러다 로열리스트와 폭력배들과 한곳에 있던 카이의 얼굴이 떠올라 퍼뜩 정신이 들었다.

"저기, 시간이 별로 없어. 내가 이 일을 할 거면 우리 팀도 준비가 필요해."

"알았어. 거래는 사하라의 관문으로 불리는 도시인 두즈에서 있을 거야. 여기서 차로 여섯 시간 떨어져 있어. 후계자 후보 중 한 사람인 앨버트 뮐러가 이미 거기로 가는 중이야. 네가 간다면 우리도 곧 출발해야 해. 카이가 앨버트를 만나기 전에 홀로썸이 필요할 테니까. 네 경호원을 데려가는 편이 좋겠어. 그가 필요할지도 모르잖아."

"이번엔 그에게 뭐라고 핑계를 대지?" 내가 물었다.

"걱정하지 마, 내가 알아서 할게." 그가 자신 있는 목소리로 말했다.

"넌 테일러 대표를 설득해. 나중에 전화할게, 조. 똑똑."

"뭐라고?"

무슨 의미인지 몰라 가만히 있는데 잠시 뒤 문에 노크 소리가 나서 심장이 벌렁거렸다.

그 애의 정확한 예측에 난 질투의 화신처럼 부들거리며 전화를 끊었다.

"들어오세요."

CHAPTER 34

튀니스, 메디나, 다르 알자이툰

PSS 팀이 알고 있는 어제 일의 전말은 이렇다.

몬테고가 비협조적으로 나와서 콰다가 테이저건을 썼고, 그렇게 우리가 홀로썸을 손에 넣었다. 끝.

몬테고가 핑거팁스를 장착하고 나타났다는 사실을 알게 된 노블이 CCTV 영상을 신속하게 정리했다. 에자흐라 궁전에서 벌어진 일의 진실은 골리앗, 노블, 나만 안다. 고맙게도 PSS가 사건 직후 베일로 뉴스 출처를 막아 몬테고를 감시하는 사람은 여전히 그가 거래에 '나설' 거라고 여길 것이다.

테일러 대표가 그 상황에 대해 골리앗에게 물었을 때 그는 대략적으로만 말했다.

"몬테고가 협조를 거부했습니다. 우리는 홀로썸이 필요했고요. 그래서 무력으로 가져왔습니다."

나중에 내가 고맙다고 하니 골리앗은 그저 이렇게만 말했다.

"내 목표가 곧 네 목표야. 난 널 보호하는 임무로 고용된 사람이니까."

난 저 사람이 어떤 인물인지 도통 모르겠다.

테일러 대표를 필두로 팀원들이 열을 지어 들어왔다. 난 긴소매로 멍든 팔을 감췄다.

"기분이 어때요?" 테일러 대표가 물었다.

"솔직하게 말할게요. 계획한 대로 되진 않았지만 몬테고가 급진주의자들에게 팔아넘긴 블랙리스트를 추적할 홀로썸을 손에 넣었어요."

난 조용히 팔을 비볐다. 다들 말하기를 꺼려서 내가 나섰다.

"그런데 몬테고가 지금 감옥에 있으니 누군가는 이 홀로썸을 두즈에서 있을 로열리스트와의 거래에 가지고 가야 해요. 그렇지 않으면 더 끔찍한 상황이 벌어질 테니까요."

"그리고 당신은 그 일을 할 사람이 자신이라고 생각하는 거죠? 어째서 난 전혀 놀랍지 않죠?"

테일러 대표가 지친 얼굴로 물었다.

예전에 난 그녀의 움직임, 시선이 가는 방향, 미묘한 버릇을 통해 의중을 파악해 왔다. 하지만 지금은 그녀가 하는 말을 그대로 받아들일 수밖에 없었다. 그녀는 무슨 일이 있어도 진실을 원하고 우리는 거기서부터 시작해야 할 테니까.

"우리한테 계획이 있어요. 이번에는 성공할 거예요. 그가 모든 가능성을 계산했거든요."

"그라니요? 산호초 해커 말인가요?" 그녀가 허리춤에 손을 올리고 물었다.

"우리는 그의 정체를 밝혀야 하는데 지금 당신은 그와 협력하고 있는 건가요?"

난 창밖 지평선 위 연갈색 건물들을 바라봤다. 그 풍경 위로 드문드문 나무들이 서 있었다. 나뭇잎에 집중하며 어제 노블이 내 목숨을 구한 방식에 대해 생각했다.

"전 믿어도 될 만한 인물이라고 생각해요."

"어쩜 그런 말을 할 수가 있죠?" 테일러 대표가 물었다.

"당신이 우리한테 알려준 그의 감시 능력이 사실이라면 그는 불법으로 정부와 다른 조직을 해킹해 그들의 카메라에 접속했다는 말이에요. 그가 한 행동을 보면, 우린 그를 믿어선 안 돼요."

"에디, 이것 좀 열어 볼래?"

내가 에어드롭으로 그의 스마트워치에 암호화된 디졸브 화학 공식 파일을 넘겼다. 에디가 파일을 열어 모두에게 보여 주었다. 다들 입이 턱 벌어졌다. 그러나 테일러 대표는 표정 변화가 없었다.

"산호초 해커가 우리를 위해 공식을 완성해 주었어요. 그는 천재예요." 내가 말했다.

"당신은 천재 전문가잖아요, 안 그래요? 그를 한 번 믿어보는 건 어떨까요?"

"우선, 디졸브는 정부가 금지한 블랙리스트 프로그램이에요. 존재해서는 안 되는 건데 그가 이걸 완성했군요."

그녀가 입을 일자로 꾹 다물었지만, 화난 눈빛은 아니었다.

"디졸브를 작동할 수 없어 블랙리스트에 올린 줄 알았는데요."

난 거친 숨을 내뱉었다. 테일러 대표와 언쟁을 벌이거나 그녀에게 확신을 주려고 애써봐야 소용이 없다.

"우리한테는 로열리스트의 거래가 열리는 금요일까지밖에 시간이 없어요. 마스터 파일을 없애야 하는 중대한 임무가 우리에게 달렸잖아요. 그저 스모크가 들어 있는 홀로썸을 그쪽에 있는 우리 편에게 넘기기만 하면 돼요. 그러니 절 믿어 주세요."

"그쪽에 있는 우리 편이라뇨? 그러니까 지금 당신은 로열리스트 집단 내에 연락책이 있다는 건가요?" 그녀가 입술을 삐죽 내밀었다.

"조, 난 당신을 믿어요. 정말이에요. 하지만 또다시 시내를 벗어난다고요? 당신 아버지가 좋아하지 않을 거예요. 그리고 솔직히, PSS가 곤란해진다고 해도 우리는 위험한 범죄자들을 상대하도록 훈련받은 사람들이 아니에요. 해결책을 만들어내는 싱크탱크 집단일 뿐이죠. 우리는 지금 튀니스에서 벌어지는 급진주의자들의 쿠데타를 막는 것만으로도 벅차요. 이 일을 정부 관계자들에게 넘겨줘야 해요."

그녀의 움직임을 살피다 내 재능이 깜박거렸다. 테일러 대표가 우리가 관여해선 안 된다고 말하는 이유는 우리가 이 상황을 처리할 수 없다고 믿어서가 아니라는 점이 거짓말 탐지기처럼 분명하게 드러났다. 오히려 나는 그녀가, 우리는 할 수 있을 거라 믿고 있다고 생각했다. 그런데 뭔가가 그녀를 막고 있었다.

"오늘 PGF에 연락해 볼게요." 내가 한숨을 쉬었다.

두즈로 갈 수 있게 그녀를 확신시키려면 더 많은 신뢰를 얻어야 했다. 레드는 항상 일을 제대로 하는 방법이 있다고 말했다. 얼마나 본능적으로 강하게 느끼든 굳이 독자적으로 행동할 필요는 없었다.

"우리더러 해결해 달라고 한 건 아니지만 우리가 여기 와 있는 건 우연이 아니에요." 난 입술을 잘근잘근 씹었다.

"산호초 해커의 계산에 따르면 다른 방법이 없어요. 전 그를 믿어요. 제가 도울 방법이 있다면 전 그렇게 할 거예요."

"이 팀을 위험하게 만들 순 없어요."

"그러니까 대표님은 여기 계셔야 해요. 튀니스에서 끝내야 하는 일이 있고 PSS는 기술을 추적해야 해요. 4년 치 파일이 도난당했을지 모른다고 하셨잖아요. 두즈로 가는 일이 마스터 파일에 스모크를 심을 유일한 기회예요. 그리고 전 꼭 해야 해요…." 말꼬리를 흐렸다.

내가 이 일에 매달리는 이유를 그들도 알아야 했다….

"로열리스트를 막는 것보다 더 큰 문제가 있어요."

"그보다 더 중요한 일이 뭔가요?" 테일러 대표가 물었다.

이실직고해야 할 때가 왔다. 진실을 말하면 내 편에 있어 주겠다는 그녀의 눈빛이 깃발처럼 펄럭이며 내게 손짓했고, 꼭 어머니의 품처럼 유혹적이었다. 그거면 입을 열 이유가 충분했다.

"카이를 구해야 해요."

CHAPTER 35

∞

상하이로 날아가기 전날 카이에 대한 기억이 머릿속에 나타났다. 그는 하루 종일 작업복 차림으로 기름 범벅이 되어 우리 아빠의 차를 고쳤다. 난 매 순간을 놓치지 않고 감상했다. 사람들이 거의 알지 못하는 카이의 모습이라서다. 그의 아버지도 이제 막 익숙해지기 시작한 그의 모습.

얼굴에 기름얼룩이 묻은 채 그는 흡족하게 씩 웃었다.

"아버님, 카뷰레터를 고쳤어요. 직접 손을 쓰니 기분이 좋네요. 이제 뭘 할까요?"

아빠가 그 애한테 가서 어깨를 토닥였다.

"걱정하지 말게, 카이 군. 다음번에 오면 할 일을 잔뜩 적어놓을 테니까. 우린 주방 리모델링을 하고 있어. 자네를 제대로 활용할 작정이야." 아빠가 배를 잡고 웃었다.

"제 구미에 딱 맞네요." 카이가 대답했다.

우리는 함께 웃었고, 남은 오후 내내 이야기를 나누며 보냈다.

그날 밤, 난 일찍 잠들었다가 방문 여는 소리에 깼다. 낯선 사람이 침입했을까 봐 놀라 벌떡 일어났는데 익숙한 카이의 체취가 풍겼다. 세련된 도시 남자한테서 산꼭대기의 신선한 숲속 향이 나는 아이러니란.

그 애가 살금살금 다가오더니 나에게만 보여 주는 특유의 미소를 지었다. 이건 나만 누릴 수 있는 특권이었다.

살짝 심쿵한 상태로 실눈을 뜨고 자리에 앉았다.

"카이? 무슨 일이야? 우리 아빠의 규칙은 잘 알잖아."

카이가 내 침실에 들어온 걸 아빠가 알면 화가 나서 펄쩍 뛸 텐데.

"어, 아버님의 규칙은 다른 데 있어. 난 그걸 깨려는 게 아니야. 그냥 네가 자는 모습을 구경하는 게 좋아서 그래."

카이가 침대에 앉아 손으로 내 뺨을 쓰다듬었다.

난 그의 허벅지를 베고 눈을 감고 누웠다.

"내가 드디어 밤에 잠을 잘 수 있게 돼서 그러는 거야?"

그의 손가락이 내 입술을 만진 뒤 머리카락을 넘겼다.

"맞아. 그게 지금 내 임무야. 네가 지금처럼 매일 밤, 잠들 수 있는 세상을 만드는 거…. 안심하고… 그리고 나랑 가까이 있으면 더 좋고."

"아침에 가야 해?"

살짝 몽롱한 상태로 물었다. 그의 손을 확 낚아채서 내게로 가까이 당겼다.

"네가 더 있으라고 하면 그렇게 할게. 사랑해, 조…."

그의 눈빛 속 방어벽이 허물어지며 순수한 연약함과 가슴 가장 깊은 곳의 자유, 후회 없는 사랑이 드러났다.

하지만 난 카이에게 더 있으라고 말하지 않았다.

노블의 휴대전화에서 봤던 이미지가 내 기억과 극명하게 대비됐다. 카이는 세상을 안전한 곳으로 만들겠다는 약속을 지키려고 위험으로 들어가 아랍인 셰이크 곁에 앉아 허풍을 치고 있었다. 그 생각을 하니 머리가 욱신거렸다. 그래서 PSS에 알리는 위험을 감수하게 된 것이다.

테일러 대표와 팀원들이 가만히 날 쳐다봤다. 내 마음은 그들을 믿을 수 있다고 말했지만, 요동치는 심장은 도통 가라앉을 기미가 없었다.

"시애틀을 떠나오기 전 카이에 관한 전화를 받았는데, 그도 튀니지에 있다는 이야기였어요. 자세하게 말씀드릴 수는 없지만 카이는 아버지 회사에서 일하지 않아요." 내가 설명했다.

그리고 이후 몇 분간 난 팀에 카이가 하는 일에 대해 대략 말하면서, 이 모든 이야기를 그들이 함구하고 카이를 보호해 주길 바랐다.

내 말이 끝나자, 테일러 대표가 한숨을 쉬고는 걱정하며 눈썹을 찡그렸다. 그녀의 강인하지만 깊이 공감하는 성품은 언제나 멋졌다.

"그러니까 지금 카이가 로열리스트들 사이에서 잠입 수사 중이라는 거죠?"

"네. 다 저와 제 과거 때문이에요. 일단 그쪽에서 카이를 받아준 건 그가 마담에 대해 많은 걸 알고 있어서예요. 저만 아는,

그녀를 무너뜨린 세세한 부분까지를 다 알고 있거든요. 카이는 자기가 몬테고와 같이 일한다고 주장했어요. 우리가 그에게 홀로썸을 넘겨주지 않으면 정체가 탄로 날 거고요."

해리슨이 고개를 저었다.

"카이는 쿵후 마스터야. 그러니 괜찮을 거라고."

난 곁눈질로 그 애를 쳐다봤다.

"카이는 똑똑하고 능력이 뛰어나지만, 쿵후는 범죄자들로부터 자신을 방어하는 무술이 아니야. 게다가 나랑만 겨우 연락이 닿으니까 내가 안전하게 홀로썸을 넘겨줄 유일한 사람이라고."

테일러 대표가 화를 내리라고 생각했는데 그녀는 모든 부분을 진지하게 고려하고 있었다. 심지어는 편안한 자세까지 취했다.

"카이는 괜찮나요?"

"아직까진요. 산호초 해커가 카이의 바이오 태그 신호를 꺼서 목숨을 건졌어요. 하지만 제가 홀로썸을 가져가지 못하면 상황이 달라질 거예요."

내가 테일러 대표에게 하는 말은 다 진실이고, 머릿속에는 더 많은 이유가 빙빙 돌았다. 시뮬레이션 속에서 본 카이와 바닥에 죽어 있던 남자가 내 안에서 요동쳤다. 모든 단서를 조합해 한 장면을 만들고 싶었지만 내 숫자들이 없다는 점이 거슬렸다. 카이는 항상 나와 있을 때면 있는 그대로의 모습을 나에게 보여주었다. 그런데 만일 그가 너무 흥분했다면? 위험에 이끌린다는 노블의 말이 어느 정도는 사실일 수도 있었고 난 진실이 뭔지 알아야 했다.

카이는 중국에서의 일을 성공하게 만든 일등 공신이었다. 나 혼자였다면 해내지 못했을 것이다. 이번 일도 카이 혼자였다면 굳이 할 필요가 없었을 텐데. 카이는 강하지만 내가 필요했다. 그의 마지막 손길, 거칠어진 손으로 내 뺨에 붙은 머리카락을 쓸어내리던 모습, 달콤한 눈빛으로 가만히 바라보던 모습이 떠올라 얼굴이 화끈거렸다. 벌써 한 달도 더 됐다. 너무 긴 시간이었고 내가 돕지 않는다면 다시는 그때로 돌아가지 못할 수도 있다.

테일러 대표가 몰두한 눈빛으로 천천히 숨을 고르며 할 말을 고심했다. 정말 대단한 자제력이었다.

"우리가 튀니지로 오기 전부터 당신은 이 정보를 알고 있었군요… 조. 우리 팀의 일원이라면 숨기는 것이 하나도 없어야 해요. 아는 걸 숨긴다면 어떤 일도 해낼 수 없어요."

"그래서 지금 카이에 대해서 말씀드리는 거예요. 제가 진실을 말하면 항상 도와주겠다고 하셨잖아요."

"산호초 해커가 바르도 박물관에 있을 거란 말은 하지 않았죠."

"우선 사태 파악을 해야 했어요. PSS를 위태롭게 하려는 의도는 아니었어요. 시디 부 사이드의 성공 확률은 높았고요. 우리라면 할 수 있으리라고 생각했어요."

내가 전적으로 솔직하지 않았다는 걸 알지만 난 지금 모든 걸 말하고 있다. 그래도 그녀가 만족하지 못한다면 다른 방법도, 내밀 카드도 없고 PSS에서 더 이상 일도 못 하는 신세가 될 거다. 테일러 대표는 내가 자기 허락 없이도 두즈로 갈 거라는 걸 알지만 우리 둘 다 그 상황을 바라진 않았다.

테일러 대표가 옆으로 와서 내 팔에 손을 올렸다.

"당신이 이 일을 해낼 수 있을지에 관한 여부는 중요하지 않아요. 난 당신 아버지에게 안전하게 데리고 있겠다고 약속했어요. 마침 오늘이 통화하기로 한 날이군요."

"아빠한테는 말하지 말아 주세요." 난 내 안의 결심을 굳히며 고개를 저었다.

"제가 할 수 있어요. 하지만 절 알고 저와 같은 곳에서 온 여러분의 도움이 필요해요. 사람은 서류가 아니라 영혼으로 이루어져 있다는 걸 알잖아요."

빈 병을 집어 들고 어두운 골목을 힘껏 달려 폭력배의 머리를 내리치던 때가 기억났다. 피닉스. 그 소녀가 지금 나와서 활약하고 싶어 했다.

테일러 대표가 옛날 생각이 나는 듯 고개를 돌렸다.

"전 알 수 있어요." 내가 말했다.

"재능이 없어도 당신은 단순히 천재들을 구하고 PSS를 세운 그 이상을 해 왔다는 걸요. 그래서 지금 제가 여기 있는 거예요. 그래서 우리 팀이 튀니지에 와 있는 거고요. 그래서 전 당신이 절 도와줄 거라고 믿는 거예요…."

"훌륭한 연설이군요."

테일러 대표가 팔짱을 끼고 내 옆 의자 팔걸이에 걸터앉았다.

"여전히 문제가 하나 있어요. 당신은 해커와 함께 사막으로 가야 하죠. 난 그 사람에 대해 충분히 알지 못하고요."

노블과 사흘 동안 사막에 머물며 우리 둘 사이에 오갈 주파수라니…. 생각만 해도 가슴이 두근거렸다. 분명 수학적으로 증명할 수 있을 텐데. 둘 다 주파수를 느낄 때 그 애는 날 쳐다보지 않았다. 변조한 음성을 선호하는 건, 그래야 우리 사이에 음파가 요동치지 않기 때문임이 분명했다. 거기에 뭔가 더, 그에게 뭔가 더 있다는 느낌이 왔다. 그러나 테일러 대표에게 허락을 받으려면 그녀는 해커에 대해 더 많은 걸 알아야 했다.

내 귀걸이.

갑자기 내 재능이 분출을 준비하는 화산처럼 부글부글 끓었다.

“산호초 해커가 절 도와주면 거래가 성사되기 전, 누가 후계자인지 알 수 있어요. 우리가 로열리스트를 막을 수 있다면 시도해 봐야 한다고 생각해요.”

놀랍게도 에디가 끼어들었다.

“이미 우리의 블랙리스트 기술이 피해를 주고 있습니다, 대표님. 이 일을 시작한 건 PSS예요. 그러니 끝내는 것도 우리여야 해요. 단순히 홀로썸만 놔두고 오는 거라면 조가 가야 한다고 전 생각해요. 거기다 우리가 저 애를 도와줄 수 있을 것 같고요. 그리고 전 인도네시아에 연줄이 있어요. 제가 인도네시아 대사에 대해 알아보겠습니다.”

펜즈도 나섰다.

“하버드에 다닐 때 세계 최고의 은행가들과 안면을 텄어요. 앨버트 뮐러는 제가 파 보겠습니다.”

“조가 K2를 계속 켜두기만 하면 우리가 움직임을 추적하고 튀니스에서도 조언해 줄 수 있어요.”

해리슨이 벌써 휴대전화에 지도를 펼쳐서 흔들어 보였다.

"충분히 가능한 일이에요. 사하라 사막의 작은 오아시스에 있는 한적한 마을이니까요. 우리가 그 지역 전체를 살필 수 있을 겁니다."

펠리시아가 고개를 끄덕였다.

"조가 경호원을 데려가면 될 거예요. 그 사람은 이곳 지리에 익숙할 테고 필요하다면 지역 관할 담당자에게 도움을 청할 수 있을 거예요." 펠리시아가 입술을 깨물었다.

"테일러 대표님, 저희가 준비되어 있다는 거 아시잖아요. 솔직히 PSS의 기술이 유출되는 걸 막을 사람은 저희뿐이에요."

테일러 대표가 침통하게 고개를 끄덕였다.

"이 일을 막기 위해 우리가 우리 역할을 해내야 한다는 사실을 부정하진 않아요. 하지만 진정한 성공은 팀워크에서 비롯된답니다. 카이의 에이전시에 꼭 연락해야 해요. 나도 몇 사람에게 연락을 돌릴 겁니다. 하지만 두 가지 조건을 지킨다는 전제하에서 이 계획에 동의하겠어요."

그녀가 내 눈을 들여다보았다.

"그게 뭔가요?"

"조, 산호초 해커에 대해 더 많은 정보를 얻어내요. 그의 지문, 정체, 실제 이름. 그가 위협적인 인물이 아니라고 판단되면 가게 해 주겠어요."

"그는 절대로 동의하지 않을 텐데요."

"그렇다면 할 수 없네요." 그녀가 말했다.

귀걸이를 뺄 때 마음속에서 심한 고통이 느껴졌다. 스마트 더

스트는 내 마지막 카드였지만, 정말 이러면 안 될 것 같았다. 테일러 대표에게 카이의 일에 대해 털어놓을 때보다 더 마음이 아팠다. 손가락으로 귀걸이를 만지작거리며 양심이 더욱 두꺼워지는 걸 느꼈다.

난 나노기술로 가득 찬 작은 귀걸이를 그녀의 손에 내려놓았다.

"방법이 있어요. 이 스마트 더스트가 그의 전화기에 연결되어 있어요. 블루투스로 연동하면 그의 장치를 해킹해서 필요한 정보를 모두 알아낼 수 있을 겁니다."

노블을 넘기는 일은 내가 피닉스를 배신하는 것과 같은 느낌이었다. 정말 구역질이 났다. 때가 될 때까지 숨어 있고자 하는 마음이 어떤지 아는, 그런 내가 노블을 저버렸다. 하지만 카이를 위해서는 이럴 수밖에 없었다.

테일러 대표가 단호하게 고개를 끄덕였다. 그녀 역시 이런 상황을 기뻐하지 않았지만, 그녀에게는 팀원의 안전이 무엇보다 중요했다.

"알겠어요." 그녀가 말했다.

"카이에게 홀로썸을 넘겨주고 후계자 근처에도 가지 않겠다고 약속한다면 허락하죠."

"제 계획이 바로 그거예요." 내가 대답했다.

어디에도 내리지 못하고 공중에 뜬 먼지처럼 작게나마 성공할 확률이 생겼다. 노블은 이번 계획이 내가 실패한 몬테고 접선 건보다 더 위험하다고 했다. 게다가 난 후계자가 누군지 모른다. 하지만 나는 모든 의구심을 무시하고 자리에서 일어났다.

"그럼, 이제 콰다를 불러서 대략적으로라도 설명해야겠죠?" 내가 물었다.

"아직은 아니에요. 우선 당신 먼저 준비를 마친 뒤에 하세요."

테일러 대표가 에디와 펜즈에게 손짓하자, 둘이 재빨리 뭔가를 가지러 나갔다.

"전 준비된 것 같은데요?"

"우린 당신이 생각하는 것보다 조금 더 많이 장비를 갖추고 있답니다." 테일러 대표가 말했다.

펜즈는 내가 PSS의 파일에서만 봤던 기기를 가지고 왔다. 테일러 대표가 펜즈에게 디졸브 봉투를 건네고 내 쪽으로 몸을 돌렸다.

"당신을 무방비 상태로 내보낼 수는 없어요. 우리가 이런 기술을 만든 건 다 이유가 있어서지요. 그리고 지금 그걸 사용할 거예요."

에디가 뿌듯한 얼굴로 들어왔다.

"드디어 내가 활약할 때가 됐네. 마침내 내 발명품들이 착한 편을 위해 쓰이는구나."

CHAPTER 36

바늘을 그리 좋아하지는 않았지만, 고통은 쉽게 참을 수 있었다. 난 손바닥이 위를 향하도록 테이블에 올려놓았다.

"이건 엄밀히 말하면 불법이지?"

"블랙리스트 작전을 수행 중입니다." 해리슨이 윙크하며 90년대 노래를 흥얼거렸다.

"알다시피 세상의 종말이 찾아왔어…. 하지만 조는 괜찮을 거야."

펠리시아가 해리슨을 툭 쳤다. 저 애는 이 일을 즐기고 있었다. 스파이 영화를 너무 많이 본 탓이다.

펜즈가 작은 바늘을 꺼냈다.

"살짝 따끔할 거야. 움직이지 말고 있어." 그녀가 바늘로 내 손가락 끝을 모조리 찔렀다.

"핑거팁스를 준다고 했을 때, 난 대표님이 농담하는 줄 알았는데.”

펜즈가 고개를 저었다.

“뭐, 아직 시제품 단계니까. 네 요청에 따라 강도를 약하게 조절했어. 폭탄이 치명적이라거나 30미터 밖에서도 널 날려 버릴 정도는 아니야. 그래도 여전히 효과가 좋으니 조심해야 해.”

그녀가 면봉으로 내 손끝에 난 작은 자국을 소독하고 피를 닦아냈다.

“핑거팁스는 소형 액상 캡 안에 든 화학물질이거든. 지금 네 손끝에 잘 삽입됐어. 오른손 화합물이 왼손 화합물과 반드시 섞여야 해. 그런 다음 산소에 노출되면 폭발이 일어나는 원리지. 내가 저용량으로 시범을 보여 줄게.”

펜즈가 면봉으로 화학물질 하나를 찍어 밀폐된 유리병에 넣었다. 그리고 두 번째 화합물을 다른 병에 넣었다. 그리고 휴지통 바닥에 두 화학물질로 X자를 그렸다.

“자, 10초 뒤 산소에 반응할 거야.”

9부터 1까지 세고 나니 ‘쾅’ 하는 소리와 함께 작은 먼지구름이 일고 불꽃이 튀었다. 쓰레기통에서 연기가 피어오르고 바닥에 생긴 작은 구멍이 타들어 가며 내 주먹만큼 커졌다.

“핑거팁스는 일 년 동안 네 몸 안에서 비활성화 상태로 남아 있을 거야. 폭발하게 만들려면 손끝에 살짝 상처를 내서 액체를 조금 긁어낸 다음 목표 대상에 묻히고 섞으면 돼. 그리고 전력을 다해 도망쳐.”

“알았어. 이제 내 손가락에 다섯 개의 폭탄이 생긴 거구나.”

난 속으로 움찔했다.

"손가락을 꼼지락거리는 정도는 괜찮겠지?"

"물론이야." 펜즈가 내 어깨를 두드렸다.

"보험이라고 생각해. 억지로 쓸 필요는 없어."

아마 몬테고도 그렇게 생각했을 테지만 결국엔 어떤 꼴이 되었나. 물론 그 이야기는 입 밖으로 꺼내지 않았다.

펜즈가 내 귀걸이와 스마트워치를 살핀 후 입안에 스프레이를 뿌렸다.

"됐어. 이건 해야지. 72시간짜리 스웨이 해독제야, 만약을 위해서."

그녀가 내게 립스틱 케이스를 건넸다.

난 고개를 저었다.

"말했잖아. 난 정보를 얻으려고 아무에게나 입 맞추지 않을 거라고."

"그냥 예방용이야. 사람 일은 모르는 거잖아. 스웨이는 목표 대상을 진정시키고 정보를 발설하게 만들지만 정작 대상은 기억도 못 한다는 걸 명심해. 이걸 잘 챙겨."

"당연히 내 워치에도 베일을 깔겠구나."

"이미 그렇게 했어. K2는 네가 원하는 모든 대화를 가릴 수 있어."

테일러 대표가 들어왔다.

"이것도 잊지 말아요." 그녀가 내 시뮬레이션 안경을 건네줬다.

"이런 상황에서도 당신의 머리는 누가 후계자인지 계산하고 있을 거예요. 시뮬레이션은 두뇌에 저장된 모든 기억을 자극하도록 설계됐을 뿐만 아니라 당신이 미처 알지 못하는 문제 또한 해결하게끔 해요. 잠재의식 속에서 두뇌가 정보를 연결하고 있을 거예요. 그러니 잠시라도 시간이 나면 시뮬레이션하도록 해요."

콰다가 들어왔다.

"차가 준비됐어."

"금방 나갈게요."

난 귀걸이의 스마트 더스트를 살피느라 바쁜 해리슨에게 갔다.

몸을 구부리고 그 애에게 속삭였다.

"산호초 해커에 관해 뭐든 찾으면 나한테 먼저 알려 줘."

그가 이상한 표정을 지었다.

"어째서 그래야 하는데?"

"부탁이야, 해리슨. 개인적인 일이야."

그는 이를 악물었으나 고개를 끄덕였다.

"그럴게."

CHAPTER 37

튀니스, 메디나 수크, 카스바 거리

바이 요원에게 연락하는 건 좋은 생각이 아니었다.

"지금 튀니지에 있다고요? 과이부더(Guaibude 怪不得 어쩐지), 내가 알았어야 했는데."

그가 목청을 가다듬었다.

"그럼 몬테고가 체포된 건 당신 탓이겠군요."

그는 PSS가 몬테고와 급진주의자들을 쫓는 자신들의 임무에 관여하는 통에 작전을 다시 세워야 했다면서 내게 비난을 퍼부었다.

"당신은 이해 못 해요. 후계자는 몬테고와 선거와는 비교할 수 없을 정도로 더 큰 계획을 갖고 로열리스트들을 무장시킬 거라고요."

내가 아는 모든 정보를 그에게 알려주었다. 마스터 파일, 카이의 행방, 심지어 후계자로 추정되는 인물 세 명의 이름까지.

"어떻게 해 줄 수 없나요?"

"카이는 임무에서 이탈했고 보고도 하지 않았어요. 바이오 태그가 되살아나지 않는 이상 우리가 할 수 있는 일은 없어요." 바이 요원이 한숨을 쉬며 중국어로 투덜거렸다.

"그리고 후계자로 추정되는 인물들은 범죄 이력이 없어요. 직접 자백하지 않는 한, 알지도 못하는 해커의 말만 듣고 그들을 소환할 수 없어요." 그의 목소리가 점차 커졌다.

"게다가 PSS에 침투한 것도 모자라 정부가 발행한 바이오 태그까지 고장 낸 해커와 같이 일한다니? 당신이 그 정도로 멍청할 거라곤 생각지 못했는데! 그 해커는 정부의 위성까지 해킹했다고요! 당신은 생각보다 더 위험한 인물을 상대하고 있어요, 샤오펭황(Xiao Feng Huang 조세핀)."

위성. 노블의 말이 머릿속에서 재생됐다.

별에 다 쓰여 있잖아, 조. 별은 위성이 아니지만 비슷하다.

"그 이름들을 더 살펴보고 제게 연락해 주세요. 카이는 우리 도움이 필요할지 몰라요. 또 연락할게요."

"우리보다 빨리 카이와 연락이 닿으면 그 애한테 이렇게 전해요. 북쪽에 모래 폭풍이 일었다고. 그리고 당신은 이 일에서 빠지는 편이 좋을 것 같군요. 우리가 알아서 할 테니."

콰다와 차에 올랐을 때, 난 기분이 별로 좋지 않았다. 바이 요원은 우리의 계획을 내켜 하지 않았다. 정보를 줘서 고맙다는 말도 하지 않았다. 그러나 자백을 받아낼 때까지는 손대지 못하는 관계로 그가 우리를 막을 수는 없다.

노블을 데리러 가는 길에 난 K2에 나사 티퍼에 대해 검색해 보라고 지시했다. 그중 한 가지 정보가 흥미를 끌었다. 지난해, 익명의 제보자가 수많은 연구자에게 조언해 주었다. 나사뿐 아니라 스페이스 X, 텔사, 펜타곤까지. 하지만 다른 집단보다 월등히 많은 정보를 얻은 건 나사였다.

나사 티퍼는 새로운 별 차트와 별 코딩 분야에서 혁신적인 아이디어를 제공했을 뿐 아니라 우주선과 위성 기술, 행성 에너지 동력원 활용, 별의 진동, 음파, 주파수 측정 분야에서 비약적인 발전을 이룩하게 도왔다.

이들은 천체물리학의 관점에 있어 최첨단 연구와 기술이었다. 나사 티퍼는 어떤 대가도 바라지 않고 등식을 제공했다. 별 코딩 같은 과시적인 분야에 필요한 수학을 대략 살펴본 적이 있는데, 나조차도 거의 이해할 수 없었다. 나사 티퍼는 시대를 앞선 천재거나 아니면 정신이상자가 분명했다.

전통시장은 색과 움직임의 콜라주 같은 분위기였다. 콰다가 창문을 열자 따뜻한 바람과 함께 튀김, 양고기 구이, 삶은 병아리콩 냄새도 같이 밀려 들어왔다. 이 모든 것이 점심때를 알리고 있었다.

자기가 말한 정확한 지점에서 기다리는 노블을 보니 가슴이 또 두근거렸다.

"저 사람이에요." 내가 콰다에게 말했다.

노블은 시장 모퉁이 향신료 가판대에 기댔는데 어둠 속에 너무 잘 숨어서 투명 인간 같았다.

그는 진한 청바지에 흰 브이넥 셔츠를 걸치고 선글라스를 썼다. 척추로 익숙한 진동이 흘러 난 손가락을 마구 두드렸다. 내가 어떤 위험을 감수하는지 잘 알고 있어서인지 재능이 깜박거리기 시작했다.

그가 선글라스를 벗고 날 쳐다보기까지 3초… 2초… 1초. 그렇게 우리의 눈이 마주치자 내 숫자들이 3배 더 많이 요동치며 시장 거리를 수치로 정의해 보여 주었다.

모퉁이에 판매하려고 놔둔 아름다운 수공예 거울 위에 뜬 숫자 29, 활짝 펼쳐둔 장인의 러그 6개. 내 머리가 모든 걸 셌다. 걸이에 걸린 전통 모자, 쌓아둔 청동 접시, 마네킹이 입고 있는 긴 원피스, 노블과 나 사이의 거리, 정확한 대칭이 인상적인 그의 미소. 그리고 아무것도 보이지 않았다…. 눈앞의 시장은 다시 평범하게 돌아왔다. 돌풍이 불었던 듯 재능이 갑자기 왔다가 갑자기 사라졌다.

노블은 길거리 음식이 든 작은 비닐봉지 말고는 빈손이었다. 재킷조차 챙기지 않았다. 필요한 장비를 어디 두었을지 궁금해졌다.

"아슬레마, 라바(Aslema, Labas 안녕하세요)." 콰다가 노블에게 인사했다.

"라바." 노블도 인사했다.

매사에 진지하고 비밀스러운 노블이, 자기가 차를 몰겠다고 한 콰다를 흔쾌히 허락한 점이 너무 이상했다. 같은 지역 사람이라서일까? 두 사람 모두에게 더 많은 질문을 해야 하는데, 난 그러지 않고 가만히 지켜만 봤다.

콰다가 밴의 문을 열면서 내게 몸을 숙였다.

"박물관에 있던 애잖아." 에자흐라 궁전에서처럼 날이 선 목소리는 아니었다.

흥! 어쩌면 이걸로 그의 소극적인 행동이 설명될지도 몰랐다. 난 그가 노블을 봤다는 사실을 몰랐다. 그는 내 생각보다 경호 업무에 뛰어난 사람이었다. 아니면 우리 아빠가 입을 다물라고 더 많은 돈을 쥐여줬거나.

노블이 차에 올라 내게 음식이 든 용기와 종이컵에 담긴 민트티를 건넸다. 차 안으로 맛있는 음식 냄새가 금세 퍼졌다.

"네 점심을 가져왔어."

용기를 열어 보니 채소를 넣은 바게트, 에그 롤처럼 생긴 작은 페이스트리와 구운 피망과 참치를 넣은 올리브 오일 샐러드가 보였다. 매콤하고 맛있는 냄새가 났지만, 나에겐 지금 보고 있는 요리에 대한 지식이 전혀 없어 망설여졌다.

노블이 알아차리고는 설명해 주었다.

"튀니지에서 먹는 길거리 음식이야. 브릭 아 루프(Brik a l'oeuf)라고 해. 노른자가 흐를 수 있으니 조심해." 그가 샌드위치를 가리켰다.

"그건 케프다지(keftaji)야." 노블이 차를 마시며 말을 이었다.

"그리고 이건 마슈이야 샐러드(salata Mechouia)야. 좀 매울지도 몰라."

"고마워. 조금 매운 정도는 괜찮아."

난 용기를 먹기 좋게 꺾었다. 카이와 내가 가장 좋아하는 쓰촨 레스토랑에서 먹었던 음식보다 더 매울 리는 없겠지. 그러자 생각이 났다.

“그건 그렇고 너, 카이를 보여 주겠다고 약속했잖아.”

노블이 내게 휴대전화를 건네고 자기 브릭 아 루프를 베어 물었다.

실시간 중계가 재생되었다. 난 심장이 덜컥 내려앉았다. 카이가 싸우고 있었다. 덩치가 큰 남성의 펀치 공세 속에서 몸을 숙이고 이리저리 피했다. 그런데 자세히 보니 스파링하는 중이었다. 그제야 난 안심하고 이전에도 여러 번 봐왔던 장면을 감상했다. 카이의 스파링 상대는 북아프리카인으로 보였다. 다부진 체구에 싸움을 잘했다. 집중한 카이는 시합을 즐기는 듯 보였다. 셔츠를 벗었고 상반신이 땀으로 반들거려 팽팽한 근육이 잘 드러났다. 전에 봤던 한 무리의 여자애들이 주변에 둘러앉아 두 남성을 감상했다. 스파링이 끝나자, 카이가 물을 가지러 갔다. 지난번 영상에서 본 여자애가 다른 세 명의 남성에게 셰이크가 이야기할 때까지 기다렸다가 카이에게 다가갔다.

소녀가 수건을 건넸다.

“당신은 여기 있는 다른 남자들과 다르군요. 딱 보니 알겠어요.” 그녀가 말했다.

“저들보다 더 강하다는걸요.” 여자애가 더 가까이 다가와 목소리를 낮췄다.

“셰이크보다도 더.” 그리고 아랫입술을 살짝 깨물었다.

“단순히 근육만을 이야기하는 거 아니에요.”

웩. 저 애가 카이에게 다가가는 걸 보니 온몸에 소름이 돋았다. 마담과 똑같이 움직이도록 배운 X 소녀의 모습에 화가 났다. 난 이를 갈았다. 로열리스트들을 이 세상에서 뿌리 뽑아야 했다.

카이가 그녀를 살피고 눈썹을 닦았다.

"이 세계에선 강하지 않으면 살아남을 수 없어요."

그는 자아가 두 개인 사람처럼 아주 침착하고 자연스럽게 행동했다.

"내가 원하는 걸 이루려면 반드시 강해야 해요. 누군가는 무모하다고 말하지만 난 야망이라고 해요."

그녀가 허스키하지만 귀여운 목소리로 웃었다.

"그렇게 야망이 크다면 앨버트 뮐러와 아무런 문제도 없겠군요."

"무슨 말이죠?" 카이가 물었다.

"그가 오늘 밤에 도착하는데 당신은 초대 명단에 없잖아요. 우리 일원이 되고 싶다면 당신의 야망과 충성심을 증명해야 할 거예요."

"타이 하오 러(Tai hao le 太好了 잘됐네요)."

카이가 특유의 거만하고 매력적인 방식으로 웃었다.

"드디어 도전할 수 있게 됐군요."

"당신은 꼭 마담처럼 말해요."

"마담을 만난 적이 있어요?" 카이가 물었다.

"딱 한 번이었어요. 너무 무서워 얼굴도 못 쳐다봤는데, 차가운 목소리로 결코 잊을 수 없는 말을 해 줬어요. 저한테 고양이처럼 아홉 개의 인생이 있다고 했어요. 그리고 이걸 줬어요."

그녀가 카이에게 숫자 9가 찍힌 손목 낙인을 보여줬다. 그리고 어깨를 으쓱였다.

"마담이 붙잡힌 뒤로 전 도망쳐 나왔죠. 하지만 늘 아홉 개의 인생이라는 말이 사실이길 바랐어요." 그녀가 기대에 찬 얼굴로 카이를 쳐다봤다.

카이가 숨을 들이마시며 그녀의 말을 곰곰이 들었다. 그녀는 알지 못하겠지만 카이는 지금 내가 내 상처를 만지듯, 마담이 얼마나 많은 사람에게 상처를 입혔는지를 생각하며 화를 삼키는 중이다.

카이가 그녀의 어깨에 손을 올렸다.

"당신을 잘 보살펴 줄 사람과 아홉 번의 인생을 모두 살 기회가 아직 있어요."

카이는 티셔츠를 걸치고 셰이크에게 갔고, 소녀는 숨을 참고 절망에 빠진 표정으로 서 있었다. 그녀의 잘못이 아니라고 난 스스로에게 말했다. 카이에겐 거부할 수 없는 매력이 있다. 특히 사람들을 위해 싸우는 그의 방식을 보면 더욱. 그래도 여자애의 몸놀림이 여전히 신경 쓰였고, 카이를 원하는 저 몸짓을 보니 그의 새로운 임무와 그 과정에서 또 누굴 만나게 될지 의구심이 생겼다.

노블이 내 쪽으로 몸을 구부렸다.

"걱정하지 마. 저 소녀는 셰이크의 여자야." 노블이 말했다.

"그는 사막에 있는 마을을 통째로 소유하고 있어. 호텔, 파티, 도박장 전부. 그 사람은 자신이 원하는 걸 그 작은 마을에서 다 얻을 수 있어."

소녀는 셰이크에게 갔고, 그가 입을 열자 팔짱을 꼈다.

"모두 모여 봐." 셰이크가 지시했다.

"오늘 밤 우리가 고대하던 일이 이 천국에 찾아올 거야. 준비할 게 많아."

"그의 계획이 뭔데?" 노블에게 이렇게 물을 때 안 좋은 예감이 내 가슴을 옥죄었지만 내 숫자는 깜박이지 않았다.

"나도 몰라. 하지만 내 숫자들은 그가 에디의 레이더를 실험하고 싶어 한다고 말하고 있어. 어떤 인터넷 서비스 제공자라도 해킹해 원하는 걸 추적하고 연결망을 없앨 수 있는 기술 말이야. 마을 전체를 그렇게 할 수도 있고. 적을 쓰러뜨리고 싶다면 이 기술이 가장 완벽하지."

"그러니까 그들이 모두 강철 주먹에다 미치광이들이라는 거지?" 내가 물었다.

노블이 고개를 끄덕였고 샌드위치를 한 입 더 베어 물고 눈썹을 찡그린 채 생각에 잠겼다.

"그가 후계자일까?"

"아직 확신할 수 없어." 그가 천천히 씹어 삼키고 샐러드를 먹기 시작했다.

"네 시뮬레이션에서 드러난 점은 없어? 단서는?"

"없어. 우리가 이미 아는 것들뿐이야. 내가 시뮬레이션에서 경험한 상황이 몬테고와 어떤 연관이 있는지 모르겠어."

"사소한 부분이 가장 중요해." 그의 갈색 눈동자가 내 눈을 들여다보았다.

"네가 다시 해 보면 좋을 것 같아. 넌 뭔가를 놓치고 있어."

"알았어, 우선 점심부터 먹고."

내가 첫 브릭 아 루프를 입에 넣으며 고맙다고 웅얼거릴 때 페이스트리 부스러기가 입 밖으로 튀었다.

∞

식사를 마치고 난 장거리 자동차 여정을 활용해 밴 뒷좌석에 누워 시뮬레이션하기로 마음먹었다. 시뮬레이션 안경을 낀 뒤 말했다.

"K2, 월요일 시뮬레이션을 로딩해 줘. 3단계 전부 순서대로. 휴식 시간은 빼고."

제대로 하려면 다시 해 볼 수밖에 없었다.

∞

가장 먼저 후각이 반응했다. 짠 내, 막 자른 잔디 냄새, 금방 끝낸 빨래.

고속도로에서 올라 속도를 늦추는 밴의 리듬과 꿈처럼 몽롱한 시뮬레이션 환경이 결합해서 난 곧바로 상상했던 현실로 들어갔다.

여름 햇살이 내 얼굴을 데웠다. 책상 위로 비친 해가 내 컴퓨터 모니터에 반사되어 반짝였다. 컴퓨터를 침대로 가져오면서 예전 블로그가 열려 있고 맨델의 메시지가 올라와 있는 걸 봤지만 놀라지 않았다. 책상 옆에 망델브로의 엽서가 놓여 있다. 내가 이미 여기 왔었다는 걸 어느 정도 안다. 내 머리가 퍼즐 조각을 맞추기 시작하더니 맨델을 가리켰다. 그 부분이 혼란스럽다. 매번 여기 올 때면 그 애를 아는 내 일부가 그를 찾고 싶어 했다. 그를 알고 싶어 했다. 하지만 카이에게 공평하지 않은 일이다. 확실히 지금이 적기도 아니고. 단지 이렇게 하는 건 내 재능을 돌아오게 하기 위함이라는 점을 되새겼다. 그리고 1단계는 다른 단계만큼이나 중요했다.

다시 우리가 주고받은 메시지를 살피다가 고백을 읽었다. 이번에는 내가 한 고백이었다.

– 석사 과정이 끝나면 박사 과정을 들을까 해. 어떻게 생각해, 너도 딸 거야?

– 아마도 아니. 신비를 푸는 방법이 한 가지는 아닐 거고 그게 늘 책과 학교에만 있는 것도 아니잖아.

– 내 안에는 너무 많은 신비가 있어서 어떡해야 할지 모르겠어…. 아무한테도 말 안 했는데, 가끔 난 주변에서 돌고 있는 무한대를 봐. 꼭 나한테 뭔가를 말하려는 것 같아. 그게 뭔지 모를 뿐이야….

– 프랙털은 무한대를 보는 또 다른 방법이고 그들은 모두 우리 주변에서 항상 우리에게 말을 걸고 있어. 인생이 제어할 수 없을 정도로 빙빙 돌면 우리는 고개를 들어 별의 엄지손가락 지문이나 나무의 패턴, 파도의 규칙성을 살펴야 해. 그것들이 우리가 누구고 어디에 속하는지 다시금 알려줄 테니까.

– 맨델?

– 응, 숫자야?

– 넌 신비 그 자체야.
– 언젠가는 그 신비가 풀리겠지.

1단계가 검게 흐려졌고, 난 2단계로 들어섰다.

∞

눈을 뜨지도 않았는데 뭔가 잘못된 걸 알았다. 오늘 밤에는 바람이 없었다. 내 등이 차가운 벽돌 벽에 부딪히지도 않았다. 눈을 떠 보니, 내가 잘 아는 상하이 지역의 다른 쪽에 와 있었다. 바로 그 점이 이상했다. 어째서 이번엔 다른 거지? 월요일 시뮬레이션과 같아야 하는데. 난 있어야 할 곳에서 몇 킬로미터 떨어진 곳에 있었다.

주머니를 뒤져서 과제가 적힌 구깃구깃한 종이를 찾았다. 꺼내서 종이를 매끄럽게 펼쳤다.

당신이 해야 할 일: 누구를 만나야 합니다. 대상을 찾으세요.

온몸이 부들부들 떨렸다. 망설였다. 여기서 나가서 월요일 시뮬레이션을 다시 로딩해야 한다. 싸움을 살펴야 하니까. 그래서 누가 후계자인지 알아내야 하고. 중요한 건 사소한 부분이다. 하지만 나는 그렇게 하지 않았다. 길 맞은편 작은 스낵 상점이 눈에 띄었고, 거길 보니 심장이 요동쳤기 때문이다.

카이와 차를 마시고 샤오치(xiao chi 스낵)를 먹으며 시간을 보내던 바로 그 카페였다.

그리고 그가 지금, 우리가 제일 좋아하는 자리에 혼자 앉아 있었다.

대상을 찾으세요.

월요일이다. 카이는 분명 광장에 있어야 하는데 그렇지 않다. 그는 카페에서 날 기다리고 있다. 분명했다. 그는 저기서 나 말고 다른 사람을 만난 적이 없으니까. 얼른 그를 만나러 가려다가 일이 너무 쉽게 풀린다는 걸 깨달았다. 시뮬레이션은 이렇게 간단한 과제를 내준 적이 없었다.

내가 만나야 할 사람은 카이가 아니다. 하지만 상관없었다. 난 그를 향해 달렸다. 그와 이야기를 나누고 싶다. 보고 싶고 만지고 싶다. 시뮬레이션이라고 해도 모조리 물어보고 싶다. 엄마를 만났을 때와 마찬가지로 그것은 내게 특별한 일이다.

길을 가로지르는데 시뮬레이션이 상황을 바꿨다. 카이가 내가 만날 사람이 아니라는 걸 이제 확실히 알겠다. 시뮬레이션이 내 결정에 반대하고 모든 걸 어렵게 만들었다. 그 말은, 즉 대답이 다른 방향에 있다는 뜻이다. 테일러 대표는 내가 스스로 결정에 맞설 때 이렇게 된다고 알려 주었다. 난 내 과제를 수행해야 한다. 하지만 싫었다. 카이가 저기서 날 기다리고 있는데. 그가 시간을 확인했다. 젓가락을 가지고 노닥거렸다. 심지어 맛있는 마늘과 간장 냄새까지 풍겨오는데.

가게 앞에서 문을 열려고 했다. 문은 본드로 붙여 놓은 것처럼 꿈쩍도 하지 않았다. 시뮬레이션이 날 방해한다는 걸 알지만 더 세게 밀어봤다. 문이 열렸으나 이번엔 내 발이 바닥에 붙었다. 난 테이블로 가 보기로 마음먹었다. 가까이 다가가자마자 카이가 다시 손목시계를 보고 자리에서 일어나 뒷문으로 나가 골목으로 향했다.

"카이! 나 여기 있어!"

그를 향해 소리쳤다. 하지만 너무 늦었다. 그는 달렸고 난 뒤쫓았다. 그는 싸움이 벌어지는 광장 쪽으로 갔다.

"카이!" 다시 내가 불렀다.

그는 내 목소리를 듣지 못했다. 더 세게, 더 빨리 달렸다. 그러나 아무리 빨리 달려도 그를 따라잡을 수 없었다.

숫자가 눈앞에 펼쳐지면서 내 속도를 알려 주었지만 카이의 속도를 따라잡을 수 없으니 아무 소용이 없었다. 숫자가 사라졌다. 예전에, 시뮬레이션에서 경로를 이탈한 적이 있었다. 그때는 다시 과제를 했다. 그런데 이번에는 그러지 않았다.

광장에 도착하니, 사방에는 싸움의 흔적이 있었다. 당연히 모두가 여기 있었다. 그러나 지금은 다 끝났다. 카이는 가고 없었다. 내가 너무 늦었다. 마담과 후계자의 모습도 보이지 않았다.

시간이 얼마나 남았는지 모르겠다. 몇 분, 몇 초나. 내 재능은 돌아올 기미가 없었다. 그래서 아무것도 살피지 않고 그냥 달리기만 했다. 과제 수행에 실패했다. 하지만 몸에 피가 도는 기분이 좋았다. 심장 박동 소리에 집중하며 다른 건 모조리 잊어버리는 게 내가 바라던 전부였다. 시뮬레이션이 언제든 사라질 걸 알지만 강으로 방향을 잡고 최대한 멀리까지 가 보았다.

길 끝에 다다르니, 난간에 구부정하게 기대고 밤하늘을 올려다보는 남성이 보였다. 늙고 익숙한 그의 손이 난간을 감쌌다. 난 숨이 턱 막혔다.

남성을 보려고 고개를 쭉 빼고 걸었다. 잠시 뒤, 난 놀라 손으로 입을 막았다.

"레드?"

∞

머리 위에서 날개 도는 소리가 시끄럽게 울렸다.

휙. 휙. 휙.

마구 흔들리는 컨트롤 레버를 잡은 내 손은 이미 땀범벅이었다. 3단계가 헬리콥터였던 걸 잊고 있었다. 이번에는 해안가를 잘 살필 것이다. 이번에는 제대로 날아오를 작정이었다.

따뜻한 바람 한 줄기와 자유로움을 만끽하며 눈을 떴는데 검은 하늘만 보였다. 난 어딘지 모를 곳에 있었다. 보통 밤 비행의 경우 30분 정도 눈이 어둠에 적응할 시간이 필요하다. 그렇지 않으면 눈먼 상태로 비행하는 것과 똑같은 재앙이 벌어진다. 악천후는 말할 것도 없거니와.

주변으로 두꺼운 구름이 휘몰아쳤다. 가는 빗줄기가 윈드실드 위로 흩날렸다. 지평선이 보이지 않았다. 이상적인 상황과는 거리가 멀다. 해안선을 살피려던 내 계획이 수포가 되었다.

프로그램은 내가 계속 도전하게끔 너무 영리하게 설계돼 있다. 밤에 하는 도전들은 늘 최악이었다. 밤에 서핑하던 시뮬레이션이 기억났다. 당최 집중할 수 없었다. 칠흑 같은 물과 그 속에 뭐가 있는지 모르는 상태로 보드 위에 발을 붙이고 있으려고 안간힘을 썼다. 파도는 잔잔했지만 감당하기에 벅찼다. 난 겁에 질렀다. 파도 하나가 날 쓰러뜨리고 숨을 채갔다. 너무 멀리 밀려난 바람에 보드를 잃어버렸고 헤엄쳐서 돌아올 수도 없었다.

그때처럼 지금도 헬리콥터는 너무 높게 올라와 있는 데다 폭풍우도 생기고 있어 무엇에도 안심할 수가 없었다.

여기서 그만둘까? 하지만 그럴 수 없었다. 포기하고 싶지 않았다.

필요한 모든 정보가 눈금에 표시되어 있었다. 뭔가 잘못될 걸 알면서도 일단 날아올랐다.

내 머리가 리듬에 안착하며 패턴을 찾으려고 애썼다. 그러나 상황은 더욱 나빠졌다. 한랭전선이 여름밤 공기와 부딪히면서 번개가 하늘을 가르기 시작했다. 왜 날 이런 시뮬레이션 속에 밀어 넣은 걸까? 착륙이 가장 좋은 선택일 것이다. 폭풍우에서 벗어나야 한다. 하지만 폭풍이 심해지면서 시야도 나빠졌다.

번개가 하늘을 가로질렀고 내 마음은 공포로 뒤범벅이 됐다. 갑자기 난 내가 거꾸로 추락하는 중이라고 확신했다.

공간적 방향 상실. 헬리콥터 사고로 이어지게 하는 치명적인 비행 착각이다. 지금 내 혼란을 설명할 수 있는 건 그것뿐이다. 난 모든 눈금을 살폈다. 정상이다. 하지만 내 머릿속은 좌우로 흔들렸고 눈앞에는 안개, 구름, 어둠밖에 보이지 않았다. 천둥이 날 흔들며 마지막 남은 능력을 빼앗았다. 난 두리번거리며 초점 잡을 곳을 간절히 찾았다.

일어나! 주변 공간을 계산해 줄 내 재능이 필요했다. 저 눈금들을 믿을 수 없었다. 내 재능을 믿고 싶었다. 번개가 코앞에서 내리꽂혔다. 겨우 피한 뒤 위로 가니 밑으로 내려가고, 밑으로

가니 위로 올라왔다.

공간적 방향 상실이라고 내 머리가 다시 경고 메시지를 보냈다. 그러면서 속을 뒤집어놨다. 눈금이 잘못된 거다. 분명 그랬다. 내 머리가 아래로 내려가고 있다고 했지만 그렇지 않았다. 난 지금 아주 높게 날고 있으니까.

다시 번개가 쳤고 도무지 알 수가 없었다. 헬리콥터 날갯소리가 너무 시끄러웠고 번개는 너무 눈부셨다. 그만 헬멧을 벗으려는데 노블의 목소리가 시뮬레이션으로 들어왔다. 그리고 그의 손이 내 다리 위에 올라오는 초현실적인 느낌이 들었다. 고개를 내려 확인하니 아무것도 없었다.

"눈금을 믿고 위로 올라가."

"눈금이 잘못됐어."

"고장 났을 리 없어. 올라가라고."

그의 목소리가 날 안심시켰다. 그 주파수. 시뮬레이션하는 지금도 느껴졌다. 어쩜 이럴 수가 있을까? 그러다 생각이 났다. 우리는 같이 밴을 타고 있었지.

"번개에 집중해. 시선을 피하지 말고." 그의 목소리가 알려주었다.

"두드러진 패턴이 있어. 뭐가 보이니?"

내 몸 전체가 이게 아니라고 했지만 난 헬리콥터를 끌어 올렸다. 눈금보다 그 애를 더 믿었기 때문이다.

번개가 아래로, 지그재그로 내리쳤다. 난 똑바로 비행하고 있었다. 또다시 번쩍이는 섬광과 구부러진 선들이 내 머릿속에 글을 썼다. 그러자 이상한 일이 벌어졌다. 이어지는 번개가 반짝일 때 난 번개 대신 열대지방 지도 위 지류로 들어가는 강줄기를 보았다. 그리고 사방으로 뻗은 나뭇가지도. 온몸으로 평화가 찾아왔고 숫자들이 잔잔히 요동치더니 헬리콥터 날갯소리마저 단순한 계산으로 변했다. 이제 아무 소리도 들리지 않았고 그저 잔잔한 밤이 되었다.

"아름다워…."

노블이 사라졌다. 목소리도, 주파수도 없었다. 난 번개 속으로 비행했다. 이러다 벼락을 맞는다고 해도 상관없었다. 내 재능에 불이 켜졌다. 천천히 폭풍우가 사그라들고 구름이 갈라지면서 어둡게 반짝이는 강이 드러났다.

내가 시뮬레이션을 이겼다.

눈앞이 검게 변했다.

∞

노블이 가운데 자리에 기대 날 쳐다보았다. 가슴이 벅찼고 이 작은 승리를 함께 이룬 우리의 시선이 숨김없이 아름답게 마주했다.

"번개가 치는지는 어떻게 알았어?" 내가 물었다.

"구름이 구가 아니고, 산은 원뿔 모양이 아니고, 해안이 둥글지 않으며, 나무껍질은 매끄럽지 않고, 번개가 곧은 선으로 내려치지 않아."

그의 입에서 내가 너무 잘 아는 문구가 술술 흘러나와 내 귀에 천둥처럼 강타했다.

난 재빨리 몸을 세웠다.

“뭐야?” 나는 방망이질 치는 가슴으로 물었다.

“네가 왜 그 말을 하는 거야?”

“내가 뭘 잘못 말했어?”

그는 혼란스러운 표정으로 뭐 때문에 내가 화를 내는지 알려고 했다.

“전에 말했듯 디자인이 패턴을 만들고 패턴이 등식을 만들어. 네가 망델브로 엽서를 가지고 다니기에 아는 줄 알았지. 게다가 아프리카에서 인도까지 전 세계 천재 중 이 문구를 모르는 사람이 없잖아.”

난 어색하게 웃으며 삐져나온 머리카락을 귀 뒤로 넘겼다.

“그래, 맞아. 나도 알고 있어.” 달아오른 뺨을 숨기려고 창문 밖을 내다봤다.

“도와줘서 고마워.”

밖에서 차 한 대가 경적을 울리며 분위기를 깨트려 난 다시 현실로 돌아왔다. 그가 한 말과 찰나지만 노블이 맨델과 관련이 있을지도 모른다는 생각을 얼른 떨쳐 버렸다. 사실일 리가 없다. 맨델은 내 친구니, 결코 나에게 자기 정체를 숨기지 않을 것이다. 게다가 그 애는 해커가 아니다. 또한 노블은 맨델과의 시뮬레이션을 괴짜들의 데이트라며 비꼬았다. 세상에. 시뮬레이션 단계 간 휴식 시간이 없으니 내가 정말로 정신이 나갔나 보다. 그런데 그는 여전히 뭘 기다리는 사람처럼 날 쳐다봤다.

“왜 그래?” 내가 물었다.

“소득이 좀 있어?” 그가 물었고 그제야 기억났다.

2단계 속 싸움, 거래가 있을 금요일, 그리고 후계자의 정체.

"아니, 이번 시뮬레이션은 달랐어." 대답한 뒤 정리해 보려고 애썼다.

"월요일이랑 똑같지 않았어. 내 시뮬레이션이 기능 이상을 일으켰나 봐."

그가 잠시 생각에 잠겼다.

"기능 이상이 아닐 거야. 네 현실이 네 기억을 압도한 거 같다고 생각해. PSS가 그걸 디자인한 방식을 내가 살펴봤는데, 네 시뮬레이션은 이 용도로 만들어졌어. 제대로 된 때에 네게 필요한 것을 주도록. 결국 넌 재능이 필요하지 않았던 거야. 이건 그 과정 일부니까. 그래서 새로운 건 없었고?"

"싸움을 보려고 달려갔는데 모두가 사라졌어."

난 레스토랑에 있던 카이나 레드에 관해 이야기하지 않았다.

노블이 날 살폈다.

"이러긴 싫지만, 다시 해 봐야 할 것 같아. 내 숫자들이 미친 듯이 날뛰고 있어. 우리에게 필요한 모든 게 거기 갇혀 있잖아…."

그가 부드럽게 내 관자놀이를 눌렀고, 그의 손길에 찌릿한 내 피부 반응에 나도 놀랐다.

"내가 바라는 건 재능을 되돌리는 거야."

쏘아붙일 의도는 없었는데 그러고 말았다. 분명 지쳐서일 거다.

"오늘 밤에 차에서 내리면 다시 해 볼게."

"알았어. 내가 살짝 업데이트를 해 봤어. 3단계를 할 때 월요일은 고르지 마. 그냥 자동으로 진행하게 둬. 네 재능을 살리는

데 도움이 되면 좋겠어."

그가 숨을 들이쉬고는 불안하게 손을 무릎 위로 포갰다.

"그리고… 원한다면 내가 네 옆에 있어 줄 수도 있어."

난 잠시 생각했다.

"뭐라고? 그냥 오디오로 참여하는 게 아니라 시뮬레이션 안으로 들어오겠다는 거야?"

"맞아. 네 옆에 있을 수 있어. 너도 날 볼 수 있고."

"그게 어떻게 가능해?"

노블의 능력에 감탄하며 그를 쳐다봤지만 동시에 그의 제안에 크게 위축되기도 했다. 왜 이렇게까지 하는 걸까? 수많은 물음이 머릿속을 지나갔다. 피닉스라면 그를 상당히 의심하겠지만 난 그렇지 않다. 의심스러운 건 산호와 번개였다.

노블이 초소형 기기를 꺼냈다.

"이걸 써. 네 시뮬레이션에 연결하는 신경 시뮬레이터야. 네가 이걸 귀 뒤에 붙이면 돼. 옥상에서 시뮬레이션했던 날도 그렇게 네 시뮬레이션에 들어간 거야. 조금 혼란스럽겠지만 내가 네 재능에 도움이 될 것 같으면 나도 참여할게."

그의 눈동자가 내 속으로 잠시 녹아들었고 난 새로운 방향으로 그를 쳐다봤다. 해커가 아니라 내가 전혀 알지 못하는 소년으로. 그의 인생은 내게 완전히 미스터리다. 수수께끼고, 풀고 싶은 방정식이다.

내 안의 작은 일부가 그와 시뮬레이션에서 함께하면 어떨지 호기심을 보였다. 그는 내 재능을 찾는 걸 도와줄 수 있다. 내가 찾는 대답을 발견하게 도울 수 있다. 하지만 솔직히 재능을 찾는 것 이상으로 그에게 흥미가 있었다. 그가 대체 누구고 우리 사이에 요동치는 이 주파수의 정체가 무엇인지 궁금해서 미칠 지경이었다.

그러다 갑자기 그의 코에 난 주근깨를 보니 미소가 절로 나왔고 눈이 마주치자 보이지 않는 선이 교차한 듯 감정적으로 거리가 가까워지는 바람에… 난 겁을 먹었다.

난 시선을 거두고 창밖을 바라봤다.

"나 혼자서도 괜찮을 거야." 내가 말했다.

"아무튼 고마워."

노블은 거절당했다고 느꼈고, 내 말을 다시 앞을 보라는 신호로 받아들였다. 그는 아랍어로 콰다와 대화하며 오랜 친구처럼 웃었다. 콰다의 보디랭귀지가 편안하고 안정적으로 보였다. 몇 년간 사람을 연구해 온 내 시간이 재빨리 나타나 살폈다. 둘이 같은 문화권이라서일까…. 아니, 그보다 더 가까워…. 그들의 언어 사용과 태도를 보며 내 재능이 반짝였다. 그럴 리가 없다. 하지만 내 안의 모든 것들이 내가 옳다고 말하고 있었다. 난 아랍어를 할 줄 몰랐지만, 저 둘은 아주 친한 사이고 자신들만 아는 오랜 농담을 주고받았다.

그들은 서로 잘 아는 사이다. 어쩌면 시디 부 사이드에서 내가 이 부분을 놓쳤을까? 콰다는 날 찾으러 바르도 국립 박물관 안에 들어오지 않았다. 내가 누굴 만나는지 알고 있었기 때문이고… 다르 알 자이툰의 내 침대 위에 놓인 책 속의 아랍어 구절 역시 처음 그가 내 방을 살필 때 노블을 대신해서 놔둔 게 분명하다.

난 고개를 저었다. 이 여정은 내게 생각 이상으로 더 많은 대답을 해 주었다. 고맙게도 나에게 있어서 많은 비밀을 품은 남자는 그들이 처음이 아니었다.

두 사람이 아랍어로 나누는 대화에 난 이끌렸다. 책의 아무 페이지나 펼쳐놓고 오른쪽에서 왼쪽으로, 내가 배운 읽는 법과 반대로 전개되는 이야기라고 상상했다. 노블이 문구를 적어놓은 책이 내 가방에 들어 있다. 그는 인생을 새로운 방식으로 보는 데 도움이 될 거라고 말했고 난 그 점을 이해했다. 중국어, 혹은 아랍어를 배우는 건 자신이 갇혀 있는지조차 몰랐던 상자를 깨부수고 나오는 행위와 같으니까. 그래서 집중하고 흥미를 보이고 용기를 가지고 생각하고 다르게 말해야 하지만, 결국 새로운 길은 마음으로 이어진다. 그러면서 거기 있는지조차 몰랐던 세상을 보고 듣게 되는 것이다.

두 사람의 대화 속 멜로디가 자장가처럼 들렸지만, 그 음절, 억양, 소리가 이 지역에 생기를 가져왔다. 그 멜로디가 머릿속에 각인되기 전에는 지루하다고 생각했는데.

∞

일어나니 땅거미가 지고 있었다. 부산한 거리와 튀니스의 트램은 사라진 지 오래다. 우리는 어딘지 모르는 고속도로에 있었고, 땅은 건조한 갈색의 모래판이었다. '낙타 통행' 푯말을 지났고 간간이 자동차들이 도롯가에서 물건을 팔고 있는 모습이 눈에 들어왔다.

"우린 지금 사하라에 와 있어. 제빌 국립공원을 지나는 중이야."

잔잔히 흔들리는 보트가 만드는 작은 파도처럼 노블의 주파수가 내게로 흘렀다. 그가 수줍게 미소를 지었다.

"거의 다 왔어."

우리는 올리브와 야자나무로 둘러싸인 작은 마을을 지났다. 밝은 간판이 달린 상점들과 길가에는 대추가 가득 담긴 상자들이 쌓여있었다. 석조 주택에는 커다란 어닝이 펼쳐져 있고, 사막 외곽으로 빠져나갈 때까지 트럭들이 큰소리를 내며 우리 옆을 지나쳤다.

하늘은 어두워지고 우리는 계속 도시에서 더 멀리 나갔다. 하늘에는 10억 개의 별들이 반짝이고 이곳의 달은 다른 곳보다 열 배는 더 커 보였다.

"우린 어디로 가는 거야?" 내 배에서 꼬르륵 소리가 났다.

"관광지에 머무는 거 아니었어?"

"맞아. 우리는 텐트에 감시 초소를 세웠지." 노블이 짓궂게 웃었다.

"텐트라고? 캠핑처럼?" 난 너무 혼란스러워서 물었다.

그가 낙타 두 마리가 있는 안내 책자를 건네며 웃었다.

"꼭 그렇지만은 않아."

CHAPTER 38

튀니지, 사하라 사막, 사하라의 관문 두즈

튀니지 사하라에 오신 여러분 환영합니다, 안장을 올리고 모래 언덕과 베두인(bedouin) 스타일을 즐겨 보세요!

안내 책자는 이렇게 광고했다. 펼쳐보니 크고 호화로운 유목민 텐트 여러 채의 사진이 수록돼 있었다.

"그러니까 우리가 사하라에서 글램핑을 한다고?" 난 얼른 콰다에게 고개를 돌렸다.

"어떻게 된 일이에요?"

그는 쭉 전방만 주시했다.

"곧 알게 될 거야."

차가 도착한 곳은 사막 한가운데 모래언덕과 수백 그루의 야자수로 둘러싸인 아름다운 오아시스였다. 배낭을 챙겨 콰다와 노블의 뒤를 따랐다. 먼지 낀 모랫길을 가로질러 '오아시스 베두인 드림, 튀니지 사하라 머그레브 양식 글램핑장'이라고 적힌 표지판 앞까지 왔다.

울창한 나무숲 속으로 걸어 들어가니 천국이 펼쳐졌다. 그동안 봤던 단출한 캠프장의 텐트와는 차원이 달랐다. 우아하고 고급스러운 흰색 캔버스가 작은 성들처럼 큰 원을 이루고 서서 돌로 만든 아름다운 안뜰과 근사한 푸른 수영장을 감쌌다.

안마당에는 카페 의자와 리클라이너가 가지런히 자리했다. 두툼한 야자나무 그늘이 쏟아지는 햇살로부터 막아주었다.

한 무리의 어린아이들이 뛰어나와 노블을 에워싸고 방방 뛰며 좋아했다.

"아슬레마!" 아이들이 소리치며 아랍어로 떠들었다. 한 아이가 노블에게 공을 차니 노블이 받아 차주고는 아이들에게 간지럼을 태웠다.

"여기가 관광객용 숙박시설이라고?" 내 한쪽 입꼬리가 올라갔다.

노블이 웃으며 내게 자신의 휴대전화를 건넸다.

"우선 전화부터 한 다음 설명해 줄게. 네 휴대전화 배터리가 다 돼서 내 전화기로 수신을 돌려놨어. 미안, 내 재능이 알려줘서…."

"무슨 전화?" 그의 휴대전화가 울렸고, 화면을 쳐다보니 아는 번호였다. *맞다.*

"여보세요, 아빠." 난 얼른 전화를 받았다.

노블이 텐트의 미로로 당당하게 들어가 한가운데 있는 크고 정교한 텐트로 향했다. 모든 텐트가 문을 열어두어 그 속의 아름다운 다이아몬드 패턴 카펫과 매달아 둔 램프, 알록달록하게 장식한 테이블이 보였다.

"안녕, 우리 딸." 아빠가 한껏 기대한 목소리로 말했다.

"잘 지내고 있니?"

"네, 잘 있어요. 상상도 못 하실 테지만 지금 우리는 사하라 사막에서 글램핑을 하는 중이에요."

난 가방을 내려놓고 어린아이처럼 우는, 이상한 동물 소리가 나는 나무 쪽으로 걸어갔다.

아빠가 안도의 한숨을 쉬었다.

"와, 3,000년 된 유물이 있는 박물관부터 사막 글램핑이라니. 설마 전갈은 없겠지?" 아빠가 불안하게 웃었다.

"아직은요."

난 이상한 소리의 주인공이 마구간에 매인 낙타들이라는 사실을 알았다. 배설물에서 풍기는 톡 쏘는 냄새가 역했다.

"대신 낙타는 많이 있네요."

코를 막고 다시 안뜰로 걸었다. 수정처럼 밝은 풀장과 나란히 자리한 예쁜 베란다로 걸음을 옮겼다. 재스민 화분에 핀 작은 흰 꽃의 달콤한 향기가 풀장을 꾸미고 아랍 대추야자 나무가 주변을 에워쌌다. 끝없는 모래언덕 한가운데 자리한 천국이었다. 일 년 내내 여기서 지내도 지루하지 않을 것 같았다.

"재미있을 것 같구나. 아빠도 항상 사막에 있는 캐러밴들이 궁금했는데. 모래언덕 말고도 구경거리가 있니?"

수영장과 야자나무에 대해 말하려는데 노블이 상의를 입지 않은 채 걸어 나왔다. 노을의 역광에 비친 몸이 근사했다. 잠깐만, 상의 탈의라고? 왜 반바지만 입은 거야? 지금.

그가 수영장으로 뛰어들자, 안뜰까지 물이 튀었다. 앞서 뛰쳐나왔던 아이들이 비명을 지르며 뒤따랐다. 사방에서 물이 튀고 웃음소리가 번졌다.

"음…."

난 잠시 그가 수영하는 모습에 한눈을 팔았고 물살을 가르는 날렵한 팔뚝과 얼굴에 드리운 미소, 한가득 터트린 웃음소리에 빠져들었다. 그 애는 너무 행복해 보여서 꼭 집에 와 있는 사람 같았다.

"조?" 아빠가 날 불렀다.

"맞아요, 볼 게 많아요. 그러니까, 여기 와 있으니 정말 좋네요." 난 손으로 얼굴을 때렸다.

"제 말은, 이국적인 데다 사막이잖아요. 야자나무도 있어요. 바위도요."

난 손가락으로 이마를 꼬집었다. 정신 차려.

"아빠가 말했던 것처럼요. 모래와 하늘도요." 고개를 들었다.

음. 빛 공해가 별로 없다. 별을 보기 좋은 장소다….

"그래, 아빤 거짓말은 안 할게, 조." 아빠가 말을 이었다.

"잘 지내는 것 같구나. 네가 안전한 것 같아서 기뻐. 일은 좀 끝냈니?"

"잠시 쉬는 시간이 생겼어요." 난 입술을 오므렸다.

"내일과 금요일까진 별로 할 일이 없어요. 오늘은 준비하는 기간이고요." 그 말에 살짝 정신이 들었다.

"아빠는 어떻게 지내요?" 내가 물었다.

"몇 달 전 카이가 아빠한테 가르쳐준 쿵후 기억하니? 드디어 그걸 연습하기 시작했단다. 변화가 찾아왔구나, 조. 이번 네 여행이 우리 둘에게 꼭 필요했던 것처럼 아빠도 강해지는 걸 느끼고 있어."

"잘됐어요, 아빠."

"여행하며 세상을 보고 싶어 하는 네 소망에 가까워지는 것 같아서 아빤 기쁘구나. 그래도 내일과 모레도 통화는 해야 해, 알았지?" 아빠가 말했다.

"사진 많이 찍으렴! 그리고 아빠한테도 보내주고."

"그럴게요." 내가 대답했다.

풀장에 있던 노블이 내 시선을 알아차리고 미소를 지었다. 아직도 쳐다보고 있었다는 게 부끄러웠지만, 얼른 손을 흔들고 몸을 돌렸다.

"아빠, 마라 언니 좀 바꿔주실래요?"

"그래. 내일 통화하자꾸나."

잠시 뒤, 마라 언니의 목소리가 흘러나왔다.

"조? 잘 지내고 있어?" 언니가 말했다.

"금요일이 되면 알 수 있을 것 같아. 그냥 언니 목소리가 듣고 싶었어. 머리가 엄청 복잡하거든."

"일 때문에 그런 거야?"

"거기다 다른 것들, 아니, 솔직히 말하면 남자 문제야." 수영하는 노블을 슬쩍 살폈다.

"내 블로그에 있던 남자애 기억해?"

"그 앨 어떻게 잊어? 내가 널 얼마나 놀려댔는데. 그땐 질투가 나서 그랬던 거 너도 알지? 나도 그렇게 공감대를 형성할 수 있는 누군가가 있었으면 했거든. 미안해."

"고마워…. 나도 이해해." 내가 말했다.

"그런데 문제는 그 애가 지금 내 시뮬레이션에 계속 나타난다는 거야. 상황이 더 안 좋은 건, 여기 내가 생각해서는 안 되는 다른 남자애가 있어. 카이가 없는 마당에 이래서 지금 진짜 혼란스러워."

"와. 넌 정말로 아빠랑 이야기를 해봐야 할 것 같아. 이성 관계에 있어서는 나보다 아빠가 조언을 훨씬 잘해 주실 거거든."

난 걸음을 멈췄다.

"엄마도 그렇게 말했는데." 내가 웅얼거렸다.

콰다가 내게 다가왔다.

"언니. 내 경호원이 왔어. 그만 끊을게."

"그래. 하지만 명심해, 조. 중국에서 넌 네 가슴이 시키는 대로 하는 법을 배웠잖아. 이번 일도 해결할 수 있을 거야."

우리는 전화를 끊었고, 콰다가 다가와 내 배낭을 들었다.

"네 방으로 데려다줄게."

흰 캔버스 문을 들어 올리자, 눈에 들어온 광경에 나는 매우 놀랐다. 사방에서 재스민 향이 났다. 텐트를 밝히는 램프 불빛이 직조한 예쁜 러그와 태피스트리를 보여 주었다. 고급스러운 사각형과 장방형 실크 베개도 있었다. 모자이크 디자인을 넣은 정교한 나무 테이블 위에는 대추와 과일, 찻주전자가 놓여 있었다.

다채로운 색감의 커튼이 커다란 침대와 방의 나머지 공간을 분리하는 역할을 했다. 바닥에는 역동적인 줄무늬 쿠션이 놓여 있다. 그 옆으로는 근사한 구리색 유리 개수대가 있는 욕실과 구리로 만든 발톱 발이 인상적인 아름다운 욕조가 있었다. 향이 어디서 나는지 찾았다. 작은 화병에 꽂혀 있는 재스민이 꿀처럼 달콤하게 공중으로 퍼졌다. 처음 사막에서 보내는 밤인데 이보다 더 근사할 순 없을 것 같았다.

"앞으로 이틀 동안은 이 텐트가 네 집이란다." 콰다가 연결된 문을 가리켰다.

"그리고 이번에도 난 네 옆방이야. 노블은 그 옆방에 있고. 넌 여기서 믿을 만한 사람들에게 둘러싸여 있는 거야. 그래서 안전하지. 네 목표가…."

"아저씨 목표죠. 저도 알아요."

난 짐을 내리고 노블의 휴대전화를 침대에 올려뒀다.

"같이 가자."

그가 날 데리고 사람들이 많은 다른 텐트로 갔고 우리는 텐트 뒤편 러그 위로 쿠션들이 놓인 낮은 테이블에 자리를 잡았다.

"드세요."

자수가 새겨진 예쁜 옷을 입은 한 여성이 온화한 표정으로 나타나 우리 앞에 따뜻한 찻잔을 내려놓았다. 강한 민트 향과 구운 사과 향이 뒤섞여 방 안에 퍼졌다.

"비시파(Bishifa)예요."

따뜻한 차를 한 모금 마시며 단맛을 음미했다. 향신료와 고기 굽는 냄새에 뱃속이 요동쳤다.

노블이 젖은 머리에, 옷은 다 입은 채로 들어와 테이블 먼 끝쪽에 앉았다. 저 애가 나랑 가장 먼 곳에 자리 잡은 것도 놀랍지 않다. 내 시선을 피하는 걸 보니 내 무언가가 그를 불안하게 만든다는 점이 분명해졌다. 그래도 차 안에서처럼, 다른 때엔 우리는 꼭 오래 알고 지낸 사이처럼 느껴졌다.

"아슬레마."

남자들이 들어와 악수하고 오른손을 각자의 가슴에 가져다 댔다. 반면 여성들은 들어와 입을 맞추며 인사했다. 모두가 자리에 서서 노블과 콰다를 아랍어로 반겨 주었다. 나이 든 한 여성이 노블의 뺨을 쓰다듬고 애정 어린 눈빛으로 그를 쳐다봤다.

"그래 좋아. 이제 말해봐. 여기 있는 모두가 널 알잖아." 내가 말했다.

노블이 날 쳐다보더니, 콰다의 어깨를 손으로 쳤다.

"이쪽은 우리 삼촌이야." 그리고 어색하게 으쓱였다.

"내가 경호 체계 덕분에 삼촌이 널 감시하도록 할 수 있었지."

내가 고개를 흔들며 수만 가지 질문을 쏟아내려고 하는데, 나이 든 여성이 들어와 노블에게 따라오라고 손짓했다.

"살았다." 그가 내게 윙크하고, 걸어 나갔다.

"와~"

난 '부끄러운 줄 아세요'라는 눈빛으로 콰다를 노려봤다.

"당신 고용주가 이번 일이 힘들 거라고 했다면서요? 지금 충격을 받은 쪽은 나라고요." 내가 입술을 삐죽 내밀었다.

콰다가 웃었다.

"저 애가 바르도 박물관에서 너와의 만남에 늦었던 이유가 그

거였어. 마취된 날 깨워야 했거든."

이제 모든 게 분명해졌다. 여태 그의 고용주가 우리 아빠라고 생각했는데 실상은 노블이었다. 콰다가 했던 말이 뇌리를 스쳤다.

날 고용한 사람은 널 많이 신경 쓰고 있어. 넌 중요하니까.

무엇과도 비교할 수 없는 힘과 주파수가 온몸으로 흘렀다. 노블이 누군지 알아내야 했다. 그것뿐만이 아니다. 카이에 대해 내게 알려주지 않은 부분이 무엇인지도 밝혀내야 한다.

이국적인 차가 목을 타고 흐르며 내 마음을 진정시켰다. 작년에는 질문 세례를 받는 쪽이 나였는데. 상황이란 정말 돌고 도는 거구나.

콰다가 해바라기씨를 한 움큼 잡아서 치아 사이로 깨트려 먹었다.

"한편으론 난 전적으로 너에게 진실했어. 네 목표는 해커를 만나고 카이를 돕는 거니까. 난 그 일에 충실했다고."

그 점은 부인하지 않았다. 노블이 다시 보였고 그는 음식이 가득 담긴 접시를 들고 다른 텐트의 테이블마다 날라주며 아랍어로 즐겁게 인사를 나눴다. 그가 돌아오니 흥얼거리는 음파가 배경 음악과 뒤섞였다. 춤추고 싶게 만드는 멜로디 같다. 하지만 난 여기 놀러 온 게 아니다. 노블이 눈 앞으로 흘러내린 머리카락을 넘기고 내게 두즈의 지도를 건넸다.

"여기서 몇 킬로미터 내려간 곳에서 거래가 이루어질 거야. 우리 어머니 친척이 이곳에서 관광업을 하고 계셔. 다른 곳에 머물면 그쪽에서 의심할 거야. 그렇지만 여긴 안전해."

"안전이라고, 퍽이나."

내가 웃자, 그들도 웃었다. 모든 것이 드러난 지금, 상황이 좀 아이러니하니까. 날 해킹하고 내 경호원을 사주한 소년과 같이 있는데 안전하다니. 카이가 잠입 수사 중이고 마담의 후계자가 새로운 제국을 건설하려고 하는 사막 한가운데서 내가 안전하다니.

난 전혀 안전하지 않았다. 겁이 나야 마땅했다. 그런데 내 재능은 오히려 깜박이기 시작했다.

CHAPTER 39

∞

죽음을 동경하는 사람만이 낯선 사람들 틈에 뒤섞이면서 하는 행동이야말로 자신이 살아남을 가장 좋은 선택이라고 믿을 것이다. 그런데 지금 이 게임에선 그 두 가지가 한 세트였다.

"난 지금 걸어 다니는 무기인 거 알지?"

반농담조로 내 핑거팁스를 흔들어 보였다. 주머니에 있는 스웨이, 손목의 테이저건 혹은 호신용 귀걸이까지 다 말할 필요도 없다.

콰다가 갑자기 멀리 떨어져서 양손을 들어 올렸다.

"이봐. 우리는 지금 같은 목표를 가지고 있잖니."

노블의 눈동자가 잠시 날 빤히 바라봤지만, 우리 사이의 주파수 떨림과 따끔거림에 그는 눈길을 돌렸다. 그리고 양손으로 잡은 찻잔에만 집중했다.

"네가 오겠다고 했잖아. 그러니 넌 날 믿든지, 아니면 우리 모두 위험에 빠질 수밖에 없어."

"선택지 한번 끝내주네."

난 한쪽 눈썹을 들어 올려 보이고 찻잔을 잡았다. 테이블 위에 놓인 지도로 시선을 돌리고 모래언덕처럼 보이는 아랍어 위를 자세히 살피자 재능이 슬슬 발동했다.

"있잖아, 난 카이에게 홀로썸을 주려고 여기 왔지만, 이번 일을 쭉 지켜봐 왔어. 후계자가 마담의 제국을 이어받도록 놔둘 수 없어. 그러니 작업에 들어가자. 궁금한 게 많아…. 이를테면, 이 외딴 오아시스에서 글램핑이나 하는 우리가 어떻게 거래를 감시할 수 있다는 거야?"

노블과 콰다는 내가 이상하다는 듯 눈빛을 교환했다. 분명 둘은 내가 모르는 뭔가를 알고 있었다.

"좀 있다 모두 설명해 줄게. 다만 아직은 일을 할 수 없어. 아주 중요한 무언가가 벌어질 참이거든."

콰다가 일어나 서둘러 문을 열고 나갔다.

"나빌!"

한 여성이 다른 방에서 외쳤다.

난 불안해하며 주변을 둘러보았다.

"아, 안 돼. 무슨 일이야?"

노블이 배를 잡고 웃었다.

"저녁 식사야."

그가 자리에서 일어나더니 손을 내밀었다.

그 애가 날 일으켜 세워주더니, 마치 내 손에 화상이라도 입은 사람처럼 얼른 손을 뺐다.

노블이 옆 텐트를 가리켰다.

"튀니지에서는 가족들을 기다리게 해선 안 돼. 그리고 음식을 만들어 준 사람을 늘 칭찬해야 하고. 평생 먹은 쿠스쿠스 중에 가장 맛있었다고 하면 추가로 점수를 딸 거야."

너무 배가 고팠고 이런 근사한 공간에서 새로운 시도를 해 본다는 점에 이상하리만치 들떠 그를 따라갔다. 카이가 행방불명이고 팀원들은 수도에서 위험한 급진주의자들을 상대하는 상황이라 죄책감이 느껴졌다. 하지만 내 다른 일부는 잔뜩 흥분했다. 이유는 딱히 모르겠지만.

다른 텐트로 들어가니 커다란 테이블 여러 개가 놓여 있었다. 일부는 좌식에 편안한 쿠션으로 된 자리고 다른 일부는 벤치로 이루어져 있었다. 사람들이 고개를 들어 우리를 쳐다봤다. 밝고 호기심 어린 눈동자가 날 머리부터 발끝까지 살폈다. 난 침을 삼켰다. 아는 사람이 아무도 없는 가족 모임에 낀 기분이다. 낡고 쭈글쭈글한 청바지와 흰 티셔츠 위에 회색 스웨트 셔츠 차림이 아니라 더 근사한 옷을 입었다면 좋았을 텐데.

수영장에 있던 아이들이 노블에게 달려왔다.

"아미(Ammi)." 아이들이 그를 이렇게 불렀다.

내가 생각하기에 중국에서처럼 그건 삼촌과 같이 가족을 지칭하는 말인 것 같다. 노블이 몸을 구부려 애들과 포옹하고 머리를 쓰다듬었다. 그가 아이들 옆에 앉을 때 난 그에게 진짜 사람이 될 기회를 주지 않았다는 걸 깨달았다. 지금 그는 내가 되고 싶은 그런 사람의 모습이다. 노블은 아이들에게 카드를 한가득 보여 주면서 숫자에 관해 가르쳐 주었다. 아이들이 흥미로운 얼굴로 그를 쳐다보는 광경이 참 훈훈했다.

한 여성이 내 옆으로 와서 몸을 구부리고 말했다.

"우리 집에 잘 왔어요, 조. 난 파라예요. 노블의 엄마 쪽 사촌이죠."

억양이 강한데도 음악처럼 아름답게 들렸다. 햇살이 입맞춤한 주름으로 반짝이는 얼굴에서 친절함이 느껴졌다.

"아슬레마." 그녀가 내 이름을 안다는 데 놀라며 내가 대답했다.

"모두 당신 아이들인가요?" 난 다시 한번 노블을 흘끔거렸다.

"열 명 다는 아니랍니다." 그녀가 웃었다.

"그렇지만 맞아요. 저 중 일부는 내 아이들이죠. 여기 아이들은 전부 노블을 좋아해요. 저 애가 아니었다면 많은 아이가 아무것도 못 했을 테니까요."

"무슨 말이에요?" 내가 물었다.

"이곳에 있을 때면 노블은 아이들을 가르쳤어요. 저 중 일부는 교육받을 기회가 없거든요."

그녀의 미소가 부드러워지고 목소리는 생동감으로 넘쳤다.

"그런데 노블이 학교에서 배우는 것보다 열 배는 더 똑똑하게 만들어줬어요. 그리고 어느 부모보다 더 큰 인내심을 보였죠. 책은 적게 보고 아이들이 좋아하는 방식으로 가르쳤어요."

그녀가 웃을 때 꽃과 향신료 향기가 주변으로 풍겼다.

난 노블을 살폈다. 해커, 범죄와 싸우는 인물, 그리고 나사 티 퍼일지도 모르는 사람. 게다가 지금은 아이들의 스승이다. 여러 방면에서 그는 카이를 떠올리게 했다. 똑똑하고 매력적이고 인정이 많고 용감하다. 맨델도 떠올랐다. 그가 애들을 가르쳤다면 분명 같은 방식일 테지. 어째서 이 세 남자가 내 머릿속에 동시에 나타났는지 모르겠다.

파라가 커다란 양고기가 놓인 그릇을 내려놓았다.

"들어요."

구운 양고기 케밥, 쿠스쿠스, 브릭(brik)이 담긴 접시에서 김이 모락모락 올라왔다.

"쇼크란(shokran 고맙습니다). 저희를 초대해 주셔서요." 난 감사 인사를 건넸다.

"노블과 친구들에게는 당연히 그래야죠." 그녀가 웃었다.

허기에 눈이 멀어 계획은 까맣게 잊어버렸다. 양고기 로스트는 완벽했고 감자도 마찬가지였다. 난 코브즈(khobz)라는 빵을 소개받아 여러 가지 소스에 찍어 먹으며 즐겼다. 새로운 문화를 모조리 받아들였다. 근사한 은식기와 고급스러운 레이스 테이블보, 다 같이 먹을 수 있도록 큰 그릇에 가득 담긴 음식, 서두르지 않고 즐기는 사람들. 재능이 없어도 즐거울 수 있는 부분이다. 여기서 시간은 그리 중요하지 않았다.

파라가 내 잔에 차를 더 따라주었다.

"당신 얘기는 많이 들었어요. 노블이 어찌나 칭찬하던지."

"그랬나요?" 난 어색하게 미소를 지었다.

친척들에게 날 해킹했다고 말했는지 궁금했다. 난 최대한 친절하게 대답했다.

"사실 만난 지 얼마 안 됐어요."

백 퍼센트 사실은 아니었다. 엄밀히 말하면, 그는 지난 두어

달 동안 내 시뮬레이션을 염탐해 왔으니까. 내 재능이 깜박였고 방을 가로질러 그의 목소리를 들었을 때 주파수가 튀었다. 그 순간 노블과 난 서로를 쳐다봤다. 시선이 마주친 우리는 얼굴을 붉혔고 노블이 먼저 시선을 피한 뒤 눈썹을 찡그리며 생각에 잠겼다.

그 주파수를 없애고 싶은데 그럴 수가 없다. 이 맛있는 음식을 거부하기 힘든 것처럼. 모든 처음 보는 향기와 소리가 내 감각을 자극하는데 그 전부를 받아들일 수 있었다. 너무 근사하고 너무 압도적이다. 노블도 내 재능이 깜박일 때 알아차린 게 아닌지 의심이 갔다. 수학자로서 난 우리 사이에 오가는 주파수를 연구하고 싶다. 그렇지만 한 개인으로서는 이 주파수에서 도망치고 싶다.

소녀가 내게 다가와 아름다운 숄을 건네며 "마하반 비쿰 피 튀니스(Marhabaan bikum fi Tunis)."라고 하면서 미소 지었다.

파라가 바로 통역해 주었다.

"튀니지에 온 걸 환영한대요."

"정말 아름다운 곳에 사시네요." 난 그렇게 대꾸했다…. 이런 식의 관광객 모드로 계속 가야 했다.

이내 아이들이 내게 몰려들어 질문을 던졌고 무슨 말을 하는지는 눈치껏 알아들어야 했다. 노블과 콰다는 도와주지 않았다. 둘은 다른 사람들과 이야기하느라 바빴다. 아랍어와 프랑스어가 온통 뒤섞였다. 한두 단어는 알아들을 수 있었지만, 무슨 의미인지 전혀 이해가 안 갔다.

"아나 아시파(Ana asifah 무슨 말인지 모르겠어)."

내가 사과한 뒤 발음이 정확했는지 확인하려고 노블을 쳐다봤다. 그 애는 놀랍다는 듯 고개를 끄덕였다.

"노력 중이거든."

튀니스에 온 첫날 노블이 내게 준 책을 꺼냈다.

노블의 얼굴이 밝아졌다.

"쉬는 시간에 틈틈이?"

"내 머리는 업데이트가 필요하잖아, 잊었어?" 내가 말했다.

"그래서 하드 드라이브를 지우고 새로운 소프트웨어를 깔았지. 세상을 새롭게 보길 바라면서 말이야."

아이들은 여전히 내 주변에서 재잘거리며 이것저것을 가리켰다.

"애들이 뭐라고 하는 거야?"

"알고 싶으면 책을 더 열심히 읽어."

그가 얼른 내빼곤 자기 또래의 다른 남자애와 이야기하기 시작했다.

콰다가 대신 답해 줬다.

"다들 네가 아주 미인이라고 하네."

노블은 몸을 돌리지 않았지만 웃지 않으려고 애쓰는 게 빤히 보였다.

파라가 내 접시 위로 쿠스쿠스를 한 움큼 더 떠줬다.

"당신이 같이 있으니 노블이 다른 사람처럼 구는군요." 그녀가 씩 웃었다.

"불과 한두 해 전까지만 해도 우리는 노블이 다시는 일어나지 못할 거로 생각했어요. 그저 혼자 있고 싶어 했고 애들 말고는 사람을 피하기만 했죠."

파라가 그 애를 쳐다보며 한숨 쉬었다.

"하지만 지금 당신과 함께 이곳에 오니 노블의 눈이 반짝거리며 살아나네요."

"아." 나는 칭찬에 어찌할 바를 몰랐다.

파라는 이 방 안에 천사가 있는 듯 굴었고 그 천사는 다름 아닌 나였다. 적어도 PSS에 따르면, 그녀의 조카가 지명수배범이라는 걸 그녀에게 알리는 적절한 시기는 아니었다.

"저희는 연인 사이가 아니에요. 그는 뭐랄까…. 동료 사이죠."

"정말이요?" 그녀가 물었다.

"겉으로 보기에는 둘 사이에 뭔가 있는 것 같았어요. 어쨌든 저 애가 행복해하니 나도 기쁘군요."

행복하다고? 나라면 굳이 그 단어를 고르지 않았을 거다. 서로 가까이 있을 때면 그 애는 꼬집힌 사람처럼 움찔했으니까. 주제를 내가 아닌 노블로 옮겨 조금이나마 궁금증을 해소해 보기로 했다.

"몇 해 전에 무슨 일이 있었나요?"

아득한 기억이 밀려오는 듯 그녀가 인상을 썼다.

"저 애가 아끼던 사람이 죽었어요." 나도 인상을 썼다.

어떤 감정인지 잘 안다. 시원한 바람 한 줄기가 텐트로 불어와 카이를 비롯해 내가 여기 있는 이유를 다시 떠올리게 해 줬다. 상 형제들이 비슷한 말을 해 준 적이 있었다.

카이와 나는 그들의 다오창에서 스파링했고 난 쭉 그를 이길 방법을 모색했다. 그때 카이가 결박을 푸는 동작을 보여줬고 난 좋은 생각이 났다. "네가 너무 꽉 잡고 있잖아."라며 거짓말을 했다.

"미안해." 그가 사과하며 경계를 늦췄을 때 곧바로 내가 그의 발을 띄워 쓰러뜨렸다.

"날 이용한 거야?" 등을 대고 누운 상태로 카이가 웃었다.

"네가 똑똑하다고 생각하는 거지? 아니면 그냥 바닥에 누운 날 보고 싶었거나." 그가 내게 태클을 걸었고 우리는 숨이 차도록 웃었다.

카이가 옷을 갈아입으러 간 사이 상 형제가 날 찾아왔다.

"카이가 저렇게 많이 웃는 것도 처음 보고, 스스로에게 온전히 집중하는 모습도 처음 봐요. 다른 누구도 할 수 없는 방식으로 당신이 저 애를 단련시키는군요. 그걸 보니 궁금해지네요…."

그가 말끝을 흐렸다.

"뭐가 궁금하세요?" 내가 물었다.

"저 애가 당신을 잃는다면 어떻게 될지."

남은 차를 입안에 털어 넣고 잔을 내려놓은 뒤, 노블이 있는 테이블로 갔다. 더 이상 누구도 잃고 싶지 않았다.

"일할 시간이 됐어."

빨리 카이를 보고, 홀로썸을 넘겨줄 장소도 정하고픈 마음에 말했다. 노블이 자리에서 일어나 콰다에게 손짓했다.

"우리 장비가 사막에서 신호를 잡을 수 있다면 말이야."

콰다가 빼기는 미소를 지으며 자리에서 일어났다.

"걱정하지 마. 그건 문제도 아니니까."

CHAPTER 40

노블과 콰다가 모두에게 고맙다고 백번씩 인사했고 난 파라에게 지금까지 먹어본 쿠스쿠스 중에서 최고였다고 진심으로 말했다. 그런 다음 우리는 먼저 식사 자리를 떴다.

노블이 나더러 따라오라고 신호하기에 우리는 아름다운 모래 보도 위에 세워진 텐트를 요리조리 지나쳤다.

"이쪽이야."

이내 또 다른 텐트에 도착했다. 확실히 다른 캔버스보다 두껍고 바닥에 단단히 고정되어 있었다. 안으로 들어가니 숨이 턱 막혔다. 세상에, 해커들의 꿈의 방이라고 해도 좋을 만큼 첨단 기기로 가득 차 있었다. 밖에서 봤을 때는 그냥 평범한 텐트였다. 그런데 안은 PSS와 PGF와 인터폴을 합한 것만큼 훌륭했다.

무선 장치들이 홀로그래픽 화면을 비롯해 컴퓨터와 모든 최신 시스템…. 심지어 망원경과도 연결되어 있었다. 괴짜들에게 환상과도 같은 근사한 위성 장치가 시선을 사로잡았다. 사하라 사막, 근사한 오아시스가 있는 이곳에는 먹물처럼 진한 검은 하늘에 별이 촘촘하게 박혀 있었다.

"좋았어, 시작해 보자."

"우선 카이를 보여줘. 그 애가 무사한지 알아야겠어."

노블이 실시간 중계가 이루어지는 화면으로 날 데려갔는데 얼굴인식이 되는 별도의 모니터가 시선을 끌었다. 엄청난 최신 기술인데, 카이의 이미지가 그 위에 떠 있었다.

"누가 이걸 설계한 거야?"

노블이 고개를 들었다.

"내가 했지."

자세히 들여다보니, 사이드바에 카이에 대한 수많은 동영상 파일이 있었다.

"이게 다 뭐야?"

"영상 데이터베이스야. 원래 몬테고를 살피고 있었어. 그런데 네 남자 친구가 등장해서 모든 일이 더 복잡해졌지. 그래서 그 애 전용 카메라도 준비했어."

"언제부터 찍었는데?" 내가 물었다.

"대략 6주."

우리 같은 천재들은 대략이라는 말을 쓰지 않는다. 노블이 정확한 날짜를 알고 있지만 무슨 이유에서인지 내게 말하지 않는다는 확신이 들었다.

그러고 보니 뭔가 마음에 걸리는 카이의 모습이 담긴 동영상이 분명히 있을 거라는 생각이 들었다. 확실하다. 하지만 동영상을 모조리 뒤져볼 시간이 없다. 지금은 더 큰 일에 집중해야 하니까.

현재 카이가 있는 지점에서 송출되는 실시간 영상으로 돌아갔다. 노블이 홀로그래픽 버튼을 눌렀고 내가 비디오를 확대하자 음성이 방 안을 가득 채웠다.

∞

셰이크가 검은 긴 머리 소녀와 함께 소파에 앉아 있는데, 카이가 들어왔다.

"에니아 말이 네가 마담을 안다고 하던데." 셰이크가 말했다.

X 소녀를 별로 쳐다보지 않는 데 비해 이름을 알고 있다니 놀랍다.

"네가 위대한 맥시마를 안다는 말이 사실이야?"

마담의 이름을 들었을 때, 내가 그랬던 것과 같은 방식으로 소녀가 모퉁이에서 움찔했다. 그 모습을 보니 동정심이 생겼다.

"알죠." 카이가 씩 웃으며 대답했다.

"상하이에서요. 그녀 호텔을 들락거렸거든요."

셰이크가 가슴을 내밀고 코웃음을 쳤다.

"그쪽 호텔 사업은 규모가 너무 작아. 우리는 다른 방향으로 나갈 거야."

"저도 같이 하고 싶군요."

"뭐, 몬테고가 와서 네 정체를 보증해 주면. 서두를 거 없잖아."

"내가 신입일지 몰라도 바보는 아니에요. 이번 주 내내 당신이 준비해 온 거 알아요."

"마담 밑에서 얼마나 일했지?" 셰이크가 카이를 유심히 살피며 물었다.

카이가 컵에 든 음료를 마셨다.

"일 년이 채 되지 않아요. 내 야망은 그녀보다 한참 더 컸죠. 그러다 몬테고와 연락이 닿았어요. 여기서 한 가지만 분명히 해두죠. 당신이 날 고른 게 아니에요. 내가 당신을 선택한 거지."

카이가 연기에 몰두하며 단호한 표정을 지었다.

"마담은 천재였어요. 제자가 그녀를 능가하기 전까진. 마담과 달리 난 누구도 과소평가하지 않아요. 지금 여기 있는 사람들을 포함해서요." 카이가 방 안을 쓱 훑었다.

"그러면 금요일과 새로운 취임식을 위하여."

셰이크가 그에게 건배를 제안했다. 셰이크는 미소를 지으며 마지막 한 방울까지 다 털어 넣은 다음 자리를 떴다. 문이 닫히자마자, 소녀가 카이에게 달려와 바짝 붙어 앉아 마담처럼 다리를 꼬았다.

"셰이크는 저한테 이런저런 말을 많이 하지 않아요." 그녀가 말했다.

"하지만 그가 배신자를 용서하지 않는다는 건 알아요."

그러자 카이가 소녀에게 윙크하더니 그 애의 잔을 채워주었다.

∞

난 오디오를 껐다. 위장 잠입 수사를 하는 그를 보려니 속이 너무 쓰렸다. 진짜 타고났나 보다. 누구라도 믿겠다. 카이가 전략적으로 움직이며 모든 사람의 말을 살핀다는 걸 알지만, 그래도 기분이 나쁘다. 거짓 속에서 사는 심정이 어떤지 난 잘 아니까.

노블은 내가 불편해하는 걸 알아차렸다.

"미안, 보기 거북했지."

그러면서 김이 올라오는 민트 티를 내밀었다. 사려 깊은 그의 태도에 고마움을 느꼈다.

"아니야." 거짓말을 했다.

"카이는 자기 일을 하는 거잖아."

그냥 일이다. 그게 일이 아니게 되기까지는. 신분을 숨기고 다른 사람으로 살면서 거짓말하는 건 하루 이틀 정도는 가능하다. 짧은 시간에 스스로를 무너뜨리지 않겠지만 몇 주, 몇 달, 몇 년이 지나면 마음을 완전히 점령해 버린다. 결국 어느 쪽이 진짜 자신인지 알지 못하는 상태가 되고 만다. 그리고 거짓을 걷어내고, 구덩이 속에서 꺼내 줄 누군가가 없다면 영원히 그 속에 가라앉을 수밖에. 카이는 내 경험을 통해 그 점을 알고 있다. 다행히 하루 이틀 뒤면 끝날 일이다.

"다른 동영상에서 찾은 거라도 있어?"

난 다시 안면 인식 모니터 쪽으로 가서 물었다. 스크롤을 쭉 내리다가 절대 잊지 못할 날짜에 멈췄다. 산호초 해커가 처음 내게 메시지를 보냈던 날이다. 내 재능이 반짝거리고 숫자가 튀어나와서 잠시나마 계산기처럼 기능했던 날.

노블이 재빨리 다가와 숫자를 입력하자 화면이 꺼졌다.

"지금 네가 볼만한 건 아무것도 없어."

"우린 서로에게 숨기는 정보가 너무 많은 것 같아. 네가 어째서 카이를 싫어하는지 말해 줘."

난 그의 손가락을 키보드에서 떼어내며 말했다.

"많은 사람이 카이를 오해하곤 해. 진짜 그 애의 모습을 모르니까."

"난 그를 싫어하지 않아." 노블이 말했다.

"그냥 멍청하다고 생각하는 거지. 게다가 그건 네 사정이잖아. 우리 계획이 잘 되면 로열리스트들은 금요일에 소탕되겠지. 그러고 나서 너희끼리 얘기를 나눠. 그러면 그는 다음 임무로 넘어가겠지."

그의 다음 임무라. 그 말에 가슴이 아팠다.

노블이 뭘 아는지 상관없이 그 부분은 사실이라 마음이 쓰렸다. 또 다른 임무란 곧 카이랑 더 많이 떨어져 있어야 한다는 뜻이다. 난 바라지 않는다. 빨리 카이와 이야기하고 싶어 몸살이 날 지경이다. 내일도 금요일도 마찬가지다. 노블의 예상을 묻고 싶지만, 내 숫자가 그의 주변으로 울창한 산림을 이루어 들여다볼 수가 없었다. 그런데도 내 잠재의식 속에서 무언가가 미묘하게 요동쳤다. 숫자가 불타는 별처럼 점을 연결하기 시작했다. 별자리의 미로가 우리 사이의 주파수 옆에서 나란히 회전했고 이내 숫자의 광란 속 혼돈이 되었다. 머리가 욱신거리고 눈두덩이로 얼얼한 고통이 찾아와 재빨리 눈을 감았다.

노블이 알아차렸다.

"괜찮아?"

"응. 얼른 카이와 만날 장소를 정하자. 더 스트리트로 가게 안전한 회선을 연결해 줘."

노블이 추적 불가능한 회선으로 더 스트리트의 포털을 열었고 거기서 난 카이에게 메모를 남겼다. 이 특별한 메시지는 딱 한 사람에게만 전달되며 추적 불가능하고, 전달된 이후에는 지워진다.

"다 됐어. 이걸로 내일 준비는 끝났어." 내가 말했다.

"우린 홀로썸을 정해진 지점에 내려주는 거야. 카이가 그걸 후계자의 것과 바꿔치기할 거고. 감시할 사람도 정했어. 여자애 말이 앨버트 뮐러가 내일 올 거라고 했고, 카이는 자신을 입증해야 해. 그러니 우리도 준비해야…."

난 아무 소용이 없다는 걸 파악하고 말을 멈췄다.

노블이 듣고 있지 않았다. 그의 눈동자가 다시 날 계산하고 있었다. 뭔지 모르겠지만 그 애가 풀려는 문제는 재미있지 않았다. 문제마다 얼굴이 일그러지는 방식이 그랬다. 전에 나도 그런 적이 있어서 안다.

"뭔데 그래?"

노블이 목청을 가다듬고 다시 내 눈을 쳐다봤다. 목소리의 에너지 파장이 내게로 고스란히 전달됐다.

"카이는 멍청이야."

"무슨 말을 하는 거야?" 난 발끈했다.

"스릴을 위해 그가 모든 걸 망치려 하고 있어."

그 애의 맹렬한 눈빛이 은 탄환처럼 내 가슴을 관통했다.

"아니야. 카이는 자기가 하는 일을 잘 알아." 내가 두둔하고 나섰다.

"너무 잘해서 탈이지."

"잘하는 걸로는 충분하지 않아." 노블이 투덜거렸다.

난 화가 났다.

"카이가 홀로썸을 찾아서 마스터 파일에 업로드할 거야. 절대 실수 같은 건 안 해. 내가 약속할게. 그 애가 거래를 망치지 않을 거라고."

노블의 숫자가 내 쪽으로 날아와 그의 음파에 대한 내 계산과 뒤섞였다.

노블이 내게 바짝 몸을 구부렸다.

"난 거래를 말하는 게 아니야."

우리의 주파수가 튀었지만, 그가 무슨 말을 하는지는 알려주지 않았다. 카이에 대해 뭘 알고 있던 저 애의 생각은 틀렸다. 하지만 시뮬레이션에서 봤던 광경이 떠올랐고 먼지를 뒤집어쓰고 누워 있던 남성이 계속 눈앞에 아른거렸다. 카이는 미련 없이 자리를 떠났다. 내가 뭘 모르고 있는 걸까? 생각할 부분이 너무 많다. 자리에서 일어날 때 의자가 밀리며 끼익 소리를 냈다.

"잠시 실례할게." 난 문을 향해 나섰다.

"머리를 좀 식혀야겠어."

CHAPTER 41

뭘 하든, 어디를 가든 골칫거리가 날 찾을 것이다.

까마귀처럼 새까맣고 광활한 하늘에 반짝이는 별이 너무 장엄해 보여 감정이 북받쳐 올랐다. 안뜰로 걸어가 리클라이닝 의자에 누워 수영장으로 떨어지는 달빛을 감상했다. 여전히 머릿속엔 카이가 있고 내일 잘 해내야 한다는 압박감이 차츰 어깨를 짓눌렀다. 하지만 긍정적으로 생각하기로 마음먹었다. 카이는 죽을 수도 있었다. 그리고 이번이 마지막이 아닐 거다. 앞으로 그 애가 하는 모든 일이 이번과 같을 거라는 점은 확실히 알았다.

사막의 모래바람이 캠프로 들어와 텐트를 펄럭이고 야자나무 아래로 지나갔다. 멀리 바람에 휩싸인 모래언덕이 시선을 사로잡았고 그렇게 마음이 가는 대로 내버려두었다. 손을 아래로 내려 돌을 만지니 사방에서 모래 알갱이가 느껴졌다. 나의 바닷모래는 아니지만, 마음이 편안해졌다. 새롭고 흥미롭다. 세상을 구경하고 싶다고 아빠한테 했던 말은 거짓이 아니다. 난 늘 배우고 싶다. 탐험하고, 문제를 해결하면서.

시애틀의 사무실에서 숫자나 살피는 일은 내 성에 차지 않는다. 그렇다고 위험한 정치 당파를 막으려고 사막에 올 거라고 상상하지도 않았다.

난 의자를 최대한 뒤로 젖히고, 팔을 베고 누워 밤하늘의 별을 쳐다봤다. 재능을 잃어버린 뒤 하늘을 가득 메우던 방정식이 사라졌다. 그래도 고마운 마음이 드는 건 평생 처음으로 별을 쳐다보는 일이 편안하게 느껴져서다. 하지만 얼마 못 가서 내가 다른 사람들은 가지지 못한 특별한 관점을 잃어버렸다는 사실을 깨달았다.

시내와 떨어진 이곳 사하라에 있으니 별자리와 심지어 먼 은하수까지 가까워진 느낌이다. 희망의 불꽃이 빛을 밝혔다. 노블이 아랍어 책자에 적어둔 메모가 나타났다.

거꾸로, 세상을 다르게 읽는 법을 배워라.

어둠이 담요처럼 밤하늘을 덮었고, 난 편안한 마음으로 주위를 둘러보았다. 너무 오랜만이다. 이렇게 그저… 가만히… 걱정 없이 있어 본지가. 왠지 모르지만 지금 당장은 하늘을 바라보는 것만으로도 모든 일이 잘될 것 같이 느껴지고 하늘이 뭐든 가능하다고 내게 속삭이는 것만 같았다.

하늘은 또한 그를 다르게 읽게 해 주었다. 이곳은 천문학자에게 완벽한 장소다. 나사 티퍼처럼 별을 기록하고 싶은 사람이라면 여기가 작업할 만한 곳이다. 아까 본 망원경과 그의 재능이 결합한다면 가능하다. 해리슨이 오버한 게 아니었다.

사막이 서서히 식어가면서 바람이 차가워졌다. 그렇지만 아직 텐트로 돌아가고 싶지 않았다. 별이 너무 근사하고 내 재능의 작은 흔적들이 내 안 깊은 곳에서 웅얼거리고 있었다. 무슨 일이 벌어져도 위험한 상황까진 아닐 테지. 여긴 조용하고 정적이고 안전하니까. 텐트와 야자나무, 끝없는 모래언덕에 둘러싸여 앉아 있는 것만으로도 재능의 불꽃을 피울 불씨가 일어날 것 같은 느낌이 들었다. 어쩌면 그 부분에 대해서도 노블의 생각이 옳았는지도 모른다. 내 재능을 깨우는 건 위험이 아니라 평화라던 그의 말이.

내 생각을 엿듣기라도 한 듯 노블이 다가오는 발소리가 났다.

"아름답지?"

그의 목소리가 밤의 한기보다 더 날 떨리게 했다. 그 애가 커다란 숄로 날 덮어주었다.

"밤에 춥긴 하지만 말이야."

그는 스웨트 셔츠와 패딩 조끼 차림으로 내 옆에 누워 팔꿈치에 머리를 올렸다. 갈색 머리카락을 귀 뒤로 넘기고는 내 눈을 똑바로 바라봤다.

"화나게 해서 미안해. 너와 카이 문제에 내가 간섭하지 말았어야 했어."

"신경 쓰지 마. 난 괜찮아. 카이와 난 많은 일을 겪었거든. 넌 나만큼 그 앨 모르니까."

"알았어." 휴전하자는 것처럼 그가 손을 내밀었다.

"이제 우린 친구야?"

놀라서 쳐다봤다. 확실히 우린 친구 사이로 시작하지 않았다. 그런데 지금 우리는 어떤 사이지? 노블이 산호초 군락에서 날 구해 주었던 첫날을 떠올려 봤다. 그의 목소리가 날 안심시켰다. 헬리콥터에서도 두 번이나 그랬다. 그러다가 이 주파수라는 신기한 현상이 나타났고…. 난 우리가 어떤 사이인지 모르겠다. 다만 적은 아니다.

"우리 사이가 그런 거야?"

"난 그러고 싶어." 그의 입꼬리가 한쪽으로 말렸다.

가슴이 좀 두근댔지만 난 그 손을 잡고 악수를 했다.

"친구끼리는 서로 진실을 말해야 해."

"또한 친구한테는 인내심을 보여야 하겠지?"

난 고개를 끄덕였다. 노블이 아직 공유할 준비가 되지 않은 정보를 억지로 빼낼 생각은 없었다. 나 또한 그런 경험이 있었으니까.

노블이 고개를 들고 만족하며 숨을 내쉬었다.

"난 밤새 여기 있어도 좋아."

"1년 단위로 여기서 지내니?"

친구가 된 지금 그의 개인적인 부분 어디까지 물을 수 있을지 궁금증이 생겼다.

그 애가 말을 멈추고 내 눈을 지긋이 보며 계산하더니 의구심을 날려버렸다.

"아니."

노블이 다시 드러눕더니 주머니에서 휴대전화를 꺼냈다. 난 스마트 더스트와 해리슨이 지금 뭘 찾았는지 까맣게 잊어버리고 있었다.

"그랬으면 좋겠지만."

빤히 그를 쳐다봤다. 내 재능은 아무 소식이 없지만 지금 그의 재능은 움직였다. 숫자와 방정식이 우리 주변의 비밀을 알려주자 그의 입술이 미소로 변했다.

"솔직히 인정할게. 너한테 좀 질투가 났어. 저길 올려다보면 뭐가 보여?"

"전부 다." 그가 웃었다.

"항상 말하고 있어."

"무슨 말을 하는데?"

"혼란에서 벗어나는 길처럼 흥미로운 부분들." 노블이 말했다.

"재능 없이 별을 바라보니 어때?"

"드디어 즐길 수 있게 됐어." 난 좀 유치한 기분을 느꼈다.

"전에는 별만 봐도 머리가 아팠는데. 예전에 내 머릿속은…."

"세려고 했다고? 맵핑하려고 했다고?" 그가 물었다.

"맞아."

"나도 그런 적이 있었어. 엄청 강렬한 전투였지. 하지만 내가 이겼어."

"어떻게 한 거야?" 호기심에 내가 물었다.

"경이로움이야. 가장 좋은 내 스승이지." 그가 날 쳐다봤다.

"이곳 사하라에 사는 우리 가족을 예로 들어볼게. 다들 평생 하늘을 쳐다보며 살았어. 달이나 별을 제아무리 많이 봐도 여전히 근사하다고 생각해. 봐, *달이 떴어,* 가족들은 이렇게 말해. 오늘 *밤 달이 너무 아름다워*. 마치 처음 본 사람들처럼 말이야." 노블이 환하게 웃었다.

"경이로움이란 여전히 배울 게 있다는 뜻이야. 사실이라면 우리는 새로운 방식으로 볼 필요가 있어. 모든 걸 해결하려는 대신 노는 법을 배우니 두통이 사라졌어. 결과적으로 난 무언가를 발견하게 되었고."

"노블?" 내가 부르자 그의 눈동자가 별빛에 반짝거렸다.

"난 네가 누군지 알아." 본능적으로 느낌이 왔다.

희망에 찬 눈빛과 미소 띤 얼굴로 그가 날 쳐다봤다.

"진짜?"

"응." 나도 그를 쳐다봤다.

"넌 나사 티퍼야, 맞지? 별에 대해 말하는 것 하며 네 재능까지 합하면 분명해."

노블이 고개를 숙이고 얼굴을 돌렸다.

"와. 넌… 음, 생각 못 했어…."

"내가 알아차릴 거라고?"

"뭐 비슷해." 그가 고개를 저으며 한숨을 쉬었다.

"그래, 내 말이 맞지?"

난 그가 확정해 주길 바라며 물었다.

노블은 자리에 앉아 눈부터 턱까지 내 얼굴 구석구석을 살폈다. 그 애가 뭘 보는지 알기에 부끄러워지려고 했다. 그렇지만 꾹 참고 같이 마주 보며 숨은 내 재능이 드러나길 바랐다.

달빛은 갈색 피부 위 작은 주근깨를 드러낼 정도로 희미했지만, 그의 반짝이는 검은 눈동자를 보긴 충분했다. 이렇게 가까이 있으니 노블의 옷에서 나는 훈제와 카르다몸(cardamom) 향을 맡을 수 있었다.

서로 아무 말도 하지 않았지만, 우리 사이에는 교향곡처럼 주파수가 울려 퍼졌다. 별처럼 강렬한 경이로움이다. 노블의 말을 빌자면, 내가 여전히 그에게서 배울 점이 있다는 뜻이다. 그의 얼굴에 홀딱 빠진 나머지 내가 질문한 것도 잊어버렸다가 그가 대답해서 깜짝 놀랐다.

"내가 누군지가 중요해?" 그가 물었다.

"응."

노블이 고개를 돌렸고 사막의 공기가 더 차가워지면서 그는 조끼를 단단히 여몄다.

"그렇다면 난 나사 티퍼가 맞아." 그의 목소리는 아주 조용하고 진지했다.

"그렇지만 진실을 드러낼 수는 없어. 누구도 날 찾지 못할 거야. 명성을 원하지 않거든. 그걸 바라고 하는 일이 아니니까."

스마트 더스트 때문에 살짝 죄책감이 들었다. 이쪽이든 아니든 우린 그의 진짜 정체를 밝혀낼 것이다. 테일러 대표가 지금 열심히 작업 중이다. 그런데 같이 앉아 있으니 무명으로 남고 싶다는 그의 바람이 너무 익숙하게 느껴졌다. 노블은 PSS에 침입했지만 아무 해도 입히지 않았다. 그가 한 일이라고는 날 도운 것뿐이다.

그런데 어째서?

해리슨에게 연락해서 프로세스를 중단하라고 말해야 했다. *어휴.* 난 지금 조세핀으로 생각하는 걸까, 아니면 피닉스일까? 모르겠다. 내 충성심이 더는 분명하지 않았다. 난 몸을 돌리고 다시 하늘을 올려다봤다.

"아무한테도 말하지 않을게, 노블." 내가 약속했다.

"어떻게 이용당할지 잘 알거든."

그러다 다른 무언가가 생각나 난 웃기 시작했다.

"왜 그래?"

"PSS 팀, 특히 해리슨이 지금 내가 나사 티퍼랑 같이 있는 걸 안다면 놀라 나자빠질 거야. 넌 그 애들한테 영웅이나 마찬가지거든. 물론 그들이 산호초 해커의 팬은 아니지만."

"세상에. 더 괜찮은 별명을 붙여줄 순 없었어?" 그도 웃음을 터트렸다.

"원래 시뮬레이션 스토커였거든." 난 입술을 삐쭉 내밀었다.

"맙소사." 노블이 고개를 저었다.

"말했듯이, PSS와 카이가 관련되지 않았다면 너한테 연락하지 않았을 거야."

"절반만 사실이잖아." 내가 지적했다.

"내 재능을 찾는 일을 도와줄 필요가 없었어. 게다가 나에 관해 많이 알고 있고."

"그래, 그 점은 미안해."

그 애가 몸을 떨기에 아무 생각 없이 커다란 숄을 같이 두르자고 했다. 내가 팔을 뻗어 우리 손이 닿았고 이번에 그는 움찔하지 않았다. 오히려 내 쪽에서 전기에 감전된 사람처럼 심장이 멈출 것 같았다.

부끄럽기도 하고 아드레날린이 마구 치솟기에 손을 슬쩍

뺐다.

"미안, 네가 두르고 있어. 들어가서 시뮬레이션해야 하는데 까먹고 있었지, 뭐야. 고마워, 노블."

모래 위에 발자취를 남기며 터덜터덜 텐트로 돌아왔다. 안으로 들어가 천막 문을 닫고 가방을 집어 들어 시뮬레이션 안경을 끄집어냈다. 우선은 무릎에 가만히 올려두었다. 두근거리는 가슴이 진정되기 전까지는 시뮬레이션을 시작할 수가 없었다.

CHAPTER 42

∞

난 여기 휴가를 온 게 아니다. 하지만 오렌지와 재스민 향이 감도는 방에 대추와 올리브가 담긴 접시가 테이블에 놓여 있고 따뜻한 램프 불빛이 텐트를 밝히고 있으니, 마치 휴가를 온 듯 했다.

침대에 누웠지만, 아직 안경을 쓰지 않았다. 너무 피곤하다. 그렇지만 오늘 밤에 3단계를 전부 하겠다고 노블에게 약속했다. 시작할 엄두가 안 났다. 1단계는 예상치 못한 방식으로 내 마음 속에 침투했다. 맨델은 너무 강한 기억이라 그 애를 떨쳐 버릴 수 없다. 그리고 노블과 3단계가 있다. 그는 새로운 시뮬레이션에서 날 도울 수 있도록 프로그램했다고 말했지만, 솔직히 시뮬레이션 안에서 내가 어떤 기분을 느낄지 두려웠다.

그러니 남은 선택은 2단계 하나뿐이다. 아무 단서도 못 찾으면 카이 혼자서 해야 할 수밖에 없다. 노블과 내가 PSS 무기로 무장했다고는 하나 로열리스트 집단 전체와 대적할 수는 없다.

그걸 염두에 두며 난 안경을 썼다.

"K2, 2단계를 로딩해 줘."

∞

조용하다. 바람 한 점 없다. 춥지도 않다. 그래서 눈을 떴다. 난 상하이 시내 광장 한복판에 앉아 있었는데 여긴 유령 도시 같다. 길에는 아무도 없었다. 살아있는 생물은 하나도 보이지 않았다. 차도 버스도, 오토바이도 택시도 없다. 그저 나와 차가운 시멘트뿐이다. 반짝이는 고층빌딩의 불빛이 두꺼운 스모그 아래 달빛과 섞여 내 머리 위에서 밤하늘을 붉게 밝혔다. 상하이는 절대 잠들지 않았다. 시뮬레이션을 시작한 뒤 처음으로 으스스한 기분이 들었다. 어쩌면 내 머리가 또다시 압도당한 것일지 모른다. 어찌 됐든 시간이 별로 없다. 난 싸움을 보러왔고 후계자가 누군지 찾아야 한다. 자리에서 일어나 시뮬레이션을 종료하려는데 희미하게 강물 흐르는 소리가 들렸다. 사람처럼 보이는 늙은 형상이 천천히 내게 다가왔다.

나는 숨이 막힐 뻔했다. 기회를 잃었다고 생각했는데.

부서질 듯 가녀린 노인에게 재빨리 달려갔다. 눈물이 가득 차올랐고 웃음도 쏟아졌다. 그의 몸은 뻣뻣해도 마음은 검처럼 날카롭고 얼굴은 젊은 전사 같았다. 그의 주름진 손을 얼른 낚아채 내 쪽으로 당겼다.

"할아버지?"

그의 눈동자가 내게 초점을 맞췄다.

"길 잃은 표정으로 여기서 뭘 하고 있니, 손녀야? 내가 가르쳐 준 걸 다 잊어버렸어?"

"아니요."

난 고개를 저으며 할아버지의 손을 더 꽉 잡았다.

"할아버지가 해 주신 이야기를 날마다 생각하는걸요. 이건 그저… 할아버지가 모르는 사실이 있어요. 전 재능을 잃어버렸어요."

우리는 강을 따라 걸었다.

"그럴 리 없단다. 네 일부를 어떻게 잃을 수가 있겠니?"

할아버지는 뒷짐을 지고 달팽이처럼 느릿느릿 걸었다.

"저도 몰라요." 가슴이 조여왔다.

"숫자가 돌아오고 싶어 하는데 너무 깊이 숨어버렸어요. 어디서 찾아야 할지 모르겠어요."

난 조언이 절박했고 레드는 안다는 듯 숨을 길게 들이마셨다.

"동물들은 날마다 보석과 귀한 돌을 밟고 다니지만 그게 거기 있는지조차 모른다는 거 아니? 사람과 달리 동물은 그걸 가지려고 땅을 파거나 광산을 캐려는 욕구가 없단다. 마찬가지로 바다에 사는 물고기들도 사람들이 못 찾아서 안달이 난 비싼 산호초나 보물이 가득 찬 난파선을 그냥 지나치지."

난 멍한 눈길로 할아버지를 쳐다보았다. 그와 함께한 시간으로 미루어봤을 때 이 속에 교훈이 있다는 걸 안다.

"왜 이런 이야기를 해 주시는 거예요?"

할아버지가 천천히 멈췄다.

“보물은 우리 주변에 넘쳐난단다. 우리 인간은 그걸 찾도록 설계되었어. 넌 더 깊이 살펴야 해.”

할아버지가 금이나 은 이야기를 하는 게 아니라는 것 정도는 알지만, 이 말이 내 재능을 되찾는 일과 무슨 상관이 있는지 확신이 안 섰다.

“그렇게 간단하지 않아요.” 내가 말했다.

“할아버지가 가신 뒤로 많은 게 달라졌어요. 전 마침내 피닉스의 몸으로 편해질 수 있었고, 그러다 제 가족을 만나 인생이 다시 달라졌어요. 지금 전 조세핀이고, 중국에서의 제 모습과 어떻게 균형을 잡아야 할지 모르겠어요.”

“매년, 우리는 층을 쌓고 자라. 금방 새로운 피부에 익숙해지지.”

“더 이상 변화를 바라지 않아요. 그냥 제 모습 그대로 있고 싶고 재능이 돌아왔으면 좋겠어요.”

“넌 거꾸로 생각하고 있어. 네 재능은 어디로 사라진 것이 아니란다. 네가 사라진 거지.”

할아버지가 날 쳐다보았고, 목소리는 단호하면서도 편안했다.

“네 수학은 네 재능이 아니야. 네가 바로 재능이란다.”

할아버지가 그 말을 했을 때, 작은 수학 도식들이 내 주변으로 튀어나오기 시작했다. 난 할아버지의 얼굴을 쳐다봤다.

“그것 말고도 아셔야 할 게 있어요.”

“얘기해 보렴.” 할아버지가 말했다.

“할아버지의 조카인 카이와 제가… 그게, 그 애는 멋져요. 그리고 전….”

시뮬레이션 속이라 난 올바른 단어를 찾아 고심했다. 현실이고 레드가 살아있다면 카이와 내 관계에 대해 뭐라고 했을까?

할아버지의 눈이 커졌고 심지어 반짝거렸다. 내가 봤던 모습 중에서 가장 환하게 웃었다.

"내 축복을 받았구나. 자, 이제 일어나렴. 너무 늦기 전에."

∞

깜깜한 텐트 안에서 화들짝 놀라 눈을 떴다. 시계가 새벽 3시 30분을 가리켰다. 목요일. 홀로썸을 넘기기로 한 날이다.

시뮬레이션하다 잠이 든 모양이다. 레드는 꿈일까, 아니면 시뮬레이션의 일부였을까? 알 방법이 없다. 눈이 무거워서 다시 감았지만 마음이 복잡했다. 레드가 나오는 시뮬레이션과 카이가 어디서 자고 있을지 이런저런 생각이 들었다. 더 많은 생각이 내 주위에서 아우성치고 있었다.

후계자는 누구일까… 내 재능을 어떻게 되돌릴까… 노블이 망델브로를 인용했다… 그리고 다시 레드가 너무 늦기 전에 일어나라고 했던 말로 돌아왔다…. 늦다니 대체 뭐가? 그 모든 생각이 머릿속에서 혼란스러운 하나의 큰 덩어리를 이루어 다시 잠들 수가 없었다.

텐트 안으로 새벽이 찾아오며 검은빛이 옅은 회색으로 변했다. 따뜻하고 아늑한 침대 속이 좋은데 이제 사막이 날 부르고 있다. 눈을 어둠에 적응시키는 동안 모래언덕의 바람 소리가 날 불렀다. 언덕 위로 솟아오르는 태양, 모래 파도가 지평선을 가로지르는 모습을 보고 싶다. 생각할 시간이 필요하다. 머리를 깨끗이 비워야 한다.

그때 휴대전화가 진동했다. K2가 개인 음성 메시지라고 알렸다. 이른 시간이나 아마 아빠겠지.

“메시지를 재생해 줘.”

“조.” 해리슨의 목소리가 흘러나왔다.

“넌 어젯밤에 연락을 안 했더라. 테일러 대표님이 별로 좋아하지 않으셨어. 그런데 그건 지금 우리에게 벌어진 일에 비하면 아무것도 아니야.”

CHAPTER 43

∞

난 똑같은 청바지와 후드를 걸치고 부츠 끈을 묶은 다음 배낭을 멨다. 텐트 문을 열고 밖으로 나오니 건조한 바람이 야자나무를 흔들고 있었다. 해리슨과 조용히 이야기를 나눌 곳이 필요했다.

수영장을 지나가면서 손가락을 담가봤다. 차갑지만 상쾌해서 곧바로 입수해 바닥까지 내려가고 싶었지만, 지금은 그럴 수가 없다.

불행하게도 불과 몇 킬로미터 밖에선 로열리스트들이 이 아름다운 곳을 점령하려는 끔찍한 계획을 실행해 옮기려 하고 있다.

낙타들을 지나 작은 등성이를 올라가 모래 위에 털썩 앉아 다리를 가슴으로 당겼다.

"K2, 해리슨 D. 조지에게 연결해 줘."

해리슨이 전화를 받았다.

"네가 언제 일어날지 궁금해하던 참이야."

"시차증 때문에, 게다가 악몽을 꿨어." 난 잠시 말을 멈췄다.

수화기 너머로 요란하게 쾅쾅거리는 소리가 들렸다.

"거긴 무슨 일이야?"

"스피커폰으로 바꿀게."

"조?"

소음을 뚫고 펜즈의 목소리가 탈선한 열차처럼 끼어들었다.

"여기 튀니스에서 우리가 지금 뭘 하는지 알기나 해?"

"아니."

"이 도시의 주도권을 놓고 지금 급진주의자들과 전쟁 중이라고." 알람이 울렸다.

"스모크를 업로드한 뒤 우리 기술이 어디로 유출되었는지 알아내고 강제로 종료할 수 있었어. 그런데 그들이 베일과 다른 프로그램을 쓰지 못하게 되자 쟁탈전에 나섰지 뭐야. 다른 부서들, 학교를 폐쇄하려고 했어."

"에디, 얼른 해!" 뒤에서 펠리시아가 소리쳤다.

"무슨 일이야?"

"우리가 지문 인식을 걸어두지 않은 예전 PSS 기술을 그들이 가지고 있어. 에디의 레이더를 써서 도시를 마비시켜 아무도 투표하지 못하게 하려는 수작이야. 하지만 우리가 쫓고 있고 서버를 창고로 다시 바꾼 뒤 관계 당국에 신고했어. 현재 우리는 경찰의 눈 역할을 하고 있고."

펠리시아가 또 다른 알람이 울리는 곳으로 끼어들었다.

"심지어 급진주의자들이 병원의 전기까지 끊어버렸지, 뭐야. 해리슨이 그걸 복구하느라 갖은 방법을 총동원했어. 그들이 미쳐 날뛰는데 우리 말고 공격을 막을 사람이 없는 건 그들이 쓰는 기술이 우리 것이라서야."

"테일러 대표님은 어디 있는데?" 내가 물었다.

"튀니지 방위군에게 브리핑 중이셔." 해리슨이 휴대전화를 향해 소리쳤다.

"우리가 모조리 찾아내 멈췄는지 확실하진 않아. 평소 하던 일보다 부담감이 엄청 나."

"스모크는 작동 안 해?" 내가 물었다.

"잘 돌아가고 있는데 산호초 해커가 24시간이 걸리도록 설계해서 도둑들은 침투했는지 몰라. 우리는 여전히 PSS의 기술을 찾아서 그들이 알기 전에 사이버 아일랜드로 옮기는 중이야. 시간이 걸리는 작업인데 그 사이 급진주의자들이 길거리에서 타이어를 불태우고 도시를 폐쇄하려고 해. 걱정거리가 산더미라고."

"아, 안 돼…. 우리 아빠! 아빠가 뉴스를 보면 어떡하지?" 난 신음하듯 내뱉었다.

"걱정하지 마. 우리가 너희 아버지 휴대전화와 집에서 접속하는 모든 미디어를 베일할 거야. 하지만 다른 사람한테 이야기를 들으실지도 모르지. 너한테 리더 집단이 사라졌단 소식을 알려주려고 연락했어. 급진당 지도자인 벤 슬리먼은 우리가 자기 장난감을 빼앗은 일에 확실히 불만이 생겼어. 엄청 돈을 많이 주고 샀으니 그럴 수밖에."

"알았어. 나한테 사라진 지도자들의 자료를 보내줘. 산호초 해커에게 안면 인식 기술이 있어. 어쩌면 우리가 위치를 알아낼지도 몰라."

해리슨이 불안하게 웃었다.

"구식 전투복 차림에 정말로 열받은 얼굴을 한 남자들을 찾아봐. 분명 맞을 거야. 그들 절반 이상이 이곳 출신이 아니야. 아무튼 네가 어떤 거래를 막는지 실패하지 말아줘. 이 혼란이 더 퍼지도록 놔둘 수는 없으니까."

난 잠자코 들었고, 머릿속이 백 가지 방향으로 움직였다.

"후계자에 관해 알아낸 거 있어?"

"그다지 소득이 없어. 앨버트 뮐러가 막 튀니지에 도착했어. 그가 이곳으로 자주 휴가를 온다는 점은 분명해. 인도네시아 대사는 남은 주 내내 유럽 정상회담에 참석해. 이쪽으로 올 것 같진 않아. 우리가 틀릴 수도 있어. 셰이크는 사업가고 범죄 기록이 없어."

난 이를 악물었다.

"알았어. 계속 알아봐 줘."

"테일러 대표님이 네 쪽 상황은 어떤지 궁금해하시거든?" 해리슨이 물었다.

"오늘 밤 카이에게 홀로썸을 넘길 거야. 일이 잘되면 그가 바꿔치기할 테고 스모크가 업로드되면 우리는 남은 블랙리스트와 마스터 파일을 얻는 거지."

"누가 접선 장소로 가는데?"

"콰다야. 난 완전히 빠져 있을 테니 걱정하지 마." 해리슨에게 말했다.

내가 멀리서 지켜볼 계획이라는 걸 굳이 해리슨이 알 필요는 없었다. 난 카이의 얼굴을 봐야 했다. 실물을 직접.

"난 안전한 곳에 있어. 콰다도 여기 있고. 해커가 도움을 많이 주고 있어."

귀걸이 안에 든 스마트 더스트가 떠올랐다.

"해리슨? 잠시 스피커폰을 끄고 통화할 수 있을까?"

"그래, 조."

잡음이 줄어들었지만, 여전히 팀이 일하는 소리가 들렸다.

"됐어. 우리뿐이야. 산호초 해커와 지낼만해?"

"즐거워. 못 믿겠지만 심지어 그는 내 시뮬레이션에 직접 들어오는 방법도 찾아냈어." 난 한숨을 쉬었다.

"스마트 더스트에서 건진 것 좀 있어?"

"조, 네 말이 맞았어. 그 애는 천재야. 심지어 그의 데이터는 블루투스 나노 기술에도 면역이 있어. 꼭 자기 물건을 지킬 경비견을 세워둔 것 같아. 암호가 없으면 난 아무것도 못 풀어. 근데 있잖아." 해리슨이 속삭였다.

"나사 티퍼와 일치하는 힌트가 확실히 많아. 넌 아니라고 했지만 내가 테스트를 해봤어. 나사 티퍼가 나사에 전달한 차트가 정확히 지금 네가 서 있는 자리에서 나왔다는 걸 97퍼센트 확신해."

아, 이런. 해리슨이 알아냈다. 난 잠자코 있었다.

"해리슨. 누구한테도 말해선 안 돼. 부탁이니 이 일이 끝나기 전까지 네가 찾은 그에 관한 모든 정보는 나에게만 알려줘. 잘

못하면 일을 그르칠 수도 있어서 그래. 날 믿어줘."

"너무 과한 부탁이잖아, 조." 해리슨이 한숨을 쉬었다.

"내 상관은 테일러 대표님이라고. 그렇지만… 우리는 바쁘니 홀로썸을 전달할 때까지 기다릴 수 있을 것 같긴 해. 그 이후에는 아무것도 장담 못 하지만."

난 움찔했다. 상관에게 말하지 못하게 막는 건 피닉스가 할 법한 일이다.

"네 말이 맞아. 이런 부탁을 해서 미안해, 해리슨." 난 고개를 저었다.

"테일러 대표님께는 내가 곧 전부 말할게." 노블의 얼굴이 떠오르자 속이 쓰렸다.

"날 믿어줘. 그 애는 우리가 찾는 범죄자가 아니야. 그리고 그 애의 정체를 꼭 알아야 하는 사람은 누구도 아닌 바로 나거든."

CHAPTER 44

멀리 지평선 위로 해가 솟아 반짝였다. 여전히 텐트들은 조용해서 난 혼돈으로 범벅된 하루가 오기 전 사막의 바람에 몸을 내맡겼다.

금빛 모래 파도를 타고 마음이 움직였다. 이 메마른 땅에 오니 나라는 존재가 얼마나 작은지 여실히 느낄 수 있어 경이로움으로 가득 찼다. 그리고 배울 게 아직 많다고 했던 노블의 말이 생각났다. 알아야 할 것도, 살펴볼 것도 너무 많다. 이 사막에서 별을 보며 밤새는 건 어떤 느낌일까?

아침 햇살에 모래언덕이 더욱 커 보였고 오아시스의 푸른 야자수가 출렁이며 길을 알려주고 잃어버렸던 신비를 되살렸다. 불행하게도 내게 저 길은 천국으로 가는 여정이 아니라 로열리스트와 블랙리스트로 가는 길이자 봉합하지 못한 상처처럼 아픈 세상으로 가는 길이다. 손가락으로 부드러운 모래알을 만졌다. 이해가 갔다. 내게도 통제 불능인 시절이 있었다. 내 안에 너무 깊이 파묻혀 제대로 생각할 수가 없었다. 내가 눈이 멀었던 그 순간에 날 이끌어 줄 사람이 아무도 없었다.

그냥 고개를 들어봐. 항상 말하고 있어.

그 말이 너무 진리 같아서 내게 상처가 됐다. 우주처럼 광대하면서도 해마처럼 작기도 하다. 배낭에서 시뮬레이션 안경을 꺼내 3단계를 해 보기로 했다. 노블이 내 시뮬레이션에 뭘 넣었는지 궁금하다….

내 재능은 위험할 때 돌아오지 않을 거라고 그 애가 말했다. 그렇지만 어쩜 그렇게 확신할 수 있을까?

노블이 나와 같은 재능을 가졌다고 해도 그 애는 내가 아니다. 내 숫자를 좀 더 오랜 시간 돌아오게 해 주긴 했지만, 숫자들이 완전히 돌아온 상태는 아니었다. 지금 와서 생각하니 인용문 하나 때문에 그를 맨델과 연관 짓는 건 어리석은 일이다. 어젯밤 내가 과민반응을 보였다.

수많은 천재, 수학자, 수학 전공 학생들, 게다가 과학을 공부하는 사람이라면 다들 망델브로를 안다. 심지어 대중문화에도 등장했다. 그는 책에도 노래에도, 영화에도 나온다. 그의 업적을 토대로 중요한 과학적 발견이 이루어졌다. 그리고 노블은 내 엽서를 봤다고 했다. 그러니 내가 아는 문구를 읊은 건 당연하다.

모래 폭풍우처럼 생각에 빠진 채 야자수를 향해 걸었다. 확실히 하고 싶지만 어떤 것도 명확하지 않다.

이제 사람들이 일어났고 아이들이 나무 아래서 놀고 있었다. 저건 수학을 기반으로 한 놀이인데 노블만이 가르쳐 줄 수 있는 거겠지.

홍미가 생겨 잠시 걸음을 멈추고 지켜봤다. 처음에는 돌멩이와 잎사귀, 그리고 주변에서 찾을 수 있는 물건들로 스튜를 만드는 소꿉놀이처럼 보였다. 나도 어릴 때 저러고 놀았다. 그런데 좀 더 관찰하니 아이들이 특정 물건을 가지고 복잡한 방정식 게임을 한다는 사실을 알았다.

누가 어깨를 두드리는 바람에 화들짝 놀랐다. 돌아보니 파라가 아침 식사로 보이는 걸 들고 있었다. 김이 피어오르는 그릇 안에는 빵 덩어리와 그 위로 병아리콩이 올라갔고 마늘, 쿠민, 레몬, 후추 향이 풍겼다.

"라블라비(Lablebi)랍니다. 먼저 맛볼래요?"

난 고개를 끄덕이고 멍한 상태에서 두 손으로 그릇을 받았다.

"고맙습니다." 그녀가 가려는데 내가 불러 세웠다.

"파라? 아이들이 뭘 하고 노는 거예요?"

"게임이요. 하나님의 엄지손가락 지문이라고 불러요." 그녀가 알려주었다.

그 소리에 등줄기가 서늘해졌다.

"노블이 애들한테 가르쳐 준 거 맞죠?"

"맞아요." 파라가 환하게 미소 지었다.

다시 고맙다고 대답하자 그녀가 자리를 떴고 난 말문이 막힌 채로 가만히 있었다.

아이들은 프랙털 기하학을 공부하고 있었다. 산호초 해커와 내 시뮬레이션에 대한 기억이 번개처럼 번쩍 떠올랐다. 시뮬레이션하는 동안 날 집중하게 하려고 그가 한 모든 말이 프랙털과 관련이 있었다. 혼돈 속의 질서. 심장이 떨린다는 표현이 어떤 느낌인지 지금 확실히 알 것 같다.

어깨에 손이 올라와 또 한 번 소스라치게 놀랐다. 그 애다.

"좋은 아침이야."

노블이 말했다.

그의 목소리 속 울림이 눈을 감고 있는 와중에도 내 피부를 떨리게 했다. 이 정도의 교감이라니… 불가능하다.

"콰다 삼촌과 내가 크사 두즈와 홀로썸을 숨겨둘 옛 폐허 유적지에 감시 카메라를 설치할 거야. 오늘 밤에 사하라 국제 페스티벌이 열려. 우리한텐 더없이 좋은 일이지. 전 세계에서 관광객과 기자들이 몰려올 테니까. 관광업을 하는 우리 가족을 이용하면 되고 근처에 낙타도 마련해 뒀어."

난 대꾸하지 않았다. 그의 얼굴이 별, 나무, 꿈의 충돌처럼 보여서다. 무수한 대화가 머릿속을 지나쳤고 난 해답을 찾으려고 그의 눈을 바라봤다.

"조, 괜찮아?"

노블이 미소 지으며 물었다. 그는 내가 숫자를 조합하는 걸 알아차렸다.

재빨리 시선을 아래로 깔았다.

"응." 난 대답하며 몸을 꼬집었다. 머릿속으로 뭘 생각하든 그저 환상일 뿐이다.

"재능이 없으니 시뮬레이션에서 새로운 디테일을 찾지 못하겠어. 그래서 좀 걱정이야."

"아직 3단계를 안 했어? 지금 네가 겪는 혼란에 도움이 될 텐데."

그 애가 입꼬리가 눈에 닿을 정도로 미소를 지었다. 분명 느끼고 있는 거다. 우리 사이에 뭐가 있든 이해할 수 있는 범주를 넘어섰다.

"고마워." 내 속에서 전투가 벌어졌다.

"지금은 더 많은 도전을 감당할 수 없을 것 같아."

"아니, 그런 거랑은 달라. 날 믿어." 그가 말했다.

커다란 갈색 눈동자가 나를 빤히 쳐다봤다. 우리 사이에 흐르는 이 주파수에 익숙해질 날이 올까?

"악명높은 산호초 해커를 믿으라고? 나사 티퍼를? 사막에 사는 불가사의한 인물 노블을?" 내가 놀렸다.

"우린 친구 사이지? 너한테 진실을 말하겠다고 했잖아."

그가 날 쳐다볼 때 온몸이 떨렸다. 그의 눈동자가 자기 의견에 동조해 달라고 간청했고 거절은 가슴에 칼을 꽂는 것과 같다고 말하는 듯했다. 시뮬레이션이 현실과 뒤섞여 머릿속이 뒤죽박죽되었다. 지금 난 착각에 빠졌다. 내 바람만 충족하려고 했다. 그 애가 그렇게 말하지 않았는가. 지금 내 생각이 사실일 리 없다.

"알았어, 나중에 할게. 혼란이 좀 가라앉으면."

"혼란은 늘 일어날 거야. 혼란 속에서 우리는 계산을 찾고 그것이 우리가 누구고 어디로 갈지 알려줘."

그가 내 손에 슬쩍 마른 산호 조각을 올려놓았다.

"너한테 줄게. 금방 돌아올게."

그가 걸어갈 때, 나는 숨이 멎는 듯했다.

손바닥을 펴서 산호를 살폈다. 평범한 산호가 아니라 아주 특별한 패턴이 있는 석산호다. 프랙털 패턴으로 된.

난 눈을 감았다.

"K2, 해리슨을 연결해 줘."

CHAPTER 45

낙타 외양간 앞에서 배설물 냄새를 무시한 채 서성거리며 해리슨이 전화를 받길 기다렸다. 한참 만에 드디어 전화가 연결됐다.

"왜 그래? 무슨 일이야?"

손이 너무 떨려서 전화기를 들고 있기가 힘들었다.

"알아낸 것 같아."

내 뒤에서 낙타들이 울고 비명을 질렀다.

"무슨 말이야?" 해리슨이 물었다.

"그리고 주변에서 나는 이상한 소리는 뭐야? 꼭 츄바카 울음소리 같은데!"

난 손으로 전화기를 감쌌다. 남의 집 문을 따는 도둑처럼 발이 저렸다. 하지만 알아야 한다.

"부탁할 게 있어. 산호초 해커의 코드로 들어가는 비밀번호를 입력해 줘."

"잠시만."

해리슨이 모니터 앞에 앉는 모습을 상상했다.

"됐어. 불러볼래?"

저 멀리 아이들을 바라보았다.

"하나님의 엄지손가락 지문."

해리슨이 웃었다.

"조? 지금 종교적 영감이라도 받은 거야? 사막이 너무 더워서 머리가 어떻게 된 거 아니야?"

"아니, $fc(z) = z2 + c$. 망델브로 집합 등식이야." 내가 말했다.

"재미있네. 그렇게 생각하는 이유가 있어?" 그가 물었다.

"세상을 거꾸로 보고 있거든."

"알았어, 시간을 좀 줘. 금방 올게." 해리슨이 잠시 멈칫했다.

"조, 넌 그 애 정체를 알아?"

그 말에 양손이 떨렸다. 음파와 진동, 산호. 내가 본능적으로 그를 믿는 이유다. 그가 날 쳐다보고 내 이름을 부르는 방식이 마치 수년간 알고 지낸 사람 같다. 진짜로 그런 거라면? 그런 일이 가능하기나 할까?

난 눈을 꼭 감았다. 내 속에서 모든 것들이 비명을 지르고 있어서 말할 수 없었다.

"아직은 몰라." 해리슨에게 대답했다.

"하지만 곧 알아낼 거야."

전화를 끊자, 파라가 내게 손짓했다. 그녀에게 묻고 싶은 말이 떠올랐다. 시간이 없다. 내 안의 혼란을 감추려고 겉으로는 아무렇지 않은 척하며 그녀를 향해 빠르게 걸었다.

파라가 더 많은 먹을거리를 건네줬다. 올리브, 대추, 바게트와 찻주전자까지.

“노블이 나가 있는 동안 당신은 일할 거라고 하더군요. 그래서 먹을 걸 좀 더 챙겨왔어요.”

난 쟁반째로 받았다.

“고맙습니다.” 그녀가 돌아가기 전에 붙들었다.

“노블이 아끼던 사람을 잃었다고 하셨잖아요. 그게 누군지 아세요?”

파라가 고개를 갸우뚱거리며 생각했다.

“여자애였어요. 그것 말고는 아는 게 없어요.”

“그게 언제였나요?”

“1~2년쯤 됐지 싶네요.” 그녀가 미소를 지었다.

“걱정하지 마요. 이미 털고 일어난 것 같으니까.”

파라가 내게 윙크하고 수영장으로 가는 어린아이를 쫓아 뛰어갔다.

다시 시선을 큰 애들이 그리는 모래 위 나선으로 돌렸다.

얼른 텐트로 돌아와 입구 지퍼를 잠갔다. 그리고 가방을 꺼내 망델브로 집합 엽서를 찾았다.

프랙털의 이미지가 살아났다. 머릿속에 나무가 나타났다. 바다와 사막, 언덕, 지도, 산호도. 이것들의 공통점이 뭘까? 어디서나 볼 수 있는 프랙털이다.

튀니스에서 노블이 맨 처음 했던 말이 나무를 찾으라는 것이었다.

"항상 디자인이 있잖아. 디자인이 패턴을 만들고… 패턴이 등식을 만들지…."

그 애는 내 눈이 프랙털을 볼 수 있도록 훈련한 것이다.

머릿속에서 시작된 계산이 이제 가슴을 마구 두드렸다. 이 방정식들은 절대로 단순하지 않다. 절대로 바꿀 수 없다. 정해진 답이 없다. 바다에 세차게 치는 파도와 하늘의 먹구름처럼, 아무리 노력해도 잡을 수 없는 액체처럼 마음이 동요해 엉망이 돼버렸다. 젊은 여성으로서는 이 감정을 배제하고 싶지만, 수학자로서는 그럴 수 없다. 꼭 해야 하는 질문이다.

노블이 그저 나사 티퍼가 아니라면? 별에 집착하는 천재 그 이상이라면? 인터넷으로 나랑 몇 시간씩 대화하던 그 소년이라면…. 집에서 도망쳐 날 찾을 계획을 세웠던 그 남자애라면? 하늘을 밝히려고 태어난 소년이라면?

노블이 맨델이라면?

나의 첫사랑, 그 소년.

CHAPTER 46

∞

머리는 거의 과부하 상태가 되었고, 홀로썸을 갖다 놓기로 한 저물녘까지 한 시간도 채 남지 않았다.

앨버트 뮐러는 이미 셰이크의 다르 근처에 와있다. 카이는 접선 시간이 언제인지 안다. 이제 혼자 정해진 장소에 오기만 하면 된다. 재빨리 장비들이 있는 텐트로 가 보니, 노블이 책상 세 곳 중 한자리에 앉아 있었다. 안면 인식 소프트웨어와 카이의 영상이 모여 있는 작은 탭이 눈에 들어왔다. 마지막으로 필요한 게 바로 저거다.

노블은 실시간 중계를 보고 있었다. 난 해리슨의 연락을 기다리는 중인데 아직 소식이 없었다.

내가 걸어 들어오자, 노블이 알아차렸다.

"안녕." 그가 부드럽게 인사했다.

"아직 3단계를 안 해봤어?"

난 고개를 저은 뒤 가만히 그 애를 쳐다봤다. 노블이 실망한 듯 고개를 돌렸다.

하지만 내 시선은 그대로 머물렀다. 그 애의 얼굴 모든 부분이 지금 내겐 다르게 느껴졌다. 갈색 눈썹 한 올도, 주근깨 한 점까지도. 맨델이 이렇게 생겼다면 상상했던 것보다 훨씬 아름답다.

이건 나의 망상일 것이다. 노블이 맨델일 리 없다. 맨델과 나 사이에는 주파수가 전혀 없었다. 어렸지만 똑똑히 기억하고 있다. 게다가 맨델이 그렇게 느꼈다면 나한테 말해 줬을 텐데. 잘은 모르겠지만 노블은 주파수가 일어날 걸 알았고, 그래서 나한테 연락할 때마다 로봇 음성을 사용했다. 따라서 그가 맨델일 수 없다. 생각해 봐야 할 부분이 너무 많았다.

"새로운 소식이라도 있어?"

감정들이 속에서 마구 부딪히는 걸 느끼며 내가 물었다.

"아니. 그냥 임무 중인 카이를 보고 있었어. 다들 뭔가를 준비하느라 분주해. 아마 뮐러가 오는 일 때문이겠지. 카이는 우리와 만나러 올 준비를 하는 중이야. 여자애를 위장용으로 이용할 생각인 것 같아."

"그 소녀? 좋은 생각이 아니야. 전직이든 현직이든 X 소녀들은 믿을 수 없어."

난 화면으로 다가갔다가 곧바로 내 행동을 후회했다. 긴 머리를 뒤로 늘어뜨린 소녀는 모든 부분에서 섹시했다. 마담이 입었을 법한 스타일의, 허벅지 위까지 파인 원피스 차림이었다. 난 속으로 움찔했다.

소녀가 카이의 팔을 만지며 인사하고 셰이크 옆으로 가서 앉았다. 카이는 천연덕스럽게 자신만만한 미소를 지었다. 언제 저렇게 연기가 늘었지?

카이는 항상 비밀을 잘 지켰다. 내 비밀을 아버지인 챈에게 발설하지 않았다. 챈 모르게 엄청나게 많은 도움을 줬다. 일하다 땡땡이를 치는 반항적인 면모도 늘 갖고 있으면서. 난 열정을 쏟아부을 일을 찾지 못해서 그러는 거라고 믿었다. 지금 그럴만한 일을 찾은 걸까?

카이가 보고 싶고, 노블과의 일로 속이 편치 않아서 계속 영상 속 카이를 들여다봤다. 내가 중국에 가지 않았다면, 지금도 맨델과 대화를 나누고 있을까? 카이가 없는 내 삶은 어땠을까? 그는 내 인생의 굳건한 바위이자 토대가 되어 주었다. 결코 날 포기하지 않았다. 카이는 레드를 알 기회가 없었지만 레드의 힘과 열정이 똑같이 그 안에서 살아 숨 쉬고 있다. 내가 모질고 차갑고 거리를 두고 분노에 차 있을 때 카이는 내 안에서 선함을 발견했다. 내게 필요한 건 사랑이라는 점을 알고 내 안의 착한 소녀를 끈질기게 따라왔다.

콰다가 접선지에 나가겠지만 난 가만히 캠프에 있지 않을 거다. 오늘 밤 카이의 얼굴을 봐야 한다. 실제로 손길이 닿는다거나 이야기를 나눌 순 없겠지만 그 애의 근처에 있다는 것만으로도 내겐 위안이 될 테니까.

화면을 보니 카이는 꼭 마담처럼 의중을 알 수 없는 표정으로 앉아 있었다. 셰이크가 방 안 분위기를 살폈다. 바다에 폭풍우가 몰아칠 기미를 미리 아는 선장처럼 그는 뭔가를 아는 눈치다. 내가 예상한 것보다 더 불안해하고 있다. 오늘 밤 윌러가 도착할 예정이라서 그런 걸까?

“여기 계획을 달성하려고 온 거야, 아니면 후계자로 온 거야?”

또다시 그가 카이를 면밀하게 살피며 물었다.

“우린 모두 각자의 계획을 위해 이 자리에 모인 거 아닌가요? 다만 내가 여기 온 건, 비전을 가진 리더를 찾고 있어서예요.”

외부인인 카이는 편안해 보였지만 이미 온몸은 잔뜩 긴장하고 경계 태세를 갖췄다. 그 모습이 흡사 송 밸리의 상 형제들 같았다. 상 형제는 쿵후의 미학뿐 아니라 힘을 제대로 활용하는 법까지 카이에게 잘 가르쳐주었다.

“아, 그래. 그렇다면 날 실망시키지 않아야 할 거야. 웅장한 계획과 수많은 정보가 후계자와 함께 나타날 테니 말이야.”

셰이크가 세련되게 웃으며 몸을 구부렸다.

“어딜 본거지로 삼을 생각이지?”

“내 영역은 상하이에요.” 카이가 태연하게 말했다.

“난 마스터 파일을 얻고 로열리스트의 일원이 되려고 왔어요.”

셰이크가 심드렁하게 반응했다.

“잘됐어. 내 영역은 여기거든.” 그가 말했다.

“그리고 이내 전부 내 차지가 될 거야.”

카이가 모른 척 그에게 눈길을 줬다.

“그렇다면 우린 계속 연락하고 지내야겠군요.”

“당신이 여기 계속 머물게 설득할 만한 뭔가가 있을까요?” 맞은편에서 X 소녀가 물었다.

"난 항상 설득에 열려 있죠." 카이가 살짝 웃으며 그녀를 쳐다봤다.

"잠시 실례해요."

카이가 자리에서 일어나 방을 나가며 소녀에게 윙크했다. 신호를 알아차리고 소녀도 따라 나갔다. 난 앉은 자리에서 들썩거렸다. 정말로 저 애한테 말할 생각일까? 카이라면 더 잘 알텐데.

"저 여자는 믿을 수 없어." 내가 노블에게 투덜댔다.

"그게 질투가 아닌 게 확실해?" 그가 물었다.

카이가 몸을 구부려 큰 손으로 그녀의 작은 어깨를 감쌌다.

"에니아, 다른 사람들이 오기 전 거래 장소가 안전한지 확인하러 갈 거예요. 다들 그 부분에 관심이 없어 보이더군요. 하지만 난 잘 알아요. 한 시간 내로 돌아올 테니 누가 물어보면 내 방에 있다고 말해줘요."

카이가 손가락으로 소녀의 머리카락을 쓰다듬어 난 속에서 천불이 났다.

어쩜 저리도 쉽게 연기할 수 있지?

"그럴게요." 소녀가 불안하게 미소를 보이며 대꾸했다.

"에니아!" 셰이크가 그녀를 불렀다.

"그만 가 볼게요." 카이는 셰이크 쪽을 흘끔 쳐다봤다.

"당신은 저 사람, 혹은 여기 있는 그 누구보다 나은 남자를 만날 자격이 있어요."

"자격이 있든 없든 내게 충실한 사람이면 좋겠어요."

소녀의 얼굴이 흔들리더니 아름답게 일그러졌으나 입가에 희미하게 미소가 남았다.

카이가 재킷을 챙겼다.

셰이크가 다시 부르자, 소녀는 안으로 들어갔다.

∞

잠시 뒤 휴대전화가 울리며 더 스트리트에 메시지가 도착했다고 알렸다.

"카이가 다시 메시지를 보냈어. 긴급 주식이야."

노블이 첨단 세계로 들어가는 입구를 열었고, 난 뒷문을 통해 로그인했다.

"뭐라고 하는데?" 노블이 물었다.

카이의 메시지를 살폈다. 어느 저녁, 카이와 내가 시애틀 부두에 갔을 때 찍은 사진이 나타났다. 우린 부두에 기대고 서 있었다. 사진은 갈매기 떼가 우리가 먹던 피시 앤 칩스를 빼앗으려고 공격하기 직전에 찍은 것이다. 그날 저녁은 악몽 그 자체였다. 뭐 하나 제대로 되는 일이 없었다. 보기로 했던 공연을 놓쳤고 갈매기 무리에 습격당한 통에 내 지갑을 바다에 빠뜨렸다. 결국 한바탕 웃고 끝내긴 했는데, 어째서 이 사진을 보낸 거지? 부끄러워서 뺨이 달아올랐다.

"미안." 내가 고개를 저었다.

"개인적인 부분이라서 말하기 곤란해."

간혹 사진이나 메모를 보내기도 하지만 응급 포털로 보낸 적은 한 번도 없었다. 자신이 곤경에 처한 걸 알아서 그런지도 모른다. 아니면 내가 보고 싶거나 혹은 진실에 대해 상기시킬 필요가 있어서거나.

메시지가 사라질 때까지 지켜보았다. 오늘은 밤이 쉽게 찾아오지 않을 것 같다. 거래가 제대로 끝나야 한다. 난 여기 와선 안 됐지만 그건 카이도 마찬가지다. 갑자기 모두에게 화가 났다. 이 일을 맡은 카이. 자신의 정체가 무언지, 카이에 대해 뭘 아는지, 내 재능이 돌아오려면 어떻게 해야 하는지 알려주지 않는 노블. 오래전 맨델을 잃어버리고 그에 대한 감정이 머릿속을 다 채우게 놔둔 나 자신. 노블을 보면 정체를 알고 싶어 미칠 것 같은 마음까지도. 하필이면 최악의 타이밍에 나타나다니. 이제 후계자가 누군지 내게 알려주지 않은 마담한테까지 화가 났다.

일주일 전까지만 해도 상황은 단순했다. 카이는 내 거고 난 그 애 거였다. 그러다 마라 언니와 나눈 대화가 생각났고 그렇게 단순한 상황이 아니었다는 걸 깨달았다.

난 "사랑해"라고 카이에게 말하지 않은 나 자신에게 화가 났다. 입안에서 그 말이 자주 맴돌았지만 절대 꺼내지 못했다. 반면 카이는 위장 수사 중인 상황에서도 편하게 그 말을 할 수 있었다.

몸이 굳어와서 그만 생각을 떨쳐버렸다. 이건 나답지 않다. 피닉스라면 감정이 스스로를 제압해 버리도록 놔두지 않을 거다. 임무가 끝나면 카이와 대화를 해봐야겠다. 그러니 우선은 집중해야 한다. 이 일에 사람들의 목숨이 달렸다.

때마침 콰다가 들어왔다.

"해가 지면 군사 폐허 유적지로 가야 해. 카이가 준비된 것 같니?"

난 얼른 재킷을 챙겨 자리에서 일어났다. 적어도 한 가지는 확신할 수 있었다.

"그는 언제나 준비되어 있을 거예요."

CHAPTER 47

∞

튀니지, 두즈, 사하라 국제 페스티벌

해가 거의 졌다. 우리는 지프에 올라타고 목적지인 옛 로마 궁전의 폐허 유적지로 출발했다. 노블의 사촌들이 거기서 낙타 트레킹 투어 업체를 운영하고 있다. 이번 주는 페스티벌을 보러 관광객이 오는 때라 특별히 더 바쁘다.

우리는 전 세계 관광객들이 몰려들어 낙타와 말 경주 이야기로 떠들썩한 흐나이에흐 스타디움(H'naiech Stadium) 뒤쪽에 차를 세웠다. 전통 베두인 결혼식 피로연을 알리는 표지판과 피리에 맞춰 춤추는 뱀 쇼 간판도 보였다. 뿔피리, 드럼, 백파이프처럼 생긴 악기를 연주하는 사람들이 우리를 둘러쌌다. 페스티벌이 열리는 모퉁이마다 전통 춤 공연도 이어졌다. 이 같은 아수라장은 우리에게는 더없이 고마운 일이었다. 오감이 살아나면서 난 모든 방향을 주시했다.

손가락으로 허벅지를 두드리며 내 재능을 간절히 찾았다. 여기 있는 오토바이, 음식 가판, 관광객, 동물까지 모조리 세어 보고 싶었다. 내 숫자가 완전히 돌아오길 바라지만 발이 묶인 상태에선 결과적으론 문제만 일으킬 뿐일 테지.

우리는 사람들 틈을 비집고 노블의 가족이 바쁘게 낙타 캐러밴을 준비하는 가판에 도착했다.

"이쪽이야." 노블이 말했다.

그는 특별한 일몰 경기가 펼쳐질 스타디움 뒤편 사막을 가리켰다.

"페스티벌의 한 부분으로 베두인족의 전통 시현이 있을 예정이야. 가장 인기 있는 사막 낙타 경주는 일몰에 시작해. 그 시간대에 캐러밴 근처로 가면 눈에 띌 염려가 없어. 그래서 여길 고른 거야. 유적지에 가까우면서도 군중 속으로 도망칠 수 있을 만큼 적당히 떨어져 있거든."

"네 가족들은 어떡하고?" 난 그의 시선을 피하며 물었다.

노블은 내가 무언가에 애쓰고 있다는 걸 알아챘다. 그의 눈동자가 내 모든 움직임을 계산하고 있었다. 그래서 아주 조심스럽게 날 대했다. 아직 질투가 나서 그러고 있다고 생각할지도 모르겠다. 그는 자기 진짜 정체를 내가 안다는 사실을 꿈에도 모르고 있었다. 내가 생각하는 인물이 그가 맞다면 말이다.

"여기는 그들의 영역이니 다들 알아서 잘할 거야."

대답과 함께 그는 조끼 지퍼를 올렸다. 청바지에 사막용 부츠를 신으니 꼭 미국인처럼 보이지만 진갈색 머리, 헐렁한 버튼다운 셔츠같이 나머지 절반은 이곳 사람처럼 보이게 했다. 그의 정체성이 무엇이든 잘 어울렸다.

"콰다 삼촌이 홀로썸을 가져다 놓을 거야. 우리는 멀리서 지켜보면 돼. 저쪽에서 PSS 레이더를 쓰는 기미가 보이면 우린 휴대전화 말고 아무것도 사용할 수 없어."

노블이 입 밖으로 내진 않았지만, PSS 레이더 기술 덕분에 그가 정부가 보호하는 카이의 바이오 태그를 찾아낼 수 있었다.

노블이 립스틱 크기만 한 작고 둥근 검정 홀로썸 장치를 콰다에게 건넸다. 아주 작지만, 속에 세상에서 가장 위험한 비밀을 담을 수 있다.

콰다가 만날 장소까지 걸어가는 동안 우리는 낙타 캐러밴으로 갔다. 우리 옆으로 한층 들뜬 관광객들이 주변을 채웠고 자신들만의 낭만적인 달빛 낙타 산책을 하러 사막으로 나갔다. 다들 커다란 낙타가 내는 울음소리나 숨소리, 역한 체취와 침 뱉기까지도 전혀 개의치 않고 농담을 주고받았다. 다른 캐러밴에서 나온 가이드들이 튀니지 전역에 흩어져 있는 로마와 페니키아 유적지에 관해 설명하기 시작했다. 노블과 나는 그 목록에는 없는 폐허 유적지로, 현지인들이 크사 두즈라고 부르는 곳으로 갈 예정이었다.

노블이 낙타를 끌고 내 쪽으로 왔다. 그리고 내가 올라탈 수 있도록 낙타에게 앉으라고 지시했다.

난 다리를 낙타에게 붙이고 안장을 잡았다. 낙타가 뒷다리로 일어설 때 내 몸이 살짝 앞으로 쏠렸다. 그런 다음 낙타가 앞다리를 폈다. 내 다리가 새로운 위치에 놓이면서 낙타에서 떨어지지 않기 위해 한 번도 써보지 못한 근육에 힘을 줘야 했다.

우리는 모랫길을 따라 긴 낙타 행렬의 뒤에서 나란히 걸었다. 노블은 과시하듯 주변의 모든 걸 크게 키웠다.

좌절감이 찾아왔다. 내 재능은 아직 돌아오기 전이고 노블은 방법을 잘 아는 양 행동하고 있었다. PSS에서는 시뮬레이션이 도움이 될 거라고 했다. 노블은 자신에게 사흘을 달라고 말했고. 분명한 건 내가 어떻게 작용할지 아무도 모른다는 것이다. 심지어 스스로조차도.

"알겠지만 내일이 여기 머무는 마지막 날이야." 슬쩍 그를 살피며 내가 말했다.

그가 맨델이라면 자신에 대해 말할 기회를 주고 싶었다. 그래야 한다. 여전히 내게 대답해 줄 의무가 있으니까. 그렇지만 그는 잠자코 있었다. 내 마음속 어딘가에서 지금 이 이야기를 꺼내선 안 된다고 말렸지만 어쩔 수 없었다. 노블이 날 더 속상하게 만들려고 시뮬레이션을 조작하지 않은 한 1단계에서 맨델을 보여 준 데는 이유가 있을 테니.

"그러니 할 말이 있으면 해. 지금이 기회야."

"뭘 말이야?"

그가 고대 궁전이었던 커다란 돌 구조물을 향하며 멍하게 물었다. 구조물 안에는 돌로 만든 둥근 안뜰이 있는데 그곳이 바로 크사 두즈다.

1초 동안 내 재능이 깜박이며 그곳의 배치와 모든 세세한 부분을 계산해 눈앞에 보여 주었다. 계속 그대로 있어 주길 바랐지만, 갑자기 흐지부지 사라졌고 속에서 화만 더 커졌다.

“우선 숫자를 돌아오게 도와줄 것 같은 걸 말해줘. 사흘이면 충분하다고 네가 그랬잖아.”

“진정해.” 그가 내 눈을 찾으며 말했다.

“네 재능은 거기 있어. 넌 몰라서 그렇지 그대로 있다고. 네가 되찾을 거고 우린 누가 후계자인지도 알아낼 거야.”

우리는 무리에서 빠져나왔다.

“다 왔어. 지금부터가 중요해.”

노블이 낙타에서 내려 내가 내릴 수 있도록 손을 내밀었다. 그의 손이 내 손을 감싸고 꽉 잡았다. 따뜻하고 부드러운 그 느낌에 빠져 그만 넘어질 뻔했다. 대체 내가 왜 이러는 거지? 우리는 낙타를 잘 묶어 둔 뒤 커다란 유적지에서 북쪽으로 몇십 미터 떨어진 곳의 다른 돌벽으로 걸었다. 지금 있는 곳에서 크사두즈의 내부가 훤히 보이면서도 우리 앞에 있는 유적지 덕분에 다른 사람에게 들키지 않고 숨어 있기 좋은 장소다. 그가 크사 안에 미리 설치해 둔 카메라를 확인한 뒤 돌아왔다.

“써도 돼?” K2를 만지며 노블이 물었다.

내가 손목을 내밀자, 그가 숫자를 몇 개 눌렀다. 이내 크사 안뜰이 보였고 귀걸이로 음성이 연결됐다. 그가 작업을 끝내자마자 얼른 내 손목을 끌어왔다.

“진정해.” 침착한 그의 모습에 더 짜증이 났다.

노블 안의 숫자가 모든 이득을 보게 해 주었겠지. 콰다에게 준 나노 기술 초소형 헤드폰이 작동한다고 확인해 줄 때 머릿속이 혼란스러웠다.

한쪽에선 노블에게 망델브로의 아들인지 묻고 싶어 했고, 다른 한쪽에서는 그러길 바라지 않았다. 만약 그렇다면… 난 어떻게 할지 모르기 때문이다. 맨델에 대한 내 모든 감정은 너무 강하다. 노블이 지금 눈앞에 있는 데다 우리 사이의 주파수는 한데 어우러질 운명처럼 결합하고 있고…. 지금 당장은 그게 무슨 의미인지 해석할 수 없다. 이 모든 일이 너무 벅차다. 내 손이 또다시 미친 듯 허벅지를 두드리기 시작했다.

이내 노블이 내 옆에 와서 서더니 휴대전화처럼 생긴 기기를 건네주었다. 실제로는 작은 위성에 가까워 내가 사용해 본 것 중 최대 광역 폭을 가졌다. 진짜 대단한 애다. 어째서 난 엄마가 죽은 뒤에 별을 살핀다거나, 뭐 그런 쪽으로 재능을 쓰지 않았을까? 어째서 금융과 투자 쪽이었을까? 그러다가 맨델이 주식시장에 관해 말해 줬던 게 기억났고, 골이 잔뜩 난 지금 탓할 대상이 생겨 기뻤다.

"아직 레이더 기술을 사용하는지 감지되지 않았어. 우리 쪽은 괜찮은 것 같아."

"그렇다면 넌 후계자가 홀로썸에서 스모크를 감지할 수 없다고 확신하는 거야?"

"후계자가 너 같은 인물이 아니라면. 우리 둘 다 그럴 확률에 대해 알고 있잖아." 그가 미소 지었다.

"너 같다는 게 무슨 의미야?" 터무니가 없어서 난 눈을 굴렸다.

"조, 천재 눈금이 1부터 10까지라면 내가 너보다 숫자가 더 높을 거야. 하지만 우리 안의 재능에 있어서는 네가 날 앞질러. 그런 점에서, 네 시뮬레이션은 어떻게 되어가고 있어?" 그가 물었다.

"끔찍해." 난 짤막하게 대답했다.

혼란과 화가 마구 불어났다. 그는 전혀 부담 갖지 말라고 했지만 실제로는 내일이 오기 전에 후계자가 누군지 찾아야 한다는 의미다. 기회는 한 번뿐이고 난 모두를 실망시키고 있다. 카이, 테일러 대표, 우리 아빠, 노블까지.

그는 진짜 감정을 감추려는 듯 무표정으로 바뀌었다. 아마도 날 안쓰럽게 생각하나 본데 그쪽이 더 끔찍하다. 노블이 날 해킹했다. 튀니지로 날 불러냈다. 콰다가 자기 외삼촌인 걸 말하지 않았다.

"걱정하지 마, 홀로썸을 무사히 넘겨주면 다시 시뮬레이션할 수 있어."

머리카락을 귀 뒤로 넘기는 그의 모습이 매력적으로 보여 신경이 쓰였다.

"딱히 도움이 될 것 같지 않아." 내가 말했다.

"들어갈 때마다 새로운 걸 보지 못했어. 내 재능이 사라진 것 같아."

"아니. 그렇지 않아. 네가 놓치고 있는 부분이 있을 거야."

내 재능에 대해 너무 확신하는 말 때문에 짜증이 치솟았다.

"항상 똑같다니까. 싸움이 두 건이야. 마담이 멀쩡히 걸어 나간다고."

난 결국 폭발하고 말았다. 완전 열받았다.

"넌 셰이크가 후계자라고 생각하는 거지? 여기 천재는 너뿐이니까. 난 네 말을 받아들일게."

"아니. 넌 할 수 있어. 난 널 믿는다고. 우리가 알아낼 거야."

노블의 목소리가 누그러졌다. 내가 속이 상한 걸 알아차렸다.

"3단계는 어때?"

왜 자꾸 3단계 이야기를 꺼내는 거지?

"말했잖아. 3단계는 지금 나한테는 너무 벅차다고."

그건 사실이다. 거기서 뭘 찾을 수 있을지 모르겠다.

"알았어. 그러면 1단계는 어때?" 그가 물었다.

난 고개를 저었다. 1단계에 대해서도 그에게 말할 수가 없다. 특히 노블의 정체에 대해 확신하기 전까지는.

"알겠어." 그가 대답했다.

"네 기분이 어떤지 알아. 네 주변에 뭐가 있는지 아직 보지 못하고 있지만 네 재능은 거기 있고 돌아올 거야. 모든 일이 다 잘될 거라고."

그는 잘해 주려고 노력했지만, 그 부분에서 내 인내심이 바닥나고 말았다. 내 재능에 대해 말한다지만 난 그저 진실이 알고 싶었다.

"다 잘될 거라고 어떻게 그렇게 확신할 수 있어, 노블?" 내가 목소리를 높였다.

"실제로 넌 아무것도 말해 주지 않았잖아. 네가 누군지, 어째서 나에 대해 다 알고 있는지. 콰다가 네 외삼촌이라는 사실도 말하지 않았어. 카이에 대해 아는 걸 말해 줄 수도 있었으면서 그러지 않았잖아."

난 미친 듯이 화를 내뿜었다. 그리고 차가운 돌벽에 기대고 어깨를 움츠렸다. 지금, 이 사막에서 남자 친구를 기다리고 있다. 재미 삼아 테러리스트에게 거짓말한 내 남자 친구를. 그런데 내 앞에는 진실로 날 안다고 생각하는, 내가 수년간 대화하지 못했던 소년일지도 모르는 사람이 서 있다.

“그렇게 떡하니 서서 내가 어떤 기분인지 안다고 태평하게 말할 수가 있어?” 온몸에 힘이 들어간 채 물었다.

“넌 재능을 잃는다는 게 어떤 일인지 몰라. 내 앞에서 네 재능을 과시하기만 했지. 눈알이 뽑혀 나가는 기분이라고. 그 빌어먹을 헬리콥터처럼 온 세상이 다 부서지는 느낌이란 말이야. 손가락으로 점자를 배우려는데 갑자기 감각이 사라진 것과 똑같다고! 난 무한대를 봐왔어. 그런데 지금은 아무것도 안 보인다고.”

난 좌절해서 몸을 돌리고 이마를 돌 틈새에 댄 채 카이가 나타나기만을 기다렸다. 더 이상 아무 말도 하고 싶지 않았는데 노블의 따뜻한 손이 내 손에 닿았다.

그 애는 돌 틈에서 날 당기고 다른 손으로는 등이 배기지 않게 감아줬다. 쿠션이 있으면 기분이 한결 나아질 걸 아는 사람처럼 팔로 울퉁불퉁한 표면을 막아줬다. 정말로 기분이 나아졌다.

“네가 틀렸어, 조.”

날카롭고 강한 목소리가 너무 가까이에서 속삭이니 가슴까지 울려 퍼지는 느낌이 들었다. 주파수는 꼭 악보의 크레셴도 같다. 아니면 폭풍우 속에서 차츰 커지는 파도거나.

“어떤 기분인지 나도 알아.”

“어떻게 그런 말을 해?” 난 고개를 저었다.

노블의 눈동자가 강렬하게 타올랐다.

"왜냐하면 나도 재능을 잃어봤으니까."

순간 숨이 턱 막히면서 엄청난 숫자가 폭죽처럼 강렬하게 터져 나왔다. 혼란에 빠지지 않도록 주파수가 그의 안정적인 숫자와 연결됐고, 우리 사이에 천 개의 열 파장이 오갔다.

"아, 그러셔?" 내 목소리는 거칠고 퉁명스러웠다.

숨을 참고 그의 얼굴을 마주 보았다. 그의 눈동자 속에서 길을 잃었지만 그래도 어릴 적 화난 아이는 여전히 알고 싶어 했다.

"언제?"

먼저 시선을 돌리면 지는 눈싸움을 하듯 우리는 서로를 바라봤다. 그의 손이 내 팔에서 나와 얼굴로 왔다. 다른 손도 함께. 이제 그가 양손으로 내 턱을 감쌌다. 따뜻하고 강인한 손길이다. 그에 관한 모든 게 내 안에서 너무 맹렬해서 움직일 수가 없었다. 그가 입을 열었다.

"2년하고 156일 전에."

폭탄에 맞아 내 심장이 산산조각 났다. 내 머릿속에 그 날짜는 영원히 박제돼 있다. 영원히 내 운명을 바꿔버린 날이니까. 그리고 지금, 또 다른 방정식인 그가 그 날짜에 더해졌다…. 내가 죽었다고 언론에 보도된 날.

백 가지, 아니 천 가지 질문이 목을 타고 올라와 혀끝에 도착해 입 밖으로 쏟아지려고 하는데 한 목소리가 끼어들었다.

"카이가 도착했어." 콰다가 말했다.

"그런데 혼자가 아니고 따라온 이들이 영 기분이 좋아 보이지 않네."

CHAPTER 48

튀니지, 두즈, 크사 두즈

고대 로마 구조물 잔해 뒤 웅크린 우리 뒤로 먼지구름이 일었다. 노블이 입을 굳게 다물고 전과 똑같이 고통스러운 표정을 지었다. 아랍어 읽기를 배우듯 내 머릿속이 거꾸로 움직이며 그에 관해 알고 있던 모든 걸 지웠다. 그를 완전히 새로운 언어로 읽는 것이다.

콰다가 다시 말했다.

"카이 뒤로 한 무리가 쫓아와. 그래도 홀로썸을 넘길 수 있을 것 같아. 그런데 너무 가까이 따라오고 있어. 누군가 날 볼지도 몰라. 카이는 이런 일에 익숙하니?"

"그럼요." 난 장담할 수 있다.

노블의 장치가 PSS 레이더가 없는지 스캔했다.

"저 사람이 앨버트 뮐러예요. 반짝이는 쪽. 추적 장치는 없어요. 얼른 놔두고 빨리 빠져나오세요."

콰다가 재빨리 폐허로 들어가 낡은 기둥 옆 바위 아래 안전한 구멍에 홀로썸을 넣었다. 그런데 뮐러의 수하들이 너무 일찍 폐허 주변으로 왔고, 셰이크의 헬리콥터가 축구경기장 하나 정도의 거리쯤에 착륙했다. 셰이크와 X 소녀가 패거리와 합류했다.

콰다는 갇힌 상태로 눈에 띄지 않게 나올 길을 찾았다. 그가 무너진 벽의 움푹한 공간으로 살금살금 들어가서 도망갈 타이밍을 기다렸지만, 재능이 없는 내가 봐도 상황이 좋지 않은 것 같았다. 콰다가 갇혔다. 그나마 벽이 여러 겹이라 숨을 수 있어서 다행이었다.

노블이 날 쳐다봤다.

"마음에 안 들어." 그가 이렇게 말하고 콰다에게 일렀다.

"저 사람들이 갈 때까지 잘 숨어 있어요. 어째서 카이를 쫓아왔는지 우린 모르잖아요."

"분명 그 애를 못 믿어서야." 내가 속삭였다.

난 카이를 찾아 폐허를 살피다 드디어 그를 보았다.

카이는 이 사막이 자기 소유인 것처럼 걸었고, 세상 아무것에도 관심 없는 사람 같았다. 혼자 오기로 되어 있지만, 로열리스트들이 주변을 에워싼 걸 조금도 걱정하는 눈치가 아니다. 저 녀석, 대체 무슨 생각인 거지?

카이에겐 무언가를 가지러 가는 티를 내지 않고 홀로썸을 챙기러 올 시간이 없다.

셰이크와 X 소녀가 요새에서 뮐러와 만났고 그의 수하인 덩치 큰 남성이 카이를 붙들었지만, 그가 손아귀를 뿌리쳤다.

"무슨 일이죠?" 카이가 물었다.

셰이크가 찌푸린 표정으로 걸어왔다.

"내일 만나기로 한 거 아닌가?"

그들이 소녀를 앞으로 밀쳤고 소녀가 울먹였다.

"미안해요…. 당신이 어디 갔는지 말하라고 하도 강요해서."

"괜찮아요." 카이가 소녀에게 말했다. 그리고 남성들을 향해 몸을 돌렸다.

"내일 만남 전에 두즈와 스타디움을 답사하러 나왔어요. 감시하는 눈이 없는지 누구도 확인하지 않는 것 같아서."

"아무도 그럴 필요가 없거든." 앨버트 뮐러가 말했다.

덩치가 아주 큰 폭력배 세 명이 더 와서 주인 뒤에 섰다.

이런 상황을 예상하지 못했다. 엎친 데 덮친 격으로 노블이 날 쳐다보고 입 모양으로 말했다.

"레이더야."

그 말은 K2에서 PSS의 기술을 꺼야 한다는 뜻이다.

카이가 자신감이 넘치게 웃더니 고개를 까닥이며 직면한 상황을 살폈다.

"넌 로열리스트라고 주장했지." 뮐러가 말했다.

"몬테고의 블랙리스트를 가지고 있다고. 그런데 말이야, 우린 너에 대해 아무것도 알지 못해. 그리고 방금 몬테고가 잡혀 들어갔다는 소릴 들었어."

"있잖아, 예전 제국에 대해 아는 점이 조금이라도 있다면 마담은 마지막 순간까지 아끼는 모든 협조자를 숨긴다는 것쯤은 알 텐데." 카이가 현실성 있게 말을 뱉었다.

그의 오른쪽에 있는 소녀가 앞으로 나섰다.

"제가 보증할 수 있어요. 그는 마담을 알아요. 그는 우리 편이에요."

소녀는 분명 거짓말을 하고 있지만 적어도 카이를 보호하는 중이다.

"누가 저 애 입 좀 막아." 셰이크가 킹처럼 소리쳤다.

"몬테고가 너한테 로열리스트와의 거래 건에 관해 이야기한 뒤에 어떻게 잡혀 들어갈 수 있지?"

카이가 홀로썸이 있는 쪽으로 뒷걸음질 쳤다.

"안타깝게 됐지, 뭐. 그래서 나한테 백업이 있는 거고." 카이는 셰이크를 내려다보며 위협적인 미소를 지었다.

"아, 그럼 네가 장치를 가지고 있다는 거네?" 휠러가 물었다.

"늘 그게 관건이었지."

"이 사막에 영원히 묻히고 싶지 않다면 홀로썸을 보여줘."

카이가 고개를 저었다.

"전달식은 금요일이야."

그들이 카이를 에워쌌지만, 그의 발걸음은 픽업 장소로 향하고 있었고 거의 다 왔다. 홀로썸을 꽁꽁 숨겨놓진 않았다. 그저 돌덩이 밑, 땅에서 60센티미터 아래에 있다.

셰이크가 웃음을 터트렸다.

"여전히 널 못 믿겠어. 우리 중 널 아는 사람은 아무도 없어. 모두 후계자가 불러서 여기 온 거야. 그런데 넌 아니잖아."

"카이가 오늘 밤 홀로썸을 챙길 방법이 없어." 콰다가 속삭였다.
"아무 말도 하지 말아요. 레이더 신호가 사방에서 나타나고 있으니까."
난 노블에게 몸을 구부렸다.
"증거를 보이지 않으면 저들이 카이를 다치게 할 거야." 내가 말했다.
"그 애가 홀로썸을 챙길 수 있도록 우리가 시선을 끌어야 해. 내가 핑거팁스 하나를 쓰면 어떨까? 카이라면 그사이에 홀로썸을 챙길 수 있을 거야."
"안 돼." 노블이 고개를 저었다.
"그 방법은 안 먹힐 거야. 내 방정식이 실패할 거라고 해."
"난 확률을 이겨봤고…."
"카이를 봐. 그가 실패할 리 없다고 주장한 사람은 너야."
난 더 잘 보려고 바위벽에 난 구멍에 얼굴을 딱 붙였다.
"실패하지 않아. 내가 보장해. 그렇다고 도움이 필요 없다는 뜻이 아니야."
"우리는 어쩔 수 없어." 노블이 주변을 살폈다.
"미지수가 너무 많아. 관광객도 너무 많고. 핑거팁스를 쓰면 그의 정체가 탄로 날 거야. 우리도 마찬가지고. 게다가 근처에 폭력배들이 더 많이 있을지 몰라. 한정된 기술과 시야에선 확신이 안 서."
밀러와 셰이크를 비롯해 여러 남성이 카이를 에워쌌다.
"몬테고가 체포당한 일에 네가 일부 연루됐다는 정도는 우리도 예상할 수 있어."

"그 예상이 잘못됐군. 몬테고가 다 망쳤는데. 정보를 엉뚱한 사람에게 팔았으니까. 난 계획대로 했을 뿐이고."

"그럴듯한 이야기야." 휠러가 으르렁거렸다.

"우리에게 진실을 알려줄 만큼 설득을 좀 할 필요가 있겠어." 그가 손을 꺾고 있던 덩치가 큰 남성에게 고갯짓했다.

"난 늘 설득에 열려 있지." 카이가 재킷을 벗었다.

"이다음에는 안 그럴지 몰라."

카이가 자신만만하게 웃었다.

"그건 내 이야기가 아닐 텐데."

CHAPTER 49

∞

폭력배 무리에서 거인 같은 남성이 으스대며 걸어 나왔다. 딱 붙은 검정 티셔츠 차림으로 상반신이 오크나무처럼 단단해 보였다. 양팔은 문신으로 뒤덮였다. 손도 엄청나게 커서 소형견을 집어 들 듯 카이의 머리채를 잡아 박살 낼 것 같았다. 상대적으로 카이는 키가 작고 말랐지만, 저들은 그의 능력을 모른다.

남성이 카이를 향해 외쳤다.

"뭐로 해 줄까?"

그리고 칼을 꺼내 엄지로 칼날을 쓸며 날카로움을 과시했다.

"무기 같은 건 필요 없어." 카이가 대꾸하곤 양옆으로 목을 풀고 주먹을 꽉 쥐었다.

남성이 입가를 긁으며 웃었다.

"괜찮겠어, 꼬맹이?" 그는 얼굴을 도려낼 것처럼 카이를 향해 칼날을 세웠다.

안 돼. 난 이마를 붙들고 신음했다. 이런 장면을 보고 싶지 않다.

카이가 슬슬 준비하듯 발가락을 사뿐거리며 모래 주변으로 움직이기 시작했다.

"그래, 괜찮아." 그가 덤비라고 손짓했다.

이상한 순간이다. 저 앤 대체 무슨 생각일까?

"넌 괜찮지 않은 것 같지만, 그 칼은 새것이네. 장담하는데 한 번도 못 써봤겠지."

카이가 원을 그리며 움직였다. 난 입술을 깨물고 마음의 준비를 단단히 했다.

"1분 뒤면 방금 한 농담이 하나도 재미없다는 걸 알게 될 거야, 뺀질한 꼬맹이." 덩치 큰 남성이 조롱했다.

"난 농담 같은 건 안 해." 카이가 목을 돌렸다.

"하지만 당신 말이 맞아. 이 싸움은 1분이면 끝날 거거든."

그 소리에 덩치 큰 남성이 씩씩댔다. 카이가 주먹을 날리는 척했다. 그렇게 싸움이 시작되었다.

우리가 돌 틈으로 지켜보는 가운데 덩치 큰 남성이 달려들었다. 달빛에 칼날이 번뜩였다. 내가 중국에서 봤던 카이의 모습대로 주먹과 다리가 날아다녔다. 꼭 수많은 천사가 모래를 일으켜 먼지구름을 만드는 것처럼 보였다. 카이는 아주 빠르면서도 체계적이고 우아하게 움직여 진짜 싸움꾼으로서의 이미지를 상상하기 어렵다. 그가 실제로 싸우는 걸 보기 전까지는. 상대의 움직임을 이해하고 이기는 방법을 알기 위해 열심히 수련했다. 카이는 실제로는 싸우지 않았다. 아직까지는. 그는 춤을 추고 빙빙 돌았다. 재능이 있던 나와 비슷하지만 싸운다는 점만 다르다.

남성이 팔을 휘두르자 카이가 가까이 다가가 막은 다음 팔을 아래로 내리고 그의 발을 들어 쓰러뜨렸다. 남성은 얼른 회복하고 일어서더니 공격했다. 주먹, 찌르기, 재빨리 치고 빠지기, 발차기가 등장했다. 모든 게 순식간이었지만 카이는 전력을 다하지 않았다. 일부러 그러는 것처럼 허술하게 굴었다. 양손을 내리고 여전히 주위를 맴돌았다. 그러다 난 알아차렸다. 의도적인 행동이라는 걸. 자신의 목적을 위해 싸움을 이용하는 것이다. 카이에겐 전혀 다른 계획이 있었다. 그는 홀로썸을 찾고 있다. 싸우는 척하며 찾는 방식을 택했다.

싸움을 이해할 수 있게 해 주는 숫자가 내 머릿속에 없지만, 노블의 눈동자가 모든 걸 따라가고 내게 실시간으로 알려줬다. 1분 뒤 노블이 내 쪽으로 몸을 구부렸다.

“이제 카이가 홀로썸 근처에 거의 다 왔어.” 그러고는 몸을 움츠렸다.

“분명한 건 이제 저 애가….”

퍽! 문신한 남성이 카이의 얼굴 정면을 때렸다. 카이는 무릎을 꿇으며 튀어나온 바위 위로 쓰러졌다. 그 바위다. 홀로썸을 숨겨둔 바로 그 장소.

덩치 큰 남성은 봐주지 않았다. 자신이 우위에 있다고 생각하며 마구 칼을 휘둘렀다.

카이가 어깨를 둥글게 말고 손으로 모래 한 줌을 집었다. 너무 자연스러워서 방금 그 애가 뭘 했는지 바로 알아채지 못했다. 그리고 뱀이 획 덤벼들 듯, 카이가 다리 쪽으로 몸을 굴리며 부츠 안으로 홀로썸을 집어넣고 남은 모래를 남성의 눈에 뿌렸다.

"펀치 좋은데."

카이가 입술에 흐르는 피를 닦았다. 특유의 미소가 얼굴로 번졌다. 아. 저 남성이 곧 겪을 일이 걱정되었다. 카이의 저 미소는 한 가지를 의미한다. 이때까지 남성을 봐줬다는 뜻이다. 이제 목적을 달성했으니 싸움을 끝낼 일만 남았다. 제대로 끝을 보기 위한 마무리 동작은 장난이 아니다. 목, 무릎, 팔꿈치를 부러뜨릴 수 있고 일부는 치명상을 준다. 카이는 그 방법을 모두 알지만, 그 정도까지 하진 않겠지. 그러다 시뮬레이션 2단계에서 느꼈던 끔찍한 감정이 돌아왔다.

남성이 주도하고 있지만 카이는 준비가 됐다. 그가 칼날을 이마 쪽으로 다시 조준하고 상반신을 비틀며 허공을 갈랐다. 이제 나란히 선 상태에서 카이가 몇 걸음 떨어져서 발차기를 날리고 묵직한 그의 부츠 밑창이 남성의 왼쪽 무릎 중앙을 세게 걷어찼다. 딱 하는 소리가 났다.

덩치 큰 남성이 고통을 느끼며 쓰러졌지만, 그는 강인했다. 남성이 몸을 일으킬 때 카이가 앞으로 나갔다. 그 애는 무릎으로 남성의 턱을 가격했다. 난 몸을 움츠렸다. 칼이 먼저 떨어졌고 남성이 모래 위로 쓰러졌다. 두들겨 맞은 남자는 먼지를 뒤집어쓴 채 신음했다.

"48초야." 노블이 작은 목소리로 말했다.

"뭐라고?" 난 장면에서 눈길을 떼지 않은 채 물었다.

"카이가 1분 안에 끝날 거라고 했잖아…. 저 애는 시간을 안 지켰어…."

"됐거든."

1,000분의 1초 단위까지 계산하고 싶지 않아 난 눈을 굴렸다.

카이가 상대 앞에 서서 몸을 구부리더니 칼을 주워 들었다. 그가 순식간에 방향을 틀자 칼이 날아가 모래에 박혔다. 남은 두 남자의 발 사이에 정확하게.

"둘 중 누가 먼저 덤빌 거지?" 카이가 도발했다.

걸음걸이나 자신감에서 치명적인 아우라가 마구 뿜어져 나왔다. 그는 이 사람들이 다른 이들에게 한 짓을 봐왔다. 킹과 마담이 내게 한 짓을 알고 그런 일이 다시는 벌어지지 않길 바랐다.

륄러가 재촉하자 두 폭력배가 앞으로 나왔다. 뮐러는 아직도 카이의 충성심을 의심하고 있었다. 두 남성이 카이를 향해 전력 질주했다. 그러나 지켜보는 내 눈에도 상황은 뻔했다. 둘 다 너무 몰두해 어떻게 할지 속내가 다 드러났다. 첫 번째 남자가 주먹을 휘두를 때 카이가 몸을 숙여 피하고 팔꿈치를 비틀어 딱 붙였다. 그리고 얼굴을 망치처럼 가격하자 남성이 고꾸라졌다. 가속도를 유지하면서 카이가 몸을 돌려 두 번째 남성의 가랑이를 걷어찼다. 남성은 무릎을 꿇었고 똑같은 팔꿈치로 카이가 남성의 뒤통수를 때렸다. 그렇게 둘 다 나가떨어졌다.

"5.8초야."

처음으로 노블이 경외심을 담은 목소리로 말했다.

양쪽 다 모래에 드러누워 어지러움을 호소하며 일어나지 못했다. 카이가 부츠에 손을 넣어 뭔가를 꺼내고는 셰이크와 뮐러를 노려보았다.

모든 상황이 아주 빨리 일어나서 다들 카이가 방금 보여 준 모습을 이해할 시간이 필요했다. 누구도 아직까지 그에게 반응을 보이지 않았다.

카이가 이를 갈며 뮐러 쪽으로 몸을 구부렸다.

"난 여기 싸우러 온 게 아니야. 마스터 파일 때문에 왔다고."

마침내 무리 일부가 정신을 차리고 카이를 향해 무기를 조준했다. 사막에 긴장감이 감돌았다.

카이가 천천히 머리 위로 손을 들어 올렸다. 몇 초 되지 않는 그 시간에 내 심장은 미친 듯이 두근거렸다. 꼭 내가 마라톤을 뛴 기분이다. 눈도 깜박할 수가 없다. 노블이 씩 웃었다.

카이는 여전히 손을 든 상태였고 마침내 난 노블이 웃는 이유를 알았다. 너무 작아서 처음에는 보지 못했다. 카이가 홀로썸 옆면에 달린 버튼을 누르자, 로열리스트의 표식이 있는 홀로그램이 나타났다.

"잘했어." 셰이크가 고개를 끄덕였다.

"네가 싸울 줄 안다는 걸 증명했고 약속한 것도 가져왔군. 내 다르에서 너에 대한 환대는 그대로야. 마담은 늘 사람을 잘 뽑지."

"다 잘 뽑은 건 아니죠."

카이가 사악한 웃음과 함께 뮐러를 쳐다봤다. 그건 위협이다. 저들의 게임판에서 잘해 나가고 있다. 심지어 카이 같아 보이지도 않는다.

뮐러가 걸어왔다.

"그래, 넌 싸움을 잘하지. 그건 내게 어떤 증거도 되지 않아. 난 늘 충성심을 원하거든. 그자를 데려와."

그 말과 함께 우리 뒤쪽에서 부스럭거리는 소리가 났다. 노블이 날 바닥으로 눕혔다.

노블이 손으로 입을 막고 내게 자세를 낮추라고 손짓했다.

"안 돼." 그가 경악했다.

그리고 남자들이 모퉁이로 몰려가 또 다른 남성을 싸움판으로 끌고 왔다.

콰다다. 저들이 그를 발견하고 말았다.

"이 남자 말이 근처 캐러밴에 머문다는데. 널 만나러 온 게 아닌 거 확실해?"

묄러가 날카롭고 차가운 눈초리로 물었다.

"평생 처음 보는 얼굴이야." 카이가 솔직하게 말했다.

"잘됐네. 그렇다면 이자가 없어져도 아쉬울 게 없겠어. 후계자는 충성심을 요구하니까 네가 이자를 사라지게 만들면 테스트를 통과하는 거야. 후계자에게 주는 선물이라고 생각해."

카이의 얼굴에 드러난 표정을 전에 본 적이 있어서 난 가슴이 덜컹 내려앉았다.

그는 준비가 됐다.

CHAPTER 50

노블이 주먹으로 바닥을 쳤다. 우리는 폐허 모퉁이 돌벽 뒤에 웅크리고 있지만, 노블은 일어서려고 다리를 펼쳤다.

“지금 우리 삼촌의 목숨을 구할 가능성은 세 가지야.”

시뮬레이션이 머리를 스치고 지나갔다. 먼지에 뒤덮여 누워 있던 남자. 숨을 쉬지 않았다. 그는 콰다처럼 덩치가 컸다. 아니야, 그럴 리 없어. 난 믿길 거부했다. 후계자에게 자신이 로열리스트의 일원이라는 점을 증명하려고 한 사람의 목숨을 빼앗는 짓을 카이가 하진 않을 테니까.

난 노블의 조끼를 잡으며 움직이지 못하게 막았다.

“잠시만, 우린 아무것도 할 수 없어. 카이가 그를 죽이지 않을 거야.”

노블에게라기보단 내 스스로를 확신시키는 쪽에 가까웠다. 카이에 대해 아는 모든 점을 떠올려 보았다. 그 애가 수련하는 과정을 백번도 넘게 지켜봤다. 숫자가 없어도 그의 움직임을 읽을 수 있고 지난 몇 달간 그래왔다. 지금도 그를 보고 있다. 카이는 뭔가를 하려고 몸을 풀고 있다. 무슨 계획이 있는 거다. 단지 내가 알지 못할 뿐.

"조, 결과가 좋지 않다고 숫자가 알려주고 있어. 카이는 불안정해. 자신이 뭘 할지 모르고 있다고. 그가 하지 않으면 저자들이 나설 거야."

노블이 기기를 만지작거렸다.

"아니, 조금만 기다려 봐. 카이는 방법을 알 거야."

그러나 노블의 말이 맞았다. 카이는 불안해하고 있다. 아니면 엄청나게 집중했거나. 양쪽 다일 수도 있다. 그리고 내 예상이 틀릴 경우, 우리가 손쓰기 전에 로열리스트가 콰다의 목숨을 빼앗을 것이다.

"네가 남자 친구를 믿는다는 이유로 우리 삼촌이 죽는 모습을 지켜보지 않을 거야!" 노블이 씩씩거렸다.

모든 가능성을 찾느라 사하라 사방을 살피는 통에 평소에는 매끈한 눈썹에 땀이 맺혀 번들거렸다. 숫자가 없어도 노블이 바보 같은 짓을 저지를 게 분명해 보였다.

"삼촌은 내 전부란 말이야."

절박한 그 말이 노블의 거칠어진 눈빛과 어우러졌다. 그가 오른쪽으로 발을 틀었다. 자신만의 계획이 있었다. 그런데 내가 그 애의 손을 꽉 붙들었다.

"날 믿어줘. 내가 못 보는 걸 넌 볼 수 있지만 난 카이를 잘 알아."

본능적으로 알았다. 느낄 수 있었다. 동시에 노블이나 나 자신에게 쿵후가 이 상황에서 어떻게 이길지 설명할 수가 없다. 그저 손으로 노블의 조끼를 더 단단히 붙잡았지만, 서서히 힘이 풀리는 걸 느꼈다. 난 그를 놔주지 않으려고 애썼다.

노블이 주먹을 꽉 쥐고 나를 쏘아봤다. 그의 입장에선 내가 자기 삼촌이 아닌 카이를 선택한 것이다. 난 노블의 숫자보다 카이의 능력을 더 신뢰했다. 노블은 그 부분을 이해하지 못했다. 하지만 확신할 수 있었다. 지금 끼어든다면 누구도 여기서 나갈 수 없고 우리 계획은 수포가 되고 말 것이다.

"그럴 수 없어, 조." 노블이 고개를 저으며 자리에서 일어서려고 했다.

"내가 저기로 갈 거야. 날 막지 말아줘."

그가 다리를 펼 때, 난 그 움직임이 모든 걸 망칠 걸 알았다. 카이가 가르쳐 준 동작이 떠올라 생각할 틈도 없이 재빨리 노블의 다리를 걷어찼다. 그리고 한 번 더 그를 바닥으로 밀쳤다. 난 노블의 가슴 위에 올라타고 그를 바라보았다. 체중을 실어 누르자 노블이 저항했다. 표정에서 알 수 있었다. 어떻게 날 믿게 해야 할지 몰랐다. 그런데 갑자기 말이 튀어나왔다.

"맨델!"

그의 옛날 별명을 들먹이는 건 전기충격과도 같았다. 그가 몸을 획 앞으로 움직이더니 완전히 다른 방식으로 날 쳐다봤다.

"맨델! 지금까지 난 널 믿어왔어. 튀니지도, 바르도 박물관도, 몬테고에 대해서도. 이제 네가 날 믿어 봐."

우리 안에 있던 주파수가 모래 폭풍처럼 빽빽하고 과격하게 치솟아 올랐다. 노블이 혼란에 빠진 걸 느낄 수 있었다. 그 말은 그가 내게서 무언가 안정감을 느꼈다는 의미다. 우리는 시선을 떼지 않았고 주파수가 내 머릿속 점들을 이어 숫자가 튀어나왔다. 동시에 시애틀에서 해리슨과 나누었던 대화가 떠올랐다.

카이가 이번에 들르면 지금 수련 중인 '데스 킥'을 나한테 가르쳐 준다고 했거든.

그거다. 해리슨은 카이가 연구하던 동작에 관해 이야기했다. 데스 킥이 아니지만 해리슨 같은 아마추어가 보기에는 그럴 수 있다. 상 마스터들은 토우치(Tou-Qi)라고 불렀다.

"노블, 난 카이가 어떻게 할지 알아. 네가 지금 저 자리에 끼어들면 모든 걸 망칠 뿐이라고."

카이가 상 형제에게 이 기술을 알려 달라고 애원하던 날이 기억났다. 마스터들은 이 기술은 자신이 직접 해서 어떤 느낌인지 깨우쳐야 한다고 설명했다. 카이는 기꺼이 그러겠다고 응했다. 토우치는 '숨을 훔치다'는 의미다. 일시적으로 호흡과 순환을 멈춰 사람을 혼수상태로 만들어 죽은 것처럼 보이게 한다. 대략 20분 정도 그런 상태가 지속된다. 이때 의사가 살필 경우, 심장마비로 목숨을 잃었다고 판정할 거다.

상 형제가 카이에게 토우치를 썼을 때가 기억났다. 그 신음은 평생 잊지 못할 거다. 몇 시간 동안 먹지도, 말하지도 못하고 열이 나서 끙끙 앓다가 토하기를 반복했다. 심지어 날 알아보지도 못했다. 그러나 카이는 회복했다. 이후 24시간 동안 고통과 두통에 시달리다가 정상으로 돌아왔다. 그 애의 내부 장기에는 어떤 손상도 남지 않았는데 그것은 상 형제들이 제대로 기술을 썼기 때문이다. 그런 토우치를 지금 카이가 하려고 한다.

카이가 왜 불안해하는지 이해할 수 있다. 한 번도 성공해 본 적이 없으니. 이번에 실패하면 잃을 무언가가 생기는 거다. 한 사람의 목숨이 그의 손에 달렸다. 내 목표가 곧 자기 목표라고 했던 콰다의 목숨이. 노블 삼촌의 목숨이. 카이는 실패해선 안 된다.

난 눈을 꼭 감고 재능이 뭐라도 알려주길 바라며 손을 두드렸지만, 그저 조용한 기도 소리밖에 들리지 않았다.

"걱정하지 마. 콰다는 무사할 거야." 난 눈살을 찌푸렸다.

"아프겠지만 괜찮을 거야."

나 자신도 믿을 수 있게 입 밖으로 그 말을 내뱉었다.

"조…."

노블은 야생동물처럼 주시하며 시속 160킬로미터로 모든 걸 계산했다. 온몸에 힘이 들어가 스스로를 눌렀다.

"삼촌을 잃을 수 없어."

내가 얼마나 확신하는지 알려주려고 양손으로 그의 얼굴을 잡고 억지로 내 쪽으로 돌렸다.

"넌 삼촌을 잃지 않아. 이번에는 네 숫자를 믿지 마. 날 믿으라고."

노블이 눈을 감고 목과 어깨의 긴장을 풀려고 애썼다. 얼마나 힘들지 잘 안다. 숫자를 무시하는 일 말이다. 특히 신뢰한다는 의미로써는. 사랑하는 누군가를 걸고 그럴 때는 더욱 힘들다. 난 천천히 노블에게서 떨어져 돌벽에 기대고 카이를 살폈다. 여전히 주먹을 꽉 쥔 상태로, 노블이 내 옆으로 왔다.

카이가 손목을 비비며 준비에 들어갔다. 보통 싸움꾼들은 이 움직임이 왜 치명적이지 않은지 알아차리지 못한다. 치명적인 가격은 주로 머리나 목에 온다. 하지만 이번 목표는 가슴의 특정한 부분이다. 숨을 앗아가는 일이기에.

카이를 쫓아 사막까지 온 에니아가 크사 두즈의 주변에서 지켜볼 때 사막이 서늘해졌다. 셰이크가 그녀 옆으로 물러났다. 그는 무너진 돌벽에 기대서 혹시 매복한 인물이 없는지 틈 사이를 살폈다. 그러나 뮐러의 무리가 주변을 완전히 장악하고 있어서 그럴 가능성이 없었다.

카이가 자신의 모든 움직임을 살피는 소녀를 쳐다봤다.

"고개를 돌려요." 소녀에게 카이가 말했다.

"당신이 이 광경을 보길 바라지 않아요."

그러나 소녀는 고개를 돌리지 않았다.

"부탁입니다." 콰다가 카이에게 말했다.

"가족들에게 가봐야 해요. 북쪽에서 모래 폭풍이 일었어요."

난 입술을 깨물었다. PGF가 카이에게 보내는 메시지다. 콰다는 천재다. 카이만이 그 말을 알아들었을 테니. 그의 입술이 살짝 실룩거렸다.

"가장이 없어서 얼마나 안 됐을까."

이제 난 이해했다. 바이 요원의 메시지는 양손이 묶여 도움을 줄 수 없다는 의미다. 그래서 카이와 우리가 각자 알아서 해야 한다. 갑자기 이 작전 전체의 무게 하중이 내게 쏠렸다.

카이가 관절을 풀며 콰다에게 걸어갔다. 모두의 시선이 그에게 쏠렸다. 콰다가 전혀 두려워하는 기색을 보이지 않아 난 놀랐다.

노블은 믿을 수 없다는 표정으로 살폈다. 난 그를 가까이 당겼다.

"보지 마. 부탁이야."

노블의 거친 숨소리가 내 귀를 울렸다. 계산을 멈추려고 그가 눈을 감았다. 살 확률이 희박하다는 걸 그 애가 알고 있다. 날 믿는 쪽을 택했지만, 노블은 스스로를 억누르기 위해 사력을 다했다. 자신을 억제하느라 온몸이 부들거렸다.

난 그저 믿을 수밖에 없었다. 카이가 제대로 해내야 한다. 선한 카이의 성품을 믿는다. 그의 능력도. 저 애는 압박이 심한 환경에서 더욱 빛을 발하고 집중력이 높아진다. 난 카이가 할 수 있다고 믿는다. 꼭 해내야 한다.

카이가 땅으로 던진 칼을 뮐러가 뽑아서 카이에게 건넸다.

"어서 해봐."

"말했잖아. 난 무기가 없을 때 더 위험하다고."

카이가 무릎을 굽히고 눈을 감았다. 스스로에게 집중하면서 길게 숨을 들이마셨다. 숨을 내쉬며 카이는 콰다에게 걸어가며 멈추거나 말하지 않았고 눈 깜박할 사이 그의 엉덩이가 유연하게 비틀어졌다. 잘 눌린 스프링이 맹렬하게 튀어나오듯 카이의 모든 에너지와 힘이 한 번의 점프에 실렸다. 시간이 멈춘 듯했고, 그의 부츠에서 모래 몇 톨만 떨어졌다. 그리고 발차기 한 방으로, 카이의 뒤꿈치가 콰다의 가슴 중앙에 꽂혔다. 헉하고 숨이 막히더니 억지로 내뱉는 소리가 났다. 마치 바람에 이끌려 배의 주 돛이 뚝 하고 부러지듯 콰다가 몸을 떨었고 눈동자가 뒤로 넘어갔다. 그는 무릎을 꿇고 모래 위로 털썩 쓰러졌다.
시뮬레이션을 다시 돌려보는 것처럼 숨이 막히고 가슴이 철렁했다.
셰이크가 남성 한 명에게 지시했고 다른 무리는 감탄과 두려움의 눈빛으로 쳐다만 봤다. 수하는 재빨리 콰다에게 갔다. 그의 맥박과 숨을 살폈다. 난 온몸에 소름이 돋고 귀가 울렸다. 카이를 믿지만 가끔은 본 걸 믿기가 너무 힘들 때도 있다.
부하가 뮐러를 쳐다봤다.
"죽었습니다."
뮐러가 뱀처럼 걸음을 옮겼고 무리도 뒤를 따랐다. 그가 카이에게 손을 내밀었다.
"로열리스트가 된 걸 환영해."

CHAPTER 51

∞

난 온 힘을 동원해 노블을 붙들었고 고통에 타오르는 그의 심장 박동이 내 가슴으로 고스란히 느껴졌다.

뮐러의 수하들이 콰다의 시신을 끌고 크사 두즈 내부로 들어가는 또 다른 아치형 돌 입구로 향했다. 뮐러와 셰이크는 카이에게서 시선을 떼지 못했다. 나머지 무리는 새로운 전설 혹은 두려운 미치광이를 보듯 감탄하는 눈빛으로 카이를 쳐다봤다.

카이는 새로운 도전에서 승리했을 때 늘 보였던 미소를 지었다. 그 말은 저 너머 어둠 속에 있는 시신이 20분 안에 다시 살아난다는 뜻일까? 그럴 거다. 반드시 그래야 한다.

좁은 공간에 있다 보니 이마에 맺힌 땀이 흘러내려 내 몸을 간질였다. 분명 노블도 의구심을 품고 있겠지. 아직 미동도 하지 않지만, 근육은 여전히 활시위처럼 팽팽하고 언제 콰다에게 갈지 숫자를 셌다.

셰이크가 뮐러에게 합류하고 카이 옆에 섰다.

"이제 우리끼리 논의할 부분이 많겠어. 그만 가자고."

뮐러가 한두 명을 제외하고 모두에게 돌아가자고 손짓했다.

"주변을 수색해. 잔당이 있을지 모르니까." 그가 콰다 쪽으로 고갯짓했다.

"축제가 끝날 때까지 유심히 살펴봐."

낙타를 줄에 맨 캐러밴이 지나가고 관광객들의 웃음소리와 대화가 사방에서 들려 방금 이 어두운 유적지에서 벌어진 사건에 대해 전혀 모른다고 알려주었다.

"저 사람들은 어쩔까요?" 뮐러의 부하 한 명이 물었다.

"저들은 관광객이야. 우리 쪽으로 시선이 쏠려선 안 돼." 카이가 대답했다.

그러자 부하들이 사방으로 흩어졌다.

카이가 부츠 안으로 홀로썸을 다시 집어넣는데 에니아가 옆으로 다가왔다. 그가 몸을 일으켜 세웠다. 소녀는 카이의 부어오른 얼굴을 어루만졌다.

"이런 광경을 보게 해서 미안해요." 카이가 말했다.

"셰이크 옆에 있는 편이 좋겠어요. 당신이 날 쫓아와서 속상한 눈치니까."

"그는 날 신경 쓰지 않는걸요." 소녀가 셰이크 쪽을 쳐다보더니 다시 카이에게 몸을 돌렸다.

"이번 만남에 왜 그렇게 열중하는 거예요?"

카이는 달빛 아래서 날 찾는 듯 이쪽을 쳐다봤다. 그러다가 소녀를 자신에게로 당겨 날 등지게 세웠다. 두 사람의 몸이 마주 보았다. 카이의 손이 날 만질 때와는 다른 방식으로 소녀의 허리를 쓸었다. 그러고는 손가락으로 서쪽을 가리켰다.

그 애는 내가 보고 있다는 걸 알았다. 우리에게 서쪽으로 가라고 말하는 건데 어째서지? 다른 손이 꼴사납게 소녀의 몸을 쓰다듬더니 맨 팔로 되돌아갔다. 내게 수없이 그랬던 방식으로, 카이가 품으로 소녀의 머리를 안았다.

“말했잖아요, 난 야망이 크다고. 게다가 충성심도 있고.”

카이가 어두운 밤을 향해 미소를 짓더니 불확실한 내일을 향하듯 걸음을 옮겼다.

CHAPTER 52

노블과 나는 그 자리에서 20분간 고통을 참으며 뮐러의 수하들이 떠나기만을 기다렸다.

노블은 치아를 꽉 깨물었다가 풀기를 반복했고 손은 땀범벅이 됐다.

"지금 당장 갈 거야." 그 애의 얼굴이 걱정으로 일그러졌다.

"기다려. 1분 남았잖아."

계속 노블의 조끼를 잡고 있느라 피가 안 통해 내 손가락 관절이 하얗게 변했다.

"그놈들이 사방에 있어. 기기들을 다시 확인해 봐."

조금이나마 그 애가 정신을 다른 데로 돌리길 바랐다.

노블이 움찔했다.

"저들이 PSS 레이더로 모든 걸 훑고 있어." 그가 말했다.

"지금 우리는 눈뜬장님이나 마찬가지야. 최소한 한 시간은.

PSS 기술을 쓸 수 없긴 해도 삼촌을 데리러 가야 해. 지금이야. 더 이상 못 기다려."

노블이 사막으로 뛰쳐나갔다. 나는 전력을 다해 쫓아가 노블을 벽으로 밀쳤다.

"넌 제대로 생각하지 못하고 있어. 내가 앞장설게."

우리를 보호해 주던 무너진 성채 끄트머리로 살짝 나섰다. 야간 페스티벌이 계속되었고 뮐러의 부하들은 시내 쪽으로 방향을 잡았다. 우리가 크사 두즈로 들어왔던 작은 통로가 북쪽에 있다. 콰다는 그쪽 벽 가까이 있었다. 그런데 콰다가 살아있다면 1~2분 이상 서 있지 못할 텐데.

"노블!" 내가 말했다.

"가족들에게 메시지를 보내서 우리가 낙타를 매어둔 그 야자나무 근처로 한 마리 더 보내달라고 해."

그리고 내가 작은 입구를 가리켰다. 그 말을 한 순간, 노블의 얼굴에서 계산이 끝났다. 그는 기다리지 않았다. 곧바로 구조물에서 나와 크사로 달렸다. 따라가는 것 말고는 방도가 없었다. 누구도 우리를 보지 못했다. 분명 노블의 숫자가 들키지 않도록 도와준 것이다.

이제 크사 두즈 안은 텅 비었다. 돌무더기와 먼지와 모래로 뒤덮인 넓은 고대 안뜰에는 카이가 싸우면서 흘린 핏방울 말고 아무것도 남지 않았다. 그러나 뮐러의 수하 일부가 여전히 이 지역을 순찰 중이다. 우리는 몸을 숙이고 그들이 콰다를 끌고 갔던 지점으로 조심스럽게 다가갔다. 팔을 바위 위로 뻗고 엎드린 그를 찾았다. 거친 돌 위로 끌려오느라 팔에 상처가 났고 옷에는 먼지가 잔뜩 묻었다. 얼굴은 죽은 사람처럼 창백했고 가슴이 움직이지 않았다. 아니, 적어도 그래 보였다. 상 형제가 카이에게 이 기술을 썼을 때 그 애는 기운이 빠지고 몸이 차가워졌다. 보기 좋은 모습은 아니었다. 살아있다는 걸 알면서도 그런 상태의 카이를 보니 무서웠다. 지금 콰다도 그와 똑같다. 하지만 지금쯤 깨어났어야 하는데.

노블이 다급히 심박을 확인하더니 안도한 듯 숨을 내쉬었다.

"희미하지만 숨이 붙어 있어. 호흡이 힘든 상태인 것 같아."

"엉덩이 쪽을 움직여 폐를 열어줘야 해."

노블이 고개를 끄덕이더니 내 말대로 했다. 숨이 멈춘 사람에게 하듯 콰다의 엉덩이를 위로 들었다. 그러자 그가 크게 숨을 내쉬었다. 그제야 노블이 안심했다. 입과 어깨로 긴장이 흘러나왔다.

그때 콰다가 술에 취해 정신 나간 사람처럼 큰 소리로 신음했다. 누가 들었을까 봐 재빨리 고개를 들어 사방을 살폈지만, 누구 하나 신경 쓰거나 이쪽을 보지 않았다.

그를 일으켜 앉힐 때 신음 소리가 더 커졌다. 노블이 소리를 줄이라고 했지만 콰다는 제정신이 아니었다. 그는 파라의 캠프에 있던 늙은 낙타처럼 울었다. 빨리 그를 데리고 나가지 않으면 누군가 우리가 있다는 사실을 알아차릴 것이다.

"삼촌을 낙타까지 데려갈 수 없을 것 같아."

노블이 이를 악물고 콰다를 일으키기 위해 애쓰며 말했다.

"그렇다고 낙타를 이리로 데려오는 건 너무 주의를 끌 텐데."

"카이가 서쪽으로 가는 게 좋을 거라고 했어."

난 사막과 잊힌 폐허를 가로지르는 달빛에서 멀리 뿌옇게 보이는 불빛과 목소리들로 시선을 돌렸다

"페스티벌!" 노블이 말했다.

"좀 있으면 야간 경주가 시작되는데 우리가 숨기엔 딱 맞아. 그쪽으로 가자."

노블이 콰다를 흔들어 깨웠다.

"삼촌, 일어서 보세요."

어찌어찌해서 콰다를 일으켜 세우는 데 성공했다. 콰다는 휘청거렸지만, 그도 카이처럼 강했다. 우리는 주변을 살피고 뮐러의 수하들이 다른 방향으로 가길 기다렸다. 그 사이 관광객 한 무리가 크사 두즈 쪽으로 가면서 남쪽을 쳐다봤다. 그때 우리는 재빨리 낙타가 매어 있는 북서쪽 언덕을 향해 미친 듯이 걸었다.

노블과 내가 양쪽에서 콰다를 부축하고 비틀거리며 걸었다.

"죽은 사람이 일어나 걷는 걸 아무도 눈치채지 않길 바라자고." 노블이 웅얼거렸다.

"페스티벌 기간이라 천만다행이야. 비틀거리는 남자들을 흔히 볼 수 있으니까."

우리는 무사히 도착해 낙타 한 마리를 앉히고 등에 콰다를 태웠다. 그가 떨어지지 않도록 노블이 꽁꽁 묶어야 했다. 콰다는 완전히 널브러져 앓는 소리를 냈다. 그러다가 안장 담요에 마구 토했다.

"파라 이모가 제일 좋아하는 담요인데." 노블이 얼굴을 구겼다.

"얼른 가족들에게 데리고 가자."

시끄럽고 사람들이 많은 쪽으로 움직이기 시작한 직후 뮐러의 폭력배 무리가 크사 두즈의 북측에서 우리를 지나쳤다. 그들은 우리가 방금 나온 곳으로 들어갔다. 그 말은 조금 더 살피다 보면 시신이 사라졌다는 걸 알게 될 거란 의미다.

노블도 나와 같은 생각을 했다. 그래서 콰다의 고삐를 잡았다.

"얼른 가자. 저 캐러밴 뒤에 붙어."

캐러밴 한 대가 천천히 페스티벌이 열리는 쪽으로 돌아가는 길이었다. 주변에는 가판과 관광객들로 시끌벅적했다. 관광철이라 정말 다행이었다. 낙타들이 혼잡을 뚫고 이리저리 움직였다. 이 커다란 동물이 그렇게 빨리 달릴 수 있는지 처음 알았다.

캐러밴 근처에 도달했을 때 뮐러의 수하들이 크사를 나와 서로를 향해 소리쳤다. 뭐라고 하는지 확신은 없지만 추측할 수 있었다. 새장에 붙들린 새처럼 가슴이 죄었다. 반면 노블은 전혀 겁먹은 기색이 아니었다.

"걱정하지 마. 이 사막은 손바닥 보듯 훤하니까. 날 따라와!"

그가 낙타의 속도를 높이며 광활한 평원을 가로질렀다.

우리가 속도를 내는 걸 수하들이 알아차렸다. 일부는 뛰면서 우리 뒤를 쫓아왔고 나머지는 오토바이를 주차해 둔 곳으로 달렸으나 우리는 낙타 경주를 준비하는 곳으로 향했다. 구경꾼들이 잔뜩 모였다. 30미터 정도 남았을 때 내 휴대전화가 울렸다.

"아빠 전화야." 내가 소리쳤다.

"받지 마! 여길 빠져나가야 해!" 노블이 야자수가 우거진 길로 안내했다.

"죄송합니다!" 그는 오아시스에 목을 축이러 온 관광객과 캐러밴들을 향해 사과했다.

"전화를 받아야 해. 안 그러면 아빠가 날 죽일 거라고!"

"저 사람들은 뭘 할 것 같은데?" 노블은 내가 어떻게 할지 예상하고 고개를 저었다.

난 조마조마한 마음으로 전화를 받았다.

"여보세요, 아빠."

어색하게 웃었다. 낙타가 들썩거렸다. 위아래로 쿵쿵거릴 때마다 내 목소리도 올라갔다 내려갔다. 옆에선 콰다가 낙타처럼 울부짖었다. 노블이 앞장서서 언덕으로 갔다.

"안녕, 조." 아빠가 말했다.

"잘 있는 거니?"

어깨 너머를 살피니, 남성 세 명이 우리를 쫓아오고 있었다.

"지역 주민들과 어울리며 즐겁게 보내고 있어요."

"숨이 많이 찬 목소린데…." 아빠가 물었다.

"괜찮니?"

발굽 소리에 음악과 뿔피리 소리, 게다가 사방에서 들리는 낙타 울음소리가 내 헐떡거림을 증폭시켰다.

"지금 뭘 하는지 짐작 못 하실 거예요. 아빠, 전 지금 낙타를 타고 있어요. 그게 음, 경주 같은 거예요. 제가 앞서고 있어요. 이기려면 그만 끊어야 해요. 내일 전화해도 될까요?"

난 목을 쭉 빼고 뒤를 살폈다. 수하들이 남쪽에서부터 계속 우리를 쫓아왔고 북쪽에서도 세 명이 더 나타나 우리를 가두려고 했다. 하지만 말, 뱀 피리 장수, 텐트, 음식 가판으로 발 디딜

틈 없는 오아시스의 대혼란 속에 섞인 지금, 그들한테 우리가 관광객이 아니라는 확신 같은 건 없을 것이다.

앞서 오던 뮐러의 수하 일부가 오토바이를 버리고 지프에 올라탔다.

"너희는 일은 안 하니?" 아빠가 웃었다.

"알았다. 조, 네 말이 맞아. 아빠가 괜한 걱정을 한 것 같구나. 네 목소리를 들어서 좋았어. 그리고 한 가지 더…."

노블이 내 낙타를 자기 쪽으로 끌어당기자, 짐승이 우렁찬 소리를 냈다.

"널 보고 나도 배우는 중이야. 두려움에 발목을 잡히지 않으려고. 아빠는 널 믿고 네가 자랑스럽다고 말하고 싶구나. 세상을 바꾸는 일을 택한 네가 옳았어." 아빠가 말했다.

"자, 어서 가서 이기렴!"

얼굴이 창백해졌다.

"고마워요, 아빠. 내일 통화할까요?"

아빠의 대답을 기다릴 수 없어 난 얼른 전화를 끊었다. 내 낙타가 노블의 낙타와 함께 나란히 달렸다.

"봤지? 무사히 넘어갔잖아."

사람들이 일렬로 서서 베르베르족의 결혼식과 전통 의상을 입은 이들이 노래를 부르고 연극을 하는 모습을 감상했다. 화려하게 장식한 말을 끌고 퍼레이드를 하는 남성들도 있었다. 노블은 텐트들이 쭉 서 있는 곳으로 가서 낙타를 묶어둘 기둥을 찾았다.

"우리 가족의 마구간에 낙타들을 놔두고 지프로 가야 해."

노블이 얼른 내려서 바닥 말뚝에 고삐를 묶었다. 그리고 콰다가 내릴 수 있게 도왔지만, 그는 거의 땅으로 떨어지다시피 했다.

"너무 열심히 달려서 탈진했어요."

신기해하는 몇몇 구경꾼에게 노블이 설명했다.

그러나 콰다는 엄청 술에 취한 사람처럼 보여서 모두가 웃었다.

"당연히 그렇겠지." 다들 웃음을 터트렸다.

"물담배를 너무 많이 한 거야!" 누군가 소리쳤다

"저 비틀거리는 꼴을 보라고!"

난 낙타를 앉힐 수가 없어서 다리를 옆으로 넘기고 뛰어내렸다. 노블의 사촌이 날 알아보고 고삐를 받았다. 묄러의 수하들이 모퉁이에 나타나기 직전 우리는 콰다를 텐트 안으로 데려갔고 그는 곧바로 바닥으로 쓰러졌다.

노블이 아랍어로 가족들에게 뭐라고 설명하자 그들의 표정이 일그러졌다. 파라는 많이 걱정하는 얼굴이었다. 콰다의 눈동자가 다시 뒤로 넘어갔다. 상태가 심각해 보였지만 사실 그는 카이보다 더 고통을 잘 참고 있었다. 노블이 몸을 구부려 이마를 짚어보더니 아랍어로 삼촌에게 뭐라고 속삭였다. 그러자 콰다가 고개를 살짝 끄덕였다.

노블이 다시 일어나 의자에 걸쳐둔 흰 숄을 집어 날 가렸다. 자기는 〈스타워즈〉 오비완 케노비처럼 전통 베르베르족 의상을 걸쳤다.

"얼른 여길 떠야 해. 저놈들을 우리 가족에게서 떼어내야 한다고." 노블이 말했다.

노블의 사촌이 텐트 안으로 돌아와 그에게 뭐라고 속삭였다.

"남자들이 주요 도로를 살피고 있대."

난 슬쩍 텐트 밖을 내다봤다. 폭력배 세 사람이 여전히 우리를 찾아 사람들 틈을 비집고 다녔다.

"잘 들어."

노블을 쳐다보니 확실히 숫자가 작용하는 얼굴이었다.

"경주가 시작되면 우리는 잽싸게 지프로 달리는 거야."

난 고개를 끄덕였다. 경주를 알리는 큰 총소리가 밤하늘에 울려 퍼지자 노블이 내 손을 잡았다. 우리는 몰래 차들이 잔뜩 주차된 공터로 가서 지프를 찾아 올라탔다.

"사이드미러를 접어줘."

"어째서?" 내가 물었다.

"길이 꽤 좁거든."

그가 시계를 보며 적당한 때를 계산했다. 폭죽이 터지고 음악이 흐르면서 오늘 밤 가장 큰 축제가 시작되는 순간 노블이 시동을 걸었다. 그리고 냅다 액셀러레이터를 밟으며 오아시스 야자나무 사이 좁은 길을 달렸다.

"여긴 어디야?" 자동차 소음 위로 내가 외쳤다.

"낙타 통행로야. 걱정하지 마. 밤에는 아무도 안 다니니까."

우리는 속도를 높였고 야자나무와 모래를 휙휙 지나쳤다. 우리 뒤쪽에서 엔진 소리가 들렸다. 그들이 우릴 쫓아오려는 건지 길을 막으려는 건지 알 수 없었다.

노블이 지그재그, 앞뒤로 달린 후에 차를 세우고 조명을 껐다.

너무 어두워 그 애의 얼굴이 보이지 않았다. 차라리 안 보이는 쪽이 다행이다. 이제 우리가 앞서 하던 대화를 다시 이어갈 수 있으니까. 콰다와 카이와 맨델로 뒤범벅되긴 했지만. 그 생각을 날리려고 침을 삼켰다.

"이제 어쩔 거야?" 내가 나지막이 물었다.

"계산 중이야." 그가 목소리를 낮췄고 주파수가 조용한 개울처럼 흘렀다.

"미안해. 기술도, 빛도 안 돼. 뭐든 이쪽으로 주의를 끌어서는 안 되거든. 적어도 달이 사라질 때까진."

"그게 얼마나 걸리는데?" 내가 물었다.

"대략 한 시간 정도면 레이더가 우리의 기술을 잡아내지 못할 거야. 가족들은 콰다 일로 상당히 속이 상했어. 한 시간 안으로, 집으로 데려가 달라고 말해뒀어. 네 주장이 옳아야 할 거야."

단호하게, 난 동의했다. 그래야 한다. 속으로 난 엄청 뿌듯했다. 카이가 해냈으니까. 하지만 정체가 탄로 나기까지 얼마나 시간이 있을까? 거래는 내일이고 아직 풀지 못한 방정식이 많다. 후계자가 누군지 알아내지 못하면 카이는 홀로썸을 줄 상대를 모를 거고 마스터 파일이 지구상에서 가장 끔찍한 범죄자들의 손으로 들어가게 될 것이다.

"그럼 어쩌지?" 내가 물었다.

"그냥 한 시간 동안 여기서 기다려?"

"아니, 캠프로 돌아가야 해. 할 일이 많아." 그가 시동을 걸고 페달을 천천히, 안정적으로 밟았다.

"안전벨트를 매."

난 자동차 문손잡이를 잡았다.
"제정신이야? 아무것도 안 보이잖아."
"내 머릿속에 지도가 있어." 노블이 코웃음을 쳤다.
난 단단히 벨트를 맸다.
"당연히 그러시겠지."

CHAPTER 53

오아시스 끄트머리에 도착하자 노블이 차를 세웠다.

"혹시 모르니 남은 길을 걸어가자."

여전히 칠흑같이 어두웠고 드문드문 별만 보였다. 다시 헬리콥터 시뮬레이션에 들어온 것처럼 어둠 속에서 내 재능이 꿈틀댔다. 걸음을 옮길 때마다 방향감각을 상실해 어디가 어딘지 모르게 아슬아슬하게 내딛고 있는데 나와 다르게 노블은 환한 대낮처럼 잘 걸었다.

나한테 물어보지도 않고 그가 가까이 와서 내 손을 잡았다.

"도와줄게. 여긴 좀 위험한 구간이거든."

그가 바위와 단단한 모래 미로 주변으로 날 끌었다.

"이쪽이야."

우리는 미로를 지나쳤다. 그 애가 내 손을 가볍게 잡고 이리저리 데리고 갔다. 난 옆에 바짝 붙어 익숙한 훈제 연기와 카르다몸 체취를 마셨다. 어느 순간 난 눈을 감고 그의 움직임을 따르고 있었다. 그러자 우리 사이에서 끊어지지 않고 기복을 보이던 주파수가 폭증했다.

보통 사람이라면 길을 잃었을 거지만 노블은, 우리의 재능은 그렇지 않았다. 숫자가 주변을 훤하게 보여 주며 마음속에 지워지지 않는 청사진을 세웠다. 내가 예전에 그랬듯 그도 지도를 새겨둔 것이 분명하다. 온몸이 파르르 떨렸다. 내가 아는 것과 내가 경험한 것을 아는 누군가를 믿는 건 세상에서 가장 이상한 기분이다.

그러나 우리 둘 다 아직은 중요한 화두를 꺼낼 준비가 되지 않았다. 카이의 얼굴이 여전히 내 마음속에 먹구름을 드리웠다. 그가 싸우는 모습과 모든 걸 감수하는 걸 보았다. 노블이 옳다. 카이는 위험에 반응한다. 챈이 지금 그런 아들의 모습을 봤다면….

수영장 주변의 불빛이 눈에 들어왔다. 바람 한 점 없는 밤은 캠프의 분위기를 더욱 고요하게 만들었다. 아무도 보이지 않았다. 모두가 페스티벌에 갔다. 내게 엄청 필요했던 고요함에 기뻐서 길게 숨을 내쉬었다.

"좋았어." 노블이 천천히 손을 놓았다.

"아무도 우릴 따라오지 않았어. 이제 안전한 것 같아."

우리는 모랫길을 걸었다. 지형에 따라 튀어나온 관목을 봤는데 깜박하고 세어 보지 않았다.

푸른 수영장 위로 불빛이 반짝였다. 옆을 지나칠 때 내가 걸음을 멈췄다. 이 지점에서 후계자가 PSS의 나노 기술로 스마트 더스트를 추적할 수 있을지 궁금해 귀걸이를 만지작거렸다.

"걱정하지 마. 그들은 아직 기술을 훔치지 못했어. 스웨이도 없고 말이야."

노블이 내 입술을 쳐다보며 말하는 바람에 다시 얼굴이 빨개졌다. 립스틱은 72시간짜리라 아직 유효하다. 이걸 노블에게 쓴다면 모든 걸 말해 주겠지. 내가 뭘 물어봤는지조차 기억하지 못할 거다. 하지만 그러고 싶지 않았다. 노블에게는 자신이 원하는 때에 비밀을 말할 권리가 있으니.

갑자기 그의 존재가 부담스러워졌다. 난 머리가 엉망인 데다 사막에 온 뒤로 옷을 갈아입지 않아 꼬질꼬질하다. 평소처럼 행동하려고 했지만, 예상보다 더 힘들었다. 특히 그가 누군지 아는 지금은….

"필요한 거 있어?"

노블의 주파수가 내게 밀려들었다. 카사 두즈에서 그의 강렬한 눈빛을 잊을 수 없다. 지금 그 눈빛은 다정하고 거부할 수 없이 날 끌어들이면서 말하게 하려 하지만 아직은 때가 아니라는 걸 잘 알고 있다.

수영장 물이 너무 고요해 난 첫날 우리가 별에 관해 이야기를 나눴던 파티오로 가서 다리를 꼬고 앉았다.

"우리가 뭘 할 수 있기까지 한 시간이 남았다고 했지?"

내 눈이 모든 걸 말하고 있었다. 우리는 대화가 필요하다.

내가 절대 묻지 않을 거로 생각했는지 그의 얼굴이 밝아졌다. 그가 고개를 끄덕이고 씩 웃어 보여서 난 말문이 막혔다. 그가 걸어와 내 옆에 앉았다. 가슴이 두근거렸다. 이끌림은 또 다른 과학이다. 한 사람의 근처에 오래 머물수록 서로 돕고 싶고 연대를 구성하고 의견을 나눈다. 내일이면 전부 달라질 걸 우리 둘 다 알고 있다. 그러니 낭비할 시간이 없다.

우리는 서로 마주 보았고 둘 다 손가락으로 물을 튀기며 우리와 관련된 모든 혼란과 마주하지 않고 그냥 물로 뛰어들어 수영이나 했으면 좋겠다고 바랐다. 그러나 이 순간 사방은 고요하기만 하다.

숨을 죽인 채 몇 초간 서로를 보면서 공간과 시간이 감각으로 모든 이야기를 전해 주었다. 범접할 수 없는 공간에서 감정이 충돌하고 부딪히며 정해지지 않은 영혼의 범주에서 불길이 타올랐다. 세상의 어떤 언어로도 가슴이 하는 말을 설명할 수 없고 설령 가능하다고 해도 모든 게 뒤죽박죽이 돼버릴 것이다. 하지만 난 안다. 결국 말해야 한다는 것을.

그래서 길게 숨을 들이마시고 그의 뺨을 만지며 꿈결처럼 그를 바라봤다.

"맨델!"

우리 사이의 주파수가 튕겨 나온 하프 줄처럼 요동쳤다.

"넌 진짜구나. 사람이었어. 이름도 있고, 얼굴도 있고."

너무 비현실적이다. 열세 살 소녀는 이 순간을 꿈꿔왔다.

"노블, 난 알아야겠어. 전부 다. 네가 더 이상 미스터리로 남길 바라지 않아."

"언젠간 그렇게 하겠다고 항상 약속했었지." 그가 자기 뺨에 올라온 내 손을 만졌다.

"숫자야."

CHAPTER 54

∞

노블은 이미 별에다 백번도 넘게 이야기를 한 사람처럼 하늘을 올려다보았다. 그리고 한숨을 쉬고 내게 시선을 돌렸다.

"네가 죽었다는 소식을 들은 날이 내 인생에서 최악인 하루였어. 세상이 멈췄고 머리가 빙빙 돌기 시작했지. 몇 주간 악몽에 시달렸어."

그가 고개를 저으며 숨을 내쉬었다.

"뉴스에서 네가 사라졌다고 발표하고 이후 납치당했다고 했을 때부터 난 이미 이리저리 널 찾고 있었거든."

그가 미간을 찌푸렸다.

"널 찾아 전 세계를 살필 안면 인식 소프트웨어를 거의 완성해 가던 무렵이었어. 내가 가진 모든 오디오 파일을 기록해 뒀어. 인터넷에서 사진도 모았고."

그때 내가 끼어들었다.

"지금 텐트 안에 있는 소프트웨어랑 같은 거야?"
"맞아." 그가 대답했다.
"널 찾을 생각이었어. 소프트웨어는 어디든 볼 수 있고 누구나 찾을 수 있거든. 준비를 거의 마쳤어. 두 부분만 수정하면 됐는데 네 '죽음'에 대한 뉴스가 나온 거야."
그때가 다시 떠오르는 듯 노블이 고개를 숙였다. 당시 내 죽음은 우리 가족에게만 영향을 줬을 거로 생각했다. 가족들은 몇 달, 몇 년을 슬퍼했다. 날 가르쳤던 선생님, 친구들 또는 맨델에게 영향을 미칠 거라고는 생각 못 했고…. 지금 그의 얼굴을 보니 머리를 크게 한 방 얻어맞은 기분이다. 레드가 외우던 옛 구절이 마음속에 떠올랐다.
"우리는 삶이 다른 이에게 영향을 미친다는 걸 알고 살아간다."
노블이 고개를 들었다.
"전혀 예상하지 못한 방식으로 슬픔이 날 덮쳤어. 다음날 일어나니, 모든 게 사라졌어. 숫자가 없어졌어. 조용해졌지. 네가 재능을 잃으면서 겪은 모든 걸 나도 겪었어. 광기, 막막함, 세상이 다 뜯겨 나간 느낌. 내 힘이 날 앗아간 것 같은 기분이었어. 전혀 보호받지 못하게 되었지. 더 끔찍한 건 부모님이 그런 날 믿지 않으신 거야."
그가 몸서리를 쳤다. 그 부분을 생각하니 목이 메어왔고 갑자기 보호본능이 일었다.
노블이 주먹을 쥐었다.
"그 이후에 무슨 일이 벌어졌는지 넌 알 필요가 없어. 하지만 그때 난 달아났어. 엄마의 오빠인 콰다 삼촌이 내겐 유일하게 안전한 사람이었지. 그래서 삼촌을 찾았고 모든 걸 말했어. 삼촌은 날 믿어줬어. 날 보호해 주겠다고 약속했고."

노블이 머리카락을 쓸어 넘겼고, 분명 콰다가 가슴을 가격당한 상황을 떠올리는 듯했다. 카사 두즈에서 그가 보인 반응이 이제 더 이해가 갔다. 나 때문에 겪은 일에 대해 사과하고 싶었는데 그가 말을 이었다.

"삼촌은 우리 부모님이 절대 찾지 않을 곳으로 날 데려갔어. 튀니지의 사막. 별들이 있는 야외에서 난 그저 치유하고 꿈을 꿨지. 삼촌이 내게 아버지가 돼주었어. 우리 부모님이 날 찾았는지, 내가 살아있는지 관심이나 있는지 난 모르겠어."

"난 늘 네가 도망쳤으면 좋겠다고 생각했어." 난 그를 쳐다보며 말했다.

그가 부모님과 겪은 일이 나와 마담의 사례와 비슷하다는 생각이 들었다.

"네가 콰다와 만나서 기뻐. 그는 좋은 사람이잖아."

"맞아, 카이가 삼촌을 죽이지 않아서 다행이야." 그가 혼잣말처럼 떨리는 웃음과 함께 내뱉었다.

"동감이야."

우리는 잠시 가만히 있었다. 카이는 우리 사이에 분명한 장벽이다. 그러나 내 심장은 시속 160킬로미터로 뛰고 있다. 한때 맨델은 내게 전부였다.

"계속 이야기해 줘."

노블이 쑥스러운 미소를 지었다.

"그 이후 난 방정식 없는 삶에 적응해 보려고 했어. 솔직히 혼란스러웠다는 걸 인정할게. 숫자에 너무 익숙해서 스스로 쓸모없다고 느꼈어. 삼촌이 아랍어를 배워보라고 권했고, 처음에는 기분이 더 안 좋아졌지. 다시 다섯 살로 돌아가 읽고 쓰는 법을 거꾸로 배워야 하는 사람 같았으니까. 어린애들이 나보다 더 빨리 숙제를 끝내는 걸 보니 더욱 의기소침해졌어."

노블이 머리카락을 귀 뒤로 넘기고는 의자에 기댔다.

"하지만 여기서 지내며 하늘을 올려다보고 그저 언덕에서 모래가 움직이는 소리와 야자수를 스치는 바람 소리만 들으니 시험이고 공식이고 모든 기대에 관한 걸 다 잊어버렸어. 차츰 무거웠던 짐이 가벼워졌고 난 그냥 탐험하게 되었어. 그때 기억하기 시작한 거야."

"기억하다니 뭘 말이야?" 내가 물었다.

"망델브로는 *'사고하는 사람에게 가장 큰 정신 질환은 자신이 누군지 모른다는 점이다.'*라고 했어. 내가 프랙털을 사랑했다는 사실이 기억났지. 혼란 속에서 규칙을 찾는 일. 그래서 보지 않았던 것들을 보고 그 비밀을 찾기로 한 거야."

그는 파티오에 떨어져 있는 쪼글쪼글한 야자수 잎사귀를 집어 들었다.

"산호처럼, 번개처럼 말이야."

난 닭살이 돋았다.

"그랬더니 네 재능이 돌아왔어?"

"처음에는 너처럼 오락가락했어. 무엇이 재능을 발동하게 하는지 기록하기 시작했어. 밤새 별을 올려다봤을 때, 흐르는 물과 나무껍질 등을 말이야. 숫자가 사물을 새로운 방식으로 정의하기 시작했어. 아랍어가 내게 그랬듯이 어린아이처럼. 비록 볼 수 없지만 재능이 내 안에 있다는 걸 믿게 되었어. 돌아왔을 때 심지어 눈치채지도 못했다니까. 어느 날 그냥 갑자기 다시 나타났어. 한 번도 떠난 적 없던 것처럼."

노블이 쳐다보며 내 팔에 손을 올렸다. 등으로 닭살이 쫙 퍼졌다.

"그래서 네 재능이 돌아올 걸 아는 거야, 조. 설명할 수 없지만 네 재능이 네 안에서 커가는 걸 알 수 있어. 엄청나게 살아있다고."

"그렇게 하다가 나사 티퍼가 된 거야? 여기서 별을 보다가?"

"역시 똑똑하구나. 다시 기계를 만지게 됐고 알겠지만, 여긴 빛 공해가 없잖아. 그래서 행성이 방출하는 에너지를 연구했고 위성에도 관심을 보이기 시작하다가 별을 코딩하는 아이디어가 떠올랐어. 그러던 어느 날 나사에 도움이 필요했지. 내 재능이 발동했어. 난 그들을 위해 해결책을 만들었고 두 번 생각하지 않았어. 그대로 이름을 밝히지 않고 보냈고 그들이 시도해 보았는데 성공한 거야. 그 이후로 난 가능할 때면 계속 도움을 주게 됐어. 성과나 기대에 대한 압박 없이 내가 좋아하는 일을 하는 게 좋았어."

"우린 다 그런 거 아니야?"

난 맨델을 향해 미소를 지었고 아직도 그가 블로그에서 만난 그 남자애라는 사실이 믿기지 않았다.

"그럼, 네 진짜 정체를 아는 사람은 누구야? 넌 여기 일 년 이상 머물지 않는다면서? 혼자 살아?"

"완전히 혼자는 아니야. 외출하면 사람들과 대화를 나눠. 그래서 밖으로 나가는 거지. 난 은둔자가 아니거든. 네가 믿을지 모르겠지만 난 사람들과 소통을 많이 해. 그저 내가 누구고 무슨 일을 하는지 그들이 알길 바라지 않을 뿐이야. 그리고 튀니지에 머무는 일이 많은 건 콰다 삼촌 때문이야."

"그러니까 여기 있는 사람들은 아무도 네가 나사 티퍼인지 모르는 거네, 심지어 콰다조차도?" 내가 물었다.

"삼촌은 다 알고 있어. 누구에게도 말하지 않았지. 다른 사람들은 날 그냥 똑똑한 애라고만 여겨. 그래서 평범한 사람으로 대해 주고, 그게 우리 같은 사람에게 베푸는 호의잖아."

오른쪽 입꼬리가 말려 올라가며 그 애가 멋쩍게 웃었다. 블랙홀 같은 눈동자에 빨려 들어가듯 난 시선을 떼지 못했다. 온몸에 소름이 끼쳤다. 열이 몰려 얼굴이 화끈거렸다. 노블이 날 쳐다보지 않는 편이 더 좋을 수도 있겠다.

젠장. 지금 난 더 빨개졌다. 숫자가 알려줬다. 그 애가 눈치챘다. 그리고 처음으로 인정했다.

"조. 우리 둘 사이에 교감이 있다고 느꼈어. 그래서 정말 힘들었어. 하지만 너와 카이 사이에 끼어들지 않을 거야. 이곳에서 난 명예에 대해 배웠거든. 명예가 없다면 실패한 거나 다름없어. 내가 카이에게 단호하게 구는 이유는 그가 너한테 어울리지 않는 사람이라서야…. 그리고 난 네가 상처 입는 걸 바라지 않아."

난 무릎 위로 주먹을 꽉 쥐었다.

"네가 아는 걸 말해줘."

"너희 두 사람 문제잖아. 그가 말해 줄 거야. 난 그만큼만 알고 있어."

노블이 모래언덕을 쳐다봤다. 지금 내게 숫자가 있어서 저 애가 무슨 말을 할지 예측할 수 있으면 좋겠다.

"그럼 나에 대해선 어떻게 알게 됐는지 알려줘." 내가 말했다.

"언제야? 어떻게?"

그가 몸을 돌렸고 고통을 참는 표정이 역력했다.

"한참 뒤, 내 재능이 다시 돌아왔을 때 부모님 집에 몰래 들어가서 안면 인식 소프트웨어에 필요한 기기를 전부 가져왔어. 그러다 하루는 널 위해 만든 기기를 켜 봤지. 네 얼굴만 프로그램되어 있었거든. 부팅을 했는데 곧장 소프트웨어가 널 찾았다고 알려주는 거야."

"난 충격을 받았어. 그다음에는 열광했고." 노블이 아랫입술을 깨물었다.

"엑스포장 같은 곳에서 어떤 미친 여자가 널 협박하는 광경을 보기 전까진 좋았어. 경찰한테 연락하려는데 몇 초 뒤에 네가 경찰 특공대에게 모든 걸 설명하더라고. 네가 마담과 킹에 대해 그들에게 설명하는 걸 끔찍하지만 듣고 말았어. 그리고 카이와 있는 네 모습도 봤어.

그래서 프로그램을 껐어. 네가 살아있다는 걸 알게 되어 기뻤어. 뭘 어떻게 해야 할지 몰랐지. 그러다가 마담과 킹이 체포됐다는 뉴스가 나왔고 경제 뉴스와 카이 아버지의 회사… 모든 조각을 하나로 맞추는 건 어렵지 않았어. 다른 누구도 그런 일을 해낼 수 없어. 그래서 누가 했는지 안 거야."

"그런데 어째서 연락하지 않았어?" 내가 물었다.

"너한텐 카이가 있고 난 모습을 드러낼 준비가 안 됐었지." 노블이 하늘을 올려다봤다.

"난 사람들이 무서웠어. 게다가 거의 일 년간 이름 없이 지내오기도 했고. 넌 내 다른 이메일에 답장도 안 해 줬잖아…. 그리고 인정할게. 카이는 경쟁상대로 벅찼어. 솔직히 일 년 전엔 난 내 모습을 보는 방법조차 몰랐어. 너처럼 근사한 여자애가 날 봐줄 거라고 생각조차 못 했어."

그는 고개를 돌리고 손가락으로 물만 쓸었다.

지금 난 아주 아름답고 훌륭한 노블을 쳐다보고 있었다. 우리가 타인의 눈을 통해 스스로를 살피지 못하는 부분이 아쉽다는 생각을 가끔 했다. 내 시선을 느낀 노블이 몸을 돌렸다. 우리의 눈빛이 어우러지면서 주파수가 공간을 채웠다. 지금 난 똑똑히 그를 쳐다보았다.

"중국 기사에 관해 읽을수록 넌 내게 영감을 줬어. 그래서 좋은 일에 내 기술을 이용하기 시작했어. 그러다 튀니지에 쿠데타를 일으키려는 급진주의자들이 계획을 알게 됐어. 이내 몬테고가 등장했고. 그리고 어느 날, 카이가 나타난 거야. 그렇게 우리가 여기까지 온 거야…."

"주파수에 대해서는 어떻게 알았어?" 내가 물었다.

그는 머리를 붙잡고 괴로워했다.

"화내지 마, 알겠지?" 노블이 말했다.

"네가 시애틀로 돌아왔다는 뉴스를 봤고 그때 넌 소규모 기자

회견을 가졌잖아. 기억나?"

"물론이야." 난 가고 싶지 않았지만 어쨌든 큰 뉴스거리였기에 참석했다.

"나도 그 자리에 있었어. 네가 들어와서 말하기 시작했을 때 주파수가 너를 나와 연결해 줬어. 그게 뭔지 몰랐고 왜 일어나는지 알 수 없었지. 그렇지만 아주 강렬했어."

그가 잠시 말을 멈추고 눈을 꼭 감았다.

"꼭 전기에 감전된 것 같았어. 마법 같기도 했고. 그리고…."

"무서웠다고?"

"맞아." 노블이 고개를 들고 날 쳐다봤다.

"그런데 넌 느끼지 못했어. 네가 살짝 움찔했던 것 같아. 하지만 내가 느낀다는 점을 알아차리지도, 예상하지도 못했지. 왜냐면 넌…."

"재능을 잃었으니까."

"맞아. 난 꽤 빨리 알았어. 그리고 널 도울 방법을 계속 생각했어. 나도 겪었으니까. 네게 누군가 필요하다고 생각했어. 하지만 카이가 거기 있어서 너한테 말을 걸 수 없었어. 과거의 괴짜 남자애가 갑자기 나타나서 무거운 소식을 던지는 걸 너로선 원치 않을 테니까. 그래서 시뮬레이션에 들어가기로 했고…."

산호초 해커와 처음 소통하던 때를 떠올리며 난 한숨을 쉬었다.

"내 시뮬레이션은 어떻게 된 거야? 어떻게 1단계에서 네 이메일을 발견하도록 한 거야?"

노블은 발그레한 얼굴로 몸을 들썩였다.

"그 부분은 나도 놀랐어." 그가 날 쳐다봤다.

"난 네 기억을 제어할 수 없어. 그래서 3단계만 들어갈 수 있는 거야." 그가 미소를 지었다.

"1단계는 전부 네가 제어해. 어쩌면 네가 내 생각을 너무 많이 해서…."

난 머리카락을 만지작거리며 얼굴을 숨겼다. 사실이다. 노블에 대해 생각을 많이 했었다. 산호초 해커 때문에. 그와의 교감이 내 재능을 부르는 것 같았다. 분명 잠재의식 속에서 맨델과 느꼈던 감정을 관련시켰을 것이다. 우리의 마음이 우리보다 먼저 알아차리다니, 놀랍다. 두뇌는 우리가 해왔던 자잘한 교감을 모조리 기록해 두었다.

"어떻게 네 생각을 하지 않을 수 있겠어?" 내가 그 말을 할 때, 그의 눈동자가 날 들여다봤다.

"넌 내게 너무 중요한 사람이었어. 네 걱정을 많이 했었지. 난 무슨 일이 있었는지, 어째서 다시 이야기를 나누지 못하게 됐는지 설명하지 못했잖아…."

사막의 공기에 메마른 입술을 만졌다. 노블이 내 바로 옆에 앉아 있다는 걸 잘 알고 있는 상태로 그를 쳐다봤다. 그의 손이 내 손가락 가까이에 있다는 것도. 날 위해 모든 일을 해 주었다는 사실도 알고 있다. 우리의 교감도. 시간이 얼마 없으니 난 더 대담해져야 했다.

"내 죽음이 너한테…." 난 침을 꿀꺽 삼켰다.

"…그렇게 큰 영향을 끼친 이유가 뭐라고 생각해?"

풍성한 속눈썹 아래 그의 진한 갈색 눈동자가 날 올려다보며 내 얼굴을 살피고 수많은 숫자가 서로 부딪혔다. 그의 방정식이 나에 대해 어떤 답을 내릴지 궁금했다. 어떤 예측이나 결과를 내놓을지. 어쩌면 내가 알지 못하는 부분일지도 모른다. 그러나 당장은 상관없다. 난 알아야 하기에 그가 말할 때까지 기다렸다. 쭉 대답을 기다려 왔고 대답을 얻으면 마음의 평화가 찾아오지 않을까? 우리는 어떤 식으로 연결돼 있다. 이유를 알면 분명하게 보고 어떻게 할지 알 수 있을 것이다.

노블이 내 쪽으로 몸을 구부리더니 내 무릎 위에 손을 올렸다.

"이 부서진 세상에서 넌 내 프랙털이니까."

마침내 그 말이 나왔고 밤하늘처럼 어두운 눈동자가 별처럼 빛났다.

"열세 살부터 널 사랑했어…. 지금도 널 사랑해."

가슴에서 엄청난 충격이 일었다. 맨델과 카이, 바다와 도시와 수많은 순간과 기억의 조각이 날 덮치며 마음이 한 번도 열지 않은 모든 감정의 분화구로 들어갔다. 죽을 뻔도 했고 새로 태어난 기분도 느껴봤지만, 사랑의 힘이란 그 모두를 압도했다.

대답을 얻으면 이 수수께끼를 풀 수 있을 거로 생각했다.

그런데 반대로 혼란만 가중됐다.

CHAPTER 55

∞

지프 한 대가 캠프로 들어오면서 우린 놀랐고, 그렇게 현실로 돌아왔다.

파라가 뒷좌석에 웅크린 콰다와 함께 멈췄다.

"노블! 그가 일어난 뒤로 쭉 토하고 있어." 그녀의 얼굴이 걱정으로 일그러졌다.

노블이 벌떡 일어나 시계를 보았다.

"우선 이모를 도운 다음 다시 온라인으로 접속해야 해. 기술 텐트에서 만날래?"

난 고개를 끄덕이고 얼른 파라에게 가서 그녀의 손을 꼭 잡았다.

"괜찮을 거예요. 조금만 더 시간을 주세요. 죄송해요."

노블이 지프로 달려가 고통에 신음하는 콰다에게 문을 열어 주었다.

"노블?" 콰다가 헐떡이며 물었다.

"너랑 조는 괜찮니?"

"네, 삼촌." 노블이 그를 안심시키며 팔을 부축했다.

"삼촌 덕분이에요."

카이도 이런 상태였지만 더 안 좋았던 게 기억났다. 그 애는 종일 태아처럼 웅크리고 있었다. 적어도 콰다는 부축을 받고 걸을 순 있었다.

노블이 재빨리 날 쳐다봤다.

"시간이 좀 걸릴 거야. 최대한 빨리 갈게."

그가 수줍게 웃었고 그 속에 담긴 조심스러움 혹은 현실이 느껴졌다.

그가 가고 난 뒤, 난 수영장 파티오에서 일어나 그동안 대수롭지 않게 여겼던 생각들을 다시 꺼내봤다. 노블의 목소리, 그가 날 쳐다보며 온몸이 불타오르게 하는 방식. 그런데 나에게는 충직하고 용감하고 완전히 다른 방식으로 날 이해하는 카이가 있다. 사막에서 본 카이의 얼굴. 그 애는 목숨을 걸었다. 그리고 여기 호화로운 텐트에서 첫사랑 해커와 함께 머물며 감정의 대혼란을 겪는 내가 있다.

난 카이와 함께야. 카이는 날 사랑해.

난 그를 사랑하나? 카이와 이야기를 해봐야겠다. 얼굴을 직접 보면서. 우리의 미래에 대해 논의해야 한다. 그를 선택한 이유를 기억해야 한다. 우리가 확률을 이겼다는 점을 기억해야 한다.

실시간 중계를 볼 수 있는 텐트로 한달음에 달려갔다. 카이가 여자애와 있다고 해도 상관없다. 그냥 무사한지 알고 싶다. 가는 길에 난 마음을 안정시키려고 애썼다. 적어도 내일까지 카이는 안전할 테니까. 그들이 카이를 믿고 있으니. 카이가 이 일의 주도권을 쥐고 있다.

그런데 후계자는 어쩌지? 누군지 모르는데 어떻게 홀로썸을 건넬 수 있을까? 다른 사람의 손에 들어간다면 마스터 파일로 병합되지 않을 것이다.

여러 부분에서 난 카이를 실망하게 했다. 노블에 대한 내 감정은 이번 일에 도움이 되지 않았다. 실시간 중계를 확인한 뒤 다시 시뮬레이션할 것이다. 이번에는 기필코 알아내야 한다. 할 수 있다. 내 감정을 가둬야 한다. 내 안에서 감정들이 싸우는 걸 원치 않는다. 여기선 안된다. 지금은 안된다.

텐트 안으로 들어가 실시간 중계를 켰다. 그런데 검은 화면이 떴다. 모든 화면이 먹통이다. 노블은 감시 카메라가 한 시간 동안 경계 태세일 거라고 했다. 게다가 어떤 신호도 추적하지 않는다고 했고. 아직 한 시간이 안 지난 걸까?

작동시키려고 애쓰는 데 안면 인식 화면이 눈길을 끌었다. 저 동영상들은 실시간이 아니라 녹화되어 데이터로 저장된 것이다. 카이가 그 속에 있다. 그런데 암호로 잠겨 있었다. 호기심에 망델브로 집합 방정식인 $fc(z) = z2 + c$를 입력했더니 파일이 열렸다.

몇 주 치 데이터를 스크롤로 내렸다. 몬테고에 대한 노블의 정보, 카이에 대한 숨은 비밀을 찾을 방법을 알려던 건 아니었다. 그냥 그 애의 얼굴을 보고 목소리가 듣고 싶었다.

아무 비디오나 클릭하려다 갑자기 특정 날짜가 떠오르면서 내 주변으로 불이 환하게 켜진 기분이 들었다. 노블이 처음 연락해 왔던 날, 그가 처음 카이에 대해 경고했었다.

행주를 쥐어짜듯 가슴이 짓눌렸고 입이 바짝 말랐다. 한 목소리가 내게 다른 동영상을 고르라고 경고했다. 노블이 조언한 것처럼 카이에게 들을 때까지 기다리라고. 노블마저도 카이가 내게 모조리 털어놓을 거라고 믿었다. 그런데 숫자가 내게 폭격을 퍼부었고 원동력을 알 수 없는 죽음에 대한 동경이 나타나 내게 재생 버튼을 누르라고 부추겼다.

노블의 목소리가 머릿속에서 울렸다.

네가 상처 입는 걸 바라지 않아….

카이가 내게 상처를 줄 수 있다는 사실을 부정해 왔다. 무언가 잘못되었다는 점을 믿고 싶지 않았기에 이 상황을 피했다. 뭘 알게 될지 몹시 두렵지만 아까 파티오에서 노블과의 일을 두고 스스로에게 말했던 것처럼 시간이 별로 없다.

이러면 안 되지만 어쨌든 난 재생 버튼을 눌렀고 동영상이 시작됐다.

CHAPTER 56

카이는 방금 세상을 정복한 사람처럼 의기양양한 미소와 당당한 걸음으로 장면에 나타났다. 얼굴 오른쪽 광대 윗부분에 작은 밴드를 붙이고 입술은 찢어졌어도 기분이 좋은 상태였고 기꺼이 뭐든 할 준비가 되어 있었다.

걱정하지 마, 골칫덩어리. 난 매 순간을 즐기니까, 라고 말하는 듯했다.

내 숫자가 전혀 나타나지 않았지만, 머릿속으로 실내의 크기를 살폈다. 벽에 지도가 걸려 있다. 파란 배경에 노란 달과 해가 떠 있고, 옆으로 빨강과 하양 줄무늬가 있는 깃발이 보였다. 여러 표시판마다 다른 언어가 적혀 있다. 중국이 아니다. 튀니지도 아니다. 프라이빗 글로벌 포스의 본사가 있는 말레이시아다.

"좋은 아침입니다, 케인 국장님. 절 찾으셨다고요?" 카이가 물었다.

"카이, 본사에 온 걸 환영해."

바이 요원의 상관인 국장이 자리에서 일어나 그를 맞이하고 악수했다.

"편하게 앉지." 국장이 책상 옆 의자를 가리켰다.

카이는 등을 곧게 펴면서도 늘 편안하고 자신감이 넘쳐 보이는 자세로 자리에 앉았다.

"우선 일을 잘 마쳐 줘서 고맙다는 인사를 해야겠군." 국장이 말했다.

"자네 덕분에 세상이 한결 안전해졌어."

카이는 희색이 만면했다.

"제가 이곳에 있는 이유가 그겁니다."

"자네가 이 팀으로 들어온 뒤로 큰 흥미를 갖고 지켜봐 왔네." 국장이 말을 이었다.

"바이 요원 말이 태국 건을 수습한 유일한 인물이고, 다치는 것도 불사하고 나섰다고 들었어. 잘해 줬어."

"감사합니다, 국장님." 카이는 이런 직접적인 칭찬에 익숙하지 않은 듯 헛기침했다.

"덕분에 우리가 오랫동안 추적하던 인물을 잡았더군."

케인 국장은 바이 요원과 똑같이 평가하고 심사숙고하고 대비하는 표정을 지었다.

"전 다음 임무를 수행할 준비가 되었습니다."

케인 국장이 특이하게 웃었다.

"잘 알겠어. 튀니지 건에 대해 바이 요원에게 들은 것이 있나?"

카이가 몸을 앞으로 구부리고 고개를 숙였다.

"네, 국장님. 전 준비가 되었습니다. 전혀 문제없습니다. 다른 이들이 못하는 일도 제게 시켜주십시오."

"그렇게 말해 주니 고맙군, 카이." 국장이 의자에 기댔다.

"자넨 우리가 채용한 인재들과 상당히 달라. 전투력, 빠른 해결 능력, 인물 위장 관련 적성이 내가 본 누구보다 뛰어나더군. 굉장해. 자네 같은 인재는 오랜만이야. 현재 활동하는 요원들 절반보다 더 빠르고 영리하고 용감하지. 내 동료 국장들과 나는 자네가 바로 우리가 찾던 인물이라고 확신했어."

"어떤 임무 말인가요?"

"일종의 승진이라네." 케인이 카이를 곰곰이 살폈다.

"고도로 훈련받은 범죄자들 속에 잠입해 그들의 점조직을 소탕하는 작전이야. 우린 오랫동안 그들을 추적했지만, 진척이 없어. 분명히 해두고 싶은 건, 이 일은 아주 위험한 비밀 임무라는 거야."

위험하다는 말은 카이를 막지 못했다. 그 애는 완전히 생기가 넘쳤다.

"제가 여기 있는 이유가 그겁니다. 범죄를 소탕하는 일이죠."

다른 어느 때보다 카이는 활짝 웃었고, 그의 얼굴에서 흘러나오는 흥분이 주변까지 느껴질 정도였다. 그가 진짜 사랑하는 일이다.

"제가 하겠습니다."

도전에서 물러선 적이 없는 카이의 모습을 난 좋아한다. 그런데 노블이 했던 말이 떠올랐다. 카이가 골칫거리에 이끌린다고.

그리고 분명 이 건이 그의 다음 임무가 될 것이다. 튀니지에 와서 내가 본 것들을 전부 생각해 봤다. X 소녀, 싸움, 테러리스트.

카이가 원한 인생이 이런 걸까? 매일 밤 그가 이런 일을 하는 걸 난 바라는 것일까?

아무튼 노블이 언급한 동영상이 이것일 리 없는데, 카이는 이미 내게 승진했다고 말했다. 그리고 받아들이기 힘든 정황이 있다고 했다. 위험한 정도가 커서 그런 걸까? 내가 걱정할까 봐? 카이의 얼굴을 보니 분명 걱정하는 표정이 아니다. 내가 한 번도 보지 못했던 방식으로 그는 이 일을 간절히 원하고 있었다.

케인 국장이 어깨를 뒤로 젖혔다.

"좋았어. 1년에서 3년 정도 걸릴 거야. 그 시간 동안 새로운 인생, 새 이름, 새로운 역사, 새 친구, 모든 걸 새로 만들어야 할 거야. 자네의 안전을 비롯해 팀과 임무, 사랑하는 사람들을 위해 모든 개인적인 관계를 다 끊어내야 해."

난 충격에 입이 턱 벌어졌다. 1년에서 3년이라고? 누가 내 얼굴에 찬물을 쏟아부은 느낌이다. 가슴이 바닥까지 떨어지는 기분이 들었다.

카이가 고개를 떨궜다. 국장이 눈치챌 정도는 아니지만 난 알 수 있었다.

"관계를 모조리요? 가족까지도 말인가요?"

카이는 침착했지만, 찡그린 눈썹이 분명 그가 갈등하고 있다고 알려주었다. 그는 생각하고, 가늠해 보고, 실제로 고려하고 있었다.

난 손끝이 얼얼해졌다. 한두 달은 이해할 수 있다. 카이가 이 일을 좋아하니까. 하지만 우리 관계를 끝내라니. 나를 3년 동안이나? 아니면 그는 일회용 전화기와 더 스트리트로 계속 연락할 방법을 궁리 중일까? 2년 동안 가족을 잃은 뒤 사랑하는 사람을 기다리는 일 따윈 다신 하고 싶지 않다. 그들 곁에 머물고 싶다. 카이가 이해한다고 생각했는데…. 지금 그의 모습을 보니 그는 이해하지 못하고 심지어 신경 쓰지 않는 듯 보였다.

긴장감에 심장이 목구멍까지 올라온 상태로 난 의자 끄트머리까지 몸을 앞으로 당겼다. 케인 국장이 입을 열었다. 면도날처럼 날카롭고 정확한 그의 말은 의미를 오해할 소지가 전혀 없었다.

"자네가 생각하는 그대로라네. 지금까지의 삶을 끝내고 새로운 삶을 시작하게 될 거야. 일을 마무리할 때까지."

케인 국장이 말하며 펜을 내려놓았다.

"고도로 위험한 작전이고 장기간 헌신이 필요해. 이 업무를 완수할 수 있는 사람은 아마 자네뿐일 거야."

이 임무를 거절해, 카이.

카이가 등을 꼿꼿이 세우고 가슴을 쭉 폈다.

"제가 할 수 있다는 걸 압니다. 세상을 바꿀 요원이 되고 싶습니다. 그렇지만…."

카이의 시선이 방 안을 오갔다.

난 속으로 참담함을 느끼며 케인 국장에게서 카이로 시선을 옮겼다.

"자네가 한 번도 겪어보지 못한 일이라네."

케인의 목소리는 낮고 진지했다. 그가 몸을 뻣뻣하게 앞으로 숙였다.

“이런 부류의 작전은 모든 능력과 헌신을 동원해야 해. 이 정도로 오래 잠입 수사를 하는 건 그만큼 위험해서야. 이런 작전에선 주머니에 든 물건 하나가 자네 목숨을 끝장낼 수도 있으니까. 실수는 절대 용납할 수 없어.”

“전 하나도 두렵지 않습니다, 국장님. 하지만 생각할 시간이 필요합니다.”

카이가 대답했다.

난 다시 숨을 쉬었지만 카이는 이를 악물었다가 풀었다. 그에게는 어려운 일이다. 노블의 생각이 맞았다. 카이는 젊고 충동적이고 위험한 걸 사랑하고, 내가 그런 부분을 충족해 주기 때문에 날 사랑하는 것이다. 내가 아무것도 못 하는 수학 괴짜로 전락해 버려 그가 이 일에 끌리는 걸까?

“물론이지.” 국장의 표정은 카이를 단련시키고 있었다.

“튀니지 건 이후에 대답해 주게.”

“한 가지만 짚고 가겠습니다. 모든 사람과 연락을 끊어야 하나요?” 카이가 물었다.

“그렇다네. 모두야. 가족, 친구… 여자 친구까지.” 국장이 의자에 기댔다.

“예전에 하던 일과는 차원이 달라. 다행히 자넨 젊어. 가족들은 기다릴 테고 여자 친구는 계속 바뀌니까.”

국장이 카이를 가만히 쳐다보고 책상 앞으로 팔짱을 꼈다.

“그것 때문에 고민하는 거지? 자넬 기다리는 여자가 있어서?”

카이는 그 질문에 대해 곰곰이 생각에 잠겼다. 내 속에서 한 줌의 희망이 일었는데, 그건 확실히 그가 날 생각하고 있기 때문이다. 그런데 카이는 호흡을 고르고 눈을 똑바로 들어 국장의 얼굴 중앙을 쳐다봤다.

"아닙니다. 그녀는 가만히 절 기다리지 않습니다."

텐트가 날 조여오는 기분이 들었다.

내가 가만히 기다리지 않는다는 게 무슨 뜻일까?

내 재능을 잃는 게 슬프다고 생각했다. 그런데 이건 더 끔찍하다. 동영상을 멈췄다. 더 이상 볼 수가 없었다.

카이에 대한 노블의 생각이 옳았을까? 재능이 없는 난 위험하지 않아서? 그러다 내 안에서 불길이 일었다. 그렇다면 내가 어째서 지금 이곳 튀니지에서 그 애를 구하려는 건데?

카이는 날 사랑한다. 난 그 점을 잘 안다. 이해가 가지 않았다. 우리는 앞으로의 계획에 관해 이야기하려고 했는데 지금 보니 그 계획이란 관계를 끝내는 쪽으로 이어질 것 같다….

눈가가 촉촉해지고 몸 일부가 감각을 상실했다. 폭포가 내게로 쏟아지듯 감정이 날 마구 두드려 패면서 아래로 밀쳤다. 수면 위로 올라갈 수가 없다. 완벽한 대답을 찾을 수 없어 혼란이 승기를 잡았다.

뒤에서 의자 움직이는 소리가 나서 돌아보니, 노블이 입을 꾹 다물고 굳은 표정으로 서 있었다.

내 눈이 충혈되고 뺨이 젖어서 고통을 숨길 수 없었다.

노블은 모든 걸 계산했다. 그가 몸을 구부려 날 쳐다봤다.

"동영상을 봤구나."

입을 다문 채 난 고개를 끄덕였다. 한때 피닉스처럼 조금씩 가슴이 굳어갔다. 일련의 방정식이 실내 이곳저곳에서 나타나 내게 아직 끝내야 하는 일이 있다고 알렸다.

"유감이야, 조."

멍청이가 된 기분을 느끼며 고개를 저었다.

"그럴 필요 없어. 이미 넌 내게 경고했잖아."

CHAPTER 57

∞

우리가 확률을 이길 수 있다고 말해줘, 그러면 절대로 네 곁을 떠나지 않을게.

중국에서 카이가 그렇게 말했을 때 난 그를 믿었다. 대체 상황이 언제 바뀐 걸까?

대놓고 말하진 않았다. 하지만 그의 눈빛이 그랬다. 이 임무를 원한다고. 케인 국장이 임무 기간을 말할 때, 카이가 고개를 떨구던 모습. 아직 젊고, 여자 친구에 대해 이야기할 때 좁아지던 눈길….

그녀는 가만히 절 기다리지 않습니다.

카이가 했던 말이 계속 머릿속을 울리는데 K2가 해리슨에게 전화가 왔다고 알려주었다. 놀라서 몸이 앞으로 쏠렸다.

"전화를 받아." 그 말을 하며 머릿속에서 생각의 균형을 잡으려고 애썼다.

해리슨의 목소리가 화재 경보처럼 밀어닥쳤다.

"조! 어디 갔었어? 한 시간 동안 너한테 연락하려고 얼마나 애썼다고!"

크사 두즈, 콰다, 페스티벌, 파티오… 장면이 마음속에서 번적거리며 불과 한두 시간이 아닌 일주일 동안 벌어진 일처럼 길게 느껴졌다. 호흡을 고른 뒤에 대답했다.

"미안해, 우리가 인터넷에 접속할 수가 없었어. 그쪽에서 두즈 전역에 PSS 레이더를 사용하고 있었거든."

"아, 맙소사." 해리슨이 탄식했다.

"너 모르고 있구나."

"뭘 말이야?"

노블이 뒤에 있다는 걸 알고 내가 물었고 그는 곧장 책상으로 가서 실시간 중계를 켰다.

"무슨 일인데?"

"끔찍한 소식이 몇 가지 있어." 해리슨이 말했다.

"뭐부터 들을래?"

"그냥 말해줘, 해리슨." 이미 기분이 엉망진창이었다.

"이럴 시간이 없어."

"우선, 몇 시간 전에 더 많은 급진주의자가 도시를 떠났고 그들이 어디로 갔는지 추적할 인력이 우리에겐 없어." 그가 말했다.

"두 번째로, PSS의 기술이 아프리카 전역에서 발견됐는데 특히 네가 있는 지역에서 두드러지고 있어. 에디가 은행 쪽을 살폈는데 엄청난 자금이 두즈에서 우리가 모르는 지역으로 이동 중이야. 그리고 후계자일지도 모른다는 스위스 은행가라는 사람 있잖아? 그가 유럽 연합에서 거물 여러 명을 만났고, 인도네시아 대사는 내일 아침 일찍 알제리로 갈 거고, 셰이크는 아부다비로 가서 권력층과 접촉할 예정이야. 내 말 듣고 있어? 그들 모두 오늘 밤 전용기를 타고 떠난다고."

"아니야." 내가 고개를 저었다.

"그럴 리가 없어. 방금 그들을 보고 왔는데. 거래는 내일 밤에 열릴 예정이야…."

슬쩍 고개를 돌려 노블을 보니 책상에 앉아 신호를 잡으려고 애쓰고 있었다. 그가 이리저리 분주한 걸 보니 확실히 걱정되었다. 노블이 두려운 눈빛으로 날 쳐다봤다.

"우린 아직 후계자가 누군지 몰라."

"조! 그렇다면 우리가 놓친 거야. 왜냐면 지금 뭔가 큰일이 벌어지고 있어. 그리고 이 말을 또 하긴 싫지만, 산호초 해커의 스모크가 마스터 파일에 업로드되지 못하면 우리의 기술이 순식간에 전 세계로 퍼지는 걸 막을 수 없게 돼."

해리슨이 잠시 말을 멈췄다.

"테일러 대표님은 여전히 회의 중이야. 한 시간 안으로 너한테 연락이 갈 거야."

내 안으로 여러 정보가 몰려들었다. 후계자 후보 두 사람이 카이를 쫓아 크사 두즈로 왔다. 카이가 '감시하는 눈이 없는지 누구도 확인하지 않는 것 같아서 답사하러 나왔다'고 했을 때 뮐러가 이렇게 대답했다.

"아무도 그럴 필요가 없거든…."

그런 다음 그들은 카이를 로열리스트로 받아줬는데….

레드가 나한테 너무 늦기 전에 일어나라고 했어. 난 광장으로 카이를 쫓아갔지만 그는 벌써 사라지고 없었지.

내 방정식이 카이가 더 스트리트로 보낸 사진을 가리켰다. 그 날 저녁, 우리가 쇼를 보지 못한 건 날짜를 착각해서였다. 하루 전날이었다. 어쩜 이 부분을 놓칠 수가 있지?

"걱정하지 마, 해리슨. 스모크가 들어 있는 홀로썸이 카이에게 있어."

난 가능한 빨리 카이의 모습을 보고 싶었다.

"괜찮을 거야. 그들은 카이를 믿으니까. 그가 일을 잘 마무리할 거야. 우리가 살펴볼게."

"두 가지가 더 있어…."

해리슨이 숨을 들이마셨고 그 잠깐의 침묵이 날 미치게 했다.

"테일러 대표님이 해커가 누군지 알아냈어. 노블 J. 애덤스, 터키계 영국인 어머니와 미국인 아버지 사이에서 태어났어. 2년 전에 실종됐고. 조, 그는 네 시뮬레이션을 넘어 우리 시스템 더 깊숙이 침투해 있었어. 테일러 대표님은 그가 PSS만 해킹한 게 아니라고 확신하고 있어. 아마 정부 기밀도 다 알고 있을 거야. 대표님은 해커가 위험한 인물이라고 생각하셔. 직접적으로 언급하진 않았지만, 우리 생각엔 대표님이 그쪽으로 사람을 보내 그 애를 데려올 것 같아. 유감이야. 네가 그를 친구로 여기는 걸 알아."

난 재빨리 노블, 아니 맨델을 쳐다봤고 끔찍한 아픔이 느껴졌다.

내가 무슨 짓을 한 거지?

망치로 두들겨 맞아도 이것보다 덜 아플 것 같았다.

"마지막 뉴스는 좀 괜찮은 거라고 말해 줄래?"

더 이상 감당할 자신이 없는 상태로 물었다.

"더 안 좋은 소식이야. 네가 있는 곳에서 우리가 정부 기관의 바이오 태그를 감지했어. 한 시간 전에 켜졌지. 상황이 좋지 않아."

손가락에 힘이 쑥 빠졌다. 목이 조여왔다.

"무슨 일인데?"

"100퍼센트 확실한 건 아니야. 바이오 태그에서 나온 신호는 대상의 심박과 연결되어 있는데 '레드 존'까지 치솟았어…." 해리슨의 목소리가 암울해졌다.

그리고 내가 이미 알고 있는 소식을 확인시켜 줬다.

"우리 생각엔… 고문을 당하는 중인 것 같아."

CHAPTER 58

∞

내 몸은 겨울 프랫의 콘크리트 바닥처럼 차갑고 무디고 뻣뻣해졌다. 그때 이후로 느껴보지 못했던 힘이 돌아왔다. 아까 동영상에서 본 내용은 이제 안중에도 없었다. 내 머릿속엔 오로지 카이를 구할 생각뿐이었다.

"가 봐야겠어. 지금 당장."

난 자리에서 일어나 가방을 집어 들었다. 노블이 내 목소리에 화들짝 놀랐다.

"지프 열쇠를 줘."

"조! 거래에 관해 카이가 너한테 뭐라고 했어?" 노블이 내 어깨에 손을 올리고 물었다.

"너무 늦었어. 로열리스트가 무슨 꿍꿍이든 지금 일이 벌어지고 있다고. 우리가 놓쳤단 말이야."

내 안에서 모든 게 무너지고 있다. 거래… 카이의 바이오 태그…. 그 애는 혼자다. 그리고 지금 노블은 PSS의 체포 대상이 됐다. 호흡이 가빠왔다. 그렇지만 정신은 한층 또렷해졌다.

"나한테 할 말이 더 있잖아." 노블이 재촉했다.

"난 알 수 있어. 널 돕고 싶다고."

"안 돼." 내가 고개를 저었다.

"넌 지금 여길 빠져나가야 해. 테일러 대표님이 네 정체를 알았어. 나 때문이야."

그의 얼굴을 만지니 너무 많은 감정이 뒤섞였고, 난 문으로 향했다. 또다시 노블에게 카이를 위해 위험을 무릅쓰라고 할 수 없다.

"뭔데 그래, 조? 날 믿어봐."

노블은 내가 한 말은 신경 쓰지 않는 듯 출구를 막았다. 그의 주파수가 폭풍우 속 파도처럼 불규칙하게 솟구쳤다.

"내 말을 듣기나 했어?" 난 고함을 질렀다.

"테일러 대표님이 네 정체를 알았다고. 당장 피해야 해."

노블이 날 돌려세우더니 조심스럽게 내 팔을 잡았다. 그는 걱정스러운 얼굴로 날 자기 쪽으로 당겼다.

"일단 내 사정 따윈 집어치우고, 무슨 일인지 말해 봐. 널 돕고 싶다고."

난 수긍했다.

"그들이 레이더를 써서 카이의 바이오 태그를 켰나 봐…. 그 애의 정체가 탄로 났어…."

내 얼굴은 나머지를 설명해 주었다.

"난 거기로 갈 거야. 더 이상 그 애를 다치게 내버려두지 않을 거라고."

머릿속에선 빠르게 계획이 섰다. 노블의 얼굴이 내게 자기의 머리도 계획을 구상 중이라고 알려주었다.

"알았어, 이렇게 하자." 노블이 말했다.

"우리가 카이를 도와 거래를 막는 거야."

노블이 재빨리 배낭을 집어 들고 미친 사람처럼 장비들을 집어넣었다.

난 머리가 빙빙 돌았다. 그는 내 남자 친구를 멍청하다고 말하지 않았나.

"카이를 돕는 일을 네가 왜 신경 쓰는데?" 내가 물었다.

노블이 잠시 멈추고 날 쳐다봤다.

"난 널 신경 쓰는 거야. 그는 네게 중요한 사람이니까."

주파수가 날아와 날 꼼짝 못 하게 만들었다. 하지만 노블은 시간을 낭비하지 않았다.

"3분이면 돼…."

그리고 곧장 행동으로 들어가 코드와 비번을 입력하고 서랍에서 물건을 꺼냈다. 주로 소프트웨어 칩과 소형 장비들이다. 이런 상황에 대비한 프로토콜을 준비해 둔 게 분명했다. 최대한 빨리 움직였지만 내게는 엄청 느리게 느껴졌다. 얼른 가서 카이를 구해야 하는데. 그들이 그 애를… 프랫에서 봤던 장면들을 머릿속에서 치워버리려고 애썼다.

"그들이 이 텐트를 수색하면 어떡해?" 이제 노블이 발각될까봐 걱정됐다.

"PSS에서 널 추적할 수 있잖아. 널 데려갈 거야. 그들은 최고니까."

"그럴지도. 하지만 나보다 뛰어나진 않지." 노블이 잠긴 상자를 하나 더 꺼냈다.

"내겐 비장의 무기가 있어. 내가 일을 다 마무리했을 때쯤 전부 별 관찰 장비와 소프트웨어로 보일 거야. 나를 제외한 누구도 향후 몇 년 동안은 이걸 판독할 수 없어. 나머지 부분은 콰다 삼촌이 알아서 할 거고."

시간을 지체할수록 카이가 살 확률이 그만큼 줄어든다. 후계자에 대한 분노가 끓어올랐다. 그게 누구든 세상 밖으로 나오지 못하게 만들 거다. 로열리스트들이 도망치도록 순순히 놔두지 않을 것이다.

드디어 노블이 정리를 끝내고 방을 가로질렀다.

"가자."

우리는 지프에 올라 어두운 뒷길을 미친 속도로 내달렸다. 자정이 가까워 도로에 사람이 거의 없어서 천만다행이었다.

바이 요원에게 연락하려고 했으나 소용이 없었다. 악당들에 대한 내 분노에도 숫자는 반응하지 않았다. 그러나 노블의 방정식은 초고속으로 움직였다. 느낄 수 있었다. 크사 두즈에서 노블이 날 믿어줬듯 지금은 내가 그를 믿을 수밖에 없었다.

"어딘지 알고 가는 거야?"

야자수 잎사귀가 사정없이 차창을 때리며 지나치는 걸 지켜보면서 물었다.

"아니. 우리는 지금 눈먼 상태로 달리고 있어. 레이더가 작동 중이라면 우리가 오는 걸 감지할 테니까. 그래서 시야를 확보할 어떤 기술도 가져오지 않았어."

노블은 운전대를 꽉 잡았다.

"지금은 콰다 삼촌이 도움이 안 돼. PGF도 마찬가지야, 조. 우리한텐 뒤를 봐줄 사람이 없다고."

"네 숫자는 뭐라고 하는데?" 대답이 두려웠지만 그래도 물어봤다.

"우리가 수적으로 불리한 데다 쿵후도 할 줄 모르잖아."

그는 최대한 빠른 속도로 차를 몰았다.

"그런데 왜 계속 가려고 하는 거야?" 난 의구심이 생겼다.

"우리가 머리를 맞대면 기회가 생기니까." 노블이 고개를 저으며 크게 숨을 내쉬었다.

"카이가 옳을지도 몰라. 너와 함께하는 인생이란 골칫거리의 연속이구나."

PSS를 이 일로 끌어들이는 건 최대한 피하고 싶었다. 그리고 노블과 내가 하려는 일이 그들에게 알려지길 바라지 않았다. 그래도 그들이 여전히 도움을 줄 수 있겠지.

"전적으로 혼자는 아니야." 내가 말했다.

"PSS는 레이더가 미치지 않는 곳에 있잖아." 난 휴대전화를 꺼냈다.

"K2, 해리슨과 팀원들을 연결해 줘."

해리슨이 곧바로 전화를 받았다.

"우리 여기 있어. 뭐가 필요해?"

"눈이 필요해. 어디서 신호가 송출되는지 알려줘."

지프가 속도를 내며 시내를 가로질렀다. 자갈길을 지나 좁은 골목을 쏜살같이 통과할 때 무서워 팔로 몸을 꽉 부둥켜안았다.

펜즈가 끼어들었다.

"우린 네 앞에 있어, 지금 있는 곳에서 서쪽으로 8킬로미터 떨어진 곳이야. 이미지를 확보하기까지 시간이 필요해."

펠리시아가 나왔다.

"내가 할게. 작업을 좀 해야 하지만 15분 안에 뭐라도 얻어낼 수 있을 거야."

난 인상을 찡그렸다. 카이는 사막 서쪽을 가리켰다. 오늘 내내 그는 우리에게 상황이 달라졌다고 말하려고 했다.

"우리에겐 15분이 없을지도 몰라." 내가 대답했다.

"지금 그 지역의 청사진을 찾고 있어." 해리슨이 말했다.

"찾으면 바로 K2로 다운해 줄게. 그리고 펠리시아가 위성을 연결하면 곧바로 체온을 스캔해서 보내줄게."

"좋았어. 지금 카이의 심박은 어때?" 내가 물었다.

펜즈가 잠시 머뭇거렸다.

"굳이 알아서 뭐 하려고."

그 애의 말 때문에 목구멍이 막히는 느낌이었다. 더 스트리트에 카이가 남긴 마지막 메시지는 날 사랑한다는 말이었다. 내가 그 말을 못 한다고 해서 느끼지 못하는 건 아니다. 납치를 당하고 프랫에 갇혀 살면서 사랑은 금처럼 소중해졌다. 존재하는 사물처럼 그 가치를 1온스라도 가볍게 취급하면 안 될 것 같아 아꼈다. 하지만 사실은 그렇지 않았다. 사랑은 내가 아는 그 무엇보다 더 값지고 더 용감하고 아름답다.

"알았어. 우리가 가서 살펴볼게."

지프의 방향을 돌리며 모든 걸 처리하고 있는 노블을 쳐다봤다.

"넌 거래 근처에도 가선 안 되는 거였잖아." 펜즈가 진지한 목소리로 말했다.

뒤에서 에디가 외쳤다.

"그건 좋은 생각이 아니야, 조!"

난 이를 갈았다.

"날 믿어 줘. 해보지 않은 일 같은 건 하지 않을 거니까."

적어도 그 말이 거짓은 아니다.

CHAPTER 59

해리슨의 지시에 따라 우리는 쇼트 엘 제리드 호수 근처의 작은 마을로 갔다. 그 동네에는 출입이 제한된 여러 개의 큰 건물이 있었다. 전부 호화롭고 단독으로 떨어져 있으며 경계가 삼엄했다. 어느 건물로 가야 할지 알 수 없었는데, 그러다 달빛에 어스름하게 보이는 셰이크의 헬리콥터를 보았다.

노블이 도롯가에 차를 세웠다.

"내 계산으론 여기가 차로 올 수 있는 최대한 가까운 위치야. 이제 내려서 걸어가야 해."

사방이 조용해서 꼭 유령 도시 같았다. 우리는 멀찌감치 떨어져 건물로 접근했다. 사암으로 만든 커다란 담장이 건물 전체를 에워쌌다.

"해리슨, 자세히 좀 알려줘." 내가 요청했다.

"알았어. 여긴 황금빛 모래 저택이라는 뜻을 가진 다르 두 사블 두레라는 곳이야. 별채가 네 곳이고 중앙에 본관이 있는데 이 오래된 저택 주변으로 정원과 안뜰이 있어. 20명에서 30명 정도가 실내에 있고 주차장도 있어."

"어디서 바이오 태그 신호가 잡혀?" 내가 물었다.

"정확한 위치는 알 수 없어. 본관 어디인 것 같아."

노블의 머리가 주변을 계산하기 시작했다.

"높이 3미터, 두께 0.6미터 담장이야. 1,858제곱미터 건물로 거의 560평 규모야. 근사해. 차량의 바퀴가 페스티벌에서 본 뮐러와 셰이크의 수하들 것과 같아."

노블이 실눈을 떴다.

"회의는 낡은 본관 중앙에 있는 방에서 진행될 거야. 그런데 우리가 크사 두즈에서 본 걸 바탕으로 하면 사람들 대부분이 밖에서 경비를 서겠지. 카이가 어디에 있을지는 알 수 없어."

그들이 카이를 고문하고 있다면 누군가는 블랙리스트 기술을 쓰고 있을 것이다. 아니면 카이의 바이오 태그를 켜지 못했을 테니까. 그런데 누가 카이에게 그런 짓을 했을까? 카이를 못 믿고 거래가 진행됐다면 스모크는 마스터 파일에 들어가지 않았을 것이다. 그렇다면 모든 연락처가 공유되고 누구도 그 파일을 추적할 수 없다. 그러니 이 건물에서 쥐새끼 한 마리도 빠져나가지 못하게 막아야 한다.

"후계자가 저 안에 있어. 저들이 카이가 반역자라고 생각한다면, 그 애는 살아서 나오지 못할 거야."

미친 듯이 손을 두들겼지만 내 재능이 돌아올 기미가 없다.

"우리가 이 일을 막아야 해. 전부 다. 방법은 상관없어. 이 거래를 중단시키고 카이를 구할 거야."

우리는 다르의 외부 벽에서 6미터 떨어진, 대추야자 나무가 무성한 뒤편으로 슬금슬금 다가가 모래에 무릎을 꿇고 앉았다. 노블이 내 어깨에 손을 올렸다.

"조! 머리가 그만두라고 하는 소리가 들려. 건물로 들어가면 우린 누가 후계자인지 반드시 알아내야 해. 네가 스스로에게 말해. 저들은 빠져나가서 다시 시작하는 법을 알아. 그런데 우린 두 명뿐이야. 우리의 장점을 모조리 활용해야 살아서 나올 수 있어."

물이 얼음으로 변하듯 난 결심을 굳혔다.

"그래, 어떻게 안으로 들어갈 수 있을까?"

"보초 한두 명을 밖으로 유인할 거야. 그런 뒤에 나머지는 내가 계산할게. 하지만 우리만 온 게 아니라고 믿게 만들어야 해."

난 손을 두드리는 걸 멈췄다. 정신이 또렷해졌다.

"알았어." 난 스마트워치에 대고 말했다.

"K2! 해리슨에게 저 조직원들을 베일하라고 전해. 건물 안에 있는 사람들이 밖에 군대가 와있다고 믿도록. 또한 본관 청사진도 필요해."

숫자는 없지만, 계획을 세웠다.

건물 구조 도식이 곧장 K2로 들어왔지만, 팀의 엄격한 경고도 따라왔다.

"테일러 대표님에게 지금 거래와 네 위치에 관해 알렸어. 건물로 들어가지 마."

"날이 어두워지고 있어." 난 K2를 끊고 노블에게 몸을 돌렸다.

"자, 이제 네 차례야. 네가 우리 쪽 브레인이잖아."

노블이 수치를 알려주었다.

"알았어. 건물 청사진이랑 체온 스캔본을 보면 외딴 건물 560평 정도를 열 명이 돌아가며 보초를 서고 있어. 가장 경계가 삼엄한 방은 다르의 중앙에 있고. 분명 거기서 회의가 있을 거야. 수많은 가능성이 있지만 내 방정식을 따르면, 남쪽 출입구 주변으로 몰래 들어가서 주의를 끄는 게 가장 승산이 있어. 문마다 5분씩 돌아가면서 서니, 우린 가드 두 명만 상대하면 돼. 그런 다음 자동차를 못 쓰게 만들자."

"바이 요원이 말하길 안으로 들어가서 자백을 얻어내지 못하면 그의 에이전시에선 아무것도 할 수 없다고 했어. 후계자는 반드시 자기 입으로 실토해야 해. 뮐러, 셰이크, 전부 다."

내 재능이 깊은 모래 속에 파묻혀 나오지 못한다는 듯 속에서 따끔거리며 신호를 보냈다.

노블이 날 쳐다봤다.

"배낭을 가져왔지?"

내가 고개를 끄덕였다.

"좋아. 자백을 받아 낼 좋은 생각이 떠올랐어."

설명을 듣고 난 고개를 끄덕였다.

"맨델, 네가 천재라는 걸 늘 알고 있었다니까."

난 스마트워치를 벗어서 그의 팔에 채워주었다. 그리고 바닥에서 작은 돌멩이를 찾았다. 다섯 개를 집어 들어 호주머니에 넣었다.

"무기가 준비됐어. K2에는 테이저건이 두 발 남았고, 나한테 호신용 귀걸이 한 쌍이 있어. 그리고 넌 주머니칼을 갖고 있지? 봐도 될까?"

노블이 작은 주머니칼을 꺼내 내게 건넸다.

"이걸로 타이어를 펑크낼 순 있지만 다른 건 할 수 없을 거야. 조, 저들은 진짜 무기를 갖고 있다고."

난 길게 숨을 들이마셨다.

"우리도 마찬가지야."

그런 다음 난 손끝에 상처를 냈다.

CHAPTER 60

피 한 방울이 기름진 화합물과 섞이며 내 손가락 끄트머리로 거품이 피어올랐다.

"걸어 다니는 무기, 기억하지?" 내가 씩 웃었다.

"네 두뇌와 내 체력만 있으면 돼. 내가 이런 말을 하게 될 줄이야."

난 살짝 웃었다. 그러고 나서 노블의 얼굴을 봤다. 어쩐지 허탈한 것 같은 모습이다.

"못 하겠어."

노블은 크사 두즈에서 카이 앞에 콰다가 서 있을 때처럼 흥분했다. 그가 내 손을 잡고 자기 쪽으로 끌어당겼다. 그의 숨이 거칠어졌다.

"확률은 숫자일 뿐이고 사람의 목숨은 별개의 문제잖아. 특히 그게 너일 경우는. 넌 이미 한 번 죽었어. 이러려고 널 튀니지로 부른 게 아닌데. 지금 우린 여기 왔지만 널 위험하게 만들 순 없어."

"노블! 내 재능이 살아있다고 네가 말했잖아. 내 안에 있다고. 그 말은 우리가 이 일을 막을 기회가 있다는 뜻이야. 난 네가 필요해. 네 눈과 네 두뇌가. 우리의 계획은 저들을 유인하는 거잖아."

그 말과 함께 내가 손가락을 들어 올렸다.

"이건 비상 계획일 뿐이야. 우린 할 수 있어."

난 진득한 손가락을 잘 감싼 채 그에게 어깨를 기댔다.

"너한테 무슨 일이 생기면 나 자신을 결코 용서하지 못할 거야."

노블이 굳게 입을 다물었다.

"카이한테 무슨 일이 생기면 나 자신을 결코 용서하지 못할 거야."

그 말에 노블이 다시 정신을 차렸다. 그가 번뜩이는 눈빛으로 날 쳐다봤다.

"네 말이 맞아. 그 애가 멍청할지 몰라도 가만히 죽게 내버려 둘 수는 없어."

노블의 목소리에서 아픔이 묻어났다.

"그리고 우리는 거래를 막기 위해 여기 왔어. 혼자든 아니든 할 수 있어."

노블이 머리카락을 쓸어 넘기고 내 손가락에 집중했다.

"목표 대상을 파악하기 전까진 왼손과 오른손을 섞으면 안 돼. 이 말을 너한테 할 줄 몰랐지만…. 나한테 손대지 말아줘."

노블과 나는 남쪽 정문으로 슬금슬금 다가갔다. 돌벽에 자물쇠로 잠긴 문이 있었다. 노블이 가방에서 도구를 꺼내 손쉽게 열었다.

"부수고 들어가는 기술이야?" 내가 속삭였다.

테일러 대표가 옳았다. 이 소년에 대해 난 모르는 점이 많다. 노블은 그저 어깨만 으쓱였고, 우리는 숨을 참고 조용히 귀를 기울였다. 아무 소리도 안 나서 문 안으로 들어갔다.

SUV 여러 대가 한 모퉁이에 주차돼 있었다. 우리는 몸을 숙이고 차 뒤쪽으로 갔다. 노블이 칼을 꺼냈고 가까스로 차량의 뒤쪽 타이어에 구멍을 낼 수 있었다.

더 안으로 들어가니 아름다운 안뜰에 잘 가꾼 정원, 커다란 화분에 심은 야자수, 고요한 수영장이 나타났다. 아치 뒤에서 보니 가드 여러 명이 서로 이야기를 나눴고 다른 이들은 주변을 순찰했다. 노블이 교대 시간을 계산하고 우리가 움직일 완벽한 순간을 찾았다. 그의 눈동자가 앞뒤로 움직이며 모든 가능성을 살피다가 가장 성공 확률이 높은 순간을 포착했다. 가드들이 교대할 때, 우리는 쏜살같이 중앙 안뜰로 들어가 별채 한 곳으로 갔다. 노블이 건물 카메라를 해킹해서 멈추게 하고 해리슨에게 접속하게 해줬다.

노블이 입술에 손가락을 가져다 대며 조용히 하라고 알렸다. 가드가 남쪽으로 순찰하려는 찰나, 우리는 재빨리 길목으로 숨어 벽에 몸을 딱 붙였다. 그가 모퉁이를 돌 때, 노블이 K2를 눌렀고 스마트워치가 가드를 제압했다. 남성은 바닥에 쓰러져 몸을 떨었다. 노블이 그를 끌어다 재스민이 가득 핀 커다란 화분 뒤에 숨겼다.

더 안으로 들어가니, 중앙의 다르로 이어지는 돌로 된 갈랫길이 나타났다. 남성 세 명이 벽 근처 외부 길을 순찰하고, 가운데 길에는 두 명이 더 있었다. 또다시 노블이 계산했다. 그가 앞으로 가자고 했고, 또 다른 군인처럼 보이는 가드가 모퉁이에서 나타나 우리를 봤다. 누군가에게 알리기 전에 노블이 마지막 남은 테이저건을 쐈고 그 사람 역시 파리처럼 바닥으로 쓰러졌다. 신음 소리가 너무 작아서 다른 이들에게 들리진 않았다.

"이제 들어왔어." 노블이 속삭였다. 그리고 내 귀걸이를 가리켰다.

"내게 하나가 필요할지 몰라."

난 주먹을 쥔 손을 그에게 내밀었다.

"네가 좀 빼 가줄래?"

그 애가 바르도 박물관 옥상에서 집었던 똑같은 쪽의 귀걸이를 뺐다. 속으로 뜨끔했다.

"준비됐어?"

"응."

그사이 내 머릿속은 시뮬레이션과 몬테고와의 만남을 재생하고 또 재생했다. 카이를 찾아야 한다. 후계자를 찾아야만 한다.

시뮬레이션에서 마지막으로 광장에 뛰어갔을 때, 그땐 너무 늦었다. 카이가 가버렸다. 지금처럼. 내 시뮬레이션이 뭔가를 말하고 있었다. 내 재능이 노블의 말처럼 단서를 하나로 조합하고 있었다. 내가 놓친 부분이 대체 뭘까?

노블이 다시 기기를 만지작거렸다.

"셰이크의 휴대전화 신호가 다르 중앙에서 잡혀. 누가 마스터 파일을 가졌는지 모르잖아."

"내가 알아낼 거야. 몇 분만 줘."

난 그렇게 말했지만, 노블은 내가 알아차리기도 전에 다른 가드에게 몰래 다가갔고 내 귀걸이로 가드의 목을 친 뒤 쓰러지는 그를 잡아 천천히 바닥으로 소리 없이 내려놓았다.

노블의 민첩함 덕분에 우리는 잠입에 성공했다. 자세를 낮춘 상태로 아름다운 타일로 꾸며진 방과 정교한 아치형 입구를 지나쳐 얼른 기둥 뒤에 숨었다. 다른 방에서 여자들의 목소리가 들렸다. 저 앞에서 크게 굽이치는 셰이크의 웃음소리가 흘러나와 목표물에 한층 가까이 왔다고 알렸다.

그 방은 경계가 삼엄한 데다 완전히 잠겨 있었다.

"내가 열 수 있어. 몇 분만 줘." 노블이 몸을 구부리고 문을 따려다 멈췄다.

"조, 좋은 생각이 아닌 것 같아…."

"왜 그래? 시간이 없어."

"그게 문제야. 내 숫자가… 카이가 거기 없다면 셰이크를 상대한 뒤 카이를 구할 시간이 충분하지 않다고."

"그렇다면 이 문이 내 첫 번째 목표물이 되겠네." 내가 말했다.

"뒤로 물러나."

난 오른손과 왼손을 자물쇠에 비빈 후에 재빨리 기둥 뒤로 숨었다.

10초 뒤에 문이 폭발했다. 쪼개진 나무 파편이 복도 사방으로 튀었다. 이제 문에는 커다란 구멍이 났다. 펜즈가 말했듯 엄청

난 폭발은 아니지만, 효과가 있었다.

우리는 구멍을 통해 방으로 들어갔다. 커다란 테이블 아래 웅크리고 있던 셰이크와 퓔러와 열두 명의 로열리스트가 우리를 보고 놀랐다.

난 카이를 찾아봤지만, 여기 없었다. 사막에서 강한 모래바람을 마신 듯 목구멍이 벗겨지는 느낌이 들었다. 남성들의 얼굴이 날 향해 번뜩이며 프랫의 가드들처럼, 우리를 평가하고 살폈다. 난 그 폭풍을 몰아내고 인상을 썼다. 내가 누군지 잘 아니까.

"목록을 가지러 왔어." 내가 말했다.

"그리고 움직일 생각은 마. 아니면 이 방 전체를 저 문짝처럼 만들어 버릴 테니까."

CHAPTER 61

내 발로 사자 굴에 들어왔다.

마담의 파일과 블랙리스트 기술을 얻으려고 경쟁하는, 적개심 가득한 로열리스트 열두 명이 덤비려고 일어났다.

노블이 고함을 질렀다.

“테이블이야!”

난 무슨 말인지 곧장 알아듣고 손가락을 비벼 재빨리 돌 하나를 방 한가운데로 던졌다. 테이블이 산산조각 났고, 남성들이 다시 바닥으로 쓰러졌다. 연기와 파편이 방 안을 가득 채웠다.

그렇지만 그들은 아랑곳하지 않고 이내 무기를 꺼내 우리를 조준했다. 카이에게 들러붙었던 X 소녀를 비롯해 한두 명의 여자애가 비명을 지르며 구석으로 가 웅크렸다. 카이의 모습은 어디서도 보이지 않았다.

노블이 방 안을 살폈다.

"나라면 무기를 쓰지 않을 텐데." 노블이 내 쪽을 향해 고갯짓했다.

"저 애가 가진 폭탄이 이 방을 다 날리고도 남을 테니까."

허풍이었지만 난 작은 돌멩이를 손에 꽉 쥐었다. X 소녀들이 비명을 질렀다.

뮐러가 고개를 갸우뚱했다.

"그러셔? 하지만 너흰 수적으로 불리하잖아."

"우리가?" 노블이 벽에 달린 CCTV 쪽을 가리켰다.

"밖에 기동대가 대기하고 있어. 우리가 다치면 이 건물 전체가 침몰할 거야. 알고 싶으면 어디 한번 해보라고."

셰이크가 수하들에게 상황을 확인하라고 지시했다.

방 안을 살피니 남성 15명, 여성 3명이 있었다. 어딘가 이상하다. 내 재능이 뭉근하게 끓어오르며 빙빙 돌았다. 후계자는 이 방 안에 있다. 느낄 수 있었다. 하지만 카이 생각이 머릿속을 너무 많이 차지했다. 그 애는 다쳤다. 카이를 어디에 가둬놨는지 알아내야 한다. 셰이크의 소녀가 날 뚫어져라 쳐다봤다. 사막에서 카이의 손이 저 애의 몸을 더듬던 모습이 떠올라 속이 울렁거렸다.

그 생각을 떨쳐 버리고 싶었는데 그럴 수 없었다. 이런 상황이 카이의 일상이 될 테지. 나쁜 놈들과 싸우고 죽을 만큼 다치고 약한 소녀들을 구하며…. 이것이 그가 추구하는 삶이다. 확률을 극복하고 무시무시한 악당을 쓰러뜨리는 것. 그렇지만 지금, 이 순간 내게 보이는 건 저 소녀와 다정하게 굴던 카이의 모습이 담긴 영상뿐이다.

순간 난 멈칫했다. 마음이 심하게 동요했다. 2단계 시뮬레이션이 떠올랐고 몬테고와의 만남과 저 소녀의 동영상이 함께 나타났다. 저 애는 모든 실시간 중계 화면에 등장해 듣고 보았다.

시뮬레이션 속에서는 한 번도 본 적이 없는 얼굴의 X 소녀가 마담 옆에 있었다. 아주 평범했다. 모든 움직임이 마담과 똑같았다. 실제 X 소녀와 마찬가지로, 에니아처럼. 다시 그 애와 눈이 마주쳤다. 내 시뮬레이션이 빨리 감기로 재생됐다. 카이는 매번 저 애와 같이 나갔다. 아무 탈 없이. 다른 남성들은 늘 얻어맞았다… 졌다. 그런데 저 애는 용케 빠져나갔다. 마담이라면 그랬을 것처럼.

셰이크의 수하들이 노블의 말이 맞다고 알려주었다.

"저희가 포위당했습니다."

베일 기술과 PSS 팀 덕분이었다.

"자, 홀로썸을 넘겨주면 합의하는 걸로 하지." 노블이 전략적으로 움직였다.

"무슨 합의?" 뮐러가 노블에게 물었다.

"일단 홀로썸부터 넘겨."

뮐러가 날 쳐다보며 서성였다. 난 킹이나 그의 친구들, 그리고 프랫에 있는 범죄자들처럼 가혹한 인간들의 눈빛이 어떤지 잘 알고 있다. 뮐러는 그들과 다르다. 은행가이자 사업가니까. 그래서 자신이 이길 방법을 찾았다.

하지만 대화가 귀에 들어오지 않았다. 계속 X 소녀만 쳐다봤다. 몬테고와 만났던 당시가 슬로 모션으로 머릿속에 펼쳐졌다. 내가 후계자에 대해 이야기하는 순간, 그는 의심을 품었다. 이야기하던 때가 중요한 것이 아니라 방식에 문제가 있었다. 몬테고에 대해 '내 소관'이 아니라, '그의 문제'라고 말했다. 그. 그녀가 아니라. 몬테고는 믿기지 않는다는 얼굴로 날 쳐다보다가 내가 후계자라고 했을 때 달라졌다. 난 여자였고 그때부터 그가 날 믿기 시작했다. 몬테고는 후계자가 누군지 몰랐지만, 남성이 아니라는 건 알았다.

이 부분을 더 빨리 알아차리지 못한 스스로에게 화가 나 고개를 흔들었다. 마담은 절대 자기 왕국을 남성에게 넘기지 않을 테니까.

X 소녀가 카이에게 했던 이야기가 생각났다.

아홉 번의 인생, 흉터. 난 산산이 무너졌다. 9. 난 8이었다. 옥타비아. 우아하고 간단하다. 마담의 코드처럼. 자기 천재성을 과시하려고 마담은 늘 대놓고 계획을 드러낸다.

에니아. 그리스어다. 심지어 그 이름은 9를 뜻한다. 항상 이름에는 뭔가가 있다. 저 소녀가 이 미팅을 그들 코앞에서 주관했다. 남성들을 조종해서 돈을 챙기고 계획을 자기 것으로 만들겠지. 난 알았다. 다만 빠르지 못했을 뿐.

"너무 늦게 왔어." 셰이크가 말했다.

"거래는 이미 끝났거든."

안 돼. 난 몸이 굳어졌다. 마스터 파일과 블랙리스트가 이미 유출되다니.

"그렇다면 쓸모가 없겠네. 나한테 넘겨." 노블이 소리치며 재빨리 내 뒤로 왔다.

뮐러가 씩씩거렸다.

"너희 정체를 밝혀!"

뮐러는 리더처럼 행동하고 있지만, 자신이 체스의 폰이라는 사실을 몰랐다. 난 그의 질문에 대답하면서도 소녀에게서 시선을 떼지 않았다.

"자기 걸 원하는 후계자지."

내가 고개를 까닥이며 돌을 공중으로 던졌다가 잡았다. 그들은 위협을 이해했고 잠시 뒤 홀로썸이 노블의 손에 들어왔다.

저들은 우리를 믿었다. 온몸으로 안도감이 찾아왔다. 우리가 해결할 수 있다. 노블이 가방을 꺼내 홀로썸을 살피려고 했다. 내가 그에게 가까이 다가가 낮은 목소리로 말했다.

"후계자는 X 소녀야."

소녀를 쭉 노려보면서 내가 소리쳤다.

"몬테고의 블랙리스트를 가진 로열리스트는 어디 있지?"

뮐러가 대답하려는데, 갑자기 부서지는 큰 소리가 나서 모두가 놀라 뒤로 물러섰다. 남은 문짝이 쪼개져 바닥으로 무너졌다. 구식 전투복을 입은 화난 남성 집단이 밀고 들어왔다. 튀니스에서 온 급진주의자들이다. PSS 팀에선 그들이 도시를 떠났다고 했다. 이번 모임에 대해 들었고 자신들이 초대받지 않아 화가 난 것이었다.

"저것들이 하는 말을 믿지 마." 급진주의자의 리더가 으르렁댔다.

폭력배들의 무기가 모조리 노블을 향했다. 리더가 홀로썸을 가리켰다. 내 머릿속이 미친 듯이 돌았다. 이 상황은 계산에 없었는데.

“밖에는 우리 말고 아무도 없어. 우리는 블랙리스트 기술을 받기로 했고, 그걸 가지러 왔어.”

리더가 노블에게 다가갔다.

방 안은 아수라장이 되었고 그 틈을 타 X 소녀가 도망쳤다.

CHAPTER 62

어째서 내가 하는 일은 모조리 스스로를 사지로 내모는 걸까?

급진주의자들이 몬테고에게 약속받은 마지막 기술을 얻지 못해 엄청 화가 났다는 소리를 해리슨이 해 줬는데. 그들이 우리를 쫓아올 거라고 알려줬다. 카이의 소식에 정신이 팔려 깜박하고 노블에게 말하지 않았다. 그랬다면 경우의 수를 계산에 넣었을 텐데.

노블의 표정을 보니 스페인 투우처럼 숫자가 맹렬히 돌진하고 있다는 걸 알 수 있었다.

"무기를 쓸 때야!"

우리의 주파수 속 무언가가 정확히 어딜 조준해야 하는지 내게 알려주었다. 난 돌을 꽉 쥐었다. 그리고 두 돌 위에 왼쪽과 오른쪽 손가락을 비벼서 하나는 급진주의자 리더에게, 다른 하나는 우리에게 달려드는 5명 이상 되는 남성들에게 던졌다. 그리고 얼른 몸을 피했다.

노블이 앞으로 몸을 던지자, 쾅 하는 큰 폭발음과 함께 밝은 불빛이 번쩍였다. 벤 슬리먼이 벽에 머리를 박고 쓰러졌다.

폭발로 생긴 연기와 빛이 가차 없이 그들을 바닥으로 내몰았다. 난 이를 갈았다. 폭탄은 충분히 강하지 않았다. 뭐 하러 펜즈에게 약한 강도로 만들어달라고 했을까?

다섯 명 중 세 명은 뻗지 않고 몽롱한 상태로 일어났다. 이 혼란 속에서 몰래 방을 빠져나가 안뜰로 간 에니아를 쫓아가고 싶은 마음이 간절했다.

"그 애가 도망치고 있어!" 내가 노블에게 소리쳤다.

그가 재빨리 움직이려고 했지만, 급진주의자 세 사람이 덮쳐 노블이 바닥으로 쿵 하고 쓰러지면서 얼굴이 단단한 타일 바닥에 부딪혔다. 나에게 소리치려 했는데 노블의 경고를 듣기 전에 누군가 내 뒤로 와서 오금을 걷어차 날 쓰러뜨리고 내 얼굴을 땅에 짓뭉갰다. 난 시선을 노블에게 고정했고, 우리의 숨과 주파수가 점점 커졌다. 내 손에 돌 하나가 남아 있지만, 노블이 아직 때가 아니라며 고개를 저었다. 그의 말이 맞았다. 이렇게 사람이 많은데 던져 봐야 아무 소용이 없을 것이다.

우리의 작전은 실패했다. 후계자가 도망갔다. 카이는 죽게 될 거다. 해리슨에게 연락한다고 해도 제때 조처를 하지 못할 테지.

등 뒤로 팔을 붙잡힌 상태에서 두 발로 일어서도록 강요받았다. 그들은 노블에게도 마찬가지로 거칠게 굴었다.

"까부는 건 그만둬. 안 그러면 다음번엔 바닥에서 못 일어날 줄 알아."

얼굴에 피를 흘리면서 리더가 내게 말을 뱉었다.

"우리 기술을 내놔. 안 그러면 아무도 여기서 못 나가게 될 거야."

급진주의자들이 노블을 벽에 바짝 붙이고 그에게서 홀로썸을 가져갔다.

셰이크와 뮐러는 자기 무리 뒤에 숨었고 급진주의자들이 그들을 구석으로 물러나도록 했다.

뮐러가 앞으로 나왔다.

"우린 그보다 더 많은 걸 가지고 있어." 그가 제안했다.

"당신들이 생각하는 것 이상의 자금도 있고."

노블이 뭔가를 계산했다. 그 애의 주파수가 안정되고 심지어 차분해져서 내 숫자까지 슬금슬금 보이기 시작했다. 산호와 번개의 모습이 머릿속에서 흘러나와 난 고요해졌다. 숫자가 날 덮치면서 방 안의 모든 부분에서 가능성과 등식을 산출해 냈다…. 보인다. 이 혼란 속에도 희망은 있었다. 그때 급진주의자가 가방을 넘기라며 내 귀에 고함을 지르기 시작했다. 목소리가 내 숫자를 흐트러트렸고 난 가방을 움켜쥐었다. 절대 넘겨주지 않을 거다. 시뮬레이션 안경이 한 줄기 희망이니까. 이를 악물고 두들겨 맞을 준비를 하는데 유리창 깨지는 소리가 나서 남자의 목소리가 묻혀버렸다.

다시 난 바닥으로 몸을 내던졌고, 노블이 눈을 감으라고 소리쳤다. 이유는 몰랐지만 시키는 대로 했다. 어딘가에서 또 다른 유리창이 깨졌다. 큰 폭발 소리가 귓가에 진동했고, 눈을 감았는데도 방 안이 허연 재로 뒤덮인 걸 알 수 있었다. 귀가 윙윙 울렸다. 위장에서 구토가 올라왔다. 또다시 아수라장이 벌어졌다. 쿵쾅거리고 으스러지는 육중한 발소리가 들렸다.

난 몸을 둥글게 말면서 눈을 떴다. 케블러 방탄조끼에 헬멧과 고글을 쓴 남성들이 힘으로 압도하며 전략적인 우위를 얻었다. 급진주의자들처럼 허접한 싸움꾼들이 아니었다. 훈련받은, 해군 특수 부대처럼 규칙에 따라 움직이는 강력한 팀이다. 테이블이 부서지고 발소리가 거세지고 명령이 들리더니 급진주의자들이 바닥으로 쓰러졌다.

날 잡은 남성은 놓을 생각을 안 했다. 그가 날 방 밖으로 끌어내려고 했다. 혼란 속에서 노블이 그 모습을 보고 달려왔지만, 뒤에서 급진주의자 한 명이 붙잡아 그 애의 머리에 무기를 겨눴다. 그 모습을 보고 난 심장 박동이 치솟고 아드레날린이 온몸으로 흐르면서 5초간 숫자들이 깨어났다.

두 가지를 알 수 있었다. 노블은 3초간 무사할 거고 그 애를 살릴 기회는 한 번뿐이라는 점이다. 계획된 운명처럼 뒤편에 있던 남성이 노블의 몸을 돌리고 팔을 뻗어서 급진주의자의 무기를 빼앗고 한방에 그를 바닥으로 쓰러뜨렸다. 내게 익숙한 남성의 목소리가 명령을 내렸고, 노블을 돕던 대원이 날 잡고 있던 폭력배를 쫓아오자, 그는 얼른 달아났다.

난 훈련받은 대원들이 정확함과 전략으로 급진주의자들과 로열리스트들을 단숨에 제압하는 모습을 지켜보았다. 더 많은 인력이 무기와 힘으로 무장하고 방으로 들어오면서 대혼란은 잦아들었다. 습격한 팀의 리더가 헬멧과 고글을 벗더니 민첩한 눈동자로 방 안을 살피다 내게 멈췄다.

바이 요원이다. 익숙한 저 우쭐한 미소가 이제 걱정으로 바뀌었다. 난 숨을 내쉬었다. 그가 도착했다. 우리의 확률이 바닥난 바로 그 순간에. 안도감이 밀려들었다.

바이 요원이 달려와 날 일으켜 세웠다.

"괜찮아요?"

아드레날린이 여전히 요동쳤다.

"카이의 바이오 태그가…." 내 눈이 휘둥그레졌다.

"그래서 우리가 여기 온 거예요. 그 애를 찾으려고. 여긴 우리가 맡을게요."

바이의 대원들이 로열리스트들을 결박하고 명령을 기다렸다.

"누가 후계자죠?"

"X 소녀예요."

"여기 오려고 난 많은 규정을 어겼어요. 이 일을 제대로 끝내려면 자백을 받아야 해요."

노블이 바이 요원에게 다가왔다.

"제게 맡겨주세요."

밴을 타고 사막으로 올 때 그 애가 내게 보여 주었던 작은 신경 시뮬레이터를 건네더니 귀 뒤에 달아주었다. 그의 얼굴에서 경고로 가득한 숫자가 보였다.

"카이를 찾아. 난 홀로썸을 확인할게."

난 방을 나와 후계자가 갔던 길을 그대로 뒤쫓았다. 정신이 번쩍하고 한 번, 그리고 또 한 번 들었다. 하지만 맥은 스타카토로 딱딱 끊겼고 재능이 안정될 기미는 보이지 않았다. 방의 모든 부분이 깨진 모자이크처럼 그래프로 깜박거리며 나타났다 사라졌다. 음파 혹은 에너지 파동이 공중에서 들썩거렸고, 꼭 노블의 목소리처럼 나도 그것들을 조각으로 계산하고 있었다. 경악했다.

무슨 일이 벌어지는 거지?

호흡을 고르고 집중하려고 했다. 이 폭풍우 속에서 평화를 찾아야 한다.

대략 20초 동안 건물의 레이아웃이 머릿속에 또렷하게 드러났다. 잠시도 허투루 보낼 수 없다. 곧바로 출구 근처에 있는 가장 먼 별채로 달렸다. 가까이 갔을 때 예상보다 더 끔찍한 소리가 귓가를 채웠다. 카이가 목소리를 낮추고 후두에서부터 끓어오르는 비명을 질렀다.

그 애가 고통을 드러내지 않으려고 이를 악물고 있는 모습을 상상했다. 꼭 도축장으로 끌려가는 동물의 울음소리, 침몰하는 배에서 나는 물소리, 멀리서 들리는 경고음 같기도 했다. 이 세상에 있어서는 안 되지만 존재하는 그런 일들처럼.

난 달려가 모든 방을 뒤지고 귀를 기울이며 어디서 소리가 나는지 살폈다. 인간은 혼란에 적응하도록 설계되지 않았다. 심적 고통이나 물리적 고통에 익숙해지지 않지만 극복할 수 있다. 노블이 말한 것처럼 하늘을 올려다보고 그 안에서 질서를 찾지 못했다면 인간이란 존재는 완전히 없어져 버렸을 것이다.

카이가 쉰 목소리로 신음했고, 난 차츰 가까워지고 있었다. 그러다 그의 소리가 멈췄다.

조금만 버텨, 카이.

난 오른쪽 마지막 방으로 조심스레 들어갔다. 입 밖으로 낼 수 없는 많은 일이 이 벽 안에서 벌어졌다는 느낌이 드는 것 말고는 프랫과는 전혀 달랐다. 다시는 마주치고 싶지 않았던 망가진 공기가 사방에서 풍겼다.

그 소녀가 여기 있다. 감지할 수 있었다. 그 애가 카이 곁에 머물렀다. 내 재능이 이미 그 애의 전략을 파악하고 모든 조각을 하나로 맞췄다.

숨을 고르며 마음을 진정시켰다. 사용하지 않은 손가락이 두 개니 폭탄은 하나뿐이다. 손에 남은 돌멩이도 하나뿐이다. 후계자가 여길 뜨도록 놔둘 수 없다. 속수무책으로 보낼 수 없다. 우리 계획대로 아주 잠깐이라도 그녀가 정신을 잃게 만들어야 한다.

불빛이 흐린 차고 쪽으로 살금살금 다가갔다. 오토바이 기름과 연기 냄새가 났다. 손끝이 짜릿해져서 또다시 까닥거렸다. 그 안정적인 리듬에 집중했다. 숫자는 나타나지 않았지만 대담해지면서 모든 혼란을 싹 치워버렸다. 카이를 구하겠다는 일념과 날 다치게 하는 방식이라는 점이 스쳐 지나갔다…. 어쩌면 카이는 일할 때 이런 느낌이었는지 모르겠다. 그가 살린 목숨과 자기희생을 어떻게 비교하지 않을 수 있을까.

마침내 카이를 보았다. 결박당한 채 바닥에 쓰러져있고, 주변으로 피가 고였다. 혼미하지만 의식이 살아있었다. 그러나 숨쉬는 것조차 힘들어 보였다. 지난번보다 훨씬 상태가 나쁘다. 배에 뭔가를 잡고 있는데, 사방이 피라 아마도 찔린 상처를 스스로 지혈하는 것 같았다.

난 몸을 구부리고 중국에서 그랬던 것처럼 그의 심장 위로 손을 올리고 그 꾸준하고 차분한 리듬을 느꼈다.

"카이, 내가 왔어. 조금만 참아. 우리가 널 구해 줄게."

내 목소리에 피와 멍으로 얼룩진 얼굴이 공포로 변했다.

"조, 어서 여길 나가. 후계자, 그녀가 여기 있어…."

놀라서 턱 하고 숨이 막혔다. 카이가 그녀라고 했다. 그 소녀인 걸 알고 있었다. 카이가 다시 실신하는 바람에 더 이상 물을 수 없었다.

그림자 하나가 출구를 향해 뛰었다.

"움직이지 마! 네가 누군지 아니까."

난 마지막 돌을 꽉 쥐고 소녀를 향해 몸을 돌렸다.

"네 손에 뭐가 있는지 보여줘."

소녀가 몸을 떨며 뒷걸음질 쳤다.

"제발 도와주세요." 그 애가 애원했다.

"도망치게 해 주세요. 여기서 빠져나가야 해요. 저 사람들이 절 고문할 거라고요."

"네 말 따윈 안 믿어."

소녀는 몸을 감싸며 울먹이면서 문 쪽으로 갔다.

"움직이지 말라니까." 내가 말했다.

"널 다치게 하고 싶지 않아."

그렇지만 소녀는 여전히 뒷걸음질 쳤다.

"그러고 싶은데 너무 무서워요."

휘둥그런 눈동자로 날 올려다봤다. 전에 본 적이 있는 눈이다. 내가 실수를 한 걸까? 마담이 망가뜨린 여자아이로밖에 보이지 않았다. 납치해서 자기 입맛대로 바꿔 버린. 머리가 빙글빙글 돌았고 카이는 신음하면서 뭐라고 말하려고 했다.

소녀가 카이를 가리켰다.

"그를 도와주려고 했어요." 그 애가 주장했다.

"저들이 그를 심하게 고문했어요. 그는 도움이 필요해요. 어서요. 제발 그를 도와주세요."

소녀의 눈동자 속 혼란이 날 집어삼키려고 위협했다. 수천 명의 망가진 소녀들, 뮐러, 셰이크, 킹, 후계자, 마스터 파일. 그 모두를 멈춰야 한다. 내가 오해한 걸까?

소녀가 날 곰곰이 살피더니 내가 자신을 믿는다고 생각하는 듯 눈빛을 번뜩였다. 저 애가 내게 미끼를 던졌고 난 그걸 덥석 물었다.

"셰이크에게 전 지역에 관한 계획이 있어요." 소녀가 나지막하게 말했다.

"그를 막아야 해요. 제가 다 말해 줄게요…."

말끝을 흐리며 소녀는 안뜰로 가는 열린 문을 향해 걸음을 옮겼다.

머릿속이 복잡했다. 난 뒤쫓아갔다. 다치게 하고 싶진 않지만, 손목을 슬쩍 봤다. 화상 자국이다. 숫자 9가 피부에 찍혔고 그녀의 목소리는 모두 거짓이다. 애원하는 목소리 아래 서늘함이 느껴졌다. 내 안에서 저 애가 하는 말이 거짓이라고 소리치길래 정신이 또렷해졌다.

"네 말은 안 믿어." 내가 말했다.

"마지막으로 협조할 기회를 줄게."

저 애가 후계자라면 몇 달 동안 이 순간을 계획했을 것이다. 절대로 자백하지 않을 거고 그럴 필요도 없다. 범죄 기록이라고는 털끝만큼도 찾아볼 수 없으니까. 누구도 저 애의 정체를 모른다. 며칠 감금되었다가 풀려날 거고, 향후 20년 동안 많은 나쁜 일을 벌이겠지.

난 바닥에 있는 카이를 쳐다본 뒤, 다시 그녀에게로 시선을 돌렸다.

"시간이 다 됐어."

화합물이 섞여 이제 기름지고 부풀어 오르는 돌멩이를 손에 쥐었다. 그 애의 눈이 커졌다. 곧장 안뜰로 뛰쳐나가 열린 차량에 올라탔다. 그러나 너무 늦었다. 돌멩이가 이미 공중으로 날았다. 빗맞지 않기를 기도하며 난 뒤로 물러났다. 소녀의 등 뒤에서 핑거팁스가 터졌다. 폭발로 그 애의 몸이 앞으로 날아갔다. 그녀는 바닥으로 넘어졌고 눈이 뒤집혀 감기며 정신을 잃었다.

잘됐어. 난 생각했다. 나에겐 2분이 있다.

잠시 뒤, 바이 요원의 구급대원이 차고로 들어왔다. 그는 나와 소녀를 보고 머뭇거렸다.

"카이를 도와주세요!"

나는 소리치고 그에게 달려갔다. 몸을 구부리고 카이의 손을 잡았고, 구급대원이 재빨리 움직이며 상태를 파악하고 지혈대를 대고 붕대를 감았다. 난 카이의 얼굴을 만졌다. 그를 떠나보내고 싶지 않았다. 옆에 있고 싶지만, X 소녀가….

구급대원은 내가 무슨 생각을 하는지 아는 듯 고개를 들고 날 쳐다봤다.

"저한테 맡기세요."

난 고개를 끄덕이곤 얼른 소녀를 향해 걸음을 옮겼다. 이곳에서 카이가 이룬 성과를 물거품으로 만들고 싶진 않았다.

소녀는 피부가 살짝 그슬렸고 뭐라고 웅얼거렸다. 그러나 주변의 사물을 인식할 만큼 정신이 돌아오진 않았다. 난 다가가 몸을 구부리고 소녀를 똑바로 눕혔다. 그리고 내 배낭을 열었다.

노블의 계획이 잘 먹혀야 할 텐데.

CHAPTER 63

∞

바람 한 점 없었다. 따뜻한 햇살이 내 얼굴을 비췄다. 난 구시가지가 내려다보이는 펜트하우스 옥상에 있었다. 다채로운 색을 입은 저택들이 드문드문 서 있는 언덕과 그 너머로 푸른 바다와 화산 분화구 같은 것이 보였다.

여기가 어딘지 난 모른다. 정체를 드러내지 않는 한 알아낼 방법도 없었다.

포도나무 덩굴로 덮인 아름다운 나무 그늘막 아래, 등받이가 있는 긴 의자에 에니아가 누워 있었다. 마침내 그 애가 눈을 파르르 떨더니 깨어났다.

난 길게 숨을 고른 뒤 소녀 옆으로 가서 마담처럼 다리를 꼬았다.

"넌 다치지 않았어."

난 소름 끼치게 다정한 목소리로 말했다.

"다 괜찮을 거야. 내가 널 빼 왔어. 네 정체는 들키지 않았지."

"우리가 어떻게 여기 와 있나요?"

소녀가 이마를 짚었고, 검은 긴 머리가 어깨로 흘러내렸다. 이제 그 애는 달라진 자신의 옷차림을 살폈다. 지금 우리가 있는 장소와 잘 어울리는 옷이다. 소녀는 혼란스러워했다.

"내가 널 이리 데려왔어. 너에 관한 모든 걸 알고 있거든."

소녀는 혼란에 빠진 눈초리로 고개를 저었다.

"당신이 여길 알 리 없어요. 게다가 난 당신이 생각하는 사람이 아니에요. 착각한 거라고요."

에니아는 둥글고 검은 눈동자를 비볐다.

"아, 난 네가 누군지 정확히 알아. 내가 누군지 네가 아는 것처럼."

"마담이 사랑했던 소녀 이야기는 들어봤어요. 그녀를 배신한 제자라고."

기대한 사람이 내가 아닌 듯 그 애가 슬쩍 날 쳐다봤다.

난 입을 굳게 다물고 어디든 들러붙어 뻗어나가는 포도덩굴을 빤히 쳐다봤다.

"배신해야만 했지. 마담의 역할을 물려받아야 했으니까. 그녀는 혹독하게 날 가르쳤어. 내 진짜 모습을 숨길 수 있도록. 그녀가 널 가르친 것처럼 말이야. 원하는 걸 얻기 위해 무슨 짓이든 하고. 정체를 숨겨라. 언제나 드러나서는 안 된다."

난 미소를 지었고, 내 안에 있던 사악함이 솟아나 영혼을 가로채려고 위협했다.

"물론 너에 대해 말해 주긴 했지만. 네가 일을 제대로 하는지 확인해야 했어. 내게 마스터 파일과 블랙리스트 기술이 전부 있거든. 당연히 네 건 필요 없어. 그래도 넌 잘해 낸 편이야. 조직적이고, 계획적이고… 계략도 잘 짰고. 그 모든 일을 네가 누군지 아무도 모르게 진행했지. 그 남자애를 빼고 말이야. 하지만 그 애는 이미 죽었어. 아주 인상적이야."

소녀는 다시 순진한 눈빛으로 변했다. 그리곤 고개를 저었다.

"그들이 제게 거짓말했어요. 절 누구라고 생각하는지 모르지만 전 그 사람이 아니에요."

소녀는 옥상 주변을 살피며 퍼즐 조각을 맞춰보려고 했다.

"어쩜 그렇게 빨리 여기에 올 수 있었어요? 심지어 여긴 튀니지도 아니잖아요."

난 소녀의 말을 무시했다.

"아직 배울 것이 많구나."

난 한숨을 쉬고 고개를 저으며 옥상을 에워싼 벽을 향해 걸었다. 그리고 X 소녀를 등지고 서서 말을 이었다.

"이 제국은 내 거야. 그렇지만 너와 거래하고 싶어. 우선, 급진주의자들부터 끊어내야 해. 그들은 내 밑이야. 그런 변덕스러운 쓰레기들과 일할 수 없어. 네가 그랬다니 놀랐어. 세이크는 괜찮은 선택이지만 지금은 없지. 내 예상대로 행동했다면 넌 돈을 챙겼겠지."

난 몸을 돌리고 그녀를 쳐다보며 조건을 더했다.

"내게 증명해 보이면 우린 파트너가 될 수 있어. 빠지고 싶다면 이미 실행에 들어간 계획에서 손을 떼. 그러면 널 보내줄게. 마담은 그렇게 자비롭지 않을 거야. 하지만 난 널 존중하니까."

"무슨 말을 하는지 모르겠어요."

소녀가 자리에서 일어나 이 모든 상황이 거짓인지 확인하려고 사방을 살폈다. 이런 설정 안에 있는 건 내 호의에 의해서만 가능한 일이다. 소녀가 서랍을 뒤졌고 거기에 봉투가 하나 놓여 있었다. 시칠리아 주소를 보고 내 숫자가 깜박였고, 차츰 두통이 밀려와 난 서둘러야 했다.

"에니아? 그게 네 진짜 이름이 아닌 걸 알아. 마담이 널 고른 것도. 하지만 그녀는 나도 선택했지. 우린 서로를 믿어야 해."

그 말을 할 때 입에서 쓴맛이 났다. 난 목의 머리카락을 넘겨 상처를 보여 주었다. 정신이 산만해져서 집중하기 힘들었다. 노블이 말한 그대로다.

내 상처를 본 소녀의 눈동자가 차갑게 변했다. 이제 나와 교감하고 있다. 거의 다 왔다.

"침실에 작은 장치가 있어요."

그 애가 가지러 뛰어갔다. 그리고 또 다른 홀로썸을 들고나왔다. 마스터 파일과 블랙리스트가 든 것과는 다른 것이었다. 소녀는 그걸 내게 주었다. 아래쪽 버튼을 누르자, 홀로그램이 우리 둘 사이 공간을 채웠다. 또 다른 마스터 파일이다. 북아프리카와 중동 전역에서 이 애가 실행 중인 모든 계획이 들어 있었다. 계좌, 이름, 날짜, 정부, 목표 대상까지.

소녀가 날 쳐다보았고 눈빛에는 뿌듯함과 슬픔이 동시에 담겼다.

"전 배운 대로 다 했어요. 모든 걸 꾸몄고요. 실행한 걸 제외한 나머지 건은 아직 노출 전이고 진행할 수 있어요. 시기가 올 때까지 몇 년간 기다리면서 쓸 충분한 돈도 있어요."

소녀의 갈색 눈동자를 쳐다보니 심장이 쑤시고 씁쓸했다. 저 애는 그저 집을 찾는 가여운 영혼에 지나지 않는다. 내가 해야 할 일이 만족스럽진 않지만 그래도 끝내야 한다. 더 이상 지체할 시간이 없었다.

"협조해 줘서 고마워, 에니아."

빨강 버튼을 누르자 화면이 검게 변했다.

∞

노블이 준 신경망 시뮬레이터를 귀에서 떼어내고 오른쪽을 쳐다봤다. 노블이 불안하게 기다리고 있었다.

"녹음했는데, 제대로 됐어?"

"효과가 있었어."

난 바이 요원의 부하들에게 둘러싸인 소녀를 쳐다보며 시뮬레이션 안경을 그녀에게서 벗겼다. 혼미했던 의식이 차츰 돌아오면서 소녀는 연행됐다. 바다에 떠 있는 배처럼 속이 마구 요동쳤다.

노블이 내 팔을 잡고 밖으로 데려갔다.

"튀니스의 급진주의자들은 잠잠해졌어."

"잘됐다."

머리가 몽롱했는데 바이 요원이 얼른 방으로 들어왔다.

"카이가…." 그가 말했다.

"얼른 와봐요."

우리는 바이 요원을 따라 안뜰로 갔고, 바깥에 구급차가 서 있었다. 카이가 차량 뒤에서 신음하며 정신 착란에 빠져 횡설수설했다. 그의 심박이 급속도로 떨어졌다.

구급대원이 고개를 들었다.

“의료 장비가 있는 다른 곳으로 빨리 옮기지 않으면 가망이 없어요.”

“당신한테 맡기라면서요!” 나는 소리치며 카이의 손을 잡았다.

“카이가 안정되지 않았다면 시뮬레이션은 하지 않았을 거예요!”

“안정됐었어요.” 바이 요원이 구급대원에게 카이와 함께 차에 타라고 손짓했다.

“지금 그렇지 않은 거지. 얼른 타요.”

바이 요원은 침착하려고 했지만, 그의 눈동자가 카이에게서 엉망인 다르로 옮겨 갔다. 책임자인 그는 자리를 뜰 수 없고 한시라도 빨리 이 작전을 마무리해야 했다.

“토죄르의 안전 가옥에 카이의 목숨을 살릴 장비와 의료진이 있어요.”

구급대원이 차에 올라타며 운전할 준비를 했다.

노블이 카이의 심박을 체크했다.

“유감이지만, 제 계산에는… 거기까지 갈 시간이 없어요. 두즈에서 토죄르까지 차량으로 한 시간 이상 걸리니까요.”

그 말이 바이 요원이 좌절하며 차량 후드를 내리쳤다.

“그럼 어쩌자는 겁니까?”

내 눈이 어두운 모래를 가로지르며 실제로 해보지는 못했지만, 어릴 때부터 꿈꿔왔던 일을 시도하려고 마음먹었다. 카이를 구하기 위해 어떻게 해야 할지 아니까.

“제가 시간 맞춰 거기까지 데려갈 수 있어요.” 내가 손가락으로 가리켰다.

“저걸로요.”

바이 요원이 고개를 획 들었다.

“헬리콥터 말이에요?”

CHAPTER 64

바이 요원이 날 정신 나간 사람처럼 쳐다봤다.

"오늘 밤 두 명이나 잃을 순 없다고!"

"제가 조종할 수 있어요, 바이!" 내가 외쳤다.

"어서 카이를 태우고 구급대원도 붙여주세요. 시간이 없어요!"

바이 요원이 거친 숨을 내쉬며 욕지거리를 내뱉고는 구급대원에게 소리쳤다.

"서둘러! 그녀를 도와 카이를 헬리콥터로 옮겨."

난 얼른 기계로 올라탔다. 멀리서 보는 것보다 훨씬 작았다. 시뮬레이션 때처럼 쉽게 조종할 수 있을 것 같았다. 노블이 문을 닫아주고 조종석 밖에 섰다.

구급대원이 카이를 반대편으로 데려와 고정했다. 그리고 엉덩이 아래 쿠션을 대고 상처를 압박한 다음 심박을 확인했다.

"제가 같이 가야 할 것 같군요."

카이는 열이 나고 창백했지만, 열심히 버텼다. 그의 시선이 이리저리 돌다 날 쳐다봤다.

"조?"

그의 얼굴을 만졌다.

"나 여기 있어, 카이." 내가 말했다.

"꽉 잡아. 널 치료해 줄 곳으로 데려갈게."

구급대원이 벌써 카이에게 각종 장비를 부착했다. 헬리콥터는 2인승이고 카이가 이미 조종석을 다 차지한 데다 그 옆에 구급대원까지 탔다.

"나도 같이 갈게." 노블이 말했다.

헬리콥터에 관한 내 경력을 노블 말고는 아는 사람이 없다. 하지만 2인승 헬리콥터에 이미 구급요원까지 카이와 같이 탄 상황이다. 게다가 노블은 바이 요원에게 범인들이 자백할 수 있게 돕겠다고 말했다.

"나 혼자 할 수 있어, 노블."

난 그에게 시뮬레이션 안경이 든 가방을 주었다.

"바이 요원을 도와준 뒤에 지프를 타고 당장 빠져나가."

그가 시계를 풀어 내 손목에 채웠다.

"너한테 K2가 필요할 거야."

헬리콥터의 날개가 움직일 때, 바이 요원이 옆에서 말리며 씩씩거렸다.

노블이 다가와 내 손을 잡았다.

"바이 요원의 말을 듣지 마. 날 쳐다봐. 널 믿지 않았다면 이런 일을 하도록 놔두지 않았을 거야. 네 재능을 믿어. 프랙털을 찾아봐." 그가 양손으로 내 얼굴을 감쌌다.

"거기서 만나, 조."

난 고개를 끄덕였다.

"고마워."

노블과 바이 요원이 헬리콥터에서 뒷걸음질 치고 뛰어간 다음 거리를 두고 지켜보았다.

이륙하기 전 난 눈을 감고 호흡을 골랐다. 혼란에 빠질 유혹도 있었지만, 가만히 귀를 기울였다. 시뮬레이션 속 헬리콥터를 떠올리며 눈을 떴다. 엔진에 시동이 걸리고 헬리콥터가 살아나면서 날개가 쿵쿵 소리를 내기 시작했다. 난 가볍게 제어 장치에 손을 올렸다. 조종대를 붙잡고 하늘로 올랐다.

슬쩍 카이를 쳐다볼 때 피가 새어 나오는 붕대가 아닌 그의 얼굴에 집중했다.

"꽉 잡아, 카이!"

내 목소리에 카이가 눈을 파르르 떴다.

"샤오펑황?"

카이가 내 중국 이름을 불렀다.

"헬리콥터 조종법은 언제 배웠어?"

난 웃었다.

"알고 싶지 않을 거야."

이제 우리 아래로 야자나무가 흔들렸다. 아주 어두웠다. 헬리콥터는 빙판 위에서 밀리는 자동차처럼 요동쳤다.

K2가 좌표를 알려 줬지만, 눈금을 조절하고 제어 장치를 맞추느라 귀에 들어오지 않았다. 매끄러운 이륙이 아니었고 난 아

직 앞으로 흔들리는 중이다. 구급대원이 안전띠를 꽉 매는 모습이 내가 이 기계를 몰아본 적이 있는지 확실히 궁금해하는 눈치였다. 엄밀히 말하자면, 없지만 그 이야긴 하지 않았다. 내 어딘가에 필요한 모든 정보를 가지고 있으니.

머리 위 자욱한 구름이 달을 가려 정신이 더 산만했다. 하늘에 빛이 있지만 내 숫자는 아직 나타나지 않았다. 헬리콥터가 사물과 너무 가깝다고 경고음을 냈다. 지형 인식 장치도 마구 울렸다. 어디 부딪히기 전에 나무 위로 더 높이 올라가야 한다.

가끔은 그저 고개를 들어 올려다보기만 하면 돼….

그러나 난 집중할 수 없었고, 그러다 조종석 패널에서 자동 선회 버튼을 보았다. 시뮬레이션에선 결코 쓸 수 없는 버튼이었다. 그러면 어려운 상황에서 벗어나기 너무 쉬워지니까. 그러나 지금은 실전이다. 난 버튼을 눌렀고, 헬리콥터는 한 지점에서 안정적으로 돌기 시작했다.

"지금 뭐 하는 거예요?" 구급대원이 소리쳤다.

"여기서 빙빙 돌 시간이 없어요. 얼른 가야 한다고요!"

하지만 내가 안정을 찾지 못하면 우린 날 수 없기에 그의 말을 무시했다.

어두운 하늘에 시선을 고정하고 반짝이는 별에 집중했다. 그러자 머릿속에서 돌 산호와 밝은 번개가 빛의 지류로 쪼개지는 모습이 떠올랐다.

보이는 걸 생각하지 말고 보이는 걸 만드는 것이 무엇인지를 생각해.

모래언덕, 바다, 별, 바람 소리, 비 냄새, 해마의 꼬리. 처음 놀이터에 간 꼬맹이처럼 내 안에서 경이로움이 커졌다. 바다의 경계. 내 위에, 내 아래, 프랙털이 사방에 있다. 혼돈 속 절대로 끝나지 않는 패턴이 우리 주변에 있다. 이 평범한 광경 속에 보물이 숨어 있다.

내 재능을 꺼내는 열쇠는 아주 가까이, 손에 잡히는 곳에 있었다. 그저 새로운 눈으로 보기만 하면 되는 것이다.

난 사랑과 우리가 사랑하게 만드는 것이 무엇인지 생각했다. 땅속에 심은 씨앗처럼 어둠 속에서 형태가 없다가 물과 빛이 씨앗을 이끌어 낸다. 그리고 쪼개고 나와 패턴을 이루어 위아래 두 방향으로 자라며 서로 다른, 아름다운 복제를 해 나간다. 뿌리와 가지처럼. 하나는 해를 향해 뻗어나가 열매를 맺는다. 다른 쪽은 눈에 보이지 않아도 생명을 안전하게 해 주고 땅을 지지한다. 난 자동 선회 장치를 끄고 날아올랐다.

우리는 이제 나무보다 훨씬 높이 올랐다. 충돌할 위험은 없지만, 여전히 거친 비행이었다. 이쯤에선 내 시뮬레이션이 도움이 되었으나 헬리콥터를 제대로 통제하는 데는 여전히 어려움을 겪었다.

카이를 쳐다봤다. 그 애도 부은 한쪽 눈을 감은 상태로 날 올려다봤다.

"여긴 꽤 높은데… 너도 꽤 높이 있구나…."

그의 목소리가 말려 들어갔다. 검은 눈동자가 다시 뒤로 넘어갔다.

"조, 사랑해…."

피로 얼룩진 손이 내 손에 닿았다. 그리고 손이 아래로 떨어지고 그는 의식을 잃었다.

내가 카이와 함께 하기 위해 어떤 노력을 했는지 생각해 봤다. 신뢰. 위험. 시간. 사랑.

하늘에 번개가 치듯 숫자가 번쩍였다. 조종석이 밝아지고 익숙한 각도, 방정식, 숫자라는 필터와 더불어 새로운 것, 즉 음파, 주파수를 측정하는 도식이 나타났다. 내 앞으로 수 킬로미터의 패턴과 눈금이 펼쳐졌고 그렇게 난 자체 지도를 가지고 비행하게 되었다. 대시보드 위 모든 버튼이 이제 숫자를 확보하고 정렬했다.

비행기 날갯소리가 귓가의 달콤한 리듬으로 바뀌었다. 노블은 사물이 말한다고 했고 지금 난 그걸 측정하고 있었다. 알지 못하는 영역처럼 내가 이해하지 못한 내 재능 속 숫자와 도구가 생겼다. 그러나 지금은 중요하지 않다. 이제 속도와 거리가 내 머릿속 숫자와 일치했다. 난 모든 제어 스위치를 세고 몇 초 안에 그것들을 정리했다. 주변의 역동적인 시스템을 이해할 수 있었고 헬리콥터 조종은 새로운 장난감을 가지고 노는 것만큼 간단했다. 그래서 자신감을 가지고 조종했다.

내 안에서 바다의 잔잔한 조류처럼 급하지 않고 깊게 숫자가 흘러나왔다. 그리고 난 보았다. 혼돈 한가운데 있는 계산을. 세상이 모자이크처럼 펼쳐졌다. 아름답게 부서진 조각들이 정교하게 하나로 연결되어 내가 본 그 어떤 미술품보다 아름다운 작품을 이루었다.

땅 위를 날며 모든 굽이마다 이루어진 혼란의 완벽한 곡선과 중앙에서 만나는 거칠고 복잡한 조화도 파악했다. 등식은 이야기가 되어 내가 본 것들을 들려주었다. 땅 그 자체가 사람의 심박처럼 두근거렸고 겹겹이 쌓인 층이 문제가 생겨도 더 깊이 사랑할 수 있게 해 준다고 말했다.

이번에 나타난 재능은 전에 느껴보지 못한 방식으로 존재했다. 꼭 봄에 새싹이 난 식물처럼. 어떤 의미인지 완전히 이해하지 못했지만, 그 어느 때보다 한층 생기 있고 꼭 무한대가 내 안과 주변에 있는 것 같았다. 무엇도 영원하지 못하지만 동시에 모든 것이 영원하다는 희망이 생겼다.

숫자로 가득 찬 머리를 안고 하늘을 날았다. 방식을 모르겠지만 주변에 스물여덟 개의 소리가 있다는 걸 파악했다. 그런데도 고요하고 평화로운 기분이 들었다.

내 재능이 돌아왔다.

날 떠나지 않을 것이다.

그러나 조종석 옆에 웅크리고 있는 남자애에게는 날 떠날 가능성이 아직 남았다.

CHAPTER 65

∞

튀니지, 토죄르 안전 가옥

내 재능이 새롭게 출현한 덕분에 토죄르의 안전 가옥을 쉽게 찾을 수 있었다. 시내에서 정확히 3.2킬로미터 떨어진 야자나무 군락지 뒤에 숨어 있었다. 난 16×10미터 크기의 자갈밭 위에 조심스럽게 헬리콥터를 내렸다. 착륙장은 아니지만, 그 정도쯤은 할 수 있었다.

9미터 떨어진 곳에 두즈에서 본 저택보다 훨씬 작은, 눈에 잘 띄지 않는 낡은 다르가 있었다. 남성 세 명이 밖에서 우릴 기다리고 있다. 두즈를 떠난 지 23분이 지났고, 카이가 기절한 지 15분째다. 구급대원이 카이를 걱정하며 분주하게 지시를 내렸다.

내 안의 시계가 돌아가고 있는 상태인데도 요원들이 안전 가옥 밖으로 나와 들것을 챙기고 카이를 옮기는 모습이 꼭 슬로모션처럼 느리게 보였다. 나도 그들 뒤를 바짝 쫓았다. 집 안으로 들어가니 케블러 방탄조끼를 입은 또 다른 남성이 작은 탁자와 갈색 코듀로이 소파가 있는 근사한 방으로 날 안내했다.

몇 초 안에 내 재능이 코듀로이에 들어 있는 줄의 개수, 창문의 크기, 벽 페인트칠이 벗겨진 부분이 차지하는 퍼센트까지 파악했다.

머릿속 숫자들이 미래를 너무 현실적으로 보여 주는 통에 난 그냥 눈을 감았다. 카이가 살 확률이 자동 계산됐다. 이런 건 도움이 되지 않는다. 그래서 작은 창문 너머를 응시하며 내가 할 수 있는 단 한 가지, 별을 쳐다보며 엄지손가락 지문을 찾았다.

1시간 7분 뒤, 노블이 새 옷으로 갈아입고 문 앞에 도착했다. 난 자리에서 일어났지만 서둘지 않았다. 숫자가 그의 모습을 파악하고 얼굴 속 작은 움직임을 강조했고, 각 등식이 내게 그 애에 대해 수치로 귀띔해 줬다.

"안녕."

노블의 목소리가 일으킨 파장이 물결처럼 방 안으로 퍼졌다. 내 등식과 연결된 파장이 너무 강해서 다시 소파에 주저앉을 뻔했다.

"해냈구나."

내가 떨며 고개를 끄덕였다.

"카이에 관해선 네 말이 맞았어. 그는 실패하지 않았지. 홀로썸이 마스터 파일에 업로드됐어. 지금 스모크가 북아프리카와 중동 지역 전체 네트워크로 퍼지는 중이야."

난 안도하며 한숨을 쉬었고, 질문 여덟 개가 목구멍을 타고 올라왔다. 어째서 튀니지를 떠나지 않고 아직 여기 있는지에 관한 궁금증이 주를 이루었다. 그때 헬리콥터에 함께 탔던 구급대원인 제이스가 방 안으로 들어와 날 찾았다.

"카이가 안정을 찾고 깨어났어요. 지금 당신을 보고 싶어 합니다." 그가 문을 연 채 기다렸다.

"케인 국장님이 도착하기까지 10분 남았어요. 바이 요원께서 두 분 다 국장님이 도착하기 전에 떠나랍니다."

노블이 턱으로 문을 가리켰다.

"어서 가 봐." 그가 말했다.

"난 기다릴게."

CHAPTER 66

∞

침대에 누워 있는 소년은 아름다웠고, 피와 멍으로 얼룩졌지만 그럼에도 굴하지 않았다. 날 보자마자 얼굴이 환해지고 빛나며 승리에 도취했다. 카이가 몸을 일으켜 세우며 모든 에너지를 내 쪽으로 보냈다.

"안녕, 골칫덩어리."

붕대를 감고 있는 처지를 전혀 신경 쓰지 않았다. 케인 국장이 고통과 회복에 있어서 그는 타의 추종을 불허한다고 했던 말이 생각났다. 카이는 이 일을 하려고 태어났을까? 갑자기 무슨 생각을 해야 할지 모르겠다. 숫자는 그의 아름다운 얼굴을 살피고 머릿속으로 매번 그가 날 살렸던 장면을 반복 재생했다….

난 그저 카이가 정말 원하는 것이 뭔지 알고 싶을 뿐이었다.

그 애한테 걸어가면서 가볍게 내 얼굴을 그에게 문질렀다.

"향이 달라졌는데. 이건 뭐야?" 그가 장난기 어린 눈으로 물었다.

내가 스웨트 셔츠를 킁킁거렸다.

"연기랑 카르다몸 냄새야." 난 침대 끄트머리에 앉았다.

"네가 죽지 않아서 기뻐."

"나도야." 그가 고개를 저으며 한숨을 쉬었다.

오른쪽 눈에 든 멍이 중국에서의 기억을 떠올려 주었다.

"진짜, 넌 다른 사람을 위해 자신을 희생하는데 일가견이 있다니까."

카이가 씩 웃었다.

"널 위해서야."

이제 얼굴의 피딱지가 지워져 다친 부위가 여실히 드러났다. 그러나 내겐 그저 날 계속 구해 준 남자만 보였다. 내가 푹 잘 수 있도록 자기 목숨을 거는 남자.

작년에 그는 어둠 속 한줄기 불빛이자 인생을 이어가게 하는 표식이었다. 그런데 지금은?

카이가 몸을 일으키려고 했다.

"그냥 누워 있어." 내가 부드럽게 그 애를 뒤로 밀었다.

"다 끝났어. 넌 사건을 해결했고. 넌 영웅이야."

"알다시피 나도 그럴 계획이었어."

카이는 내가 자신의 치료제, 약인 것처럼 쳐다봤다.

지금 내가 제정신일 수 있는 건 처음 상하이 풀하우스에서 상의를 입지 않은 채 고장 난 풀장을 수리하고 난초에 물을 주던 그를 봤을 때처럼 얼굴을 살피고 있는 덕분이었다. 그 소년은 누구도, 볼 수 없고 나만 볼 수 있었다.

"네가 그랬다는 걸 알아."

그의 피부는 여전히 뜨겁고 열이 났다. 그러다 그가 이상한 미소를 지었다.

"왜 그래?"

"네가 날 바라보는 눈길." 그가 뭔가를 이해하려고 애썼다.

"재능이 돌아온 거야?"

"그래." 날 제대로 파악했다는 점에 놀라 대답했다.

"헬리콥터에서 너랑 같이 있을 때 그랬어. 지금은 1시간 27분째고, 너도 알겠지만…."

난 웃으며 말했다.

"물론 새로운 뭔가가 있긴 해. 아직 제대로 이해하지 못했어. 기본적으론 전보다 더 이상해진 거 같아."

"조, 타이 방 러(Tai bang le 太棒了 정말 대단해)! 너무 기뻐."

카이가 내 손을 꽉 잡았다.

"헬리콥터 옆에서 이야기하던 그 남자애는 누구야?"

1,000분의 1초 동안 생각이 멈췄다. 노블이 밖에서 날 기다리고 있다. 난 숨을 길게 들이마셨다.

"해커야. 알고 보니 오래전 내 천재 친구였어. 그 애가 내 재능이 돌아올 수 있도록 도와줬어."

카이가 얼굴을 찡그렸다.

"내가 지금 못 움직이는 게 그 녀석에게는 행운인 거야. 널 쳐다보는 눈길이 맘에 안 들었어. 일주일 내내 그 녀석과 같이 있었던 건 아니지? 너한테 경호원이 있는 줄 알았는데?"

"내 경호원이 그 애 삼촌이야." 그 생각을 하며 난 잠시 입을 다물었다.

"네가 토우치 기술을 썼던 그 사람이지."

카이가 괴로운 듯 말했다.

"그 사람이 지금은 괜찮다고 말해줘."

"그는 괜찮아." 내가 대답했다.

"그렇지만 바이 요원은 네가 몬테고를 떠나서 상당히 화가 났어. 그건 위험한 행동이었어."

"몬테고는 하수인에 불과했어." 카이가 말했다.

"그자가 내게 로열리스트에 대해 말해 줬을 때, 난 빨리 생각해야 했어. 후계자를 막아야 한다는 걸 알았고 효과가 있었어. 세상은 안전해. 너도 안전하고. 마담의 남은 제국은 이제 전부 사라질 거야. 바이 삼촌이 여기 있다면 착한 쪽이 이긴 거 아닐까?"

카이가 미소를 지었다.

"맞아."

나도 웃어 보였다.

그는 거래를 막았고 연합 전체를 무너뜨렸고 PSS의 블랙리스트가 세계를 망가뜨리는 걸 막았다.

"그 소녀가 후계자라는 걸 어떻게 알았어?"

"네 덕분에. 누구도 과소평가하지 말라고 네가 가르쳐 줬잖아." 카이가 내게 손을 뻗었다.

실시간 중계 영상에서 그는 말을 많이 했고 셰이크에게도 그랬다. 난 카이만을 바라봤지만, 그 애의 눈동자는 소녀를 좇았다. 그때도 알고 있었다는 것이다.

"그 애한테 홀로썸은 언제 건네줬어?"

"싸움이 끝난 뒤 크사 두즈의 사막에서. 그러기 위해서 징그럽게 그 애를 만져야 했지만."

카이가 얼굴을 찡그렸다. 소녀의 몸을 쓸어내리던 카이이 손이 다시 머릿속에서 재생됐다. 지금 그 생각을 하니 웃음이 나왔다.

"그 애가 뭐라도 자백했어?" 카이가 물었다.

"응, 모조리." 내가 헛기침했다.

"그리고 노블, 음, 해커가 셰이크와 뮐러가 자백할 수 있게 도운 것 같아."

"노블?" 카이는 혼란스러워했고 살짝 거슬린 눈치였다.

"이번 주에 많은 일이 있었구나."

카이의 손이 내 손을 찾았다. 상처가 나고 거칠었지만 부드러웠다.

"네가 아는 것보다 더 많이."

지난 닷새 동안 난 한 남자애를 구하기 위해 튀니스로 왔다. PSS가 두 네트워크에 침투했고 쿠데타를 막았다. 홀로썸을 훔쳤다. 노블과 연락했다. 맨델과 드디어 재회했다. 진짜 헬리콥터를 몰았고 내 재능이 돌아왔다…. 카이가 날 떠날지 모른다는 것을 알게 됐다….

카이가 손깍지를 꼈다.

"너까지 끼어들게 해서 미안해. 그들을 좇을 땐 네가 올지 몰랐어."

"정의로운 일을 하는 건데 사과하지 마, 카이." 내가 말했다.

그리고 떨리는 입술로 물었다.

"네가 이다음에 뭘 원하는지 궁금해. 너한테 중요한 건 뭐야?"

"나한텐 네가 중요해." 그가 누운 채로 날 올려다봤다.

"다 나으면 너한테 갈 테니 해변에서 오랫동안 산책하자. 우리만의 계획을 세워야지."

"해변에서 오랫동안 산책하자고?" 난 속으로 기함하며 물었다.

"네 다음 임무는 어쩌고? 승진은?"

카이가 곧바로 벽으로 시선을 돌렸다.

"지금 그 이야기를 할 필요는 없어. 상관없으니까."

속이 너무 쓰렸다. 카이가 진짜 속내를 숨기고 있다고 숫자가 말해 줬다. 내게 상처 주고 싶지 않은 것이다. 어떻게 하면 그에게서 진실을 들을 수 있을까? 자신이 진정 원하는 걸 말해 주지 않으면 그의 꿈을 막은 사람이 내가 되어도 난 절대 모를 테지. 아니면… 난 입술을 어루만졌다.

아직 쓰지 않은 PSS의 기술이 하나 남았다. 절대로 쓰지 않을 거라고 장담했던 기술. 내가 이걸 쓰게 될 줄 상상도 못했다. 이 순간이 올 때까지는.

난 몸을 구부려 카이에게 키스했다.

CHAPTER 67

스웨이 세럼이 곧바로 효과를 발휘했다. 카이의 동공이 커졌다 작아지면서 말투가 어눌해졌다.

“골칫덩어리, 뭘 어떻게 한 거야? 방 안이 빙글빙글 돌아.”

“당연히 뭘 했지.” 난 농담조로 말했다.

“너한테 키스했잖아.”

카이가 웃었다.

“그거네. 날 압도하는 네 힘이 엄청나게 강하다는 걸 인정할 수밖에 없겠어.”

카이가 신음하면서 갈비뼈로 손을 가져다 댔다.

붕대를 감은 가슴에 조심스럽게 손을 올리니 속으로 그의 힘든 숨이 흉곽을 가로질러 부은 얼굴로 올라오는 것까지 고스란히 느껴졌다.

스웨이가 완전히 작동했지만 카이는 내가 들었던 증상을 버텨내며 집중을 놓지 않았다. 펜즈는 심한 두통이나 묵직한 숙취처럼 정신이 혼미해진다고 말했다. 카이가 이겨내는 점이 놀랍지 않았다. 그 애는 강하니까.

"카이, 뭐 하나 물어봐도 돼?" 그의 옆에 앉으며 말했다.

"뭐든지."

"요원이 된 이유가 뭐야?"

"그러면 네가 밤에 잠을 잘 수 있으니까." 카이가 삐져나온 내 머리카락을 손으로 만졌다.

"약속했잖아. 마담 같은 인간이 너한테 나쁜 일을 저지르는 세상에서 살게 하지 않겠다고. 난 항상 네가 안전하길 바라."

난 그의 손을 입술로 가져와 손가락에 입을 맞췄다.

"그것 말고도 더 있잖아. 부탁이니 말해 줘."

"왜 그래? 무슨 일이야?" 스웨이를 쓴 이 상황에서도 카이는 날 너무 잘 알고 있었다.

"네가 장기 위장 수사직을 제안받았다는 거 알아." 난 단도직입적으로 말했다.

"너한테 말하려고 했어."

그의 눈동자가 내게 초점을 맞추려고 애썼으나 가만히 응시하진 못했다.

"어떻게 알았어?" 카이가 고개를 흔들었다.

"중요한 건 그게 아니잖아." 내가 말했다.

"그냥 네가 뭘 원하는지 알고 싶어. 카이? 날 위해서가 아니라 널 위해서 말이야."

그는 스웨이를 이겨내려고 안간힘을 쓰면서 속에 담긴 말을 참았다.

"사랑해, 조."

"나도 알아." 이 애의 속마음을 꺼내기가 참 어렵다.

"그 이유 말고 다른 건?"

카이가 내 손을 꼭 잡았다. 이제부터 나올 말을 하고 싶지 않은 듯 눈이 돌아갔지만 어쨌든 흘러나왔다.

"네가 프랫에 있을 때, 레드가 네 재능을 가지고 네가 늘 꿈꾸던 운명을 찾으라고 알려줬던 거 기억해? 네가 생각하는 목표? 넌 그래야 한다는 거 알았잖아. 상처받더라도 평범한 삶으로 돌아가지 못한다는 거 알았잖아?"

난 슬픈 미소를 지었다.

"기억나."

"그 점이 내 인생을 바꿨어. 네가 내 인생을 바꿨지. 설명할 수는 없지만 네가 그렇게 할 때 나만이 구할 수 있는 목숨이 있다는 느낌이 들었어. 내가 용감하고 날렵한 이유가 바로 그거라고. 네 재능과 비슷하지만 보이지는 않아. 대신 내 안의 나침반이 길을 알려줬어."

카이가 길게 숨을 들이마시더니 머리가 무거운 듯 고개를 저었다.

"넌 내게 가장 큰 보물을 줬어, 조. 날 일깨웠지."

"케인 국장이 도착하기까지 5분 남았습니다."

K2가 경고했지만 내겐 더 이상 시계가 필요하지 않았다. 알려주기 전에 이미 알고 있으니까. 내가 기계를 이길 수 있다는 걸 아니 안심이 됐다.

K2의 말에 카이는 아랑곳하지 않았다.

"난 늘 세계를 구하고 싶었어. 그리고 충분히 이 일을 할 수 있다는 것도 알았지. 그렇지만 널 떠나지 않을 거야." 그가 어깨를 움츠렸다.

"1년에서 3년은…."

"케인 국장한테는 내가 가만히 앉아서 널 기다리고 있지 않는다고 말했잖아."

그가 이마를 짚었다.

"그 소릴 어떻게 들었어?" 카이가 상처받은 눈빛이 되었다.

우리의 대화는 공평하지 않다. 그는 지금 거짓말을 할 수 없지만, 나로 인해 그가 잘못된 결정을 내리길 바라지도 않는다. 내 숫자가 돌아왔으니 그가 원하는 것, 내가 원하는 것이 무엇인지 알아야 한다.

"넌 기다리지 않아, 조. 내가 기다리는 쪽이지. 널 위해서. 넌 내가 네 마음을 잘 읽는다고 생각하지. 그런데 난 늘 그런 식으로 행동해도 네 감정이 어떤지 모르겠어. 날 아끼는 걸 알아. 그렇지만…."

진심이 담긴 목소리가 날 마구 찔렀다. 내 진짜 감정이 어떤지 한 번도 말한 적이 없었다.

"조, 넌 모르겠지만 선택해야 하는 쪽은 너야. 지금도 네게 고민거리가 있는데 넌 그게 뭔지 나한테 말하지 않잖아."

카이가 내 손을 잡았고 커다란 갈색 눈동자가 날 쳐다봤다.

"그렇지만 네가 날 사랑하고 내가 이 일을 그만두길 바란다면 난 널 선택할 거야."

카이가 기침하고 힘들게 침을 삼켰다. 눈동자는 초점을 잡으려고 애썼다.

헬리콥터에 있을 때처럼 심장이 미친 듯 뛰었다. 카이는 진실을 말하고 있었다. 날 위해서라면 기꺼이 일을 그만둘 것이다. 카이는 백번도 넘게 증명했는데 그 모습을 어떻게 지켜본단 말인가? 이 애는 날 만난 뒤로 희생만 하고 있는데.

엄마와 함께 있던 옛날 우리 집의 침대 시뮬레이션이 떠올랐다.

"사랑하는 사람끼리도 서로를 위해 희생을 하기도 한단다."

카이를 쳐다보니 시간이 멈췄다. 그의 검은 눈동자가 내 안으로 가라앉을 때 가슴이 산산조각 났다. 카이는 내가 아는 가장 충실한 사람이다. 사랑하는 여자를 위해 모든 걸 기꺼이 포기할 준비도 되어 있다. 하지만 카이는 영웅이 될 운명으로 태어났다. 생명을 구하는 일이 그의 천직이다. 자신을 위해 이 일을 계속해야 한다. 그런 운명을 날 위해 포기하게 만들 수는 없다.

아무리 아파도 나도 그를 위해 희생할 때가 왔다.

재능 없이 보낸 3개월이 날 엄청나게 바꿔 놓았다. 노블과 보낸 일주일이 존재하는지조차 몰랐던 세계를 보여 주었다. 카이가 없는 앞으로의 1, 2년 동안 난 어떻게 바뀔까?

96초가 남았다.

"넌 별로 말이 없네. 지금 날 사랑하지 않는다고 해도…."

카이는 이제 완전히 풀어졌다. 그런 그가 내 심장 깊숙이 칼을 꽂았다.

"난 기다릴 거야. 날 살아있게 해 주는 사람이 너니까. 내 중

심은 너야."

난 그의 손을 꽉 잡았다. 카이의 눈동자가 의식을 잃지 않으려고 애썼다. 그는 엄청나게 강하다. 세상은 그를 필요로 한다. 나도 그가 필요하다. 그렇지만 처음으로 난 가슴속에서 그의 사랑이 가진 무게를 느꼈다. 금과 같다. 너무 순수하고 너무 현실적이다. 결국 내가 건널 수 없으리라 생각했던 한계 너머로 날 끌어 올렸다.

"카이." 뺨으로 뜨거운 눈물이 흘러내렸다.

"사실 난 널 사랑해. 아주 많이…."

그 말이 입 밖으로 나오자마자 내가 알지 못했던 자유가 날 무장 해제했다.

"사랑해, 카이." 난 그에게 몸을 기댔고 우린 서로 입술을 맞댔다.

그가 내 얼굴을 잡고 계속 입을 맞췄다.

"내가 정말로 듣고 싶은 말이었어."

우리의 키스는 댐처럼 모여 있다가 한꺼번에 개방되었다. 호흡 사이로 그의 심박을 느낄 수 있었다. 우리가 함께한 달, 날, 시간이 나타났다. 그가 날 선택한 기억과 날짜가 기록되고 파일로 정리됐다. 모든 그의 미소와 손길, 습관이 숫자로 정의되어 기록으로 남았다.

서로 사랑하는 두 사람은 아름다운 신비 그 자체다. 따를 공식은 없지만 사랑을 키우는 증거는 명백하다. 우리의 키스는 차츰 부드러워졌고 결국 그가 내 머리에 고개를 파묻고 잠들었다. 내가 할 일이 한층 분명해졌다.

K2가 다시 경고음을 냈다. 시간이 다 됐다.

"잘 있어, 카이." 난 흐르는 눈물을 닦았고 우리의 긴 해변 산책이 벌써 그리워졌다.

"사랑해."

그 세 마디와 함께 난 그를 세상에서 가장 행복한 사람으로 만들었다. 안타깝게도 내일이면 카이는 내가 그 말을 했다는 사실을 기억조차 못 하겠지만.

CHAPTER 68

∞

현실에는 당장 멈출 수 있는 빨간 버튼이 없다. 그래서 어려운 단계를 건너뛰지 못한다. 대신 직접 마주하고 고개를 들고 눈을 뜬 채 무한대의 작은 흔적과 혼돈 속의 질서를 찾아야 한다.

난 방을 나와 구급대원을 따라 서둘러 뒷문으로 갔다. 안전가옥을 나오니 차가운 사막의 공기가 느껴졌다. 노블이 날 기다리고 있었다. 어둠 속 횃불처럼, 마음의 연고처럼… 완벽한 폭풍처럼.

"왔구나."

그의 몸이 수치로 나타났다. 낮은 목소리가 속삭일 때 우리 사이의 주파수가 부딪히며 내 재능이 완전히 켜지고 살아 움직였다. 그 애가 날 쳐다봤고, 나도 그랬다.

난 눈물을 닦고 물었다.

"시뮬레이션이 자백받는 데 도움이 됐어?"

"응, 모조리 다. 이제 끝났어."

노블이 가까이 다가와 지프가 주차된 쪽으로 날 이끌었다.

"그리고 해리슨의 말이 맞았어. 테일러 대표가 날 찾으라고 형사들을 한 트럭 보냈어. 30분 안에 여길 떠나야 해."

난 고개를 저었다.

"미안해."

"카이는 어때?"

난 대답하지 않았다. 할 말이 모조리 목에 걸렸다. 그래서 입을 꾹 닫고 입술을 꽉 물었다.

노블이 인상을 찌푸리며 날 살폈다. 이렇게 될 줄 이미 알았다. 그저 카이가 날 떠날 거로 생각할 테지만….

노블이 팔로 날 감쌌다.

"다 잘될 거야."

그 말에 난 무너졌다. 그 애의 가슴에 얼굴을 파묻고 체취를 들이켰다. 이건 거짓말이다. 다 잘되긴 무슨. 지금 자기도 떠나면서…. 위로하는 말이라도 들으니 조금 나아진 것 같긴 하지만.

노블이 차 문을 열어줘서 올라탔다. 어디로 가는지 묻지 않았다. 그의 가족 캠프는 아닌 게 확실하다. 테일러 대표가 노블의 정체를 알았고 지금쯤 그곳을 뒤졌을 테니까.

노블은 조용히 운전하면서 말문을 열 적절한 순간을 계산했다. 우리는 해야 할 이야기가 너무 많다.

난 결코 우연을 믿지 않는다. 맨델 혹은 노블이 날 위해 이 순간만을 기다렸다는 건 당연하다. 그가 나와 같다면 그의 숫자도 가능성으로 요동치고 퍼즐 조각을 맞추면서 지난 일주일에 대해 정리하겠지. 하지만 숫자는 거기까지다. 한 사람의 영혼에 닿고 그 비밀을 공유할 수 없다.

그러나 숫자가 내게 이렇게 알려주었다. 노블에 대해 알아야 할 것이 더 있다고. 그는 내 새로운 재능처럼 미지의 영역이다. 그를 세심히 살피고 이해할 시간이 필요했다. 그런데 시간은 결코 우리 편이 아니었다.

기한은 닷새야.

그리고 그 기간은 끝났다.

노블은 운전대에 손을 올리고 전방만 주시했다.

"넌 어디로 갈 거야?" 내가 물었다.

"황야의 다른 안식처로."

그는 일부러 모호하게 말했다. 영리한 대처다. 내가 모르는 편이 나으니까. PSS가 추궁할 경우를 대비해서라도 난 알고 싶지 않았다.

고속도로 진입로 옆, 다른 밴이 주차된 곳에 그가 차를 세웠다. 누군가 운전석에 몸을 웅크리고 있었다.

"저 사람은 누구야?" 내가 물었다.

"콰다 삼촌이야. 테일러 대표가 호출했어. PSS가 모든 자료를 국토 안보국에 넘겼고, 삼촌에게 널 데려오라고 지시했지." 노블이 한숨을 쉬었다.

"그게 가능해?" 그가 여기까지 온 것만으로도 충격이었다.

"거동이 힘들잖아."

"삼촌은 네 생각보다 훨씬 강하셔."

우리는 차에서 내렸다. 노블이 밴으로 가 문을 열었다. 콰다가 내렸고, 여전히 술에 취한 사람처럼 비틀댔다. 노블이 아랍어로 뭐라고 한 뒤 그와 포옹하고 내게로 돌아왔다.

그는 지프 짐칸을 열어 빵빵한 가방을 꺼냈다.

"파라 이모가 네 짐을 챙겼어. 자, 네 시뮬레이션 안경도 받아."

그가 작은 칩을 꺼내 내 손바닥에 놓았다.

"이걸 PSS에 전해 줘."

"이게 뭔데?"

"테일러 대표가 옳았는지도 몰라. 난 사방을 해킹했지. 게다가 PSS 메인 서버에도 들어갔고, 다른 보안 파일도 봤어. PSS는 참 재미있었거든."

"해리슨이 말해 줬어." 난 칩을 쳐다보곤 주머니에 넣었다.

"PSS 팀이 작업 중인 여러 가지 문제에 대한 해결책이 칩에 담겨 있어. 그냥 돕고 싶어서 그래." 노블이 어깨를 으쓱였다.

"평범하게 굴려고 노력 중이야. 기억나지? 그것과는 별개로 테일러 대표에게 죄송하다고 말하고 해리슨에게도 작업물이 멋지다고 전해줘."

우리 주변의 모든 숫자가 날 옥죄어 부서뜨렸다.

"노블!" 내가 말했다.

"미안하다고 해야 하는 사람은 바로 나야. 네가 떠나야 하는 이유가 나 때문이니까. 바르도 박물관 옥상에서 내 귀걸이의 스마트 더스트를 썼을 때 넌 알았지. 그런데 왜 가만히 뒀어?"

그 애가 지금은 없는, 귀걸이가 있던 내 귓불을 만졌다.

"내 숫자와 너에 대해서 위험을 감수했어. 지금, 이 순간을 믿어야 했지. 네가 있는 그대로의 날 봐주고 믿어 줄 거라고…. 그리고 이제 그만 넌 날 보내야 해."

빗방울이 물웅덩이로 사정없이 떨어지듯 노블의 주파수가 요동쳤다. 내 재능이 건물들을 볼 때처럼 그의 숫자를 예측하려고 했으나 우리 사이에 흔들리는 감정은 수치화할 수 없었다. 그래서 두려웠다.

우리는 그의 지프로 걸었다.

"내가 붙잡히길 바라지 않으면 그만 가봐야 해." 그가 이를 악물었다.

"맨델. 내가 다 망쳤어…."

머릿속이 안개로 자욱했다. 난 카이를 사랑하기에 모든 것이 뒤죽박죽되었다. 그런데 내가 이 애한테 느끼는 감정은 뭘까?

숫자가 무미건조한 말투로 내게 혼란은 최악의 실수를 만들고 성급한 결정은 일반적으로 잘못될 확률이 높다고 말했다. 그러나 그 애의 체취, 훈제와 카르다몸 냄새는 카이에게 작별을 말한 나의 고통을 다스릴 연고가 되어 주었다. 재능이 있어도 난 분명하게 생각할 수가 없었다. 이 애는 맨델이다. 내 과거부터 현재가 마구 튀어나와 위험한 질문을 만들어 냈다, 혹시 이 감정은? 내가 무슨 생각을 하는지 모르겠다. 모든 감각이 피부 끝에서 불안하게 날이 섰다. 다시 노블을 볼 수 없으면 어쩌지?

난 가까이 다가가서 노블의 허리를 감쌌다. 그리고 눈을 쳐다봤다. 우리의 눈이 강렬한 전투 속에서 하나가 되었고, 숫자들이 노래를 부르며 카이를 잃는 내 상처와 맨델을 찾은 즐거움이 충돌했다. 당혹함과 상처가 난폭하게 날뛰는 통에 제대로 생각할 수가 없다. 지금 알 수 있는 거라곤 노블의 턱, 입술뿐이었고 내 손가락이 이내 그의 목을 감쌌는데도 머릿속에선 카이의 모습이 등장했다. 내가 뭘 하는지 모르겠다.

노블이 길게 숨을 내쉬고 내 손을 치웠다.

"조."

방정식이 그의 힘이 움직이는 방향이 바뀌었다고 알려주었다. 그는 자제하고 있다.

"넌 정말 날 힘들게 하고 있어."

"밤새 머릿속에서 질문이 떠나지 않았는데…." 내가 속삭였다.

"나도 마찬가지야. 하지만…."

"하지만 뭐? 이건 뭔데?" 난 우리 둘 사이를 가리키며 분명한 교감을 알렸다.

"우리의 과거. 우리는 막 서로를 찾았고…."

"조."

그가 부드러운 목소리로 내 머리카락을 귀 뒤로 쓸어 넘겼다.

"열세 살 때부터 네게 키스하고 싶었어. 처음 우리가 대화를 나눈 이후로 널 사랑했고…. 하지만 난 때를 기다렸어. 지금 네 머리는 너무 복잡하고 나만 그 속에 있는 것이 아니잖아. 명예가 없으면 실패한 거나 마찬가지야. 난 우리 관계가 그렇게 무너지는 위험을 감수하고 싶지 않아. 이미 너무 오래 기다렸지만 올바른 시기가 올 때까지 좀 더 기다릴 수 있어."

얼굴에 열이 올라 머리를 뒤로 넘겼다. 그리고 시선을 바닥으로 내려 우리 발 옆 모래 위에 놓인 조약돌 열여섯 개에 집중했다. 대체 난 무슨 생각이었지?

"네 새로운 재능을 이해할 시간이 필요할 거야." 그가 말했다.

"이제 상황이 달라지겠지. 그리고 내가 인정하고 싶든 아니든 넌 네가 원하는 게 뭔지 파악할 시간이 필요해."

그는 카이 이야기를 하고 있었다….

노블이 발로 모래를 팠다.

"조. 카이가 널 사랑하는 건 골칫거리와 위험 때문이라고 내가 말했었지." 그가 단호한 눈빛으로 말했다.

"그건 사실이 아니야. 그 애가 모래 위에 네 이름을 쓰는 걸 스물두 번 봤어. 자면서 네 이름을 속삭이는 걸 여덟 번 봤고. 그에게 넌 단순한 골칫덩어리가 아니야. 어디에 있든 그의 마음속에는 네가 있을 거야."

속에서 가슴이 마구 부서져 내렸다.

"지금 그 말을 해 주는 이유가 뭐야?"

"올바른 시기에 네가 날 선택해 주길 바라니까. 내가 기꺼이 감수해야 하는 위험이고."

노블이 팔을 뻗어 날 가까이 당겼다. 그의 가슴에 얼굴을 묻었다. 낯설고 동시에 익숙했다. 이 감정이 뭘 의미하는지 모르고 시간은 내게 야속하게 굴었다.

"널 어디서 찾을 수 있을까?" 내가 물었다.

그의 따뜻한 입술이 내 이마에 키스했고, 그의 손이 내 팔을 타고 내려오더니 손을 치웠다.

"별에 다 쓰여 있잖아, 조."

노블이 차에 올라타고 문을 닫았다. 그가 떠나고 우리의 주파수가 희미해져 먼지만 남을 때까지 지켜보았다. 10분 뒤 엔진이 으르렁거리는 소리가 났다. 콰다가 내게 신호를 보냈다. 덕분에 튀니스로 돌아가면 이제 테일러 대표와 대면해야 한다는 점을 깨달았다.

난 밴으로 향했다.

콰다가 비틀거리며 나왔다.

"이제 돌아가야지." 그는 아직 목소리가 제대로 나오지 않았다.

반쯤 감은 눈에 구부정한 그를 향해 난 고개를 저었다.

"운전 못 하잖아요. 최소한 한두 시간은 더 쉬어야 해요."

"넌 내 책임이야. 내 임무라고. 널 데려다줄 거야."

그는 똑바로 걸으려고 했지만 실패하고 얼른 차 문을 잡았다. 노블의 말이 맞았다. 콰다는 강인하고 패배를 인정하지 않는 사람이다.

"날 데려다줄 수 있어요. 대신 내가 운전할게요."

난 그를 지나쳐 운전석에 앉아 안전벨트를 맸다.

"타세요."

"넌 길을 모르잖아."

난 밤하늘을 올려다보고 씩 웃었다. 좌표가 쭉 나열되어 속도와 거리도 이미 계산을 마쳤다.

"머릿속에 지도가 있고, 당신은 날 막을 수 없어요."

콰다는 누군가에게서 그 소리를 들어봤다는 듯 슬쩍 웃는 눈초리로 날 봤다. 더 이상 언쟁 없이 그는 조용히 뒷좌석에 올라 그대로 뻗어 버렸다. 백미러를 살폈으나 그가 이미 눈을 감고 있어서 시선을 마주할 수 없었다. 그의 입가에 능글맞은 미소가 어렸다.

"당신의 목표가 곧 내 목표예요."

CHAPTER 69

튀니스로 돌아가는 길은 프랙털, 질문, 꿈의 여정이라고 할 수 있다. 나이를 한 살 더 먹고 키도 2.5센티미터 커진 사람처럼 난 시야가 달라져 마침내 위에서 내려다볼 수 있게 된 것 같았다.

주변 방정식이 달라지면서 아직 이해하지 못한 것들을 가리켰다. 그러므로 아직 배울 것이 많았다. 나는 현실을 거꾸로 읽는 법을 배워 이해하려고 하는 어린아이가 되었다.

레드의 말이 맞았다. 매년 우리가 원하든 그렇지 않든 한 겹씩 층이 싸이고 자란다. 그러면서 더 나아지는 이치다. 우리는 성장하도록 만들어졌다. 가끔 그 과정에서 철 지난 잎사귀를 버리듯 관점을 잃어버리기도 한다. 그래서 잎이 다시 자랐을 때 제철에 맞게 새롭고 생동감이 넘치는 것이다. 어쩌면 그런 이유로 보물이 땅에 묻혀 있는 건지도 모르겠다. 직접 파내야 하니까. 몸을 구부려도 보이지 않지만 거기 있다고 믿어야 한다. 가끔 손을 더럽힐 수도 있다. 자신을 낮춰야 하지만, 레드는 진정한 겸손이 늘 최고의 자리를 얻게 해 준다고 입버릇처럼 말했다.

∞

7시간 9분 뒤, 푸른빛이 도는 검은 하늘이 분홍과 보랏빛으로 바뀌면서 튀니지의 수도 하늘 위로 여명이 밝았다. 오는 내내 자고 있던 콰다가 깼고, 이제 안정을 찾았다. 그가 조수석으로 옮겨 탔다.

"물 있어?" 그가 물었다.

"입안이 사막처럼 말라비틀어졌어."

노블이 챙겨둔 것이 분명한 물병을 그가 찾았다. 길게 여러 모금 들이키고 잠시 후, 드디어 다시 입을 열었다.

"너랑 같이 시애틀로 돌아가지 않을 거야. 테일러 대표가 그럴 필요가 없다고 했거든."

커다란 덩치를 슬쩍 살피니 그와 작별한다는 생각에 가슴이 아려왔다. 콰다는 노블을 제외하고 이번 여정에서 벌어진 일을 제대로 알고 있는 유일한 사람이었고, 노블이 날 어떻게 생각하는지 아는 사람이었다. 내 일부는 파라의 텐트로 돌아가 따뜻한 민트 티를 마시고 오렌지와 올리브도 먹고 싶어 했다. 하지만 난 시애틀로 돌아가야 한다. 혼자서.

"노블은 어디로 갔을까요?" 내가 물었다.

콰다가 창밖을 쳐다봤다.

"절대 말해 주지 않았어. 자리 잡는 대로 괜찮다고 연락이 오겠지."

"절 찾을까요?" 난 운전대를 잡고 도로만 쳐다봤다.

"나랑 사는 동안은 널 찾으려고 애썼지." 그가 씩 웃었다.

"확률은 뭐라고 하는데?"

난 빨간 불에 속도를 늦추며 미소 지었다.

"그게 네가 바라는 거야?" 콰다가 물었다.

"저도 스스로에게 같은 질문을 하는 중이에요. 잘 모르겠거든요."

"그래서 그 애가 너한테 시간을 준 거란다. 노블은 반쪽짜리 가슴으론 아무것도 하지 않거든."

그 말이 사실이라고 믿기에 난 고개를 끄덕였다. 콰다는 내가 고개를 떨군 걸 눈치챈 것이 분명했다. 그가 내 어깨를 꽉 잡았다.

우리는 카스바로 갔고 난 뒤편에 차를 세웠다.

"그동안 고마웠어요, 콰다."

"민 기르 미지야(Min gheer mziyya 고맙긴, 우린 친구잖아), 언제든 연락해." 그가 말했다.

그리고 그는 내 등에 손을 올리고 같이 걸으며 날 다르 알자이툰으로 안내했다.

테일러 대표가 입구에서 우릴 맞아주었다.

"잘 돌아왔어." 그녀가 콰다에게 몸을 돌렸다.

"잘해 줬어요. 다른 경호원들과 회의실에서 임무 보고를 할 때 봐요."

콰다가 고개를 끄덕이고 천천히 복도를 따라 걸었다. 테일러 대표가 날 쳐다봤다.

"콰다에게 무슨 일이 있었던 거죠? 꼭 트럭에 치인 사람처럼 보이는데."

"자기 임무를 수행했을 뿐이에요…."

나도 모르게 하품이 나왔다. 장기간 운전의 여파가 몰려왔다. 눈이 무겁게 충혈되어 따끔거렸다.

내가 지친 걸 테일러 대표가 알아차렸다. 여러 가지 방정식이 그녀가 내 어깨에 손을 올릴 거라고 알려 주었다. 난 움직이지 않았다. 숫자들조차 어머니의 따뜻한 손길을 좋아했으니까. 그녀의 손이 어깨로 와서 날 가볍게 잡았다. 잠자코 받아들였다. 적어도 그녀는 날 아직 PSS에서 자르진 않았다.

"우린 3시간 뒤에 비행기를 탈 거예요. 가서 짐을 싸고 쉬어요. 자세한 이야기는 시애틀에서 듣기로 하죠."

난 조용히 더블룸으로 걸어갔고 다르는 이제 완전히 다른 공간이 되었다. 바닥의 모든 타일이 살아나 숫자의 패턴과 색을 알려주었다. 집 안 모든 모자이크가 먹음직한 연회처럼 기하학적 등식을 한 상 차려냈다. 그리고 아직 이해하지 못하는 새로운 수학, 측정치가 주변을 에워쌌다. 헬리콥터에 있을 때처럼.

방으로 들어갔지만 짐을 쌀 기운이 없어서 그대로 침대에 널브러졌다. 그때 문에서 크게 노크 소리가 났고 대답도 하기 전에 팀원들이 우르르 들어왔다.

펜즈가 바게트와 채소볶음, 해리사를 테이블 위에 내려놓았다.

"배고프지?"

"피곤해."

향신료의 진한 풍미가 방 안을 채웠지만 난 그저 별이 보이는 사막 텐트로 돌아가고 싶은 마음뿐이었다.

"너흰 어때?"

"우리가 평소 하던 일은 아니었어." 펠리시아가 말했다.

"그래도 튀니지 정부는 안전해. 선거도 잘 끝났어. 온라인도 정상 가동 중이고. 우리가 그쪽 보안 시스템을 업데이트했어. 그런데 우리가 걱정하는 건 그게 아니야. 우린 너랑 나사 티퍼에 대해 알고 싶다고."

난 슬쩍 해리슨을 살폈다.

"저기…." 그 애가 말했다.

"난 최대한 비밀을 지켰어. 테일러 대표님이 알게 되면서 소문이 퍼진 거야."

너무 피곤해서 신경 쓸 여력이 없었다. 난 한숨을 쉬고 말했다.

"그 애가 너희의 모든 작업이 인상적이었다고 전해달래. 특히 해리슨 너한테."

"나 말이야?" 해리슨이 환하게 웃었고 반짝이는 눈동자가 저 멀리 어딘가를 바라보았다.

"구체적으로 말해줘. 지금 당장." 펜즈와 펠리시아가 침대로 와 내 옆에 앉았다.

"그 애는 실제로 어땠어?"

난 하품하고 침대에 누워 환하고 근사하며 복잡한 남자애를 생각했다. 그가 어떻게 내 인생에 개입하고, 내 하늘을 밝히고, 얼마나 빨리 퇴장했는지.

"꼭 번개 같아."

CHAPTER 70

워싱턴 주, 시애틀

밤 11시에 공항에 도착했더니, 나를 제외한 팀원들 가족 모두가 마중 나와 있었다. 테일러 대표의 표정을 보니 의도적이라는 걸 알 수 있었다.

그녀가 팔로 내 어깨를 감쌌다.

"내가 집에 데려다줘도 되냐고 제이슨에게 물었어요."

난 고개를 끄덕였고, 우리는 주차장에 있는 그녀의 차로 갔다. 차에 오른 뒤 곧 저녁 정체 한가운데로 들어섰다.

처음에는 둘 다 아무 말도 하지 않았다. 난 테일러 대표가 백미러를 확인하는 횟수와 차선 변경 횟수를 세고 속도를 내는 추이의 패턴을 살폈다. 느린 차선에서 움직이고 멈추기를 7분간 반복하다 마침내 그녀가 입을 열었다.

"사막에서 무슨 일이 있었는지 말해 줄 거죠?"

난 지나가는 건물의 숫자를 세면서 어깨를 으쓱였다.

"카이와 블랙리스트는 안전해요. 후계자와 그녀의 공모자들은 체포되었고, 선거는 잘 끝났고 급진주의자들은 더 이상 없으니…."

그러다 가슴에 붕대를 감은 카이의 모습과 고속도로 진입로에서 작별을 고하던 노블이 생각났다.

"그것 말고는 딱히 드릴 말씀이 없어요."

테일러 대표의 얼굴이 일그러졌다.

"기록과 말이 다른데. 당신 손가락에 그대로 있어야 하는 핑거팁스 열 개가 다 없어졌어요. PSS의 기술인 K2의 테이저건이 소진됐고, 호신용 귀걸이도 사라졌다고 하던데."

내가 눈썹을 치켜올렸다.

"격한 활동이 살짝 있었거든요."

고개를 끄덕이는 그녀에게 강인한 인내심과 자제력이 자리를 잡았다.

"어제 콰다의 얼굴이 그 점을 증명해 주었죠." 그녀가 한숨을 쉬었다.

"당신은 어때요? 튀니스를 나선 뒤로 말이 없는데. 괜찮은 건가요?"

우리는 웨스트 시애틀 브리지 쪽 출구로 나가 알카이 비치로 향했다.

이제 난 더 이상 감정을 숨기는데 능수능란하지 않은가 보다. 테일러 대표가 뭔가 혹은 전부가 바뀐 걸 알아차렸다.

"경우에 따라서는요."

"어떤 경우?" 그녀가 고속도로에서 나오며 물었다.

난 몸을 돌려 그녀를 쳐다보았다.

"노블의 정체를 가지고 어떻게 하실 생각이세요?"

대표가 누그러지며 한숨을 쉬었다. 이후 12분간 우리는 말없이 달리기만 하다가 우리 집 길가에 들어선 다음, 바닷가 집 앞에 주차했다. 현관에 불이 켜져 있다. 주방과 차고에도 불빛이 아른거렸다. 다들 깨어 있고, 날 기다리는 것이다.

"노블이 어디로 갔는지 당신은 모르는 거죠?" 테일러 대표가 물었다.

"네! 하지만 그 애가 대표님에게 이걸 전해달라고 했어요." 난 배낭 주머니에서 칩을 찾았다.

"그 애는 법을 어겨서 도망친 것이 아니에요. 그 애는 착하고 보호받아야 마땅할 천재예요. 그저 도와주려고 그랬던 거라고요."

테일러 대표의 어머니 같은 눈동자가 내가 그를 두둔하는 방식을 놓치지 않았다.

"그래서 그는 당신을 도와줬나요?" 그녀가 내 재능에 관해 물었다.

숨을 들이마시자, 숫자들이 그녀의 모든 곱슬머리, 꽃무늬 셔츠의 패턴, 우리 안과 주변의 프랙털을 분석했다. 난 차에서 집까지 새로운 눈금과 측정치를 입력하느라 좀 지체했다. 진동과 주파수가 말하고 내가 아직 이해 못 한 일련의 방정식이 계속 흘러나왔다. 언젠가 그녀에게 모든 걸 말할 거지만 오늘 밤은 아니다.

"맞아요. 그 애는 내가 배울 게 아주 많다는 걸 보여 주었어요."

손 밑 가방에서 시뮬레이션 안경이 느껴졌다. 더 이상 필요 없지만 돌려줄 마음의 준비가 되지 않았다. 노블이 날 위해 3단계에 뭘 프로그램해 두었다. 언제 내가 그걸 볼 준비가 될지 아직 모를 뿐이다.

테일러 대표가 날 살폈다.

"조, 난 산호초 해커, 노블 애덤스에 관한 정보를 사이버 아일랜드에 봉인하기로 했어요."

난 눈을 번뜩였다.

"고맙습니다."

그녀가 숨을 골랐다.

"해 줄 말이 있어요. 좀 과거의 이야기예요." 그녀가 한 옥타브 낮은 목소리로 말했다.

"당신은 믿을 수 있는 사람이에요. 내 과거를 궁금해 한 걸 알고 있어요." 그녀가 무릎 앞에 손을 포갰다.

"처음 PSS를 시작했을 때 우리는 정부와 특별한 파트너십을 맺고 아주 복잡한 사건을 다뤘어요. 이번 튀니지 건처럼 말이죠. 우리 측 천재들이 1년에 200건이 넘는 문제를 해결했어요. 당시에도 당신처럼 뛰어나고 용감한 소녀가 있었어요. 하지만 당신과 같은 인생 경험이 없었기에…."

그녀가 침을 꿀꺽 삼켰다.

"그녀가 프로토콜을 따르지 않아서 우린 그녀를 잃고 말았어요. 지금 그 이야기를 깊이 파고들 필요는 없지만, 그 이후 해당 팀을 폐쇄했고 오로지 선의와 번영을 가져다주는 프로젝트에만 몰두했어요. 작년에 정부에서 그 특별팀을 부활시키라고 요구해 왔죠."

그녀는 필터를 거치지 않고 말하고 있다는 듯 잠시 멈췄다.

"정부에는 뭐라고 대답했어요?" 난 모든 조각을 모으며 물었다.

"우리 측 천재 일부는 그런 일을 다시 할 수 있을 거라고 믿지만 그들을 이끌 재목을 찾지 못했다고 말했어요."

그녀가 날 뚫어져라 쳐다봤다.

실시간 중계와 손가락 폭탄, 사막의 결투가 생각나면서 이것이 그에 대한 대답이자 질문이라는 점을 깨달았다. 내가 아직 탐험할 준비가 되지 않은.

"절 믿어 줘서 고마워요."

난 대답했고 내 마음은 숫자, 가능성, 기억의 바다에 깊이 잠겼다. 어쩌면 거기 보물이 있을지도 모르지만, 지금은 거기까지 갈 만큼 숨을 오래 참을 수가 없었다.

"아직 준비되지 않았어요."

"이해해요. 그럼, 월요일에 볼까요?" 그녀가 말했고, 난 고개를 끄덕였다.

"제이슨에게 내 안부를 전해 줘요. 알다시피 그는 멋진 사람이니까."

난 트렁크에서 작은 가방을 꺼내 집으로 향했다. 자물쇠에 열쇠를 넣고 문을 열었다. 부산한 포옹과 괜찮은지 확인하느라 정신이 없을 거라 예상했는데 마라 언니만 나와서 날 맞아주었다.

"잘 돌아왔어, 동생." 언니는 졸린 눈이었지만 날 포옹해줬다.

"전화로 했던 이야기는 다 괜찮은 거야?"

난 입술을 깨물었고 언니는 내 얼굴을 보고 인상을 찌푸렸다.

언니가 한숨을 쉬었다.

"할 이야기가 많구나."

"응, 그렇지만 아침에 해. 늦었잖아." 내가 말했다.

"릴리와 아빠는?"

"릴리는 컬런과 같이 있어." 언니가 눈썹을 들어 올렸다.

"작년과 비교하면 릴리는 이번 주에 더 많은 자유를 얻었지. 너한테 고마워하고 있어. 아빠는 차고에서 새로운 취미에 몰두 중이셔. 널 기다리고 계실 거야."

짐을 내려놓으려고 내 방으로 가면서 난 아빠 방을 지나치다가 놀라 입이 턱 벌어졌다. 노블의 기술 텐트처럼 바뀌어 있었다. 이 장비들을 다 어디서 구했지? 내가 없는 동안 어떻게 설치한 거지? 그리고 왜?

재빨리 차고로 가 문을 활짝 열었다가 순간 그 자리에 얼어버렸다. 아빠가 천장에 매달아 놓은 샌드백을 치고 있었다. 차고는 작았지만, 꼭 카이가 수련하던 다오창을 방불케 했다. 숫자가 새로운 정보를 입력했는데도 난 오로지 아빠만 신경 썼다.

발그레하게 달아오른 뺨, 곧은 걸음걸이, 쭉 편 어깨와 높게 든 턱…. 아빠의 눈동자는 다시 빛나고 있었다. 내가 태어나기 전 엄마가 사랑에 빠졌던 그 눈빛에는 수백만 달러의 회사를 세웠던 원동력이 담겼다. 온몸에 소름이 돋았다. 내가 중국에 가기 전, 사업을 하던 아빠의 모습이었다.

"아빠?" 아빠가 다가오는 모습을 보면서 난 웃었다.

"제가 없는 동안 무슨 일이 있었던 거예요? 저 방은 어떻게 된 거예요? 차고는 또 무슨 일이고요?"

"이제 변할 때가 되었지." 아빠가 땀에 젖은 상태로 날 끌어안았다.

"오래전에 아빠랑 같이 사무실에서 일했던 거 기억나니?"

난 고개를 끄덕였다.

"성공이 저 멀리 있지 않다고 네게 말했었지." 아빠가 밖을 가리켰다.

"성공은 바로 여기서 시작하는 거야." 아빠가 가슴을 두드렸다.

"드디어 그 생각이 다시 떠올랐단다."

다시 날 포옹한 후 우리는 집으로 들어가 주방으로 갔다. 아빠가 전기 주전자의 전원을 켰다.

"네 여행의 자잘한 부분까지 다 말해달라고 하지 않기로 마음먹었단다. 네가 알려주고 싶은 것만 들려주렴."

충격을 받았지만 기뻤다.

"우리 아빠는 대체 어디로 사라졌어요? 조셉 리버스 씨 맞으세요?" 난 웃었다.

숫자들이 날뛰었다. 사람이 날 놀라게 하는 건 오랜만이었다.

"사무실 먼저 설명해 주셨으면 해요."

어릴 적 아빠의 사업 회의에 참여하기 시작했을 무렵처럼 책상 두 개가 나란히 놓여 있었다. 당시 난 뭘 할 수 있는지 감이 없었다.

아빠가 머그잔 두 개를 꺼내면서 씩 웃었고, 기쁘게도 민트티 티백을 넣은 뒤 뜨거운 물을 부었다.

"다시 일할 생각이야." 아빠가 눈을 반짝이며 말했다.

"다시 일하실 필요가 없잖아요."

내 말은 우리가 저축해 둔 돈을 의미하는 것이 아니었다.

"너도 잘 알겠지만, 인생이란 일이 전부가 아니야. 주어진 재능을 어떻게 활용하느냐지. 그리고 난 내 본연의 모습으로 돌아갈 때가 되었어. 아빤 사람들을 돕곤 했었지, 기억나니?"

가슴속에서 뿌듯함이 솟아올랐다. 엄마가 알면 얼마나 기뻐할까.

"그러니까 저더러 다시 같이 일하자는 거예요?"

"아니, 아빤 널 위해 일하고 싶단다." 아빠의 목소리 속 에너지가 주방을 가득 채웠다.

"지금 구상하고 있는 아이디어에 대해 들려주고 싶구나. 이제 새로운 시절이 찾아왔어, 조."

아빠의 말에 신났지만, 그 말이 맞다고 생각하니 어쩐지 서글펐다. 새로운 시절…. 카이가 없는 내 삶. 그는 곧 임무 때문에 멀리 떠날 것이다. 그리고 노블은 숨을 곳을 찾아 지구 어딘가로 떠났다. 난 수천 개의 숫자를 가지고 여기 있지만, 해답은 없다…. 목에 뭔가 걸린 느낌이 들어 의자에 푹 주저앉았다.

아빠가 금방 알아차렸다.

"무슨 일이니?"

어떻게 대답해야 할지 몰라서 고개만 저었다. 그저 아빠의 말을 듣고 새로운 소식에 기뻐하고만 싶다. 그리고 재능이 돌아왔고 집에 오는 길에 모든 차와 비행기의 경로를 계산했다고 알려주고 싶다. 하지만 튀니지에서 있었던 모든 일 때문에 목이 멨다.

아빠가 의자를 당기고 내 무릎에 손을 올렸다. 아빠는 완전히 내게로 몸을 돌렸다.

"음…." 아빠가 말했다.

"보아하니 이성 문제구나."

"어떻게 아셨어요?" 내가 물었다.

"넌 모르겠지만 이성 문제는 이 아빠가 전문가야."

아빠가 어깨를 으쓱이고는 차분하고 따뜻한 눈빛으로 날 쳐다보았다.

시뮬레이션에서 엄마가 했던 말과 심지어 마라 언니의 조언까지 떠올라 난 웃으며 고개를 저었다. 그리고 길게 숨을 들이마셨다.

"한 시간 정도 괜찮으세요?"

아빠는 이미 내 손에 머그잔을 놓았다.

"너한테라면 밤새도 괜찮단다."

CHAPTER 71

워싱턴 주, 웨스트 시애틀, 리버스 가족의 집

5일 뒤….

지금은 시차증이 정말 고맙다. 새벽 3시, 모두가 잠들었지만 난 아니다. 사방이 고요하고 따뜻하다. 이 집에 산 지 128일이 지난 뒤 처음으로 여기가 집처럼 편하게 느껴졌다.

휴대전화의 전원을 끄고 침실로 들어갔다. 걸려 오는 전화를 받지 않으려고 그런 것이 아니다. PSS에서는 이미 내 번호를 바꾸고 보안도 업그레이드했다. 전원을 끈 이유는 차마 카이와 내가 찍은 사진, 동영상 메시지를 볼 수 없어서다. 그 애는 벌써 더 스트리트에 내가 남긴 작별 편지를 찾았다. 우리가 각자 원하는 것이 무엇인지 파악할 수 있도록 떨어져 있는 시간이 필요하다고 적었다. 날 찾아오지도, 연락도 하지 말라고 했다. 그렇게 한다면 내가 너무 힘들어서 결국 모든 걸 다시 생각해 볼 테니까. 당연히 카이는 연락했다. 머릿속에서 모든 방정식이 고함을 질러댔지만 난 받지 않았다.

카이는 심하게 상처받았다. 느낄 수 있었다. 아직 이해할 수 없는 내 재능의 새로운 일부가 한 번도 경험하지 못한 방식으로 알려 주었다. 이유는 모르지만, 그 역시 특별한 방식으로 내 고통을 느낀다는 걸 알았다. 그래서 상황이 더 힘들어졌다.

내가 카이를 놔줄 수 있을지 모르겠다. 그 애의 얼굴, 체취, 말들이 항상 나와 함께 있다. 레드처럼 그 애도 날 이해해 주었다. 어둠 속에서 날 찾아 빛으로 이끌어 주었다. 카이는 우리가 확률을 이길 수 있다고 믿었다. 절대 내 곁을 떠나지 않겠다고 약속했다. 그를 놔주는 건 내가 감수할 위험이었다. 우리 두 사람 모두에게.

그는 내가 왜 이런 식으로 자신을 떠나는지 이해하지 못했다. 하지만 나중에라도 자신의 결정을 후회하지 않길 바란다. 어쩌면 그때쯤 나도 이해할 수 있을지 모른다. 내 숫자조차도 카이가 이 일을 계속해야 한다고 파악했으니.

사실 난 내가 뭘 바라는지, 지금 내게 일어나는 일을 이해할 시간이 필요하다. 내 재능은 완전히 새로운 수준으로 작동하고 있다. 날마다 새로운 등식이 날 어리둥절하게 만든다. 무슨 의미인지 모르겠지만 앞으로 나가기 전에 파악해야 한다는 사실은 안다. 너무 많은 질문이 있고, 대답해 줄 사람은 단 한 명뿐이다…. 노블, 다른 누구도 볼 수 없는 방식으로 날 알아봐 준 소년. 그는 내가 풀어야 하는 또 다른 방정식이다….

내 손에 시뮬레이션 안경이 들려 있다. 노블이 프로그램해 둔 3단계가 날 유혹했다. 해볼지 말지 두고두고 갈등했다.

모래사장과 퓨젓사운드가 보이는 집 뒤뜰로 나왔다. 두꺼운 담요가 깔린 데크 의자에 앉아 파도 소리를 들으며 아름다운 숫자와 새로운 진동, 주파수가 파도와 함께 나란히 들어왔다가 해변에서 부서지는 모습을 계산했다.

고개를 들었다. 맑은 밤하늘의 별들이 비밀을 감춘 채 날 놀렸다. 반짝이는 저 별들은 에너지를 방출하며 노블이 날 보고 있음을 알려 주었다. 이유는 모르지만, 그가 하늘에 무언가를 적어놨다는 걸 난 알고 그의 머리가 빛의 속도로 계산한다는 것도 안다. 그의 별 코딩이 생각났다. 전문가들은 코드가 너무 복잡해서 아직 읽는 법을 배울 사람이 없다고 했다. 뭐라고 적혀 있는지 궁금해졌다. 우리의 교감과 그가 자신의 감정을 더 일찍 말했다면, 어떻게 되었을지도 알고 싶다. 또한 그 애가 어디 있는지도 궁금하다.

그런 마음이 속에서 요동치는 걸 느끼며 난 시뮬레이션 안경을 썼다.

"K2, 3단계를 틀어 줘."

∞

서리 같은 바람이 내 귀와 뺨에서 부스럭거렸다. 코끝이 차가웠고, 숨을 들이마시자 신선하고 찬 공기가 감각을 깨웠다. 소금기가 느껴지지 않는다. 산꼭대기와 소나무가 떠올랐다.

눈을 뜨니 흰 언덕이 쭉 펼쳐져 있었다. 사방이 나무 천지인데 모조리 아름다운 흰 가운을 걸쳤다. 하늘은 두꺼운 회색으로 눈을 흩뿌렸다.

난 장갑을 끼고 롱패딩을 입었다. 부츠를 신은 발이 너무 따뜻해 이보다 더 아늑할 수가 없었다. 눈 꽃송이가 주변으로 떨어졌다. 난 입을 막고 킥킥거렸다. 수년간 눈을 보지 못했다. 이건 노블이 준 선물이다.

눈송이는 어릴 때 봤던 것보다 훨씬 컸다. 손을 뻗어 장갑 위로 떨어지는 모습을 지켜보았다. 난 웃으며 혀로 맛보려고 입을 열었다.

영원히 이 속에 있고 싶었다. 바닥에 누워 팔다리를 휘저으며 대굴대굴 굴렀다. 눈을 덩어리로 뭉쳐 아주 크게 만들어 언덕 아래로 굴려도 봤다.

이곳엔 위험한 것이 없다고 노블이 말해 준 덕분에 마음껏 눈 속에서 뒹굴었다. 저 앞 나무 아래 작은 테이블로 이어지는 눈 덮인 길이 보였다. 테이블 위에 램프가 켜져 있고 보온병과 머그잔 두 개가 놓였다. 혹시 노블이 올까 기대하며 주변을 살폈다. 그렇지만 아무도 없었다.

난 머그잔으로 액체를 따랐다. 살짝 짭조름해서 더 완벽하게 달콤한 핫초코다. 두 번째 머그잔 아래 메모가 놓여 있길래 집어 들었다.

숫자야. 난 항상 너한테 10억 개의 눈송이를 선물하고 싶었어.

지금 네가 프랙털을 먹으며 즐기고 있길 바라. 네가 맛볼 수 있는 가장 복잡하고 무한한 예술작품이니까.

맨델로부터

다시 목이 메었다. 그 애는 튀니스에 있을 때 자신의 정체를 털어놓을 계획이었다. 난 눈 내리는 공기를 잔뜩 들이마시고 핫초코를 음미했다.

네가 바라는 것이 뭐니? 콰다가 내게 물었다. 나도 모르지만, 노블과 내가 어떤 관계인지 이해하기 전까진 앞으로 나갈 수 없다. 나무 사이를 스치는 바람에 눈길이 갔다. 진동과 숫자가 모든 나무, 거리, 세부 사항을 살폈다. 난 기운을 차렸다. 이 시뮬레이션은 모든 요소가 완벽하게 배치되어 있다. 나무 아래 테이블. 눈에 덮인 길.

그 점이 내게 분명하게 알려주었다. 실제로 존재하는 장소라고. 여긴 맨델의 기억이다.

그렇다면 나는 어디에 있지? 그는 어디에 있는 걸까?

고개를 들어 하늘을 유심히 살피며 두꺼운 구름 속 가장 밝은 부분을 보았다. 다행히 숫자는 태양의 위치가 이곳이 북반구의 한 지점이고, 극북이라고 알려주었다. 비탈 아래를 내려다보니 나무 틈 뒤로 무언가 숨겨져 있었다. 거기에 혹해서 그리 가려고 몸을 일으키는데 화면이 검게 변했다.

∞

시뮬레이션 안경을 벗고 난 참았던 숨을 내쉬며 다시 소금기 가득한 공기를 마셨다. 담요를 몸에 둘둘 말았다.

별에 다 쓰여 있잖아….

나더러 자신을 찾으라고 알려주는 노블의 방식인 걸까? 내가 그의 코드를 해독할 수 있다고 생각하는 걸까?

청명한 밤하늘이 내게 고개를 들어보라고 했고 그렇게 하니 숫자들이 하늘로 올라가 선을 그리며 보물을 찾기 시작했다.

난 가만히 별을 응시했다. 노블에게 대적하기 딱 좋은 계절이다.

에필로그

나미비아, 뤼데리츠

3개월 뒤, 2월….

세상이 뒤집어졌다.

현실에서 난 대지가 태양을 향해 기울어진 남반구에 있다. 모든 잎과 풀에 서리가 내린 시애틀과 달리 건조한 이곳 뤼데리츠는 여름이고, 작열하는 태양이 푸른 하늘과 충돌하는 갈색 지형 위로 무지개를 만들었다. 물리적으로 완전히 뒤집어졌다는 게 아니라 지금 느끼는 이곳의 삶이 그렇다는 의미다.

난 반바지와 탱크톱 차림으로 모래 바위에 앉아 이마에 맺힌 땀을 닦으며, 남대서양을 바라보며 리우데자네이루까지 5,850킬로미터를 항해하는 데 걸리는 시간을 계산했다. 뒤에서 펠리시아와 펜즈가 도시에서 북쪽으로 3킬로미터 떨어진 해안가에 우리가 설치한 태양열로 돌아가는 단말기의 최종 테스트를 마무리하고 있다. 나미비아 연합 에너지 연구 및 개발팀과 협력해 PSS는 한층 안전하고 빠르고 지속 가능한 방식으로 재생 가능 에너지 자원을 만들고 복원하는 새로운 도구와 기술을 개발하고 있다. 해리슨과 에디는 시내에 있는 연구소 본부에 새로운 기술 업데이트를 설치하는 중이다.

"한 번 더 테스트를 마치면 끝이야." 펜즈가 만족하며 말했다. "이 프로젝트에 매달린 지 17일이 지났고, 드디어 해변에 가서 드러눕고 관광을 할 수 있게 됐네." 그 애가 물병을 연거푸 들이켰다.

펠리시아가 수영복을 챙겨서 작업실 뒤쪽으로 옷을 갈아입으러 갔다.

"해리슨과 에디는 스켈레톤 코스트의 난파선을 탐사해 보고 싶대." 펠리시아가 안에서 소리쳤다.

"난 잠비아의 빅토리아 폭포에 가야 한다고 생각해. 넌 어때, 조?"

"응? 좋아. 그렇게 하자."

난 바다에서 불어오는 소리에 마음이 빼앗긴 채 대꾸했다. 지구의 바람 패턴 혹은 한대 편동풍과 바다에 생기는 소용돌이가 여기선 아주 색다르다. 어째서 그렇게 많은 배들이 좌초하는지, 그리고 자주 짙은 안개가 끼는지 알 것 같다.

"조, 또 딴생각에 빠져 있잖아."

펜즈가 외쳤다. 그리고 한숨을 쉬더니 고개를 저었다.

"펠리시아, X-2 칩 리더기는 어디 있어? 못 찾겠는데."

"모든 마이크로 장비는 해리슨의 가방에 다 넣어뒀어. 15분 안에 돌아올 거야."

펠리시아의 목소리 진동이 뒤에서 들리는 자동차의 속도와

충돌했다. 그 모든 걸 다 듣고 있는 내 머릿속이 요동쳤다.

"난 잔뜩 땀에 절어 있어서 15분은 너무 길어. 여긴 지난번에 일했던 사우디아라비아보다 더 더운 것 같아." 펜즈가 손부채질을 하며 투덜거렸다.

"조, 중국에서 쓰던 옛날 전화기 있어?"

"응. 왜?"

내 재능이 그 애의 목소리에서 익숙한 음정을 추적했다.

"우리가 여기 설치한 기술은 엄청 최신이지만 아무리 구버전이라고 할지라도 뭐든 읽어낼 수 있는지 확인해야 하거든. 네 유심을 좀 써도 될까? 이 테스트에 적합할 것 같은데."

"그렇게 해."

적어도 내 향수가 좋은 곳에 쓰이게 됐다. 난 배낭에서 낡은 휴대전화를 끄집어내서 가장자리를 닦았다. 이유는 모르지만 늘 가지고 다녔다. 한 번도 켜보진 않았지만. 그냥 내가 자유가 되었음을 상기 시켜주는 존재랄까. 프랫에서 탈출한 뒤로 처음 사용한 문명 기기다. 챈이 내게 주었다. 또한 카이에게서 받은 예전 메시지가 잔뜩 들어 있다. 난 펜즈에게 전화기를 건네고 바다 너머를 응시했다. 카이는 지금 어디에 있을까.

"고마워." 펜즈가 말했다.

"1분 안에 끝날 거야. 그다음에 같이 수영하자."

"그러자." 내가 말했다.

"수영하기 전에 새로운 PSS 업무에 대해 읽어두면 다음번에 어디로 갈지 결정하는 데 도움이 될 것 같아. 베냉과 모잠비크에서 온 요청이 있는데, 아니면 남아메리카로 갈래?"

계속 이동할 수 있다면 무슨 일이든 난 상관없었다. 새로운 방식으로 세상을 보는 건 또 다른 박사학위를 따는 일과도 같았다. 가는 곳마다 새로운 차트, 새로운 그래프, 새로운 정보를 생성할 수 있다. 모조리 수치로 기록해 둔다. 소리, 광경, 규칙, 언어, 지도까지. 머릿속이 차고 있고 무언가를 위해 준비된 것처럼 모두 파일로 나누었다. 하지만 그게 뭔지 모르겠다. 내 재능의 용량은 커졌는데 그만큼 질문도 많아졌고, 대답해 줄 사람도 찾지 못했다.

"조, 튀니지 이후로 우리는 계속 여정을 이어가고 있어." 펜즈가 기계에서 눈을 떼지 않고 말했다.

"내 말을 오해하진 마. 이 정도까지 성취한 적이 없잖아. 그래서 좋긴 한데 남친을 잃은 건 우리가 아니니까."

"그리고 사실, 난 한 명 얻었어." 펠리시아가 말하며 수영할 준비를 마치고 나왔다.

"우린 그저 네가 괜찮은지 알고 싶은 거야."

나미비아는 튀니지 이후 우리가 현장에 나온 아홉 번째 국가다. 우리는 한 가지 일을 마치고 집으로 가서 며칠 쉬다가 다시 비행기를 탔다. 특별한 작전을 수행하는 건 아니다. 핑거팁스도, 갱단도, 정치나 경제 위기, 테러리스트나 무기도 없다. 그냥 평범한 PSS의 일로, 문제를 해결하고 사람들을 돕는다. 편안하다. 더 이상 시차 적응 문제도 없다. 난 비행시간과 수면 패턴을 계산했고, 덕분에 몇 시간 안에 조절할 수 있다. 내 재능에서 작지만 환영할 만한 특전이다.

"심지어 밤에도 넌 잠도 안 자고 취미에 빠져 있잖아. 근사하지만….”

펠리시아가 새로운 PSS 망원경과 내 옆 테이블에 놓인 수학책을 슬쩍 살폈다.

난 어색하게 웃으며 어깨를 으쓱였다. 전 세계를 돌아다니는 일은 내 연구에도 도움이 됐다. 지구의 최대한 많은 지점에서 별을 살피고 도표를 만들고 기록한다. 오늘 밤엔 빛 공해가 거의 없는 이곳의 이점을 활용해서 내 인생을 판독하기 위해 풀려고 애쓰는 가장 어려운 코드를 살필 것이다. 몇 달째 은하를 살피고, 소행성의 패턴을 추적하고, 태양과 별 에너지를 분석하고, 태양계를 살피며 공식과 방정식을 세우려고 하다가 마침내 작은 패턴 하나가 나타났다. 빛 속의 퍼즐, 별 속의 반 모스 부호다. 난 하늘의 주소인 좌표를 인식하기 시작했고…. 그러다 흔적이 식었다. 더 이상 메시지가 없다.

“알았어. 수영하러 갈게. 그러고 나서 너희가 다음 일거리를 고르는 거다.”

수영복을 집어 들고 갈아입으려는데 펜즈가 날 불렀다.

“조! 네 비밀번호를 알려달라는데. 기억하고 있어?”

“그럼.”

내 숫자가 돌아왔을 때 재능과 관련된 모든 기억도 같이 돌아왔다. 다시 난 배운 것 혹은 관찰한 모든 걸 알고 있는 걸어 다니는 사전이 되었다. 내가 다가가 예전 비밀번호를 입력했다. 그러자 휴대전화가 작동하며 거칠게 벨 소리를 냈다.

“왜 이러는 거야?” 내가 물었다.

“그게, 카드를 읽었고 그 말은 장비가 작동한다는 뜻이야. 근데 이상한 건 한 달 전에 이 번호로 보낸 메시지가 있다고 알려주네.”

“뭐라고 적혀 있어?” 내가 걸어가며 물었다.

“잘못 보냈나 봐. 밀라라는 사람에게 보낸 거야.” 펜즈가 말했다.

열기에도 불구하고 갑자기 온몸에 소름이 돋았다.

“읽어봐 줘.”

펜즈가 약간 놀란 표정으로 날 쳐다봤다.

“알았어.” 그 애가 대답했다.

“밀라, 네 도움이 필요해. 급한 일이야. 페르 파보레(Per favore 부탁이야). 연락 줘.”

난 놀라 손을 무릎으로 떨어뜨렸고, 기억 속으로 빨려들었다.

“논 시 크레도(Non ci credo 믿을 수 없어)….”

“밀라가 누구야?” 펜즈가 코를 찡긋했다.

“조? 괜찮아? 그 표정은….”

“난 괜찮아.” 내가 대꾸했다.

“너무 오랜만에 그 이름을 들어서 그래.”

중국에서 내가 쓰던 이름 중 하나다. 더블 에잇 이후고, 피닉스가 되기 전이다. 그리고 지구상에서 날 밀라라고 부르는 사람은 단 한 명뿐이다.

라파엘.

CALCULATED
SEQUELS
SIMULATED
ACTIVATED
LIBERATED

감사의 말

다시 이 책이 나올 수 있게 해 준 모든 팀원에게 고마움을 전해야겠다.

늘 내 이익을 최우선으로 생각하는 뛰어난 에이전트 에이미 제임슨(Amy Jameson)에게 감사한다. 당신의 열정적인 통찰력이 없었다면 이 책의 근사함이 절반도 발휘되지 못했을 것이다.

또다시 책을 세상에 낼 기회를 준 출판 담당자 레이첼 델 그로소(Rachel Del Grosso)와 와이즈 울프사의 직원 모두에게 감사한다. 보이지 않는 곳에서 이 책이 성공할 수 있도록 묵묵히 일해줘서 고맙다.

이 책을 구원해 준 내 멋진 비평가 친구들, 엘렌 맥긴티(Ellen McGinty), 캔데이스 미딩(Candace Mieding), 레베카 우-크라우스(Rebecca Woo-Krauss), 첼시 보불스키(Chelsea Bobulski), 레베카 알렉산드루(Rebecca Alexandru), 베키 딘(Becky Dean), 애머리스 글래스(Amaris Glass), 힐러리 매그너슨(Hilary Magnuson), 어니 치아라(Ernie Chiara)에게 감사한다. 이 책에서 가장 '감사하는 사람들'이 바로 여러분이다.

여러분이 없었다면 눈물 없이 이 책을 쓰지 못했을 것이다. 여러분이 곁에서 날 응원해 주고 피드백을 보내주고, 이른 시간에도 빨리 읽어주고, 플롯 전개에 대해 이야기해 주고, 훌륭한 아이디어를 제시하며 처음부터 이 책을 사랑하게 해 주었다. 덕분에 나는 쭉 집중하고 책을 제대로 끝낼 수 있었다.

초창기 베타 독자인 미셸 창(Michelle Tsang)과 제니 클라(Jenni

Claar)에게 감사한다. 하루 이틀 만에 책을 읽고 얼마나 마음에 드는지 열정적으로 알려준 그 마음이 내게 큰 힘이 되었다.

특별히, 수학적 통찰력과 프랙털을 찾아볼 수 있게 조언해 준 커스틴 마운트(Kirsten Mount)에게 감사의 인사를 전하고 싶다.

책을 읽고 편집하고 언어를 교정하고 다른 세세한 부분을 살필 뿐 아니라 1권과 2권의 토론용 질문까지 만들어 준 케이틀린 원넬(Katylin Wonnell)에게 감사한다. 당신이 최고다!

우리 스트리트 팀, 특히 메건 월브우드(Megan Walvoord)와 헤더 켈리(Heather Kelley)에게 고맙다. 이 시리즈에 대한 여러분의 열정과 사랑이 내게 불씨를 지펴 주었다.

내 키드릿넷 친구들, 특히 엘리자베스 반 테슬(Elizabeth Van Tassel)과 로리 랭던(Lorie Langdon)에게 감사한다.

내 책을 읽고 리뷰를 남기고, 미리 주문하고 메시지를 보내 2권을 기다린다고 알려준 모든 독자에게 감사한다! 덕분에 난 불안하기도 하면서도 또한 신났다! 너무 고맙다!

전문 해커로 내 천재 팀이 그럴싸하게 보일 수 있도록 자문해 준 저스틴 가드너(Justin Gardner)에게 감사한다. 당신의 역할이 말로 다 표현할 수 없을 만큼 소중했다!

내 질문에 대답해 주고, 튀니지 문화와 아랍어에 관한 여러분의 사연을 들려주고, 의견과 제안을 해 준 압둘콰다 다우드(Abdulqadar Dawood), 더그 매그너슨(Doug Magnuson), 마틴 우드러프(Martin Woodruff)에게 고마움을 전한다.

천부적인 재능을 가진 십 대와 성인에 대한 경험과 통찰을 공유해 준 글렌 플라이시먼(Glenn Fleishman)에게 감사한다.

우리 부모님 리처드(Richard)와 헬렌 슈미드(Hellen Schmid)에게 감사한다. 마감을 맞추려고 날마다 지하실에 틀어박혀 있는 동안 내가 살아있도록 잘 먹여주고 매일 격려해 주고 날뛰는 어린 세 자녀를 봐준 덕분에 내가 이 책을 끝낼 수 있었다.

특히 이 책의 초창기 버전을 읽고 엄청난 피드백을 해 주고 모든 반전을 사랑해 준 우리 아버지에게 더욱 감사하고 싶다. 아이작(Issac), 올리비아(Olivia), 린(Leanne), (오빠와 두 여동생) 너희의 끊임없는 지지와 사랑이 없었다면 난 어떻게 됐을까? 정말 사랑한다.

가장 사려 깊은 두 사람, 크리스털(Chrystal)과 브래드 보웬(Brad Bowen)에게 영광을 돌리고 싶다. 내가 마감에 바쁠 때 우리 가족들의 밥을 참 많이 챙겨줘서 덕분에 요리 대신 책을 끝내는 일에 집중할 수 있었다. (게다가 남편도 여러 번 구해 주었다!) 여러분이 최고다!

장난꾸러기 세 자녀에게 감사한다. 마감에 쫓기는 걸 좋아하지 않았지만, 책 이야기를 할 때면 늘 즐거워해 줬다. 책을 쓰는 일이 지금은 근사하지 않다고 여길지 모르지만 '이야기'를 사랑하고 내게 기회가 생길 때마다 잘 들어주었다. 너희가 이 시리즈를 읽게 될 날을 손꼽아 기다린다. 우리 이쁜이들, 엄마를 참을성 있게 기다려 줘서 고맙다.

내 남편 이라 맥비(Ira McBee), 당신은 좋은 스토리 창작이 무엇인지 알고 늘 좋음에서 탁월함으로 올라갈 수 있도록 도와주었다. 당신 피드백이 없었다면 내 이야기가 이렇게 근사해질 수 있었을까. 그리고 내가 마감을 맞추는 동안 아이들을 전적으로 담당하면서도 흰머리도 없이 살아 남아줘서 고맙다. 어쩜 그럴 수 있나?

마지막으로 항상 하나님에게 감사드린다. 혼란의 세상에서 당신이 바로 제 프랙털입니다.

《시뮬레이티드》에 쏟아진 호평들

"《캘큐레이티드》가 너무 근사해 시리즈가 나올 거로 생각지 못했는데 이렇게 출간되다니. 이 두 번째 시리즈는 독자가 바라는 〈미션 임파서블〉 같은 액션을 담고 있으며 〈트와일라잇〉에서 볼 수 있는 사랑의 삼각관계도 잘 버무려져 있다. 이제 어느 쪽에 앉을 건지 정하고 꽉 잡아라. 스릴 넘치는 놀이기구가 출발한다."

– 《더 우드(원제: The Wood)》와 《리멤버 미(원제: Remember Me)》의 저자
첼시 보불스키(Chelsea Bobulski)

"전 세계를 배경으로 한 흥미로운 줄거리에 액션 영화 속 조마조마한 모험을 망라한 이 책은 북아프리카라는 근사한 배경에서 개성 넘치는 여주인공이 선을 위해 싸우고 세상 속 자신의 자리를 찾는 여정을 응원하게 만든다. 박진감 넘치는 액션에 눈을 뗄 수 없게 만드는 이 책을 다 읽을 때까지 내려놓을 수 없었다."

– 《사랑과 다른 큰 기대들(원제: Love And Other Great Expectations)》의 저자
베키 딘(Becky Dean)

"영리한 구성과 기교가 넘치는 스릴러에 가슴을 울리는 액션이 연달아 펀치를 날린다. 두려움을 모르는 여주인공과 매력적인 두 남성의 사랑이 페이지를 자꾸 넘기게 만든다. 이 시리즈에 홀딱 반해버렸다!"

—《그리고 디즈니의 악당들은 행복하게 살지 못했습니다(원제: Disney Villains Happily Never After)》 시리즈의 저자 로리 랭던(Lorie Langdon)

"손에 땀을 쥐게 하는 모험과 정교한 서스펜스가 돋보이는 이 책은 내가 읽어본 속편 중에서 가장 흥미롭다. 스타가 될 수밖에 없는 걸작이다!"

—《바다를 사랑하는 아이(원제: The Water Child)》의 저자 엘렌 맥긴티(Ellen McGinty)

옮긴이 | 공민희
부산외국어대학교를 졸업하고 영국 노팅엄 트렌트 대학교에서 문화유산학으로 석사학위를 받았다. 현재 번역가로 활동 중이다.
옮긴 책으로는 《상속 게임》, 《제인 오스틴, 19세기 영국에서 보낸 편지》, 《난민, 세 아이 이야기》, 《미스터리 살인 사건 7+1》, 《음탕한 늙은이의 비망록》, 《죽음 앞에서 선택한 완벽한 삶》, 《천의 얼굴을 가진 사나이, 조니 뎁》, 《우리는 거인이다》, 《유대인 수용소의 두 자매 이야기》 등 다수가 있다.

시뮬레이티드

발행일 | 2024년 7월 17일 초판 1쇄
지은이 | 노바 맥비
옮긴이 | 공민희
펴낸이 | 장영훈
펴낸곳 | (주)이츠북스
편집 | 고은경, 임승경
마케팅 | 남선희, 박성연
디자인 | 디자인글앤그림
인쇄 | 영신사
용지 | 월드페이퍼

출판등록 | 2015년 4월 2일 제2021-000111호
주소 | 서울특별시 강서구 화곡로 416, 1715~1720호
대표전화 | 02-6951-4603
팩스 | 02-3143-2743
이메일 | 4un0-pub@naver.com

홈페이지 | www.4un0-pub.co.kr
SNS 주소 | 페이스북 www.facebook.com/saungonggam
인스타그램 www.instagram.com/saungonggam_pub
블로그 blog.naver.com/4un0-pub

ISBN | 979-11-959138-8-6 03840

※ 이 책은 저작권법에 따라 보호를 받는 저작물이므로 무단 전재와 무단 복제를 금합니다.
※ 이 책 내용의 전부 또는 일부를 사용하려면 반드시 저작권자와 사유와공감의 허락을 받아야 합니다.
※ 잘못되거나 파손된 책은 구입하신 서점에서 교환해드립니다.
※ 책값은 뒤표지에 있습니다.

사유와공감은 (주)이츠북스의 출판 브랜드입니다.

사유와공감은 독자 여러분의 책에 관한 아이디어와 원고 투고를 기쁜 마음으로 기다리고 있습니다. 책 출간 아이디어가 있으신 분은 이메일 **4un0-pub@naver.com** 또는 사유와공감 홈페이지 '작품 투고'란으로 간단한 개요와 취지, 연락처 등을 보내 주세요.
여러분을 언제나 응원합니다.